Alle Rechte, einschließlich das des vollständigen oder
auszugsweisen Nachdrucks in jeglicher Form, sind vorbehalten.

Der Preis dieses Bandes versteht sich einschließlich
der gesetzlichen Mehrwertsteuer.

*Umwelthinweis:*
Dieses Buch wurde auf chlor- und säurefreiem Papier gedruckt.

# Liebesreise nach Irland

MIRA® TASCHENBUCH
Band 15038
1. Auflage: Oktober 2009

MIRA® TASCHENBÜCHER
erscheinen in der Cora Verlag GmbH & Co. KG,
Valentinskamp 24, 20350 Hamburg
Deutsche Taschenbucherstausgabe

Titel der englischen Originalausgaben:
Beloved Vagabond
Copyright © by Anne Hampson
erschienen bei: Mills & Boon Ltd., London

Intrigue
Copyright © by Margaret Mayo
erschienen bei: Mills & Boon Ltd., London

Love of My Heart
Copyright © by Emma Richmond
erschienen bei: Mills & Boon Ltd., London

Published by arrangement with
Harlequin Enterprises II B.V., Amsterdam

Konzeption/Reihengestaltung: fredebold&partner gmbh, Köln
Umschlaggestaltung: pecher und soiron, Köln
Redaktion: Ivonne Senn
Titelabbildung: Corbis GmbH, Düsseldorf
Satz: Buch-Werkstatt GmbH, Bad Aibling
Druck und Bindearbeiten: CPI – Ebner & Spiegel, Ulm
Printed in Germany
ISBN 978-3-89941-658-9

www.mira-taschenbuch.de

*Anne Hampson*

# Geliebter Vagabund
Roman

## 1. KAPITEL

*L*angsam glitt der Wagen die Küstenstraße entlang. Die Fahrerin versuchte sich auf den Weg zu konzentrieren, während sie gleichzeitig die Schönheit der wildromantischen Landschaft in sich aufnahm. Sie blickte auf zerklüftete Berghänge, grüne Hügel und die atemberaubende Bucht, über deren goldenem Strand bizarre Felsformationen aufragten.

Ursprünglich hatte Lynn vorgehabt, zusammen mit einer Freundin Südirland zu bereisen. Doch als diese zwei Tage vor der Abfahrt abgesagt hatte, war Lynn entschlossen gewesen, allein zu fahren. Den Wagen hatte sie mit der Autofähre herübergebracht.

Seit zehn Tagen erkundete sie nun die Gegend und war entzückt, welche reizvollen Landschaften Irland zu bieten hatte. Nur abends fühlte sie sich manchmal allein, wenn sie in einem Hotel bei ihrer einsamen Mahlzeit saß.

Im Augenblick fuhr sie durch Donegal; noch eine oder zwei Stunden wollte sie gemächlich spazieren fahren, ehe sie in ihr Hotel zurückkehrte. Morgen sollte es weiter südlich gehen, dann vielleicht von Dun Laoghaire aus mit der Fähre nach England zurück.

Lynn parkte den Wagen in einer Abzweigung nahe der Hauptstraße, um ihren Reiseführer zu studieren. Aber schon bald war sie mit den Gedanken wieder bei dem Heiratsantrag, den sie vor ein paar Wochen erhalten hatte. Thomas arbeitete im gleichen Büro wie sie, er war nett und freundlich, aber, wie eine von Lynns Kolleginnen sagte, ziemlich langweilig.

Lynn hatte ihm jedoch versprochen, über den Antrag nachzudenken. Sie hatte es satt, allein in ihrem Einzimmerapartment mit der winzigen Küche und der noch winzigeren Waschgelegenheit zu leben.

Sie stellte es sich schön vor, mit einem zuverlässigen Freund und Gefährten ein eigenes Heim zu gründen – jedenfalls versuchte sie sich das einzureden.

Ein anderer Grund für ihre Überlegungen war jedoch die nur halb eingestandene Tatsache, dass Thomas ihr leid tat. Genau wie sie stammte er aus einem zerrütteten Elternhaus und war infolgedessen auf sich allein gestellt.

Lynn dachte an ihre glückliche Kindheit und die Geborgenheit, als ihre Eltern sich noch geliebt hatten. Aber als sie siebzehn gewesen war, hatten ihre Eltern sich getrennt.

Innerhalb von drei Jahren waren beide wieder verheiratet gewesen: Lynns Mutter zog zu einem Amerikaner nach Boston, ihr Vater wählte eine Frau, die Verwandte in Australien hatte und ihn dazu überredete, in diesem Erdteil ein neues Glück zu suchen.

So kam es, dass Lynn im Alter von zwanzig Jahren ganz allein in England zurückblieb. Ihre heile kleine Welt war zusammengebrochen. Und jetzt, mit vierundzwanzig Jahren, war sie immer noch allein. Sie war noch keinem Mann begegnet, in den sie sich hätte verlieben können.

Sie seufzte leise, ließ den Motor wieder an und lenkte den Wagen in einen schmalen Heckenweg, über dem das Laub der Bäume ein grüngoldenes Dach bildete. Bald erreichte sie ein Waldgebiet mit einem romantischen kleinen See. Gegenüber, keine hundert Schritt entfernt, entdeckte sie eine Wohnwagensiedlung.

Lynn lächelte. Hier sah man die Niederlassungen des fahrenden Volks viel häufiger als in England, für sie gehörten sie zu der malerischen Umgebung Irlands.

Plötzlich, sie befand sich gerade auf der Höhe der ersten Wohnwagen, fing der Motor an zu stottern und ging dann ganz aus. Lynn runzelte die Stirn und ließ den Wagen zur Seite hin ausrollen.

Zuerst kamen Kinder angelaufen und bauten sich vor dem Auto auf, dann erschienen einige Frauen in den Türen der Wohnwagen. Lynn stieg aus und öffnete die Motorhaube, obwohl sie nicht die geringste Ahnung hatte, wonach sie suchen sollte.

Ein hoch gewachsener Mann trat auf sie zu und fragte, ob er ihr helfen könne. Sie richtete sich auf und blickte in seine schwarzen Augen, betrachtete die scharf geschnittenen Züge, die kühn geschwungene Nase und die hohen Wangenknochen. Sein Haar war lockig und ebenfalls schwarz.

Lynn entging nicht, mit welch aufmerksamem Interesse er sie

musterte, und schluckte aufgeregt. Der Mann machte sie nervös.

„Der Motor war auf einmal aus", erklärte sie.

„Ist Benzin im Tank?"

Lynn nickte. „Ja, der Tank ist noch beinahe voll."

„Dann weiß ich auch nicht, was es sein könnte." Der schätzungsweise ein Meter neunzig große Mann blickte mit einem arroganten Gesichtsausdruck auf sie herab. Lynn fühlte sich immer unbehaglicher.

„Wir benutzen Pferde", sagte er, „keine Autos." Ihr entging nicht der bittere Unterton in seiner Stimme. „Ich lasse Hilfe holen, wenn Sie wollen."

„Das wäre sehr freundlich von Ihnen."

Gleichmütig zuckte er die Schultern, doch instinktiv erfasste Lynn, dass sie ihm durchaus nicht gleichgültig war. Er rief einem halbwüchsigen Burschen etwas zu, und im Nu hatte der sich auf ein Pferd geschwungen und galoppierte den Weg hinunter.

Immer noch stand die Gruppe mit neugierigen Blicken um den Wagen, und Lynn überlegte, ob sie sich ins Auto setzen oder den Pfad entlangspazieren sollte. Sie wählte das Letztere, und bald hatte sie das Lager aus den Augen verloren. Der Weg war einsam und führte durch Waldgebiet; ab und zu sah man das Glitzern des Sees zwischen den Bäumen.

Ein idyllisches Plätzchen, dachte sie gerade, als sie schwere Schritte hinter sich hörte.

Ängstlich blickte sie sich um und entdeckte den großen Mann aus der Siedlung, der schnell näher kam.

Er verlangsamte seinen Schritt und blieb vor ihr stehen.

„Sie sind Engländerin?", fing er an. „Zuerst dachte ich, Sie kämen aus den Staaten."

Jetzt stand er dicht vor ihr. Schlank, aber kraftvoll gebaut, in einem schwarzen Baumwollhemd mit einem rot und braun karierten Tuch um den Hals.

Verstohlen blickte sie um sich, suchte fieberhaft nach einem Fluchtweg. Aber es war zu spät. Mit einer geschmeidigen Bewegung, die ihr keine Zeit zur Gegenwehr ließ, hatte der Fremde sie gepackt und an sich gezogen. Hilflos spürte sie die eiserne Umklammerung seiner Arme, musste Küsse und Liebkosungen erdulden, die ihr Wutschauer durch den Körper jagten.

„Sie Schuft …!"

Er hatte sie wieder losgelassen, blieb jedoch dicht vor ihr stehen. Ihr Zorn überwand die tödliche Angst, sie schleuderte ihm Schimpfworte ins Gesicht, aber selbst die wüstesten Ausdrücke machten keinerlei Eindruck auf ihn.

Wieder griff er nach ihr, lachte über ihre Anstrengungen, sich zu befreien. Und gerade als er sie auf den Boden werfen wollte, hörte man ein Geräusch – das Knacken eines Zweiges, auf den jemand trat. Mit einem Ruck zog der Mann Lynn wieder auf die Füße, drehte sich um und erblickte ein Mädchen, dessen Augen Blitze schossen.

„Halt! Du hast es also wieder versucht!" Der Mund des Mädchens war wutverzerrt. „Lass sie sofort los!"

Zu Lynns größter Verwunderung gab der Mann ihre Handgelenke frei. Sie blickte auf die roten Druckstellen, aber dann rannte sie auch schon los und blieb erst wieder stehen, als sie erschöpft und außer Atem auf der Hauptstraße angekommen war.

Wenn Lynn ein paar Tage später über diesen Zwischenfall nachdachte, dann wunderte es sie, woher sie überhaupt die Kraft genommen hatte, so weit zu laufen. Vor Angst hatte sie buchstäblich weiche Knie gehabt …

Auf der Hauptstraße hatte sie einen Bus angehalten, der glücklicherweise gerade vorbeigekommen war. Mit dem Bus war sie zum Hotel gefahren und hatte von dort aus eine Werkstatt angerufen.

Am nächsten Morgen brachte man ihr bereits den Wagen. Es war nur eine geringfügige Reparatur notwendig gewesen.

So rasch wie möglich verließ Lynn die Gegend, und als sie erst einmal wieder unterwegs war und die reizvolle Landschaft Irlands sie gefangen nahm, war der unliebsame Zwischenfall bald in den Hintergrund gerückt.

Sie fuhr in Richtung Süden und befand sich im lieblichen Tal von Maam, an der westlichsten Spitze von Lough Corrib. Die Szenerie war atemberaubend mit ihrem Wechsel von Bergen, Hochmooren,

*Geliebter Vagabund*

Seen und bewaldeten Hügeln.

In ihrer Abgeschiedenheit und Einsamkeit harmonierte die Landschaft mit Lynns seelischer Verfassung. Sie fühlte sich vollkommen zufrieden, während sie durch das Tal fuhr und nach einem Hotel oder Gasthof Ausschau hielt, wo sie die Nacht verbringen wollte.

Zu ihrer Freude traf sie auf eine kleine, abgelegene Farm, an deren Tor ein Schild angebracht war mit der Aufschrift: „Übernachtung und Frühstück".

Lächelnd führte die Farmersfrau Lynn in ein Zimmer, das behaglich altmodisch eingerichtet war und blitzsauber aussah. Vom Fenster aus konnte Lynn auf die Berge und das hügelige Gelände blicken, das dicht mit Wald bestanden war.

Ihr Blick fiel auf etwas, das wie ein Schornstein aussah. „Steht dort drüben ein Haus?", fragte sie.

„Das ist das Anwesen von Mr. de Gais." Der Tonfall der Frau hatte sich verändert. „Man nennt es Ballytara Abbey. Ein prachtvoller Besitz. Das Haus steht in einem wunderschönen Garten. Einige der alten Bäume stammen noch aus der Zeit, als das Gebäude ein Kloster war."

„Ist der Garten für Besucher zugänglich?"

„Ja, im Sommer ist jeden Dienstag und Samstag geöffnet."

Lynns Interesse war geweckt.

„Ich gehe gern in den Gärten alter Herrensitze spazieren", gestand sie lächelnd. „Kann ich zwei Nächte hierbleiben statt einer? Ich möchte zu gern den Garten von Ballytara Abbey besichtigen."

„Selbstverständlich, Miss Seldon. Sie können das Zimmer haben, so lange sie wollen. Außer der Abbey gibt es hier noch viel zu sehen", erklärte die Farmerfrau. „Wenn Sie reiten, dann können Sie sich in der Reitschule gleich gegenüber ein Pferd leihen."

Lynn dankte ihr und nahm sich vor, den Vorschlag mit der Reitschule im Auge zu behalten. Es musste schön sein, durch dieses herrliche Tal zu reiten. Aber zunächst sehnte sie sich nach einem erfrischenden Bad; der Tag war heiß gewesen, und obwohl sie mit offenen Fenstern gefahren war, klebte ihr die Kleidung am Körper.

Wenn die Gäste es wünschten, bereitete die Farmersfrau ein Abendbrot, und so bestellte Lynn sich etwas zu essen. Als sie das Speisezimmer betrat, fand sie dort schon ein junges Paar vor, das sich mit der Bedienung unterhielt. Die beiden lächelten Lynn freundlich zu, und bald nahm sie an der Unterhaltung teil. Das Mädchen verließ den Raum und kehrte kurz darauf mit der Suppe zurück.

„Sind wir die einzigen Gäste?", erkundigte sich Lynn.

„Nein, es sind noch vier andere da – zwei junge Männer und ein älteres Ehepaar. Sie sind alle zusammen fortgefahren, um im Kenlare-Hotel zu essen. Es ist drei Meilen von hier entfernt und bekannt für seine exzellente Küche."

Der Mann lächelte und stellte dann sich und seine Frau vor. „Aber sagen Sie jetzt bitte nicht Mr. und Mrs. Austin zu uns", fügte er hinzu. „Wir sind einfach Bob und Mary."

„Ich heiße Lynn – Lynn Seldon."

„Bleiben Sie länger?"

„Nur zwei Übernachtungen." Lynn setzte sich Mary gegenüber an den Tisch. „Ich möchte mir den Garten der Abbey ansehen."

„Es ist ein herrlicher Park!", schwärmte Mary. „Am Dienstag waren wir da. Die Anlage ist riesig."

„Dann muss ich mir also viel Zeit nehmen."

„Am besten brechen Sie gleich nach dem Mittagessen auf. Der Park ist nur von zwei bis fünf Uhr nachmittags geöffnet."

Am Samstag machte sich Lynn um Viertel nach eins auf den Weg. Zuerst folgte sie der Straße, die durchs Tal führte, dann lenkte sie den Wagen eine sanft ansteigende Abzweigung hinauf. Danach fuhr sie an einer hohen Mauer entlang, an deren Ende ein riesiges, schmiedeeisernes Tor zu einer Auffahrt führte.

Hier kassierte ein Mann in Uniform das Eintrittsgeld, das, wie sie später erfuhr, wohltätigen Zwecken zukam. Der Eigentümer des Anwesens legte keinen Wert darauf, an den Eintrittsgeldern zu verdienen. „Parken Sie auf dem Rasen dort drüben", sagte der Wärter.

„Danke."

Lynn ließ den Wagen auf dem Rasen stehen, und dann stand es ihr frei, durch den ruhigen, wunderschönen Park zu wandern. Wo-

*Geliebter Vagabund*

hin der Blick auch fiel, er traf auf atemberaubende Schönheit. Es gab verschwiegene, laubüberdachte Pfade; Teiche, auf denen Wasserlilien ihre stille Pracht ausbreiteten; Quellen, die über moosbedeckte Felsen sprudelten, und kleine Brücken, die an den Seiten von Efeu überwachsen waren. Sie sah Statuen und Brunnen, alles von einem Meer aus Blüten und Blättern umgeben.

Mehrmals blieb Lynn stehen und entzifferte die Namen ihr unbekannter Bäume und Sträucher. Ein kleines Schild besagte, dass die südlichen Gartenanlagen vor dem Haus im neunzehnten Jahrhundert von Muriel, der Gattin des zweiten Viscount de Gais, entworfen worden waren.

Lange stand sie da, um das Hauptgebäude zu bewundern. Sie erkannte den klassischen Stil der Renaissance; offensichtlich war das Haus im achtzehnten Jahrhundert gründlich renoviert worden, denn in dieser Zeit hatten viele irische Herrensitze den Baustil des berühmten Palladio übernommen.

Unverhofft stieß Lynn auf einen Garten mit exotischer Vegetation. Staunend blieb sie vor einem Magnolienbusch stehen und dachte, wie glücklich die Eigentümer von Ballytara Abbey über diesen herrlichen Besitz sein müssten. Durch einen schmiedeeisernen Torbogen erspähte sie etwas, das wohl die Überreste der ehemaligen Abtei waren: eine zerbröckelnde, verfallene Ruine, malerisch von Efeu und anderen Gewächsen überwuchert.

Schließlich war es Zeit zum Gehen. Insgeheim hatte Lynn gehofft, einen Blick auf einen der Eigentümer werfen zu können. Sie nahm wie selbstverständlich an, dass der Herr eines solchen Besitzes verheiratet war und eine große Familie haben musste. Aber wenn die Herren von Ballytara Abbey zu Hause waren, so ließen sie sich nicht blicken.

Die einzigen Leute, denen Lynn begegnete, waren andere Besucher, die den sonnigen Nachmittag in der schattigen Kühle des Parks verbrachten, sowie ein Mädchen, das an einem Stand Broschüren über die Abbey verkaufte.

Auf dem Rückweg kam Lynn am Westflügel des Hauses vorbei. Mehrere Leute, allem Anschein nach eine Familie, lugten durch ein großes Fenster ins Innere des Hauses. Wie unbeabsichtigt schlenderte Lynn in ihre Nähe und blieb dann stehen.

„Das ist seine Mutter", hörte Lynn jetzt eine ältere Dame sagen, die auf ein großes Ölbild direkt gegenüber dem Fenster wies.

„Sie war sehr hübsch", entgegnete eine jüngere Frau, die sich vorgeschoben hatte und Lynn die Sicht versperrte.

„Ein Jammer, dass sie so etwas getan hat."

„Man sagt, ihre Eltern hätten danach eine schwarze Flagge gehisst. Für ihre Familie war sie damit gestorben."

„Ja, von so was hab' ich gehört. Aber starb sie nicht sowieso kurz darauf?"

„Ja, bei der Geburt ihres Kindes."

Danach trat eine kurze Pause ein, während einer nach dem anderen durch das Fenster spähte. Lynn, deren Neugier mittlerweile geweckt war, konnte es kaum erwarten, selbst einen Blick auf das Bild zu werfen.

„Haben ihre Eltern sich um das Kind gekümmert?"

„So genau kenne ich die Geschichte nicht. Ich habe nur hier und da etwas aufgeschnappt."

„Nun, ob die Eltern das Kind angenommen haben oder nicht – jedenfalls ist er jetzt der stolze Besitzer von Ballytara Abbey."

„Und er fand das Gemälde, das ihre Eltern in eine muffige Kammer verbannt hatten. Er ließ es restaurieren und hängte es auf den Ehrenplatz in diesen schönen Salon."

„Ich finde, es ist eine sehr traurige Geschichte", meinte das jüngste Mitglied der Familie, ein etwa achtzehnjähriges Mädchen. „Wie alt mag er jetzt wohl sein?"

„Ungefähr dreißig, würde ich sagen."

„Ist er verheiratet?"

„Nicht dass ich wüsste. Eine Filmschauspielerin lief mal hinter ihm her, aber er ließ sie links liegen. Eine Bekannte von uns, die hier im Haushalt arbeitete, erzählte Maureen, sie habe ihn sagen hören, er würde bereits auf den ersten Blick die Frau erkennen, die er später heiraten würde."

„Er scheint eine romantische Ader zu haben. Er soll ja sehr gut aussehen, sagt man, wenn auch nicht im üblichen Sinne."

„Nun, das war ja wohl zu erwarten."

„Schade, dass das arme junge Mädchen so kurz nach seiner Hochzeit sterben musste ..." Die kleine Gesellschaft wandte sich jetzt zum Gehen.

„Was ist denn eigentlich genau passiert, Nan?"

„Sie brannte durch mit einem ..."

Den Rest konnte Lynn nicht mehr verstehen. Ehe sie durch das Fenster blickte, drehte sie sich nach allen Seiten um. Eigentlich war es ja ungehörig, in ein fremdes Haus zu spähen. Aber ihre Neugier war stärker. Sie wollte wenigstens einen flüchtigen Blick auf das Bild werfen.

Sie war fasziniert. Wie gebannt starrte sie auf das Gemälde. Sie sah eine bildhübsche junge Frau in einem duftigen Kleid aus zartester Spitze; das goldene Haar umrahmte in weichen Wellen ein fast noch kindliches Gesicht, der feine Mund lächelte, die großen blauen Augen blickten voll Vertrauen und naiver Zuversicht. Als dieses Bild gemalt wurde, war das Mädchen sicher glücklich, dachte Lynn.

Sie entfernte sich langsam von dem Haus, aber das Gehörte ließ sie nicht los. Das Kind, für das die junge Mutter ihr Leben lassen musste, war offensichtlich ein Junge. Mit Genugtuung dachte Lynn daran, dass der Sohn das Bild seiner Mutter gerettet und ihm einen Ehrenplatz gegeben hatte ...

Am nächsten Morgen packte Lynn ihren Koffer und verstaute ihn hinten im Auto. Dann bezahlte sie ihre Rechnung, versprach der Farmersfrau, wieder bei ihr zu übernachten, wenn sie in der Gegend sein sollte, und fuhr zum nahe gelegenen Reitstall. Zehn Minuten später begutachtete sie die Stute, die ein junges Mädchen ihr vorführte.

„Ist sie zuverlässig?" Lynn hatte seit Jahren nicht mehr auf einem Pferd gesessen, und obwohl sie eine gute Reiterin war, hatte sie keine Lust, bei einem einsamen Ausritt ein Risiko einzugehen.

„Die Stute ist sehr brav. Wenn Sie sie erst einmal geritten haben, werden Sie sich von Fenella gar nicht mehr trennen können." Das Mädchen musterte Lynn mit anerkennenden Blicken: Sie sah die schlanke Figur, die samtene Haut, die veilchenblauen Augen. Das volle dunkle Haar wurde von einem weißen Band zusammengehalten, das zu der kurzärmeligen weißen Bluse passte. „Haben Sie keine Reithosen mit?"

Lynn schüttelte den Kopf und blickte an ihren dunkelblauen Hosen hinunter. „Meinen Sie, es geht so?"

„Aber sicher."

Kurz darauf trabte Lynn über das Feld auf das Waldstück zu, das das Mädchen ihr zum Reiten empfohlen hatte. Es gab dort Wege, an den Bäumen befanden sich Markierungen, sodass es unmöglich sein würde, sich zu verirren.

Die Sonne schien, doch unter der grünen Kuppel des Waldes herrschte dämmriges Licht. Ab und zu stahl sich ein Sonnenstrahl durch das Dickicht und brach sich blitzend in den verwunschenen, spiegelglatten Teichen.

„Es ist himmlisch!" Lynn lachte leise bei dem Gedanken, dass sie jetzt ohne Hemmungen mit sich selber reden konnte. Keine Menschenseele weit und breit. Es war, als hätte sie die ganze Welt für sich.

„Brave Fenella, jetzt darfst du dich ausruhen. Wir werden hier eine Pause machen, und du kannst Gras fressen."

Die Stute wieherte, und wieder musste Lynn lachen. Alles war so ruhig, dass das Geräusch durch den Wald hallte wie durch einen Dom.

„Bist ein gutes Tier, das Mädchen hatte recht, als es sagte ..." Abrupt verstummte Lynn. Ihre Nerven waren zum Zerreißen gespannt. Was hatte sie da eben gehört? Sie blickte sich um, konnte aber nichts entdecken. Dennoch stieg Angst in ihr auf. Das Geräusch musste doch einen Urheber haben. Sie war nicht allein in diesem dunklen, unheimlichen Wald. Instinktiv spürte sie, dass sie beobachtet wurde. Mit weit aufgerissenen Augen forschte sie in die Runde – nichts. Nur das Laub raschelte, wenn sich die schwache Brise in den Blättern verfing.

Und dann wieherte unweit ein Pferd. Mit bebenden Fingern band sie schnell Fenella los, doch ehe sie aufsitzen konnte, erblickte sie das

*Geliebter Vagabund*

fremde Pferd. Es wurde geführt von ... dem Vagabund!

Entsetzen schnürte Lynn die Kehle zu. Gleichzeitig überstürzten sich ihre Gedanken. Wie war der Mann hierher gekommen? Wenn die Wohnwagen von Pferden gezogen wurden, dann konnten sie die weite Strecke niemals in so kurzer Zeit zurückgelegt haben.

Die Vagabunden, denen sie bisher begegnet war, reisten immer auf die müßigste Weise, sie brauchten sich nicht zu beeilen, denn sie bewegten sich nur von einem Nachtquartier zum anderen. Es war ein prachtvolles Pferd, das der Mann führte, ein glänzend gestriegelter junger Fuchswallach.

Lynns Augen glitten weiter zum Gesicht des Mannes. Er war stehen geblieben und blickte sie seinerseits an. Sie erwartete, das gefährliche Glimmen in seinen schwarzen Augen zu sehen, einen grausamen Zug um den Mund.

Aber stattdessen wunderte sie sich über gewisse Dinge, die ihr offenbar bei der ersten Begegnung entgangen waren. Wie schon früher bemerkte sie, wie fein sein Gesicht geschnitten war, aber jetzt entdeckte sie darin einen fast edlen Zug. Seine Hände waren schmal, wohlgeformt und gepflegt. Was war mit dem Mann geschehen?

Auch seine Kleidung hatte eine Verwandlung mitgemacht. Er trug zwar immer noch das schwarze Hemd und ein Halstuch, aber diesmal war es von einer anderen Farbe und sauber. Dazu hatte er ein Paar schwarze Drillichhosen an, während es beim ersten Mal abgeschabte braune Kordhosen gewesen waren.

Das Pferd hatte er mit Sicherheit gestohlen, wahrscheinlich auch die Kleider – aber was hatten diese gepflegten Hände zu bedeuten?

Immer noch ruhte der Blick des Fremden auf ihr, sein Gesicht hatte einen rätselhaften Ausdruck angenommen. Fast sieht es aus, als sei er hypnotisiert, schoss es ihr durch den Kopf. Dachte er an die abscheuliche Szene von neulich, als es ihm beinahe gelungen war, sie zu vergewaltigen?

„Guten Morgen." Endlich sprach er, und der Bann war gebrochen. Lynn, zwischen Furcht und Zorn, wägte blitzschnell die Chancen einer Flucht ab. Der Weg war nicht allzu weit, und wenn sie galoppierte, würde sie rasch das offene Feld erreichen, von dem aus man

19

schon die Gebäude des Reitstalls sehen konnte.

Mit einer Geschwindigkeit, die sie selbst überraschte, schwang sie sich in den Sattel und grub Fenella die Absätze in die Flanken. Gleichzeitig holte sie zu einem wuchtigen Schlag mit der Reitpeitsche aus. Für seinen dreisten Angriff sollte er büßen!

„Das ist für dich!" Die Gerte traf klatschend seine Wange. Sie sah den Ausdruck von ungläubigem Staunen auf seinem Gesicht, seine Hand berührte den blutigen Striemen. „Verdammter Vagabund!" In ihrer Wut war sie nur von dem Gedanken besessen, sich für sein unverschämtes Verhalten von unlängst zu rächen. „Du wagst es noch, mich anzusprechen! Mach, dass du zu deiner verkommenen Sippe kommst, und lass anständige Leute in Ruhe!"

Sie galoppierte durch den Wald, hoffte, sie würde den Weg zur Reitschule noch rechtzeitig finden. Sie war einem Zusammenbruch nahe, doch die Angst gab ihr die Kraft, Fenella zu einem rasenden Galopp anzutreiben.

Jetzt vernahm sie hinter sich das Donnern der Hufe, ihre Angst schwoll an zur Panik. Wenn er sie jetzt einholte ... Auf Erbarmen konnte sie nicht mehr hoffen! Er würde sie umbringen und in diesem verlassenen Waldgebiet liegenlassen.

Aber was würde sie erdulden müssen, ehe er sie tötete?

Das Dröhnen der Hufe kam näher, und Lynn, krank vor Angst, grub der Stute die Absätze in die Seiten und feuerte sie zu einem noch schnelleren Galopp an. Trotz ihrer Not brachte sie es auch jetzt nicht über sich, das Pferd mit der Peitsche anzutreiben. Nein, Fenella war viel zu sanft für eine derart brutale Behandlung.

„Halt!" Wie ein Wutschrei gellte der Befehl hinter ihr her. „Halt, sage ich!"

Als Antwort ließ Lynn die Peitsche durch die Luft zischen und galoppierte weiter. Aber wo blieb der Weg?

O Gott, ich habe ihn verpasst! Die Angst raubte ihr den Atem. Schweiß rann ihr über die Stirn in die Augen. Hilfe – lieber Gott, hilf mir doch!

Fenella wurde müde. Zweimal war sie schon gestolpert und hätte Lynn beinahe aus dem Sattel geworfen.

*Geliebter Vagabund*

Das Hämmern der Hufe dröhnte in ihren Ohren. Der Mann hatte aufgeholt. Der Waldboden schien unter den mächtigen Hufschlägen zu beben. Lynn entfuhr ein Schrei der Verzweiflung. Tränen vermischten sich mit den Schweißtropfen und perlten über ihr Gesicht.

Jetzt galoppierten sie fast Seite an Seite. Aus dem Augenwinkel sah Lynn sein scharf geschnittenes Profil.

„Halt, oder ich stoße dich vom Pferd!"

Lynn trieb Fenella zu einer letzten verzweifelten Anstrengung an. „Mach, dass du wegkommst! Lass mich in Ruhe!", schrie sie. Das weiße Haarband verfing sich in einem Ast, und ihr Haar flatterte wild um ihre Schultern. „Die Polizei wird dich schon kriegen!"

Lynns Worte gingen in einem Keuchen unter. Der Fremde blieb an ihrer Seite. Sie sah in seinem düsteren Gesicht die blutige Wunde, die sie ihm beigebracht hatte.

Er streckte seine schmale braune Hand aus, um Fenellas Zügel zu fassen, doch Lynn spornte ihr Pferd an, das Letzte zu geben. Eine Zeitlang jagten sie nebeneinander her. Lynn, von schierer Angst getrieben, und ihr Verfolger, gehetzt von einer Wut, die ihr das Blut in den Adern erstarren ließ: Sie wusste, dass ihr Schicksal besiegelt war …

„Lass mich in Ruhe", schrie sie wieder, während die Bäume in endloser Reihenfolge an ihr vorbeiflogen. Mein Gott, wo blieb nur der Weg? Sie galoppierten immer tiefer in den Wald hinein.

Das Ende war unvermeidlich, denn mittlerweile war Fenella am Ende ihrer Kräfte, während der Wallach noch genauso frisch zu sein schien wie zu Anfang dieser wilden Jagd.

Mit einem Ruck riss der Mann Lynn die Zügel aus der Hand, und kurz darauf hatte er die Pferde zum Stehen gebracht. Sekunden später war er aus dem Sattel gesprungen und zerrte Lynn vom Pferd.

Sie sah ihn an, wie ein Riese stand er vor ihr, sein Gesicht von Zorn und Blut entstellt.

„Wem gehört das Pferd?", herrschte er sie an.

Selbst überrascht, dass sie ihre Stimme fand, antwortete sie, Fenella sei aus der Reitschule. Zu seiner Verwunderung nickte er, so als sei ihm dieser Reitstall bekannt. Lange Zeit blickte er jetzt in ihr Gesicht, und es kam ihr wie eine Ewigkeit vor, ehe er wieder sprach.

„Dann findet die Stute ihren Weg allein zurück." Mit diesen Worten gab er Fenella einen leichten Schlag auf die Kruppe. Das Pferd fiel in einen Trab und war bald aus ihrem Blickfeld verschwunden.

„Und du", fragte er, „wo kommst du her?"

„Aus England", erwiderte sie, wobei ihr einfiel, dass er früher schon selber bemerkt hatte, dass sie Engländerin war. „Ich mache hier Ferien. Ich habe hier in der Gegend auf einer Farm gewohnt", erklärte sie mit bebender Stimme. Sie war kaum imstande, einen klaren Gedanken zu fassen, so sehr war sie von Panik überwältigt.

Der Fremde nickte verstehend, als sei ihm die Farm ebenso bekannt wie der Reitstall.

„Bist du allein unterwegs?", fragte er streng.

„Ja, mit meinem Auto. Ich habe es beim Reitstall gelassen."

„Hast du dich heute Morgen im Hotel abgemeldet?"

„Ja."

Er fragte sie weiter aus, und automatisch gab Lynn Antwort. In ihrer Verwirrung kam es ihr gar nicht in den Sinn, dass sie ihm Informationen über sich gab, die sie besser für sich behalten hätte.

Erst als er nachdenklich wiederholte: „Ganz allein in Irland?", dämmerte ihr, was sie angerichtet hatte. Ärger kam in ihr auf, sodass sie auf seine Frage, warum sie ihn geschlagen habe, ausrief: „Weil du und dein Gesindel der Abschaum der Menschheit seid!" Aber sofort bereute sie ihre Worte.

Sein Gesicht war jetzt dicht über ihrem. Höhnisch wiederholte er: „Der Abschaum der Menschheit. Das sind wir also für dich."

Und mit einem gewaltigen Schwung hob er sie hoch und setzte sie in den Sattel seines Wallachs. Geschwind wie der Blitz war auch er auf dem Rücken des Pferdes, das in einen Galopp ausbrach, als hätte es Flügel.

Die Bäume huschten nur so vorbei. Der Wald wurde noch dichter, als das Pferd in den unberührten Teil vordrang. Atemlos fragte Lynn, was er mit ihr vorhabe, wo er sie hinbrächte, doch der Mann blieb stumm. Sie spürte seinen unbändigen Zorn, und vor ihren Augen stiegen Bilder des Grauens auf.

Jetzt schien die Einsamkeit des Waldes, die sie kurz zuvor noch genossen hatte, sie schier erdrosseln zu wollen. Die Arme des Mannes und sein Körper, der dicht an ihren gepresst war, bereiteten ihr lähmende Angst. Sein heißer Atem streifte manchmal ihren Hals und ihre Wange.

Ab und zu erschauerte sie und stöhnte leise. Sie fragte sich, was sie getan hatte, um ein solches Schicksal zu verdienen. Endlich brach er sein unheilvolles Schweigen: „Ich bringe dich in mein Lager. Wir sind gleich da."

„Dein … Lager?" In ihrer Stimme vibrierte die Angst. Er stieß ein freudloses Lachen aus.

„Ja, mein Lager. Es liegt mitten in diesem Wald."

„Das wird dir noch leid tun! Die Polizei wird dich stellen, man wird dich einsperren. Hast du keine Angst?"

Sie wusste selbst, wie töricht ihre Frage klang. Dieser Mann kannte keine Angst. Er machte seine eigenen Gesetze. Ein Mann, der nur die Gesetze seiner Sippe anerkannte. Recht und Ordnung eines Landes schlug er in den Wind.

„Angst?" Der Mann lachte wieder und warf den Kopf in den Nacken. „Was ist das?"

„Auf Entführung steht Zuchthaus!", stieß sie hervor. Durch die Bäume hindurch wurde plötzlich das Nomadenlager sichtbar.

Er würdigte sie keiner Antwort. Seine hochmütige Haltung gab ihr das Gefühl, als betrachtete er sie als etwas, das tief unter ihm stand.

## 2. KAPITEL

Als Lynn in die dunklen Gesichter blickte, erkannte sie keinen aus der Gruppe wieder, die sich damals um ihren Wagen geschart hatte. Auch schien niemand sie als das Mädchen zu erkennen, dessen Auto in der Nähe ihres Lagers eine Panne gehabt hatte.

„Zoltan!"

Aus mehreren Kehlen schallte dem Mann der Name entgegen. Obwohl Lynn vor Furcht halb benommen war, hatte sie den Eindruck, dass ihr Entführer, den sie Zoltan nannten, nach längerer Zeit ins Lager zurückgekehrt war. Gehörte er nicht zu einem bestimmten Lager? Ganz offensichtlich war dies nicht der gleiche Clan, den sie von ihrer ersten Begegnung her kannte.

„Wer ist das?" Ein dunkelhäutiger Mann trat vor und musterte Lynn. „Es sieht dir gar nicht ähnlich, ein …"

Abrupt brach er ab, als Zoltan warnend die Hand hob. Jetzt hörte man mehrere Stimmen gleichzeitig, während er sich aus dem Sattel schwang.

„Dein Gesicht! Was ist dir zugestoßen?"

Die meisten Worte waren in Englisch, aber hin und wieder wurde Romani gesprochen.

Zoltans Züge verrieten Wut und Hass; seine schwarzen Augen blitzten, als sie einen Moment auf Lynns bleichem Gesicht ruhten. Mit festem Griff hob er sie vom Pferd. Sie hörte Lachen, aber auf vielen Gesichtern lag Verwunderung: Dachten diese Leute an Zoltans Freundin aus ihren eigenen Reihen und wunderten sich jetzt, wer sie war?

Zoltan antwortete jetzt in Romani, und Lynn war sicher, dass er erklärte, wie er zu seiner Verletzung gekommen war. Das Blut verkrustete schon, aber seine ganze Gesichtshälfte war verschmiert.

Wie bedrohlich er aussah – ein verwegener Kerl, der nur seine primitiven Instinkte auslebte. Welche Gnade konnte sie von so einem Mann erwarten? Am liebsten wäre sie auf der Stelle gestorben. Wie würde er sie umbringen?

Zoltan und der Mann, der sie zuerst angesprochen hatte, vertief-

*Geliebter Vagabund*

ten sich jetzt in eine Unterhaltung. Lynn hörte, wie mehrere Male die Namen Olave und Albán fielen. Bald bekam sie heraus, dass Zoltans Gesprächspartner Olave hieß und dass sie über jemanden mit dem Namen Albán redeten.

Ob Albán ein Mann oder eine Frau war, wusste Lynn nicht. Als sie prüfend in Zoltans Gesicht blickte, schien ihr, dass er zutiefst beunruhigt sei. Auch Olave war offenbar besorgt, denn er runzelte die Stirn und stieß einen schweren Seufzer aus.

Das Gespräch wurde durch die anderen unterbrochen, die ungeduldig im Kreis standen und immer wieder Fragen in Romani stellten. Selbst die kleinen Kinder, barfüßig und in entweder zu großen oder zu engen Kleidern, murmelten etwas dazwischen und zupften an Zoltans Ärmeln. Er gab Antwort, aber dann war seine Geduld am Ende; er schlang die Arme um Lynn und hob sie hoch. Einen Augenblick lang befürchtete sie schon, er würde sie über seine Schulter werfen und wie einen Sack Kartoffeln forttragen. Doch diese Demütigung blieb ihr erspart.

Unter viel Gelächter und Geschrei trug Zoltan sie zu einem Wohnwagen, auf den Olave vorher mit dem Finger gezeigt hatte. Als er seine Beute absetzte und durch die Tür schieben wollte, drehte sich Lynn unter Aufbietung aller Kräfte noch einmal um und schrie mit dem Mut der Verzweiflung: „Dieser Mann hat mich entführt! Ihr seid alle mitschuldig, wenn ihr mir nicht helft!"

Verstört blickte sie in die Runde. „So helft mir doch!", rief sie.

Vergebens. Schon schlug die Tür des Wohnwagens hinter ihr zu. Gedämpft vernahm sie Gelächter. Niemand war also bereit, Zoltan entgegenzutreten. Er trat auf, als sei er ihr König, denn trotz des Lachens war eine gewisse Hochachtung unverkennbar.

Verzweifelt brach sie in Tränen aus. Als die erste Gefühlsaufwallung vorbei war, sah sie sich in ihrem kleinen Gefängnis um: ein Sofa, ein Tisch, zwei hohe Stühle. Der Fußboden war mit drei handgewebten Läufern bedeckt. Auf einem wackeligen Regal stand eine Petroleumlampe aus Messing.

Lynns Blick verweilte bei dem größten der drei Fenster. Es sah nicht sehr vielversprechend aus, doch sie meinte, dass sie sich mit et-

25

was Mühe hindurchzwängen könnte. Aber rasch schwand der Gedanke an Flucht. Der Mann hatte sie gewiss nicht hierher verschleppt, um seine Beute entkommen zu lassen. Draußen standen die Mitglieder der Sippe und unterhielten sich wahrscheinlich immer noch über ihren unverhofften Gast.

Lynn wandte sich vom Fenster ab und entdeckte eine Nische am anderen Ende des Wohnwagens. Dort befand sich eine winzige Küche mit einem Plastikspülbecken und einem Butangasherd. Sie wollte gerade wieder in den Wohnraum zurückgehen, als Stimmen an ihr Ohr drangen. Lynn blickte hoch und entdeckte ein kleines quadratisches Fenster, das man zu schließen vergessen hatte.

Sie erkannte Zoltans und Olaves Stimmen. Vielleicht hatten sie jetzt die Gelegenheit erhalten, ungestört miteinander zu reden. Sie sprachen englisch.

„Es ist ärgerlich für dich, Zoltan, aber er hat sein eigenes Leben gewählt!"

„Das ist nicht das Leben, zu dem er bestimmt ist!"

„Du hast recht, und ich habe mich umgehört, wie du es von mir verlangt hast. Aber er entwischt mir immer wieder. Einmal ist er hier, am nächsten Tag schon wieder woanders. Erst kürzlich erfuhr ich, dass er sich in einem bestimmten Lager aufhält. Aber als ich dort eintraf, war er nicht mehr da."

„Du weißt doch, er ist eine Zeitlang im Ausland gewesen."

„Jetzt ist er wieder in Irland."

„Ich weiß", erwiderte Zoltan ungeduldig; „sonst wäre ich nicht hier. Ivarr rief an, um mir zu sagen, dass er sich hier in der Gegend befindet."

„Du wolltest zu uns, als du das Mädchen trafst?"

„Natürlich. Warum sollte ich mich sonst so anziehen?"

Lynn lauschte angespannt, konnte sich aber keinen Reim auf die Dinge machen, die sie hörte; es ergab alles keinen Sinn.

Jetzt sprach Olave wieder. „Was hast du mit ihr vor?"

„Was sie verdient!" In Zoltans Stimme lag abgrundtiefer Hass. „Sie wird dafür bezahlen, dass sie mir mit der Peitsche ins Gesicht schlug. Sie nannte mich einen verdammten Vagabunden und Abschaum der Menschheit."

*Geliebter Vagabund*

„Leute, die das fahrende Volk nicht kennen, haben manchmal merkwürdige Vorstellungen von uns, Zoltan. Du sollst es ihr nicht so übel nehmen."

Die Stimme des Mannes klang so milde, seine Ausführungen waren so tolerant, dass Lynn die jähe Hoffnung überfiel, er könne sie aus ihrer Situation befreien.

„Ich verzeihe keinem – ganz gleich ob Mann oder Frau –, der mich beleidigt!"

„Sie sieht wie ein anständiges Mädchen aus, Zoltan. Willst du sie ruinieren?"

Es verwirrte Lynn, dass Olave Zoltan eine Gemeinheit offenbar nur schwer zutraute. Anscheinend kannte Olave seinen Freund nicht zur Genüge.

„Sie soll für das büßen, was sie getan hat!", zischte Zoltan.

Lynn dachte, dass ein so unbeugsamer Mann sicher niemals nachempfinden konnte, dass sie sich nur für sein schändliches Verhalten bei ihrer ersten Begegnung hatte rächen wollen.

„Sie sagt, dass du sie entführt hast, und damit hat sie recht", gab Olave jetzt in seiner besonnenen Art zu bedenken. „Auf Menschenraub stehen hohe Strafen. Und du musst an deine Position denken, Zoltan. Die Sache ist es einfach nicht wert. Du warst immer ein Hitzkopf mit deinem aufbrausenden Temperament. Aber ich hätte gedacht, du hast mittlerweile gelernt, dich zu beherrschen."

Deine Position …? Lynn runzelte die Brauen. Welche Position konnte gemeint sein? War Zoltan das Oberhaupt dieser Sippe? Oder gar der König des fahrenden Volks? Jedenfalls würde das die Anspielung auf seine Position erklären und den Respekt, den die anderen ihm zollten. Das erklärte womöglich auch, warum er von einer Sippe zur anderen wanderte.

„Ich werde mir schon was ausdenken, Olave, mein Freund. Mach dir um mich keine Sorgen."

„Ich fühle mich verantwortlich, weil ich immer wusste …"

„Aber zum Schluss hast du doch den Mund aufgemacht, Olave. Verbring deine alten Tage nicht mit Selbstvorwürfen. Ich an deiner Stelle hätte wahrscheinlich genauso gehandelt."

„Es tut meinem Herzen gut, dich so reden zu hören, Zoltan. Aber trotzdem, wenn ich dich so sehe, wie du Recht und Gesetz missachtest, ein unschuldiges junges Mädchen entführst – dann muss ich mir einfach Vorwürfe machen, weil ich so lange geschwiegen habe."

„Du konntest ja nicht eher reden! Du musstest warten, bis sie gestorben war."

Lynn war so fasziniert von dem, was sie erlauschte, dass sie für einen kurzen Augenblick ihre eigene missliche Lage vergaß. Es hörte sich ganz so an, als habe sich hier eine Tragödie abgespielt. Und wenn sie Olave richtig verstand, dann wäre aus Zoltan nicht so ein verwegener Abenteurer geworden, hätte er nur eher gesprochen. Aber worüber?

„Du bist großmütig, Zoltan." Eine kleine Pause trat ein, dann fing Olave wieder in beschwörendem Ton an: „Das Mädchen …, sie tut mir leid."

„Spar dir dein Mitleid! Sie hat ehrlich verdient, was sie bekommen wird!"

„Sie ist Engländerin, sagtest du?"

„Das stimmt."

„Man wird sie vermissen."

„Keine Panik, Olave. Ich werde für alles sorgen. Sie reist ganz allein. Niemand erwartet sie zurück …"

Die Männer schienen sich jetzt zu entfernen, denn Lynn verstand nur noch Gesprächsfetzen. Ihre letzte Hoffnung setzte sie auf ihren Hauswirt in England und auf die Arbeitskollegen. Wenn sie ihre Miete nicht pünktlich einzahlte, dann würde der Hauswirt etwas unternehmen, und alle ihre Arbeitskollegen wussten, dass sie mit dem Wagen in Irland unterwegs war.

Es konnte doch nicht möglich sein, dass ein Mensch so einfach verschwand! Sicherlich würden die Behörden in England und Irland Nachforschungen nach ihr anstellen.

Wo war Zoltan jetzt? Eine schwache Hoffnung keimte in ihr auf, dass Olave ihn am Ende doch noch von der Unrechtmäßigkeit seines Tuns überzeugen würde. Plötzlich hörte sie Stimmen vor der Tür.

*Geliebter Vagabund*

Ihr Herz fing so heftig an zu klopfen, dass ihr fast schwindlig wurde. Sie schloss die Augen und betete um Rettung. Hätte sie den Mann doch nur nicht geschlagen, dann hätte er sie vielleicht unbehelligt gelassen. Die Anspannung der Nerven wurde zu groß, musste sich Luft machen. Lynn stürzte auf die Tür zu und hämmerte mit beiden Fäusten gegen das Holz. Von draußen hörte sie Lachen …

Erschöpft ließ sie sich schließlich auf das Sofa fallen. Sekunden später sprang sie wieder auf und durchmaß mit ruhelosen Schritten den engen Raum. Sie trat ans Fenster, schob den Vorhang ein wenig zur Seite.

In der Nähe standen vier Wohnwagen, alle mit knalligen Farben bemalt. Sonst hatte sie immer diese altmodischen Wohnwagen bewundert, fand sie romantischer als die modernen Caravans, die die Nachfahren der Kesselflicker heutzutage bevorzugten.

Bewundert … Lynn wusste, dass sie niemals mehr auf einen Wohnwagen würde blicken können, ohne diesen Albtraum aufs Neue zu durchleben. Vorausgesetzt, dass sie hier überhaupt heil herauskam.

Da – Schritte!

Sie erstarrte und beobachtete den Türgriff. Von außen wurde er niedergedrückt, und gleichzeitig drehte jemand den Schlüssel im Schloss.

Zoltan trat ein, seine schwarzen Augen glitten über ihre Gestalt. Hinter sich schloss er die Tür ab und steckte den Schlüssel in seine Hosentasche.

Er berührte eine Art Feder in der Wand, und ein Klappbett kam herunter.

„Hier wirst du schlafen." Er verzog den Mund zu einem kalten Lächeln und berührte mit dem Finger den blutverkrusteten Striemen auf seiner Wange. Die Wunde war gesäubert worden, aber die Gesichtshälfte war immer noch rot und geschwollen. Lynn verabscheute Gewalt, und die Tatsache, dass sie einem Menschen diese Verletzung beigebracht hatte, ließ in ihr ein Gefühl von Ekel aufsteigen.

„Komm her!", befahl Zoltan jetzt und zeigte auf die Stelle vor sich. „Du hast mich den Abschaum der Menschheit genannt. Jetzt sollst du dafür bestraft werden. Komm her, habe ich gesagt!"

Die Wunde rötete sich noch mehr, als seine Wut wuchs. Ohne abzuwarten, ob sie gehorchen würde, umklammerte er ihr Handgelenk und zog sie an seinen festen, muskulösen Körper.

Sie wollte sich wehren, aber ohne große Mühe hielt er sie fest. Lynn hörte sein Lachen und fühlte, wie seine Hand erbarmungslos in ihr Haar griff. Sie schrie auf, als er ihren Kopf nach hinten zerrte, sodass sie direkt in seine glühenden Augen sehen musste. Zugleich senkte sich sein sinnlicher Mund hart und fordernd auf ihre Lippen.

Tränen brannten in ihren Augen, sodass sie sein dunkles Gesicht wie durch einen Schleier wahrnahm, als er sie endlich losließ. Zu ihrer Überraschung zog er ein sauberes Taschentuch hervor und betupfte damit ihre Augen und Wangen.

Sie hob eine Hand, um ihre brennenden und geschwollenen Lippen zu berühren. Plötzlich kam ihr zu Bewusstsein, dass seine Küsse diesmal merkwürdig anders waren. Leidenschaftlicher, primitiver und besitzergreifender – aber da war noch etwas. Sie waren nicht mehr so erniedrigend wie beim ersten Mal.

Verwirrt blickte sie auf. Seine Züge waren wie aus Stein, die Augen ungerührt. Woran mochte er jetzt denken? Was ging hinter dieser undurchdringlichen Maske vor?

Seine schwarzen Augen blitzten. Der Mund war ein schmaler Strich. „Zuerst wollte ich dir mit gleicher Münze heimzahlen ...“ Er zeigte auf die achtlos hingeworfene Reitpeitsche. „Aber dein Gesicht ist zu schön für eine Narbe. Ich weiß etwas viel Besseres.“

Zoltans Lächeln war blanker Hohn, in seinen Augen las sie Triumph. Aber Lynn wusste, sie hatte ihn tödlich beleidigt, und er würde es ihr nie verzeihen. Sie hatte ihn den Abschaum der Menschheit genannt, seine eigenen Leute als Gesindel bezeichnet. Und jetzt wollte er sie dafür bezahlen lassen – bitter bezahlen.

„Du machst einen großen Fehler“, flüsterte sie mit bleichen Lippen. „Die Polizei wird dich auf jeden Fall zu fassen kriegen. Sobald ich von hier wegkomme, zeige ich dich an ...“

„Es kann noch lange dauern, bis du frei bist.“ Lynn schluckte krampfhaft, als sie den ironischen Zug um seinen Mund sah. „Vielleicht kommst du nie wieder frei – es wird sich zeigen.“

*Geliebter Vagabund*

Nie wieder frei ... Konnte er sie denn für den Rest ihres Lebens gefangen halten? In ihrem Gehirn formte sich eine entsetzliche Vorstellung. Sie zwang sich zu fragen: „Was hast du mit mir vor?", stammelte sie. „Wirst du mich ... umbringen?"

„Umbringen?" Er lachte und schüttelte den Kopf. „Nein, meine Schöne. Ich lege Wert darauf, dass du mir gefällig bist."

„Gefällig?" Vor Zorn vergaß sie einen Augenblick ihre Angst. „In dieser Hinsicht brauchst du dir nichts von mir zu versprechen! Es stimmt, ich bin in deiner Gewalt, aber meinen Willen brechen kannst du nicht!"

„Das werden wir ja sehen."

Mit zwei Schritten war er beim Fenster und zog rasch die Vorhänge zu. Von draußen kam ausgelassenes Lachen. Lynn presste sich die Hände auf die Ohren.

„Ich hasse dich", flüsterte sie. „Wenn ich könnte, würde ich dich töten."

„Du hasst mich?" Zoltan lachte auf. „Warte nur, bald wirst du noch mehr Grund haben, mich zu hassen. Einen verdammten Vagabunden hast du mich genannt!"

Aus seiner Stimme klang Zorn, doch trotz ihres Elends entging Lynn nicht die Spur von Bitterkeit.

Sie schloss die Augen. Da ließ ein heftiges Klopfen an der Tür Lynn hochfahren. Sofort erwachte wieder ein Hoffnungsschimmer in ihr, und sie starrte auf Zoltan, der zur Tür ging. Noch ehe er sie öffnen konnte, erhob sich draußen ein monotoner, rhythmischer Gesang, und jemand sagte etwas in seiner Sprache.

Plötzlich lachte er wild und riss die Tür auf. Vor ihm standen zwei junge Frauen, während andere sich dicht aneinandergedrängt im Hintergrund hielten. Zoltan sagte etwas, und sie antworteten. Eine der beiden warf ihm ein knallbuntes Kleidungsstück zu, das er mit einer Hand auffing.

Er drehte sich um und sah Lynn mit einem rätselhaften Ausdruck an.

„Was ist los?", flüsterte Lynn zitternd und mit bleichen Lippen. „Was geht hier vor?"

31

„Sie wollen die Hochzeit feiern. Meine Leute – der Abschaum der Menschheit. Sie sind der Meinung, dass es Zeit für mich ist, mir eine Frau zu nehmen."

Er schleuderte ihr das Kleidungsstück ins Gesicht.

„Sie haben dir dein Hochzeitskleid gebracht. Zieh es an!"

„Nein!" Ihr Gesicht war totenblass, aber auf den Wangen zeigten sich zwei rote Flecken. „Niemand kann mich gegen meinen Willen zu einer Heirat zwingen. Geht weg!", schrie sie die Frauen an, die immer noch durch die offene Tür lugten. „Geht weg! Und nehmt das mit!" Sie warf das Kleid zurück.

Im selben Augenblick wusste sie, dass sie einen Fehler gemacht hatte. In den Gesichtern der beiden, die eben noch gelacht hatten, flammte Feindschaft auf. Zoltan bückte sich und hob das knallbunte Kleid auf. Mit einem Fußtritt schloss er die Tür. Dann kam er mit dem Kleid in der Hand langsam auf sie zu.

„Zieh das an!", befahl er ruhig.

Lynn überlegte fieberhaft. Ihr kam eine Idee.

„Was ist, wenn ich schon verheiratet bin?"

Zoltan blickte auf ihre rechte Hand.

„Ich glaube dir nicht. Aber das wäre auch egal. Zieh jetzt das Kleid an – sonst helfe ich dir dabei."

In Lynns Kopf überstürzten sich die Gedanken. Vielleicht, wenn sie erst einmal das Kleid anhatte und draußen war, bot sich eine Gelegenheit zur Flucht.

„Also gut …" Sie tat, als füge sie sich in ihr Schicksal. „Geh bitte hinaus, während ich mich umziehe."

„Wozu? Gleich bin ich dein Mann …"

„Aber jetzt noch nicht. Und du wirst es auch nie sein. Niemals werde ich dich als meinen Mann anerkennen!"

Immer noch war ihr ganzes Sinnen auf Flucht gerichtet. Wie weit mochte das Lager von der nächsten Straße entfernt sein? Würde jemand sie hören, wenn sie um Hilfe schrie?

„Bitte lass mich allein, wenn ich mich umziehe!"

Zoltans Blick schweifte über ihren Busen. „Zieh das Kleid an. Meine Leute warten auf uns. Sie wollen unsere Hochzeit feiern."

*Geliebter Vagabund*

Als sie keine Anstalten machte, ihm zu gehorchen, griff er nach ihrem Handgelenk und wollte ihr die Bluse öffnen. Ihr blieb nichts anderes übrig, als sich seinem Willen zu fügen. Er lachte, als er ihre Verlegenheit bemerkte. Dennoch entging ihr nicht ein unergründliches Licht in seinen Augen: Es war weder Spott noch Verachtung – eher Bewunderung.

Das Kleid hatte einen bauschigen, weiten Rock und reichte bis auf den Boden. Und zu Lynns großer Erleichterung war es sauber.

Zoltan nahm ihre Hand und führte sie zur Tür.

„Ein Kuss, ehe wir gehen …", sagte er und presste seine Lippen auf ihren Mund. Wie heißt du eigentlich?"

„Ich heiße …" Lynn überkam der verrückte Wunsch, laut zu lachen. In wenigen Minuten würden sie verheiratet sein, und ihr zukünftiger Ehemann fragte beiläufig nach ihrem Namen. „Ich heiße Lynn Seldon."

„Und ich bin Zoltan."

„Das ist mir gleichgültig. Ich werde dich nie mit diesem Namen anreden!"

„Du wirst tun, was ich dir sage!", herrschte er sie an. „Komm schon, die Leute warten."

Sobald Lynn den Wohnwagen verlassen hatte, merkte sie, dass ein Entkommen vorläufig jedenfalls unmöglich war. Von dem Clan umringt, wurden sie zu einem Platz geführt, auf dem ein Mann, vermutlich der Sippenälteste, bereitstand, die Zeremonie zu vollziehen. Wie im Traum nahm Lynn die Rituale wahr, die sie nun für ewig an einen Mann binden sollten, der ihr Angst einflößte. Aber war sie denn jetzt wirklich vor dem Gesetz mit diesem irischen Vagabunden verheiratet? Im Augenblick war ihr das gleichgültig. Sie war ja doch seine Gefangene, seine Sklavin. Bis er ihrer überdrüssig wurde und sie vielleicht in die Freiheit entließ …

Doch dann regte sich in ihr der Widerstand. Nein, dachte sie, so lange kann ich nicht warten, ich werde fliehen. Jeden Tag, jeden Augenblick werde ich auf die Gelegenheit lauern. Er kann mich nicht ewig bewachen …

„Komm, mein Weib! Man begleitet uns jetzt zur Brautkammer."

Er lachte. Lynn bebte vor Wut: „Ich bin nicht dein ... Weib!"

„Gib mir deine Hand, Weib!"

Lynn versteckte ihre Hände hinter dem Rücken. Die Umstehenden lachten. Zoltan nahm dennoch Lynns Hand und gab ihr einen leichten Klaps. Das Lachen wurde lauter. Singend und tanzend wurde das Paar zu seinem Wohnwagen geleitet.

Dann schloss sich die Tür. Lynn, die vor vierzehn Tagen aufgebrochen war, um Ferien zu machen, blieb allein mit einem Fremden zurück, der ihr Ehemann war – zumindest nach seiner Auffassung.

*Geliebter Vagabund*

## 3. KAPITEL

Durch einen Spalt in den Vorhängen stahl sich ein Sonnenstrahl. Lynn öffnete die Augen. Sofort überwältigte sie die Erinnerung – ein wüstes Chaos von Demütigungen und Verzweiflung.

Sie richtete sich auf, und ihr Blick fiel auf den dunkel gelockten Mann, der auf dem Sofa ihr gegenüber lag. Er bewegte sich, drehte den Kopf und schien im ersten Augenblick nicht zu wissen, wo er sich befand.

„Guten Morgen", sagte er dann. „Ich hoffe, du hast gut geschlafen."

„Bitte sag mir, wie es jetzt weitergehen soll! Ich meine, soll ich jetzt mit diesen Leuten hier zusammen leben?"

„Wo denn sonst? Der Platz einer Frau ist an der Seite ihres Mannes. Oder wohnen in England die Frauen bei fremden Männern?"

Sie wandte sich ab und wünschte, sie hätte sich schon angezogen, als er noch geschlafen hatte.

„Und was soll ich hier tun?"

„Du wirst für deinen Ehemann sorgen. Vorläufig jedenfalls."

„Vorläufig?"

„Ja, bis wir Kinder bekommen."

Sie errötete. „Ich werde niemals Kinder mit dir haben!"

„Du wirst Kinder haben", versicherte ihr Mann. „Wenn ich es will." Seine Stimme war leiser geworden, so als sei er mit seinen Gedanken weit fort. „Jeder Mann wünscht sich einen Erben."

„Einen Erben!", stieß sie hervor. „Was, verrate mir bitte, solltest du schon zu vererben haben?"

Er setzte sich auf, in seinen Augen war ein gefährliches Leuchten.

„Ich gebe dir einen guten Rat, Lynn. Reize mich nicht zu sehr. Sonst lernst du mich noch kennen."

„Gebe Gott, dass mir das erspart bleibt!"

„Es liegt an dir. Auch wenn du anderer Ansicht bist – ich habe tatsächlich etwas zu vererben."

„Diesen Wohnwagen! Deine erbärmlichen Habseligkeiten ..."

Sie hielt mit einem Schmerzensschrei inne, denn Zoltan war aufgesprungen und hatte sie mit eisernem Griff am Arm gepackt.

„Du hast ein loses Mundwerk, Frau!" Der Griff verstärkte sich. „Mir scheint, ich muss dich noch lehren, was sich für eine Ehefrau gehört. Mach mir Frühstück", verlangte er.

Nach dem Frühstück verkündete Zoltan, dass er fortgehen würde.

„Fort?"

„Ich bleibe nicht den ganzen Tag weg. Und lass dir nicht einfallen zu fliehen. Der Wohnwagen wird die ganze Zeit bewacht."

Er blickte in die Runde.

„Und wenn ich zurückkomme, erwarte ich, dass hier alles sauber ist." Er hielt inne und musterte ihr erhobenes Kinn. „Wenn du nicht willst, dass ich Gleiches mit Gleichem vergelte, dann rate ich dir, meine Anordnungen zu befolgen."

Sie brauchte ihn nicht zu fragen, was er damit meinte. Ein Blick auf die blutunterlaufene Narbe war genug. Doch innerlich kochte sie, und sie ließ eine ganze Weile verstreichen, ehe sie sich an die angewiesene Arbeit machte.

Mit Überwindung ging sie ans rein machen. Sie fing mit den Möbeln an, die schlimm zerkratzt waren, und die auch emsiges Polieren nie mehr zum Glänzen bringen würde.

Am schlimmsten war der Fußboden. An einigen Stellen musste sie ein Messer zu Hilfe nehmen, um den eingetretenen Schmutz zu lösen.

Sie erinnerte sich daran, wie Zoltan den Boden mehrfach mit unwilligem Stirnrunzeln betrachtet hatte. Er schien in dieser Umgebung merkwürdig fehl am Platz zu sein.

Sie versuchte sich in Erinnerung zu rufen, wie seine Stimme bei ihrer ersten Begegnung geklungen hatte, aber es wollte ihr nicht gelingen. Kein Wunder, sie hatten ja auch nur ein paar Worte miteinander gewechselt.

Noch mehr Ungereimtheiten beschäftigten Lynns Gedanken. Zum einen das Rassepferd, das er geführt hatte, dann das ungelöste Rätsel, wie er in dieser kurzen Zeit eine so weite Strecke ohne Auto hatte zurücklegen können. Zu Pferde war das nicht zu schaffen, er musste also eine andere Transportmöglichkeit benutzt haben.

*Geliebter Vagabund*

Lynn seufzte schwer und schrubbte mit vermehrtem Eifer den Fußboden. Aber was machte sie mit den verdreckten Teppichen? Sollte sie das Fenster öffnen und sie ausschütteln? Sie schreckte davor zurück, mit den Vagabunden in Kontakt zu kommen. Dennoch wäre es eine Schande, die schmutzigen Läufer auf den sauberen Boden zu legen.

Kaum hatte sie das Fenster geöffnet, da erschien auch schon ein junger Bursche von etwa zwanzig Jahren. Auf seine verwegene, raue Art sah er richtig hübsch aus, und als er jetzt den Mund öffnete, sah sie eine Reihe strahlend weißer Zähne.

„Ich möchte diese Teppiche ausschütteln", sagte sie und hoffte, er würde Englisch verstehen. Er nickte und erwiderte, er würde es für sie tun.

„Danke ..."

Durch das Fenster reichte sie ihm die Läufer. Sie hatte keine Ahnung, dass er fasziniert war von ihren traurigen Augen und dem schmerzlichen Zug um ihren Mund. Seit Zoltan diese junge Frau ins Lager gebracht hatte, hatte er ununterbrochen an sie denken müssen.

„Sollst du diesen Wohnwagen bewachen?" Sie musste es ihn einfach fragen, als er ihr den ersten Teppich zurückreichte.

Er nickte.

„Es tut mir leid", murmelte er mit seiner rauen, aber angenehmen Stimme.

„Du kannst ja nichts dafür. Wahrscheinlich musst du tun, was Zoltan dir befiehlt?" Aufmerksam beobachtete sie dabei seinen Gesichtsausdruck.

„Jeder hier tut, was Zoltan befiehlt."

„Ist er ... der König des fahrenden Volks?"

„Stellen Sie mir keine Fragen, Lady. Ich darf sie nicht beantworten."

Er klopfte den zweiten Läufer aus und reichte ihn ihr zurück. Dabei entdeckte Lynn ein Gesicht hinter dem Fenster eines anderen Wohnwagens. Auch dort lugte jetzt jemand durch die Scheiben. Ein Vorhang bewegte sich leicht. Sie wurden beobachtet.

Als der Junge in ihr Gesicht sah, drehte er sich um und schüttelte eilig den dritten Teppich aus.

*Anne Hampson*

„Ich muss jetzt gehen", sagte er hastig und hob den Teppich durchs Fenster. „Bitte machen Sie das Fenster wieder zu."

„Wie heißt du?"

„Connell, aber alle sagen Conn zu mir." Wieder blickte er sich verstohlen um. „Ich muss gehen. Die Frauen werden Zoltan erzählen, dass ich mit Ihnen gesprochen habe." Er machte eine eindringliche Geste, und sie schloss das Fenster.

Vielleicht, überlegte sie, während sie die Teppiche auslegte, war von dieser Seite Hilfe zu erwarten …

Viel später öffnete sie wieder das Fenster. Sie bemühte sich, ganz leise zu sein. Vorher hatte sie sich vergewissert, dass niemand von den anderen Wohnwagen zusah.

Nachdem Conn sich vorsichtig umgeschaut hatte, kam er zu ihr.

„Ich brauche etwas Wasser." Lynn hielt eine Kanne hoch. „Wärst du bitte so freundlich und besorgst mir etwas?"

Er tat, worum sie ihn gebeten hatte, reichte aber die Kanne wortlos zurück. Ihre Blicke trafen sich, und sie glaubte Bewunderung herauszulesen. Sie betrachtete seine zerrissenen Kleider, und er tat ihr leid. Es war ein Jammer, dass ein so junger Mensch in dieser hoffnungslosen Existenz verkümmern musste.

„Ich bin dir sehr dankbar." Lynn sprach leise, froh darüber, dass bis jetzt noch kein fremdes Gesicht an einem Fenster oder in einem Türrahmen aufgetaucht war.

„Was würde mit dir geschehen, wenn ich von hier verschwinde?", tastete sie sich zaghaft vor.

„Ich wäre in großen Schwierigkeiten."

„Durch meinen Mann?"

„Ja. Er hat mir befohlen, diesen Wohnwagen zu bewachen."

„Bezahlt er dich dafür?"

Unter der dunklen Haut röteten sich Conns Wangen. Offensichtlich brachte ihre Frage ihn in Verlegenheit. Aber er nickte und sagte ja.

„Ich brauche das Geld", setzte er hinzu, als wolle er um ihr Verständnis bitten. Wieder sah er sich vorsichtig nach allen Seiten um. „Ich bringe Ihnen noch mehr Wasser", sagte er. „Haben Sie ein Gefäß?"

„Ja, ich hole eins."

*Geliebter Vagabund*

Lynn reichte ihm einen Behälter und beobachtete ihn, bis er außer Sichtweite war. Sie fragte sich, woher er das Wasser holte, zerbrach sich aber nicht lange den Kopf darüber. Mit fliegenden Fingern suchte sie in den Schubladen nach einem Bleistift oder Kugelschreiber. Zu ihrer größten Enttäuschung fand sie nichts.

„Kannst du mir einen Bleistift besorgen?", fragte" sie, als sie das Wasser entgegennahm. „Ich ..., ich habe etwas zu schreiben."

Scharf beobachtete sie sein Gesicht. Sie bemerkte, wie die Augen aufleuchteten, aber dann war der Ausdruck nicht mehr zu deuten.

„Es wäre gefährlich ...", fing er an, aber Lynn hoffte, dass er schwach würde.

„Ich brauche Hilfe, Conn!" Jetzt hatte sie es ausgesprochen, und wenn er sie an Zoltan verriet, dann würde sie bitter dafür büßen müssen. „Ich bin gegen meinen Willen hierher verschleppt worden – aber das weißt du sicher. Ich will fort ..."

Sie brach ab, als er seinen dunklen Lockenkopf schüttelte. Im nächsten Augenblick hatte er sie allein gelassen und ihr vorher noch zugeraunt, sie solle das Fenster schließen.

Warum hatte er solche Angst vor Zoltan? Beinahe war er doch bereit gewesen, ihr Papier und Bleistift zu besorgen.

Aber plötzlich hatte er seine Meinung geändert ...

Lynn kam zu der Überzeugung, dass Zoltans Geld wichtiger für ihn war als seine Bereitschaft, ihr zu helfen. Jetzt setzte er sich auf die Stufen eines Wohnwagens. Noch lange blieb sie am Fenster stehen und sah zu ihm hin, aber er vermied es, den Kopf in ihre Richtung zu wenden.

Entmutigt setzte sich Lynn auf das Sofa. Sie überlegte ihre nächsten Schritte. Sie war sicher, dass Conn am Ende doch noch zu gewinnen – besser gesagt, zu kaufen war. Doch sie hatte kein Geld bei sich. Es befand sich in ihrer Handtasche, die sie im Kofferraum gelassen hatte. Vielleicht gab Conn sich mit einem festen Versprechen zufrieden?

Aber wie sollte er unbemerkt an das Geld kommen, wenn sie erst einmal frei war? Er hatte doch keine feste Adresse, an die sie es dann schicken konnte.

Es hat alles keinen Sinn, dachte sie verzweifelt. Ich muss hier bleiben, bis dieses Scheusal mich freilässt.

Wo mochte er jetzt wohl stecken? Schon seit Stunden war er fort. Lynn hatte keine Ahnung, welchen Tätigkeiten er nachging. Die meisten Vagabunden waren in Irland natürlich Kesselflicker. Aber nichts konnte Lynn sich weniger vorstellen als ihren Mann, der von Tür zu Tür ging und fragte, ob Pfannen und Töpfe zu reparieren seien. Dazu war er zu stolz, bei weitem zu hochmütig.

Die Stunden zogen sich hin. Lynn hatte sich mit der winzigen Küche alle Mühe gegeben, musste aber erkennen, dass sie auch nicht viel besser aussah als vorher. Die Wände waren verblichen, und der Linoleumbelag abgeschabt bis auf das Jutegewebe.

Nachdem sie Töpfe und Geschirr abgespült hatte, machte sie sich daran, das Gemüse zu putzen, das eine der Frauen am Morgen in den Wohnwagen gebracht hatte. Auf einem Regal standen zwei Dosen Büchsenfleisch. Sie tat das Gemüse in einen Topf und das Fleisch in einen anderen. Sie konnte erst zu kochen anfangen, wenn Zoltan zurück war.

Wie eine Löwin im Käfig wanderte sie in dem engen Raum hin und her. Auf einmal brach sie in Tränen aus. Wie lange sollte diese Qual andauern?

Endlich kam er zurück. Mittlerweile waren ihre Nerven so angespannt, dass sie tatsächlich darüber froh war. Doch schon seine ersten Worte brachten sie in Wut.

Amüsiert begutachtete er den sauberen Fußboden.

„Du hast dich also entschlossen, mir zu gehorchen. Das war vernünftig von dir." In ihren Augen sah er die Tränen. „Du tust dir jetzt wohl selbst leid, wie? Du hast Glück gehabt. Es könnte dir viel schlimmer gehen."

„Schlimmer?", fuhr sie ihn zornig an. „Wie könnte es mir noch schlimmer gehen?"

Einen Augenblick musterte er sie mit spöttischen Blicken von oben bis unten.

„Ich könnte dich jeden Tag verprügeln", sagte er schließlich mit aufreizender Ruhe.

*Geliebter Vagabund*

Sie ballte die Fäuste, und ehe sie sich zur Vernunft mahnen konnte, waren ihr die Worte herausgerutscht: „Das wäre wenigstens eine Abwechslung!"

Zoltan lachte. Aber es war ein gutmütiges Lachen. Es machte seine harten Züge weicher und ließ ihn unglaublich attraktiv aussehen.

„Soll ich dir den Gefallen tun?"

„Ich hasse dich", fauchte sie ihn an. „Und eines Tages werde ich dir entkommen – selbst wenn ich dich dabei umbringen müsste!"

„Das glaube ich gern, dass du mich am liebsten tot sehen möchtest", sagte er gleichgültig und ging in die Küche, um ihre Arbeit zu begutachten.

„Nicht schlecht, aber es könnte auch besser sein. Als was hast du gearbeitet? Im Haushalt sicher nicht. Setz dich hin und erzähle mir von dir."

„Ich habe in einem Büro gearbeitet", erwiderte Lynn mürrisch. „Mein Chef wird Nachforschungen nach mir anstellen lassen!"

„Darauf werde ich gleich kommen", versetzte er gelassen. „Aber jetzt erzähl mir mehr von dir."

Sie fühlte sich jetzt etwas ruhiger und musste sich eingestehen, dass sie froh war, mit jemandem sprechen zu können. Auch wenn dieser jemand ein Mann war, den sie aus tiefstem Herzen hasste.

Zuerst hatte sie vorgehabt, ihm einen Haufen Lügen zu erzählen, über Verwandte, die sie nach Ablauf einer bestimmten Frist suchen würden. Aber unter seinen dunklen, forschenden Blicken sagte sie ihm mehr über sich, als eigentlich ihre Absicht war …

Während Lynn sprach, fiel ihr auf, dass er sich umgezogen hatte. Er trug jetzt frische Kleidung. Auch schien er seine Haare gewaschen zu haben.

Wo hatte er den Tag verbracht? Vielleicht besaß er noch irgendwo eine Hütte, in die er sich zurückziehen konnte.

Jetzt sprach er wieder und erwähnte, dass ihr Auto geholt würde. „Ich kann es gut gebrauchen", fügte er spöttisch hinzu.

„Du Dieb! Das Pferd hast du doch sicher auch gestohlen!"

Seine Lippen wurden schmal.

„Pass auf, du", knurrte er. „Wann wirst du endlich lernen, dass die

Frau eines irischen Vagabundens ihren Mann als Herrn betrachtet?"

Sie konnte sich nicht mehr beherrschen.

„Ich betrachte dich und deinesgleichen als tief unter mir stehend – damit du es nur weißt!"

Er sprang auf und stieß den Tisch zur Seite. Er griff in ihr volles Haar und zerrte ihr den Kopf in den Nacken. Mit angstvoll aufgerissenen Augen starrte sie in sein wildes Gesicht. Angespannt wartete sie darauf, welche Strafe jetzt folgen würde. Aber er gab sie mit einer halblaut gemurmelten Entschuldigung wieder frei.

Zu ihrer größten Überraschung küsste er sie dann auf die Lippen, weich und zärtlich wie nie zuvor. Aber gleich darauf, als täte ihm dieses Zartgefühl schon wieder leid, herrschte er sie an: „Mach mein Essen fertig!"

Später, bei Tisch, kam er wieder auf ihren Arbeitgeber zu sprechen.

„Du wirst ihm einen Brief schreiben und ihm erklären, dass du dich verheiratet hast und die Arbeit aufgibst. Ebenso wirst du deine Freunde davon in Kenntnis setzen. Und du wirst diese Briefe schreiben, Lynn, auch wenn du im Augenblick entschlossen bist, es nicht zu tun."

„Dazu kannst du mich nicht zwingen!", rief sie. Aber verzagt gab sie vor sich selber zu, dass sie ihm gehorchen würde. Immer würde er ihr seinen Willen aufzwingen – notfalls mit der Reitpeitsche!

Er blieb neben dem Tisch stehen, nachdem er ihr Briefpapier und passende Umschläge von hoher Qualität hingelegt hatte. Der Briefkopf war umgeknickt, vermutlich um eine Adresse zu verbergen.

Sie fragte ihn, und er sagte, dass er die Adresse später abschneiden werde. Aber warum hatte er das nicht gleich getan?

„Das Briefpapier habe ich gestohlen", bemerkte er wie beiläufig. Als sie versuchte, den umgeknickten Rand zu heben, um die Adresse zu lesen, gab er ihr einen leichten Schlag auf die Hand.

„Lass das!"

Sie schrieb, was er ihr diktierte, während ihr Tränen über die Wangen liefen. Diese Briefe würden Überraschung hervorrufen, aber man würde am Inhalt nicht zweifeln. Und es stimmte ja sogar, was sie hier unter Zwang zu Papier brachte. Sie war wirklich verheiratet,

*Geliebter Vagabund*

und sie lebte nun tatsächlich in Südirland …

Später ging Zoltan noch einmal fort und nahm die Briefe mit. Sie blieb zurück und wusch das Geschirr ab.

Es wurde dunkel, und Zoltan war immer noch nicht zurück. Lynn schreckte auf, als sie ein leises Klopfen an der Fensterscheibe hörte. Ihr Herz machte einen Sprung, als ihr klar wurde, wer es war – Conn!

Als sie das Fenster einen Spaltbreit öffnete, flüsterte er ihr zu: „Ich bringe Ihnen einen Bleistift."

„Danke. Ich bin dir von Herzen dankbar. Komm wieder, wenn uns keiner beobachtet. Dann habe ich eine Botschaft für dich."

Als Zoltan zurückkam, brachte er ihre beiden Koffer mit. Er legte sie auf das Sofa und befahl ihr, sie zu öffnen.

„Warum?", wollte sie wissen.

„Du hast doch sicher hübsche Nachtwäsche." Seine Stimme klang zynisch. Seine schwarzen Augen prüften sie mit anzüglichen Blicken. Wie sie ihn hasste …

Eindringlich wiederholte er: „Mach den Koffer auf, habe ich gesagt!"

Zögernd gehorchte sie. Röte stieg ihr ins Gesicht, als sie ganz zuoberst ihr hauchdünnes rosa Nachthemd entdeckte.

Auch er hatte das Nachthemd gesehen. Er befahl ihr, es herauszunehmen. Sie tat es – und schleuderte es nach ihm. Lachend streckte er die Hand aus und fing es in der Luft auf.

„Danke", höhnte er. „Ist das die Aufforderung, dass ich es dir anziehen soll?"

„Ich ziehe es auf keinen Fall an!"

„Ich glaube, doch." Er prüfte das weiche Material mit seinen schmalen Fingern, bevor er es ihr zurückwarf und dann auf das Klappbett zeigte.

„Geh jetzt schlafen."

## 4. KAPITEL

Am nächsten Tag äußerte Lynn den Wunsch, ihr Haar zu waschen. Nach dem Frühstück brachte Zoltan ihr Wasser in einem Plastikeimer und sagte: „Da, mach dir deine Haare, aber ein bisschen fix. Du hast noch anderes zu tun."

Sie wurde zornrot. „Wie sprichst du mit mir. Man könnte glauben, ich wäre deine Dienstmagd."

„Bist du das nicht?"

„Du bildest dir wohl ein, dass du mir haushoch überlegen bist", erwiderte sie scharf. „Aber da bin ich anderer Meinung. Wer bist du schon?" Ihre Stimme hatte plötzlich einen neugierigen Klang: „Bist du der König des fahrenden Volks?"

Einen Augenblick lang sah es so aus, als wollte er keine Antwort geben. Dann warf er den Kopf in den Nacken und lachte schallend. „Gut geraten. Ja, ich bin der König dieses Volks." Aber dann wurde er ernst. „Wie kommst du darauf?"

Sie wollte ihm nicht sagen, dass sie etwas wie einen aristokratischen Zug an ihm bemerkt hatte. Deshalb erwiderte sie scheinbar beiläufig: „Du bist ein bisschen anders als die anderen hier."

„Ein bisschen?" Sein Tonfall ließ sie aufhorchen. Er schien tatsächlich verletzt zu sein.

„Ja, ein bisschen, habe ich gesagt."

„Du kannst doch gar keine Vergleiche ziehen. Du hast mit niemandem außer mir im Lager gesprochen."

„Aber ich habe sie durchs Fenster gesehen und sie reden hören. Vergiss nicht, dass ich seit zwei Tagen hier bin."

Er erwiderte nichts darauf, sondern fuhr sie an: „Wasch deine Haare! Hast du ein Shampoo? Sonst besorge ich dir etwas."

Lynn war verblüfft: „Benutzt deine Sippe solchen Luxus wie Shampoo?"

Er runzelte unwillig die Stirn. „Meine Sippe ...", sagte er. „Natürlich besitzen wir Shampoo. Die Leute geben uns alles Mögliche."

„Weil sie Angst haben, sonst verflucht zu werden ..." Ihr war eingefallen, dass die Mutter einer Schulfreundin aus lauter Angst, von

*Geliebter Vagabund*

dem fahrenden Volk verflucht zu werden, sie jedes Mal, wenn sie an die Haustür kamen, mit Geschenken überhäufte.

Aber Zoltan schien sich darüber zu amüsieren.

„Glaubst du wirklich, wir könnten dich mit einem Fluch beladen?"

„Nein", erwiderte sie kopfschüttelnd, „natürlich glaube ich das nicht. Aber ich kannte eine Frau, die sich ernsthaft davor fürchtete."

Als Lynn in ihrem Koffer nach einem Haarwaschmittel suchte, fiel die kleine Broschüre über Ballytara Abbey zu Boden. Zoltan bückte sich und hob sie auf. Sein Gesicht hatte einen Ausdruck angenommen, den sie nicht zu deuten wusste.

„Woher hast du das?", fragte er.

„Die Broschüre stammt aus einem wunderschönen Herrensitz", entgegnete sie. „Ballytara Abbey; neulich bin ich dort gewesen."

War es erst neulich? Ihr kam es wie ein Jahrhundert vor, seit sie frei und unbeschwert durch den schattigen Park gestreift war. Ein Seufzer entrang sich ihrer Brust, als sie daran dachte, wie glücklich sie damals gewesen war.

„Wie hat dir die Anlage gefallen?", fragte er.

Ehe sie antwortete, sah sie ihn kurz verwundert an. „Warst du auch schon dort?"

Er schwieg. Machte er sich über sie lustig? „Ja. Allerdings kenne ich mich dort aus."

Lynn runzelte die Stirn. „Und man hat dich hereingelassen ...?" Sie verstummte mit klopfendem Herzen. Schon wieder hatte sie das Falsche gesagt. Seine schwarzen Augen glänzten bedrohlich. Ohne Zweifel, er war ein unzivilisierter, wilder Vagabund. Ob es ihm passte oder nicht.

„Was meinst du damit?", fragte er und ging langsam auf sie zu. „Findest du, dass ich nicht gut genug bin, um mich wie andere Besucher im Park aufhalten zu dürfen?"

„Entschuldigung", erwiderte sie schwach. „Ich dachte nur, dass ... Dass ..."

„Weiter! Was dachtest du?"

In einer hilflosen Geste hob sie die Hände.

„Es tut mir leid", sagte sie. „Bitte denk nicht mehr daran ..."

*Anne Hampson*

Wieder schwieg er. Atemlos wartete sie, ob er sie für ihre unbedachte Äußerung bestrafen würde. Doch ohne ein weiteres Wort reichte er ihr die Broschüre zurück.

Er verließ den Wohnwagen, und Lynn sah ihm durchs Fenster nach. Sie konnte nicht umhin, seine athletischen, breiten Schultern und seine schmalen Hüften zu bewundern. Sein Gang hatte etwas Gebieterisches, Herrisches.

Ihre Gedanken weilten bei dem Mädchen, das sie bei der ersten Begegnung gerettet hatte. Dieses Mädchen musste eine wichtige Rolle in Zoltans Leben spielen, denn ohne zu zögern, hatte er ihr gehorcht.

Ihr gehorcht …

Lynns Brauen zogen sich zusammen." Zoltan gehorchte einer Frau? Es war unglaublich, und hätte sie nicht selbst diese Szene miterlebt, sie hätte sie nie für möglich gehalten. Hatte das Mädchen Macht über ihn, sodass er es nicht wagte, sich ihr zu widersetzen? Aber wenn es so war, wie konnte er dann einfach eine andere heiraten?

Ob sie ihn wegen des Mädchens ausfragen sollte? Es wäre interessant, seine Erklärung zu hören. Aber nach einigem Nachdenken ließ Lynn ihre Absicht fallen. Sie wollte es nicht riskieren, sich wieder seinen Unmut zuzuziehen.

Er selbst hatte niemals auch nur mit einer Andeutung ihre erste Begegnung erwähnt. Empfand er etwas wie Scham, weil er eine Frau tätlich angegriffen hatte?

Nach einer Weile kam er zurück und brachte eine große gelbe Plastikschüssel; offenbar hatte er sich überlegt, dass sie sich in dem Eimer nicht gut die Haare waschen konnte.

„Genügt das jetzt?", fragte er.

„Ich wundere mich, dass du dir solche Mühe machst", sagte sie, nicht ohne einen Unterton von Spott.

„Du kennst mich zwar noch nicht von meiner schlimmsten Seite, aber auch noch nicht von meiner besten", erwiderte er unergründlich.

Plötzlich erwachte in Lynn der Wunsch, mehr von diesem Mann zu erfahren, auch seine guten Seiten kennenzulernen.

*Geliebter Vagabund*

Sie zuckte jedoch die Achseln und wandte sich abrupt ab. Da ihr ganzes Sinnen und Trachten einzig auf Flucht gerichtet war, warum sollte sie sich noch die Mühe machen, die besseren Züge seines Charakters zu erforschen?

Sie wusch in der Küche ihr Haar und kam dann mit einem Handtuch um den Kopf in den Wohnraum zurück. Zu ihrer Überraschung stand Zoltan von dem Sofa auf, nahm das Handtuch und fing an, ihr Haar kräftig zu frottieren.

Er stand so dicht bei ihr, dass sie die Wärme seines Körpers spürte. Seine Berührung war ungewöhnlich sanft, als er schließlich das Handtuch fortwarf, ihr Gesicht in beide Hände nahm und in ihre blauen Augen blickte.

„Wie schön du bist, meine Lynn …" Sein Mund suchte ihre Lippen. Widerstandslos ließ sie seine Küsse über sich ergehen. Plötzlich brach sie in Tränen aus.

„Lass mich los!", schrie sie beinahe hysterisch. „Ich kann das nicht mehr ertragen!"

„Meine Küsse?"

„Alles! Siehst du denn nicht ein, dass man einen Menschen nicht sein Leben lang gefangen halten kann?" Sie riss sich aus seiner Umarmung und sprang auf. Das Haar hing ihr wirr über die Schultern. „Du weißt selber, dass das nicht geht!"

Der Blick seiner dunklen Augen war undurchdringlich. Hatte sie eine verborgene menschliche Seite in ihm berührt? Immerhin hatte er gesagt, sie habe das Beste in ihm noch nicht kennengelernt. Vielleicht besaß dieser Mann noch einen Funken Mitleid. Aber zu ihrer Verzweiflung schüttelte er den Kopf und sagte mit einer Bestimmtheit, die jede Hoffnung im Keim erstickte: „Meine Frau bleibt bei mir, Lynn. Du hast mich aus freien Stücken geheiratet …"

„Aus freien Stücken!", rief sie. „Wie kannst du so etwas behaupten?"

„Du hast nicht protestiert, als die Hochzeitszeremonie vorgenommen wurde. Aber wahrscheinlich wolltest du fliehen, wenn du erst mal aus dem Wohnwagen heraus warst."

„Kannst du mir das verdenken?", erwiderte sie wild. „Natürlich

47

werde ich mich nie in mein Schicksal ergeben!"

„Dann hast du also immer noch Hoffnung?"

Sie dachte an Conn, der ihr den Bleistift zugeschmuggelt hatte, sodass sie eine Botschaft schreiben konnte. Sie dachte auch an das Geld in ihrer Handtasche, und ihr fiel ein, dass sie es bei der ersten Gelegenheit vor Zoltan verstecken musste.

„Ich werde immer auf Flucht sinnen!", gab sie offen zu. „Kein Mensch in meiner Lage würde sich anders verhalten."

Gedankenverloren schweiften seine Blicke durch den Raum und hefteten sich auf die Broschüre über Ballytara Abbey. Er stieß einen leisen Seufzer aus. Betroffen sah sie ihn an. Irgendetwas stimmte nicht mit diesem Mann ... Sein Verhalten war oft so rätselhaft, dass es nicht im Einklang mit seiner Herkunft und seiner Situation zu bringen war.

Mit Kamm und Bürste bearbeitete sie jetzt ihr Haar. Sie spürte, wie er jede ihrer Bewegungen verfolgte. Woran mochte er jetzt denken, wie er so dasaß und seine Blicke über ihr Gesicht und ihren Körper gleiten ließ?

Wieder bemerkte sie, wie ebenmäßig seine Züge waren – das kantige, scharf geschnittene Gesicht mit dem sinnlichen Mund und dem festen Kinn. Die schwarzen Augen wurden von langen dunklen Wimpern beschattet. Sein Haar war voll und drahtig und unterstrich den Eindruck von Ungezähmtheit.

„Woran denkst du?", durchbrach Zoltans Stimme ihre Gedanken.

„Ich denke immer nur an eins – wie ich von hier fortkomme."

„Das wird nie geschehen", versicherte er ihr kühl. „Aber ich glaube dir nicht. Woran hast du gerade gedacht?"

Sollte sie ihm ihre Verwirrung gestehen? Dass sie vieles, was sie an ihm beobachtete, nicht in Einklang bringen konnte? Aber sie zuckte nur mit den Achseln und fuhr fort, ihr Haar zu bürsten. Er wiederholte seine Frage – diesmal in einem herrischen Ton.

Lynns Gedanken überstürzten sich. Sollte sie ihre erste Begegnung zur Sprache bringen und ihn bitten, die Ungereimtheiten zu erklären?

„Ich glaube, ich muss dir wohl antworten", sagte sie langsam, um Zeit zu gewinnen.

*Geliebter Vagabund*

„Natürlich. Weshalb hätte ich sonst gefragt?"

„Aber wenn ich dir nicht die Wahrheit sage?" Sie blickte ihm in die Augen, die Haarbürste müßig in der Hand.

„Ich weiß es, wenn du mich belügst."

Sie dachte an die Kesselflicker, die gelegentlich an die Tür kamen und behaupteten, sie könnten die Zukunft aus der Hand lesen. Hatten sie wirklich das zweite Gesicht? Irgendeinen sechsten Sinn, den sie sich durch viele Generationen hindurch erworben haben?

„Ich dachte daran, wie wir uns das erste Mal begegnet sind."

Jetzt war es heraus … Sie sah, wie seine Nasenflügel bebten. Warum erregte er sich so? Schließlich war sie es gewesen, die angegriffen worden war.

„Unsere erste Begegnung wirst du am besten vergessen", sagte er bitter.

„Ach ja? Und warum?", rief sie herausfordernd.

„Weil auch ich mich bemühe, sie zu vergessen. Je länger du daran denkst, umso schlimmer wird es für dich sein."

„Wie soll ich das verstehen?" Sie war verblüfft.

„Ich möchte nicht mehr darüber sprechen, Lynn." Sein Ton duldete keinen Widerspruch. Jeder würde glauben, er sei ihr haushoch überlegen, so gebieterisch wies er sie zurecht.

„Du schämst dich! Deshalb willst du das Ganze vergessen!"

„Ich mich schämen?" Er hob die Brauen. „Du bist es, die sich schämen sollte." Er berührte den blutunterlaufenen Peitschenstriemen. „Wir werden nicht mehr darüber reden – nie mehr!"

„Aber …"

„Genug jetzt!", schrie er unbeherrscht. „Und keinen Widerspruch!"

Verwirrt machte sich Lynn wieder daran, ihr Haar zu bürsten. „Ich könnte einen Fön gebrauchen", sagte sie nach einer Weile. „Aber hier gibt es sicher keinen Strom."

„Manchmal erzeugen wir unsere eigene Elektrizität." Er blickte auf ihr Haar und dann zum Fenster. „Wenn du willst, könnten wir uns draußen in die Sonne setzen."

„Das möchte ich sehr gern", sagte sie.

Sie gingen ein Stück in den Wald hinein. Lynn spürte, dass viele neugierige Blicke ihnen folgten.

„Hier im Wald kommt die Sonne kaum durch", bemerkte sie nach einer Weile. „Könnten wir nicht zur Straße gehen?"

Zoltans Mund verzog sich spöttisch.

„Nein, meine Liebe", erwiderte er, entlang der Straße können wir nicht gehen."

„Hast du Angst, dass ich dir davonlaufe? Ich würde es bei der ersten Gelegenheit versuchen."

„Wenigstens bist du ehrlich", sagte Zoltan trocken.

„Wieso – wenigstens?", fragte sie.

„Du bist arrogant. Dein Hochmut verleitet dich, Menschen zu verachten ..."

„Ich soll arrogant sein?", unterbrach sie ihn. „Und wie steht es mit dir?"

„Wenn ich dir gegenüber hochmütig bin, Lynn, dann nur, weil du es nicht anders verdienst."

Am liebsten hätte sie ihm widersprochen, doch die Vorsicht behielt die Oberhand. Sie wollte ihn nicht noch mehr reizen.

Lange Zeit gingen sie schweigend nebeneinander her. Ab und zu blickte sie ihn verstohlen von der Seite an. Immer wieder bewunderte sie sein Profil. Er war ein Aristokrat – trotz der Kleidung, die ihn als einen Vagabunden auswies.

Eine halbe Stunde waren sie unterwegs. Zoltan wählte verschwiegene Pfade, wo er sicher sein konnte, dass ihnen niemand begegnete. Lynn betete die ganze Zeit, es möge jemand kommen – wenigstens ein einsamer Wanderer. Aber Zoltan wusste offenbar, welche Wege er sie führte ...

„Ist dein Haar jetzt trocken?", fragte er, als sie zurück im Wohnwagen waren. Er ließ die Strähnen durch seine Finger gleiten. „Du hast sehr schönes Haar." Er hob es an sein Gesicht.

Lynn riss sich los: „Lass mich in Ruhe!" Aber augenblicklich bereute sie ihre Unbedachtheit. Denn schon hatte er sie in seiner eisernen Umklammerung und küsste ungestüm ihren Mund, bis ihr der Atem ausging.

*Geliebter Vagabund*

„Je eher du mich als deinen Herrn akzeptierst, umso angenehmer wird dein Leben verlaufen."

„Angenehmer? Glaubst du im Ernst, ich werde mich jemals an diese Art Leben gewöhnen?"

„Ich könnte mir immerhin ein paar Erleichterungen vorstellen."

„Du überraschst mich!"

„Ich weiß, wovon ich rede." Er trat ans Fenster und blickte hinaus über das Lager und die anderen Wohnwagen.

Kümmerte es ihn wirklich, ob sie ihr Leben erträglich fand oder nicht? Lynn legte sicherlich keinen Wert darauf, sein Leben zu versüßen. Ganz im Gegenteil. Sie hoffte nur, er würde bald seine überstürzte Heirat bereuen und sie freilassen.

Dann drehte er sich um und bat sie leise, das Abendessen zu machen. Störrisch blieb sie stehen, rührte sich nicht. Sie hasste es, wie ein Dienstbote behandelt zu werden.

„Ich hoffe, Lynn", sagte er, „ich muss es nicht zweimal sagen."

Das genügte.

Sie ging in die Küche und servierte kurz darauf das Essen. Eier, Würstchen und Schinken. Ein Luxus, den Zoltan von irgendwoher mitgebracht hatte. Sie nahm an, er hatte es irgendwo gestohlen, vielleicht in einem der Supermärkte. Der Gedanke verursachte ihr Abscheu, und sie runzelte die Stirn.

Da fuhr Zoltan sie an: „Was ist los? Eine launische Frau ertrage ich nicht. Mach ein freundlicheres Gesicht, sonst gebe ich dir einen Grund zum Weinen."

Aber obgleich seine Stimme barsch klang, hörte Lynn einen anderen, neuen Ton heraus. Zoltan schien müde zu sein, niedergeschlagen. Wahrscheinlich war er es schon leid, sie unablässig bewachen zu müssen. Sie erwiderte nichts auf seinen Vorwurf und hielt ihre Zunge im Zaum.

Nach einer Weile fragte er, wo ihr eigener Teller sei.

„Ich bin nicht hungrig", erklärte sie.

„Trotzdem wirst du etwas essen."

„Selbst du kannst mich nicht zum Essen zwingen", erwiderte sie kühl. „Ich möchte nichts, und dabei bleibt es."

Selbstverständlich blieb es nicht dabei. Sie bereitete sich etwas zu essen, war zu ermattet, um sich auf einen Machtkampf einzulassen, von dem sie wusste, dass sie ihn ja doch verlieren würde.

„Wie ich sehe, hast du schon dazugelernt", sagte er in dem selbstgefälligen Ton, den sie verabscheute.

„Ich hoffe", erwiderte sie bitter, „dass deine Macht dir Befriedigung verschafft."

„So ist es", entgegnete er ungerührt. „Alles, was dich demütigt, macht mich zufrieden. Es wird noch lange dauern, bis deine Strafe zu Ende geht."

„Zu Ende?", rief sie mit neu erwachter Hoffnung. „Du willst mich also eines Tages freilassen?"

„Ich habe nicht die Absicht, meine Rache über die nächsten vierzig, fünfzig Jahre auszudehnen", sagte er mit einem Anflug von Humor.

Sie schauderte.

„Hoffentlich bin ich dann schon lange tot."

In die schwarzen Augen trat ein beruhigter Ausdruck. „Ein Mädchen wie du sollte das Leben genießen."

„Rede keinen Unsinn", fauchte sie, jede Vorsicht außer Acht lassend. „Dieses Leben ist für mich die Hölle – und du weißt es!"

„Im Augenblick ja", stimmte er rätselhaft zu.

„Wenn du mich nicht freilässt, dann gibt es für mich auch keine Zukunft."

Seine Lippen pressten sich zusammen, bis sie nur noch ein schmaler Strich waren.

„Lass uns von etwas anderem reden, Lynn. Erzähl mir mehr von dir. Ich weiß noch nicht einmal, wie alt du bist."

Sie sagte es ihm. Dann fragte sie, ob er sein ungefähres Alter kenne.

Er lächelte und sagte, dass er dreißig geworden sei.

„Sprich weiter, Lynn", bat er, „ich möchte mehr über dich wissen. Ich höre deine Stimme gern."

Lynn aß ein wenig und fing dann an, von sich zu erzählen. Als sie fertig war, gab es kaum noch etwas, was er nicht von ihr wusste.

„Schade, dass du so überheblich bist", sagte er plötzlich. „Es wird Zeit, dass du lernst, Menschen unvoreingenommen zu sehen. Nur

*Geliebter Vagabund*

Verbrecher verdienen Verachtung. Nicht diejenigen, die zufällig in einer Umgebung geboren wurden, die dir fremd ist."

Der Rest des Mahles verlief in Schweigen. Nach dem Essen stand Zoltan auf und ging zur Tür. „Soll ich die Petroleumlampe anzünden?"

Sie schüttelte den Kopf, niedergeschlagen, weil er sie jetzt allein ließ. Wenn sie auch kein wirkliches Bedürfnis nach seiner Gesellschaft hatte, so war seine Gegenwart doch besser als die Stunden der Einsamkeit, in denen sie untätig auf dem Sofa saß und in tiefe Verzweiflung fiel.

„Es ist noch zu früh."

„Aber bald wird es dunkel sein."

„Dann lege ich mich ins Bett."

Als er fort war, nahm sie ihr Portemonnaie aus der Handtasche und versteckte es hinter einigen Konservendosen im Küchenschrank. Dann räumte sie den Tisch ab und spülte das Geschirr.

Und jetzt die Nachricht, dachte sie und holte ihren Schreibblock aus dem Koffer sowie den Bleistift, den Conn ihr heimlich zugesteckt hatte.

Sie schrieb Conn, dass sie ihn belohnen würde, falls er ihr zur Flucht verhelfe. Sie versprach ihm eine große Geldsumme, die sie ihm schicken würde, sobald sie in England war. Er musste ihr nur eine Adresse angeben.

Der Geldbetrag, den sie vorschlug, würde ihre gesamten Ersparnisse verschlingen, doch im Augenblick erschien ihr kein Preis zu hoch. Für ihre Freiheit war sie bereit, alles zu opfern. Sie hoffte, Conn würde einer so hohen Summe nicht widerstehen können. Wie die Flucht vor sich gehen sollte, davon hatte sie noch keine Vorstellung. Aber sicherlich bot sich einmal eine Gelegenheit, dass Conn sie aus dem Lager schmuggelte ...

Nachdem sie den Brief geschrieben hatte, setzte sie sich aufs Sofa und brütete vor sich hin. Immer wieder fragte sie sich, wie es denn möglich war, dass eine Frau in diesem Jahrhundert in so eine verzweifelte Situation geraten konnte.

53

## 5. KAPITEL

Die Dunkelheit war hereingebrochen. Lynn saß noch immer auf dem Sofa und überdachte ihre ausweglose Lage. Draußen hatte man ein Feuer angezündet. Sie hörte das Lachen und die Gespräche der Lagerbewohner, die sich darum versammelt hatten.

Plötzlich schreckte sie zusammen; ihre Sinne waren aufs Äußerste gespannt. Ein leises Pochen an der Fensterscheibe ließ sie aufspringen. Behutsam zog sie den Vorhang ein wenig zur Seite.

„Conn …!"

„Psst", zischte er ihr zu, als sie das Fenster einen Spaltbreit öffnete. „Machen Sie keinen Lärm."

„Das Fenster klemmt ein wenig", flüsterte sie zurück, während ihr Herz bis zum Halse hämmerte.

„Haben Sie die Nachricht?"

Sie holte das zusammengefaltete Papier und gab es ihm.

„Sei vorsichtig, Conn. Lass dich von niemand erwischen."

„Ich muss fort", flüsterte er, „gute Nacht."

„Gute Nacht, Conn. Und vielen Dank."

„Ich weiß nicht, ob ich Ihnen helfen kann", raunte er ihr noch zu, und war dann als Schatten in der Dunkelheit verschwunden.

Der Widerschein der Flammen brach sich in den Scheiben der anderen Wohnwagen. Niemand würde Conn bemerken, der sich im Dunkeln befand, aber trotzdem blieb sie noch lange stehen und wartete, bis ihr Herz sich beruhigt hatte. Immer noch befürchtete sie, Zoltan könnte durch eine Laune des Schicksals die Übergabe der Nachricht beobachtet haben.

Aber alles ging gut. Als Zoltan eine Stunde später zurückkam, verriet nichts an ihm, dass er Misstrauen geschöpft hatte.

Als Erstes zündete er die Lampe an und fragte, warum sie im Finstern säße. „Willst du eine Märtyrerin aus dir machen?", fügte er ironisch hinzu.

„Das geht dich nichts an", gab sie zurück.

„Was hast du die ganze Zeit gemacht?", fragte er.

*Geliebter Vagabund*

„Nichts.“

Abrupt drehte er sich um und trat in die winzige Küche.

„Möchtest du was trinken?“

„Nein“, sagte sie.

Sie hörte, wie er ärgerlich mit Geschirr klapperte, und wunderte sich, warum er nicht sie in die Küche geschickt hatte. Gleich darauf brachte er ihr eine Tasse Tee.

„Wo bist du gewesen?“, fragte sie aus einem plötzlichen Impuls heraus.

Zu ihrer Überraschung fuhr er sie nicht an, sie solle den Mund halten, sondern er ignorierte einfach die Frage, als sei sie unter seiner Würde.

Er setzte sich ihr gegenüber und blickte sie prüfend an.

„Morgen erwarte ich, dass du etwas anderes anziehst“, befahl er.

Lynns Augen funkelten. Der ganze Ärger, der sich während der langen Stunden des Wartens in ihr angestaut hatte, kam jetzt zum Ausbruch.

„Ich werde anziehen, was mir passt!“

„Mir scheint, du willst dich mit aller Gewalt hässlich machen. Ich dulde das nicht, Lynn. Morgen trägst du eins dieser Kleider, die in deinem Koffer sind.“

Ihr Blick glitt zu den Koffern, die immer noch unausgepackt in einer Ecke standen.

„Was hat es für einen Sinn, hübsche Kleider anzuziehen, wenn wir ja doch nirgends hingehen?“ Sie nahm einen Schluck heißen Tee.

„Morgen gehen wir beide von hier fort. Wir nehmen dein Auto. Die Nacht verbringen wir in einem anderen Lager.“

Ihr Herz setzte einen Schlag aus. Erst jetzt wurde ihr bewusst, wie sehr sie auf Conn und seine Hilfsbereitschaft gehofft hatte.

„Und die anderen? Bricht das ganze Lager auf?“

„Nein, nur wir beide.“

„Ich möchte aber hierbleiben …“ Sie brach ab, wollte sich nicht verraten. Über den Rand seiner Tasse hinweg sah Zoltan sie aufmerksam an.

„Warum willst du nicht fort? Du hast dich doch über die Langeweile beklagt.“

Lynn erwiderte das Erstbeste, was ihr in den Sinn kam: „Ich habe keine Lust umherzuvagabundieren."

Es war ihr gleich, dass Zoltan unter seiner Bräune errötete. In Gedanken war sie nur bei Conn und der verpassten Möglichkeit einer raschen Flucht. Jetzt zählte nichts mehr, nur noch die Tatsache, dass ihre letzte schwache Hoffnung durch Zoltans Entschluss im Keim erstickt worden war.

„Vielleicht passt es dir nicht, aber ich muss fort."

„Warum?"

„Das spielt keine Rolle. Auf jeden Fall muss ich zu einem anderen Lager."

„Und dort steht ein Wohnwagen für dich bereit?"

Ein ironisches Lächeln kräuselte seine Lippen, ehe er sagte: „Ja, für uns steht dort ein Wohnwagen bereit ..."

Lynn stand auf und durchmaß den Raum mit ruhelosen Schritten. Sie ballte die Hände zu Fäusten. Ein anderes Lager, ein neuer Wohnwagen. Und wieder ein Aufpasser, den Zoltan bezahlte, damit er sie nicht aus den Augen ließ, wenn er selber fort war.

„Das kann ich nicht länger ertragen!", stieß sie hervor. „Dieses Warten und Herumsitzen ist schrecklich. Ich kann nicht verstehen, wie deine Leute ihre Zeit mit Nichtstun verbringen können. Geht euch diese Langeweile niemals auf die Nerven?"

Zoltans Lider senkten sich, und er stand auf. Sein Gesicht war eine ausdruckslose Maske. Wieder lag diese enervierende Spannung in der Luft. In ihrer Verwirrung sprach Lynn laut aus, was sie dachte: „Du hast ein Geheimnis! Was treibst du, wenn du fort bist? Du bleibst doch nicht die ganze Zeit im Lager."

Zu ihrer Verwunderung wandte er das Gesicht ab, sodass sein Ausdruck ihr verborgen blieb. Sie fuhr fort: „Ich will es wissen! Du sagst mir immer, ich sei deine Frau. Ich habe also ein Recht zu wissen, wie du deine Zeit verbringst. Du wirst es mir sofort sagen!"

Sie wusste selbst nicht, warum sie so heftig sprach. Aber auf einmal erschien es ihr ungeheuer wichtig, mehr über diesen Mann zu erfahren, der sich als ihr Ehemann aufspielte.

Auf seine Antwort war sie nicht gefasst.

„Du hast doch selbst gesagt, dass du dich nicht als meine Frau betrachtest. Erst wenn du das tust und wenn du bereit bist, mich als deinesgleichen anzuerkennen, wirst du mehr über mich erfahren."

Als ihresgleichen … Lynn starrte auf seinen Rücken, sah die selbstbewusste Haltung. Nicht zum ersten Mal schoss ihr der Gedanke durch den Kopf: Wenn ich nicht wüsste, dass er ein Vagabund ist, ich würde es niemals glauben … Und wieder gingen ihre Gedanken zu Olave und den Gesprächsfetzen, die sie belauscht hatte. Vor allem beschäftigte sie, was Olave über Zoltans Stellung gesagt hatte. Daraus hatte sie geschlossen, er sei der König des fahrenden Volks. Aber mittlerweile wusste sie, dass dies nicht stimmte.

Als er sich umdrehte, bemerkte sie einen bitteren Zug um seinen Mund.

„Ich werde dich nie als meinesgleichen betrachten", sagte sie leise."

„In diesem Fall", erwiderte Zoltan, „wirst du auch nie mehr über mich erfahren." Sie sah den harten, abweisenden Blick – und hatte plötzlich das Gefühl, dass dieser Mann ihr überlegen war. Ärger stieg in ihr auf, weil er dieses Bewusstsein einer Minderwertigkeit in ihr erzeugt hatte. Doch sie unterdrückte den Impuls, ihn zu beleidigen und fragte: „Wo fahren wir hin? Wo befindet sich dieses andere Lager?"

„Sehr weit von hier." Da war alles, was er ihr verraten wollte.

„Dein Pferd …, was geschieht damit?"

Sie wusste, dass Olave zurück war, aber das kostbare Pferd hatte sie nicht wiedergesehen.

„Wenn wir in meinem Wagen fahren", sprach sie weiter, „kannst du es ja nicht mitnehmen."

„Da du ja annimmst, ich hätte es gestohlen", erwiderte Zoltan spöttisch, „kannst du auch glauben, ich hätte es zu seinem Eigentümer zurückgebracht."

„Du brauchst nicht so ironisch zu sein."

„Aber du denkst doch, dass ich ein Pferdedieb bin."

„Warum sagst du mir dann nicht, wie du an das Pferd gekommen bist? Du wirst doch zugeben müssen, dass man so ein wertvolles Tier nicht im Besitz eines Vagabunds vermutet."

Sie betrachtete ihn mit unverhohlenem Interesse. Je länger sie diesen Mann kannte, umso rätselhafter und geheimnisvoller kam er ihr vor.

„Eines Tages", stieß er zwischen den Zähnen hervor, „machst du eine Bemerkung zu viel." Offensichtlich fühle er sich verletzt. „Und jetzt komm", sagte er etwas milder. „Es wird Zeit, dass wir schlafen gehen. Morgen stehen wir früh auf."

Die Röte stieg ihr in die Wangen, wie immer, wenn sie sich vor ihm ausziehen musste. Lynn knöpfte gerade ihre Bluse auf, als er wieder ihre Kleidung zur Sprache brachte. Er ließ sie ein paar Kleider aus dem Koffer holen und zeigte dann auf ein hellgelbes Leinenkleid. Es war tief ausgeschnitten und ärmellos, ein Kleid für heiße Sommertage.

„Das wirst du anziehen", entschied er.

Unbändiger Zorn wallte in ihr auf. Sie zerknautschte das Kleid, warf es auf den Boden und trampelte darauf herum.

Einen Moment lang stand er verblüfft da. Dann ergriff er so fest ihren Arm, dass sie vor Schmerz laut aufschrie.

„Heb es auf!", befahl er und zeigte auf das Kleid.

Lynn musste gehorchen, aber dann brach sie in heftiges Weinen aus. „So kann das nicht weitergehen", schluchzte sie wild. „Das halte ich nicht länger aus. Ich bringe mich um!"

Ihrer Drohung folgte ein kurzes Schweigen. Mit einem Mal schwenkte Zoltans Stimmung um. Er nahm ihr das Kleid aus den Händen und legte es fort. Danach schloss er Lynn mit ungewohnter Zärtlichkeit in die Arme und streichelte begütigend über ihr Haar.

„Warum musst du mich immer in Wut bringen?", murmelte er dicht an ihrem Ohr. „Weißt du nicht, dass du vorsichtig sein musst, wenn du zu einem Vagabund sprichst?"

Lynn drückte ihr tränenüberströmtes Gesicht an seine nackte Brust. Sie konnte sein Herz schlagen hören. Langsam ebbte ihr Schluchzen ab. Tröstend sprach er auf sie ein, und sie war selbst erstaunt, wie beruhigend seine körperliche Nähe plötzlich auf sie wirkte.

„Du bist so … anders", flüsterte sie. „Wenn …, wenn du doch immer so wärst."

*Geliebter Vagabund*

Was sagte sie da – oder versuchte es zu sagen? Und wie konnte sie die körperliche Nähe des Mannes genießen, der sie erniedrigt und ihrer Freiheit beraubt hatte? Weshalb zuckte sie nicht vor der Berührung seiner Hand zurück, ekelte sich nicht vor dem Druck seiner Lippen, die er in ihr Haar gesenkt hatte?

„Warum", sagte sie leise, „bist du jetzt anders zu mir?"

Er schüttelte den Kopf, und die schwarzen Augen blickten sanft auf sie herab.

„Das kann ich dir nicht sagen", flüsterte er heiser. „Nein, ich kann es dir nicht sagen."

Er ließ sie aus seiner Umarmung frei. Sie vermisste seine tröstende Nähe.

„Komm jetzt, Lynn", sagte er. „Es ist Zeit, dass wir Schlafengehen."

Zum ersten Mal erlebte sie eine Nacht ohne Hass und Bitterkeit im Herzen.

Sie fuhren fast den ganzen nächsten Tag, und beinahe hätte Lynn die Reise genießen können. Die Sonne schien von einem strahlend blauen Himmel, und die Landschaft war faszinierend in ihrer Vielfalt und Wildheit.

Bis jetzt war zwischen ihr und Zoltan noch kein hartes Wort gefallen. Sie fragte sich, wie lange dieser Burgfrieden wohl andauern würde – denn niemals konnte sie sich in ihr Schicksal ergeben, die Frau eines umherziehenden Vagabunds zu sein.

Sie wollte im Leben ein bestimmtes Ziel erreichen, ein hübsches Haus mit einem Garten, in dem sie Blumen pflanzen konnte, sie wollte Stabilität, einen Ruhepunkt …

Sie dachte auch an Conn und an die verloren gegangene Chance. Aber noch gab sie die Hoffnung auf eine Flucht nicht ganz auf. Denn Zoltan hatte erwähnt, dass sie vielleicht zum Clan zurückkehren würden. Warum, das hatte er nicht gesagt.

Lynn beobachtete ihn, wie er den Wagen fuhr. Er war ein geübter Fahrer. Sie betrachtete seine Hände, die auffallend feingliedrig waren. Er drehte ihr sein Gesicht zu. Offenbar hatte er ihre neugierigen Blicke gespürt.

„Woran denkst du?"

„Ich mache mir Gedanken über deine Fahrweise", antwortete sie ehrlich. „Du scheinst es gewohnt zu sein, Autos zu fahren."

„Ich fahre nicht selten."

„Aber wenn ich mich recht erinnere, hast du doch gesagt, dass ihr Pferde benutzt, keine Autos." Damals hatte seine Stimme verbittert geklungen, fiel Lynn wieder ein. So als ärgere es ihn, dass andere Leute Wagen benutzen konnten, während sein Clan auf Pferde angewiesen war.

Zoltan runzelte fragend die Brauen: „Was soll ich gesagt haben?"

„Dass ihr nur Pferde habt, keine Autos."

Die Furchen auf seiner Stirn wurden tiefer. Offenbar überlegte er, bei welcher Gelegenheit er das gesagt haben konnte. Schließlich schüttelte er verneinend den Kopf.

„Das musst du geträumt haben. Soviel ich weiß, haben wir bei unserer ersten Begegnung nur sehr wenig gesprochen." Sein Gesicht verhärtete sich, und Lynn wusste, dass er den Hieb mit der Reitpeitsche nicht vergessen konnte, nie vergessen würde.

Es ärgerte sie, dass er seine eigene Dreistigkeit überging und immer nur von ihrer Reaktion auf diesen Angriff sprach. Dabei hatte er es doch verdient ...

Ihre Gedanken gingen allmählich in eine andere Richtung. Jetzt konnte sie sich kaum vorstellen, dass er eine Frau vergewaltigen würde.

Sie rief sich die Worte in Erinnerung, die er ihr gestern halblaut zugeraunt hatte. Er sprach von einem brutalen Zug in seinem Wesen. Er wusste also selbst, wie gefährlich und erregbar sein Temperament war. Ein merkwürdiger Mann, der mit sich selbst in Konflikt stand.

Sie fuhren weiter, vorbei an sattgrünen Wiesen, bewaldeten Hügeln und einer Bergkette, die in den blauen Himmel ragte. Schließlich schlug Zoltan eine Rast vor. Er lenkte den Wagen an das Ufer eines stillen Sees, in dem sich mächtige alte Bäume spiegelten.

„Wie schön", sagte Lynn entzückt, als Zoltan ihr aus dem Wagen half. „Ich glaube, du kennst die schönsten Plätze hier in Irland."

„Die meisten", sagte er lächelnd.

*Geliebter Vagabund*

Während sie vor ihm stand und ihm ins Gesicht sah, verspürte sie ein neues, unergründliches Gefühl. Plötzlich schien die Luft wärmer zu sein, die Sonnenstrahlen streichelten zärtlicher ihr Gesicht, und die laue Brise war sanfter. Eine beinah fröhliche Unbeschwertheit zauberte Glanz in ihre Augen und ein Lächeln um ihre Lippen.

Zoltan, der in ihr reizvolles Gesicht blickte, öffnete den Mund, als wollte er etwas sagen, aber dann schien er es sich mit einem Male anders überlegt zu haben.

Was hatte er aussprechen wollen und dann im letzten Augenblick zurückgehalten? Lynn hatte das Gefühl, als wären diese Worte von äußerster Wichtigkeit gewesen – für sie und für ihn.

„Komm jetzt", sagte er aufmunternd. „Wir müssen uns beeilen. Wir haben noch einen langen Weg vor uns."

Verwundert sah sie ihn an. „Kannst du mir nicht verraten, wohin wir fahren und warum?"

Er schüttelte entschieden den Kopf. „Du wirst es erfahren, wenn wir angekommen sind", erwiderte er und bückte sich, um etwas aus dem Wagen zu holen.

„Ich werde es doch nicht wissen – ich habe schon jetzt völlig die Orientierung verloren."

„Wir befinden uns südlich von Killarney. Der Berg dort heißt Purple Mountain, und dies hier ist der Obere See."

„Trotzdem habe ich keine Ahnung, wo genau in Irland wir uns jetzt befinden."

„Ist das denn so wichtig für dich?"

„Eigentlich nicht." Ihre Augen ruhten auf dem Korb in seiner Hand. Es war ein großer Picknickkorb, der unter einer Decke im Fond gestanden hatte. Sie musste einfach fragen, woher er den Korb hatte.

„Natürlich gestohlen – wie alles übrige", antwortete er mit unbewegter Miene.

Sie wurde rot. „Das glaube ich dir nicht!"

Er hob seine schwarzen Augenbrauen. „Das wundert mich. Stört es dich, dass ich ein Dieb bin?"

Lynn wandte den Kopf ab und erwiderte nichts. Er hatte ihre Ge-

61

danken richtig erraten. Sie musste sich eingestehen, dass sie die Vorstellung verabscheute, er sei ein Krimineller. Sie wünschte sich, dass er ein ehrlicher Mann wäre, mit einem anständigen Charakter ... Aber warum eigentlich? Welchen Unterschied konnte es für sie bedeuten, ob er ehrlich war oder nicht? Eines Tages würde sie ja doch fliehen, ihn für immer zurücklassen und ihre neu gewonnene Freiheit in vollen Zügen genießen.

„Kann ich dir helfen?", fragte Lynn, als sie ihn mit einem kleinen Butangasofen hantieren sah. „Soll ich das Besteck herausnehmen?", fügte sie hinzu und betrachtete die glänzenden Messer und Gabeln, die verdächtig nach echtem Silber aussahen.

Sie hatte ihm gesagt, sie glaube nicht, dass er den Picknickkorb gestohlen habe. Aber jetzt musste sie sich eingestehen, dass er den Korb mit seinem kostbaren Inhalt kaum auf anständige Weise erworben haben konnte. Wie sollte er in den Besitz so teurer Gegenstände gekommen sein?

„Ja, gern. Und nimm auch die Teller heraus. In der Plastikdose findest du Sandwiches."

„Sandwiches?" Verständnislos starrte sie ihn an. „Woher hast du die?" Es war ihr schon entschlüpft, ehe sie sich zur Vorsicht mahnen konnte.

„Geklaut, selbstverständlich."

Lynns Augen funkelten. „Das dachte ich mir schon. Aber wo?"

Zoltan lachte leise. „Ich bin mitten in der Nacht aufgestanden und habe ein Restaurant ausgeräubert."

Sie sagte nichts mehr. Die Stimmung zwischen ihnen war bis jetzt recht friedlich gewesen, und sie hatte keine Lust, die Atmosphäre zu vergiften.


Die Sandwiches waren ausgezeichnet. Hühnerfleisch, Lachs und einige mit köstlichem Käse. Ein hübscher Porzellantopf enthielt Obstsalat, ein anderer süße Sahne.

„Ein richtiges Fest", musste Lynn einfach ausrufen. „Ich kann mir gar nicht vorstellen, wie du es fertig gebracht hast, all diese leckeren Sachen zu bekommen – nein, sag nichts mehr vom Stehlen", setzte sie ernst hinzu, als er sie unterbrechen wollte. „Ich bin zu dem Schluss gekommen, dass du ein Geheimnis hast. Du verbirgst etwas vor mir."

Automatisch hob er seine Hand und befühlte die Narbe der Reitpeitsche auf seiner Wange. „Aber du nanntest mich einen verdammten Vagabunden, den Abschaum der Menschheit." In vielsagender Geste hob er seine schmalen, braunen Hände. „Damit sind die Fronten klar – jedenfalls glaube ich das."

Er betrachtete sie mit einem Ausdruck, der vollkommen frei war von Zorn, den sie jetzt erwartet hatte. „Warum interessiert dich, was ich tue?", wollte er wissen und stellte die Thermosflasche mit dem Tee ins Gras. „Schließlich ist es ja deine erklärte Absicht, mich bei erstbester Gelegenheit zu verlassen."

Lynn schwieg.

„Schmiedest du immer noch Fluchtpläne?"

„Natürlich", antwortete sie, ohne zu zögern. „Was hast du denn erwartet?"

Um seine Mundwinkel zuckte es, und er wandte das Gesicht ab, damit sie seinen Ausdruck nicht sehen konnte.

„Obwohl wir uns unter denkbar schlechten Umständen begegnet sind", sagte er schließlich, „könnte ich mir doch vorstellen, dass wir gut miteinander auskommen würden. Schließlich haben wir uns heute gut vertragen."

„Ein einziger Tag, das besagt nicht sehr viel."

„Es ist immerhin ein Anfang. Ein Beispiel, wie wir miteinander auskommen könnten."

Seine Stimme war frei von der Arroganz, die Lynn so oft zu spüren bekommen hatte. Und hätte sie ihn nicht schon einigermaßen gekannt, man hätte fast glauben können, er bitte sie um ihre Freundschaft.

Bitten ... Eine absurde Idee. Zoltan würde befehlen, anordnen, niemals fragen, geschweige denn bitten!

„Ich habe nicht die Absicht, mein Leben im Wohnwagen zu verbringen. Denn das wäre mein Schicksal, wenn ich bei dir bliebe. Im Übrigen liebe ich dich nicht, ich kann also gar nicht in Versuchung kommen, mein Schicksal an deines zu binden."

Zoltan schwieg. Anscheinend war damit das Thema für ihn abgeschlossen, denn kurz darauf sprach er von anderen Dingen …

Nachdem er den Tee eingeschenkt hatte, setzte er sich zu ihr auf die mitgebrachte Decke. Er hatte keine Erklärung für das köstliche Essen gegeben, und sie wusste, dass er es auch nicht tun würde. Sie enthielt sich also jeder weiteren Bemerkung und sagte nur einmal, dass es ihr gut schmecke. Er nickte geistesabwesend. Sein Blick war auf das ruhige Wasser des Sees gerichtet.

Wie einsam es hier ist, dachte Lynn. Nur Wasser, Himmel und Berge. Die Sonne brannte auf ihrem Körper, die Insekten umschwärmten sie und summten ihr in die Ohren.

Überrascht stellte sie fest, dass sie zufrieden war. In ihr Herz war Ruhe eingekehrt, und sie empfand die Nähe des Mannes nicht als abstoßend. Wieder blickte sie ihn von der Seite an, bewunderte sein ebenmäßiges Profil, die aristokratischen Züge. Einen Vagabund hatte sie sich so ganz anders vorgestellt. Dennoch hatte er diese dunkle Haut, den Hauch von Wildheit, den ihm die ungebändigten schwarzen Locken gaben.

Und da war seine unbeherrschte Leidenschaft, das ungezügelte Temperament …

Er drehte ihr sein Gesicht zu, als habe er ihren Blick bemerkt. Und sie konnte nicht anders, schaute fasziniert in seine unergründlichen dunklen Augen mit den dichten schwarzen Wimpern …

Schließlich brachte sie wieder ihre Reise zur Sprache und fragte, wie lange sie noch zu fahren hätten.

„Sehr viele Meilen", sagte er ausweichend.

Lynn runzelte die Stirn. „Das ist keine Antwort. Du kannst ruhig etwas deutlicher werden."

„Noch etwa fünfzig Meilen", entgegnete er gelassen und nahm den Porzellanbehälter mit dem Fruchtsalat. „Es ist noch etwas da, möchtest du?"

„Nein."

„Tee?", fragte er.

*Geliebter Vagabund*

Sie schüttelte den Kopf und wunderte sich, warum seine Aufmerksamkeiten sie so verlegen machten.

„Auch nicht, danke."

„Dann packen wir alles zusammen und machen uns auf den Weg."

Sie stieß einen Seufzer aus.

„Ich wünschte, ich wüsste, was das alles zu bedeuten hat."

„Ich habe schon meine Gründe, das kann ich dir versichern."

Während er die Decke ausschüttelte und im Wagen verstaute, ging sie zum Seeufer und blickte in die klaren Fluten. Wie einsam es hier war …

Warum war ihr bis jetzt noch nicht der Gedanke an Flucht gekommen? Es bestand zwar nur eine schwache Hoffnung, aber vielleicht hätte sie sich in den Wäldern verbergen können.

Auch Zoltan musste es aufgefallen sein, dass sie die Gelegenheit zur Flucht nicht genutzt hatte, denn als sie wieder im Wagen saßen und unterwegs waren, kam er darauf zu sprechen.

Sie überlegte einen Augenblick, dann gab sie offen zu: „Es hätte ja doch keinen Sinn gehabt. Du hättest mich sicher eingeholt."

Die Antwort schien ihn zu amüsieren. „Da hast du recht", pflichtete er ihr bei. „Aber Gelegenheiten für einen Versuch gab es genug. Als ich die Sachen in den Wagen packte, zum Beispiel."

„Du hättest mich wieder eingefangen", sagte sie resigniert. „Und mit Sicherheit hättest du mich dafür büßen lassen."

Er erwiderte nichts darauf, und lange Zeit fiel kein Wort zwischen ihnen. Erst als sie einen schmalen Weg entlangfuhren und ein Wohnwagenlager in Sicht kam, fragte Lynn, ob sie jetzt am Ziel ihrer Reise angekommen seien.

„Nein", antwortete er mit leichtem Kopfschütteln. „Aber ich werde ein paar Worte mit meinen Freunden sprechen."

Er hielt neben dem ersten Wagen. „Bleib im Auto", befahl er, „ich bin gleich wieder zurück …"

Die Gedanken auf Flucht gerichtet, nickte sie stumm und lehnte sich in den Sitz zurück. Sie beobachtete, wie Zoltan ausstieg. Mehrere dunkelhäutige Männer kamen aus den Wohnwagen, und bald war ein ernstes Gespräch im Gange.

Automatisch legte sich ihre Hand auf den Türgriff. So behutsam sie konnte, drückte sie ihn herunter. Sie hielt den Atem an, immer in der Furcht, Zoltan könnte zu ihr herübersehen.

Sie bemerkte, dass die Männer jetzt häufiger neugierige Blicke in ihre Richtung warfen, und bald gab sie den Gedanken an ein Entkommen völlig auf. Es war sinnlos. Denn nicht nur Zoltan, auch die übrigen Männer würden sofort die Verfolgung aufnehmen.

Sie ließ den Griff wieder los und kurbelte das Fenster herunter. Sie unterhielten sich in Romani. Enttäuscht biss Lynn sich auf die Lippen. Wenn sie doch nur verstehen könnte, was sie sprachen! Sie war sicher, dass sie aufschlussreiche Informationen erfahren würde.

Dann erschien ein anderer Mann auf der Bildfläche. Er war erheblich älter als die anderen, und zu ihrer Überraschung sprach er englisch.

„Er war nicht hier, Zoltan. Gib's auf, Junge, und lass ihn seine eigenen Wege gehen ..." Er hielt inne, als Zoltan ihm ins Wort fiel. Daraufhin blickte der alte Mann auf sie und den Wagen und verfiel in die Clansprache.

Bald kam Zoltan zurück. Lynn beobachtete genau sein Gesicht. Seine Züge verrieten Enttäuschung und Bitterkeit.

Er sah sie nur flüchtig an, ehe er den Motor wieder anließ. Aber ein Blick auf das Armaturenbrett zeigte ihm, dass er bald nachtanken musste. Er stieg wieder aus und winkte einen der Männer heran.

„Nimm den Wagen und lass volltanken", sagte er und hielt gleichzeitig die Tür auf, damit Lynn aussteigen konnte.

Eine neue Hoffnung war dahin – denn sie hatte gehofft, an einer Tankstelle jemand darauf aufmerksam zu machen, dass sie entführt worden war und Hilfe brauchte.

Er hielt sie jetzt an der Hand. Eine unnötige Vorsichtsmaßnahme. Sie hatte nicht die Absicht fortzulaufen, nur um gleich darauf wieder eingefangen zu werden.

„Du scheinst ja viel Geld zu haben", bemerkte sie, als er einen großen Geldschein langsam aus seiner Brieftasche zog und dem anderen Mann gab.

*Geliebter Vagabund*

„Alles gestohlen", erwiderte er kurz, und dieses Mal lag kein Humor in seiner Stimme. Er war in Gedanken zu sehr mit etwas beschäftigt, was ihm die Lagerbewohner gesagt haben mussten.

Jetzt stand außer Frage, dass er jemanden suchte. Die Worte des alten Mannes und das, was Olave gesagt hatte, waren Beweis genug.

Aber das gab ihr noch keinen Schlüssel zu Zoltans geheimnisumwitterter Existenz. Im Gegenteil, es warf nur neue Fragen auf. Nach wem suchte er? Und was würde geschehen, wenn er ihn aufgespürt hatte?

Olaves Worten zufolge schien dieser Jemand schwer auffindbar zu sein, aber ebenso sicher war, dass Zoltan nicht schnell aufgeben würde. Es hätte sie nicht überrascht, wenn er ihr gesagt hätte, er sei entschlossen, jeden Quadratkilometer Irlands einzeln zu durchkämmen.

Aber am meisten wunderte sie die Tatsache, dass er über viel Geld verfügte und es ohne Zögern in die Suche investierte.

Wenn sie tatsächlich dabei waren, ganz Irland zu durchkämmen, dann würde sich ihr mit Sicherheit einmal die Gelegenheit zur Flucht bieten …

## 6. KAPITEL

Als sie endlich das andere Lager erreichten, war es bereits dunkel. Durch die Äste der Bäume sah Lynn die Sterne schimmern. Die Wohnwagen befanden sich am Ufer eines Sees, der von dichtem Wald umgeben war. In dem ruhigen glatten Wasser spiegelten sich die Schatten der Berge.

Die Landschaft war märchenhaft schön. Wie schon im ersten Lager eilten auch jetzt wieder Männer, Frauen und Kinder herbei und sprachen mit erregten Stimmen in Romani auf Zoltan ein.

Lynn spürte alle Blicke auf sich gerichtet, als Zoltan sie mit festem Griff zu einem Wohnwagen führte. Sie hätte unmöglich sagen können, ob man Zoltan erwartet hatte, aber eines war sicher, überall war er gern gesehen. Alle Mitglieder des Clans bemühten sich, ihm den Aufenthalt angenehm zu machen. Und mit allen war er ebenso vertraut wie mit den Angehörigen der Sippe, bei der sie zuerst gewohnt hatten.

„Wie lange bleiben wir hier?", fragte Lynn in scharfem Ton, nachdem Zoltan die Tür des Wohnwagens geschlossen hatte und sie vor den neugierigen Blicken geschützt war. „Ich komme mir vor wie in einer Schaubude auf dem Jahrmarkt."

Er runzelte die dunklen Brauen, schien aber nicht verärgert zu sein.

„Du wirst nicht für ewig die Sensation im Lager sein. Allmählich wird man sich an deinen Anblick gewöhnen."

„Waren sie nicht überrascht, dass wir verheiratet sind?"

Er lächelte schwach. „Nicht nur überrascht, sondern auch äußerst erstaunt."

„Wahrscheinlich hält man dich nicht für einen Mann zum Heiraten."

„Das stimmt", gab er zu.

„Traurig, dass du es dir anders überlegt hast ..." Sie war wieder von Selbstmitleid überwältigt. Hier würde sie wieder seine Gefangene sein.

Allerdings war dieser Wohnwagen weitaus besser als der erste. Er war modern eingerichtet und sauber aufgeräumt. Trotzdem, sie war

*Geliebter Vagabund*

eine Gefangene, und dieser Gedanke brachte ihr ihre ganze Verzweiflung und die Hoffnungslosigkeit ihrer Situation wieder voll zum Bewusstsein.

„Was ist los mit dir?", knurrte Zoltan. „Du hast die unberechenbarsten Launen, die ich kenne."

„Und wie ist es mit dir?", fragte sie herausfordernd. „Du hast ein Temperament wie ein wildes Tier."

Er schnaubte verächtlich und sagte dann, er wolle jetzt die Koffer aus dem Wagen holen.

Mit Verwunderung sah sie, dass er irgendwo auch einen Koffer aufgetrieben haben musste. Ihre Augen wurden noch größer, als er auspackte. Blütenweiße Hemden, ein sportlich eleganter Pullover, Unterwäsche und all die Dinge, die man auf Reisen brauchte.

Er merkte ihr Interesse und blickte lächelnd auf.

„Wie du siehst, Lynn, war ich letzte Nacht sehr fleißig. Während du schliefst, habe ich mich davongeschlichen und ein Warenhaus ausgeräumt."

„Deine Erklärungen kannst du dir sparen", fuhr sie ihn an. Es war ihr gleich, ob sie ihn damit erzürnte oder nicht. „Mich interessiert nicht im Geringsten, wie du an deine Kleidung gekommen bist – oder sonst an irgendwelche Sachen."

Sie drehte sich auf dem Absatz herum und trat ans Fenster. Wie Wächter türmten sich die Gipfel der Berge über dem See. So friedlich war alles, so still und ruhig, dass ihr Tränen in die Augen stiegen, Tränen der Wut und der Enttäuschung. Hilflos war sie diesem Mann ausgeliefert, und ein Ende ihrer Qual war nicht abzusehen.

„Lynn", sagte Zoltan auf einmal mit weicher Stimme, „ich rate dir, mich nicht grundlos zu reizen. Es ist besser für uns beide."

„Drohst du mir schon wieder?" Sie wirbelte herum, die Fäuste geballt. „Mach nur weiter, schlag mich doch! Etwas anderes kann man von einem Vagabund ja nicht erwarten."

Zoltan, der seinen Koffer auspackte, richtete sich auf. In seinen schwarzen Augen brannte Zorn.

„Musst du mich immerzu beleidigen? Willst du mich dazu bringen, dass ich Gewalt anwende?" Er trat vor sie und fasste mit beiden

Händen ihre Schultern. „Beleidigungen – die ganze Zeit über! Wann wirst du endlich lernen, deine Zunge im Zaum zu halten?"

Er schüttelte sie, doch trotz seines Zorns schien er vor brutaler Gewalt zurückzuschrecken. Dennoch rieb Lynn sich ihre schmerzenden Schultern, als er sie wieder losließ.

„Pack deine Kleider aus", sagte er dann. „Wir bleiben ein paar Tage hier."

„Ein paar Tage? Und was dann?"

„Das weiß ich nicht." Er seufzte und sah plötzlich sehr erschöpft aus. „Ich weiß es wirklich nicht."

Vorsichtig fragte Lynn: „Suchst du ... eine bestimmte Person?"

Er warf ihr einen raschen Blick zu. Offensichtlich hatte er keine Ahnung, wie viel sie von seinen Gesprächen aufgeschnappt hatte. Und natürlich konnte er nicht wissen, dass sie in der ersten Nacht ihn und Olave belauscht hatte.

„Warum fragst du?"

„Nun ..." Lynn hob die Arme, „es wäre die einzige Erklärung für diese Herumfahrerei."

„Ach so ..." Zoltan legte seine Hemden in den Schrank. „In ungefähr einer Stunde muss ich fort", sagte er. „Du brauchst gar nicht erst zu versuchen fortzulaufen. Jemand wird die ganze Zeit den Wohnwagen bewachen."

Er sprach wie beiläufig, so, als redete er über nichts Bedeutenderes als das Wetter.

„Wie lange bleibst du fort?" Der Ärger und die Anspannung zerrten an ihren Nerven. „Ich werde das Fenster aufmachen und schreien! Ich kann nicht mehr – ich kann das einfach nicht mehr aushalten, sage ich dir!"

„Fange jetzt nicht an zu jammern", erwiderte er ungeduldig. „Ich bin bald wieder zurück."

„Ich werde das Fenster einschlagen!", schrie sie. „Am liebsten möchte ich alles gegen die Wand schmeißen!"

Zoltan stieß einen tiefen Seufzer aus. Anscheinend wurde sie immer mehr ein Problem für ihn. Vielleicht würde er im Laufe der Zeit mürbe, wenn sie ihm nur weiter zusetzte? Womöglich war er dann

*Geliebter Vagabund*

froh, sie endlich loszuwerden?

Offenbar machte er sich Sorgen, weil er den Mann, den er suchte, nirgends finden konnte. Lynn entschloss sich, ihm systematisch auf die Nerven zu gehen. Jede Gelegenheit, die sich bot, wollte sie nutzen!

„Ich sagte, ich bleibe nicht lange." Zoltan schien müde zu sein. Sie wusste, dass es nicht an der langen Fahrt liegen konnte. Er war ein Mann, der noch ganz andere Strapazen ertragen konnte; sie war überzeugt, er hatte eine härtere Konstitution als die meisten anderen Männer.

„Willst du nichts essen?", fragte sie plötzlich und wunderte sich selbst, dass sie sich darüber Gedanken machte.

„Wenn ich zurück bin, essen wir zusammen."

Sie war zwar nicht hungrig, aber zu ausgelaugt, um zu streiten. Sie setzte sich auf ein Sofa und wartete, dass er gehen würde.

Er schien noch zu zögern. „Versuche keine Tricks, Lynn", sagte er, als er schon an der Tür war.

„Eines Tages werde ich es schaffen."

„Das glaubst du?"

„Ja, das glaube ich. Und ich werde die grässlichsten Erinnerungen mitnehmen."

Sie sah, wie sein Mund schmal wurde; die Fingerknöchel über dem Türgriff waren weiß. Warum ging er denn nicht? Sie war ja so ausgepumpt von diesen ständigen Wortgefechten. Morgen, wenn sie sich frischer fühlte, würde sie systematisch damit anfangen, seine Nerven zu zermürben …

Es war fast zehn, als er zurückkam. Lynn, den Kopf auf einem Kissen und die Knie angezogen, schlief fest in einem der bequemen Sessel.

Vorher hatte sie sich im Wohnwagen umgesehen, nachdem sie ihre Kleider in den Schrank gehängt hatte. Sie war beeindruckt von der Sauberkeit, der Einrichtung und der Größe des Wohnwagens. Er hatte sogar ein kleines Bad, wenn auch ohne fließendes Wasser. Es gab eine adrette Küche und einen separaten Schlafraum.

Eine Frau hatte auf den Stufen des Wohnwagens gesessen. Lynn war in den Wohnraum zurückgegangen und hatte von dort aus dem

Fenster geblickt. Das gleiche Bild: Eine Frau hockte davor und passte auf. Offenbar bezahlte Zoltan sie gut für ihre Dienste als Gefängniswärterinnen. Woher bekam er das Geld? Alles gestohlen? Oder gab es auch reiche Vagabunden? So viele Fragen und keine Antwort. Schließlich hatte Lynn sich entmutigt in den Sessel fallen lassen, sich zusammengerollt und war eingeschlafen.

Und so fand Zoltan sie, als er zurückkam. Da sie bei seinem Eintreten nicht wach wurde, blieb er vor ihr stehen und blickte auf ihr Haar hinab, das ihr wie ein glänzender Schleier über die Schultern fiel. Auf seinem Gesicht lag ein finsterer Ausdruck, und sein Herz war schwer. Er bewegte die Lippen, formte unhörbare Worte: „Verdammter Vagabund ... Kesselflicker ... Abschaum ...“

Er trat vor den Spiegel, betrachtete sein dunkles Gesicht, das blauschwarze, störrische Haar, das immer aussah, als hätte es der Wind zerzaust.

Langsam drehte er sich um, als Lynn sich bewegte. Ihre Lider flatterten, sie öffnete die Augen. Er wusste, wen sie vor sich sah – einen unzivilisierten Vagabund, einen Lumpen. Genau diese Worte hatte sie ihm entgegengeschleudert.

Sie schloss wieder die Augen, und er sah die Tränen, die durch die dichten Wimpern über ihre Wangen rannen.

„Endlich bist du zurück“, murmelte sie wie zu sich selbst.

Sanft sagte Zoltan, während er zu dem Sessel ging: „Ist meine Gesellschaft doch noch besser als gar keine?“

Lynns Mund wurde hart. Sie wollte ihn verletzen, deshalb log sie: „Ganz bestimmt nicht! Wie kann man sich die Gesellschaft eines Menschen wünschen, den man hasst!“

Er nahm ihre Hand und zog sie hoch.

„Mein Gott, wie du mich immer in Zorn bringst!“ Seine Lippen schlossen sich in einem wilden Kuss über ihrem Mund. Sie wehrte sich nur schwach, immer noch halb benommen vom Schlaf. Ihr Gesicht streifte seine Narbe. Unwillkürlich zuckte sie zurück, doch als er ihre Reaktion bemerkte, fasste er ihre Hand und legte sie fest auf seine Wange. Die Berührung der verkrusteten Narbe bereitete ihr Unbehagen.

Als sie jetzt den Kopf hob, merkte sie deutlich, dass er etwas auf dem Herzen hatte, Zuspruch brauchte, so wie sie gestern Nacht.

Sie verspürte den Wunsch in sich aufsteigen, ihm diesen Zuspruch zu geben, einen Trost – sie wusste nur nicht, wie.

Wenn sie die Arme um ihn hätte schlingen können, wie um jemanden, den man liebte, dann wäre alles einfacher, dann würde er die Nähe eines Menschen spüren, der seine Liebe mitteilen kann. Aber das vermochte sie nicht ...

Er zog sie in seine Arme, und sie setzte sich automatisch zur Wehr.

Der Zauber des Augenblicks war verflogen, die Chance zu einem besseren Verständnis verpasst.

„Ich hasse dich", flüsterte sie, „eines Tages werde ich dir alles heimzahlen!"


Von diesem Lager aus fuhren Zoltan und Lynn zu einem anderen, um sich kurz darauf wieder aufzumachen und den nächsten Clan zu besuchen.

Lynn wäre glücklich gewesen, hätte sie nicht ständig daran denken müssen, dass sie eine Gefangene war. Zoltan behandelte sie rücksichtsvoll, mitunter sogar zuvorkommend. Nur wenn ihr unbedacht eine abfällige Äußerung über das fahrende Volk entschlüpfte, funkelte er sie an und mahnte sie, ihre Worte zu bedenken. Aber niemals spielte er seine körperliche Überlegenheit gegen sie aus.

Es schien ihr, als wollte er sich von seiner besten Seite zeigen. Und mit der Zeit verlor Lynn nicht nur die Furcht vor ihm, sondern es kam sogar eine Art freundschaftlicher Verständigung zustande.

Seine Stärke flößte ihr keine Angst mehr ein, sein herrisches Auftreten reizte sie nicht mehr zu Zornausbrüchen. Oft unterhielten sie sich in freundlichem Ton, und obgleich sie jedes Mal eine Abfuhr erhielt, wenn sie auf ihre Freiheit drängte, fühlte sie sich nicht mehr so deprimiert und verzweifelt.

Fast hatte es den Anschein, als habe sie sich in ihr Schicksal ergeben, die Frau eines Vagabunden zu sein. Dennoch verspürte sie ständig eine innere Gespanntheit, eine ungewisse Erwartung. Sie hatte das Gefühl, dass sich ihr Leben verändern würde, sobald Zoltan gefunden hatte, wonach er suchte.

Im Augenblick hatten sie keine eigene Bleibe, nicht mal der erbärmliche Wohnwagen gehörte ihnen. Sie fuhren von einem Lager zum anderen. Immer brachte man sie in einer Behausung unter, die gerade leer stand.

„Wie lange werden wir noch unterwegs sein?", fragte sie ihn eines Tages, als sie wieder in Richtung Killarney zurückfuhren.

„Nicht mehr allzu lange", antwortete Zoltan zu ihrer Überraschung. „In zwei Wochen sind wir vielleicht schon in unserem eigenen Heim."

Ein seltsamer Unterton in seiner Stimme ließ Lynn aufhorchen. Zoltan hatte den Wagen in einen ruhigen Seitenweg gelenkt und schlug vor, eine kleine Pause zu machen. Er holte die Thermosflasche mit dem Tee vom Rücksitz und goss erst Lynn einen Becher ein, ehe er sich selbst bediente.

In Gedanken versunken nahm sie den Becher entgegen. Wie hatte er sich ausgedrückt? Ihr eigenes Heim …

„Werden wir in einem bestimmten Lager bleiben?"

Lynn konnte ihre eigenen Gefühle nicht mehr verstehen. Obwohl sie wusste, dass sie sich niemals in einem Wohnwagenlager wohlfühlen würde, vermochte sie sich ein weiteres Leben ohne Zoltan kaum mehr vorzustellen. Ein bestürzender Gedanke …

„Irgendwo müssen wir ja bleiben", sagte er.

„Die Vorstellung, ständig in einem Lager zu leben, behagt mir nicht", erwiderte sie. „Können wir uns nicht irgendwo anders niederlassen?"

Mit rätselhaftem Gesichtsausdruck blickte Zoltan sie an. Sie spürte, dass er etwas sagen wollte, doch er zögerte noch. Schließlich bemerkte er wie beiläufig: „Mir scheint, du hast dich jetzt damit abgefunden, mit mir zusammenzuleben."

Lynn hätte selbst nicht erklären können, warum sie die Augen abwendete. Wollte sie ihre geheimsten Gedanken, über die sie sich selbst noch nicht klar war, vor ihm verbergen? Weshalb fragte sie sich, kam ihr keine spöttische Antwort über die Lippen? Ihr Schweigen hörte sich ja wie Zustimmung an! Mit erschreckender Deutlichkeit sah sie

*Geliebter Vagabund*

wieder die trostlose Zukunft vor sich, die ihr an der Seite dieses Mannes beschieden sein würde.

„Nein!", rief sie. „Ich habe mich nicht damit abgefunden! Immer werde ich darauf hoffen, einmal von dir wegzukommen. Du kannst mich nicht ständig bewachen – über Jahre hinweg!" Ihre Stimme brach. „Bitte – lass mich frei. Ich mache dir auch keine Schwierigkeiten. Keinem Menschen werde ich verraten, dass du mich entführt hast ..."

Sie schluckte krampfhaft und bemühte sich, ihre Fassung wiederzugewinnen. Ihre Nerven waren einem Zusammenbruch nahe. In ihrem Kopf überstürzten sich die Gedanken, nichts schien ihr mehr klar zu sein.

Einmal sah sie England vor sich und ihre Rückkehr in die Freiheit und in ihr gewohntes Leben, dann wieder schien es ihr, als sei eine Zukunft ohne Zoltan auch nicht zu ertragen. Sie wusste selbst nicht mehr, woran sie war. Ein Leben an Zoltans Seite würde bedeuten, dass sie fortan auf ein Heim, auf Sicherheit und gesellschaftliche Anerkennung verzichten müsste. Aber ohne Zoltan würde ihrem Leben etwas anderes fehlen. Sie würde eine Leere verspüren, ein Vakuum, das nur ein Mann wie Zoltan ausfüllen konnte.

„Oh, Gott ...", entfuhr es ihr, als ihr diese Wahrheit mit erschreckender Deutlichkeit bewusst wurde.

„Lynn, was hast du?" Seine Stimme klang scharf, aber mehr aus Besorgnis, als vor Ärger. „Um Himmels willen, rege dich doch nicht so auf!"

Ohne zu antworten, starrte sie ihn an – wie gelähmt von der bestürzenden Erkenntnis. Jetzt war ihr die Wahrheit über ihre Gefühle bewusst geworden, und das entsetzte und erschreckte sie gleichermaßen. Es kann doch nicht stimmen, versuchte sie sich einzureden. Es darf einfach nicht wahr sein! Zoltan sprach wieder zu ihr, doch seine Worte gingen an ihr vorbei, zu sehr beschäftigte sie das Chaos in ihrem Herzen.

„Lynn", hörte sie ihn jetzt fragen. „Bist du krank?"

Sie schüttelte den Kopf. Wie aus einer Trance erwacht, klärten sich ihre Gedanken. Was würde er wohl sagen, wenn sie ihm ihre Entdeckung enthüllte? Würde die Neuigkeit ihn glücklich machen – oder würde er höhnisch triumphieren?

*„In einen hast du dich also verliebt! Nun, jetzt bleibst du bis in alle Ewigkeit bei mir als meine Frau. Bist an mich gefesselt, denn deine Liebe macht dich zu meiner Sklavin ...!"*

Nein – niemals dürfte er ihre Gefühle entdecken! Und nichts würde sie davon abhalten können, bei der ersten sich bietenden Gelegenheit zu fliehen. Sie passte nicht in das Leben, das er ihr zugedacht hatte! Ihre Kinder sollten nicht in Lumpen und ohne Schulbildung aufwachsen! Sie musste ihre Liebe im Keim ersticken. In dieser Situation durfte sie einzig und allein die Vernunft walten lassen ...

Wieder rief sie sich die vielen Ungereimtheiten in Erinnerung, die ihr an Zoltan aufgefallen waren. So vieles stimmte nicht mit seiner Existenz als Vagabund überein. Sie war bereits einmal zu der Ansicht gelangt, dass er eine innerlich gespaltene Persönlichkeit war, und das hatte sich immer wieder bestätigt. Aber was konnte sie mit dieser Erkenntnis anfangen? Das Rätsel blieb ungelöst ...

In den vergangenen vierzehn Tagen hatte er sie nicht mehr geküsst. Obwohl sie oft bemerkte, dass seine Zurückhaltung einen so leidenschaftlichen Mann wie ihn viel Überwindung kostete. Doch er unterdrückte jeden sinnlichen Impuls.

Was war sein wahrer Charakter? Sogar wenn sie seine Art zu leben akzeptieren könnte, sie würde doch nie bei einem Mann bleiben, dessen inneres Wesen ihr fremd und unbekannt war ...

Seine Stimme durchdrang ihre Überlegungen. „Ich fragte, ob du krank bist."

„Nein – es geht schon wieder."

Sie sagte die Wahrheit. Jetzt fühlte sie sich wieder etwas mehr im seelischen Gleichgewicht, trotz der Tatsache, dass sie durch ihre unverhoffte Erkenntnis immer noch verwirrt war.

Um sich und ihn vom Thema abzulenken, fragte sie rundheraus, nach wem er so hartnäckig suchte und was das alles zu bedeuten habe.

Es kam ihr so vor, als zucke er bei ihrer Frage zusammen, aber augenblicklich hatte er sich wieder in der Gewalt.

*Geliebter Vagabund*

„Das hast du mich schon einmal gefragt."

„Allerdings", versetzte sie, „aber jetzt erwarte ich endlich eine Antwort. Wenn du darauf bestehst, dass ich deine Frau bin, dann bestehe ich auf einer Erklärung für dieses sinnlose Herumfahren!"

„Du sprichst ja sehr furchtlos." Er lachte: „Hast du jetzt keine Angst mehr vor mir?"

„Nein, ich habe keine Angst mehr vor dir!"

„Lynn – eines möchte ich wissen: Begehrst du mich?"

„Nichts läge mir ferner!"

Aber stimmte das? Halb unwillig musste sie sich eingestehen, dass sie in den letzten vierzehn Tagen oft auf seine schlanken braunen Hände geblickt hatte … Begehrte sie ihn? Wenn ja, dann war das nur ganz natürlich, seit sie entdeckt hatte, dass sie ihn liebte.

Liebe … Sie verachtete sich selbst für ihre Schwäche. Innerlich schalt sie sich, dass sie zärtliche Gefühle für diesen Mann hegte, nur weil er sie in den letzten Wochen halbwegs gut behandelte.

Aber hatte es in Wahrheit nicht schon viel früher angefangen? Gleich beim ersten Mal hatte sie sich seiner Faszination nicht ganz entziehen können.

Als er jetzt sprach, lag Bitterkeit in seiner Stimme: „Dann möchtest du also den Rest deines Lebens in Keuschheit verbringen?"

Sie schüttelte unwillig den Kopf.

„Das steht doch gar nicht zur Debatte! Ich habe keineswegs die Absicht, den Rest meines Lebens mit dir zusammenzubleiben!"

Statt des erwarteten Wutausbruchs hörte Lynn nur einen missmutigen Seufzer. Dann wechselte Zoltan das Thema und fragte, ob sie jetzt weiterfahren könnten.

## 7. KAPITEL

inuten später waren sie wieder unterwegs. Zoltans Gesicht war wie aus Stein. Starr blickte er auf das graue Band der Straße.

Lynn war in Gedanken versunken. Sie versuchte zu schätzen, wie viel Geld diese Reise ihn gekostet haben mochte. Die Summe, die sie errechnete, musste bei weitem die finanziellen Möglichkeiten eines Vagabunds übersteigen. Aber sie bemühte sich nicht mehr herauszufinden, woher er das Geld hatte.

An diesem Tag besuchten sie ein weiteres Lager, und lange sprach Zoltan mit den Männern. Zu ihrer Überraschung erklärte er ihr dann, dass sie ausnahmsweise nicht über Nacht im Lager bleiben, sondern einen Bungalow am Meer aufsuchen würden.

„Einen Bungalow?" Verständnislos starrte sie ihn an. „Wem gehört dieser Bungalow?"

„Einem meiner Freunde", kam die ungeduldige Antwort.

„Dann hast du auch Freunde, die nicht zum fahrenden Volk gehören?"

„Ja, natürlich."

„Und dieser Bungalow – steht er leer?"

Zoltan nickte.

„Ein Ferienhaus mit Blick aufs Meer. Ich bin sicher, dass es dir dort gefallen wird." Seine Stimme klang fast zärtlich. „Das Haus ist mit allem technischen Komfort ausgestattet, obwohl es meilenweit von jeder menschlichen Siedlung entfernt steht."

„Dann liegt es also – einsam?"

„Heck nicht schon wieder Fluchtpläne aus, Lynn! Selbst wenn du mir entkommen solltest, du würdest nirgendwo Unterschlupf finden. Außer uns wird dort niemand sein, der dir helfen würde."

„Aber wenn es ein Ferienhaus ist, dann müssen doch irgendwo Möglichkeiten zur Unterhaltung und zum Ausgehen sein. Wer verkriecht sich denn in seinem Urlaub so in der Einsamkeit?"

Um Zoltans Mundwinkel zuckte es amüsiert.

„Du kannst deine Enttäuschung gut überspielen", bemerkte er.

*Geliebter Vagabund*

Sie tat, als verstünde sie ihn nicht: „Wie meinst du das?"

„Innerlich hast du doch mit dem Gedanken gespielt fortzulaufen. Du dachtest, von einem Bungalow aus sei das eher möglich als aus einem Lager des fahrenden Volks."

„Ich weiß, dass ich aus einem Lager nicht entkommen kann. Und was deine Schlussfolgerung betrifft – mittlerweile kenne ich dich gut genug, um zu wissen, dass du kein Risiko eingehst." Sie machte eine Pause, falls er etwas darauf erwidern wollte. Als er schwieg, fuhr sie fort: „Ich verstehe nur nicht, dass ein Ferienhaus so weit ab von aller Zivilisation liegt."

„Mein Freund ließ den Bungalow vor vier Jahren bauen. Wenn er Ruhe haben will, kann er sie dort finden."

„Der muss ja sehr reich sein …"

Wieder war sie auf etwas Unerklärliches im Leben ihres Mannes gestoßen, das sie verwirrte. Das Geheimnis, das ihn ganz offensichtlich umgab, ließ sie immer neugieriger werden.

„Ich wünschte, ich könnte dich verstehen!", sagte sie. „Wenn ich mehr über dich wüsste, dann würden die Dinge zwischen uns vielleicht anders liegen …" Ihre Stimme erstarb, als sie seinen Gesichtsausdruck sah.

„Die Dinge zwischen uns? Was hast du da eben gesagt, Lynn?"

Zoltan fuhr jetzt so langsam, als richtete er seine ganze Aufmerksamkeit auf ihr Gespräch. Er war auf einmal merkwürdig verändert – fast bescheiden.

„Was meinst du damit, dass die Dinge zwischen uns anders liegen könnten?", fragte er noch einmal.

„Ich kann es nicht erklären", wich sie aus. Sie war sich selber nicht darüber klar, was sie hatte ausdrücken wollen. Auf gar keinen Fall wollte sie andeuten, dass sie als seine Frau bei ihm bleiben würde.

Er musste sich mit ihrer Antwort zufriedengeben. Da sie nichts weiter erklären wollte, gab er wieder Gas, und der Wagen schoss die Straße entlang.

Nachdem sie eine Weile durch hügeliges Gelände gefahren waren und die Straßen immer schmaler und schlechter wurden, bogen sie in einen Seitenweg ab, der, wie Zoltan sagte, noch nicht einmal auf der

Straßenkarte verzeichnet war.

Staunend riss Lynn die Augen auf, als sie eine scharfe Kurve nahmen und ein atemberaubendes Panorama sich vor ihnen auf tat.

In gewaltigen Wogen brandete der Ozean an schroffe Klippen, die steil aus dem Wasser aufragten. Davor erstreckte sich ein scheinbar unendlicher Strand. Kein Mensch war zu sehen. Möwen kreisten mit aufgeregten Schreien über dem Wasser.

Der schmale Weg führte ständig am Meer entlang. Bald hörte die Asphaltdecke auf. Holpernd ratterte der Wagen über einen steinigen, unebenen Pfad.

Zuletzt bog Zoltan in eine Auffahrt ein, die mindestens eine halbe Meile lang zwischen moosbewachsenem Mauerwerk hindurchführte.

Lynn schloss daraus, dass der Bungalow auf dem Grundstück eines viel älteren Anwesens liegen musste. Wahrscheinlich gehörten die alten Steinmauern zu einer Farm, die schon seit Jahrzehnten hier oben über den Klippen verwitterte.

Rechts und links hinter der Mauer wuchsen riesige, uralte Bäume, deren Kronen sich berührten und ein grün-golden geflecktes Blätterdach bildeten, durch das nur vereinzelte Sonnenstrahlen den Weg fanden.

Endlich lag der Bungalow vor ihnen. Ein weißgekalktes Gebäude mit einem großen Innenhof und schmiedeeisernem Tor. Überall standen Blumenkübel mit Fuchsien, Geranien, Begonien.

Die weitläufigen Rasenanlagen waren von Bäumen und Sträuchern eingefasst, die Lynn hier niemals vermutet hätte – Magnolien, Kamelien, und in einer Ecke entdeckte sie sogar Eukalyptus.

„Einfach himmlisch …"

Lynn war aus dem Wagen gestiegen und blickte sich entzückt um. Hinter dem Haus wellten sich Hügel von einem Grün, das in seiner Intensität fast schon unwirklich schien. Vor ihr breitete sich der in mächtigen Wogen heranrollende Atlantik aus – türkisfarben in der Ferne und blau, wenn er mit weißen Schaumkronen die Klippen umspülte.

„Ich kann's noch gar nicht fassen …" Sie blickte in die Runde. „Kein anderes Haus weit und breit. Wie hat dein Freund nur dieses zauber-

*Geliebter Vagabund*

hafte Fleckchen Erde gefunden?"

„Das Grundstück gehört schon seit Generationen seiner Familie. Früher gab es hier eine Farm. Hier an dieser Stelle standen zwei Hütten, in denen Knechte mit ihren Familien lebten. Mein Freund fand, dass dies der geeignete Ort sei, um sich ab und zu in die ungestörte Einsamkeit zurückzuziehen."

„Womit beschäftigt sich dein Freund?"

„Er besitzt ein Gut", kam die knappe Antwort.

Er holte einen Schlüssel aus seiner Hosentasche und schloss die Haustür auf. Lynn stieß einen leisen Schrei der Überraschung aus. Wieder staunte sie, diesmal über die elegante, luxuriöse Einrichtung. Alles war von erlesenstem Geschmack mit viel Liebe ausgesucht.

Kerzenleuchter, Schalen und Obstschüsseln waren aus Silber. Vasen, Gläser und einzelne Porzellanfiguren ließen erkennen, dass der Besitzer sehr viel von Antiquitäten verstand.

Sie blieb mitten im Zimmer stehen und blickte sich bewundernd um. Und wieder überkam sie der Argwohn, der ständig in ihrem Hirn lauerte. Zoltan wusste, dass das Haus die meiste Zeit nicht bewohnt war. Er konnte also getrost eine Nacht hier verbringen, ohne das Risiko, dabei ertappt zu werden.

Aber wie war er an den Schlüssel gekommen? Hatte er sich einen Nachschlüssel machen lassen? Sie beobachtete Zoltan, wie er den Schlüssel zwischen den Fingern drehte. Es war ein ganz gewöhnliches Schloss – kein Sicherheitsschloss. Vielleicht, so dachte sie, besaßen Vagabunden jede Menge von Schlüsseln, um überall eindringen zu können. Dieses einsam gelegene Haus war der ideale Platz für jemand, der unbeobachtet sein wollte.

„Woran denkst du, Lynn?" Zoltans Stimme riss sie aus ihren Überlegungen. Sie rang sich ein gequältes Lächeln ab.

„Ich dachte nur daran, dass das Haus und die Einrichtung ein Vermögen gekostet haben müssen", log sie. Und noch während sie sprach, wusste sie, dass Zoltan ihr Täuschungsmanöver durchschaut hatte.

„Du dachtest doch sicher, ein zerlumpter Vagabund wie ich kann keinen Freund mit einem solchen Haus haben." In seiner Stimme schwang unverhohlene Bitterkeit. Lange hatte sie ihn nicht mehr so zynisch und verbittert gehört, und es schmerzte sie, dass er sich durch ihre Verdächtigungen gekränkt fühlte.

„Gibt es hier ein Bad?", versuchte sie vom Thema abzulenken. Es würde wundervoll sein, wieder einmal entspannt in heißem Wasser liegen zu können.

„Selbstverständlich gibt es das."

Er ging voraus und zeigte ihr das Badezimmer. Dann führte er sie durch alle anderen Räume.

„Jemand muss doch herkommen und alles in Ordnung halten", sagte sie und blickte ihn fragend an.

Er nickte und wies mit dem Finger auf eine entfernte Baumgruppe.

„Dort drüben stehen zwei Häuschen. In einem wohnt eine Witwe, die jeden Tag kommt und nach dem Rechten sieht."

„Jeden Tag?", wiederholte sie.

„Richtig. Und da sie immer frühmorgens kommt, wirst du sehen, dass ich mich nicht verbotenerweise hier aufhalte."

„Wird sie auch morgen früh hier sein?", ergriff Lynn den Strohhalm.

„Sie wird dir niemals zu einer Flucht verhelfen", erwiderte Zoltan kühl. „Zufällig ist Mrs. White mir sehr zugetan."

„Du scheinst ja viele Verbündete zu haben", entgegnete sie mit einem ironischen Unterton.

„Falls du baden möchtest, kannst du es gleich tun", versetzte Zoltan brüsk. „Ich habe Mrs. White verständigt, dass ich kommen werde, und bat sie, heißes Wasser zu bereiten."

„Du hast sie verständigt?" Lynn sah ihn verwundert an. „Wann und wo?"

Zoltan lachte über ihre Verblüffung.

„Ich hinterließ eine Nachricht im letzten Lager und bat darum, Mrs. White telefonisch Bescheid zu geben."

„Ach so …"

Ihr war so vieles unklar, dass sie es aufgab, jemals aus ihrem Mann schlau zu werden. Kurz darauf hörte sie, wie das Wasser leise plätschernd in die Wanne lief.

*Geliebter Vagabund*

Sie nahm ein ausgedehnteres Bad, als sie eigentlich beabsichtigt hatte. Und als sie wieder ins Schlafzimmer trat, fühlte sie sich erfrischt und wohlig entspannt.

Zoltan saß auf dem Bett, und einen flüchtigen Augenblick lang spürte sie seine begehrlichen Blicke auf ihrem Körper ruhen. Sie trug nur ein hauchzartes Negligé, das einzige Kleidungsstück, das Zoltan ihr erlaubt hatte, ins Bad mitzunehmen.

„Du hast das Bad offenbar sehr genossen", bemerkte er und sah bedeutungsvoll auf seine Uhr. „Fast eine halbe Stunde hast du gebraucht."

„Tut mir leid."

„Macht nichts, inzwischen habe ich verschiedene Telefonate geführt."

Telefonate … Es musste also einen Anschluss im Haus geben.

So beiläufig wie möglich fragte sie: „Hat dein Freund nichts dagegen, wenn du von hier aus auf seine Kosten herumtelefonierst?"

„Auf gar keinen Fall hat er etwas dagegen." Die Antwort klang äußerst zuversichtlich.

Lynn sah ihm nach, als er das Schlafzimmer verließ. Wen hatte er wohl angerufen?

Lynn wartete, bis sie hörte, wie Zoltan Wasser für sein Bad einlaufen ließ. Dann schlich sie sich auf Zehenspitzen in die Halle, wo sie das Telefon am ehesten vermutete. Als sie es nicht fand, ging sie ins Wohnzimmer.

Na, so etwas! Lynn presste die Lippen zusammen. Sie hatte die Steckdose des Anschlusses gefunden, jedoch der Apparat fehlte. Zoltan hatte ihn versteckt.

Eigentlich hätte sie damit rechnen müssen, denn er war sich sehr wohl darüber klar, dass sie jede Möglichkeit zur Flucht nutzen würde.

Sie schluckte ihre Enttäuschung hinunter und dachte wieder an seine Worte, dass er mehrere Telefongespräche geführt hätte. Ihr fiel auf, dass er sich gar nicht die Mühe machte, Situationen zu vermeiden, die nur noch mehr zu ihrer Verwirrung beitragen mussten.

Unbewusst stieß sie einen tiefen Seufzer aus. Sie wünschte, Zoltan würde ihr mehr über sich verraten und ihr etwas von dem Zweifel nehmen, der sie ständig bedrängte.

Zweifel … woran?

Sie setzte sich auf das Bett und versuchte wieder einmal Klarheit in ihre Gedanken zu bringen. Was konnte der Grund für Zoltans zwiespältiges Wesen sein?

Für Lynn stand jetzt fest, dass er anfangs mit Absicht eine Haltung eingenommen hatte, die sie abstoßen würde. Aber warum nur?

Warum, warum … Sie fand keine Antwort. Alles war so unvereinbar, so rätselhaft.

Dieser Bungalow stellte ein neues Stück im Puzzlespiel dar. Es war doch ganz unwahrscheinlich, dass jemand wie er mit einem Mann befreundet war, der dieses luxuriöse Anwesen besaß. Aber außer Frage stand, dass Zoltan sich nicht zum ersten Mal hier aufhielt. Dazu kannte er die Räumlichkeiten viel zu gut. Überdies besaß er Autorität genug, Mrs. White Anweisungen zu geben, wie sie das Haus für seinen Empfang herzurichten hatte.

Lynn blickte auf, als Zoltan wieder ins Schlafzimmer kam. Er trug einen teuren Bademantel, den sie nie zuvor bei ihm gesehen hatte. Er hatte sein Haar gewaschen, doch noch nicht gekämmt.

„Entschuldige mein Aussehen", sagte er, „gleich werde ich mein Äußeres den hochherrschaftlichen Räumlichkeiten anpassen."

„Du brauchst gar nicht so zynisch zu sein", fuhr sie ihn an. „Ich möchte jetzt bitte meine Kleider zurückhaben. Ich friere nämlich."

„Dir ist kalt?"

Er drückte auf einen Schalter, und sofort begann ein elektrischer Heizkörper Wärme auszustrahlen.

„Danke", sagte sie.

„Wenn ich mich angezogen habe, mache ich die Zentralheizung an." Er trat an einen verschlossenen Kleiderschrank, zauberte einen Schlüssel hervor und schloss auf. „Hier findest du deine Kleider. Deine Koffer übrigens auch."

Er schien zu überlegen, dann sagte er: „Ich glaube, ich habe in einem Koffer ein langes Kleid gesehen."

„Was ist damit?"

*Geliebter Vagabund*

Lynns Augen ruhten auf dem Bademantel. Wenn er dem Hausbesitzer gehörte, dann musste Zoltan die gleiche Figur wie jener haben. Die Ärmel hatten die richtige Länge und die Schultern die richtige Breite.

„Ich möchte, dass du dieses Kleid anziehst", antwortete er ruhig. Seine schwarzen Augen blickten sie starr an, verschlangen förmlich die reizvollen Formen ihres Körpers, die nur von dem zarten Gewebe des Negligés bedeckt waren. „Heute Abend werden wir in aller Form speisen."

Zuerst wollte sie protestieren, aber dann besann sie sich. Einmal interessierte es sie, was er wohl damit meinte, wenn er „in aller Form" sagte, zum andern freute sie sich darauf, endlich wieder einmal gut angezogen an einem ordentlich gedeckten Tisch zu sitzen.

Sie lächelte bei dem Gedanken, dass vielleicht sogar Blumen auf dem Tisch stehen würden. Im Garten blühten sie ja in Hülle und Fülle.

„Mein Vorschlag scheint dir zu gefallen." Zoltans Gesicht erhellte sich. Er ging an den Frisiertisch, um sich eine Haarbürste zu holen. „Nimm dein Kleid heraus, und lass es mich sehen."

Sie gehorchte, und zum ersten Mal machte es sie nicht verlegen, nur mit dem Negligé bekleidet im Zimmer umherzugehen.

„Ich habe noch ein anderes", sagte sie, während sie ein apfelgrünes Chiffonkleid vor ihm ausbreitete.

Zoltan nahm es und hielt es gegen ihren Körper. Intensiv empfand sie seine Nähe, ihre Wangen röteten sich, und unbewusst öffneten sich ihre Lippen in dem Wunsch, geküsst zu werden.

In Zoltans Augen blitzte ein merkwürdiges Licht, und wieder flackerte ein Hauch von Arroganz auf, der ihn diesmal nur noch attraktiver machte.

Erregt und mit klopfendem Herzen war Lynn nur von einem Gedanken besessen: dass sie diesen Mann liebte! Nichts anderes zählte mehr in diesem Augenblick voll Erwartung und Begehren.

Wenn Zoltan sie jetzt nehmen würde – sie würde sich ihm voll heißem Verlangen und ohne Zurückhaltung hingeben.

Doch er lächelte nur, hauchte einen flüchtigen Kuss auf ihre Lippen und bat sie noch einmal, das andere Kleid auszupacken …

*Anne Hampson*

Später saßen sie sich bei Tisch gegenüber. Kerzen in einem schweren silbernen Leuchter schufen eine romantische, heimelige Stimmung.

An einem Ende der Tafel stand eine Silberschale mit einem herrlichen Blumengesteck, am andern Ende befand sich ein ähnliches Gefäß mit erlesenem Obst.

Das Damasttuch sah wie frisch gefallener Schnee aus, und das Besteck glänzte matt im Schein des Kerzenlichts.

Lynn, in einem elfenbeinfarbenen Organzakleid, fühlte sich zum ersten Mal, seit Zoltan sie entführt hatte, wirklich glücklich. Sie wusste wohl, dass dieses Glück nur von kurzer Dauer sein würde, ein Lichtfleck in dem Meer von Finsternis, das sich vor ihr ausbreitete. Denn obwohl sie im Moment wunschlos und zufrieden war, so war ihr doch völlig klar, dass sie Zoltan eines Tages verlassen würde.

„Du bist so ruhig, Liebste.“

Sie hörte seine weiche Stimme und blickte lächelnd zu ihm auf. In seinem dunklen Anzug und dem blütenweißen Hemd wirkte er weder fremd in dieser Umgebung, noch schien ihm dieser Luxus ungewohnt zu sein.

„Ich genieße jeden Augenblick“, erwiderte sie kurz.

„Und möchtest mir tausend Fragen stellen“, ergänzte er amüsiert. „Du bist die zurückhaltendste Frau, die mir je begegnet ist.“

„Dann sind die fahrenden Leute wohl neugieriger als ich.“ Sie kostete von der Grapefruit, die Zoltan als Vorspeise von irgendwo herbeigezaubert hatte.

Ohne weiter darauf einzugehen sagte er: „Warum sprichst du die Fragen denn nicht aus, die dich offensichtlich so verwirren?“

„Woher willst du wissen, dass ich verwirrt bin?“

„Das sehe ich dir am Gesicht an. Du kannst dir keinen Reim darauf machen, was hier vor sich geht.“

„Mir ist alles ein Rätsel.“ Lynn machte eine Pause, um von ihrer Grapefruit zu essen. „Soll das bedeuten, dass du nun endlich ein paar Erklärungen von dir gibst? Bis jetzt warst du ja nicht sehr mitteilsam, was deine Person betrifft.“

Ihr Blick fiel auf den weißen Hemdkragen, der hell von seinem dunklen Gesicht abstach. Der Anzug saß wie maßgeschneidert. Wenn

*Geliebter Vagabund*

der auch vom Hausbesitzer geborgt war, dann musste das schon ein äußerst merkwürdiger Zufall sein.

„Vielleicht", meinte Zoltan nachdenklich, „habe ich es bis jetzt nicht für nötig befunden, über meine Person Erklärungen abzugeben."

„Für nötig befunden?" Ihre Blicke trafen sich. Das Kerzenlicht ließ seine Züge weicher erscheinen. Jetzt hatte er kaum noch Ähnlichkeit mit jenem aggressiven Mann ihrer ersten Begegnung, der sie hatte vergewaltigen wollen. Diese Augen, die jetzt so sanft blickten – hatte er sie damals wirklich so unverschämt und mit wilder Gier angestarrt? Lynn wischte den Gedanken an diese unerfreuliche Episode beiseite.

„Willst du damit sagen", fuhr sie langsam fort, „dass jetzt die Zeit gekommen ist, um mir die rätselhaften Vorgänge zu erklären?"

Ihr Herz begann auf einmal zu hämmern: Sie hatte das Gefühl, dass sie kurz vor einer schicksalhaften Entdeckung stand. Und eine unbestimmte Vorahnung überkam sie, als würde diese Enthüllung ihre erzwungene Ehe doch nicht als die grausame Farce entlarven, als die sie sie bislang betrachtet hatte.

„Ich glaube schon, dass es für unsere Beziehung gut wäre, wenn ich dir ein paar Dinge erklärte, die dir bis jetzt rätselhaft erschienen sein mussten."

Sein schön geschwungener Mund lächelte, doch in den dunklen Augen lag tiefe Traurigkeit. Lynns Herz krampfte sich zusammen. Wie sehnte sie sich danach, ihn zu trösten, mit ihm gemeinsam alles zu tragen, was ein geheimnisvolles Schicksal ihm auferlegt haben musste.

„Aber", fuhr er fort, „ich bin mir noch nicht völlig sicher, ob die Zeit für Bekenntnisse bereits gekommen ist."

Er schüttelte den Kopf, und über seiner Nasenwurzel bildeten sich zwei steile Falten. Lynn hatte den Verdacht, dass seine Bedenken ihm soeben erst gekommen waren. Seine nächsten Worte bestätigten ihren Verdacht: „Ich kann mich natürlich irren, Lynn, aber ich habe den Eindruck, dass sich dein Verhalten mir gegenüber in den letzten Wochen geändert hat – nur weiß ich es eben nicht genau." Wieder schüttelte er zweifelnd den Kopf: „Nein, ich bin überzeugt, und deshalb kann ich es nicht wagen ..." Seine Stimme erstarb.

Lynn war aufgewühlt. Bittere Enttäuschung stieg in ihr auf. Also traute er ihr nicht.

Sie hatte den Eindruck, dass die entscheidende Chance verpasst war, sein und ihr Leben doch noch einander näher zu bringen.

Warum war sie nur so enttäuscht? Hatte sie innerlich doch damit gerechnet, bei Zoltan zu bleiben? Sie wusste selber nicht mehr, was sie wollte.

Wieder sah sie die Zukunft als düstere Einöde vor sich, sollte es ihr gelingen, freizukommen und Zoltan zu verlassen.

Andererseits widerstrebte es ihr zutiefst, Seite an Seite mit ihm herumzuziehen, nie die Geborgenheit eines eigenen Heimes zu erfahren.

Sie fasste sich ein Herz und sah Zoltan an: „Ich wünschte, du würdest offen mit mir reden. Immerhin betrachtest du mich als deine Frau. Es ist also nur natürlich, dass ich mehr über dich wissen will."

Er nickte vage, machte aber keine Anstalten, ihrer Bitte nachzukommen.

„Wir wollen unser Essen genießen", sagte er. „Die erste Mahlzeit, die wir beide zusammen in einer schönen Umgebung einnehmen."

Sein Lächeln ließ ihn noch attraktiver erscheinen. Sie biss sich auf die Lippe. Ihre Enttäuschung wuchs. Seine kühle Haltung verletzte sie mehr als jede Demütigung, die sie vorher erfahren hatte. Denn jetzt liebte sie ihn. Und ein Mensch, der liebt, ist verletzlich.

„Iss deine Grapefruit", sagte er. „Sonst verdirbt unser Essen."

Sie gehorchte und blieb am Tisch sitzen, während er die Glasschalen forttrug ...


Gemeinsam hatten sie zuvor in der Küche das Essen zubereitet. Die Küche war groß und modern eingerichtet. Aus dem Kühlschrank hatte Zoltan zwei riesige Steaks geholt.

„Ich ließ Mrs. White ausrichten, sie sollte für uns einkaufen", hatte er erklärt, als Lynn sich über den wohlgefüllten Kühlschrank wunderte.

„Du scheinst wirklich an alles gedacht zu haben", hatte sie erstaunt darauf erwidert.

*Geliebter Vagabund*

„Ich habe mich bemüht, Lynn. Ich dachte, es würde uns beiden gefallen, nach diesem ewigen Lagerleben einmal etwas kultivierter unterzukommen."

„Aber – ansonsten gefällt dir das Lagerleben?"

„Man gewöhnt sich dran. Die Ungebundenheit kann sehr reizvoll sein ..." Er wechselte das Thema und fragte sie, ob sie Salz an das Gemüse getan hätte.

Resigniert seufzte sie und fuhr in ihrer Arbeit fort. Zoltan schob die Steaks in den Grill. Danach richtete er verschiedene Salate her, die Zutaten hatte er aus dem Kühlschrank geholt. Lynn war mit einem Obstsalat beschäftigt, den es zum Nachtisch geben sollte.

Zoltan hatte sogar ein paar Flaschen Wein aufgestöbert. Mit belustigter Miene beobachtete er sie und wartete anscheinend auf die Fragen, die jedoch nicht gestellt wurden. Sie wusste, was er antworten würde, wenn sie ihn fragte, woher er den Wein habe.

„Gestohlen – von dem Freund, der so großzügig war, uns den Bungalow zu überlassen ..."

Sie blickte auf, als er wieder ins Zimmer trat. Er trug ein Tablett mit den Steaks und dem Gemüse.

„Bilde dir nur nicht ein", bemerkte er in scherzhaftem Ton, „dass ich dich immer so bedienen werde."

Der Wein war schwer und benebelte schon leicht ihre Sinne. Eine kindhafte Unbekümmertheit zog in ihr Herz, und sie gab sich ganz dem Zauber dieser ungewöhnlichen Situation hin.

Später, nachdem sie den Mokka im Salon eingenommen hatten, schlug Zoltan einen Spaziergang vor.

„Es wird uns beiden gut tun. Wochenlang waren wir ja nur im Auto eingesperrt", fügte er mit einem Lächeln hinzu.

„Du hast recht." Lynn erwiderte sein Lächeln und blickte in sein dunkles Gesicht. Sie war sich einer plötzlichen Scheu bewusst und versuchte, ihrer Gefühle Herr zu werden. „Die Nacht ist wunderschön."

„Der Mond steht über dem Meer."

„Sieh die Sterne, wie sie funkeln."

Sein Lächeln wurde noch zärtlicher. Sie hielt den Atem an. Wie schön er war ... Mit übergroßer Deutlichkeit wurde ihr bewusst, dass er ihr jetzt als ein Mann von Charakter und Ritterlichkeit erschien.

Aber vielleicht erlag sie nur dem Zauber des Augenblicks. Einen Abend lang durfte sie sich wie eine Frau fühlen, die zusammen mit ihrem Mann in einem wunderschönen Haus lebte. Eine glückliche Frau, die liebte und deren Liebe erwidert wurde. Vielleicht kam schon morgen das böse Erwachen. Aber bis morgen war es noch lang.

## 8. KAPITEL

Sie schlenderten durch den Park, durch eine Welt, die in das milde Licht des Mondes getaucht war. Eine Brise wehte vom Meer her, brachte das Laub der Bäume zum Rauschen und verteilte den betörenden Duft der Blumen.

In tiefen Atemzügen sog Lynn die würzige Nachtluft ein. Die Magie der mondbeglänzten Landschaft hielt sie gefangen. Lynn fühlte sich leicht benommen, aber sie wollte gar nicht, dass sich ihre Sinne klärten. Sie befand sich mitten in einer Zauberwelt und wollte sie in vollen Zügen genießen. Sie fühlte sich wie im siebenten Himmel an der Seite eines Mannes, den sie zu lieben gelernt hatte und der sich um sie sorgte, als würde auch er sie lieben.

„Frierst du auch nicht?", fragte er, nachdem sie eine Weile schweigend gegangen waren.

„Mir ist nicht kalt."

Wieder verfielen sie in Schweigen. Dennoch empfand sie ein inneres Einverständnis, eine Zugehörigkeit zu diesem Mann, wie sie es nie für möglich gehalten hätte. Nur Freunde konnten sich auch stumm verstehen – Freunde und Liebende …

„Das Meer sieht so ruhig aus", durchbrach Zoltan die Stille. „In einer solchen Nacht könnte man darin schwimmen."

Sie hielt ihn durchaus für fähig, auch nachts im Ozean zu schwimmen. Zoltan war ein Mann, der sich ein Vergnügen daraus machte, den Gefahren zu trotzen.

„Lass uns den Weg zu den Hügeln einschlagen", sagte er und deutete irgendwohin ins Dunkle.

„Du scheinst dich in dieser Gegend aber gut auszukennen."

„Das stimmt, ich kenne hier jeden Weg und Steg."

Sollte sie wieder damit anfangen, Fragen zu stellen? Nein, der Zauber dieser Nacht durfte nicht zerstört werden. Sie wollte nicht, dass abermals Unstimmigkeiten zwischen ihr und Zoltan aufkeimten. Vielleicht gab sie im Augenblick einer Scheinwelt den Vorzug, aber um keinen Preis wollte sie jetzt aus ihren Illusionen gerissen werden.

Der Boden unter ihren Füßen war weich, vermutlich eine dicke

Humusdecke. Ein paar Wolken waren aufgezogen und verdunkelten den Mond, sodass der Pfad im Schatten lag.

Zoltans Hand suchte ihre. Dann spürte sie seinen festen Griff, die Wärme seiner Haut, die ihr einen Schauer der Wonne über den Körper jagte. Seine Berührung hatte die Lust in ihr geweckt, sie brannte in einer alles verzehrenden Leidenschaft, die nur in der körperlichen Vereinigung Erfüllung finden konnte.

Die Wolken zerstoben, und wieder lag das silberne Mondlicht über den Hügeln. Die Luft roch nach herben Kräutern. Irgendwo stieß ein Nachtvogel seinen klagenden Schrei aus ...

Schließlich schlug Zoltan vor, ins Haus zurückzukehren. Während sie neben ihm herging, fragte sie sich, ob ihr glühendes Begehren wie ein Funke auf ihn überspringen würde. Sie spürte, wie ihre Wangen glühten. In Zoltans Armen zu liegen war der Gipfel des Glücks in einer solchen Nacht.

Als sie das Haus betraten, klingelte das Telefon. Mit einer gemurmelten Entschuldigung ging Zoltan an den Apparat und überließ es ihr, die Tür zu schließen.

Sie blickte noch einmal zurück und betrachtete die wellige Landschaft. Verstecke musste es genügend geben in den Hügeln oder in dem unberührt aussehenden Wald.

Ihre Blicke schweiften über das Wasser des Ozeans, das sich mit einem singenden Geräusch am Fuß der Klippen brach. Diese Klippen mussten zahllose Ausbuchtungen und Höhlen haben.

Lynn lauschte Zoltans Stimme. Immer noch sprach er am Telefon. Sie fühlte die kühle Brise auf ihrem Gesicht. Die Versuchung, einfach fortzurennen, war groß. Sie hatte ihren Mantel an, in einer Tasche befand sich ein Portemonnaie.

Freiheit – niemals würde Zoltan sie finden. Die Verstecke waren viel zu zahlreich. Freiheit ...

Noch immer sprach Zoltan, und es hatte nicht den Anschein, als sei das Telefongespräch rasch beendet. Wer mochte der nächtliche Anrufer sein? Hätte der Anruf dem Besitzer des Bungalows gegolten, dann würde das Gespräch sicherlich nicht so lange dauern. Zoltan hätte gesagt, der Gewünschte sei nicht daheim, und hätte wieder aufgelegt.

*Geliebter Vagabund*

Lynn spitzte die Ohren, aber sie vernahm nur unverständliche Wortfetzen.

Zum ersten Mal seit ihrer Entführung hatte Zoltan einen Fehler begangen und war unachtsam gewesen. Für einen Augenblick hatte er die Möglichkeit vergessen, dass Lynn die Gelegenheit zur Flucht nutzen könnte. Zum ersten Mal seit Wochen war sie unbeobachtet.

Unschlüssig blieb sie im Türrahmen stehen. Wie töricht sie war! Jetzt bot sich ihr die Chance, auf die sie seit Wochen gelauert hatte – und sie zögerte noch?

Warum konnte sie sich nicht zu einem Entschluss durchringen? Ihre Lippen umspielte ein Lächeln, ihre Augen glänzten wie die Sterne am Firmament. Nein, der Bann dieses geheimnisvollen Zaubers war noch nicht gebrochen, diese Nacht hatte noch manches Schöne zu bieten. Mit einem letzten Blick hinaus schloss sie die Tür und schob den Riegel vor.

Als sie sich umdrehte, stand Zoltan vor ihr. Mit großen Augen sah er sie an. Regungslos blieb sie stehen. Sie wurde rot, als ihr durch den Sinn schoss, was er jetzt wohl von ihr denken mochte.

Lange sprach keiner von beiden ein Wort.

Lächelnd, immer noch wortlos, streckte er ihr die Hand entgegen. Ihre Lippen öffneten sich und erwiderten sein Lächeln. Sie ergriff seine Hand.

„Du hättest fortlaufen können", sagte er in ungläubigem Staunen. „In dieser Gegend hätte ich dich niemals gefunden."

Seine schwarzen Augen glühten, und Lynn wusste, dass ihre Flucht nicht Wut in ihm erregt hätte, sondern Trauer und ein Gefühl der Leere.

Sie erkannte den Ausdruck von Zärtlichkeit in seinen Blicken. Und plötzlich lag sie in seinen Armen, schmiegte sich an seine Brust, barg ihren Kopf an seiner Schulter. Er hob sie auf und trug sie ins Schlafzimmer.

„Meine Lynn", flüsterte er ihr zu und blickte ihr tief in die Augen. „Ist dir der Wein zu Kopf gestiegen oder ..." Er sprach wie zu sich selbst, Zweifel schwang in seiner Stimme. „Egal, die Nacht ist zauberhaft, wir wollen den Zauber nicht zerstören."

93

Zornig runzelte er die Stirn, als das Schrillen des Telefons ihn unterbrach. Lynn, die sich glücklich in seine Arme kuschelte, blickte auf und sah in sein düsteres, von Zweifeln geprägtes Gesicht. Es schien unmöglich, dass der Anruf wichtig für ihn war, aber instinktiv wusste sie, dass Zoltan auf ihn gewartet hatte.

Das Telefon schrillte weiter. Beide lauschten gespannt. Plötzlich hasste sie das störende Geräusch, und gerade als sie sich innerlich damit abgefunden hatte, dass Zoltan aufstehen und an den Apparat gehen würde, verstummte das Klingeln.

„Liebling, wir wollen diese wundervolle Nacht genießen", flüsterte er ihr ins Ohr.

Sie bot ihm ihre Lippen, und mit unendlicher Zärtlichkeit liebkoste und küsste er sie.

„Du hast mich noch nie bei meinem Namen genannt, Lynn. Jetzt möchte ich ihn hören."

Trotz der sanft gesprochenen Worte konnte sie den Befehl heraushören. Aber von einer überraschenden Schüchternheit gehemmt, brachte sie kein Wort heraus. Verstand er ihre Scheu? Denn anstatt sie weiter zu drängen, fuhren seine Lippen tastend über ihr Gesicht, ihr Haar, ihren Hals.

Wie er ihre Gefühle beherrschte … Die Lust brannte wie Glut in ihr, sie verspürte das heiße Verlangen, seine nackte Haut zu streicheln, ihren Körper dicht an seinen zu pressen.

Widerstandslos ließ sie es geschehen, dass er den Reißverschluss ihres Kleides öffnete und es über ihre Schultern streifte. Das Kleid glitt zu Boden, und seine Hand umfasste ihre feste Brust.

Sein Mund suchte ihre Lippen, die begehrlich seine leidenschaftlichen Küsse erwiderten, und seine Arme umschlangen ihren biegsamen Körper …

Kein Wort wurde gesprochen. Die Liebe steigerte sich zur Ekstase. Lynn ließ sich durch seine erfahrenen Lippen und Hände in einen Sinnestaumel führen, der die Welt um sie her versinken ließ. Und als sie nach dem Höhepunkt der Lust wieder auf die Erde zurückfand, fiel es ihr nicht schwer, immer wieder liebevoll seinen Namen zu flüstern.

*Geliebter Vagabund*

„Zoltan …" Sie drehte sich in seinen Armen um und schmiegte ihre Wange in das dichte Haar seiner Brust. „Zoltan …, ein ungewöhnlicher Name, aber ich mag ihn."

„Ein Vagabundenname."

Nach einem Augenblick des Nachdenkens fragte sie: „Zoltan, du hast mir nie von deinen Eltern erzählt. Leben sie noch?"

„Nein, sie sind beide tot." Seine Stimme war ausdruckslos, höchstens etwas Bedauern schwang mit.

„Bitte, erzähl mir von deiner Mutter." Lynn kuschelte sich noch enger an ihn und legte ihre Hand auf seine Wange.

„Meine Mutter starb bei meiner Geburt."

„Oh …, das tut mir leid."

„Es braucht dir nicht leid zu tun. Natürlich habe ich sie nie vermisst."

Wieder hörte Lynn den Unterton des Bedauerns heraus, obgleich er die Angelegenheit so leichtfertig abtat.

„Dann bist du also ganz allein zurückgeblieben. Du hast doch keine Geschwister?"

Zoltan schwieg lange, ehe er antwortete: „Du scheinst das ja als selbstverständlich anzunehmen."

„Wahrscheinlich, weil du mir eher wie ein – Einzelgänger vorkamst."

Ein müdes Lächeln umspielte seine Lippen.

„Ich glaube, ich war auch immer ein Einzelgänger – bis zu meiner Heirat."

Immer noch hatte er ihre Frage nicht beantwortet, und sie stellte sie noch einmal. Diesmal erwiderte er, er habe einen Bruder.

„Wie schön. Wo ist er?"

„Bei einem anderen Clan."

„Seht ihr euch manchmal?"

„Ich habe ihn schon lange nicht mehr getroffen", entgegnete Zoltan. „Es ist Zeit, dass wir schlafen", sagte er dann plötzlich brüsk.

„Ich möchte aber noch nicht schlafen!"

„Warum nicht?"

Sie suchte nach Worten, um ihm verständlich zu machen, dass

95

diese Nacht so schön sei, dass sie sie so lange wie möglich auskosten wolle. Aber schließlich sagte sie: „Ich bin einfach noch nicht müde."

„Es ist schon sehr spät, versuch trotzdem einzuschlafen, Lynn."

Er küsste ihre Lippen und streckte den Arm aus, um die rosabespannte Nachttischlampe auszuknipsen. In der Dunkelheit wünschte er ihr noch einmal gute Nacht, und Minuten später war er fest eingeschlummert. Lynn ruhte in seinen Armen …

Am nächsten Morgen standen sie früh auf. Gerade saßen sie auf der Veranda beim Frühstück, als das Telefon klingelte.

„Wahrscheinlich der Anrufer von gestern Nacht", sagte Zoltan und erhob sich. „Ich versuche es kurz zu machen. Iss schon mal dein Frühstück", fügte er hinzu, „sonst werden die Spiegeleier und der Schinken kalt."

Er ging, und in weniger als fünf Minuten war er wieder bei ihr. Sein Gesicht drückte äußerste Besorgnis aus.

„Was ist geschehen?", fragte sie. Ihre Nerven waren gespannt, so als hätten sich Zoltans Ängste auf sie übertragen. „Du siehst so besorgt aus."

„Du würdest es ja doch nicht verstehen", hub er an, aber sofort unterbrach sie ihn und fragte, wieso der Anruf für ihn gewesen sein konnte und nicht für den Besitzer des Hauses.

„Weiß jemand, dass du dich hier aufhältst?", wollte sie wissen.

„Natürlich", knurrte er ungeduldig. „Gestern Abend wurde ich schon einmal angerufen,"

„Von wem?", fragte sie gespannt. Und als er keine Antwort gab: „Du bist immer so geheimnisvoll, Zoltan. Man könnte meinen, ich sei eine Fremde für dich."

Seine schwarzen Augen warfen ihr warnende Blicke zu. Offensichtlich war er jetzt nicht dazu aufgelegt, neugierige Fragen zu beantworten. Aber Lynn sorgte sich um ihn, und deshalb fragte sie noch einmal, nicht ohne Schärfe, wer der Anrufer war.

„Du wärest auch nicht schlauer, wenn ich es dir sagte."

Sie biss sich auf die Lippe. Eine absurde Idee war ihr durch den Kopf geschossen, und sie gab sich alle Mühe, ihren hässlichen Ver-

*Geliebter Vagabund*

dacht abzuschütteln. Konnte es sein, dass Zoltan in dunkle Geschäfte verwickelt war? Das würde manches erklären ... Das viele Geld, über das er verfügte, die teure Kleidung.

Und da war das herrliche Pferd, das er am Zügel durch den Wald geführt hatte. Er besaß Zugang zu einem luxuriös ausgestatteten Haus ..., ob es vielleicht doch sein Eigentum war?

Sofort verwarf sie diese Gedanken. Unmöglich! Es bestand nicht der geringste Zweifel daran, dass er Vagabund war. Wie sollte er an ein ständiges Heim, noch dazu ein so exquisites, kommen?

Aber womöglich führte er eine Art Doppelleben. Dieser Verdacht stieß sie so ab, dass sie ihn sofort in den hintersten Winkel ihres Gehirns verbannte. Es war ihr einfach unerträglich, sich Zoltan als einen Mann von zweifelhaftem Charakter vorzustellen, der an undurchsichtigen Machenschaften teilhatte ...

„Ich muss fort, Lynn", unterbrach er ihre trübsinnigen Gedanken. „Du wirst doch nicht fliehen? Bitte, versprich es mir."

„Nimm mich mit!"

In einer jähen Aufwallung stampfte sie mit dem Fuß auf. Sie war fest entschlossen, ihn zu begleiten. Wenn auch nur, um mehr über ihn in Erfahrung zu bringen.

Doch er schüttelte den Kopf, und rasch musste sie feststellen, dass er auf gar keinen Fall gewillt war, sie in sein Geheimnis einzuweihen.

Sie akzeptierte seinen Entschluss, und auf einmal war sie wieder ganz ruhig: Nur ein Gedanke beherrschte sie jetzt – Flucht! Niemals würde sie ihr Leben mit diesem Mann teilen können. Je eher sie also einen Schlussstrich zog, umso besser für sie beide.

Die Existenz, die er führte, war für sie unannehmbar. Auch wenn es ihr das Herz zerreißen würde, sie musste ihn verlassen! Tränen brannten in ihren Augen, aber sie verdrängte sie.

Wie durch einen Schleier drangen seine Worte an ihr Ohr. Noch einmal bat er sie um ihr Versprechen, die Gelegenheit nicht zur Flucht zu nutzen. Sie zögerte, es fiel ihr schwer, ihm ins Gesicht zu lügen.

Aber noch während sie nach Worten suchte, fasste Zoltan sie bei den Schultern und bugsierte sie kurzerhand ins Haus und weiter ins

Schlafzimmer. Hinter ihr drehte sich der Schlüssel im Schloss. Wieder einmal war sie seine Gefangene.

Mit den Fäusten hämmerte sie gegen die Tür, doch nichts rührte sich. Prüfend betrachtete sie das Fenster. Zoltan hatte seinen zweiten Fehler gemacht. Aber er hatte so viele andere Dinge im Kopf, dass das nicht weiter verwunderlich war.

Nachdem Lynn probiert hatte, ob das Fenster zu öffnen war, zog sie ihren Mantel an, verstaute die notwendigsten Dinge in ihrer Schultertasche und kletterte hinaus in die Freiheit.

Die Sonne strahlte vom wolkenlosen Himmel. Das Meer war glatt und ruhig. Ringsum war alles so friedlich, dass Lynn mit einem Stich im Herzen an die glücklichen Stunden dachte, die sie hier erlebt hatte. Jetzt befand sie sich wieder in der unerbittlichen Realität und plante ihre Flucht, die ihr noch vor wenigen Stunden bedeutungslos vorgekommen war.

Wäre Zoltan doch nur ein Mann wie alle anderen, der seiner Arbeit nachging und sich ein richtiges Heim wünschte ...

Sie kämpfte mit den Tränen, und einen verzweifelten Augenblick lang war sie versucht, zurückzulaufen und sich endgültig damit abzufinden, die Frau eines Mannes zu sein, dessen Aktivitäten ihr immer verborgen bleiben würden.

Doch die Vernunft siegte. Sie trocknete ihre Augen und lief entschlossen weiter. Gerade wollte sie in das schützende Buschwerk untertauchen, als sie hinter sich das Klingeln des Telefons hörte. Einem plötzlichen Impuls nachgebend, drehte sie sich um und rannte zum Haus zurück.

Eng an die Hauswand gedrückt, kauerte sie unter dem Wohnzimmerfenster, sodass sie jedes Wort verstehen konnte.

„Gut gemacht, Olave. Dafür werde ich mich erkenntlich zeigen. Er kommt hierher, sagst du? Endlich kann ich also ...“

Den Rest verstand sie zu ihrem größten Ärger nicht mehr, denn Zoltan schien jetzt mit dem Rücken zum Fenster zu stehen.

„Ich war schon verzweifelt. Olave – ich war sicher, dass Albán einmal im Gefängnis enden würde. Wenn ich nur mit ihm sprechen kann, ihn überzeugen ...“

*Geliebter Vagabund*

Wieder entgingen ihr ein paar Satzfetzen, und wütend biss sie sich auf die Lippen. Würde sie denn nie erfahren, was hier gespielt wurde? Beinahe wäre sie der Lösung nahe gewesen. Aber entweder senkte Zoltan absichtlich seine Stimme, oder er hatte sich vom Fenster fortbewegt.

Jetzt konnte sie ihn wieder deutlicher verstehen.

„Dann kann ich ja hier bleiben – ja, Colum rief mich vor ein paar Minuten an und sagte mir, dass Albán sich beim Erevan-Clan unten im Tal aufhält. Ich hatte vor, ihn dort aufzusuchen, ehe er mir wieder entwischt. Aber wenn er hierher kommt, umso besser …"

Ein paar Minuten schwieg Zoltan, und Lynn schloss, dass jetzt Olave redete. Wenn sie doch nur das ganze Gespräch mitbekommen hätte! Als Zoltan wieder sprach, hatte sie große Mühe, ihn zu verstehen.

„Hoffentlich weiß er nicht, dass ich mich hier aufhalte …, war schon einmal hier mit dieser Frau …, ich danke dir, Olave, dass du mich angerufen hast. Ich stehe tief in deiner Schuld … Nein, das darfst du nicht sagen. Ich möchte meine Dankbarkeit zeigen …"

Was hatte das alles zu bedeuten? Lynn lauschte erwartungsvoll. Eines stand jedenfalls fest: Sie würde bleiben! Sie musste unbedingt diesen Albán sehen, dessen Name so oft während der letzten Wochen gefallen war. Eine dunkle Vorahnung beschlich sie, dass die Ankunft dieses Albán schicksalhaft für ihre eigene Zukunft sei. Denn Albán musste der Mann sein, den Zoltan in ganz Irland gesucht hatte …

„Du hast recht, Olave", sagte Zoltan, nicht sehr deutlich. „Ich hätte deinen Rat befolgt und … ich bin mir meiner Verpflichtung bewusst …, es wäre unfair …, also dann …"

Lynn konnte nichts mehr verstehen und beschloss, ins Schlafzimmer zurückzukehren, ehe Zoltans Telefongespräch beendet war.

Doch sie hatte Pech, am andern Ende des Bungalows verfing sich ihr Fuß in einer vorspringenden Baumwurzel, und sie stürzte zu Boden. Dabei schlug sie so schmerzhaft mit dem Kopf auf, dass sie laut aufschrie. In kürzester Zeit war Zoltan bei ihr, hob sie hoch und trug sie ins Haus.

Sie war benommen, aber doch bemerkte sie den Ausdruck auf Zoltans Gesicht, eine Mischung aus Zorn und Traurigkeit. Sie verstand ihn ja so gut. Denn wenn er sie auch eingeschlossen hatte, so musste er doch ziemlich sicher gewesen sein, dass sie nach den Vorgängen der letzten Nacht nicht mehr auf Flucht sinnen würde.

Sie erwartete Vorwürfe, aber zu ihrer Überraschung kümmerte er sich nur um die rasch anschwellende Beule auf ihrer Stirn.

„Dein Kopf muss schwer aufgeschlagen sein. Ich mache dir eine Kompresse."

Mit geschlossenen Augen lehnte sie sich gegen das Sofakissen.

„Zoltan ..."

„Ja?"

„Ich wollte nicht fortlaufen. Im Gegenteil ..."

„Lüge nicht!", herrschte er sie an. „Was hat dann diese Tasche zu bedeuten?"

Er öffnete die Tasche, sah den Inhalt und schnaubte verächtlich. Lynn öffnete die Augen und sah ihn verwirrt an. Wie sollte sie es ihm erklären? Immerhin hatte sie ja ursprünglich vorgehabt zu fliehen. Und sicher wäre es auch dabei geblieben, hätte das erlauschte Gespräch sie nicht umgestimmt.

„Ich wünschte, ich könnte es dir klarmachen", murmelte sie und zuckte zusammen, als ihr ein unerträglicher Schmerz durch den Kopf fuhr. „Es ist alles so kompliziert ..."

„Es scheint, du hast keinesfalls die Absicht, dein Leben an meiner Seite zu verbringen." Zoltan machte eine kurze Pause, dann fuhr er verbittert fort: „Der Abschaum der Menschheit ..."

„Zoltan, bitte ...", fing sie an. Aber mit einer Handbewegung brachte er sie zum Schweigen.

„Jetzt ist es zu spät", entgegnete er mit schmalen Lippen. „Du erkennst mich nicht als gleichwertig an, also gibt es nur eine Lösung."

Er hielt inne und lauschte gespannt, als hätte er vom Garten her ein Geräusch vernommen. Als er dann wieder sprach, wirkte er bescheiden, beinahe demütig. Welch ein Unterschied zu dem arroganten, hochfahrenden Mann, der er noch vor ein paar Wochen gewesen war. Damals hatte sie seinen Hochmut gefürchtet, jetzt staunte sie über seine Demut.

*Geliebter Vagabund*

Sie verspürte heftige Gewissensbisse. Sie bat um sein Verständnis, machte ihn darauf aufmerksam, dass er sich ihr letzte Nacht beinahe anvertraut hätte: „Wenn du mir jetzt alles erklären würdest, Zoltan ..."

Doch er schüttelte den Kopf.

„Es hätte ja doch keinen Sinn. Aber ich habe einen Plan, der dir vielleicht gefallen wird. Nur ist jetzt nicht die Zeit zum Diskutieren. Ich gebe dir eine Tablette gegen deine Kopfschmerzen, und dann legst du dich am besten ins Bett."

Enttäuscht und böse erhob sich Lynn vom Sofa. Zoltans geheimnisvolles Verhalten machte sie so wütend, dass sie am liebsten eine dieser kostbaren Vasen an die Wand geschmettert hätte.

„Warum kannst du mir nicht endlich sagen, was hier vor sich geht?", fuhr sie ihn an. „Ich habe ein Recht darauf, es zu erfahren!"

„Ein Recht?" Zoltan schien ehrlich überrascht. „Welches Recht, wenn ich fragen darf?"

„Ich bin deine Frau!"

Er lächelte, aber seine Augen blieben hart. „Du hast dich doch keine Sekunde als meine rechtmäßige Frau betrachtet, Lynn. Wie kannst du da erwarten, dass ich dir Vertrauen schenke?"

„Gestern Nacht – beinahe hättest du mir alles gesagt!"

„Ja, beinahe. Ich glaubte schon, du hättest in den letzten Wochen deine Meinung über mich geändert. Ich hoffte, auf unserer Reise wären wir uns näher gekommen. Es entstand der Eindruck, als hasstest du mich nicht mehr so wie früher."

Er verstummte und kam auf sie zu.

„Wir wollen nicht mehr darüber reden, Lynn. Ich hole dir die Tablette, und du legst dich eine Weile hin."

„Ich fühle mich vollkommen okay", erwiderte sie aufsässig. „Und ich habe nicht die Absicht, mich ins Bett zu legen."

„Trotzdem wirst du tun, was ich dir sage", erwiderte er gebieterisch. „Heute bleiben wir im Haus."

„Und warum?", fragte sie. Sie wollte nicht verraten, dass sie den Grund bereits kannte.

„Das ist meine Sache."

*Anne Hampson*

Sie nahm die Tablette, die er ihr brachte. Und in einem letzten Versuch, sich endlich Gewissheit zu verschaffen, fragte sie ihn noch einmal, warum er ihr sein Vertrauen entzog.

„Weil du deine Meinung über mich nicht geändert hast", entgegnete er ruhig. „Der Beweis dafür ist dein Fluchtversuch. Als Ehemann bin ich dir nicht gut genug ..., obwohl du die sexuelle Seite unserer Ehe offensichtlich genossen hast."

„Genossen?", wiederholte sie, von dem Wunsch besessen, ihn zu verletzen. „Wie kommst du darauf? Du scheinst ja eine hohe Meinung von dir als Liebhaber zu haben!"

Sie erwartete, seine schwarzen Augen würden jetzt hasserfüllt aufflammen, doch nichts dergleichen geschah. Sie las in ihnen nur Verachtung. Von einem plötzlichen Gefühl der Scham überwältigt, senkte sie den Kopf.

„Ja, so ist es, Lynn. Du genießt die sexuelle Seite der Liebe, und ich werde dir geben, was du verlangst. Aber Einblick in meine Seele gewähre ich dir nicht. Du musst dich mit den körperlichen Freuden zufrieden geben. Denn du bist und bleibst der Meinung, dass ich menschlich tief unter dir stehe."

Er hob ihr Kinn und zwang sie, ihm in die Augen zu sehen: „Gib es zu!"

Lynn hielt die herausfordernde Bemerkung zurück, die sie ihm ins Gesicht schleudern wollte. Stattdessen sagte sie mit schwankender Stimme: „Also gut – wenn du damit zufrieden bist, dann gebe ich es zu."

„Wir werden unser Gespräch ein andermal fortsetzen. Und jetzt ins Bett!"

Er zögerte einen Moment, dann sagte er: „Ich tue es nur ungern, Lynn, aber ich werde jetzt die Fensterläden schließen. Es macht dir hoffentlich nichts aus, im Dunkeln zu liegen."

„Fensterläden?", staunte sie. „Ich habe keine gesehen."

„Man kann sie abnehmen", erklärte er. „Im Allgemeinen werden sie nur bei Sturm angebracht."

„Muss das denn sein?" Eine erschreckende Aussicht, vom Tageslicht abgeschlossen zu sein. „Ich verspreche dir, dass ich nicht fortlaufen werde ..."

*Geliebter Vagabund*

„Die Fensterläden werden angebracht", fiel er ihr ins Wort, und damit war das Thema für ihn beendet.

Eine Viertelstunde später lang Lynn im Bett. Nur durch einen schmalen Spalt zwischen den beiden Flügeln der Fensterläden drang ein winziger Lichtstrahl ins Zimmer.

## 9. KAPITEL

Mit einem Ruck erwachte Lynn. Die Tür des Schlafzimmers war geöffnet worden, und helles Tageslicht strömte herein.

„Ich muss eingeschlafen sein", murmelte sie, ehe Zoltan etwas sagen konnte.

War dieser geheimnisvolle Albán schon hier gewesen und wieder gegangen?, fragte sie sich. Ihr Herz sank bei dieser Vorstellung.

„Wie spät ist es?"

„Zeit zum Lunch – ein Uhr. Wie fühlst du dich? Was machen deine Kopfschmerzen?"

Er trat ins Zimmer und beobachtete sie forschend. Nein, Albán konnte noch nicht dagewesen sein, dessen war sie sich sicher.

„Mir geht es schon besser", entgegnete sie.

„Möchtest du etwas essen?"

„Ja, ich habe Hunger." Sie setzte sich aufrecht. Es machte ihr nichts aus, dass seine Augen begehrlich über ihre Brüste glitten. „Was gibt es zum Lunch?"

„Fisch aus der Tiefkühltruhe."

Zweifelnd sagte sie: „Du machst doch sicher eine Liste von den Dingen, die wir verbraucht haben, und bezahlst sie nachher deinem Freund?"

Er lachte auf.

„Bezahlen? Wir bezahlen nie, mein Schatz. Vagabunden klauen aus Prinzip."

„Warum musst du immer so reden …!"

„Und warum musst du immer so dumme Fragen stellen? Meine Antworten kennst du doch mittlerweile schon."

„Du bist mir ein Rätsel", erwiderte sie kopfschüttelnd. „Mir ist längst klar geworden, dass du eine gespaltene Persönlichkeit hast."

„Tatsächlich? Erzähl mir mehr von deiner hochinteressanten Entdeckung."

„Manchmal bist du großzügig, freundlich, zivilisiert – dann wieder völlig ungezügelt, wild und brutal."

*Geliebter Vagabund*

„Brutal?" Unwillkürlich hob er die Hand und betastete mit dem Finger die Narbe auf seiner Wange. „Du hast mich zu Tätlichkeiten getrieben, die ich selber nicht für möglich gehalten hätte."

Lynn errötete ... Jedes Mal, wenn er auf seine Narbe hinwies, schlug ihr das Gewissen. Einerseits schämte sie sich, dass sie sich hatte hinreißen lassen, mit der Reitpeitsche auf einen Menschen einzuschlagen – doch zum anderen sagte sie sich immer wieder, dass er diese rüde Behandlung ja selbst provoziert hatte ...

Wie sie ihn jetzt vor ihrem Bett stehen sah, stolz und hochaufgerichtet, konnte sie sich kaum mehr vorstellen, dass dieser aristokratisch wirkende Mann eine Frau in schamloser Weise angegriffen hatte. Und doch hatte er es getan! Nur durch das Eingreifen der jungen Frau war sie damals einer Vergewaltigung entgangen.

Wo mochte dieses Mädchen jetzt stecken? In jedem Lager, das sie besucht hatten, hatte sie Ausschau nach ihm gehalten, es aber nie wiedergesehen.

Auch dies war eine der Merkwürdigkeiten, auf die sie sich keinen Reim machen konnte. Wie war Zoltan diese junge Frau so schnell losgeworden? Dabei schien sie nicht unbeträchtliche Macht auf ihn auszuüben, denn damals hatte ein Wort von ihr genügt, um ihn von seinem hässlichen Vorhaben abzubringen ...

„Wenn du willst, bringe ich dir das Essen ans Bett", sagte Zoltan.

Sofort schüttelte sie den Kopf. Sie wollte unbedingt aufstehen, um nicht Albáns Ankunft zu verpassen. Würde Zoltan ihr erlauben, dabei zu sein, wenn er mit dem Mann sprach?

Lynn bezweifelte es. Wahrscheinlich würde er sie wieder in diesem Schlafzimmer einsperren ...

Beim Lunch kam sie auf den Plan zu sprechen, den er vorher erwähnt hatte.

„Du sprichst von einem Plan, der mir gefallen könnte. Möchtest du mich jetzt nicht darüber aufklären?"

Als Antwort schüttelte er nun wieder den Kopf und warf einen Blick auf die Uhr. Lynn vermutete, dass Albáns Ausbleiben ihn unruhig machte. Hatte er Angst, er könnte ihm wieder entwischen?

105

„Später werde ich dir alles erklären", sagte er dann, „wenn die Dinge sich normalisiert haben." In seiner Stimme lag Schärfe, und obwohl Lynn das Thema gern weiterverfolgt hätte, wollte sie vorerst darauf verzichten. Sie kannte ihn gut genug, um zu wissen, dass es verlorene Mühe gewesen wäre.

Aber was meinte er damit, wenn sich die Dinge etwas normalisiert haben? Sie seufzte und musste sich resigniert eingestehen, dass es ihr nicht gelang, hinter Zoltans Geheimnis zu kommen …

„Eventuell bleiben wir noch eine zweite Nacht hier", sagte er. Seine Stimme klang ungeduldig. „Du hast doch sicher nichts dagegen?", fügte er mit mattem Lächeln hinzu.

„Natürlich bin ich lieber hier als in einem deiner Lager."

Er nickte und runzelte die Stirn.

„Wir werden wieder zu Abend essen wie kultivierte Leute."

Ihre Blicke trafen sich.

„Wenn du so sprichst, hörst du dich gar nicht an wie ein Vagabund", bemerkte sie.

„Meinst du?" In seinen Augen lag Spott. „Ich bin aber ein Vagabund. Daran brauchst du nicht zu zweifeln."

Lynn musterte seine dunklen Gesichtszüge, sein störrisches schwarzes Haar, das auch vieles Bürsten nicht bändigen konnte, seine glutvollen Augen, deren Ausdruck sie mittlerweile zu deuten gelernt hatte.

Diese Augen konnten zärtlich blicken, zornig und voller Leidenschaft. Sie hatte Bedauern darin gelesen, Traurigkeit und Güte. Und jetzt sah er sie herausfordernd an.

Die Herausforderung galt ihr. Er war stolz darauf, ein Rom zu sein. Er lächelte über ihre Verwirrung, weil sie seine Herkunft nicht mit seinem Lebensstil in Einklang bringen konnte.

Sie nahm die Herausforderung nicht an.

„Gibt es einen besonderen Grund", fragte sie, „weshalb wir noch eine Nacht hierbleiben?"

Sie ahnte natürlich, dass es nur Albáns wegen war. Albán, den er unermüdlich gesucht hatte und auf den er nun warten wollte. Und sollte er heute nicht auftauchen, dann war Zoltan bereit, auch den

*Geliebter Vagabund*

nächsten Tag auf ihn zu warten. Nach dem, was Lynn erlauscht hatte, musste Albán einmal mit einer Frau hier gewesen sein. Hatte auch er die Erlaubnis, den Bungalow zu benutzen?

„Ich erwarte einen Besucher", erwiderte Zoltan. Sie war einigermaßen überrascht, dass er es zugab.

„Tatsächlich?", sagte sie mit geheucheltem Staunen. „Wer ist es? Ein Mann?"

„Ja, ein Mann."

„Ich finde es merkwürdig, dass du hier Besuch empfängst." Lynn vermied seinen Blick und tat so, als konzentriere sie sich ganz auf das Essen. Sie befürchtete, er könne in ihrem Blick lesen, dass sie mehr wusste, als sie zugeben konnte.

„Dir muss vieles merkwürdig vorkommen", sagte er nüchtern. Später, wenn du meinen Plan kennst, werde ich dich über manches aufklären."

„Diese Geheimniskrämerei macht mich noch verrückt", stieß sie unwillig hervor. „Warum ist dieses Versteckspielen denn überhaupt notwendig?"

„Es wäre nicht notwendig, wenn …" Er hielt inne, und instinktiv berührte er seine Narbe. „Wenn du mich nicht als Abschaum der Menschheit betrachten würdest."

In seiner Stimme lag tiefe Bitterkeit. Immer hatte diese Bitterkeit herausgeklungen, aber noch nie so verzweifelt wie jetzt. Und noch nie hatten sie seine Augen so unendlich traurig angeschaut.

Verstört blickte Lynn zur Seite. So hatte sie ihn noch nie erlebt. Sie kannte ihn im Zorn, gewiss, aber diese tiefe Niedergeschlagenheit war ihr an ihm fremd.

Sie bemühte sich, ihre Fassung zu bewahren. So gleichmütig wie möglich versuchte sie das Gespräch fortzusetzen. Es zerriss ihr das Herz, ihn in dieser inneren Anspannung zu sehen.

„Zoltan – ist dir noch nie in den Sinn gekommen, dass ich meine Meinung geändert haben könnte? Denk daran, ich habe diese Worte im höchsten Affekt gesprochen. Man sagt oft etwas, das man hinterher bereut. Genauso wie man sich manchmal zu Taten hinreißen lässt, die einem später leid tun."

Sie spielte auf die versuchte Vergewaltigung an. Aus der Tatsache, dass er diesen Vorfall niemals erwähnte, schloss sie, dass er sich für seine Unbeherrschtheit schämte. Sie war sicher, dass er echte Reue empfand.

Fragend blickte sie ihn an. Als er nichts entgegnete, sprach sie weiter: „Jetzt, wo ich dich näher kenne, habe ich meine Meinung über dich geändert ..."

Ihre Stimme brach ab, sie senkte die Lider, denn sie fürchtete, seinem Blick zu begegnen. Ihre Wangen brannten wie Feuer. Sie war verlegen, weil ihr Eingeständnis einer Liebeserklärung sehr nahe gekommen war.

Warum konnte sie sich innerlich nicht gegen diesen Mann wehren?

Der Glut seiner Leidenschaft konnte sie sich nicht entziehen, seine Zärtlichkeiten hatten in ihr ein Feuer geweckt, das nicht mehr zu löschen war.

Endlich wagte sie aufzublicken. Sie hielt den Atem an, so sanft sah er sie an. Und in diesem Augenblick wusste sie, dass ihr Schicksal besiegelt war. Sie würde ihm überallhin folgen, wohin er auch ging. Und wenn sie ewig von einem Lager zum anderen zogen. Wer er auch sein mochte, was immer er tat, ihr Leben war an das seine gebunden.

Ungläubig schüttelte er den Kopf. „Wenn das die Wahrheit ist, Lynn, dann gibt es noch Hoffnung – für uns beide."

Die letzten Worte sprach er mit Nachdruck. Ihr war klar, dass damit eine schwere Last von seinen Schultern genommen war.

Sie zitterte vor Aufregung. Wenn Zoltan sie liebte, sie aufrichtig liebte – dann würde er ihretwegen vielleicht seinen Lebenswandel ändern.

„Lynn", sagte er, nachdem er sie eine Weile beobachtet hatte, „hast du mir wirklich die Wahrheit gesagt? Willst du für immer bei mir bleiben? Nie mehr versuchen fortzulaufen?"

Sie zögerte nur den Bruchteil einer Sekunde. Aber dann ging ein Lächeln über ihr Gesicht: „Es ist die Wahrheit, Zoltan. Ich werde dich nie verlassen ..."

Ihr Herz floss über. Sie hatte ihm noch so viel zu sagen. Vor allem wollte sie ihn bitten, ihr zuliebe sesshaft zu werden.

*Geliebter Vagabund*

Aber sie wollte sich Zeit lassen. Ein ganzes Leben lag vor ihnen. Und noch nie hatte sie Zoltan so entspannt und glücklich gesehen ...

Es war fast vier, als das Telefon läutete. Zoltan, der Briefe geschrieben hatte, während sie müßig in einer Illustrierten blätterte, sprang auf und lief an den Apparat. Sie hörte ihn etwas erklären, sah, wie seine Miene sich straffte und sein Mund schmal wurde. Unter der Bräune war er aschfahl.

„Ist sie ... tot?" Seine Stimme klang heiser. „In lebensgefährlichem Zustand? Ich muss ihn unbedingt finden, ehe die Polizei ihn aufgreift. Gott, warum kam er nicht hierher, wie er es vorhatte?"

Seine Erregung hatte sich auf Lynn übertragen. Ihre Lippen bebten. Etwas Schlimmes musste sich zugetragen haben. Kaum konnte sie die Fragen zurückhalten, die sich ihr aufdrängten. Zoltan sprach noch ein paar Worte, dann legte er den Hörer auf. Noch ehe er zu sprechen begann, wusste sie, was er sagen würde.

„Ich muss dich für ein paar Stunden verlassen, Lynn. Bitte stell mir keine Fragen. Ich will dir ja alles erklären, aber im Augenblick ist nicht die Zeit dafür. Ich muss unbedingt fort, aber ich kann dich doch hier allein zurücklassen, nicht wahr? Oder soll ich Mrs. White bitten, dir Gesellschaft zu leisten?"

Er machte einen verstörten Eindruck. Lynn äußerte den Wunsch, mitgehen zu dürfen, doch er schüttelte den Kopf.

„Auf gar keinen Fall! Ich möchte nicht, dass du in diese Angelegenheit verwickelt wirst."

Lynn brachte ein schwaches Lächeln zustande. Er war so aufgeregt, dass sie ihn nicht weiter bedrängen wollte.

Sie versicherte ihm, dass sie sehr wohl allein im Bungalow bleiben könne, fragte ihn nur, ob er die Nacht über fortbleiben würde, denn in der Dunkelheit mochte sie ungern allein sein.

„Ich hoffe, ich bin abends wieder zurück", sagte er, fügte aber hinzu, dass er sich nicht sicher sei.

Um ihn nicht noch mehr zu beunruhigen, erwiderte sie, er brauche sich um sie keine Sorgen zu machen, selbst wenn er erst am nächsten Tag zurückkäme.

„Du bist ein Engel", murmelte er und küsste sie zärtlich auf den Mund." Bald wird alles gut sein zwischen uns. Ich verspreche es dir, Lynn …"

Minuten später verriet nur noch eine Staubwolke, wo er mit ihrem Wagen die Küstenstraße entlangbrauste.

Lynn war allein mit ihren Gedanken. Sie blickte auf das ruhige, sonnenbeglänzte Meer. Wer war dieser Albán? Er musste eine bedeutende Rolle in Zoltans Leben spielen. Allem Anschein nach hatte er ein Verbrechen begangen, und Zoltan versuchte, ihn vor der Polizei zu schützen.

Lieber Gott, dachte sie, soll ich denn nie die Wahrheit herausfinden?

Ihr blieb nichts anderes übrig, als zu warten.

Allmählich senkte sich die Dämmerung über Land und Meer. Über dem Wasser lag ein hellgrauer Schleier aus Nebel und Dunst, während die Berge noch den glutroten Schein der untergehenden Sonne widerspiegelten. Es war ein idyllisches Fleckchen Erde, und Lynn beschloss, nach dem Abendessen noch einen kurzen Spaziergang zu machen. Aber sie wollte mit dem Essen ein wenig warten. Vielleicht kam Zoltan doch zurück …

Bald war es so dunkel geworden, dass sie im Wohnzimmer die Lampen anknipste. Immer wieder bewunderte sie die herrliche Einrichtung. In diesem Raum standen Reichtum und Geschmack in vollem Einklang miteinander. Ein solches Heim hätte sie gern für sich und Zoltan.

Sie seufzte leise und beschloss, sich die Zeit mit Lesen zu vertreiben. Wenigstens war sie dann fürs Nächste von ihren trüben Gedanken abgelenkt.

Alles war so still, so einsam. Die Zeit zog sich hin. Schließlich fasste sie den Entschluss, nicht mehr mit dem Essen auf Zoltan zu warten. Offensichtlich war er aufgehalten worden. Sie hoffte von ganzem Herzen, er würde später noch zurückkommen.

Nach dem Essen wusch sie das Geschirr ab, zog ihren Mantel an und machte einen kurzen Spaziergang. Vielleicht würde sie dann besser schlafen können.

*Geliebter Vagabund*

Die Welt draußen lag unter dem silbernen Tuch des Mondlichts. Lynn dachte daran, wie sie noch gestern Abend mit Zoltan durch die mondhelle Nacht gewandert war. Ihr Herz war voller Ungeduld, sie wünschte sich nichts sehnlicher, als in seiner Nähe zu sein.

Plötzlich fiel ihr ein, dass er womöglich zurückgekehrt war, während sie spazieren ging. Sofort drehte sie sich um und eilte ins Haus. Doch es war genauso leer, wie sie es verlassen hatte.

Eine halbe Stunde später lag sie in ihrem Bett. Vorher hatte sie noch sämtliche Lichter im Haus gelöscht. Obwohl sie befürchtet hatte, nicht einschlafen zu können, lag sie bald in tiefem Schlummer.

Mit einem Ruck wurde sie wach. Irgendein Geräusch hatte sie geweckt. War es der Wind? Die Brise hatte schon während ihres Spaziergangs aufgefrischt.

Atemlos lag sie da und lauschte, alle Sinne gespannt. Zuerst verspürte sie den übermächtigen Wunsch, Licht zu machen. Aber es war besser, im Dunkeln zu liegen und unbemerkt zu bleiben.

Als das Geräusch sich nicht wiederholte, beruhigte sie sich und war bald darauf wieder eingeschlafen.

Abermals wurde sie von einem Laut geweckt. Diesmal hörte es sich an, als hantiere jemand an einer Schranktür. War Zoltan zurückgekommen?

So musste es sein; er war nicht ins Schlafzimmer gekommen, um sie nicht zu stören. Wahrscheinlich legte er sich in einem der anderen Zimmer zur Ruhe.

Ihr erster Impuls war, aus dem Bett zu springen und zu ihm zu eilen. Aber dann zögerte sie. Vielleicht wäre es ihm nicht recht. So verschlossen, wie er war, wollte er womöglich mit seinen Gedanken allein sein.

Mittlerweile war sie hellwach. An Schlaf war nicht mehr zu denken. Sie wünschte jetzt, sie hätte sich ein Buch mit ans Bett genommen, dann hätte sie wenigstens lesen können.

Sie knipste die Nachttischlampe an und sah auf die Uhr: Fünf Minuten nach drei. Bis Sonnenaufgang war es noch lang. Sollte sie doch aufstehen und sich etwas zu lesen holen? Im Wohnzimmer befand sich ein wandhohes Regal mit Büchern, und auf einem Tisch

*Anne Hampson*

lagen verschiedene Magazine.

Doch sie besann sich anders. Sie war sicher, sie würde Zoltan stören, wenn sie jetzt ins Wohnzimmer ging. Sie löschte das Licht wieder und zog die Decke hoch. Aber es dauerte lange, ehe sie eingeschlafen war. Und dann schlief sie unruhig, sodass sie gegen fünf Uhr morgens wieder wach wurde.

Durch die Vorhänge schimmerte schon das erste Licht des Tages. Lange lag sie mit offenen Augen da, sehnte sich nach Zoltan und wünschte, die geheimnisvollen, beunruhigenden Vorgänge wären endlich aufgeklärt.

Schließlich stand sie auf, ließ sich Badewasser einlaufen und blieb eine Viertelstunde im lauwarmen Wasser liegen. Ständig kreisten ihre Gedanken um Zoltan. Sie hoffte, dass er diesen Albán, wer immer das auch sein mochte, endlich aufgespürt hatte.

Nach dem Bad trocknete sie sich ab und schlüpfte in ihr Negligé. Sie trat auf den Gang und fragte sich, hinter welcher Tür Zoltan wohl schlafen mochte.

Und dann, wie als Antwort auf ihre Gedanken, ging eine Tür auf, und er stand vor ihr. Ihr Mund öffnete sich zu einem Lächeln, das aber Sekunden darauf auf ihren Lippen erstarrte. Entgeistert blickte sie in sein Gesicht. Was war mit ihm geschehen? Da war wieder der grausame Zug in seinem Gesicht, und mit einem Schlag fühlte sie sich in den Augenblick ihrer ersten schicksalhaften Begegnung zurückversetzt.

„Zoltan ...", flüsterte sie mit bleichen Lippen. „Was ist geschehen?"

Der Morgenmantel, den er um seinen nackten Körper geworfen hatte, entblößte seine schwarz behaarte Brust – zu viele Haare! Ihre Augen glitten wieder zu seinem Gesicht, und erschrocken schlug sie sich eine Hand vor den Mund. Warum stierte er sie so an, als wäre sie irgendeine unverhoffte Erscheinung? Seine schwarzen Augen verschlangen sie gierig, und sie errötete unter seinen Blicken. Warum sagte er nichts? Er sah wie ein Verrückter aus.

„Zoltan", stammelte sie, „du ... machst mir Angst ..." Entsetzt hielt sie inne. Ihr war, als gefriere ihr das Blut in den Adern.

Dieser Mann war nicht Zoltan!

*Geliebter Vagabund*

Wie ein Blitz schoss die Erkenntnis durch ihr Gehirn: Dies musste Albán sein, und Albán war der Bruder, von dem Zoltan gesprochen hatte. Er hatte nur nicht erwähnt, dass sie Zwillinge waren.

„Wie zum Teufel kommst du hierher?", sagte der Mann jetzt. „Du hast von Zoltan gesprochen. Wo ist er?"

Lynn war unwillkürlich ein paar Schritte zurückgewichen. Sie wollte sich ins Schlafzimmer flüchten, wo sie die Tür von innen abschließen konnte. Die Angst schnürte ihr die Kehle zu, sodass sie kein Wort herausbrachte.

Der Mann wiederholte seine Frage, und kam dabei langsam auf sie zu. Geschickt brachte er es fertig, sie mit dem Rücken gegen eine Wand zu drängen.

„Zoltan ... Zoltan sucht dich ..."

Ein höhnisches Lächeln verzerrte sein Gesicht.

„Ich habe gehört, dass er jetzt verheiratet ist. Du musst seine Frau sein."

Stumm nickte sie.

„Welch ein Zufall! Beinahe hätte ich dich besessen. Máda, diese Hündin, hat dich gerettet."

Er kam immer näher.

„Aber jetzt kann sie dir nicht helfen", fuhr er mit bedrohlicher Miene fort. „Wirklich ein glücklicher Zufall! Ich kann mit einer Schönheit schlafen, und diese Schönheit ist dazu noch die Frau meines Bruders. Endlich werde ich es ihm heimzahlen!"

Lynn versuchte zu schreien, brachte jedoch keinen Laut hervor. Zugleich wurde ihr blitzartig klar: Nicht Zoltan, sondern dieser Mann hatte damals versucht, ihr Gewalt anzutun. Und als sie dem Mann im Wald mit der Reitpeitsche ins Gesicht schlug, hatte sie den falschen getroffen!

„Komm schon!", fuhr die raue Stimme sie an. „Mir gefällt, was ich unter dem dünnen Stoff sehe."

Er stand so dicht vor ihr, dass sie seinen Atem spüren konnte.

„Hoffentlich bleibt Zoltan noch lange fort", keuchte er jetzt und packte ihren Arm, „in der Zwischenzeit werden wir beide uns gut amüsieren."

113

Anne Hampson

Mit aller Kraft versuchte Lynn sich zu befreien. Wenn sie doch nur vollständig angezogen wäre! Aber bei ihren Bemühungen, sich loszumachen, entblößte sie ihren Körper, was seine Begierde nur noch mehr anstachelte. Halb ohnmächtig vor Angst spürte sie, wie sie ins Wohnzimmer geschleppt und auf das Sofa geworfen wurde.

Sie fühlte die Last seines schweren Körpers auf ihrem, und mit einer letzten Kraftanstrengung stieß sie ihm beide Fäuste vor die Brust. Der Stoß war so heftig, dass er hintenüberfiel und mit dem Kopf gegen das marmorne Kaminsims schlug.

Lynn merkte noch, wie sein Körper auf den Teppich rollte, dann umfing sie tiefste Ohnmacht.

## 10. KAPITEL

Sie blieb nicht lange ohne Bewusstsein. Das Erste, was sie sah, war Albán. Sein Kopf lag in einer Blutlache.

Mein Gott, ich hab ihn umgebracht, dachte sie entsetzt. Trotz des aufkeimenden Ekels brachte sie es fertig, seinen Pulsschlag zu fühlen. Erleichtert stellte sie fest, dass er noch lebte.

Ihr Gehirn arbeitete auf einmal überraschend klar. Obwohl sie Albán in diesem Zustand nicht mehr für gefährlich hielt, schnitt sie mit einem Messer ein Stück Kordel von der Sonnenjalousie ab und fesselte ihn vorsichtshalber. Dann verband sie seine Wunde, die offenbar nicht lebensgefährlich war.

Endlich öffnete er die Augen und sah sie verständnislos an. Sein Blick fiel auf seine gebundenen Hände, er runzelte die Stirn.

„Wer bist du?", fragte er. „Und wo bin ich?"

„Ich bin die Frau deines Bruders", erwiderte sie ruhig.

„Und wer hat mich gefesselt?", fragte er unwillig weiter.

„Ich. Du hast mich angegriffen. Ich stieß dich zurück, und du schlugst mit dem Kopf auf dem Kaminsims auf. Ich habe dich verbunden. Die Wunde ist nicht tief und wird rasch heilen."

Er schwieg einen Moment. Anscheinend musste er erst einmal Klarheit in seine Gedanken bringen.

Sie sah ihm förmlich an, wie langsam die Erinnerung wiederkehrte.

„Du hast also ein zweites Mal Glück gehabt", knurrte er. „Es wäre ein Vergnügen gewesen, wenn ich Zoltans Frau bekommen hätte." Sein Gesicht nahm einen besorgten Ausdruck an. „Er wird zurückkommen. Er darf mich hier nicht finden. Binde mich sofort los, sonst wird es dir schlecht ergehen!"

Er versuchte aufzustehen, und jetzt bereute sie, nicht auch seine Beine gefesselt zu haben. Schließlich hatte er es geschafft und stand schwankend vor ihr.

„Binde mich los, hab ich gesagt!"

„Zoltan will dich unbedingt sprechen. Es kann dir nur nützen, wenn du hier auf ihn wartest."

*Anne Hampson*

„Was für Märchen hat er dir denn erzählt? Weißt du eigentlich, dass er mich um mein Erbe betrogen hat? Ich bin der Ältere! Aber er hatte Glück – die Großeltern nahmen ihn zu sich. Sie wussten nicht, dass er einen Zwillingsbruder hat. Sie bestimmten ihn zum Erben und gaben ihm ihren Namen."

Er atmete jetzt schwer, auf seiner Stirn perlten kleine Schweißtropfen. Die Wunde schien ihm doch schwer zuzusetzen. Dann fuhr er mühsam fort: „Als er sechzehn war, nahmen sie ihn dem Clan fort und zogen ihn als Gentleman auf. Auf einmal schlug ihnen das Gewissen! Denn sie hatten unsere Mutter verstoßen, weil sie mit einem Rom durchgebrannt war. Sie strichen sie aus dem Testament und hissten sogar eine schwarze Fahne, um allen zu zeigen, dass ihre Tochter für sie gestorben war. Und nach sechzehn Jahren wollten sie alles wiedergutmachen ..."

„Sie hissten eine schwarze Flagge ...", murmelte Lynn verstört. „Von welcher Familie sprichst du?"

Sie hätte nicht zu fragen brauchen, sie kannte die Antwort bereits. Das Geheimnis um ihren Mann war gelüftet ...

„Ich meine natürlich die Herren von Ballytara Abbey! Tu doch nicht so, als wüsstest du nicht, dass du mit dem reichsten Erben Irlands verheiratet bist. Reich!" Er spuckte das Wort förmlich aus. „Mir gehört alles. Ich bin der Erbe – nicht er!"

„Beruhige dich doch", bat Lynn, aber sie hatte selbst Beruhigung nötig. In ihrem Kopf wirbelte es. Das bildhübsche Mädchen auf dem Gemälde war also Zoltans Mutter. Und er hieß jetzt Zoltan de Gais, denn er hatte den Namen der Großeltern angenommen, dieser hartherzigen Leute, die ihre Tochter aus ihrem Testament und aus ihrem Leben gestrichen hatten.

„Ich muss fort, ehe er kommt", drängte Albán. „Ich will dir etwas verraten. Beinahe hätte ich Máda umgebracht. Diese Hündin stellte mir zu viele Ansprüche. Es tut mir fast leid, dass sie noch lebt. Für Zoltan wäre es ein harter Schlag, einen Mörder zum Bruder zu haben ..."

Albán unterbrach sich. Auch Lynn hatte das Motorengeräusch gehört und lief hinaus. Es war Zoltan.

*Geliebter Vagabund*

„Zoltan!", rief sie. „Dein Bruder ist hier!"

„Albán?" Verdutzt blickte er sie an. Dann ging er an ihr vorbei ins Wohnzimmer.

„Nun, mein vornehmer Bruder", hörte sie Albán sagen. „Was hast du mir mitzuteilen, jetzt, wo du mich endlich gefunden hast? Sprich dich aus, und dann lass mich gehen. Ich habe nicht den Wunsch, länger als nötig unter diesem Dach zu bleiben."

„Du bist nicht zum ersten Mal hier. Das Haus gehört dir ebenso wie mir. Das Gleiche gilt für Ballytara Abbey. Ich habe es dir oft genug gesagt und ..." Abrupt hielt Zoltan inne. „Warum bist du verletzt – und gefesselt?", fragte er stirnrunzelnd.

Kurz erzählte Lynn, was vorgefallen war.

Sie sah, wie Zoltans Stirn sich vor Zorn verdüsterte.

„Gott sei Dank, ist dir nichts passiert", atmete Zoltan auf und nahm Lynn in den Arm. „Aber jetzt zu dir, Albán!" Er löste seine Fesseln. „Ich habe ganz Irland nach dir abgesucht. Ich möchte, dass du deinen Anteil nimmst. Die Hälfte des Erbes gehört dir."

„Ich nehme nichts", erwiderte Albán verstockt und rieb seine Handgelenke. „Du hast mich bestohlen! Ich bin der Erstgeborene, deshalb gehört Ballytara Abbey mir ganz allein. Entweder bekomme ich alles, oder ich nehme keinen roten Heller!"

Danach erzählte Zoltan Lynn die Geschichte der Zwillingsbrüder.

Ihre Mutter – damals noch fast ein Kind – hatte sich in einen hübschen Rom verliebt, der mit seinem Clan in der Nähe des Herrensitzes kampierte. Als sie mit ihm durchbrannte, wurde sie von ihren Eltern verstoßen und enterbt. Auch als sie ihnen schrieb, sie erwarte ein Kind, blieben die unnachgiebigen Eltern bei ihrem Entschluss. Noch ehe die Niederkunft stattfand, starb der Rom an einer Lungenentzündung, weil die Sippe sich keinen Arzt leisten konnte. Durch Kummer und Gram geschwächt, folgte ihm seine junge Frau kurz nach der Geburt in den Tod. Niemals erfuhren ihre Eltern, dass sie Zwillingen das Leben geschenkt hatte.

„Wir kamen zu verschiedenen Pflegeeltern", berichtete Zoltan weiter, „und wuchsen getrennt auf."

117

„Wie traurig", murmelte Lynn.

„Traurig für mich – nicht für ihn!", fuhr Albán auf. „Ich kam zu Leuten, die sich nicht den Teufel drum scherten, was aus mir wurde! Er dagegen war bei einer kinderlosen Witwe, deren ganzes Leben sich einzig nur um ihn drehte." Albán schnaubte verächtlich. „Sie behauptete auch, er sei der Erstgeborene."

„Kein Mensch kann sagen, wer von uns der Ältere ist", unterbrach ihn Zoltan.

Doch Albán wollte davon nichts wissen: „Teresa und Austin, die mich aufnahmen, sagten ganz eindeutig, dass ich zuerst geboren wurde!"

„Wer will das beweisen?" Zoltan wandte sich an Lynn und berichtete, dass Olave von Anfang an wusste, wer die Mutter der Zwillinge war. Aber er behielt sein Wissen für sich und vertraute es nur den Pflegeeltern an. Er war mit Recht davon überzeugt, dass die Großeltern sich der Kinder nicht annehmen würden.

„Meine Pflegemutter war eine sehr gute Frau", sagte Zoltan mit Wehmut in der Stimme. „Sie war traurig, dass ich nicht in den Genuss der Dinge kommen durfte, die mir von Geburt an zustanden. Sie konnte lesen und schreiben, und von ihrem bisschen Geld kaufte sie mir Schulbücher, damit ich nicht vollständig ohne Bildung aufwuchs. Immer hat sie gehofft, ich würde doch noch mein Erbe bekommen, auch wenn es ihr das Herz gebrochen hätte, mich zu verlieren."

Zoltan hielt inne, und Albán nutzte die Gelegenheit, um Lynn herausfordernd zu fragen: „Wie seid ihr beide überhaupt zusammengekommen? Und warum habt ihr so schnell geheiratet? Wie es scheint, kanntest du meinen Bruder doch noch gar nicht, als du bei unserem Lager die Panne hattest."

„Eine Autopanne bei unserem Lager?", wunderte sich Zoltan und richtete seine Blicke auf Lynn? „Was soll das heißen?"

„Weißt du das nicht?" Albán brach in Gelächter aus. „Deine Angetraute ist mir heute schon zum zweiten Mal entwischt. Bereits damals hätte ich sie beinahe gekriegt!"

„Zoltan, lass mich erzählen", bat Lynn. Sie wollte die Version nicht hören, die ein Mann wie Albán von sich geben würde.

*Geliebter Vagabund*

Bestürzt lauschte Zoltan ihrer Schilderung.

„Du Schuft!", bestürmte er Albán, als sie fertig war. „Ich sollte dich erwürgen, anstatt dir zu helfen!"

Bedrohlich war er auf Albán zugetreten und hatte schon den Arm zum Schlag erhoben. Aber Lynn kam dazwischen.

„Bitte, Zoltan! Er ist dein Bruder. Du musst ihm verzeihen, denn ich habe ihm auch verziehen. Denk daran, unter welchen unglücklichen Umständen er aufgewachsen ist. Du hattest das Glück, zu einer guten Frau zu kommen. Aber wäret ihr gemeinsam groß geworden, dann würde er sich jetzt in der gleichen Position befinden wie du."

Überrascht blickten die beiden Männer sie an. Irrte sie sich, oder lag in Albáns Augen tatsächlich ein Funken Dankbarkeit?

„Erzähl eure Geschichte weiter", sagte sie, um Zoltan von seinem Zorn abzulenken. „Wie kam es, dass eure Großeltern dich aufnahmen?"

Er berichtete, dass seine Pflegemutter starb, als er sechzehn Jahre alt gewesen war. Nach reiflicher Überlegung entschloss sich Olave, einen Brief an seine Großeltern zu schreiben und ihnen den Verbleib Zoltans mitzuteilen. Und jetzt erklärten sie sich bereit, den Sechzehnjährigen zu sich nach Ballytara Abbey zu nehmen: Das Eis um ihre Herzen war geschmolzen. Da sie keine weiteren Kinder hatten, waren sie froh, einen rechtmäßigen Erben für das Besitztum gefunden zu haben."

„Aber das Wichtigste verschweigt er!", fiel Albán ein. „Nach mir wurde nie gesucht. Olave machte sich nicht einmal die Mühe, Nachforschungen anzustellen!"

„Wie du weißt", fuhr Zoltan unbeirrt fort, „war Olave im guten Glauben, du wärest tot. Der Clan, in den du kamst, wanderte ins Ausland. Von dort bekam Olave die Nachricht, dass bei einem Brand im Lager mehrere Familien in ihren Wohnwagen umgekommen seien. Die Beschreibung passte auch auf deine Familie, und du musst zugeben, dass Olave tatsächlich in gutem Glauben gehandelt hat. Als er vor zwei Jahren erfuhr, dass du lebst, kam er sofort zu mir und berichtete davon."

„Inzwischen warst du ein vermögender Gentleman geworden, während ich immer noch ein ungebildeter, besitzloser Vagabund bin",

119

stieß Albán erbittert hervor.

„Ich habe dir ein Zuhause in Ballytara Abbey angeboten!", rief Zoltan. „Aber du wolltest nicht! Es tat mir weh, denn du bist mein Bruder, und wie die Dinge liegen, gehört die Hälfte dir. Und aus diesem Grund habe ich dich in ganz Irland gesucht, Albán. Ich will nichts, was nicht mir gehört. Du sollst deinen Anteil annehmen."

„Dann bietest du mir immer noch Ballytara Abbey als mein Heim an?"

Zoltan schüttelte energisch den Kopf.

„Jetzt nicht mehr, Albán! Du hast zweimal versucht, meiner Frau Gewalt anzutun. Für euch beide ist nicht Platz unter einem Dach. Aber dein Vermögen, das zahle ich dir aus, sobald du willst."

„Ich bin immer noch der Betrogene", murrte Albán. „Du hattest mit sechzehn die Gelegenheit, dich zu bilden und ein feiner Herr zu werden, du trugst elegante Kleider, ich ging in Lumpen."

„Meinst du etwa, es war leicht für mich, von heute auf morgen mein Leben zu ändern?", fiel ihm Zoltan ins Wort. „Ich war das freie Leben gewohnt, kannte nur die Ungebundenheit. Mehr als einmal wollte ich fortlaufen und mit dem nächsten Clan weiterziehen."

Er sah seinem Bruder lange ins Gesicht und sagte dann freundlich: „Du bist dir selber dein größter Feind, Albán. Sei doch nicht so verbittert. Du bist immer noch jung genug, um ein neues Leben anzufangen. Olave erwähnte einmal, du wolltest nach Australien auswandern, wenn du nur Geld hättest. Ein Bekannter dort hätte dir angeboten, Teilhaber in seinem Holzgeschäft zu werden. Was glaubst du, gilt das Angebot immer noch?"

„Ich weiß es nicht. Das Letzte, was ich von ihm hörte, war, dass er aus Geldmangel aufgeben müsste."

„Geld ist jetzt kein Problem mehr!"

Albán runzelte die Stirn.

„Ich würde schon gern nach Australien gehen …"

„Dem steht nichts im Wege – vorausgesetzt, du nimmst mein Angebot an und lässt dir deinen Anteil auszahlen."

Lynn sah, wie es in Albán arbeitete. Offenbar rang er sich einen schweren Entschluss ab. Und als er jetzt wieder sprach, wirkten seine

Züge nicht mehr so hart und grausam.

„Ich bin nie zur Schule gegangen, Zoltan. Ich weiß nicht, wie man ein großes Vermögen verwaltet. Gib mir, was ich für die Überfahrt und die Teilhaberschaft brauche, und lege den Rest für mich an. Wenn ich Geld brauche, komme ich dann zu dir."

„Wenn das dein Wunsch ist, will ich ihn gern erfüllen."

Das Klingeln des Telefons unterbrach ihn. Zoltan hob ab. Er lauschte, und dann flog ein Ausdruck der Erleichterung über sein Gesicht. Er drehte sich um und sagte: „Máda ist außer Lebensgefahr. Sie wird keine Anzeige erstatten."

„Das freut mich", war Albáns knappe Antwort. Aber auch bei ihm war eine Erleichterung unverkennbar.

Einen Augenblick später fragte Zoltan, ob er Conn mit nach Australien nehmen würde.

„Der Junge verdient eine Chance", erklärte Zoltan, „und in Australien könnte er sein Glück machen. Er möchte gern auswandern, hat er mir erzählt …" Zoltan wandte sich plötzlich an Lynn. „Übrigens, Conn hätte dir nie zur Flucht verholfen", sagte er mit einem Anflug von Vergnügen. „Er kam zu mir und erzählte, dass du ihn bestechen wolltest. Die hohe Summe hätte ihn fast in Versuchung gebracht, aber er hielt doch zu mir. Bist du jetzt nicht froh, Liebes, dass Conn mir so die Treue gehalten hat?"

Sie blickte in seine strahlenden Augen.

„Aber wir sind doch nie zu Conns Sippe zurückgekehrt", wandte sie ein.

„Das stimmt, aber zufällig befand sich Conn in einem der Lager, die wir aufsuchten."

„Ach so, das wusste ich nicht."

„Was soll das ganze Gerede von Flucht?", wunderte sich Albán, der von einem zum anderen blickte.

„Das erzählen wir dir ein andermal", sagte Zoltan. „Wenn du zu uns auf Besuch kommst."

Albán zuckte die Achseln. Lynn hatte den Eindruck, dass er nie mehr zurückkommen würde, wenn er erst einmal in Australien Fuß gefasst hatte.

„Was Conn betrifft", bemerkte Zoltan, „so verdient es der Junge, dass ihm geholfen wird. Er ist aufgeweckt und lernbegierig. Er will aus seinem Leben etwas machen und wird uns nicht enttäuschen."

„Vielleicht wird aus mir auch noch was!", ließ Albán sich unerwartet hören.

„Das hoffe ich von ganzem Herzen", sagte Zoltan. Und mit einem Blick auf den Kopfverband fügte er hinzu: „Du solltest dich erst ins Bett legen, Albán. Für die nächste Zeit hast du viel vor. Wenn du willst, werde ich die Angelegenheit mit Australien für dich in die Wege leiten."

Albán nickte stumm und ging aus dem Zimmer. Danach saßen Lynn und Zoltan auf der Veranda. Vor ihnen erstreckte sich die blaue Weite des Atlantiks.

„Nun, mein Schatz, ich glaube, jetzt habe ich dir alles erklärt", begann Zoltan das Gespräch.

Lynn seufzte. „Ich hoffe nur, dass mit Albán alles gut geht."

„Es ist sehr großmütig von dir, ihm zu verzeihen", entgegnete Zoltan. „Nach allem, was er dir angetan hat."

Zoltan nahm ihre Hand und drückte sie gegen sein Herz: „Hätten wir beide gewusst, von welcher ersten Begegnung wir jeweils sprachen, dann wäre uns viel Kummer erspart geblieben. Ich war immer verwirrt, wenn du davon anfingst, dass ich derjenige sei, der sich schämen müsste. Dabei dachte ich, du müsstest für dein unverständliches Verhalten büßen."

„Hätte ich doch nur von der Autopanne erzählt", bedauerte Lynn. „Es gibt so viele Wenn und Aber."

„Du hast recht, mein Liebling. Wir beide sind wirklich Opfer ungünstiger Umstände und Zufälle geworden. Aber zum Glück zählt das alles jetzt nicht mehr."

Er blickte ihr ins Gesicht, dann zog er sie liebevoll in seine Arme.

„Meine liebe Frau", murmelte er zwischen zwei Küssen. „Sofort, als ich dich gesehen habe, wusste ich, dass du die Richtige für mich bist. Ich wollte dich haben. Ich beobachtete dich nämlich schon eine Zeit lang", gab er zu, und sofort wurde in Lynn die Erinnerung wach, dass sie sich beobachtet gefühlt hatte. „Und ich liebte dich, Lynn – von Anfang an! Obwohl ich dich manchmal hasste, weil du mich verachtet hast."

Sie wandte das Gesicht ab. „Hat es dich nicht gewundert, dass ich dich grundlos mit der Peitsche schlug?", fragte sie. „Das muss dir doch völlig unverständlich gewesen sein."

„Ja, es war ein Schock für mich", sagte Zoltan mit grimmiger Miene. „Das Ganze geschah so urplötzlich, dass mir gar keine Zeit zum Überlegen blieb. In diesem Augenblick empfand ich nichts als maßlose Wut. Und ich wollte dich dafür bezahlen lassen. Ich hatte den Eindruck, du bist so hochmütig, dass du selbst meinen Gruß als Beleidigung empfandest. Und um mich für diese Dreistigkeit zu strafen, schlugst du mit der Peitsche nach mir."

„Und ich wiederum dachte, du wolltest mich erneut angreifen", erklärte sie zerknirscht. „Es tut mir schrecklich leid, Zoltan. Aber damals war ich wie von Sinnen vor Angst und …"

Er schloss ihren Mund mit einem Kuss.

„Wir wollen nicht mehr darüber sprechen", sagte er. „Die Vergangenheit ist vorbei – vor uns liegt die Zukunft. Morgen, mein Liebling, führe ich dich in unser Heim."

Lynn schmiegte die Wange an seine Schulter. Sie konnte das alles immer noch nicht fassen. Zu viel war in den letzten Wochen auf sie eingestürmt. Aus der Tiefe der Verzweiflung war sie auf den Gipfel des Glücks getragen worden.

Dann kamen sie wieder auf Albán zu sprechen.

„Ich wollte endlich klare Verhältnisse schaffen", erklärte Zoltan. „Aber Albán weigerte sich, zu mir zu kommen. Also musste ich ihn suchen. Meistens fuhr ich mit dem Auto, nur an dem Tag, an dem wir uns begegnet sind, wollte ich zu dem Lager reiten, weil es so nahe bei Ballytara Abbey war."

„Du hast wohl nicht gewagt", bemerkte sie mit liebevollem Spott, „mich dein eigenes Auto sehen zu lassen."

„Da hast du recht", erwiderte er lachend. „Der Wagen ist viel zu groß und auffällig. Du hättest sofort Verdacht geschöpft, dass mit mir etwas nicht stimmt."

„Warum hast du mir so lange die Wahrheit über dich verschwiegen?"

„Weil du mich beleidigt hast! Ich wollte zurückschlagen. Aber oft, Lynn, war ich in großer Versuchung, dir mein wahres Ich zu enthüllen. Allerdings solltest du mich um meinetwillen lieben – trotz meiner Abstammung! Erst wenn du mich anerkanntest, wollte ich dir sagen, wer ich wirklich bin."

Lynn zauste zärtlich seine schwarzen Locken.

„Und ich habe gelernt, dich um deinetwillen zu lieben", flüsterte sie. „Jetzt freue ich mich, dass ich so lange nicht wusste, wer du bist."

„Ich hatte gar nicht zu hoffen gewagt, dass du tatsächlich deine Liebe zu mir entdecken würdest", bemerkte er mit einem tiefen Seufzer.

„Ich habe auch lange dagegen angekämpft", gestand sie verlegen, hatte aber den Wunsch, ihm rückhaltlos die Wahrheit zu sagen. „Denn ich fand, dass ich mich nie an das Leben im Wohnwagen gewöhnen würde. Und ich wollte, dass meine Kinder in einem ordentlichen Zuhause aufwachsen."

„Aber deine Liebe war stärker als die Vernunft?"

„Viel stärker … Auf einmal wusste ich, dass ich dich nie verlassen könnte – ganz gleich, welches Schicksal mir an deiner Seite bestimmt war. Ich wollte nur dich, und dafür war ich bereit, Opfer zu bringen."

„Mein Liebling …" Wie zärtlich seine Stimme war, wie weich sein Mund über ihre Lippen strich. „Als ich zweifelte, Lynn, konnte ich mir eine Zukunft ohne dich nur noch in den düstersten Farben vorstellen. Deshalb hatte ich einen Plan gefasst …"

„Ach ja, dein Plan", unterbrach sie ihn interessiert. „Erzähle mir davon!"

„Ein Leben ohne dich, das glaubte ich nicht ertragen zu können. Und ich wusste, dass du mich auf jeden Fall verlassen würdest, wenn unsere Beziehung so blieb, wie sie war. Um dich nicht zu verlieren – denn für immer konnte ich dich ja nicht gefangen halten –, wollte ich dir einen Kompromiss vorschlagen. Du solltest bei mir bleiben, aber

*Geliebter Vagabund*

sämtliche Freiheiten genießen. Ich hätte für deine finanzielle Sicherheit gesorgt, ohne eine Gegenleistung dafür zu verlangen. Wenn du es gewünscht hättest, dann hätten wir die Mahlzeiten gemeinsam eingenommen. Aber ansonsten hätte ich keine Ansprüche irgendwelcher Art an dich gestellt."

Lynn dachte darüber nach. Es war richtig, hätten sie erst einmal auf Ballytara Abbey gewohnt, wäre ihr jeder Weg zur Flucht möglich gewesen. Dort gab es Dienstboten, und der Herr eines solchen Besitzes konnte es sich nicht leisten, Argwohn zu erregen. Dort hätte er sie nicht mehr unbemerkt in einem Zimmer einschließen können.

„Das ist der dümmste Plan, von dem ich je gehört habe", sagte sie schließlich. „Glaubst du im Ernst, er hätte funktioniert?"

Verblüfft fragte er: „Warum hältst du nichts von diesem Plan? Ich fand, er wäre keine schlechte Lösung."

Sie überlegte kurz, ehe sie antwortete. Sie wollte ihm ihre ehrliche Meinung sagen, ihn aber keinesfalls durch eine unbedachte Formulierung kränken.

„Keiner von uns beiden, Zoltan, hätte sich an diesen Plan gehalten. Meinst du wirklich, du könntest eine Ehe ohne Sex auf die Dauer durchhalten? Eines Tages wärst du deinem Vorsatz untreu geworden und dann …" Sie verstummte. Eine feine Röte überzog ihre Wangen.

„Und du?", fragte er lächelnd. „Was hättest du unternommen, um meinen Plan scheitern zu lassen?"

„Ich hätte dich verführt!"

Er lachte.

„Wie schön … Möchtest du mir nicht jetzt gleich zeigen, wie du das angestellt hättest? Es interessiert mich brennend, wie du das machst."

„Sei nicht unverschämt …" Ihre Augen strahlten, und ihr Mund lachte.

„Ich werde gleich noch viel unverschämter", murmelte Zoltan. Ehe sie sich versah, bedeckte er ihr Gesicht mit glühenden Küssen, bis ihr Puls jagte und ihre Haut wie im Fieber brannte.

„Lieber Himmel", keuchte sie atemlos, „nächstens muss ich vorsichtiger sein mit dem, was ich sage!"

125

„Viel vorsichtiger, mein Schatz …"

Beide lachten und mit seinem Arm um ihre Schultern führte Zoltan sie in den Garten. Glücklich schlenderten sie durch die bezaubernden Anlagen und ließen ihre Haare in der frischen Meeresbrise flattern.

„Wenn du willst, dann kommen wir ein paar mal im Jahr hierher", schlug Zoltan vor. „Und wenn es nur ist, um unsere Erinnerungen aufzufrischen. Denn hier an dieser Stelle haben wir uns erst wirklich gefunden."

Lynn lehnte sich an seine Schulter und schwieg glücklich. Noch einmal ließ sie im Geiste die Ereignisse der letzten Wochen an sich vorüberziehen. Sie dachte daran, wie sie Zoltan zum ersten Mal im Wald getroffen hatte …

Plötzlich drängte sich ihr eine Frage auf.

„Sag, Zoltan, wir sind doch gar nicht richtig verheiratet?"

„Nach unseren Bräuchen schon."

„Aber nicht nach dem Gesetz."

Er zögerte einen Augenblick.

„Ich glaube", sagte er, „dass es uns beide glücklich machen würde, noch einmal offiziell getraut zu werden."

„Einverstanden."

Lynn ließ das Thema fallen. Es spielte keine Rolle mehr. Sie fühlte sich jetzt als Zoltans Frau, und die gesetzliche Trauung würde das nur besiegeln …

Zoltans Worte durchbrachen ihr Schweigen: Er sagte ihr, dass in Ballytara Abbey Briefe für sie lägen – die Antworten auf ihre Schreiben.

„Dieses Mal brauchst du nicht daneben zu stehen, wenn ich sie beantworte."

„Nein?"

„Nein. Denn du wirst nichts an meiner Antwort auszusetzen haben. Ich werde nämlich allen meinen Freunden schreiben, dass ich den besten Mann der Welt geheiratet habe."

„Ist das wirklich deine Ansicht, mein Liebling?" Zoltan war auf einmal wieder ernst. „Bin ich der Mann, den du liebst und den du dir gewünscht hast? So wie du die Frau für mich bist, auf die ich mein Leben lang gewartet habe?"

Sie blickte ihm nur tief in die Augen und sagte nichts. Doch in ihrem Blick las er die Gewissheit, dass ihre Liebe echt und stark war.

Ihre Lippen fanden sich zu einem Kuss, in dem alles Glück der Welt lag.

*– ENDE –*

*Margaret Mayo*

# Das Cottage im Wald
Roman

## 1. KAPITEL

*V*erzweifelt hielt sich Carin an der Mähne ihres durchgehenden Pferdes fest. Der Wald wurde immer dichter, Äste und Zweige schlugen ihr ins Gesicht und verfingen sich in ihrem wehenden Haar und in den Kleidern. Carin lag flach auf dem Rücken der völlig verängstigten Stute, die mit angelegten Ohren und donnernden Hufen davonjagte.

Um nicht zu stürzen, presste Carin mit äußerster Kraft die Schenkel an die Flanken des Tieres. Ihre Arme schmerzten unter der ständigen Anspannung, doch sie vermochte das in Panik geratene Pferd nicht zum Stehen zu bringen.

Der Mann erschien wie aus dem Nichts. Ohne zu zögern, sprang er an das Pferd heran, bekam dessen Halfter zu fassen und stemmte sich gegen den Vorwärtsdrang der Stute. Er hatte schwarzes dichtes Haar und war sehr groß, das war das Einzige, was Carin in diesem Augenblick wahrnahm. Beruhigend sprach er auf das Pferd ein, während er noch einige Meter von ihm mitgezogen wurde. Schließlich schaffte er es tatsächlich, die Stute langsam zum Stehen zu bringen. Carin spürte, wie die Spannung allmählich aus dem Körper des Pferdes wich. Ihr selbst saß jedoch der Schreck noch so sehr in den Gliedern, dass sie kein Wort herausbrachte.

„Sie können jetzt absteigen", forderte der Fremde sie auf, doch unfähig, sich zu rühren, blieb Carin wie angewurzelt sitzen.

Er verzog das Gesicht, fasste sie unsanft um die Taille, hob sie vom Pferd und stellte sie auf den Boden.

Die Beine drohten unter ihr nachzugeben, und sie musste sich unwillkürlich an dem wütenden Fremden festhalten.

Er schob sie ärgerlich von sich, und seine tiefblauen Augen funkelten zornig. „Ist Ihnen klar, dass Sie mit Ihrer Dummheit das Pferd hätten umbringen können?" Kein Wort über sie! „Wenn Sie nicht in der Lage sind, mit einem so reizbaren Tier umzugehen, sollten Sie nicht reiten."

Carin war fassungslos. Wie redete dieser Mann eigentlich mit ihr? Merkte er denn nicht, dass ihr der Schock noch in den Gliedern saß?

Sie hätte schließlich selbst umkommen können.

„Ich bin eine erfahrene Reiterin", erwiderte sie kühl. „Es war nicht meine Schuld, dass die Stute durchging."

„Aber es war Ihre Schuld, dass Sie sie nicht unter Kontrolle hatten." Ärger zeichnete sich auf den Zügen des Fremden ab und verzerrte sein sonst so hübsches Gesicht. „Und warum tragen Sie keinen Helm?"

Sein eisiger Blick schien Carin förmlich zu durchbohren. Der Mann trug eng anliegende Jeans, die seine langen, kräftigen Beine betonten, und die hochgekrempelten Ärmel seines Hemdes gaben seine muskulösen Arme frei.

Carin mochte nicht zugeben, dass sie aus einer Laune, einem Impuls heraus auf das ungesattelte Pferd gesprungen und übers Moor geritten war. Es war einfach wunderbar gewesen, auf dem bloßen Pferderücken dahinzugaloppieren, sich ganz eins mit dem Pferd zu fühlen. Bis Sandy plötzlich ohne jeden ersichtlichen Grund gescheut hatte und daraufhin wie vom Teufel besessen davongejagt war. Unfähig, die Stute zum Halten zu bringen, hatte Carin ihre ganze Kraft darauf verwenden müssen, sich oben zu halten.

„Das ist wohl meine Sache", gab sie schließlich patzig zurück, obwohl sie wusste, dass sie sich eigentlich hätte bedanken müssen.

„Haben Sie es weit bis nach Hause? Wollen Sie auf der Stute zurückreiten?"

„Natürlich reite ich sie. Was denn sonst?"

„Sie muss trocken gerieben werden, und zwar möglichst bald, sonst wird sie sich erkälten", erklärte der Fremde unfreundlich. „Am besten machen Sie sich gleich auf den Weg. Reiten Sie immer ohne Sattel? Es ist ganz schön gefährlich und ein Wunder, dass Sie sich nicht wundgeritten haben."

„Ich finde es eben schön, mein Pferd unter mir zu spüren. Komm, mein Mädchen." Carin tätschelte der Stute den Hals und sah sich nach einem Baumstumpf oder einer anderen geeigneten Stelle um, wo sie aufsitzen konnte.

Ohne ein Wort zu sagen, bildete der Fremde mit den Händen einen Steigbügel, und ebenso schweigend trat Carin hinein und

*Das Cottage im Wald*

schwang sich in den Sattel.

„Sollte ich nicht besser mitkommen?", fragte er und sah Carin immer noch unfreundlich an. „Ich möchte nämlich nicht, dass diese schöne Stute noch einmal in Angst und Schrecken versetzt wird."

Anscheinend hat er was gegen Frauen, dachte Carin. „Es war ein einmaliger Zwischenfall", konterte sie. „Es besteht wirklich kein Grund zur Sorge."

Der Mann nickte kurz, ihre Blicke trafen sich und hielten sich sekundenlang wie gebannt fest. Schließlich drückte Carin die Knie in die Flanken, und die Stute setzte sich gehorsam in Bewegung. „Danke für Ihre Hilfe", rief sie dem Fremden über die Schulter hinweg zu und sah noch aus dem Augenwinkel, wie er dastand, groß und furchterregend, und ihr mit zusammengekniffenen Augen nachschaute.

Wahrend Carin langsam nach Hause ritt, kreisten ihre Gedanken unentwegt um den eigenartigen Fremden. Er war grob und unfreundlich gewesen, und doch umgab ihn etwas Besonderes, etwas Rätselhaftes – vielleicht lag es am bezwingenden Blick seiner blauen Augen –, was ihn unvergesslich machte.

John runzelte missbilligend die Stirn, als Carin auf der schweißnassen Stute in den Reiterhof einritt, und erkundigte sich sofort, warum sie das Pferd so schnell geritten habe. „Ein bisschen mehr Vernunft hätte ich dir schon zugetraut, Carin."

„Es war nicht meine Schuld. Sandy hat sich plötzlich erschreckt und ist durchgegangen. Ich habe keine Ahnung, wovor. Jedenfalls ist mir nichts aufgefallen, aber ich konnte sie einfach nicht anhalten."

„Wo warst du?"

Carin beschrieb ihm den Ort, und John schwieg nachdenklich.

„Was ist los, John? Woran denkst du?"

Carins Bruder zuckte die Schultern. „Es gibt da eine Geschichte. Ich habe nie so recht daran geglaubt, aber vielleicht ist ja doch was Wahres dran. Vor über hundert Jahren soll im Moor einmal ein Pferd erschossen worden sein, und seitdem, so sagt man, spukt es dort. Jedes Mal, wenn ein Reiter an diese Stelle kommt, bricht sein Pferd in Panik aus. Du hattest Glück, dass du Sandy stoppen konntest. Ich

133

habe schon von Pferden gehört, die so lange liefen, bis sie vor Erschöpfung zusammenbrachen."

„Ich habe sie nicht angehalten", gab Carin widerstrebend zu. „Ein Mann tauchte plötzlich aus dem Wald auf und hielt sich an ihr fest, bis sie schließlich stehen blieb. Vielleicht war er ja auch ein Geist", setzte sie ironisch hinzu.

„Was für ein Mann?"

Carin zuckte die Schultern. „Keine Ahnung. Er hat mir seinen Namen nicht genannt. Er war sehr groß und stark, hatte schwarzes gewelltes Haar und ein mürrisches Gesicht. Du hättest mal hören sollen, wie er mich beschimpfte. Er meinte, ich solle nicht reiten, wenn ich mit dem Pferd nicht umgehen könne."

John schmunzelte. „Ich glaube, ich weiß, wen du meinst. Dieser Mann lebt in einem alten Cottage am Waldrand. Es wurde früher als Ferienhaus genutzt. Er wohnt erst seit Kurzem dort, und zwar völlig zurückgezogen. Niemand weiß etwas von ihm. Er scheint ein ziemlich rätselhafter Mensch zu sein."

„Da hat man nicht viel verpasst", meinte Carin verächtlich. „Er schien sich um Sandy mehr Sorgen zu machen als um mich."

„Wie sollte er denn wissen, dass du fast schon so lange reitest, wie du laufen kannst. Komm, steig ab, einer der Jungs wird sich um Sandy kümmern. Leg dich ein bisschen hin, du siehst ziemlich mitgenommen aus."

Mitgenommen ist gar kein Ausdruck, dachte Carin. Mühsam ging sie die Treppen zu ihrem Zimmer hinauf. Sie fühlte sich völlig erschöpft, wusste jedoch nicht, ob ihr Abenteuer mit dem Pferd der Grund dafür war oder der geheimnisvolle Fremde. Er ging ihr einfach nicht mehr aus dem Sinn. Ständig sah sie die blauen Augen mit dem durchdringenden Blick vor sich und stellte sich dabei seinen kraftvollen, muskulösen Körper vor. Es irritierte sie, dass dieser Mann einen solchen Eindruck auf sie gemacht hatte. Seit ihrer Enttäuschung mit Karl hatte sie sich für keinen Mann mehr interessiert.

Obwohl Carin und John Geschwister waren, sahen sie sich nicht im Geringsten ähnlich. Sie war klein und blond, hatte leuchtendgrüne Augen, während ihr fünf Jahre älterer Bruder ein hochgewachsener,

*Das Cottage im Wald*

ernsthaft wirkender Mann war, mit dunkelbraunem Haar und haselnussbraunen Augen. Nach seiner Scheidung vor zwei Jahren hatte er den Reiterhof im Süden Irlands gekauft. Zu der Anlage gehörte ein großes geräumiges Haus, an dessen Rückseite ein Büro angebaut war. Jenseits des breiten Hofes befanden sich die Stallungen und die Sattelkammer, dahinter die Koppeln, auf denen die Pferde die meiste Zeit des Tages verbrachten.

Ihre Eltern hatten früher eine große Farm in Dorset in England besessen, die man am besten auf dem Pferderücken durchstreifen konnte. Carin war eine sehr gute Reiterin, aber etwas so Unheimliches wie heute im Moor, als Sandy in Panik geraten war, hatte sie noch nie erlebt. Sie hatte Todesängste ausgestanden.

Nachdem Carins Vater plötzlich gestorben war, hatte ihre Mutter die Farm verkauft und war zu Carins Tante auf die Scilly Inseln gezogen. Carin war nach London gegangen, da sie gedacht hatte, dort sei es interessant und aufregend, aber sie hatte sich getäuscht … Nach ihrer Sekretärinnenausbildung konnte sie sich an das Leben in der Stadt nie so recht gewöhnen. Als die Werbeagentur, bei der sie arbeitete, von einem Konzern übernommen wurde und sie ihren Job verlor, nahm sie die Gelegenheit wahr, ihrem Bruder den lange versprochenen Besuch abzustatten. Dabei hoffte sie sogar, bei ihm möglicherweise eine neue Arbeit zu finden.

Nun war sie schon seit mehr als zwei Wochen hier, doch da John über genügend Personal verfügte, gab es für sie nicht viel zu tun. Umso größer war die Freude, als eines der Stallmädchen sich eines Morgens krank meldete und Carin für sie einspringen konnte.

Carin führte gerade eine Gruppe von Anfängern herum, da sah sie ihn plötzlich wieder, den Mann aus dem Moor. Die Hände tief in den Taschen seiner perfekt sitzenden Cordsamthose, kam er mit düsterer Miene näher. Carin lächelte ihm zögernd zu, doch er schritt nur schweigend an ihr vorbei und würdigte sie dabei keines Blickes.

Carin merkte sofort, dass er sie absichtlich ignorierte, und ärgerte sich über seine Unhöflichkeit. In Irland waren die Menschen warmherzig, und sogar mit Fremden kam man schnell ins Gespräch. So ein Eigenbrötler ist mir noch nie begegnet, dachte sie.

135

Und trotzdem interessierte er sie brennend. Carin hasste Geheimniskrämereien und brauchte stets Klarheit bei allen Dingen. Deshalb beschloss sie, nicht eher zu ruhen, bis sie herausgefunden hatte, wie dieser Mann hieß und was er hier wollte.

Carin hatte es sich zur Gewohnheit gemacht, jeden Morgen auszureiten. Am nächsten Tag wählte sie absichtlich eine Strecke nahe der Stelle im Wald, an der sie den Mann zum ersten Mal getroffen hatte. Kurze Zeit später entdeckte sie ihn tatsächlich gedankenversunken vor sich her schreitend und lenkte ihr Pferd an seine Seite. Der Fremde sah kurz zu ihr auf, wandte sich dann aber sofort wieder ab.

„Guten Morgen", rief Carin laut und betont freundlich. „Wunderschöner Tag heute, nicht wahr?"

Der Mann antwortete nicht und blickte starr geradeaus.

Carin ritt neben ihm her, denn ihre Neugier ließ ihr keine Ruhe. Er war nicht so groß, wie sie zuerst geglaubt hatte, knapp über eins achtzig vielleicht. Es waren sein muskulöser Körper und die enorme Kraft, die er ausstrahlte, die ihn so riesig hatten erscheinen lassen. Mit großen Schritten ging er voran, und Carin malte sich das Spiel seiner Muskeln unter der ihm äußerst gut stehenden Kleidung aus. Noch nie zuvor hatte ein Mann sie so fasziniert.

„Es freut Sie sicher, zu hören, dass es der Stute gut geht", rief sie ihm zu. Diesmal ritt sie einen braunen Wallach, der jedem ihrer Befehle gehorsam folgte. „Sie hat keinerlei Schaden davongetragen."

Das Gesicht des Fremden blieb ausdruckslos, aber Carin ließ nicht locker. „Ich heiße Carin, und Sie?"

Nachdem wieder keine Antwort kam, gab Carin es auf. Hoch erhobenen Hauptes wendete sie sich ab und vermied es zurückzublicken. So entging ihr, wie der schwarzhaarige Fremde ihr nachschaute und sie abschätzend musterte.

Carin hatte eine schlanke, zierliche Figur, das lange blonde Haar trug sie meist seitlich zurückgekämmt, und der Pony fiel ihr sanft in die Stirn. Mit ihren großen grünen Augen, den dichten Wimpern, dem auffallend sinnlichen Mund und ihrem Porzellanteint wirkte sie beinahe zerbrechlich.

*Das Cottage im Wald*

Für den Rest des Tages schob Carin alle Gedanken an den geheimnisvollen Fremden entschlossen beiseite. Denn was hatte es für einen Sinn, sich den Kopf über einen Mann zu zerbrechen, der ihr nur allzu deutlich zu verstehen gab, dass er in Ruhe gelassen werden wollte?

Wenig später wurde Carin von John gebeten, einige Vorräte aus dem Dorf zu besorgen. Als sie den Laden verlassen wollte, sah sie den Fremden plötzlich wieder. Er stand in der Schlange und wartete, bis er an die Reihe kam.

Seine Miene war ausdruckslos, er schien Carin gar nicht wahrzunehmen. Überhaupt machte er den Eindruck, als lebe er in seiner eigenen Welt, als merke er überhaupt nicht, was um ihn herum geschah. Ein solch merkwürdiger Mensch war Carin noch nie begegnet. Ich muss unbedingt mehr über ihn erfahren, nahm sie sich vor.

Sie blieb zwischen den Regalen stehen, bis er fertig war, und steuerte dann gleichzeitig mit ihm auf die Tür zu. Er war so sehr mit sich selbst beschäftigt, dass er Carin erst bemerkte, als sie an der Schwelle mit ihm zusammenstieß. Er sah sie scharf an, entschuldigte sich mürrisch und ging weiter.

Carin lief ihm nach. „Halt, warten Sie doch. Können wir nicht zusammen gehen?"

Der Fremde warf ihr nur einen düsteren Blick zu und beschleunigte seinen Schritt.

Obwohl die rüde Abfuhr Carin verletzt hatte, ließ sie nicht locker. „Warum sprechen Sie eigentlich nicht mit mir?"

Da blieb er unvermittelt stehen und sah sie eisig an. „Wenn Sie mir etwas zu sagen haben, dann machen Sie schon."

Carin wurde rot. „Ich dachte nur …, ich meine, ich wollte …"

„Ich höre …"

Der scharfe Klang seiner Stimme jagte Carin eine Gänsehaut über den Rücken, und sie begann zu zittern. Sein direkter Blick setzte sie sofort schachmatt. Dieser Mann hatte Augen, so unergründlich, so wild und so sexy!

Carin erschrak über sich selbst. Was dachte sie da nur? Ihr Interesse an diesem Fremden hatte nichts mit sexueller Anziehung zu tun. Die Enttäuschung, die sie mit Karl erlebt hatte, war zu groß, als dass

137

sie sich so schnell wieder mit einem Mann hätte einlassen wollen.

„Ich habe mich nur gefragt, warum Sie so allein da draußen leben. Das ist alles", platzte sie heraus. „Warum Sie allen Leuten aus dem Weg gehen. Keiner weiß etwas über Sie, und ich ..."

„Was ich tue, ist meine Sache, merken Sie sich das!", fiel er ihr wütend ins Wort. „Und ich wäre Ihnen dankbar, wenn Sie in Zukunft Ihre Nase nicht mehr in meine Angelegenheiten stecken würden."

Dann ging er davon und ließ Carin einfach stehen. Dieses Mal jedoch folgte sie ihm nicht. Sie kam sich reichlich albern vor. Wie unbedacht von ihr, ihn einfach mit so persönlichen Fragen zu überfallen. Dass er dabei sofort auf Abwehr schalten würde, hätte sie sich denken können. Schon bei ihrem ersten Zusammentreffen hätte sie merken müssen, dass sie mit diesem Mann nur ihre Zeit verschwendete.

Zu Hause angekommen, erzählte Carin ihrem Bruder aufgeregt, was vorgefallen war. „Das wundert mich nicht", erwiderte er vorwurfsvoll. „Du hättest vernünftiger sein und ihn nicht ansprechen sollen. Die meisten Leute respektieren seinen Wunsch, in Ruhe gelassen zu werden. Aber eines Tages wirst du schon noch begreifen, dass man seine Nase nicht in anderer Leute Angelegenheiten steckt."

Trotz allem ließen Carin die Gedanken an den Fremden nicht mehr los. Es musste doch einen Grund dafür geben, dass er so zurückgezogen in einem trostlosen Cottage tief im Wald lebte. Und den musste sie herausfinden.

Einige Tage später, bei ihrem nächsten Ausritt, ließ Carin ausgelassen ihr Pferd über eine hohe Rotdornhecke springen und lachte vor Vergnügen laut auf. Das Lachen wurde jedoch jäh von einem Schrei erstickt, als das Pferd in einem von Gras überwachsenen Graben landete und strauchelte und Carin in hohem Bogen über dessen Kopf geschleudert wurde. Der dumpfe Aufprall auf den harten Boden nahm ihr die Luft, und sie verlor die Besinnung.

Die tastende Hand eines Mannes auf ihrem Bein ließ Carin wieder zu sich kommen. Erschrocken zuckte sie zusammen. „He, was fällt Ihnen ein! Lassen Sie mich sofort los!"

„Legen Sie sich hin, und halten Sie still", entgegnete er barsch und

*Das Cottage im Wald*

drückte Carin unsanft auf den Boden zurück. „Ich muss sehen, ob Sie sich was gebrochen haben."

Fachmännisch untersuchte der Mann Carins anderes Bein und danach ihre Arme, während sie ruhig auf dem Boden lag und aufmerksam sein interessantes Gesicht betrachtete. In seinen blauen Augen fand sich ein Schimmer von Grau, was sie noch ausdrucksvoller machte. Die Brauen waren schwarz und dicht wie sein Haar. Und markante Linien in seinem Gesicht deuteten darauf hin, dass er es im Leben nicht leicht gehabt hatte.

Carin stellte fest, dass die Lippen des Fremden viel voller waren, wenn er sie nicht so verbissen zusammenkniff. Er hat einen sinnlichen Mund, fuhr es ihr durch den Kopf, und sie wünschte sich plötzlich, von ihm geküsst zu werden. Ärgerlich schüttelte sie den Gedanken wieder ab. Nach Auflösung ihrer Verlobung hatte sie sich doch geschworen, keine feste Verbindung mehr einzugehen, und zwar für lange Zeit. Der Mann, der ihr Vertrauen gewinnen wollte, musste schon etwas ganz Besonderes sein.

„Sie scheinen sich nicht verletzt zu haben", meinte der Fremde schließlich. „Und jetzt richten Sie sich auf und sagen sofort, wenn's irgendwo weh tut." Vorsichtig tastete er Carins Brustkorb ab und streifte dabei ihre Brüste, doch sein düsterer Gesichtsausdruck zeigte deutlich, dass in seiner Berührung keine sexuelle Absicht lag.

Carin war noch niemals einem Mann begegnet, der so immun gegen weibliche Reize zu sein schien wie dieser Fremde. Sie fragte sich, ob er vielleicht ähnlich schlechte Erfahrungen gemacht haben mochte wie sie. Zweifellos war er sehr männlich, und sie fand es eigenartig, dass er sie so deutlich seine Verachtung spüren ließ.

„Sie haben Glück gehabt", fuhr er fort, „aber trotzdem sollten Sie vorsichtshalber mit zu mir kommen und sich hinlegen, bis Sie sich von dem Sturz erholt haben."

„Danke, das ist nicht nötig, ich bin wirklich okay", lehnte Carin ab, obwohl sie eigentlich nichts dagegen hatte. Denn sein offenbar widerwillig ausgesprochenes Angebot würde ihr die Chance geben, seinem Geheimnis einen Schritt näher zu kommen.

„Ich bestehe aber darauf", erklärte er grimmig und hob Carin kurz entschlossen auf die Arme. Sofort fühlte sie die angenehme Wärme, die von seinem Körper auf sie überging.

Sein Herz schlug gleichmäßig, und Carin hatte das Gefühl, dass ihre Nähe ihn völlig kalt ließ. Umso mehr reagierte sie selbst auf seine faszinierende Männlichkeit. Der frische Duft und die Wärme seines Körpers wirkten wie eine Droge auf sie und ließen ihr Herz schneller schlagen.

Erst in seinem kargen Cottage am Waldrand ließ der Fremde Carin los. Behutsam legte er sie auf die Couch und betrachtete sie einige Sekunden lang schweigend.

Carin hätte gerne gewusst, was er in diesem Augenblick dachte. Sein Gesicht war ausdruckslos, aber der Mund verriet eine seltsame Anspannung.

„Bleiben Sie liegen, und ruhen Sie sich aus", befahl er. „Inzwischen werde ich nach Ihrem Pferd sehen. In Schwierigkeiten zu kommen scheint wohl eine Angewohnheit von Ihnen zu sein."

„Aber das brauchen Sie nicht, das Pferd wird ..." Carin verstummte, denn er war schon gegangen.

Es war völlig sinnlos, nach dem Pferd zu suchen, denn wie alle Pferde aus Johns Hof würde es mit Sicherheit allein nach Hause laufen. Andererseits bot sich Carin nun endlich die Gelegenheit, sich im Haus des seltsamen Fremden umzusehen.

Carin setzte sich auf und blickte sich neugierig um. Gemütlich war es hier jedenfalls nicht. Garderobenschrank und Tisch waren aus solidem, altem Holz, jedoch ohne wirklichen Wert, und die Couch war schäbig. Obwohl draußen die Sonne schien, war es dunkel und kalt im Raum, und Carin strich sich fröstelnd über die Arme.

Wagemutig ging sie durchs Zimmer, öffnete die erstbeste Tür und spähte hinein. Ihr Blick fiel in eine winzige altmodische Küche mit Steinspülbecken und nur wenigen Schränken. Sie sah aus, als würde sie nie benutzt. Tatsächlich wirkte das ganze Haus unbewohnt.

Carin öffnete die nächste Tür, hinter der sich das Schlafzimmer verbarg. Ein riesiges Bett stand darin, ein wuchtiger Eichenschrank und eine Schubladenkommode. Kurzentschlossen öffnete Carin den Schrank und sah neugierig hinein. Hemden, Hosen und Anzüge hingen ordentlich aufgereiht nebeneinander. Zu ihrer Enttäuschung konnte sie daraus jedoch nichts über den Charakter dieses rätselhaften Mannes schließen, außer dass er teure Kleidung liebte und einen ausgeprägten Ordnungssinn hatte.

Mit klopfendem Herzen zog sie eine der Schubladen auf. Die Versuchung war einfach zu groß.

Plötzlich wurde sie von hinten an der Schulter gepackt. „Was zum Teufel machen Sie da?" Carin wirbelte herum und sah in das wutverzerrte Gesicht des Fremden, der unbemerkt hereingekommen war. „Warum spionieren Sie hier herum? Was hatten Sie denn zu finden gehofft?"

Er packte Carin fest an den Armen. Als sie ihn nur verlegen ansah, aber keine Antwort gab, schüttelte er sie. „Wer sind Sie? Eine Privatdetektivin? Oder einfach nur furchtbar neugierig? Was haben Sie gesucht? Raus mit der Sprache!"

„Nichts", flüsterte sie schließlich. „Ich weiß auch nicht, was über mich gekommen ist."

„Sie wissen nicht, was über Sie gekommen ist? Obwohl Sie hinter mir herlaufen, seit wir uns zum ersten Mal begegnet sind? Vielleicht sind Sie ja auch nur scharf auf mich?"

„Ich interessiere mich weder für Sie noch für irgendeinen anderen Mann", zischte Carin erbost.

„Wollen Sie etwa leugnen, dass Sie es mehr als einmal darauf angelegt haben, mich in ein Gespräch zu verwickeln?"

„Sie haben mich eben irritiert. Oder haben Sie noch nicht gemerkt, dass sich das halbe Dorf den Mund über Sie zerreißt?"

„Das interessiert mich nicht. Was ich tue, geht niemanden etwas an. Und Sie machen jetzt besser, dass Sie fortkommen. Lassen Sie sich hier nie wieder blicken."

„Mit Vergnügen!" Trotzig verließ Carin das Haus.

Carin kämpfte sich durch den Wald. Als sie endlich die letzten Meter in den Hof des Anwesens humpelte, kam John ihr mit sorgenvoller Miene entgegen. „Was ist passiert, Carin?"

Sie blickte beschämt zu Boden. „Ich bin vom Pferd gefallen."

„Das sehe ich auch. Wo hast du denn die ganze Zeit gesteckt? Ich bin selbst erst nach Hause gekommen und wollte dich gerade suchen gehen."

Carin verzog das Gesicht. „Mein schwarzhaariger Freund hat sich um mich gekümmert."

„Und wo ist er jetzt? Warum hat er dich in diesem Zustand zu Fuß gehen lassen?"

„Weil ich es so wollte", erwiderte sie trotzig. „Und jetzt lege ich mich in die Badewanne, wenn du nichts dagegen hast."

*Das Cottage im Wald*

## 2. KAPITEL

Während der nächsten Tage versuchte Carin, alle Gedanken an den dunkelhaarigen Fremden zu verdrängen und sich auf ihre Arbeit zu konzentrieren. Das Stallmädchen war immer noch krank, und so gab es viel zu tun.

Eines Morgens jedoch, als Carin bei den Ställen nach John suchte, sah sie ihn wieder. Er unterhielt sich gerade mit John, und für sie war es nun für einen Rückzug zu spät. Der Mann ließ den Blick ungeniert über ihre enganliegenden Jeans und ihr dünnes Baumwolltop gleiten und grüßte dann knapp. Er schien über das unerwartete Wiedersehen ebenso überrascht zu sein wie sie.

John legte Carin den Arm um die Schultern. „Ich glaube, ihr beide kennt euch schon. Ich muss mich sowieso noch bei Ihnen bedanken, Sean, weil Sie sich um Carin gekümmert haben, als sie neulich vom Pferd stürzte."

„Ich habe nur getan, was jeder andere auch getan hätte."

„Sean Savage möchte gern reiten", fuhr John fort, während er sich an Carin wandte. „Ich werde ihm Hunter geben. Führst du ihn bitte zur Koppel?"

„Aber ich wollte gerade Rosemarie satteln", wandte sie schnell ein. „Jane hat eine Reitstunde und wird jeden Moment hier sein."

„Jane kann die Stute selbst satteln", erklärte John bestimmt.

Widerwillig ging Carin voraus und spürte dabei Sean Savages Blick auf sich gerichtet. Die engen Jeans und das rosa Top, unter dem sie keinen BH trug, betonten die Rundungen ihres Körpers nur zu gut. Normalerweise war sie stolz auf ihre schlanke Figur, aber den Blicken dieses Mannes ausgesetzt zu sein war ihr unangenehm.

Als sie nach dem Gatter griff, legte Sean Savage plötzlich seine Hand auf ihre. Sie fühlte sich warm und fest an.

„Weiß der liebe John, dass Sie hinter mir her waren?", fragte Sean spöttisch.

Es dauerte eine Weile, ehe Carin begriff, dass er John für ihren Freund hielt. „Sie irren sich, John ist …"

„Nein, sicher hat er keine Ahnung", fiel Sean ihr ins Wort. „Freunde

143

und Ehemänner sind gewöhnlich die Letzten, die davon erfahren."

Der letzte Satz klang so bitter, dass Carin sich fragte, ob Sean wohl aus persönlicher Erfahrung sprach. War er deswegen hier? War er verheiratet? Hatte seine Frau ihn vielleicht betrogen? War das sein Problem?

Carin zog die Hand zurück. Sie befand sich in einer verzwickten Lage. Über ihre Gefühle zu diesem Mann war sie sich nicht im Klaren, eines jedoch begann sie allmählich zu begreifen: Seiner erotischen Ausstrahlung konnte sie nicht widerstehen.

„Aber ein hübsches junges Ding sind Sie zweifellos", fuhr Sean Savage fort und ließ den Blick unverschämt langsam über sie gleiten. „Ich glaube, ich war nun lange genug allein."

Carin erriet sofort seine Absicht. „Fassen Sie mich ja nicht an!", rief sie erschrocken aus.

„Haben Sie etwa Angst, Ihr Freund könnte etwas merken? Hat sich das Mädchen doch zu weit in die Höhle des Löwen gewagt, wie?" Er packte Carin bei den Handgelenken und zog sie zu sich heran.

„Frauen seid doch alle gleich", sagte er grimmig. „Nie sind sie mit einem einzigen Mann zufrieden. Immer brauchen sie den Nervenkitzel einer Affäre. Dass sie aber jemanden damit verletzen ist ihnen egal."

Sean Savage verzog verächtlich den Mund. „Oh ja, man hat mich verletzt, man hat mich so sehr verletzt, dass ich am liebsten für den Rest meines Lebens allein bleiben würde. Aber ich sehe keinen Grund, warum ich mir nicht nehmen sollte, was Sie mir so offenkundig bieten."

Carin wurde es abwechselnd heiß und kalt. Er machte ihr Angst.

Dann ließ er sie unvermittelt los. „Aber dies ist weder der richtige Zeitpunkt noch der rechte Ort für solche Dinge." Der drohende Blick aus Seans dunklen Augen jagte Carin kalte Schauer über den Rücken. Sie fürchtete sich vor diesem Mann, und doch zog er sie magisch an. Wie war das nur möglich? Verwirrt deutete sie auf Hunter, drehte sich um und rannte davon.

Während sie fortlief, hörte sie noch Seans spöttisches Lachen hinter sich. Hatte er gespürt, wie anziehend sie ihn fand?

*Das Cottage im Wald*

In den nächsten Tagen lud Carin sich absichtlich viel Arbeit auf. Sie verzichtete auf ihren täglichen Ausritt in aller Frühe, denn sie wollte auf keinen Fall riskieren, Sean Savage noch einmal über den Weg zu laufen.

Es regnete nun häufig, aber nur leicht, und es war sogar angenehm, sich dabei im Freien aufzuhalten.

Eines Tages jedoch schien die Sonne strahlend vom Himmel, und Carin ging hinaus, um es sich in Johns kleinem Garten gemütlich zu machen. Entspannt saß sie auf der Bank, hörte die Spatzen schimpfen und die Amseln singen und atmete tief den berauschenden Duft von Geißblatt und Rosen ein. Da durchbrach plötzlich das Klappern von Hufen die Idylle, und kurz darauf tauchte Sean Savage auf.

„Ich habe Hunter zurückgebracht."

Sein Ton war unpersönlich, obwohl er sie mit den Blicken auszuziehen schien. Sie trug ein kurzes Sommerkleid, dessen Rock sie weit hochgezogen hatte, um ihre nackten Beine zu sonnen.

„Sie sollten das Pferd lieber zur Koppel bringen", erwiderte sie betont kühl, schlug eine Zeitschrift auf und tat, als wäre sie in deren Inhalt vertieft. Es ärgerte sie maßlos, dass ihr Herz jedes Mal zu hämmern begann, wenn sie diesem Mann begegnete.

„Ich habe Sie in letzter Zeit gar nicht mehr im Wald gesehen."

Carin fühlte ein warmes Kribbeln auf der Haut, während sie Sean beobachtete. Er saß ab, band das Pferd locker an den Torpfosten und trat auf sie zu.

„Gehen Sie mir etwa aus dem Weg?"

„Warum sollte ich?", erwiderte sie spitz und sah Sean herausfordernd an. Er stand nun direkt vor ihr. Unwillkürlich fiel ihr Blick auf seine langen, kraftvollen Beine, die schmalen Hüften und seinen flachen Bauch. Er trug Jeans und ein schwarzes T-Shirt, das über seiner muskulösen Brust spannte.

„Vielleicht weil Sie Angst haben", spöttelte er und sah Carin eindringlich an.

„Vor Ihnen?" Ärgerlich sprang sie auf. Obwohl sie nun ebenfalls stand, reichte sie ihm kaum bis an die Schultern. „Das glaube ich kaum, Mr. Savage", entgegnete sie bissig.

145

„Dann haben Sie vielleicht Angst vor sich selbst? Ich weiß genau, was in Ihnen vorgeht. Aber ich bin nicht so dumm zu glauben, ich sei etwas Besonderes für Sie. Ich kann warten, Carin, mir entgeht nichts. Sie können sich ja nicht ewig vor mir verstecken. Wo ist Ihr Freund?"

„John ist nicht da." Carin versuchte kühl zu bleiben. „Und nur zu Ihrer Information, er ist nicht mein Freund, sondern mein Bruder."

Sean zog verwundert die Brauen hoch. „Ihr Bruder? Das überrascht mich. Warum dann das ganze Theater?"

„Daran sind Sie selbst schuld. Sie nahmen an, er sei mein Freund, gaben mir aber nie Gelegenheit, die Sache klarzustellen."

„Weiß er, was er für eine Schwester hat?"

„Was soll das heißen?", fragte Carin ärgerlich. „Ich habe nichts getan."

„Nein? In meinen Schränken und Schubladen herumschnüffeln und hinter mir herlaufen, ist das etwa nichts?"

Carin sah Sean verächtlich an. „Ich war und bin nicht im Geringsten an Ihnen interessiert, jedenfalls nicht so, wie Sie denken. Sie haben mich einfach neugierig gemacht, das sagte ich Ihnen bereits. Warum glauben Sie mir also nicht? Es war eben ein Fehler, Sie anzusprechen, und jetzt lassen Sie mich gefälligst in Ruhe."

„Das wird aber nicht so einfach sein."

„Und warum nicht?"

„Weil Sie, Carin Lorimer, wie ein Dorn sind, der sich in meine Haut gebohrt hat. Ein Dorn, der verdammt weh tut. Und es ist schwer, wenn nicht sogar unmöglich, ihn herauszuziehen. Eines Tages werden Sie in meinem Bett liegen." Er funkelte sie drohend an. „Aber jetzt überlasse ich Sie vorerst Ihrem Sonnenbad. Sagen Sie Ihrem Bruder, dass ich ihm danke."

Ohne sich noch einmal umzusehen, ging Sean zu seinem Pferd, band es los und führte es den schmalen Weg hinunter.

Carin ärgerte sich maßlos über diesen arroganten Kerl. Umso seltsamer war es, dass sie ihn regelrecht vermisste, als er sich mehrere Tage nicht blicken ließ. Selbst John fiel auf, dass sie irgendwie bedrückt war. „Du machst ein Gesicht wie zehn Tage Regenwetter. Ist

*Das Cottage im Wald*

was nicht in Ordnung? Es hat nicht zufällig etwas mit Sean Savage zu tun?"

Carin zog eine Grimasse. „Mit dem? Über den zerbreche ich mir bestimmt nicht den Kopf, über diesen Angeber."

„Du hast dich doch mal für ihn interessiert?"

„Ja, aber seit ich ihn kenne, nicht mehr. Ich kann den Kerl nicht ausstehen."

„Schade", meinte John und lächelte verschmitzt. „Er scheint ja sehr von dir angetan zu sein."

Carin riss überrascht die Augen auf. „Wie kommst du denn darauf?"

„Na ja, er fragte mich, wie alt du seist, ob du hier wohnen würdest oder nur zu Besuch seist und ob du einen Freund hättest. Ich würde sagen, er ist scharf auf dich."

„Er verschwendet nur seine Zeit", sagte sie verächtlich.

„Und alles nur wegen Karl?" Johns Gesicht wurde plötzlich wieder ernst. „Meinst du nicht, du könntest langsam wieder einen Anfang machen?"

„Nicht mit einem wie Sean Savage", entgegnete Carin barsch, und John merkte, dass ihr die Unterhaltung unangenehm war.

„Morgen gehe ich zum Pferdemarkt", wechselte er das Thema. „Möchtest du mitkommen? Das würde dich bestimmt aufmuntern."

„Ich brauche keine Aufmunterung", protestierte Carin, entschloss sich aber dennoch, John zu begleiten. Auf keinen Fall wollte sie Gefahr laufen, Sean zu begegnen, wenn sie allein zu Hause war.

John fuhr seinen alten Ford mit dem Pferdeanhänger gemächlich über die ruhige, aber schmale und kurvenreiche Landstraße. Plötzlich kam ihnen ein rasender Sportwagen entgegen, der die Kurve zu weit genommen hatte.

Carin schrie auf und schlug instinktiv die Hände vors Gesicht. John trat auf die Bremse und riss das Lenkrad herum, doch durch das Gewicht des Anhängers gelang es ihm nicht auszuweichen.

Nach dem Zusammenstoß herrschte eine nervtötende Stille. Carin wusste, dass sie unwahrscheinliches Glück gehabt hatte. Sie lebte, obwohl Johns Wagen einem Schrotthaufen glich. Die Fahrerseite hatte den ganzen Aufprall abbekommen. John! Carin drehte den Kopf und sah entsetzt, dass er verkrümmt und regungslos über dem Sitz lag.

Schon am nächsten Tag wurde Carin zusammen mit dem Fahrer des Sportwagens aus dem Krankenhaus entlassen. Wie durch ein Wunder waren beide mit harmlosen Schnittwunden und Prellungen davongekommen. Um John stand es schlimm. Er hatte schwere Verletzungen erlitten, und keiner der Ärzte konnte mit Gewissheit sagen, wie lange er noch im Krankenhaus würde bleiben müssen.

Carin war froh, dass sie viel von Johns Arbeit auf dem Reiterhof mitbekommen hatte. So war sie wenigstens in der Lage, das Geschäft mit Hilfe des übrigen Personals weiterzuführen. Durch die Aufregungen der letzten Tage hatte sie nicht mehr an Sean Savage gedacht. Sie wollte gerade das Haus verlassen, um ins Krankenhaus zu fahren, als er unerwartet auftauchte.

„Unterwegs?", fragte er knapp und sah sie dabei von oben bis unten an.

Carin warf ihr blondes Haar zurück und versuchte ruhig zu bleiben. Schon wieder spürte sie dieses eigenartige Prickeln. „Haben Sie nichts von dem Unfall gehört?"

Seans Miene verdüsterte sich. „Was für ein Unfall?"

„John liegt im Krankenhaus, und ich kann von Glück sagen, dass ich heil davongekommen bin."

„Ein Autounfall?"

Carin nickte.

„Wie ist das passiert?"

„Wir sind mit einem Sportwagen zusammengestoßen. Der Fahrer glaubte wohl, er hätte die Straße für sich allein. Wir hatten keine Chance auszuweichen."

„Ich hatte keine Ahnung. Ist John schwer verletzt?"

„Einige Rippen und ein Bein sind gebrochen. Außerdem hat er viele Schnittwunden und Prellungen. Man vermutete sogar einen Schädelbasisbruch, aber das war zum Glück falscher Alarm."

„Ich komme mit", bestimmte Sean, ohne zu zögern.

*Das Cottage im Wald*

Carin seufzte im Stillen. Das hatte ihr gerade noch gefehlt, doch sie willigte ein.

Für die täglichen Fahrten zum Krankenhaus hatte sie einen Wagen gemietet. Ehe sie widersprechen konnte, hatte Sean ihr kurzerhand die Schlüssel aus der Hand genommen und ging zum Auto.

„Was wird nun aus der Reitschule?", fragte er, während er den Fahrersitz zurückschob, um Platz für seine langen Beine zu haben. „Wer kümmert sich jetzt darum?"

„Na ich."

Sean sah Carin überrascht an. „Kennen Sie sich damit überhaupt aus?"

„Ich werd's schon schaffen", antwortete sie und versuchte, dabei gelassen zu klingen. Es war beklemmend, neben Sean Savage im Auto zu sitzen, und sie war froh, dass die Fahrt nur einige Minuten dauerte. Noch nie zuvor war ihr ein Mann begegnet, der so viel Sex ausstrahlte wie er.

John freute sich, Sean zu sehen. Nachdem sie sich eine halbe Stunde unterhalten hatten, glaubte Carin ihren Ohren nicht zu trauen, als John Sean schließlich fragte, ob er ihr bei der Arbeit auf der Farm etwas unter die Arme greifen könnte. „Carin tut ihr Bestes, aber ich glaube, sie ist doch ein bisschen überfordert. Vielleicht könnte sie sich um den Schreibkram kümmern, während Sie dafür sorgen, dass sonst alles glatt läuft. Was halten Sie davon?"

Carin kochte innerlich vor Wut. Wie konnte John es wagen, Sean ein derartiges Angebot zu machen, ohne sie vorher zu fragen? Da er jedoch immer noch in schlechter Verfassung war, wagte sie es nicht, ihn aufzuregen.

Sean hingegen lächelte zustimmend und triumphierend zugleich. „Ich hatte eigentlich nicht vor zu arbeiten, solange ich hier bin, aber in diesem Fall helfe ich wirklich gern. Carin und ich werden bestimmt gut miteinander auskommen."

Die Fahrt nach Hause verlief schweigend. Für Carin war es unverständlich, dass John Sean um Hilfe gebeten hatte. Wie wollte er denn wissen, ob dieser Mann überhaupt fähig war, ein solches Unternehmen zu leiten? Traute er ihr nicht zu, dass sie es auch alleine schaffte?

149

Oder wollte er sie etwa mit ihm verkuppeln? Hoffte er, sie würde ihre Meinung über Sean ändern, wenn sie ihn besser kennenlernte?

„Sie sind so still." Ein sanftes Lächeln huschte über Seans Gesicht, während er Carin von der Seite betrachtete. „Ihnen passt die Entscheidung Ihres Bruders nicht, was?"

„Da haben Sie verdammt recht", antwortete Carin bissig. „Diese Vereinbarung ist der reine Blödsinn. Sie wissen doch noch weniger als ich, wie man eine Reitschule leitet."

„Aber ich lerne schnell." Sean lächelte amüsiert. „Und ich glaube sogar, die Arbeit wird mir Spaß machen. Sie in meiner Nähe zu haben macht das Ganze noch ein bisschen interessanter, oder soll ich lieber sagen – herausfordernder?"

„Sehen Sie mich wirklich so – als Herausforderung?"

„Oh nein, das eigentlich nicht. Dafür bieten Sie sich zu offensichtlich an."

„Sie mieser Kerl! Wagen Sie es ja nicht, mich anzurühren. Sie würden es bereuen!"

Sean lachte belustigt auf. „Sie sind ein richtiger kleiner Drachen, wenn Sie in Fahrt kommen. Aber keine Angst, ich werde Sie zu nichts zwingen. Das macht nämlich keinen Spaß."

„In dem Fall können Sie lange warten. Ich will keinen Sex, und zwar weder mit Ihnen, noch mit sonst wem."

„John hat mir erzählt, dass Sie schlechte Erfahrungen auf diesem Gebiet gemacht haben."

Carin stieß einen leisen Fluch aus. „Dazu hatte er kein Recht. Aber nun wissen Sie es ja. In dieser Hinsicht haben wir beide anscheinend etwas gemeinsam. Sie haben die gleiche schlechte Meinung über Frauen wie ich über Männer. Ich traue keinem mehr, und ich habe auch nicht die Absicht, mich mit Ihnen einzulassen. War das deutlich genug?"

„Absolut", stimmte Sean zu, sein Gesicht war jedoch ausdruckslos. „Aber Sie haben doch sicher, genau wie ich, hin und wieder den Wunsch, ganz natürlichen körperlichen Bedürfnissen nachzugeben, oder nicht?"

Carin schoss vor Empörung die Röte ins Gesicht. „Da täuschen

*Das Cottage im Wald*

Sie sich aber gewaltig, Mr. Savage! Sex interessiert mich überhaupt nicht, kapiert?"

Seans Lächeln wurde breiter. „Wie auch immer, ich richte mich ganz nach Ihren Wünschen."

Als Sean aus dem Wagen stieg, warf Carin ihm einen eisigen Blick zu. „Das Beste wird wohl sein, wenn wir uns möglichst aus dem Weg gehen."

Sean ging zu ihr und strich ihr mit dem Handrücken zärtlich über die Wange. „Arme Carin", sagte er sanft. „Ist es denn so schlimm für Sie, mit mir zusammen zu sein?"

Die zarte Berührung hatte in Carin wieder ein Feuer entfacht. Sean hatte genau das erreicht, was er bezweckt hatte. Sie sah beeindruckt zu, wie er über den Hof schritt und Sekunden später das gesamte Personal um sich versammelt hatte. Aufmerksam hörten sich alle an, was er zu sagen hatte. Ihr wurde klar, dass er ein Mann war, der mit Menschen umgehen konnte. Jedenfalls schien jeder Respekt vor ihm zu haben. Ärgerlich wandte sie sich um und ging auf das Haus zu.

„Carin, kommen Sie bitte einen Moment her."

Widerstrebend blieb sie stehen und drehte sich um. Der spöttische Ausdruck in seinem Blick war verflogen. Sean zeigte sich nun von einer Seite, die sie bisher noch nicht an ihm gekannt hatte. Langsam ging sie auf die Gruppe zu.

„Ich habe hier alle über unserer Lage informiert, Carin", erklärte er. „Beschwerden jeglicher Art werden direkt an mich gerichtet. Alles, was mit Buchungen zu tun hat, übernehmen Sie."

Carin holte tief Luft. Sean tat geradezu, als wäre er hier der alleinige Boss. Doch sie hielt es für klüger, vorerst den Mund zu halten, und als Sean die Gruppe entließ, machte sie sich ebenfalls eilig davon. Sie musste weg von diesem Mann, bevor sie noch etwas sagte, was sie später vielleicht bereuen könnte.

Erneut rief Sean sie zurück. Ohne sich umzudrehen, blieb Carin stehen. Als Sean von hinten auf sie zutrat, spürte sie sofort die angenehme Wärme seines Körpers. „Ich muss über alles Bescheid wissen", sagte er. „Sie könnten mich in alle Einzelheiten einweisen."

„Selbstverständlich", stieß Carin zwischen zusammengepressten

Zähnen hervor. Sean stand direkt hinter ihr und streifte flüchtig ihre Arme. Obwohl seine Stimme geschäftsmäßig klang, wusste Carin nur zu gut, dass dies wieder einer seiner Versuche war, sie in Erregung zu versetzen.

„Möchten Sie eine Tasse Kaffee?", fragte sie schließlich, um sich abzulenken.

„Ja, bitte schwarz und ohne Zucker."

In der Küche atmete Carin erstmal tief durch. Dann füllte sie den Wasserkessel und nahm zwei Tassen aus dem Schrank. Es würde eine Qual werden, jeden Tag mit Sean zusammen zu sein. Sie konnte nur hoffen, dass John bald aus dem Krankenhaus entlassen wurde.

Sean stand am Fenster und beobachtete das hektische Treiben im Hof, als Carin zurück ins Büro kam. Mehrere Leute waren zu ihrer Reitstunde gekommen, und Pferde wurden gesattelt. „Geht's hier eigentlich immer so chaotisch zu?", fragte Sean stirnrunzelnd.

„Warum? Ist was nicht in Ordnung?"

„Da draußen herrscht ein einziges Durcheinander. Von Organisation keine Spur. Keiner weiß, welches Pferd er nehmen soll. Vergessen Sie den Kaffee. Ich fürchte, ich werde gebraucht."

Carin sah beeindruckt zu, wie Sean hinausging und innerhalb von Minuten Ordnung schaffte. Sie musste zugeben, dass sie ihn unterschätzt hatte. John hingegen hatte von vornherein gewusst, welche Fähigkeiten dieser Mann besaß und dass er mit Problemen auf dem Hof mühelos fertig werden würde.

Am nächsten Tag verbrachte Sean den ganzen Morgen im Freien, und so konnte Carin in Ruhe ihrer Arbeit nachgehen. Sie musste sich um die Buchführung kümmern und hatte etliche Buchungen zu erledigen.

Carin richtete sich gerade ein Käsesandwich und eine Tasse Kaffee zum Mittagessen, als sie Sean nach ihr rufen hörte. Sekunden später erschien er in der Küche. „Haben Sie was dagegen, wenn ich Ihnen Gesellschaft leiste?"

„Ja, das habe ich", entgegnete sie barsch. „Ich mag es nicht, wenn Sie hier ein- und ausgehen, wie es Ihnen passt."

Sean zog die Stirn kraus. „Da Sie nicht im Büro waren und ich Ge-

*Das Cottage im Wald*

räusche aus der Küche hörte, dachte ich mir, dass Sie hier sind. Ist das für mich?" Er deutete auf das Sandwich.

„Bitte, bedienen Sie sich. Sie können auch noch eine Tasse Kaffee haben, aber eins merken Sie sich: Lassen Sie sich das nicht zur Gewohnheit werden. Sie können das Büro benutzen, aber das Haus ist für Sie tabu. Niemand kommt hier ohne Aufforderung herein."

„Ich werde daran denken." Sean grinste amüsiert und biss genüsslich in das knusprige Brot.

Carin machte ihm zwei weitere Sandwiches, die er mit ebenso großem Appetit verspeiste. „Wir müssen noch über einiges reden", fuhr Sean fort. „Was halten Sie davon, heute Abend mit mir essen zu gehen?"

„Ich wüsste nicht, worüber wir reden sollten."

„Über den Reiterhof natürlich. Mir sind da ein paar Ideen gekommen, wie man sich die Arbeit erleichtern könnte."

„Das geht aber nicht", wandte Carin ein. „Sie können sich nicht einfach in Johns Angelegenheiten mischen."

„Ich bin sicher, er hätte nichts dagegen. Aber selbstverständlich werde ich vorher alles mit ihm besprechen."

„Denken Sie daran, er darf sich nicht aufregen."

Sean lächelte. „Keine Angst, ich werde ihn schon nicht beunruhigen. Es handelt sich nur um kleine Neueinführungen. Warum essen Sie eigentlich nichts?"

„Weil ich plötzlich keinen Appetit mehr habe."

„Dann haben Sie sicher nichts dagegen, wenn ich mir das letzte Sandwich auch noch nehme." Sean biss ein Stück vom dem Brot ab und beobachtete sie dabei. „Sie sind sehr hübsch, wenn Sie wütend sind, hat Ihnen das schon mal einer gesagt?"

Carin sah Sean böse an. „Das Einzige, was mich ärgert, sind Sie. Früher bin ich nie wütend geworden."

„Sie meinen, ich bin der einzige Mann, der Sie aus der Fassung bringen kann. Keiner hat bisher Ihre Augen so leuchten oder Ihre Wangen so glühen gesehen wie ich jetzt, nicht wahr? Nicht einmal dieser Kerl, vor dem Sie davongelaufen sind."

„Ich bin nicht davongelaufen", protestierte Carin. „Außerdem ist

153

*Margaret Mayo*

das schon lange her. John wollte schon immer, dass ich ihn einmal besuche, und als ich dann meinen Job verlor, nutzte ich die Gelegenheit. Deshalb bin ich hier, und nicht, weil ich mit meiner Vergangenheit nicht fertig werden würde."

„Wie lange wollen Sie bleiben?"

„Keine Ahnung. Und nun wird es Zeit zu gehen, meinen Sie nicht?"

„Kommen Sie mit ins Krankenhaus?"

Carin schüttelte den Kopf. „Ich kann erst gehen, wenn ich hier fertig bin."

„Dann hole ich Sie um acht Uhr ab."

„Wenn ich bis dahin zurück bin", erwiderte Carin schroff. „Warum müssen wir überhaupt ausgehen? Über die Arbeit können wir doch auch morgens im Büro reden."

„Weil ich, meine liebe Carin, lieber in Gesellschaft bin. Allmählich habe ich es satt, jeden Abend allein herumzusitzen."

„Dann gehen Sie doch zurück nach Hause, wo immer das auch sein mag. Haben Sie denn keine Frau, die sich Sorgen um Sie macht?"

Ein Schatten lag plötzlich auf Seans Gesicht. Ohne ein weiteres Wort stand er auf und verließ das Haus.

*Das Cottage im Wald*

### 3. KAPITEL

lso gibt es wirklich eine Frau in seinem Leben, überlegte Carin. Und so wie Sean eben reagiert hat, führt er sicher keine glückliche Ehe. Vielleicht hat er seine Frau verlassen? Oder sie ihn? Jedenfalls scheint die Situation ihn immer noch sehr zu belasten. Carin war sicher, dass er sich dieses Dilemma ganz allein selbst zuzuschreiben hatte.

Sean Savage war viel zu arrogant und überheblich, als dass eine Frau glücklich mit ihm werden könnte. Wahrscheinlich war Sean außerdem ein Workaholic und verbrachte nicht so viel Zeit zu Hause, wie eine Frau es sich wünschte. Seine Frau hatte es ganz offensichtlich nicht geschafft, seinen Ansprüchen gerecht zu werden.

Was für einen Lebensstil hat Sean wohl hinter sich gelassen, bevor er zum Einsiedler wurde, grübelte Carin weiter. Was auch immer zwischen ihm und seiner Frau geschehen war, es musste ihn sehr verletzt haben.

Sich allein in den Wäldern zu verkriechen war jedoch auch keine Lösung. Carin hatte selbst gesehen, wie positiv Sean sich verändert hatte, seit er die Arbeit auf dem Reiterhof übernommen hatte.

John ging es schon viel besser, als Carin am späten Nachmittag ins Krankenzimmer trat. „Sean Savage hat mir der Himmel geschickt", begeisterte er sich. „Er hat wirklich einen äußerst scharfen Geschäftssinn. Wie läuft's denn so mit euch beiden?"

Carin verzog das Gesicht. „Das kann man jetzt noch nicht sagen", antwortete sie ausweichend.

„Gib ihm eine Chance, Carin. Ich weiß zwar nicht, was du gegen ihn hast, aber er ist bestimmt kein schlechter Kerl. Ich vertraue ihm. Er hat mir einige wirklich gute Vorschläge gemacht, um effektiver zu wirtschaften."

„Er macht seinen Job gut, und das ist die Hauptsache, nicht wahr? Wie ich über ihn denke, ist doch egal."

Eine junge, hübsche Krankenschwester trat ein. „Ist das Ihre Schwester, John?" Er nickte. „Er hat mir schon erzählt, was Sie beide als Kinder alles angestellt haben", sagte sie lachend und wandte sich an Carin.

John lächelte verlegen. „Das ist Liz, Carin. Sie versucht, mir das Leben hier ein bisschen erträglicher zu machen."

Carin betrachtete die beiden neugierig. Ganz offensichtlich hatte es zwischen ihnen gefunkt. Sie freute sich für John. Es wäre schön für ihn, wenn er sich nach all den schmerzlichen Erfahrungen der letzten Zeit wieder verliebt hätte. Er hatte unter seiner Scheidung sehr gelitten und war auf die Farm gezogen, um sich in Arbeit zu vergraben.

Es war bereits halb acht, als Carin nach Hause kam. Sie duschte rasch und machte sich dann für ihre Verabredung mit Sean zurecht. Carin hatte sich für ein hübsches Sommerkleid aus rosa Seide entschieden. Es war fein genug für ein exklusives Restaurant, aber auch nicht zu übertrieben, falls Sean ein einfacheres Lokal gewählt hatte. Zum Schluss steckte sie sich Perlmuttohrringe an und schlüpfte in hochhackige weiße Pumps.

Carin hatte es richtig Spaß gemacht, sich schön anzuziehen, und sie freute sich inzwischen auf diesen Abend. Als es schließlich an der Tür läutete, öffnete sie mit einem strahlenden Lächeln.

Bei Seans Anblick stockte ihr der Atem. Der schiefergraue Anzug, das weiße Hemd und die dunkelgraue Seidenkrawatte standen ihm ausgezeichnet. Er sah einfach umwerfend aus.

Sean ließ den Blick anerkennend über Carin gleiten. „Schön, dass Sie fertig sind", sagte er jedoch nur knapp. „Dann können wir gleich gehen." Er führte sie zu seinem silbergrauen BMW und stieg erst ein, nachdem Carin es sich auf dem Beifahrersitz bequem gemacht hatte. Sie war beeindruckt. Der Wagen musste ein Vermögen gekostet haben.

Während der Fahrt sah Carin absichtlich aus dem Fenster, um Seans Blicken zu entgehen. Irlands Landschaft hatte sie schon immer fasziniert. Ein leichter Nebel hing in der Luft und ließ das Grün und Gold der Felder noch sanfter erscheinen. Besonders schön war es draußen, wenn der Nordwestwind blies und die Wolken schnell vorüberzogen. Das Spiel von Licht und Schatten machte dann eine Fahrt durchs Land zu einem einzigartigen Erlebnis.

*Das Cottage im Wald*

Sosehr Carin sich auch bemühte, sie konnte sich nicht auf die Schönheit der Landschaft konzentrieren. Einen Mann wie Sean zu ignorieren, war völlig unmöglich. Seine überwältigende Ausstrahlung zog sie in Bann.

Sie wagte einen Blick zur Seite. Sean sah ihr in die Augen, und wieder spürte sie, wie eine angenehme Wärme sie durchströmte. Sie lächelte kurz und senkte dann verlegen den Blick. Sean schaffte es immer wieder, sie zu verwirren.

„John sah heute Nachmittag viel besser aus, finden Sie nicht?"

Carin nickte. Sie war froh, dass Sean ein unverfängliches Thema angeschnitten hatte. „Den Eindruck hatte ich auch. Und er scheint ein Auge auf eine der Krankenschwestern geworfen zu haben. Das freut mich für John. Er hatte wirklich eine schwere Zeit, als seine Ehe zerbrach."

Seans Miene verfinsterte sich, und Carin merkte, dass sie etwas Falsches gesagt hatte. „Entschuldigung, ich vergaß, dass Sie es auch nicht leicht hatten."

„Was wissen Sie über mich?", fragte Sean scharf.

„Nichts. Ich dachte nur …"

„Dann lassen Sie das Denken bleiben", herrschte er sie an. „Wenn Leute zu viel denken, kommt nur Unsinn dabei heraus. Sie haben keine Ahnung, was geschehen ist, und das ist gut so." Sean kniff verbissen die Lippen zusammen, und die entspannte Atmosphäre war mit einem Mal zerstört.

„Tut mir leid, wenn ich Sie an etwas Unangenehmes erinnert habe, aber deswegen brauchen Sie mich nicht gleich so anzuschnauzen", verteidigte Carin sich. „Dass Sie so empfindlich sind, konnte ich ja nicht wissen."

„Verdammt noch mal, warum müssen Frauen bloß so neugierig sein? Fangen Sie nicht noch einmal von meiner Vergangenheit an. Ich will nicht mehr daran erinnert werden."

„Entschuldigung, dass ich überhaupt etwas gesagt habe", schnappte Carin beleidigt. „Am besten wenden Sie gleich und bringen mich wieder nach Hause. Es war schließlich Ihre Idee, auszugehen, nicht meine."

„Ich habe schon einen Tisch reservieren lassen", knurrte Sean. „Jetzt gehen wir auch hin."

Carin zuckte die Schultern. „Wie Sie wollen. Aber wenn ich den ganzen Abend auf jedes Wort, das ich sage, achten muss, wird es mir keinen Spaß machen."

„Es gibt nur ein einziges Tabu-Thema. Wenn Sie sich daran halten, wird es auch keine Probleme geben."

Der Rest der Fahrt verlief schweigend. Sean blickte starr geradeaus, während Carin sich ärgerte, dass sie überhaupt mitgekommen war. Der Abend würde ein einziges Desaster werden.

Sie hielten vor einem weißen Gebäude, das von außen recht klein anmutete. Das Innere jedoch war beeindruckend. Zwei Räume waren zu einem zusammengefasst, die Tische liebevoll mit kleegrünen Tischdecken, dazu passenden Servietten und mit Silberbesteck geschmückt und die Wände aufwendig mit hübschem Messingdekor ausgestattet. Es war ein Platz zum Verlieben. „Oh, hier ist es aber schön!", rief Carin begeistert aus und hatte im Nu ihren Ärger vergessen.

Sean und Carin setzten sich an einen kleinen Tisch und studierten die Speisekarte. Bald darauf wurden die Getränke serviert. Sean hatte einen Whiskey bestellt und Carin ein Glas Weißwein.

Der Abend wurde schöner, als Carin erwartet hatte. Sean war freundlich und zuvorkommend und ließ sich von seinem Groll während der Fahrt nichts mehr anmerken. Er brachte sie dazu, über sich, ihren Bruder und die Farm in Dorset zu reden. Sogar ihre unglückliche Beziehung zu Karl sprach er an.

„John hat mir nicht genau erzählt, was zwischen Ihnen und Ihrem Verlobten passiert ist. Warum haben Sie Schluss gemacht? Gab es einen anderen Mann?"

Carin verzog das Gesicht. „Typisch, dass Sie so denken würden. Karl hat mich betrogen. Das erste Mal habe ich ihm noch verziehen, aber beim zweiten Mal war der Ofen aus."

„Sie haben ihm den Laufpass gegeben?"

„Das hätte ich allerdings sofort gleich beim ersten Mal tun sollen", sagte Carin verbittert.

*Das Cottage im Wald*

Als Karl Britt, er war neu in der Werbeagentur, Carin zum ersten Mal eingeladen hatte, mit ihm auszugehen, war sie außer sich vor Freude gewesen. Er sah sehr gut aus, und die Mädchen liefen ihm in Scharen hinterher. Umso erstaunter war sie, dass er sich ausgerechnet für sie interessierte. Es dauerte nicht lange, bis sie sich regelmäßig trafen, und schließlich machte Karl ihr einen Heiratsantrag.

Obwohl eine der Sekretärinnen Carin später anvertraute, Karl mit einer anderen Frau, Gwynneth Browning, gesehen zu haben, schlug sie die Warnung in den Wind. Gwynneth war eine rassige Rothaarige, die schon seit langem hinter Karl her war. Als Carin ihn auf sie ansprach, meinte er, er hätte das Mädchen nur über einen Kummer hinweggetröstet.

Naiv und blind vor Liebe, hatte Carin ihm geglaubt, bis sie ihn schließlich selbst mit ihr erwischte. Für Carin war es eine Katastrophe gewesen, doch anstatt die Beherrschung zu verlieren, hatte sie Karl ruhig und gefasst den Verlobungsring zurückgegeben und Schluss gemacht.

Sean hatte Carin aufmerksam beobachtet. „Und nach dieser Enttäuschung haben Sie beschlossen, nie wieder einem Mann zu vertrauen, nehme ich an."

„Ich wäre ja verrückt, wenn ich es tun würde."

Sean erzählte nichts über sich. Er sprach lediglich über seine Pläne in der Reitschule. Dabei füllte er Carins Weinglas mehrmals nach und lächelte ihr freundlich zu, aber über sein Privatleben schwieg er sich aus.

Carin ärgerte sich im Nachhinein, dass sie so leichtfertig aus dem Nähkästchen geplaudert hatte, während sie Sean kein Wort über seine Vergangenheit hatte entlocken können. Alles in allem genoss sie den Abend jedoch mehr als erwartet. Wenn Sean guter Laune war, konnte er ein sehr unterhaltsamer Gesprächspartner sein.

Auf dem Heimweg spürte Carin zum ersten Mal, dass der Alkohol ihr zu Kopf gestiegen war. Sie fühlte sich angenehm weinselig und entspannt, und als sie vor Johns Haus hielten, lud sie Sean spontan zu einer Tasse Kaffee ein. Carin fühlte sich so wohl in Seans Gesellschaft wie noch nie zuvor, und sie musste sich eingestehen, dass er doch nicht der Unmensch war, für den sie ihn gehalten hatte.

Sie hatte gerade den Schlüssel ins Schloss gesteckt, da hörte sie vom Wald her den Ruf einer Eule. Überrascht drehte Carin sich um und stieß prompt mit Sean zusammen. Er fasste sie an den Armen, und ein prickelnder Schauer überlief sie. „Hast du die Eule gehört?", flüsterte sie und duzte Sean unwillkürlich. „Eulen sind meine Lieblingsvögel. Seit ich hier bin, habe ich noch keine gesehen."

„Dem kann man abhelfen." Sean ging zum Wagen zurück, zog eine Taschenlampe hinter dem Fahrersitz hervor und kam damit zurück. Dann standen sie mit angehaltenem Atem da und warteten gespannt. Als die Eule zum zweiten Mal rief, leuchtete Sean sofort in die Richtung, in der er sie vermutete. Der helle Schein der Lampe traf genau den Ast, auf dem die einsame Eule saß. Carin sah große, leuchtende Augen in einem runden, weißen Gesicht. Es war ein gespenstischer Anblick. Sekundenlang saß der Vogel wie erstarrt da, dann schwang er die Flügel und verschwand in der Dunkelheit.

„Das war fantastisch", rief Carin begeistert, stellte sich auf die Zehenspitzen und gab Sean spontan einen Kuss auf die Wange. „Das war toll, Sean. Was für ein Glück, dass du die Taschenlampe hattest."

Sean zögerte nicht lange. Er zog Carin an sich und küsste sie verlangend. Der Kuss war so leidenschaftlich und überwältigend, dass Carin all ihre Vorsätze vergaß. Sofort spürte sie heiße Erregung.

Während er seinen Kuss vertiefte, streichelte er sanft Carins Nacken und ließ dann die Hände langsam über ihre bloßen Arme gleiten. Carin schloss die Augen und stöhnte leise auf. Sosehr sie sich innerlich auch dagegen wehrte, sie konnte nichts gegen die wunderbaren Gefühle tun, die Seans Berührungen in ihr auslösten. Verlangend strich sie über seinen breiten Rücken und fuhr mit den Fingern durch sein dichtes dunkles Haar.

Schließlich ließ Sean sie los und sah in ihr erhitztes Gesicht. Ein spöttischer Zug umspielte seine Lippen. „Jetzt hast du endlich gezeigt, wie du wirklich bist, Carin. Und nun sollst du auch bekommen, was du willst." Entschlossen hob er sie auf die Arme und trug sie ins Haus.

Carin schlug wild um sich. „Lass mich los, du gemeiner Kerl!"

*Das Cottage im Wald*

Wie hatte sie nur so dumm sein können, Seans Kuss zu erwidern? Warum war es überhaupt so weit gekommen? Sie wusste ja, wohin das führen würde. Der Alkohol ist schuld, schoss es ihr durch den Kopf. Sean hat mich absichtlich beschwipst gemacht, um leichtes Spiel mit mir zu haben. Ich werde niemals mit ihm schlafen. Ein zweites Mal werde ich einen solchen Fehler nicht begehen.

Unbeirrt von ihrer Gegenwehr, trug Sean sie die Treppe hinauf und stieß mit dem Fuß die erstbeste Tür auf. Zu allem Unglück war es auch noch Carins Schlafzimmer. Dann ließ er sie aufs Bett fallen, und sie wartete verängstigt darauf, dass er sich nun die Kleider vom Leib reißen und über sie herfallen würde. Stattdessen aber lachte er nur laut auf. Es war ein heiseres, höhnisches Lachen, das Carin das Blut in den Adern gefrieren ließ.

„Du, Carin Lorimer, gehörst zu den Frauen, die einen Kerl erst heißmachen und dann einen Rückzieher machen, wenn es ernst wird", sagte er verächtlich. „Das hätte ich mir denken können."

„Das ist nicht wahr!", protestierte Carin und richtete sich auf.

„Aber ich will dich trotzdem, Carin, und ich werde dich auch kriegen. Schon von Anfang an hat es zwischen uns geknistert. Zuerst wollte ich es nicht wahrhaben, aber jetzt kann ich meine Gefühle nicht länger unterdrücken."

„Ich schlafe nicht mit verheirateten Männern", zischte Carin erbost. Seans überraschendes Bekenntnis hatte ihr nur zu deutlich gezeigt, dass er nicht besser war als Karl. Er wollte nur ihren Körper. Er begehrte sie, sonst nichts.

Sean versteifte sich sofort, und eine dunkle Röte überzog sein Gesicht. Er ballte die Hände zu Fäusten, seine Augen schienen Feuer zu sprühen. Carin presste sich verängstigt gegen das Kissen. Doch dann drehte er sich unvermittelt um und ging hinaus.

Erneut hatte Sean überaus empfindlich reagiert, als Carin seine Frau erwähnt hatte. Carin musste einfach wissen, was zwischen den beiden vorgefallen war. Wie aber sollte sie es herausfinden, wenn Sean jedes Mal abblockte, sobald das Thema auf den Tisch kam?

Seans Kuss zu erwidern war ein schwerer Fehler gewesen. Von

nun an musste sie vorsichtig sein. Auf keinen Fall durfte sie es zulassen, dass er sie nochmals küsste. Dass er sich von ihr angezogen fühlte, glaubte sie nicht. Das hatte er nur gesagt, weil er hoffte, sie würde sich ihm dann bereitwilliger hingeben.

Nach einer schlaflosen Nacht stand Carin früh auf und trank ein paar Tassen Kaffee. Essen konnte sie nichts. Mit Unbehagen sah sie dem Zusammentreffen mit Sean entgegen. Zuerst würde er im Büro erscheinen, um mit ihr den Tagesablauf zu besprechen. Vielleicht sollte sie sich einfach aus dem Staub machen? Aber das hatte auch keinen Sinn. Sie konnte ihm schließlich nicht ständig aus dem Weg gehen.

Sean verhielt sich jedoch ganz anders, als Carin erwartet hatte. Er erwähnte den letzten Abend mit keinem Wort. Überhaupt benahm er sich sehr merkwürdig. Er sprach nur über Geschäftliches und ging völlig unpersönlich mit ihr um. Wie kann er nach seinem gestrigen Geständnis nur so tun, als wäre nichts gewesen?, fragte sie sich verwirrt.

Auch in den nächsten Tagen änderte sich nichts. Seit John im Krankenhaus lag, hatten Carin und Sean pausenlos durchgearbeitet. Während sie sich sehr nach ein paar freien Tagen sehnte, schienen ihm die Strapazen absolut nichts auszumachen. Sie jedenfalls brauchte unbedingt etwas Entspannung. Wenigstens für kurze Zeit wollte sie Sean aus dem Weg gehen. So bat sie schließlich John um ein paar freie Tage, und er willigte sofort ein.

Wenig später kam Sean mit düsterer Miene aus dem Krankenhaus zurück. John war Carin zuvorgekommen und hatte Sean von ihrem Vorhaben erzählt. „Wenn du eine Pause brauchst, solltest du damit zu mir kommen und nicht zu John", wies er Carin schroff zurecht. „Wie soll denn dein Bruder vom Krankenbett aus wissen, wie es hier läuft?"

„Es ist nicht gut, sieben Tage in der Woche zu arbeiten. Jeder Mensch braucht zwischendurch ein bisschen Entspannung", verteidigte sich Carin.

Sean zog die Brauen hoch. „Vielleicht hast du damit sogar recht. Wir könnten uns ja zusammen freinehmen."

*Das Cottage im Wald*

„So habe ich das natürlich nicht gemeint", erwiderte Carin ärgerlich.

„Aha, dir wird es wohl zu gefährlich. Hast du endlich gemerkt, dass ich lieber den Jäger spiele als die Beute?"

„So ein Unsinn!"

„Ich versuche nur, die Dinge ins rechte Licht zu rücken. Du willst mich immer noch, da bin ich sicher. Und dass ich dich seit Tagen links liegenlasse, macht dich ganz verrückt, nicht wahr? Deswegen willst du dir auch freinehmen, nämlich um mir aus dem Weg zu gehen."

„Du bist ja völlig übergeschnappt!" Carin ballte die Hände zu Fäusten, und sie wurde rot vor Zorn. Sie wollte sich umdrehen, doch Sean packte sie am Handgelenk und riss sie an sich. „Nur habe ich mich damit leider selbst bestraft", sagte er rau und senkte den Kopf, sodass ihre Gesichter sich fast berührten.

Carin versuchte sich loszureißen, doch es war zwecklos. Sean presste den Mund auf ihren und küsste sie leidenschaftlich und fordernd zugleich. Sofort fühlte Carin heißes Begehren in sich aufsteigen. Sean durfte es nicht merken! Diesmal nicht. Mit aller Kraft stemmte sie sich gegen ihn, bis plötzlich die Tür aufflog und ein verdutzter Stalljunge im Zimmer stand. Verlegen stammelte er ein paar Worte, drehte sich dann rasch wieder um und rannte davon.

Sean blitzte Carin drohend an. „Mir kannst du nichts vormachen, mein Schatz, mit deinem Rühr-mich-nicht-an-Gehabe. Ich werde schon noch zu meinem Vergnügen kommen, verlass dich drauf. Aber ein paar Tage freizunehmen ist gar keine schlechte Idee, wenn ich es mir recht überlege. Wie wär's mit nächstem Wochenende? Wir suchen uns einen schönen Platz im Grünen, an dem wir völlig ungestört sind."

„Nein! Ich will allein sein. Und außerdem können wir nicht beide gleichzeitig weggehen. Einer muss sich um die Farm kümmern."

„Keine Angst, ich werde dafür sorgen, dass hier alles bestens organisiert ist. Wir werden sicher viel Spaß miteinander haben. Und jetzt will ich mal sehen, was der Junge vorhin wollte."

Carin dachte nicht daran, mit Sean wegzufahren. Er kann mich schließlich nicht dazu zwingen, sagte sie sich wütend.

Am Nachmittag war alles ruhig auf dem Reiterhof. Sean war bei John im Krankenhaus, und die Pferde grasten friedlich auf der Koppel. Plötzlich klopfte es an der Bürotür. Carin öffnete und sah sich einer jungen Frau mit kastanienbraunem Haar gegenüber. Sie war wesentlich größer als Carin, etwa Mitte zwanzig und hatte ein sehr hübsches Gesicht.

„Ich suche Sean Savage", sagte sie mit besorgt klingender Stimme. „Er arbeitet hier, hat man mir gesagt. Kann ich ihn bitte sprechen?"

„Leider nicht", antwortete Carin. „Er ist im Krankenhaus, aber ich …"

„Um Himmels willen!", stieß das Mädchen erschrocken aus. „Was ist mit ihm? Bitte, sagen Sie mir, wo er ist. Ich muss sofort zu ihm."

„Oh nein, ihm ist nichts passiert", beruhigte Carin sie sofort. „Er besucht nur meinen Bruder. Bestimmt wird er bald zurück sein. Wenn Sie möchten, können Sie hier auf ihn warten."

Das Mädchen atmete erleichtert auf. „Gott sei Dank. Ich meine, es tut mir leid für Ihren Bruder, aber ich bin froh, dass es nicht Sean ist. Ach, ich habe mich noch gar nicht vorgestellt", entschuldigte sie sich. „Mein Name ist Stephanie Savage."

Kaum hatte sie ihren Namen ausgesprochen, hörten sie schon Seans Schritte im Hof. Das Mädchen lief mit einem Freudenschrei auf ihn zu. „Oh Sean, ich habe mir solche Sorgen gemacht! Überall habe ich nach dir gesucht."

## 4. KAPITEL

Carin fühlte plötzlich einen schmerzhaften Stich in der Brust. Was war das? Eifersucht? Unmöglich! Sie hatte sich geschworen, solche Gefühle nie wieder zuzulassen. Das Mädchen musste Seans Frau sein. Was auch immer die beiden auseinander gebracht hatte, nichts von Abneigung oder gar Hass war mehr in Seans Gesicht zu lesen. Im Gegenteil, er hielt die junge Frau liebevoll im Arm und schien über das Wiedersehen ebenso erfreut zu sein wie sie.

„Oh Carin", bemerkte er wie beiläufig und schmunzelte. „Das ist Stephanie. Mrs. Stephanie Savage. Stephanie – Carin Lorimer."

„Wir haben uns schon kennengelernt", sagte Stephanie. „Ihr Bruder liegt im Krankenhaus, und ich sagte, ich sei froh darüber. Zu blöd von mir. Es tut mir leid, Carin. Was hat Ihr Bruder denn? Doch hoffentlich nichts Ernstes?"

„Er darf schon bald nach Hause." Carin lächelte. „Wir hatten einen Autounfall, aber zum Glück war es nicht so schlimm und …"

„Wie hast du mich gefunden?", unterbrach Sean ungeduldig das Gespräch.

„Das war gar nicht so einfach", antwortete Stephanie. „Dein Bruder und ich haben überall nach dir gesucht. Wir haben alle Leute nach dir gefragt, aber niemand konnte uns weiterhelfen. Dann fiel Bruce das Cottage ein, in dem du dich als Junge immer so gern aufgehalten hast. Du kannst dir vorstellen, wie erleichtert ich war, als ich im Dorf erfuhr, dass du tatsächlich hier bist. Ich muss mit dir sprechen, Sean. Können wir zu dir gehen? Bruce muss ich auch noch Bescheid geben, dass es dir gut geht. Er war wie ich ganz außer sich, nachdem du so plötzlich verschwunden warst."

„Du weißt, warum, Stephanie", sagte Sean leise. Sie nickte beklommen und senkte den Blick. Carins Herz zog sich schmerzhaft zusammen, als sie das Paar beobachtete. Ganz gleich, was geschehen war, Stephanie schien Sean immer noch sehr zugetan zu sein. Daran bestand kein Zweifel. Carin schluckte schwer und ging bedrückt ins Büro zurück.

Vom Fenster aus sah sie, wie die beiden sich immer noch angeregt unterhielten. Schließlich verließen sie das Gelände in Richtung Wald, wo Seans Cottage lag.

Bei dem Gedanken, dass sie nun allein zusammen in der Hütte waren, wurde Carin regelrecht übel. Ohne es zu wollen, hatte sie sich in Sean verliebt. Und nun tauchte seine Frau auf. So wie Sean sie angesehen hatte, würde es nicht lange dauern, bis sie sich wieder versöhnten. Sean würde mit Stephanie wieder nach Hause gehen, und sie, Carin, würde zurückbleiben und leiden. Warum war sie nur so verletzlich? Warum hatte sie es so weit kommen lassen?

Seit Stephanies Ankunft konnte sich Carin nicht mehr auf ihre Arbeit konzentrieren, und sie war froh, als der Tag allmählich dem Ende zuging. Die Reiter hatten die Pferde zurückgebracht, und Carin hatte eigentlich damit gerechnet, dass Sean nun auch bald auftauchen würde. Er legte höchsten Wert darauf, stets selbst zu überprüfen, ob das Zaumzeug gründlich gereinigt und die Pferde gut versorgt waren. Wieder verspürte Carin dieses unangenehme Gefühl in der Magengegend.

Umso überraschter war sie, als kurz darauf Stephanie vor der Tür stand. „Wir würden uns freuen, wenn Sie heute Abend mit uns essen gingen", sagte sie geradeheraus. Ihr Gesicht wirkte abgespannt, und Carin hatte den Eindruck, als wäre die anfängliche Freude nur von kurzer Dauer gewesen.

„Oh, tut mir leid, ich wollte noch ins Krankenhaus", entgegnete Carin. Die Einladung war sicher nicht Seans Idee gewesen. Wahrscheinlich hatten sie wieder Streit gehabt, und nun hoffte Stephanie, die Spannungen durch Carins Anwesenheit etwas zu lockern.

„Wir gehen nicht vor halb acht", beharrte Stephanie. „Es wäre wirklich schön, wenn Sie mitkommen würden."

„Also gut", willigte Carin schließlich ein. „Ich komme mit."

Im Krankenhaus erzählte Carin ihrem Bruder von Stephanie. John schüttelte fassungslos den Kopf. „Ich wusste gar nicht, dass Sean verheiratet ist. Dir hat er es auch nicht gesagt, oder?"

„Nein, aber so was Ähnliches hatte ich mir schon gedacht. Jeden-

*Das Cottage im Wald*

falls scheint Stephanie ihn immer noch sehr zu lieben, ganz gleich, was zwischen den beiden vorgefallen ist."

„Ich hatte eigentlich gehofft, dass du und Sean ..., dass ihr euch vielleicht ..."

„John!"

„Entschuldige", erwiderte er bedrückt. „Aber wenn er verheiratet ist, besteht wohl kaum eine Chance, dass ihr zwei zusammenkommt. Ich kann nur hoffen, dass er mich jetzt nicht im Stich lässt. Glaubst du, er könnte das tun?"

Carin zuckte die Schultern. „Keine Ahnung. Ach, übrigens, ich fahre am Wochenende weg." Nun, da Stephanie hier war, konnte Carin das Wochenende wenigstens allein verbringen. Sie würde einfach ins Blaue fahren und sich irgendwo ein Zimmer nehmen.

Kaum war sie wieder zu Hause, standen Stephanie und Sean vor ihrer Tür, um sie abzuholen. Sean sah ziemlich mitgenommen aus, und Stephanie zwang sich, unbeschwert zu wirken. „Sean kennt ein kleines Restaurant hier in der Gegend. Von außen sieht es zwar nicht besonders aus, aber das Essen soll vorzüglich sein. Ich liebe gutes Essen, Sie auch, Carin?"

Carin stimmte leise zu und setzte sich dann auf den Rücksitz von Stephanies Mercedes Cabrio.

Restaurant und Menü waren ausgezeichnet, doch keiner der drei hatte großen Appetit. Stephanie bemühte sich, Seans schlechte Laune zu ignorieren, doch schließlich färbte die trübe Stimmung auch auf die beiden Frauen ab. Die meiste Zeit über saßen sie schweigend am Tisch und stocherten lustlos in ihrem Essen herum.

„Wie lange werden Sie noch hier bleiben?", wandte sich Carin an Stephanie, um das beklemmende Schweigen zu brechen.

„Nur noch bis morgen", antwortete Stephanie zu Carins Erstaunen. „Die Suche nach Sean hat mich schon genug Zeit gekostet. Nun muss ich sehen, dass ich wieder zurück an meinen Schreibtisch komme."

Carin wunderte sich im Stillen, dass der Job Stephanie wichtiger war als ihre Ehe. Und Sean?

„Nein, ich gehe nicht mit", beantwortete er rasch Carins unausgesprochene Frage, als hätte er ihre Gedanken gelesen. „Ich werde die Abmachung, die ich mit John getroffen habe, in jedem Fall einhalten."

„Ich versuche ihm schon die ganze Zeit klarzumachen, dass er falsche Prioritäten setzt", sagte Stephanie gequält. „Er müsste sich eigentlich um sein eigenes Geschäft kümmern."

„Das liegt in guten Händen."

„Aber du kannst nicht erwarten, dass David alle Entscheidungen allein trifft", beharrte Stephanie. „Ganz bestimmt gibt es Situationen, in denen er deinen Rat braucht. Lass mich ihm wenigstens sagen, wo du bist."

„Nein! Und jetzt Schluss damit. Kommt, wir gehen." Sean schob den Stuhl zurück und stand auf, und Stephanie und Carin blieb nichts anderes übrig, als ihm zu folgen.

„Es tut mir leid, dass wir Ihnen den Abend verdorben haben", entschuldigte sich Stephanie. „Sean ist wirklich unmöglich, wenn er schlechte Laune hat. Könnten Sie nicht einmal mit ihm reden?"

„Ich?" Carin sah sie verdutzt an. „Auf mich hört er doch erst recht nicht."

Stephanie betrachtete Carin nachdenklich. „Ich dachte, Sie und Sean seien gute Freunde. Jedenfalls hat er mir viel von Ihnen erzählt."

„Wirklich?"

„Als ich ihn heute Nachmittag zum ersten Mal sah, fiel mir sofort auf, wie sehr er sich verändert hat. Das muss an Ihnen liegen, Carin. Als er von zu Hause fortging, war er nur ein Schatten seiner selbst."

Carin wusste nicht, was sie darauf antworten sollte. „Ja, er hat sich verändert, das gebe ich zu. Das heißt, soweit ich das überhaupt beurteilen kann. Ich kenne ihn ja erst seit ein paar Wochen. Aber wenn, dann bestimmt nicht meinetwegen, sondern weil die Arbeit hier auf dem Hof ihn ausfüllt."

„Na ja, das mag schon sein", stimmte Stephanie widerstrebend zu. „Sean liebt es, im Freien zu sein. Vielleicht brauchte er wirklich eine Veränderung."

*Das Cottage im Wald*

Am nächsten Morgen erschien Sean allein im Büro. „Ist Stephanie schon weggefahren?", fragte Carin überrascht.

„Vor ein paar Minuten", antwortete Sean knapp. „Können wir jetzt anfangen? Wir haben heute viel zu tun."

Seans üble Laune hielt den ganzen Tag über an. Umso überraschter war Carin, als er sie am Abend bat, am nächsten Morgen um acht Uhr fertig zu sein.

„Das ist doch nicht dein Ernst?", fragte sie perplex.

„Warum nicht?"

„Weil …, ich meine, wegen Stephanie und so …"

„Es hat sich nichts geändert", erwiderte Sean schroff, „wir fahren."

Carin überkam ein Gefühl aus Furcht und freudiger Erwartung. Sie wusste, Sean würde seinen Willen durchsetzen. Sie wollte ja mit ihm zusammen sein. Aber würde sie es schaffen, ihre Gefühle zu verbergen?

„Hast du denn schon Pläne gemacht? Ich meine, wohin fahren wir überhaupt? Hast du Zimmer für uns gebucht?"

„Das überlasse ich dem Zufall." Ein verheißungsvolles Lächeln lag auf Seans Gesicht, als er das Büro verließ.

Am Samstagmorgen war Carin schon lange vor der vereinbarten Zeit fertig. Sie hatte kaum geschlafen, hatte sich über ihre Gefühle zu Sean den Kopf zerbrochen.

Sean stand kurz vor acht vor der Tür. „Schön, dass du fertig bist", begrüßte er Carin und nahm ihre Reisetasche. Dann warf er sie in den Kofferraum seines Wagens, nahm Carin den Hausschlüssel aus der Hand und schloss die Tür ab. Schweigend gab er ihr den Schlüssel zurück. Das fängt ja gut an, dachte Carin gereizt.

Trotz seines kompromisslosen Verhaltens wirkte Sean ungemein anziehend auf sie. Carin war klar, was er mit diesem Wochenendausflug bezweckte: Er wollte mit ihr schlafen.

Ein Mann wie Sean konnte nicht lange ohne Frau leben. Das hatte er ja auch offen zugegeben. Und so, wie sich die Lage zwischen ihm und Stephanie entwickelte hatte, war er in dieser Hinsicht sicher nicht auf seine Kosten gekommen.

Carin wusste, dass es ihr sehr schwerfallen würde, ihm zu widerstehen. Aber sie durfte nicht nachgeben. Wenn Sean auch nur im Entferntesten ahnte, was sie für ihn empfand, hätte dies verheerende Folgen. Sie würde das gleiche Trauma wie vor wenigen Jahren noch einmal durchleben müssen.

Carin blickte Sean missmutig an. „Ich verstehe nicht, warum Stephanie ohne dich zurückgefahren ist", platzte sie heraus. Im nächsten Moment bereute sie schon, dass sie das Thema aufgegriffen hatte.

„Sie hatte keinen Grund zu bleiben", sagte Sean kühl.

„Du meinst, du wolltest nicht, dass sie bleibt. Ich verstehe dich nicht, Sean. Was erwartest du eigentlich von einer Frau? Eine bessere als Stephanie wirst du kaum finden. Dass sie dich liebt, sieht doch ein Blinder."

„Du hast recht, Stephanie ist eine bemerkenswerte Frau."

„Und trotzdem lässt du sie gehen. Was bist du nur für ein Mensch, Sean Savage? Eine Frau wie Stephanie hast du gar nicht verdient."

Um Seans Mundwinkel zuckte es. „Wenn du die Tatsachen kennen würdest, hättest du das nicht gesagt."

„Warum klärst du mich dann nicht auf?"

„Weil ich mein Privatleben nicht jedem auf die Nase binden will. Und du hältst dich gefälligst auch heraus. Wir sind schließlich nicht hier, um uns zu streiten und über Dinge zu reden, die dich nichts angehen, sondern um uns zu entspannen und die schöne Landschaft zu genießen."

Carin zog es vor zu schweigen. Mehrere Male hielten sie an, um eine alte Schlossruine oder das farbenprächtige Mosaik der goldgelben Felder und grünen Wiesen zu bewundern. Manchmal kam es vor, dass einige Kühe die enge Landstraße versperrten. Dann warteten Sean und Carin geduldig, bis sie wieder gemächlich davontrotteten.

Carin merkte, dass Sean sie mitunter forschend betrachtete. Unbehaglich rutschte sie auf ihrem Sitz herum. Sie fragte sich insgeheim, ob er wohl spürte, was sie für ihn empfand. Oder war er in Gedanken nur bei Stephanie?

Nach einer Weile hielten sie an einem kleinen Café an der Landstraße, um sich mit Sandwiches und Kaffee zu stärken. Danach ging

*Das Cottage im Wald*

es weiter in Richtung Süden, durch eine einsame und verlassene Gegend. Mit Heidekraut bewachsene Hügel und Berge beherrschten das Landschaftsbild.

Wenig später waren sie am Ziel. Sie befanden sich auf einer Landspitze direkt über dem Meer. Carin traute ihren Augen nicht. Vor ihnen stand nichts weiter als ein winziger Wohnwagen.

„Hier sollen wir bleiben?", fragte sie ungläubig.

„So ist es."

„Aber das geht doch nicht", protestierte Carin. „Das kommt überhaupt nicht infrage."

„Und warum nicht?"

„Weil ..., weil ich es nicht will."

„Hast du etwa Angst, mir zu nahe zu kommen?"

„Nein. Es ist nur ... ich hatte eigentlich damit gerechnet, in einem Hotel zu übernachten, mit getrennten Zimmern. Wenn ich das gewusst hätte ..."

„Wärst du erst gar nicht mitgekommen. Der Wohnwagen ist doch ideal für uns. Er gehört einem alten Collegefreund von mir, und ich darf ihn nutzen, solange ich will. Keine Angst", setzte er hinzu, als er Carins missbilligendem Blick begegnete. „Wir bleiben nur eine Nacht. Länger können wir Johns Reiterhof nicht unbeaufsichtigt lassen. Für das Wochenende hat jeder seine Anweisungen, und ich denke, es wird keine Probleme geben."

Er stieg aus dem Auto und schloss den Wohnwagen auf. Carin folgte ihm zögernd, stellte dann aber überrascht fest, dass der Wagen recht gemütlich eingerichtet war. Sean holte eine Kiste aus dem Kofferraum, die alles enthielt, was man für ein Wochenende brauchte: Milch, Eier, Brot, Fleisch und Gemüse. Er hat wirklich nichts vergessen, wunderte sie sich im Stillen.

Nachdem der Proviant gut verstaut war, schlug Sean vor, einen Spaziergang zum Strand zu machen. Ein schmaler Pfad führte im Zickzack an der Felsenküste entlang. Das Meer war tiefblau, der Sandstrand goldgelb und völlig menschenleer. Unzählige Möwen zogen über den sich brechenden Wellen ihre Kreise, und die scharfen Klippen, die die Bucht säumten, bildeten einen traumhaft schönen Hintergrund.

*Margaret Mayo*

Seans schlechte Stimmung war verflogen, und Carin wurde sich erneut seiner überwältigen Anziehungskraft bewusst. Gemeinsam suchten sie nach kleinen Krabben, die sich in den winzigen, durch die Ebbe freigelegten Felslöchern verkrochen hatten. Seans Nähe machte Carin immer nervöser. Sie versuchte sich ein Stück von ihm abzusetzen, aber er folgte ihr beharrlich.

Obwohl er Carin nicht berührte, war seine erotische Anziehungskraft so stark, dass Carin vor Sehnsucht nach ihm fast verging, und sie fragte sich, wie lange sie ihm würde widerstehen können.

Sean hatte darauf bestanden, das Abendessen selbst zu kochen, und so setzte Carin sich mit einer Zeitschrift in eine Ecke des Wohnwagens. Zu lesen war ihr jedoch unmöglich. Sie konnte den Blick einfach nicht von Sean wenden.

Die von ihm zubereiteten mageren Rippchen mit Maisgemüse und Röstkartoffeln schmeckten köstlich. Carin saß Sean an dem kleinen Auszichtisch gegenüber. Obwohl sie eigentlich nicht hungrig gewesen war, leerte sie den ganzen Teller.

Danach blieben sie am Tisch sitzen und unterhielten sich über alles Mögliche. Sean sah Carin tief in die Augen, legte seine Hand auf ihre und streichelte sie sanft. Carin wollte die Hand wegziehen, konnte es aber nicht. Von Sean gestreichelt zu werden war einfach wundervoll. Sie wusste, dass er sie verführen wollte, aber sie hatte nicht die Kraft, sich gegen seine Zärtlichkeiten zu wehren.

Plötzlich zog er seine Hand zurück. „Ich glaube, wir sollten jetzt das Geschirr spülen."

Carin musste beinahe lachen, so unerwartet kam der Vorschlag. Doch Sean sah sie so verlangend an, dass sie froh war, sich mit dem Abwasch ablenken zu können.

„Du hast gekocht, und ich werde spülen", erklärte sie bestimmt. „Geh schon vor zum Strand. Ich komme dann nach, wenn ich fertig bin."

Zu Carins Erstaunen war Sean sofort einverstanden. Er stand auf und lächelte sie vielversprechend an. Offensichtlich wusste er genau, welche Wirkung seine Zärtlichkeiten auf sie gehabt hatten.

## Das Cottage im Wald

Carin ließ sich Zeit mit dem Abwasch. Sie dachte nicht daran, zu Sean an den Strand zu gehen. Es war zu gefährlich. Sie hatte von vornherein gewusst, was mit diesem gemeinsamen Wochenende auf sie zukommen würde. Einerseits war sie glücklich, mit Sean zusammen sein zu können, auf der anderen Seite jedoch litt sie entsetzlich. Er war verheiratet, und es gab nichts Schlimmeres als eine Liebe, die nicht erwidert wurde.

Als Sean wiederkam, war es schon fast dunkel. „Was ist los mit dir? Warum bist du nicht gekommen?"

„Ich war zu müde", log Carin, und das Herz schlug ihr dabei bis zum Hals. Nun gab es kein Entrinnen mehr. In dem engen Wohnwagen würde sie Sean auf Gedeih und Verderb ausgeliefert sein.

„Dann sollten wir zu Bett gehen", schlug er lächelnd vor.

Carin war erleichtert, als Sean die Sitze zu zwei getrennten Betten aufklappte. Nachdem er sie überzogen und Kissen daraufgelegt hatte, ging er hinaus, um noch etwas frische Luft zu schnappen.

Carin nutzte die Gelegenheit, um sich in Windeseile auszuziehen und zu waschen. Dann legte sie sich schnell in das Bett, das am weitesten von der Tür entfernt stand. Als sie Sean schließlich kommen hörte, begann ihr Herz erneut, wild zu hämmern. Sie schloss die Augen und lauschte mit angehaltenem Atem, während Sean sich auszog. Unwillkürlich stellte sie sich seinen nackten, muskulösen Körper vor und erschauerte.

Dann wurde der Wasserhahn aufgedreht, und Carin hörte, wie Sean sich wusch und sich die Zähne putzte. Hoffentlich legt er sich jetzt ins Bett, dachte sie aufgeregt. Stattdessen kam er leise auf sie zu. Carin verkrampfte sich unwillkürlich. Sie wollte Sean, sie begehrte ihn, aber sie durfte dem nicht nachgeben. Immer wieder tauchte Karls Bild vor ihrem inneren Auge auf und erinnerte sie schmerzlich daran, auf welche gemeine Weise er sie ausgenutzt hatte. Und genau das würde Sean auch tun.

Seans sanfte Stimme riss sie plötzlich aus ihren Gedanken. „Ich will dich ja nicht stören, Carin, aber mein Pyjama liegt unter deinem Kissen."

Carin öffnete die Augen, und ihr Atem stockte bei Seans Anblick.

173

*Margaret Mayo*

Er war nur mit einer Unterhose bekleidet, und sein Körper war so kraftvoll und muskulös, wie sie ihn sich vorgestellt hatte. Carin war sicher, dass Sean log, denn sie hatte ihn nichts unter das Kissen legen sehen. „Du hättest mir vorher sagen sollen, in welches Bett ich mich legen soll", erwiderte sie mürrisch. „Soll ich das andere nehmen?"

„So etwas würde ich doch nie von dir verlangen", spöttelte er. „Du brauchst nur den Kopf zu heben, damit ich den Schlafanzug herausziehen kann."

Carin stützte sich auf den Ellenbogen, und Sean griff unter das Kissen. Sofort spürte sie die angenehme Wärme, die sein Körper ausstrahlte, und den frischen Duft seines Atems.

Tatsächlich zog er ein Paar schwarze Boxershorts unter dem Kissen hervor. Er könnte genauso gut ohne schlafen, dachte Carin verärgert. Sie war überzeugt davon, dass er nur einen Grund gesucht hatte, um an ihr Bett zu kommen.

Sean blieb stehen und sah Carin sekundenlang eindringlich an. Wieder fühlte sie heißes Verlangen in sich aufsteigen. Doch dann wandte er sich ab und ging in sein Bett. Carin atmete auf. Es wäre schwer gewesen, ihm zu widerstehen, sehr schwer.

Vergeblich versuchte Carin einzuschlafen, doch Seans Nähe ließ sie keine Ruhe finden. Sosehr sie sich auch bemühte, ihre Gefühle zu verdrängen, es hatte keinen Sinn. Sie sehnte sich so heftig nach Seans Liebe, dass es schmerzte.

Grübelnd lag sie da und lauschte dem rhythmischen Schlagen der Wellen am Strand. Hin und wieder war der Schrei eines Seevogels zu hören. Sean lag an der anderen Seite des Wohnwagens und gab keinen Laut von sich. Offensichtlich war er eingeschlafen.

Ärger stieg in Carin auf. Wie konnte Sean nur so seelenruhig schlafen, während sie hellwach war? Ein heißer Drink, das hilft vielleicht, überlegte sie. Aber alles, was sie dazu brauchte, befand sich direkt neben Seans Bett. Auf keinen Fall durfte sie ihn wecken. Das konnte fatale Folgen haben. Carin warf sich auf die andere Seite und versuchte erneut einzuschlafen. Vergeblich.

Vorsichtig stand sie auf, schlich auf Zehenspitzen durch den Raum

*Das Cottage im Wald*

und blieb vor Seans Bett stehen. Es war so stockdunkel, dass sie Seans Körper unter der dünnen Decke kaum erkennen konnte. Am liebsten hätte sie ihn nun berührt, hätte sein Gesicht und sein dichtes dunkles Haar gestreichelt und ihn geküsst. Die Versuchung war so groß, dass Carin vor Verlangen zu zittern begann. Nein, tu's nicht, sagte ihr die Stimme der Vernunft, und schnell wandte sie sich ab.

An die Spüle und den Herd zu kommen, war jedoch gar nicht so einfach. Alles lag fürchterlich dicht beieinander. Carin beschloss, auf den heißen Drink zu verzichten und stattdessen nur ein Glas kalte Milch zu trinken. Der winzige Kühlschrank stand direkt neben dem Kopfende von Seans Bett. Carin zwängte sich in die enge Lücke und öffnete vorsichtig den Kühlschrank. Dann nahm sie die Milchflasche heraus und füllte ein Glas. Die Flasche noch in der Hand, trank sie einen erfrischenden Schluck.

„Mir kannst du auch was einschenken."

Vor lauter Schreck glitt Carin die Flasche aus der Hand, fiel auf den Rand der Spüle und schließlich auf Seans Bett, wobei sich die Milch in einer großen Lache über seine Bettdecke ergoss.

„Verdammt noch mal, kannst du nicht aufpassen!", fluchte er, sprang mit einem Satz aus dem Bett und knipste das Licht an.

„Hättest du mich nicht so erschreckt, wäre das nicht passiert", verteidigte sich Carin. Sie hob die Flasche auf und suchte nach einem Lappen, um die Milch damit aufzusaugen, die mittlerweile schon größtenteils im Bettzeug versickert war. „Ich wusste ja nicht, dass du wach bist."

„Wenn du wie ein Trampel in der Dunkelheit herumgeistern musst, ist das auch kein Wunder, oder?"

„Ich konnte eben nicht schlafen und hatte Durst. Außerdem kann ich nichts dafür, dass du aufgewacht bist. Ich war wirklich leise. Du hast eben einen leichten Schlaf."

„Und was machen wir jetzt? Ich habe keine frische Decke mehr." Sean ließ den Blick über Carins kurzes, dünnes Nachthemd gleiten, und sie hielt vor Anspannung den Atem an.

„Leg dich in mein Bett", antwortete sie kühl und zwang sich, ruhig zu bleiben. „Ich kann sowieso nicht schlafen. Ich setze mich hier

175

hin und lese oder mache sonst was."

„Das sieht dir ähnlich", spottete Sean. „Weißt du, wie spät es ist? Zwei Uhr nachts."

„Das macht nichts", erwiderte Carin trotzig. „Ich brauche nur eine Decke zum Einwickeln, dann bin ich schon zufrieden."

„Was du nicht sagst. Das Dumme dabei ist nur, dass es keine Decke mehr gibt. Geh wieder ins Bett, Carin. Und stör mich nicht mehr." Sean zog die nasse Decke vom Bett und ging nach draußen, wo er sie zum Trocknen über einen Busch hängte.

Carin schwieg, um ihn nicht noch mehr zu verärgern. Seufzend trippelte sie zurück zu ihrem Bett und kuschelte sich unter die Decke.

Sonnenstrahlen fielen durch das Fenster und bildeten helle Muster auf den Vorhängen, als Carin die Augen aufschlug. Sie hatte tatsächlich fest geschlafen. Ihr Blick fiel auf Seans Bett. Es war bereits zugeklappt, und nichts deutete darauf hin, dass er heute Nacht hier geschlafen hatte. Er war nirgendwo zu sehen.

Carin wusch sich rasch und zog sich an. Sie hatte sich gerade eine Tasse Kaffee eingeschenkt, als die Wohnwagentür aufging. „Aha, das Mädchen, das behauptet, nicht schlafen zu können, scheint nun endlich wach zu sein." Sean lächelte vergnügt.

Vor lauter Eile hatte Carin gar nicht auf die Uhr gesehen. „Oh, schon fast zehn", stellte sie verwundert fest. „Warum hast du mich nicht geweckt?"

„Du hast so fest geschlafen und so schön dabei ausgesehen, da brachte ich es nicht übers Herz."

Carin spürte, wie sie rot wurde. Der Gedanke, dass Sean sie im Schlaf betrachtet hatte, machte sie verlegen. „Ich kann mich nicht daran erinnern, wann ich das letzte Mal so lange geschlafen habe", lenkte sie ab. „Hast du schon gefrühstückt?"

Sean schüttelte den Kopf.

„Dann mache ich uns jetzt schnell was Feines."

Kurz darauf saßen die beiden an dem winzigen Klapptisch und verzehrten Eier mit Speck. Wieder flammte in Carin die Sehnsucht nach Seans Zärtlichkeiten auf. Sie brauchte ihn nur anzusehen, und

*Das Cottage im Wald*

schon brannte in ihr der Wunsch, ihn zu berühren und zu küssen. All diese Gefühle vor ihm zu verbergen war schwer, ja fast unmöglich.

Sie nahm das letzte Stück Speck auf die Gabel und führte es zum Mund. Sean saß ihr schweigend gegenüber und verfolgte jede ihrer Bewegungen, bis sein Blick an ihren Lippen hängen blieb. Carin wurde immer nervöser. Unbehaglich streckte sie die Beine aus und streifte dabei versehentlich Seans Fuß. Die harmlose Berührung löste sofort ein wohliges Prickeln bei ihr aus.

„Du hast einen sehr sinnlichen Mund, Carin", sagte Sean sanft. „Zum Küssen wie geschaffen. Du bist verdammt sexy, weißt du das? Hast du nicht manchmal Sehnsucht nach einem Mann?"

„Ich brauche keinen Mann nur fürs Bett, falls du das meinst."

„Genau das meine ich."

„Darf man fragen, wie du darauf kommst?"

„Ich bin ein Mann, Carin, und du bist eine Frau. Wir haben die ganze Nacht miteinander verbracht, und ich habe dich im Nachthemd gesehen. Das bleibt doch bestimmt nicht ohne Wirkung, meinst du nicht auch?"

„Ach, und nun denkst du, bei mir sei das ganz genauso, und deshalb sei ich bereit, alles mit mir machen zu lassen. Du glaubst wohl, ich hätte es nötig!" Carins Augen blitzten vor Zorn, als sie vom Tisch aufstand. „Da irrst du dich aber gewaltig, Sean Savage. Du ahnst nicht im Geringsten, was ich fühle."

„Oh doch." Sean war ebenfalls aufgestanden und war ihr jetzt so nah, dass sie sich fast berührten. „Während der letzten vierundzwanzig Stunden hätte ich dich haben können, Carin, jederzeit. Das weißt du so gut wie ich."

Carin schloss die Augen. Seans Selbstsicherheit grenzte schon an Unverschämtheit. „Was weißt du schon von mir?", sagte sie bitter.

„Mehr, als du denkst, Darling." Er zog sie zu sich heran, und ein vielversprechendes Lächeln umspielte seinen Mund. „Und das werde ich dir jetzt beweisen."

Und dann küsste er sie wild und fordernd. Gegen ihren Willen reagierte sie voller Leidenschaft, und alles um sie herum schien sich zu drehen. Ich bin nur ein Ersatz für Stephanie, kam es ihr wieder in den Sinn. In Wirklichkeit sieht er nur diese Frau und nicht mich.

Obwohl Seans Kuss in Carin unbeschreibliche Gefühle weckte, versuchte sie mit aller Kraft, sich ihm zu entziehen, bis es ihr tatsächlich gelang, einen Arm freizubekommen. Sie holte aus und schlug Sean ins Gesicht.

So unerwartet der Schlag auch gekommen war, Sean zuckte nicht einmal mit der Wimper. Im ersten Moment war Carin entsetzt über sich selbst, doch dann fasste sie sich und sagte bestimmt: „Mich benutzt man nicht als Ersatz, merk dir das. Wenn du so dringend eine Frau brauchst, dann geh zurück zu deiner eigenen."

Sekundenlang herrschte spannungsgeladenes Schweigen. Carin fragte sich, ob sie zu weit gegangen war. Sie wollte sich entschuldigen, doch Sean kam ihr zuvor. „Meine Frau ist tot", sagte er leise und mit ausdrucksloser Miene.

„Was? Stephanie ist tot?"

Sean schüttelte den Kopf. „Nein, nicht Stephanie. Sie ist meine Schwägerin. Josie war ganz anders. Stephanie ist eine wundervolle Frau, doch solche Mädchen findet man leider nur sehr selten."

„Ist sie deshalb hierher gekommen? Um dir vom Tod deiner Frau zu berichten?"

„Unter anderem, ja. Aber Josie und ich waren geschieden, wir liebten uns nicht mehr. Trotzdem tut es mir leid für sie. Ein solches Schicksal würde ich nicht einmal meinem schlimmsten Feind wünschen."

„War sie krank?"

Sean machte eine wegwerfende Handbewegung. „Josies Krankheit waren andere Männer. Ich frage mich, mit welchem armen Teufel sie wohl gerade zusammen war, als sich der Unfall ereignete. Sie war völlig verdorben und ohne jede Moral."

„Das tut mir leid, Sean", sagte sie betroffen. „Habt ihr ..., hast du Kinder?"

„Nein, zum Glück nicht."

„Magst du denn keine Kinder?", fragte sie vorsichtig.

„Manchmal ist es besser, wenn man keine hat."

*Das Cottage im Wald*

„Warum sagst du so etwas, Sean?"

„Das spielt doch keine Rolle", antwortete er gereizt. „Im Leben kommt es meistens anders, als man denkt. Ich jedenfalls werde mich nicht mehr binden. Ich will allein und nach meinen eigenen Vorstellungen leben, und was die anderen denken, darauf pfeife ich."

Carin verstand nicht ganz, was er damit sagen wollte. Irgendwie machte das alles keinen Sinn. Sie wandte sich ab und begann schweigend, den Tisch abzuräumen. Als Sean vorschlug, nach Hause zu fahren, stimmte sie gleichgültig zu. Hier zu bleiben, um die Spannung nur zu verstärken, brachte ohnedies nichts.

Auf der Rückfahrt sprach keiner ein Wort. Carin fühlte sich scheußlich. Erleichtert atmete sie auf, als sie endlich zu Hause waren und jeder seiner Wege ging.

Noch am gleichen Abend besuchte Carin John im Krankenhaus. Sie brannte darauf, ihm von Seans Frau zu erzählen.

„Warum hat er dich denn in dem Glauben gelassen, Stephanie sei seine Frau?", fragte John verständnislos.

„Keine Ahnung. Der Mann ist mir ein Rätsel."

„Und du? Was ist mit dir? Ich weiß, dass er dir nicht gleichgültig ist, auch wenn du es nicht zugibst."

„Sean hat nicht die Absicht, je wieder zu heiraten. Das hat er mir deutlich genug gesagt. Ich bin froh, wenn du wieder auf dem Damm bist, damit er nach Hause gehen kann, wo immer das auch sein mag."

„Apropos nach Hause gehen", warf John ein. „Morgen werde ich entlassen. Natürlich werde ich noch eine Weile Krücken brauchen, aber wenigstens muss ich nicht mehr im Bett liegen. Und Liz hat versprochen, mich zu besuchen. Wie findest du das?" John strahlte.

„Dann brauchst du Sean also gar nicht mehr?" Der Gedanke, Sean nun für immer zu verlieren, machte Carin plötzlich ganz traurig.

„Nein, so fit bin ich nun auch wieder nicht. Eine Weile wird er schon noch bleiben müssen. Wer weiß, vielleicht ändert er seine Einstellung zur Ehe ja doch noch."

Das bezweifelte Carin stark. Sean hatte ganz eindeutig klargestellt, wie er über Frauen dachte. Er würde mit ihr schlafen, wenn sie

*Margaret Mayo*

wollte, aber er liebte sie nicht. Die Erfahrung mit Josie hatte aus ihm einen misstrauischen, verbitterten Menschen gemacht.

Am nächsten Morgen, als Sean das Büro betrat, teilte Carin ihm mit, dass John heute aus dem Krankenhaus entlassen werde.

Sean war überrascht. „Kann er denn schon wieder arbeiten?"

„Noch nicht, er muss sich noch etwas schonen."

„Also ist meine Zeit hier bald zu Ende." Ein Schatten huschte über Seans Gesicht. „Wirst du mich vermissen, wenn ich nicht mehr hier bin?", fragte er plötzlich.

Carin wusste nicht, was sie darauf antworten sollte. Im ersten Moment war sie versucht, die Wahrheit zu sagen, doch dann besann sie sich. „Ja, ich vermisse dich bestimmt – wie einen alten Turnschuh."

Auf Seans Zügen zeichnete sich Ärger ab. Mit einer solchen Antwort hatte er nicht gerechnet. Carin war sicher, dass er mit einer abfälligen Bemerkung kontern würde, doch stattdessen blieb er ruhig und wechselte unvermittelt das Thema. „John wird sich freuen, wenn er sieht, wie gut wir gewirtschaftet haben. Die Einnahmen sind im Vergleich zum letzten Jahr gestiegen, und Buchungen hatte er noch nie so viele wie in diesem Monat." Dann verließ er kurzerhand das Büro.

Carin tat es leid, dass sie gelogen hatte, aber was hätte sie tun sollen? Sie musste sich mit einer Lüge schützen. Am liebsten hätte sie sich irgendwo verkrochen und sich die Augen ausgeweint. Niemals durfte Sean erfahren, was sie wirklich für ihn empfand.

Kurz vor dem Mittagessen wurde John im Krankenwagen nach Hause gebracht. Er humpelte auf Krücken ins Haus und strahlte übers ganze Gesicht. Schon wenige Tage später hatte er sich so weit erholt, dass er wieder im Büro arbeiten konnte.

Sean war oft mit John zusammen, und als dieser ihn schließlich zum Abendessen einlud, war Carin sofort klar, was ihr Bruder damit bezweckte. Sie versuchte sich herauszureden, doch John ließ keine Ausrede gelten. „Das ist das Mindeste, was wir für Sean tun können", erklärte er. „Er hat sich als wahrer Freund erwiesen."

*Das Cottage im Wald*

Dass Liz ebenfalls eingeladen war, machte die Sache für Carin wenigstens etwas erträglicher. Trotzdem fand sie es nicht richtig, dass ihr Bruder sie mit Sean verkuppeln wollte. Während der letzten Tage war es leicht gewesen, Sean aus dem Weg zu gehen, aber heute Abend würde das nicht möglich sein.

## 5. KAPITEL

Carin stand in der Küche und bereitete das Abendessen vor. Es gab Hähnchen mit Kartoffelsalat und zum Nachtisch Schokoladenpudding, den John besonders gern mochte. Carin hatte ein schlichtes mintgrünes Baumwollkleid angezogen, dazu gletscherblaue Ohrhänger, und ihr Make-up war dezent.

Obwohl sie ein Treffen mit Sean eigentlich hatte vermeiden wollen, musste sie sich eingestehen, dass sie sich nun doch auf ihn freute. Als es auf acht Uhr zuging, wurde sie immer nervöser.

Liz war bereits da. In ihrer zitronengelben Seidenbluse und dem engen grauen Rock sah sie großartig aus. Es war das erste Mal, dass John sie nicht in ihrer Schwesternuniform sah. Die beiden waren so verliebt, dass sie nur noch Augen füreinander hatten.

Sean und mich werden sie gar nicht wahrnehmen, dachte Carin. Eigentlich wäre es nicht nötig gewesen, ihn einzuladen. Ich hätte das Abendessen kochen und mich dann zurückziehen können. Nun muss ich die gutgelaunte Gastgeberin spielen und so tun, als amüsierte ich mich.

In diesem Augenblick klingelte es, und Carin öffnete mit klopfendem Herzen die Tür. Sean trug eine leichte blaue Hose, ein ebenfalls blaues Leinenhemd und dazu graue Lederschuhe. Er sah so unverschämt gut aus, dass es Carin die Sprache verschlug.

„Komm doch herein", brachte sie endlich hervor und war erstaunt, wie heiser ihre Stimme klang.

Sean lächelte ihr jungenhaft zu. „Also, ich weiß nicht, irgendwie habe ich das Gefühl, dass du dich auf diesen Abend gar nicht freust."

„So ein Unsinn", erwiderte sie gereizt. Sie ärgerte sich, dass er sie wieder einmal durchschaut hatte.

„Vergiss nicht, mein Schatz, dass ich dich besser kenne als du dich selbst. Du bist so aufgeregt wie ein Schulmädchen vor seinem ersten Ball."

Sean hatte recht. Ein Blick in seine Augen brachte sie schon völlig aus der Fassung. Sean legte die Hand an ihre Wange und strich sanft

*Das Cottage im Wald*

mit dem Daumen darüber. Die zarte Berührung ließ sie erschauern.

Er spielt schon wieder das alte Spiel, ging es ihr durch den Kopf. Er will nur meinen Körper, sonst nichts. Sie löste sich mit Gewalt aus Seans Bann. „Bitte, Sean, ich muss mich ums Essen kümmern. John und Liz sitzen im Wohnzimmer. Geh doch schon mal vor, ich bin in ein paar Minuten fertig."

In der Küche holte Carin erst mal tief Luft. Es war zum Verzweifeln. Sie konnte Seans erotischer Ausstrahlung einfach nicht widerstehen. Sobald er sie berührte, war es um sie geschehen, und all ihre Vorsätze, ihn abzuweisen, waren dahin. Sie liebte und begehrte Sean, ja, sie brauchte ihn sogar. Und diese Gefühle konnte man nicht einfach verdrängen.

Als Carin schließlich ins Wohnzimmer trat, begegnete sie sofort Seans Blick. Er lächelte amüsiert, und Carin schien, als wüsste er genau, was sie dachte. Sie zwang sich zur Ruhe und hielt seinem Blick einige Sekunden lang stand, bevor sie zu John und Liz hinübersah.

Liz saß neben ihm auf der Stuhllehne und hielt liebevoll seine Hand. Die beiden himmelten sich regelrecht an. Carin beneidete ihren Bruder wehmütig um das Glück, seine Gefühle für Liz so offen zeigen zu können.

„Hoffentlich weiß John, was er tut", raunte Sean ihr zu.

„Du hältst es natürlich für unmöglich, dass die beiden glücklich miteinander werden können", erwiderte Carin scharf. „Ich finde, sie passen sehr gut zusammen."

„Wie ein Mensch wirklich ist, weiß man erst, wenn man mit ihm zusammenlebt."

„Du hast eben Pech gehabt. Nicht alle Frauen sind so wie Josie."

„Nein? Meiner Meinung nach sind sie es."

„He, ihr zwei", schaltete John sich ein, „wann gibt's denn was zu essen? Liz und ich sind schon am Verhungern."

„Alles ist fertig und wartet nur noch auf euch." Carin lächelte den beiden zu. „Kommt und setzt euch an den Tisch."

Während des Essens kümmerten John und Liz sich fast ausschließlich umeinander, sodass Carin nichts anderes übrig blieb, als sich mit Sean zu befassen. Wie aber konnte sie sich zwanglos mit dem Mann unterhalten, den sie liebte?

Nachdem alle mit dem Essen fertig waren, räumte Carin rasch den Tisch ab und floh in die Küche. Auf diese Weise kann ich Sean wenigstens für kurze Zeit entgehen, hoffte sie. Doch sie hatte sich verrechnet. Er war ihr gefolgt und bestand nun darauf, beim Abwaschen zu helfen.

„Das ist nicht nötig", wehrte sie ab. „Du bist unser Gast, und Gäste haben in der Küche nichts zu suchen. Warum gehst du nicht zurück zu den anderen?"

„Liebende soll man nicht stören, weißt du das nicht? Denen ist es ganz recht, wenn sie allein gelassen werden."

„Ich kann dich hier aber auch nicht brauchen."

„Wirklich nicht?"

Carin warf Sean einen grimmigen Blick zu und stellte sich an die Spüle. Dann ließ sie Wasser in das Becken laufen und gab Spülmittel hinein. Plötzlich umfasste Sean ihre Taille und zog sie an sich. Carin schloss die Augen und kämpfte gegen die Erregung, die sofort in ihr aufstieg. Seans muskulösen, harten Körper an sich zu spüren, entfachte in ihr eine Leidenschaft, gegen die sie sich nicht wehren konnte.

„Bitte nicht", hauchte sie. „Bitte, Sean, lass mich allein."

„Willst du das wirklich?" Er drehte sie zu sich herum und umschloss ihr Gesicht mit beiden Händen, sodass sie gezwungen war, ihm in die Augen zu sehen. Das Verlangen in seinem Blick war unverkennbar, und Carin wusste, dass auch sie ihr Begehren nicht länger verbergen konnte.

Im nächsten Moment senkte Sean die Lippen auf ihren Mund. Der Kuss betäubte Carin wie eine Droge. Sie wollte sich wehren, wollte sich Sean entziehen, doch sie schaffte es nicht. Ihr Verlangen wurde mit jeder Sekunde stärker. Carin wollte mehr, so viel mehr, als Sean ihr geben konnte. Wenn er sie doch nur so liebte wie sie ihn. Warum nur musste sie sich auch in einen Mann verlieben, der nie wieder heiraten wollte?

Sean hob den Kopf und grinste triumphierend. „Na, wenn das nicht der Beweis war."

*Das Cottage im Wald*

„Du bist ein Schuft."

„Komm, das Geschirr wartet auf uns."

Der Abend wurde für Carin zur Qual. Sie sehnte sich so sehr nach Seans Küssen, dass es schmerzte. Und er verstand es ausgezeichnet, sie mit zärtlichen Blicken oder sanften Berührungen zu reizen.

Als Liz schließlich meinte, sie müsse nun gehen, sonst käme sie morgen früh nie aus dem Bett, verabschiedete sich Sean ebenfalls und schüttelte John freundschaftlich die Hand. „Es war wirklich ein schöner Abend, John."

„Wenn das so ist, müssen wir ihn so bald wie möglich wiederholen", erwiderte er vergnügt.

Carin begleitete Sean an die Tür. Sie wünschte sich, er würde sie nochmals küssen, doch er nahm sie nicht einmal in den Arm. „Bis morgen, Carin", sagte er nur lächelnd und ging davon.

Die morgendlichen Ausritte waren Carins liebstes Vergnügen. Wenn sie auf dem Pferderücken über Wiesen und Felder galoppierte, fühlte sie sich frei wie der Wind. In solchen Stunden konnte sie alles vergessen und musste nicht mehr an Sean und all ihre Probleme denken.

Am nächsten Morgen jedoch sollte sich das ändern. Als Carin an die Koppel kam, war Sean schon dort. Gerade schwang er sich etwas schwerfällig auf Hunter. „Ich dachte, ich leiste dir mal Gesellschaft", begrüßte er sie freundlich.

„Und wenn ich was dagegen habe?", giftete Carin ihn an. Sie legte ihrem Pferd den Sattel auf und zog die Gurte nach.

„Dann komme ich trotzdem mit", entgegnete Sean unbeirrt, während sein Pferd unruhig hin und her tänzelte.

„Ich möchte morgens aber allein ausreiten", beharrte Carin. „Ich sehe das einfach als meine Privatsphäre an." Sie hatte ihr Pferd aufgetrenst und saß nun auf.

„Ich weiß, ich habe dich schon oft im Wald gesehen."

Carin biss sich auf die Unterlippe. Der Gedanke, dass Sean sie heimlich beobachtet hatte, behagte ihr ganz und gar nicht. Die halbe Nacht hatte sie seinetwegen wach gelegen, war wütend und enttäuscht über die Abfuhr vom vorigen Abend gewesen. Und trotzdem fühlte sie sich wieder unwiderstehlich von ihm angezogen.

„Du reitest gut, sehr gut", gab Sean anerkennend zu.

„Als wir uns das erste Mal trafen, hattest du aber eine andere Meinung."

Er zuckte die Schultern. „Irren ist menschlich. Komm, gehen wir. Du kannst vorausreiten."

Carin sah ein, dass Sean sich nicht abwimmeln ließ. „Na gut, dann komm eben mit", stimmte sie widerstrebend zu. „Aber nur dieses eine Mal. In Zukunft denke gefälligst daran, dass ich morgens keine Gesellschaft brauche."

Die erste halbe Meile ritten die beiden schweigend nebeneinander her. Carin musterte Sean verstohlen von der Seite. Er grinste jungenhaft vor sich hin, als ob er etwas im Schilde führte.

„Machen wir ein Wettrennen?", schlug er plötzlich vor und blitzte mit seinen blauen Augen Carin herausfordernd an. „Wenn ich gewinne, gehst du heute Abend mit mir essen, einverstanden?"

Carin nickte eifrig. Für eine Wette war sie jederzeit zu haben. Was das Reiten anbetraf, war Sean allem Anschein nach ein blutiger Anfänger. Nicht einmal sein Sitz war korrekt. Als er sich Hunter ausgeliehen hatte, wollte er wohl auf ihm reiten lernen, aber um Unterricht zu nehmen, dazu war er anscheinend zu stolz. Auf jeden Fall würde sie leichtes Spiel mit ihm haben, davon war sie überzeugt.

„Die Wette gilt", rief sie vergnügt. Heute würde Sean wahrscheinlich zum ersten Mal in seinem Leben von einer Frau besiegt werden.

Er deutete auf einen Baum in der Ferne. „Wir reiten bis zu der Eiche da vorne, und von dort aus zurück zum Stall, okay?"

„Okay. Los geht's!" Carin trieb energisch ihr Pferd an. Dem werd ich's zeigen, dachte sie. Ihre Wangen waren rot vor Aufregung, während sie mit wehendem Haar davonstürmte. In den folgenden Minuten war nur das Schnauben der Pferde und das Donnern der Hufe zu hören. Carin wagte einen Blick nach hinten und sah, dass Sean schon mehrere Meter zurückgefallen war.

Ihn schien das allerdings nicht im Mindesten zu beirren. Er nahm sogar beide Zügel in die linke Hand und winkte Carin kühn mit der rechten zu.

*Das Cottage im Wald*

Als sie die Eiche erreichte, hatte Sean bereits etliche Meter aufgeholt. Carin trieb ihr Pferd noch stärker an, aber Sean kam immer näher. Schließlich, auf halbem Weg zum Stall, lagen sie auf gleicher Höhe. Carin wusste, dass es nun schwer werden würde, ihn noch abzuschütteln.

Die beiden lieferten sich ein heißes Kopf-an-Kopf-Rennen. Zehn Meter vor dem Stall zog Sean schließlich mühelos an Carin vorbei und ritt als Sieger ins Ziel.

Carin kochte innerlich vor Wut. Sean hatte sie hereingelegt, er war gar kein Anfänger. Anfangs hatte er sich absichtlich zurückgehalten, um sie dann kurz vor dem Ziel noch überholen zu können. Und sie war darauf hereingefallen!

„Du wusstest, dass du gewinnen würdest, gib's zu!", schrie sie ihn an, als sie den Stall erreichte.

Sean setzte ein triumphierendes Lächeln auf. „Ich wette nie, wenn ich nicht sicher bin, dass ich gewinne."

„Du hast mich auf den Arm genommen, du Betrüger. Du hast so getan, als wärst du ein Anfänger."

„Sonst hättest du dich doch nicht mit mir angelegt, oder?"

„Darauf kannst du Gift nehmen", zischte Carin erbost. „Warum willst du überhaupt mit mir ausgehen? Um mich hinterher ins Bett zu ziehen? Vielleicht hast du ja auch wieder vor, mich betrunken zu machen, um dann leichtes Spiel mit mir zu haben."

Sean ließ sich nicht aus der Ruhe bringen. „Ich habe zufällig mitbekommen, wie John Liz eingeladen hat. Da dachte ich mir, die beiden möchten bestimmt allein sein."

„Danke, ich brauche keinen Unterhalter. Ich weiß mich auch sehr gut anderweitig zu beschäftigen." Wütend stieg sie ab und begann ihr Pferd abzusatteln.

„Du siehst wirklich bezaubernd aus, wenn du wütend bist, mein Schatz."

Sean stand nun so dicht hinter ihr, dass sie die Wärme seines Körpers spüren konnte. Ihr Herz schlug sofort schneller. „Die Koseworte kannst du dir sparen."

„Du bist die schönste Frau, der ich je begegnet bin."

*Margaret Mayo*

„Du verschwendest deine Zeit." Carin vermied es, sich umzudrehen. Ein Blick in Seans Augen würde genügen, um ihren Widerstand zu brechen.

„Mach dich heute Abend hübsch für mich, meine Schöne", flüsterte er ihr zu. „Es soll ein ganz besonderer Abend für uns beide werden."

Der verführerische Klang seiner Stimme ließ Carin erschauern. „Ich habe noch nicht ja gesagt", versuchte sie abzuwehren.

„Aber du hast die Wette verloren. Jetzt wirst du doch keinen Rückzieher machen."

Carin drehte sich um und sah Sean an. „Ja, deswegen komme ich auch mit. Aber nur weil ich die Wette verloren habe, und nur zum Essen. Alles andere schlag dir aus dem Kopf."

„Du stehst dir nur immer selbst im Weg, Carin. Ständig kämpfst du gegen deine Wünsche an. Aber lassen wir das. Wenn du willst, kannst du jetzt ins Haus gehen und John das Frühstück machen. Ich kümmere mich inzwischen um die Pferde."

Carin grübelte den ganzen Tag darüber nach, wie sie sich vor dem gemeinsamen Abendessen mit Sean drücken könnte. Als John sie jedoch wiederholt daran erinnerte, dass Liz heute Abend käme, war ihr klar, dass dies ein Wink mit dem Zaunpfahl war, und sie fügte sich ihrem Schicksal.

Was soll ich nur anziehen?, überlegte sie. Heute Abend wollte sie sich ganz besonders hübsch machen. Pink steht mir am besten, beschloss sie schließlich. Das leichte Sommerkleid aus rosa Seide mit den Spaghettiträgern ist genau das Richtige für heute Abend.

Sean holte Carin pünktlich ab. Er trug dieselbe blaue Hose wie am Vortag und dazu ein weißes Hemd, dessen obere Knöpfe so weit geöffnet waren, dass Carin die schwarzen Härchen auf seiner Brust sehen konnte. Seans Anblick raubte ihr fast den Atem, und als er ihre Hände nahm und sie auf die Stirn küsste, glaubte sie, der Boden schwinde unter ihren Füßen. In diesem Augenblick beschloss Carin, die nächsten Stunden zu genießen. Heute wollte sie vergessen, dass Sean nichts für sie empfand. Sie würde nehmen, was er ihr bot, und sich später in einsamen Stunden mit Wehmut daran erinnern.

*Das Cottage im Wald*

Es wurde ein zauberhafter Abend. Sean war liebenswerter als je zuvor. Er muss blind sein, wenn er nicht merkt, dass ich ihn liebe, dachte Carin traurig. Sie sehnte sich verzweifelt danach, dass er sie endlich in die Arme nahm. Nur mit Mühe widerstand sie der Versuchung, ihn zu berühren und zu streicheln.

Nach dem Essen führte Sean Carin an eine einsame Felsenküste. Die Berge ringsherum waren in einen zarten Dunstschleier gehüllt. Die malerische Bucht hatte etwas Traumhaftes, Unwirkliches an sich. Lange standen die beiden nebeneinander am Strand und lauschten schweigend dem leisen Schlag der Wellen. Schließlich zog Sean Carin an sich und sah ihr in die Augen.

Dann senkte er langsam die Lippen auf ihren Mund. Sie erwiderte den Kuss und legte Sean die Arme um den Nacken. Darauf hatte sie den ganzen Abend gewartet, danach hatte sie sich gesehnt.

Seans zärtlicher Kuss entfachte Carins Sinne, und sie erschauerte unter seiner Leidenschaft. Willig öffnete sie die Lippen und stöhnte leise auf, als er mit der Zunge das Innere ihres Mundes zu erforschen begann. Ihr Puls begann zu rasen, und die Beine drohten unter ihr nachzugeben. Verlangend hielt sie sich an Seans hartem, vor Begehren ebenfalls erhitztem Körper fest.

„Sean, nicht, ich …"

„Das hast du doch die ganze Zeit gewollt", flüsterte er heiser, während er kurz von ihr abließ. „Leugnen ist zwecklos."

Wieder fanden seine Lippen ihren Mund, und sie ließ es willig geschehen. Zärtlich strich Sean mit der Zungenspitze über ihre Lippen, küsste ihre Stirn und ihre Wangen und bedeckte schließlich ihren Hals mit heißen Küssen. Instinktiv schien er ihre empfindsamsten Stellen zu erahnen.

Dann schob er einen der schmalen Träger über ihre Schulter, wobei ihre volle Brust enthüllt wurde. Sanft streichelte Sean die rosige Knospe, bis sie hart wurde. Carin spürte, wie ihr Blut sich erhitzte. „Sean", keuchte sie und bog sich ihm verlangend entgegen.

„Meine wunderschöne Carin." Sean neigte den Kopf, küsste die Spitze, nahm sie in den Mund und saugte zärtlich daran. Carin ließ den Kopf zurückfallen und bebte vor Lust.

Nun verlor sie alle Hemmungen. Verlangend presste sie die Hüften an Seans Körper und spürte sofort seine Erregung. Carin stöhnte auf und barg das Gesicht in seinem schwarzen Haar. Er ließ die Hände über ihre Hüften und Schenkel gleiten, fühlte die Hitze ihrer Haut unter dem weichen Stoff des Kleides.

„Carin, ich will dich – aber nicht hier", stieß er heiser hervor. Er legte den Arm um ihre Taille und führte sie zum Auto. Sie wehrte sich nicht. Nichts zählte mehr – nur das brennende Verlangen nach Seans Liebe.

Sean ließ den Motor an und fuhr den Wagen in Richtung des Waldes, in dem sein Cottage lag. Während der Fahrt streichelte er Carin immer wieder kurz. Sie konnte nicht mehr klar denken. Alles, was sie fühlte, war die unstillbare Leidenschaft für diesen Mann.

Da sahen sie plötzlich einen seltsamen, hellen Schein am Himmel. „Sieht aus, als ob es irgendwo brennen würde."

Als sie die Berghöhe erreicht hatten, sahen sie ganz deutlich die Flammen, die sich wie riesige Feuerzungen gegen den dunklen Himmel abhoben. Carin erschrak fürchterlich. Ganz in der Nähe lag Johns Reiterhof. „O nein", schrie sie entsetzt auf. „Nicht unser Haus! John!"

Der Gedanke, dass sie sich mit Sean amüsiert hatte, während ihr Bruder vielleicht in Lebensgefahr schwebte, machte sie fast wahnsinnig. In seinem Zustand wäre John nicht in der Lage, das Haus schnell genug zu verlassen, wenn das Feuer ihn überrascht hätte. Vielleicht war er sogar in dem brennenden Haus eingeschlossen? Carin wurde kreidebleich.

Sean beschleunigte das Tempo. „Von hier aus kann man nicht genau erkennen, woher das Feuer kommt." Er versuchte ruhig zu bleiben, doch Carin sah ihm an, dass er das Gleiche dachte wie sie.

Erst eine halbe Meile vor dem Brandort konnten sie erkennen, dass nicht Johns Reiterhof, sondern der nahe gelegene Wald brannte. Überall knisterte und knackte brennendes Holz, beißender Rauch stieg von allen Seiten auf, und es stank entsetzlich.

Jetzt schien es jedoch, als schwenkten die Flammen langsam in die Richtung, in der Johns Anwesen lag.

*Das Cottage im Wald*

Sean musste anhalten, da ein Polizeiwagen die Straße blockierte. „Vielleicht ist John noch im Haus!", schrie Carin und sprang aus dem Auto. Sie rannte blindlings auf das Feuer zu, wurde jedoch nach wenigen Metern von einem bulligen Polizisten aufgehalten.

„Leider können Sie hier nicht durch, Miss."

„Aber ich wohne hier!", rief Carin außer sich. „Mein Bruder ist noch im dem Haus. Ich muss ihn rausholen, er hat ein gebrochenes Bein und ..."

„Keine Sorge, Miss, alle Bewohner wurden bereits evakuiert."

„Wo ist er dann? Wo ist John?" Carin wurde nun beinahe hysterisch. „Und was ist mit den Pferden? Die muss man doch herausholen!" Da war aus der Ferne ein ängstliches Wiehern zu hören, und mit einem Schrei riss Carin sich los und rannte die Straße entlang.

Sean lief ihr hinterher und fing sie ab. „Um Himmels willen, Carin, sei doch vernünftig."

„Die Farm ist alles, was John hat, verstehst du nicht? Wir müssen die Pferde retten!"

Sean führte Carin näher an die Brandstelle heran, um sie davon zu überzeugen, dass die Pferde nicht in Gefahr waren. Das Feuer verbreitete sich mittlerweile in die entgegengesetzte Richtung. „Aber wenn der Wind dreht", wandte sie ängstlich ein, „was ist dann?"

„Carin, du brauchst dir keine Sorgen zu machen." Sean legte beruhigend den Arm um ihre Schultern. „Die Feuerwehrleute haben alles unter Kontrolle, glaub mir."

Dicke Wasserstrahlen wurden aus den Schläuchen gespritzt und bedeckten die Flammen und den Boden rings um das Feuer.

Doch Carin konnte sich nicht beruhigen. Sie riss sich von Sean los, lief zum Kommandeur und erkundigte sich nach John. Zu ihrer Erleichterung erfuhr sie, dass man ihn bereits ins Dorf gebracht hatte.

„Reine Vorsichtsmaßnahme", erklärte der Officer. „Um das Haus Ihres Bruders brauchen Sie sich keine Sorgen zu machen, wir haben das Feuer unter Kontrolle. Für den Mann, dem das Cottage dort drüben im Wald gehört, sieht es allerdings schlimmer aus. Wir haben noch keine Spur von ihm, aber ..."

*Margaret Mayo*

„Aber was?", schaltete Sean sich ein, der der Unterhaltung zuge-
hört hatte. „Das ist mein Cottage. Was ist passiert?"

„Das Haus ist völlig ausgebrannt, Sir. Wir können es zwar noch
nicht mit Gewissheit sagen, aber wir vermuten, dass das Feuer von
dort kommt."

Carin sah, wie Sean blass wurde, und schlug entsetzt die Hand vor
den Mund. „Oh Sean, das kann doch nicht wahr sein."

„Ich fürchte, doch", meinte der Officer und wandte sich wieder
an Sean. „Wir werden Ihnen morgen ein paar Fragen stellen müssen."

Sean nickte. „Selbstverständlich. Ich werde alles tun, um Ihnen zu
helfen."

Carin berührte Seans Arm, als der Officer wieder zu seinen Männern ging. „Das ist ja schrecklich, Sean. Dein Cottage, alles ist verloren. Wie konnte das nur passieren? Glaubst du, jemand hat absichtlich Feuer gelegt?"

„Du meinst Brandstiftung? Nein, das kann ich mir nicht vorstellen. Soviel ich weiß, habe ich hier keine Feinde."

„Was könnte denn dann den Brand verursacht haben?"

Sean schüttelte verständnislos den Kopf. „Ich habe wirklich keine
Ahnung."

„Ach, Sean, es ist so schrecklich. Du hast alles verloren." Carin
schämte sich entsetzlich. Sie hatte nur an John gedacht. Dass Seans
Cottage brennen könnte, war ihr gar nicht in den Sinn gekommen.

„Nur ein paar Klamotten", wehrte Sean ab. „Im Haus war nichts
wirklich Wertvolles. Vielleicht ist das ja auch ein Wink des Schicksals.
Vielleicht sollte ich nun wirklich nach Hause zurück."

Carin war, als würde ihr die Kehle zugeschnürt. „Aber John
braucht dich doch."

„Natürlich werde ich ihn nicht im Stich lassen. Aber sobald er
wieder auf den Beinen ist, breche ich die Zelte hier ab. Komm jetzt,
wir wollen zu ihm gehen und ihm sagen, dass sein Haus unversehrt
geblieben ist."

John war bei Mary O'Donnell, der Ladeninhaberin des Dorfes,
untergebracht. Er sah besorgt auf, als sie Carin und Sean in das ge-

*Das Cottage im Wald*

mütlich eingerichtete Wohnzimmer führte.

„Wie schlimm ist es?", fragte er sofort, und Sean klärte ihn über die Umstände auf.

„Weiß man schon, woher das Feuer kam?"

„Wenn der Officer recht behält, aus meinem Cottage", antwortete Sean widerstrebend. „Aber ich kann mir nicht vorstellen, wie das passiert sein soll."

„Heißt das, dein Haus ist abgebrannt?" John wurde blass, als Sean nickte. „Aber das ist ja furchtbar. Da gibt es nur eine Lösung – du musst unbedingt zu uns kommen."

## 6. KAPITEL

*I*n den folgenden Tagen und Wochen stellte sich heraus, dass Carins Befürchtungen, Sean könnte erneut versuchen, sie zu verführen, unbegründet waren. Er erwies sich als perfekter Gentleman. Liz schaute häufig vorbei, und Carin und Sean gingen dann meist auswärts essen oder machten lange Spaziergänge, um das Liebespaar allein zu lassen.

Das Cottage war tatsächlich völlig ausgebrannt, doch glücklicherweise waren die einzigen persönlichen Dinge, die Sean durch den Brand verloren hatte, nur Kleidungsstücke. Nach sorgfältigen Untersuchungen hatte man festgestellt, dass ein Funke, der vom vermutlich noch leicht glimmenden Feuer im Kamin übergesprungen war, den Brand verursacht haben musste.

Was Sean betraf, so schien er keine Eile mehr zu haben, Carin zu verführen. Stattdessen zog er es vor, ihre nur allzu verräterischen Reaktionen auf seine Zärtlichkeiten zu genießen. Dieses Spiel schien ihm immer wieder Spaß zu machen.

Eines Abends gelang es Liz, John zu einer Fahrt mit dem Wagen zu überreden. Anfangs zögerte er, doch als Liz ihm versicherte, sie habe schon seit Jahren den Führerschein und noch nie einen Unfall gehabt, willigte er schließlich ein.

„Na, also", meinte Sean, nachdem die beiden gegangen waren. „Das ist das Beste, was er machen konnte. John hat sich schon viel zu lange hier im Haus verkrochen."

Carins Bruder hatte es mit Hilfe seiner Krücken zwar geschafft, auch im Hof umherzugehen, doch auf dem unebenen Boden war dies äußerst schwierig, sodass er tatsächlich einmal gestürzt war. Glücklicherweise hatte er sich dabei nicht verletzt, aber die Lust, draußen herumzuhumpeln, war ihm von da an gründlich vergangen.

An diesem Abend war Carin zum ersten Mal mit Sean allein im Haus. „Vielleicht sollten wir auch ausgehen?", schlug sie zaghaft vor.

„Das halte ich für keine gute Idee." Sean lächelte breit, jedoch ohne Humor. „Du hast Angst, mit mir allein zu sein, nicht wahr?

*Das Cottage im Wald*

Aber da wir uns beide voneinander angezogen fühlen, ist das ziemlich albern, findest du nicht?"

„Nein, das finde ich nicht!", erwiderte Carin barsch. „In der Nacht, als dein Cottage brannte, habe ich eben den Kopf verloren, das gebe ich zu. Aber das war das erste und das letzte Mal, dass mir so etwas passierte. Ich lasse mich nicht benutzen."

Sean wurde plötzlich ernst. „Du glaubst wohl, Josies Untreue hätte meinen Charakter verdorben?" Er atmete tief durch. „Ich glaube, ich sollte dir die ganze Geschichte erzählen. Vielleicht kannst du mich dann besser verstehen."

Carin sah überrascht auf. „Was gibt es denn noch zu erzählen?"

Er ging vom Fenster weg und setzte sich auf einen Stuhl. „Wir hatten eine Schwester, Bruce und ich", begann er. „Wusstest du das?"

„Nein, du hast sie nie zuvor erwähnt."

„Aus gutem Grund", erwiderte Sean bitter. „Sie war eine Schande für die Familie." Als Carin ihn verständnislos ansah, fügte er schnell hinzu: „Nicht für mich, niemals. Ich habe sie sehr geliebt. Aber meine Mutter schämte sich ihretwegen. Und das tat mir am meisten weh. Kannst du dir das vorstellen? Eine Mutter, die von ihrem eigenen Kind nichts wissen will?"

Er machte eine kurze Pause und fuhr dann fort: „Oh ja, meine Mutter konnte es nicht verwinden, dass sie ein Kind auf die Welt gebracht hatte, das geistig behindert war. Sie liebte nur das Schöne, und alles um sie herum musste perfekt sein. Sie war selbst eine schöne Frau. Als Emily dann schließlich kein Baby mehr war, man sich aber immer noch ständig um sie kümmern musste, wollte meine Mutter sie in ein Heim geben. Mein Vater wollte davon nichts wissen, und so mussten wir drei uns um Emily kümmern."

„Heißt das, deine Mutter hat ihr eigenes Kind verstoßen?", fragte Carin erschüttert.

Sean nickte und presste verbittert die Lippen zusammen. „Im Laufe der Jahre ging meine Mutter immer öfter aus, bis sie sich schließlich fast überhaupt nicht mehr zu Hause blicken ließ. Zuerst wusste ich nicht, dass sie sich mit anderen Männern traf. Als ich es dann erfuhr, dachte ich, mich trifft der Schlag."

„Oh Sean." Carin wusste nicht, was sie sagen sollte.

„Ich brauche dein Mitleid nicht", entgegnete Sean jedoch scharf.

„Was ist dann mit deiner Schwester geschehen?", fragte Carin sanft.

„Als Bruce älter wurde, konnte er die ständigen Spannungen zwischen unseren Eltern nicht länger ertragen und zog aus. Kurz darauf wurden meine Eltern geschieden, und mein Vater und ich mussten allein für Emily sorgen. Seitdem habe ich mich oft gefragt, ob es richtig war, Emily zu Hause zu behalten. Mein Vater gab seine Arbeit ganz für sie auf, und ich ging ihretwegen am Abend oder an den Wochenenden kaum noch aus. Aber Vater verkraftete das alles nicht. Eines Tages kam ich nach Hause ... und er war tot. Die Belastung war zu groß gewesen, er hatte einen Herzanfall erlitten."

Carin schlug entsetzt eine Hand vor den Mund.

„Als Bruce zur Beerdigung kam, brachte er ein Mädchen mit. Er sagte, er wolle sie heiraten. Es war Stephanie. Eine Frau wie sie war mir noch nie zuvor begegnet. Sie kümmerte sich rührend um Emily. Sie tat wirklich all das, was meine Mutter hätte tun sollen."

Sean hielt einen Moment inne, bevor er weitersprach. „Die beiden blieben ein paar Tage bei uns, und als ich sah, wie liebevoll Stephanie mit Emily umging, wünschte ich mir sehnlichst, eine Frau wie sie zu finden. Eine Frau, die meine Schwester so akzeptieren könnte, wie es ich tat, und die mir helfen würde, sie zu betreuen. Dass Bruce wieder zurückkommen würde, war ausgeschlossen. Er hatte sich sein eigenes Leben aufgebaut, hatte seine Arbeit und seine Freunde, und es wäre nicht fair gewesen, von ihm zu verlangen, dass er das alles Emilys wegen aufgibt."

Carin konnte nun gut verstehen, warum Sean Stephanie so sehr bewunderte. Sie war eine warmherzige, liebevolle und verantwortungsbewusste Frau, und er hätte sie bestimmt gebeten, seine Frau zu werden, wenn sie nicht schon Bruces Freundin gewesen wäre. Nicht nur Emilys wegen, nein, er hätte sich sicherlich in Stephanie verliebt.

„Als sie schließlich fort waren", fuhr Sean fort, „stellte ich fest, dass ich mich unmöglich ganz allein und ohne fremde Hilfe um Emily kümmern konnte. Aber jemanden zu finden, der bereit war, ihr

*Das Cottage im Wald*

die Liebe zu geben, die sie brauchte, war alles andere als leicht. Die Leute, die ich danach einstellte, kümmerten sich lediglich um Emilys physische Belange. Ich wusste nicht mehr, was ich machen sollte, und war mit den Nerven völlig am Ende. Schließlich musste ich mich um meine eigene Firma kümmern, eine Druckerei, die besser lief, als ich erwartet hatte. Um aber auf Dauer erfolgreich zu sein, musste ich viel Zeit in meine Arbeit investieren, und die fehlte mir dann bei Emily. Meine Situation schien ausweglos – bis ich Josie traf."

Carin merkte Sean an, wie sehr die Erinnerungen ihn immer noch quälten. Sie wollte ihm sagen, dass er nicht weiterzusprechen brauchte, gleichzeitig aber bedeutete es ihr alles, die ganze Geschichte zu hören.

„Josie schien genau das zu sein, wonach ich mich gesehnt hatte", sagte Sean, und ein verächtlicher Unterton schwang in seiner Stimme mit. „Sie war Stephanie sehr ähnlich, zumindest am Anfang. Josie liebte mich, war nett zu meiner Schwester, und ich liebte sie. Ich hätte nie ein Mädchen geheiratet, nur um eine Betreuung für Emily zu haben, nein – ich liebte Josie wirklich. Aber sobald wir verheiratet waren, änderte sie sich plötzlich."

In Seans Augen lag ein gequälter Ausdruck, während er weitersprach: „Josie weigerte sich, in meinem Haus zu wohnen. Sie sagte, sie brauche ein anderes, ein neues Zuhause. Außerdem wollte sie nicht, dass Emily bei uns lebte. Wir hatten viel Streit deswegen, aber da ich Josie liebte, gab ich schließlich nach, und Emily kam in ein Heim. Du kannst dir gar nicht vorstellen, wie sehr ich darunter litt, sie abgeschoben zu haben. Ich besuchte sie jeden Tag nach der Arbeit, sogar an den Wochenenden. Aber meine Ehe zerbrach daran. Josie warf mir vor, Emily mehr zu lieben als sie selbst, und bald kamen mir Gerüchte zu Ohren, dass sie sich mit anderen Männern traf. Als ich sie daraufhin zur Rede stellte, gab sie alles zu, versprach aber, es in Zukunft sein zu lassen. Josie meinte, sie liebe mich wirklich, sie habe sich nur vernachlässigt gefühlt, weil ich zu wenig Zeit für sie gehabt hätte."

Es ist wieder einmal die alte Geschichte, dachte Carin betroffen, nur dass nicht übertriebener Arbeitseifer Sean von zu Hause ferngehalten hat, sondern die Liebe zu seiner Schwester. Hätte Josie diese Liebe teilen können, wäre alles anders gewesen.

„Doch sie änderte sich nicht", fuhr Sean fort. „Sie traf sich weiterhin mit anderen Männern – so wie meine Mutter!" Ein wilder, zorniger Ausdruck verzerrte sein Gesicht. „Wir hatten dauernd Streit, bis mir schließlich der Kragen platzte und ich sie hinauswarf. Danach reichte ich sofort die Scheidung ein. Wenn Josie nur mehr Verständnis für meine Lage gehabt hätte. Ich habe sie wirklich geliebt, aber sie hat mit ihrer Gefühlskälte Emily gegenüber alles zunichte gemacht. Am Ende war ich der Einzige, der sich noch um Emily kümmerte. Bruce besuchte sie zwar, aber nicht sehr häufig, und ich brachte es nicht übers Herz, sie in diesem Heim sitzenzulassen in dem Glauben, dass niemand sie mehr lieben würde."

Carin traten Tränen in die Augen. Wie hatte sie sich so in Sean täuschen können? Nie hätte sie es für möglich gehalten, dass er zu so tiefen Gefühlen fähig war.

„Meine Schwester starb kurz nach der Scheidung." Seans Blick fiel ins Leere, während er weitersprach. „Josie kam nicht zur Beerdigung, sie schickte nicht mal eine Beileidskarte. Den Rest kennst du ja. Ich kam nach Emilys Tod hierher, weil ich Zeit zum Nachdenken brauchte. Ich musste endlich Ruhe finden, um mit all dem, was geschehen war, fertig zu werden und um mit mir selbst wieder ins Reine zu kommen."

„Das habe ich alles nicht gewusst", sagte Carin leise. Ihr war klar, dass sie Sean nicht trösten konnte.

„Ich hoffe, du verstehst jetzt, warum ich keine Lust mehr habe, mich je wieder an eine Frau zu binden."

Carin schwieg betroffen. Sean hatte zweifellos ein schweres Schicksal erlitten, und sie konnte gut nachempfinden, dass er nun misstrauisch und verbittert war. Aber würde die Zeit nicht seine Wunden heilen?

„Nicht alle Frauen sind wie Josie", sagte sie schließlich. „Das siehst du doch an Stephanie."

„Aber die meisten", erwiderte Sean scharf. „Ich will es auch gar nicht mehr ausprobieren. Und jetzt Schluss damit. Wo waren wir vor-

*Das Cottage im Wald*

hin eigentlich stehen geblieben? Dass wir uns zueinander hingezogen fühlen?"

„Das hast du gesagt, nicht ich. Ich habe jedenfalls nicht die Absicht, mich auf eine Affäre mit dir einzulassen. Eines Tages, auch wenn du jetzt anders denkst, wirst du wieder eine Frau finden, die du liebst und die dich nicht im Stich lassen wird. Und wenn du bis dahin ein paar Abenteuer brauchst, dann ist das dein gutes Recht, aber mich lass dabei bitte aus dem Spiel. Der Mann, mit dem ich schlafe, wird auch der Mann sein, den ich heirate. So einfach ist das."

„Klingt ganz so, als meintest du das ernst."

„Bitterernst", bestätigte Carin und fragte sich insgeheim, wie das Schicksal ihr nur einen derartigen Streich spielen konnte, dass sie sich ausgerechnet in einen Mann verliebt hatte, der von Liebe und Ehe nichts mehr wissen wollte.

Sean lächelte sanft. „Mal sehen, ob ich dich nicht umstimmen kann."

Ein erregendes Prickeln durchrieselte Carin. Es war so leicht für Sean. Er brauchte sie nur zu küssen, und ihr Widerstand würde in seinen Armen dahinschmelzen. Mühevoll zwang sie sich, kühl zu bleiben.

„Ich wusste, dass es ein Fehler von John war, dich bei uns wohnen zu lassen. Er hat keine Ahnung, wie du mich von Anfang an bedrängst."

„Oh nein, meine liebe Carin. Ich glaube, du verdrehst da was. Du warst diejenige, die hinter mir her war. Oder hast du das vergessen?"

„Mein Interesse hatte nichts mit Sex zu tun, und daran hat sich nichts geändert. Wenn du nur meinen Körper willst, dann vergiss es. Ich werde uns was kochen, oder wir können auch auswärts essen, das ist mir gleich. Oder du gehst allein aus – das wäre sogar noch besser. Dann könnte ich den Abend wenigstens richtig genießen."

Sean grinste jungenhaft. „Weißt du was? Ich glaube, du hast einfach Angst. Du fühlst und willst viel mehr, als du zugibst. In letzter Zeit habe ich dich oft beobachtet, Carin. Du willst mich, so wie ich dich will. Nur dein Gewissen hält dich noch davon ab, mit mir endlich ins Bett zu gehen."

Carin schüttelte energisch den Kopf. „Das ist nicht wahr. Ich gebe zu, ich stehe Männern genauso misstrauisch gegenüber wie du Frauen, und im Moment habe ich auch nicht die Absicht zu heiraten. Das heißt aber nicht, dass das immer so sein wird. Aber im Gegensatz zu dir brauche ich keine sexuelle Erfüllung. Ich bin mit meinem Leben zufrieden, so wie es jetzt ist. Die Arbeit bei John macht mir Spaß. Erst als ich hierher kam, wurde mir bewusst, wie sehr ich das Leben auf dem Land vermisste."

„Das sind doch nur Ausreden, Carin." Sean war aufgestanden und kam nun auf sie zu. Dann beugte er sich über sie und stützte die Hände auf ihre Stuhllehne. Sein Gesicht war nur noch wenige Zentimeter von ihrem entfernt.

Carins Herz klopfte wild, und unwillkürlich fuhr sie sich mit der Zungenspitze über die trockenen Lippen.

Sean deutete diese harmlose Geste wohl als Aufforderung, denn im nächsten Moment neigte er den Kopf und presste die Lippen auf ihren Mund.

Sofort überkam Carin das heiße Verlangen, Sean die Arme um den Nacken zu legen und sich den Wonnen der Leidenschaft hinzugeben. Doch sie musste der Versuchung widerstehen. So blieb sie stocksteif, selbst als Sean mit der Zunge sanft die Konturen ihrer Lippen nachzog.

Sean lachte spöttisch auf. „Du kannst dich verstellen, wie du willst, Carin, mir machst du nichts vor. Aber keine Sorge, der Abend ist noch lang, und ich kann warten."

Er richtete sich auf und sah Carin eindringlich in die Augen. Sie hatte das Gefühl, als könne er ihr bis auf den Grund des Herzens sehen.

„Mein Magen sagt mir allerdings, dass er wieder Nachschub braucht", fügte er heiter hinzu. „Was hältst du davon, wenn ich uns etwas zu essen mache?"

„Keine schlechte Idee." Carin hoffte, Sean wenigstens so für eine Weile zu entkommen.

„Und du kannst mir Gesellschaft leisten. Wir genehmigen uns einen guten Wein, und während ich koche, erzählst du mir, was du in

*Das Cottage im Wald*

London so alles erlebt hast."

Das hat mir gerade noch gefehlt, ärgerte sich Carin und überlegte krampfhaft, wie sie sich herausreden sollte. „Aber ich muss unbedingt duschen und mich umziehen", entschuldigte sie sich nicht gerade sehr geistreich.

„Das dauert höchstens zehn Minuten, und wenn du dann nicht kommst, werde ich dich holen, mein Schatz." Sean lächelte Carin jungenhaft an, und in dem Moment wusste sie, dass er seine Drohung wahr machen würde.

„Ich bin gleich wieder zurück", sagte sie und warf ihm einen bösen Blick zu.

Unter der Dusche zerbrach sich Carin den Kopf über ihre verzwickte Lage. Wäre John doch nur nicht ausgegangen. „Du und Sean, ihr seid das ideale Paar", pflegte er ständig zu sagen. Er hat ja keine Ahnung, wie Sean mich behandelt, dachte sie. Er weiß nicht, dass dieser Mann nur eines im Sinn hat, nämlich Sex.

Trotz des angenehm warmen Wassers konnte Carin sich nicht entspannen. John hat wohl vergessen, dass Sean sich nie wieder an eine Frau binden will, grübelte sie weiter. Oder er versucht einfach, mich zu verkuppeln, weil er mich loswerden will. Er hat jetzt ja Liz. Natürlich! Das war es! Plötzlich schien Carin ein Licht aufzugehen. Der Gedanke, dass ihre Vermutung richtig sein könnte, versetzte sie regelrecht in Panik. Hastig drehte sie das Wasser ab und wickelte sich in ein großes Handtuch. Sie war hierher gekommen, um mindestens ein paar Jahre auf der Farm zu bleiben, und nun, fast über Nacht, war alles anders geworden.

Carin zog ein mintgrünes Baumwollkleid an und fuhr dann mit der Bürste durch ihr langes blondes Haar, bis es seidig glänzte. Sie trug nur selten Make-up, und wenn, dann höchstens Mascara, einen Hauch von Lidschatten und ein zartes Rot auf den Lippen. Während sie sich im Spiegel betrachtete, überlegte sie, ob sie sich wohl etwas schminken sollte. Doch das war gar nicht nötig. Ihre Augen strahlten, ihr Teint sah rosig frisch aus, und die Wangen waren vor Aufregung ganz leicht gerötet.

Aus der Küche strömte ein verlockender Duft. Sean hatte in der Zwischenzeit Lammkoteletts gegrillt und frisches Gemüse zubereitet. Als Carin die Küche betrat, ließ er den Blick anerkennend über ihre schlanke Figur gleiten. „Na endlich, ich wollte dich schon holen."

„Ich habe genau zehneinhalb Minuten gebraucht. Gutes Timing, nicht? Soll ich den Tisch decken?"

„Dir ist wohl jedes Mittel recht, um mir aus dem Weg zu gehen", sagte Sean brummig. „Hier." Er drückte Carin ein Glas Wein in die Hand und schob sie auf einen Stuhl. „Setz dich hin, und mach ein freundliches Gesicht. Der Tisch kann warten. Wie lange warst du eigentlich mit diesem Typ zusammen?"

Überrascht über den abrupten Themenwechsel, trank Carin schnell einen Schluck Wein. Offensichtlich hatte Sean über Karl nachgedacht, während sie geduscht hatte. Galt das Interesse an ihrer Zeit in London in Wirklichkeit nur ihrer Verbindung mit Karl? „Ich wüsste nicht, was dich das angeht", antwortete sie spitz.

„Da er dich so tief verletzt hat, warst du wohl ziemlich lange mit ihm zusammen?"

Carin zuckte die Schultern. „Eigentlich nicht. Sechs Monate vielleicht, wenn's hochkommt."

„Hast du mit ihm geschlafen?"

Carin merkte, dass sie rot wurde. „Ja – aber nur, weil ich dachte, wir würden heiraten", fügte sie schnell hinzu. „Ich gehöre nicht zu den Mädchen, die mit jedem gleich ins Bett springen. Und wenn ich es das nächste Mal tue, dann nur mit meinem Ehemann, darauf kannst du Gift nehmen."

„Wenn dich ein Mann benutzt hat, dann war es Karl."

„Für mich sind alle Männer gleich."

Eine Weile herrschte unangenehmes Schweigen. Dann lächelte Sean wieder und wechselte das Thema. „Ich kann mir gar nicht vorstellen, wie du auf die Idee kamst, es könnte dir gefallen, als Sekretärin in einer Großstadt zu arbeiten, wo du all die Jahre vorher auf dem Land verbracht hast. Wie hast du es eigentlich so lange in London ausgehalten? Wie viele Jahre, sagtest du, warst du dort?"

*Das Cottage im Wald*

„Vier."

„Und nun willst du deinen Beruf an den Nagel hängen, um mit deinem Bruder hier auf dem Reiterhof zu leben?"

„Na ja, das hatte ich ursprünglich vor, aber da John nun Liz hat, bin ich mir nicht mehr so sicher. Sie haben sogar schon von Verlobung gesprochen. Wenn sie erst einmal verheiratet sind, stehe ich ihnen natürlich nur im Weg."

„Da könntest du recht haben", meinte Sean sarkastisch. „Noch Wein?"

Nachdem er Carins Glas nachgefüllt hatte, schwiegen beide, und jeder hing seinen Gedanken nach. Carin fiel es schwer, sich vorzustellen, dass Sean auch ganz anders sein konnte. Wie aufopferungsvoll er sich jedoch um seine Schwester gekümmert hatte, zeigte, dass er im Grunde ein sehr warmherziger Mensch war. Allerdings hatte er sich ihr, Carin, bisher noch nicht von dieser Seite gezeigt.

Carin nippte erneut an ihrem Glas, und plötzlich merkte sie, wie ihr der Wein zu Kopf stieg. Diesmal musste sie vorsichtig sein, denn sie wusste, wie heftig sie auf Seans Zärtlichkeiten reagierte, wenn sie zu viel getrunken hatte. Entschlossen stellte sie das Glas auf den Tisch und schob es weit von sich.

Sean hatte sie die ganze Zeit über beobachtet. „Wovor hast du Angst, Carin? Dass du zu viel trinken und dann alle Hemmungen verlieren könntest? Da kann ich mir Schlimmeres denken."

„Mir ist es lieber, ich bleibe nüchtern", gab Carin bissig zurück. „Ich habe nämlich keine Lust, morgen früh aufzuwachen und festzustellen, dass ich in deinem Bett liege."

„Hast du etwa geglaubt, ich wollte dich absichtlich betrunken machen?"

„Ja, natürlich. Was denn sonst?"

„Du verstehst nichts, Carin, überhaupt nichts." In Seans Augen blitzte Zorn auf. „Eine betrunkene Frau ist nicht gerade das, wovon ich träume."

„Sich darüber zu unterhalten ist völlig idiotisch. Ich gehe jetzt auf mein Zimmer", erklärte Carin gereizt. „Dein Essen kannst du dir an den Hut stecken, ich habe keinen Appetit mehr."

*Margaret Mayo*

Sie stand auf und wollte gehen, doch Sean packte sie am Handgelenk.

„Lass mich los, du tust mir weh!"

Sofort gab er sie frei, ließ sie jedoch nicht vorbei. „Du bleibst hier und isst mit mir, ob es dir passt oder nicht."

Da Carin klar war, dass Sean seinen Willen so oder so durchsetzen würde, gab sie schließlich nach. „Okay, du hast gewonnen. Ich gehe den Tisch decken."

Carin legte eine weiße Leinentischdecke und dazu passende, ebenfalls weiße Servietten auf den Tisch. Sie seufzte wehmütig auf. Wie gern hätte sie auch noch Kerzen darauf gestellt, um dem Abend eine romantische Atmosphäre zu verleihen. Aber dieses Dinner mit Sean war alles andere als romantisch.

Die Lammkoteletts schmeckten vorzüglich, und auch das Gemüse war perfekt zubereitet. Trotzdem brachte Carin nur wenige Bissen hinunter.

„Ist etwas nicht in Ordnung?", erkundigte sich Sean. „Schmeckt es dir nicht?"

„Doch, doch", versicherte sie rasch, „ich habe nur keinen Hunger."

„Das kommt bei dir in letzter Zeit aber oft vor", meinte er. „Ist meine Gegenwart dir so unerträglich?"

Carin hielt es für besser, die Wahrheit zu sagen. „Ja. Seit du hier bist, fühle ich mich von Tag zu Tag mieser."

Sean warf ihr einen kalten Blick zu. „Dann freut es dich ja bestimmt, zu hören, dass ich euch in Kürze verlassen werde. Ich gehe zurück nach Dublin."

Carin meinte, ihr Herz müsste zerspringen. Was ist denn los mit dir? rief sie sich zur Vernunft. Das hast du doch gewollt, oder etwa nicht?

„Ich hatte eigentlich vor, aus diesem Abend etwas ganz Besonderes zu machen", fuhr Sean fort. „Ich hoffte, wir hätten etwas zu feiern. Aber da habe ich mich wohl getäuscht. Der Abend ist ein einziges Desaster."

*Das Cottage im Wald*

„Oh nein, es gibt wirklich was zu feiern." Carin setzte ein ironisches Lächeln auf und hob demonstrativ das Weinglas. „Auf dich und deinen Abschied. Das ist die beste Nachricht, die ich seit langem bekommen habe."

Sean sah sie sekundenlang eindringlich an. „Meinst du das ernst, Carin?"

Sie wusste, es war zwecklos, sich oder Sean etwas vorzumachen. „Nein, Sean, du hast recht. Das war wohl ziemlich taktlos von mir, entschuldige. Ehrlich gesagt, finde ich es noch ein bisschen zu früh, John jetzt schon allein zu lassen."

„Die Ferienzeit ist bald zu Ende, und wenn John verheiratet ist, kann er mich nicht mehr gebrauchen. Genauso wenig wie dich, wie du ja selbst gesagt hast. Ich wollte ..." Sean hielt einen Moment inne, als fiele es ihm schwer, auszusprechen, was er dachte. „Ich wollte dich eigentlich heute Abend fragen, ob du mit mir nach Dublin gehen möchtest."

Carin verschluckte sich fast an ihrem Bissen. „Wie bitte? Sag das noch mal."

„Ich gebe zu, wir sind nicht immer die besten Freunde gewesen, aber im Grunde sind wir uns doch sehr ähnlich."

„Wenn du damit die Tatsache meinst, dass wir beide im Stich gelassen wurden, dann vielleicht ja."

„Wir wünschen uns beide keine feste Beziehung, aber du kannst nicht leugnen, dass wir uns in gewisser Hinsicht zueinander hingezogen fühlen."

„Zueinander hingezogen?", wiederholte Carin. Sie war immer noch perplex über das unerwartete Angebot. „Wenn du von sexueller Anziehungskraft sprichst, dann würde ich das nicht so nennen. Wenigstens nicht, was mich angeht. Für mich ist das ein Problem, Sean, ein sehr großes sogar. Was genau willst du eigentlich von mir?"

„Ich biete dir ein Dach über dem Kopf, ein gemütliches Heim, Freundschaft, Gesellschaft und einen Liebhaber, wenn du einen brauchst."

„Du bist ja verrückt." Carin wusste nicht, was sie davon halten sollte. „Und was hättest du davon?", fragte sie schließlich, und ihre

205

*Margaret Mayo*

Stimme klang schärfer als beabsichtigt. Ihre kühnsten Träume schienen auf einmal wahr zu werden. Doch da gab es noch diese innere Stimme der Vernunft, und die warnte sie. Es musste ein verstecktes Motiv für Seans Absicht geben. Aus reiner Menschenfreundlichkeit würde er ihr ein solches Angebot bestimmt nicht machen.

„Ich verlange nichts, was du nicht geben willst, Carin."

Sie schüttelte den Kopf. „Es würde nicht klappen, Sean. Ich wäre nicht glücklich. Ich möchte nicht mit einem Mann zusammenleben, mit dem ich nicht verheiratet bin."

„Dann gibt es nur eine Möglichkeit", sagte Sean sanft. „Wir werden heiraten."

*Das Cottage im Wald*

## 7. KAPITEL

$C$arin brauchte eine Weile, ehe sie begriff, was Sean da eben gesagt hatte. Er wollte sie heiraten! Damit hatte sie wirklich nicht gerechnet. Es war einfach verrückt – und doch so wundervoll. Aber konnte eine solche Verbindung überhaupt gut gehen? Was in aller Welt hatte ihn dazu bewogen, ihr einen Heiratsantrag zu machen?

„Du willst mich wohl auf den Arm nehmen", sagte sie schließlich.

Sean hatte sie genau beobachtet, und die Freude, Hoffnung, aber auch Verzweiflung, die sie ausstrahlte, waren ihm nicht entgangen.

„Ich meine es völlig ernst, Carin."

„Aber du …"

„Ich habe meine Meinung geändert", unterbrach er sie. Mir ist klar geworden, dass ich eine Frau in meinem Leben brauche."

„Wozu?", fragte Carin bitter. „Um deine sexuellen Begierden zu befriedigen? Da gibt es sicher genügend andere, die dir mit Freuden zu Diensten wären. Deswegen brauchtest du also nicht die Last einer Ehe auf dich zu nehmen."

„Würdest du denn mit mir schlafen, ohne mit mir verheiratet zu sein?"

Carin schüttelte den Kopf. „Nein, das weißt du." Plötzlich glaubte sie zu wissen, was in Sean vorging. „Soll das etwa heißen, du heiratest mich bloß, weil …" Sie fasste sich an die Stirn. „Du lässt dich auf eine Ehe ein, nur damit du mit mir schlafen kannst? Das ist das Verrückteste, was ich je gehört habe. Ich kann es nicht glauben. Du bist genauso schlecht wie Karl", fügte sie dann verächtlich hinzu.

„Verdammt noch mal, Carin, das ist nicht der Grund." Sean wurde nun ungeduldig. „Ich bin sicher, dass es mit uns beiden klappen könnte. Wir passen zueinander. In den letzten Wochen haben wir uns doch gut verstanden. Du hättest ein angenehmes Leben, ich bin kein armer Mann. Zumindest müsstest du nicht allein leben. Überleg es dir."

Carin dachte verzweifelt nach. Was sollte sie tun? Eine Partnerschaft ohne Liebe war nicht das, wovon sie träumte. Sie liebte Sean mehr als alles auf der Welt und wünschte sich sehnlichst, dass er sie auch liebte. Aber nur seine Haushälterin und Geliebte zu sein reichte nicht für eine Ehe. Nicht nur körperliche Zuneigung, sondern auch geistige und seelische Verbundenheit waren nötig, um einer Partnerschaft Bestand zu geben.

„Wie stellst du dir denn unser Zusammenleben vor?", wollte sie schließlich wissen. „Welche Verpflichtungen würde ich eingehen? Hätte ich die Freiheit, auch andere Freunde zu haben?"

„Meinst du Männer?"

„Nein, natürlich nicht so, wie du denkst. Aber bei einer so unkonventionellen Ehe erwartest du hoffentlich nicht, dass ich den ganzen Tag zu Hause sitze, die brave Hausfrau spiele und auf dich warte? Und was ist, wenn es doch nicht klappt? Würdest du mich gehen lassen, oder würdest darauf bestehen, dass wir bis ans Ende unserer Tage verheiratet bleiben?"

„Du könntest gehen", antwortete Sean ruhig, doch in seiner Stimme klang Bitterkeit mit.

Carin fiel es schwer, Seans Beweggründe zu begreifen. „Ich brauche Zeit zum Nachdenken", sagte sie. „Das alles kommt mir ein bisschen zu plötzlich."

Sean stand auf. „Gut. Während du nachdenkst, spüle ich das Geschirr."

Carin machte sich nichts vor. Sie würde Ja sagen. Nachdenklich sah sie Sean zu, wie er die Teller zusammenstellte und in die Küche trug.

Er suchte Gesellschaft und eine Geliebte. Der Gedanke, in ein leeres Haus zurückkehren zu müssen, behagte ihm offensichtlich nicht. Aber was ist mit mir?, fragte sich Carin. Wird mich nicht alles in diesem Haus an Josie erinnern?

Sie liebte Sean. Warum sollte sie also Nein sagen? Ihn für immer zu verlieren könnte sie nicht ertragen. Vielleicht würde es ihr mit der Zeit sogar gelingen, seine Liebe zu gewinnen?

„Nun?" Seans Stimme riss sie aus ihren Gedanken. Er war ins Wohnzimmer gekommen und setzte sich nun ihr gegenüber ruhig in einen Sessel.

*Das Cottage im Wald*

Carin hörte sich Ja sagen, während ihr die Vernunft das Gegenteil riet. Du wirst es bereuen, warnte eine innere Stimme. Du weißt genau, warum er dich heiraten will. Aber es war sinnlos. Ihr Herz hatte über den Verstand gesiegt.

„Gut", sagte Sean und blickte Carin ernst an. „Dann sollten wir so schnell wie möglich heiraten."

Bereits eine Woche später fand die standesamtliche Trauung statt. Sean hatte die Entscheidung für eine kirchliche Trauung Carin überlassen, doch sie hatte abgelehnt. Den Umständen entsprechend hielt sie dies nicht für angebracht. Sie hatte nicht einmal Weiß getragen. Stattdessen hatte sie einen elfenbeinfarbenen Zweiteiler mit hübschem Hut gewählt, dessen kurzer Schleier gerade die Augen bedeckte. Sean trug einen eleganten schiefergrauen Anzug.

Carin war sehr stolz und glücklich gewesen, als Mrs. Savage an Seans Seite zu stehen, und sie hatte sich zwingen müssen, ihre Liebe nicht allzu deutlich zu zeigen. Sean war äußerst zurückhaltend gewesen, und in seinem obligatorischen Kuss hatte sie nichts von Leidenschaft gespürt.

In der Woche vor der Hochzeit hatte sie Sean kaum gesehen. Offensichtlich war er ihr absichtlich aus dem Weg gegangen. Wäre sie nicht davon überzeugt gewesen, seine Liebe doch noch zu gewinnen, hätte sie die ganze Sache abgeblasen.

Die Feierlichkeiten wurden in kleinstem Kreis abgehalten. Nur John und Liz waren eingeladen. In Johns Haus stießen alle vier mit Champagner auf die Zukunft des Brautpaares an. Carin hatte, was Seans Bruder betraf, Bedenken geäußert. Was würde der wohl sagen, wenn er von Seans heimlicher Hochzeit erfuhr? Sean hatte jedoch darauf bestanden, niemanden einzuweihen und die ganze Feier ohne viel Aufhebens vonstatten gehen zu lassen.

Carin hatte ihre Mutter auf den Scilly-Inseln angerufen, um sie zur Hochzeit einzuladen. Sie hatte sich sehr gefreut, musste jedoch ablehnen, da sie ihrer schweren Arthrose wegen eine so lange Reise nicht auf sich nehmen konnte. „Aber du musst deinen Sean unbedingt mal mitbringen", hatte sie Carin gebeten.

*Margaret Mayo*

Nun befanden sich Carin und Sean auf dem Weg zu seinem Haus, das in einem Vorort südlich von Dublin lag. Während der Fahrt wurde nur über belanglose Dinge gesprochen. Carins Blick fiel auf den Ring an ihrem Finger. Ich bin zwar jetzt Seans Frau, aber ich merke nichts davon, dachte sie betrübt.

Sie hatte gehofft, er würde sich ändern, wenn sie erst einmal verheiratet wären. Stattdessen aber hatte sich die Kluft zwischen ihnen eher noch vertieft. Carin blickte Sean verstohlen an. Sie liebte ihn, und doch war er für sie ein Fremder geblieben. Merkte er denn nicht, wie sehr seine abweisende Haltung sie verletzte?

Ein freundliches Lächeln, ein liebes Wort war alles, was Carin sich wünschte. Vielleicht war diese Hochzeit ja doch der größte Fehler ihres Lebens gewesen.

„Ich weiß überhaupt nicht, wie es bei dir zu Hause aussieht", begann sie, um das beklemmende Schweigen zu durchbrechen. „Du hast mir noch gar nichts erzählt."

Sean blickte sie an, und Carin fügte lächelnd hinzu: „Ich hoffe, ich muss nicht gleich anfangen zu putzen, wenn wir dort ankommen."

Insgeheim hatte sie gehofft, Sean würde mit ihr Flitterwochen machen, vielleicht auf einer tropischen Insel, wo sie endlich Gelegenheit hätten, einander näher zu kommen. Ihn darauf anzusprechen hatte sie jedoch nicht gewagt. Als er ihr dann sagte, sie würden direkt nach Hause fahren, hatte sie ihre Enttäuschung verborgen und sich ohne Widerrede gefügt.

Sean lächelte amüsiert. „Es ist für alles gesorgt, du brauchst dich um nichts zu kümmern. Das Haus selbst ist brandneu, ein riesiges Anwesen in einem Nobelviertel. Es war Josies Idee, es zu kaufen."

„Wir könnten es verkaufen und woanders hinziehen", schlug Carin vor. „Vielleicht könnten wir auf dem Land leben. Natürlich nicht allzu weit weg von Dublin, wegen deiner Arbeit", fügte sie rasch hinzu. Sean hatte ihr erzählt, dass sein Unternehmen im Zentrum von Dublin lag. „So ein altes Steincottage würde mir schon gefallen."

Sean kniff die Augen zusammen, und sein Gesicht nahm einen seltsamen Ausdruck an. „Wirklich?"

Carin nickte. „Ich habe London mit seinem Betondschungel ge-

210

*Das Cottage im Wald*

hasst. Damals habe ich es oft bereut, von Dorset weggegangen zu sein. Unser Haus war auch aus Stein, und es war wunderschön."

„Meine Eltern lebten in einem alten Cottage im Wicklow County", sagte Sean, und Carin war froh, dass die Spannung sich endlich zu lösen begann. „Columbine Cottage hieß es. Es war sehr schön dort, so ruhig und friedlich, aber Josie gefiel es dort nicht. Sie wollte in der Stadt leben."

Und dann hat er ihretwegen alles aufgegeben, dachte Carin. Allem Anschein nach hatten die beiden wirklich nicht viel gemeinsam gehabt. Wahrscheinlich hat Josie ihm anfangs nur etwas vorgespielt, ihn solange um den Finger gewickelt, bis sie schließlich mit ihm verheiratet war. Danach hat sie dann ihr wahres Gesicht gezeigt.

Aber ich werde dafür sorgen, dass Sean wieder glücklich wird, nahm Carin sich fest vor. Jeder Tag soll ihm Liebe und Freude bringen. Sie wollte all das für ihn sein, was er von einer Frau erwartete: warmherzig, liebevoll und sinnlich. Und die Liebe und das Glück, das sie ihm gab, würde auf sie zurückstrahlen, davon war sie überzeugt.

Sean parkte den Wagen vor einem großen roten Backsteingebäude in einer Sackgasse. Alle Häuser lagen weit genug auseinander, sodass die Nachbarn sich nicht gegenseitig in das Grundstück sehen konnten. Das Anwesen war viel größer, als Carin es sich vorgestellt hatte, mit einer breiten Einfahrt und gepflegtem englischen Rasen. Sie konnte es kaum erwarten, das Haus von innen zu sehen.

Als sie in die geräumige Diele traten, fiel ihr Blick auf eine große Eichentruhe, auf der eine Vase mit frischen Rosen stand, deren angenehmer Duft den ganzen Raum erfüllte. Sie fragte sich, wer an diese freundliche Geste gedacht und vor allem, wer sich während Seans Abwesenheit um das Haus gekümmert haben mochte.

Über der Truhe hing ein Bild, das Wasserlilien darstellte. Das muss ein Monet sein, dachte Carin. Sie kannte sich mit Kunst etwas aus, da sie früher viel Zeit in den Londoner Kunstgalerien verbracht hatte. Ein an Kunst leidenschaftlich interessierter junger Mann, mit dem sie sich gelegentlich getroffen hatte, hatte sie dorthin mitgenommen.

Da es in der Wohnung warm war, zog Carin ihre Jacke aus und

211

legte sie über einen Stuhl. Dann ging sie auf Erkundungstour. Jedes der Zimmer war geschmackvoll möbliert und dekoriert, wenn auch der moderne Stil nicht ganz ihren Geschmack traf. Auch hingen, außer in der Diele, in den anderen Räumen keine Bilder mehr von alten Meistern. Den Monet hat sicher Sean ausgesucht, mutmaßte sie, während die anderen modernen Bilder von Josie aufgehängt wurden, wahrscheinlich weil sie gut zur Farbe der Tapeten passen.

Die Küche war der einzige Raum, der Carin wirklich zusagte. Sie war mit allen nur erdenklichen Gerätschaften ausgestattet, bot viel Platz zum Arbeiten und hatte viele Schränke.

Carin sah sich begeistert um. „Sean, das ist fantastisch! Bei uns zu Hause hatten wir eine ganz altmodische Küche, und in meiner Londoner Wohnung nur eine kleine Kochnische, die ich auch noch mit zwei anderen Mädchen teilen musste. Dagegen ist das hier das reinste Paradies. Ich freue mich schon richtig aufs Kochen."

Sie öffnete Schränke, Kühlschrank und Gefriertruhe und stellte begeistert fest, dass wirklich für alles gesorgt war.

Sean verfolgte ihren Eifer mit Skepsis. „Bevor du ganz aus dem Häuschen gerätst, Carin – ich habe eine Haushälterin, und die übernimmt meistens das Kochen."

„Eine Haushälterin?" Carins Freude war mit einemmal wie weggeblasen.

„Ja. Als Josie nicht mehr da war, musste ich ja jemanden finden, der sich um das Haus kümmerte."

„Aber jetzt kann ich das doch machen", platzte Carin heraus. „Du brauchst keine Haushälterin mehr." Eine fremde Frau im Haus würde alles ruinieren. Wenn sie an ihrer Beziehung zu Sean arbeiten wollte, musste sie allein mit ihm sein.

„Ohne Mrs. Blake geht es nicht", wies er sie jedoch scharf zurecht. „Außerdem braucht sie das Geld. Sie hat eine Tochter, in einem …, im Krankenhaus, da, wo Emily war …, und die Fahrt dorthin kostet sie jedes Mal ein Vermögen."

Carin begriff sofort. Was für ein weiches Herz Sean hatte. Und wie bitter war er vom Leben enttäuscht worden. Nun war sie noch fester entschlossen, alles daranzusetzen, um ihn wieder glücklich zu

*Das Cottage im Wald*

machen. „Wo ist Mrs. Blake jetzt?", erkundigte sie sich.

„Wahrscheinlich bei ihrer Tochter im Krankenhaus."

„Kommt sie heute noch zurück?"

„Ich glaube nicht. Wahrscheinlich wirst du sie erst morgen früh kennenlernen."

„Sie schläft also nicht hier?", fragte Carin hoffnungsvoll, und als Sean verneinte, fiel ihr ein Stein vom Herzen.

Im oberen Stockwerk befanden sich fünf Schlafräume. Jeder war in einer anderen Farbe gehalten und verfügte über ein separates Badezimmer.

„Das hier war unser Schlafzimmer", erklärte Sean knapp und schloss die Tür so schnell wieder, dass Carin nur einen kurzen Blick hatte hineinwerfen können. Sie war froh, dass sie nicht in diesem Zimmer schlafen musste. Alles darin würde sie nur an Josie erinnern.

„Ich dachte, wir könnten dieses hier nehmen." Sean führte Carin in einen kleineren Raum, der in den Farben Orange, Grau und Weiß gehalten war. Auch er war nicht ganz Carins Geschmack. Sicher hat Josie auch dieses Zimmer eingerichtet, dachte sie. Sean scheint es jedenfalls auch nicht zu gefallen.

Er hatte die Koffer bereits am Fußende des Bettes abgestellt. Carins Blick blieb an dem Bett hängen. Hier also würde sie zum ersten Mal mit Sean schlafen.

„Was ist los?", fragte Sean, als hätte er ihre Gedanken erraten. „Ist es dir etwa unangenehm, das Bett mit mir zu teilen?" Er legte ihr von hinten die Arme um die Taille und zog sie an sich.

„Natürlich nicht." Carin wurde ganz heiß. Schon allein Seans warmer Körper und die Berührung seiner Hände waren eine einzige Versprechung. So lange hatte sie sich danach gesehnt, ihn zu lieben, und nun war es so weit. Endlich durfte sie ihren Gefühlen freien Lauf lassen. All ihre Träume würden sich heute erfüllen.

„Gut", sagte Sean. „Denn heute Nacht gehörst du mir." Er ließ die Hände langsam höher gleiten und umfasste Carins Brüste.

Carin fühlte, wie die Spitzen hart wurden, bis sie vor Lust und Verlangen beinahe schmerzten. Gleichzeitig spürte sie deutlich Seans Erregung. Am liebsten hätte sie sich jetzt umgedreht, ihm den Mund zum Kuss geboten und sich den Wonnen der Leidenschaft hingegeben.

Zärtlich streichelte Sean Carins Brüste. Sie empfand den dünnen Seidenstoff ihrer Bluse plötzlich als lästig und hätte sie am liebsten von sich gerissen. Zu sehr sehnte sie sich danach, Seans Hände auf ihrer nackten Haut zu spüren.

„Ich werde dir nichts verweigern, Sean", flüsterte sie, während sie den Kopf nach hinten auf seine Schulter fallen ließ. „Ich wusste genau, was ich tat, als ich dich heiratete."

Die Berührung seiner Hände wurde fordernder, und Carin wusste, dass er auf der Stelle mit ihr schlafen würde, wenn sie es zuließe. Aber so schnell wollte sie seinem Drängen nicht nachgeben. Sie entzog sich ihm mit einem verheißungsvollen Lächeln. „Es gibt nur eines, worüber ich mir Gedanken mache", versuchte sie ihn abzulenken. „Was soll ich eigentlich den ganzen Tag machen, während du in deiner Firma bist? Deine Haushälterin sieht es bestimmt nicht gern, wenn ich ihr die Arbeit abnehme."

„Ich bin sicher, eine Frau wie du weiß sich sinnvoll zu beschäftigen." Sean strich sanft mit den Fingern über ihre Brustspitzen. „Du kannst das ganze Haus neu einrichten, wenn du magst. Josie hatte eigens dafür Dekorateure engagiert. Alles wurde nach ihrem Geschmack eingerichtet, nicht nach meinem. Wenn dir etwas nicht gefällt, dann tu dir keinen Zwang an, und wirf es raus. Mir kann das nur recht sein."

Der Gedanke, das ganze Haus neu einzurichten, war verlockend, aber Carin hatte Zweifel, ob sie damit nicht überfordert war. Schließlich hatte sie so etwas noch nie getan. „Und was ist, wenn es dir hinterher nicht gefällt? Sollten wir über die Einrichtung nicht gemeinsam entscheiden?"

Sean winkte ab. „Schlimmer, als es jetzt ist, kann es nicht werden. Ich habe wirklich keine Zeit, mich um solche Dinge zu kümmern. Du kannst tun und lassen, was du willst."

Carin war erleichtert, als Sean das Zimmer verließ, ohne sie noch einmal in die Arme zu nehmen. Es fiel ihr schwer, seinen Zärtlichkeiten zu widerstehen. Seltsam, dachte sie, bei Karl habe ich nie so stark

*Das Cottage im Wald*

empfunden. Ich war fest davon überzeugt, dass er der richtig Mann für mich war. Wie man sich doch täuschen kann!

Bedächtig packte Carin ihren und Seans Koffer aus. Sean hatte nur die wenigen Kleidungsstücke mitgebracht, die er nach dem Brand gekauft hatte. In einem der Schränke hingen jedoch viele Anzüge und Hemden. Also hatte er in diesem Zimmer geschlafen, nachdem Josie ausgezogen war.

Wie gebannt blickte Carin auf das Bett. Auf welcher Seite würde Sean liegen? Trug er einen Pyjama, oder schlief er immer nackt? Ihre Wangen wurden heiß bei dem Gedanken.

Nachdenklich ging sie ins Badezimmer, duschte kurz und stellte ihre Zahnbürste in den Becher neben Seans. Ein seltsam angenehmes Gefühl durchströmte Carin. Alles war so neu für sie und gleichzeitig auch so aufregend.

Vielleicht sollte ich uns jetzt etwas kochen, überlegte sie, während sie hinunter in die Küche ging. Wir könnten dann in dem hübschen grünen Esszimmer essen. Heute wollte sie Kerzen auf dem Tisch anzünden und sich vorstellen, Sean hätte sie aus Liebe geheiratet.

„Was machst du denn da?"

Seans dunkle Stimme riss Carin aus ihren Gedanken. Sie hatte gerade in den Kühlschrank gesehen und drehte sich jetzt nach Sean um. Erneut versetzte allein der Blick aus seinen tiefblauen Augen sie in Erregung.

„Ich habe mir gerade überlegt, was ich uns zum Mittagessen kochen könnte. Wie es mit dir ist, weiß ich nicht, ich bin jedenfalls am Verhungern."

„Hast du wirklich geglaubt, ich würde es zulassen, dass du an deinem Hochzeitstag kochst?", fragte Sean schmunzelnd.

Carin zuckte die Schultern und bemühte sich, gleichgültig auszusehen. Er hatte „dein" Hochzeitstag gesagt, und nicht „unser". Aber er sollte nicht merken, wie sehr sie das verletzt hatte. „Na ja, es war ja auch keine gewöhnliche Hochzeit, nicht?"

„Trotzdem solltest du heute nicht kochen. Wir gehen essen oder lassen uns etwas nach Hause bringen, wenn du möchtest. Ich kenne

*Margaret Mayo*

da eine sehr gute Firma, die Dinners for Two anbietet. Das Essen wird ganz frisch serviert, dazu gibt es Champagner und Kerzenlicht und Blumen. Würde dir so etwas gefallen? Oder wäre es doch nicht das Richtige, da es sich hier ja um ‚keine gewöhnliche Hochzeit‘ handelt?"

Sean hatte bei der letzten Frage gelächelt, doch Carin war der schneidende Unterton in seiner Stimme nicht entgangen,

Sie hatte nicht erwartet, dass ihre Bemerkung von vorhin ihn geärgert haben könnte. „Vielleicht sollten wir doch lieber auswärts essen", schlug sie vor, um dem heiklen Thema aus dem Weg zu gehen.

Carin hatte sich nach dem Duschen umgezogen. Das taubengraue leichte Jerseykleid war genau das Richtige für diesen Abend. Es war vorn hochgeschlossen, aber gleichzeitig enganliegend und auf dezente Weise sexy.

Während sie ihre Handtasche holte, ließ Sean telefonisch einen Tisch in einem nahe gelegenen Restaurant reservieren.

Das Restaurant war gemütlich eingerichtet, und das Menü schmeckte hervorragend, aber trotzdem fühlte sich Carin nicht wohl. Es war ihr unangenehm, dass Sean ständig Bekannte traf, die sie dann neugierig musterten. Wären wir lieber zu Hause geblieben, dachte sie.

Plötzlich trat eine dunkelhaarige Schönheit mit leuchtendrot geschminkten Lippen an ihren Tisch und erkundigte sich nach Josie.

Carin wartete gespannt auf Seans Antwort. „Hast du denn noch nicht gehört, dass meine Frau gestorben ist?", erwiderte er ruhig, und Carin merkte, wie viel Selbstbeherrschung es ihn kostete, gelassen zu bleiben.

Das Mädchen sah ihn überrascht an, und Carin hob kühn die Hand, sodass der Ehering zu sehen war. „Und ich bin die neue Mrs. Savage, falls es Sie interessiert."

Die Schwarzhaarige hob verwundert die dick untermalten Brauen, murmelte ein paar unverständliche Worte, drehte sich schließlich um und zog ab.

„Du bist ja bekannt wie ein bunter Hund", sagte Carin und versuchte, ihre Eifersucht mit einem Lächeln zu verbergen. „Mit wie vielen Verehrerinnen muss ich denn heute noch rechnen? Dort drüben

*Das Cottage im Wald*

sitzen auf jeden Fall noch zwei, die schauen ständig zu dir herüber." Tatsächlich hatte Carin den Eindruck, als wäre die Frauenwelt halb Dublins hinter Sean her, was seines guten Aussehens wegen auch kein Wunder war.

„Caroline wird natürlich gleich dafür sorgen, dass sich die Neuigkeit wie ein Lauffeuer verbreitet", meinte Sean missmutig.

„Wusste sie denn nichts von deiner Scheidung?"

„Eine Scheidung ist für mich nichts, was man laut ausposaunen sollte. Stolz bin ich ganz bestimmt nicht darauf. Welcher Mann gibt schon gern zu, dass er nicht in der Lage war, seine Frau glücklich zu machen." Seine Kiefermuskeln zuckten, während er sprach. „Komm, gehen wir."

Auf der Heimfahrt verspürte Carin ein heftiges Kribbeln im Bauch. Bald war es so weit, und sie würde mit Sean schlafen. *Hoffentlich enttäusche ich ihn nicht*, dachte sie aufgeregt.

Zu Hause angekommen, schlug Sean vor, noch einen Drink zu nehmen. Er ging voraus ins Wohnzimmer und drückte einen Schalter, woraufhin die Terrasse und der ganze Garten schlagartig beleuchtet wurden. Der sanfte Schein der Terrassenlampen tauchte das Wohnzimmer in ein gemütliches Schummerlicht.

Carin betrachtete fasziniert den schönen großen Garten. In der Mitte befand sich ein kleiner Pool mit Springbrunnen. Zahlreiche Kübel und Bodenvasen mit blühenden Geranien, Efeu und anderen Topfpflanzen zierten die Terrasse, und breite Rasenflächen erstreckten sich bis in den hinteren Teil des Gartens, der im Dunkeln lag.

Carin saß auf der Couch am Fenster und genoss den herrlichen Anblick. „Der Garten ist wunderschön, Sean. Nur schade, dass es nicht warm genug ist, um draußen zu sitzen. Hast du das alles selbst angelegt?"

„Nein, Josie hatte Gärtner dafür engagiert."

*Josie hat Seans Geld wirklich mit vollen Händen ausgegeben*, schoss es Carin durch den Kopf. *Vielleicht hat sie ihn nur geheiratet, weil er reich ist?* Im diesem Moment wurde ihr bewusst, dass sie eigentlich so gut wie nichts über Seans Finanzen wusste. Er hatte ihr

217

zwar gesagt, dass er kein armer Mann sei, doch das spielte für sie keine Rolle. Sie hatte ihn geheiratet, weil sie ihn liebte, und nicht wegen seines dicken Bankkontos.

„Für meinen Geschmack sieht alles ein bisschen zu künstlich aus", sagte Sean. „Mir sind die wilden, natürlichen Cottagegärten mit ihren ganz normalen Blumen lieber."

Wie ähnlich wir uns doch sind, dachte Carin, als er ihr den Drink reichte. Er setzte sich jedoch nicht zu ihr auf die Couch, sondern in einen Sessel am Tisch. Wieder fühlte Carin einen schmerzhaften Stich, aber sie zwang sich, ihre Enttäuschung nicht zu zeigen, und blickte schweigend in das Kristallglas in ihrer Hand, das zur Hälfte mit einer bernsteinfarbenen Flüssigkeit gefüllt war.

„Whiskey – trocken", erklärte Sean und leerte sein Glas mit einem Zug.

Wieder herrschte beklemmende Stille. „Ich finde, wir sollten deinem Bruder sagen, dass wir geheiratet haben", begann Carin schließlich und sah Sean an. Seine Züge spannten sich an.

„Dafür ist noch Zeit genug. Wenn Bruce und Stephanie es wüssten, würden sie sofort hier antanzen, um uns zu gratulieren. Wir sollten lieber noch warten, bis wir uns richtig eingelebt haben."

„Also, ich würde es meinem Bruder übelnehmen, wenn er heiraten würde, ohne mir etwas davon zu sagen", wandte Carin ein.

„Bruce wird Verständnis dafür haben."

„Du meinst, er kann sich denken, dass es keine Liebesheirat war?"

„So ist es. Er weiß, wie ich über Frauen denke. Da müsste eine Frau schon ganz besondere Qualitäten haben, um mich umzustimmen."

Und die habe ich nicht, dachte Carin traurig, und Tränen traten ihr in die Augen. Sie blinzelte schnell, um sie zu vertreiben. „Was wird er aber von uns denken, wenn er es erfährt?"

„Das ist mir egal", meinte Sean mürrisch. „Was ich tue, ist meine Sache. Komm, trink aus."

Carin nippte an ihrem Whiskeyglas und versank erneut in Schweigen. So hatte sie sich diesen Abend nicht vorgestellt. Als Sean sie im Schlafzimmer in die Arme genommen hatte, hatte sie sich auf ihre

*Das Cottage im Wald*

gemeinsame Hochzeitsnacht gefreut. Doch nun war er wie verwandelt – so kühl und distanziert. War das vielleicht ein Zeichen dafür, was in Zukunft auf sie zukommen würde? Konnte Sean zärtlich und leidenschaftlich sein und im nächsten Augenblick wieder gefühllos und kalt? Würde sie, Carin, damit zurechtkommen? Sie trank den letzten Schluck Whiskey und stellte das Glas auf den kleinen Seitentisch.

Plötzlich hatte sie Angst davor, mit Sean ins Bett zu gehen. Sie hatte Angst vor dem, was sie erwartete. Der Gedanke, Sean könnte neben ihr liegen und sie ignorieren, war ihr unerträglich. Aber wie konnte sie mit ihm schlafen, wenn er sie so schlecht behandelte? Nervös stand sie auf und nahm die Gläser vom Tisch. „Ich spüle sie schnell ab."

„Mrs. Blake macht das morgen früh."

„Aber ich tue es gern, wirklich."

„Sie wird dafür bezahlt", erwiderte Sean gereizt. „Was ist los mit dir, Carin? Hast du auf einmal kalte Füße bekommen? Hast du gehofft, ich würde vor dir ins Bett gehen und dann schon eingeschlafen sein, wenn du kommst? Es hat sich nichts geändert. Du bist jetzt meine Frau, vergiss das nicht."

Carin begann innerlich zu zittern. Worauf hatte sie sich da bloß eingelassen? Sie war blind vor Liebe gewesen, hatte an nichts anderes gedacht als daran, endlich in Seans Armen zu liegen. In ihrer Naivität hatte sie geglaubt, Sean wollte und brauchte sie ebenso sehr wie sie ihn. Sie hatte sich Wärme und Geborgenheit gewünscht – nicht diesen animalischen Trieb nach sexueller Befriedigung.

„Ja, natürlich, du hast recht", sagte sie ausweichend. „Ich muss mich nur erst daran gewöhnen, eine Haushälterin zu haben. Bis jetzt musste ich eben alles selber machen."

„Das ist jetzt vorbei." Sean knipste das Licht aus und ging auf die Treppe zu. Carin folgte ihm schweigend.

Als sie das Schlafzimmer betraten, wurde sie regelrecht von Panik erfasst. Um Zeit zu gewinnen, floh Carin ins Badezimmer und verharrte sekundenlang hinter der Tür. Das Herz klopfte ihr bis zum Hals. Resigniert stellte sie sich vor den Spiegel, schminkte sich ab und wusch sich das Gesicht. Wie anders hatte sie sich alles vorgestellt. Was

sollte sie tun? Sie wollte und konnte sich Sean nicht hingeben, solange
er so schlechter Laune war.

Sean hatte sich bereits bis auf seine Shorts ausgezogen, als Carin
aus dem Badezimmer kam. Fasziniert betrachtete sie seinen festen,
flachen Bauch, die mit dunklen Härchen bedeckte, muskulöse Brust
und seine langen, kräftigen Beine. Das Funkeln in seinen Augen und
seine geschmeidigen, katzenhaften Bewegungen erinnerten sie an einen wilden Tiger.

Während er langsam an Carin vorbei ins Badezimmer ging, ließ er
sie keinen Moment aus den Augen. Sie atmete auf, als endlich die Tür
hinter ihm zufiel. Rasch zog sie sich aus, streifte ihr Nachthemd über,
legte sich ins Bett und deckte sich zu.

Dann hörte sie Wasser rauschen. Als Sean schließlich wieder aus
dem Bad kam, hielt sie die Augen fest geschlossen.

„Du brauchst dich nicht zu verstellen. Ich weiß, dass du nicht
schläfst."

„Das tue ich ja gar nicht." Carin öffnete die Augen und hielt den
Atem an, als sie Sean völlig nackt vor sich sah.

„Hast du auf mich gewartet?"

Sie nickte.

„Warum versteckst du dann deinen reizvollen Körper unter der
Decke? Ich will schließlich sehen, was ich bekomme." Ehe Carin begriff, hatte er die Decke zurückgeschlagen und sah nun missbilligend
auf ihr Nachthemd. „Was soll denn das? Denkst du, ich lasse dich in
Ruhe?"

„Ich habe keine Sekunde daran gezweifelt, dass du deine Drohung
wahr machen würdest", erwiderte Carin kühl, zog die Knie an die
Brust und legte die Arme darum.

„Drohung? Carin, du siehst das völlig falsch. Du wünschst es dir
doch genauso wie ich."

„Ich dachte …, als ich dir mein Jawort gab", stammelte sie, „dass
es wunderschön werden würde, mit dir zu schlafen. Aber mit so einer … Demütigung habe ich nicht gerechnet."

„Carin." Sean ging um das Bett herum und setzte sich auf die andere Seite. „Es war nie meine Absicht, dich zu demütigen oder gar zu

*Das Cottage im Wald*

bedrohen. Du brauchst keine Angst zu haben, ich werde dir bestimmt nicht wehtun. Komm, entspann dich endlich und vertrau mir."

Er zog sie an sich, und sie sah das Verlangen in seinen Augen. Dann strich er mit den Fingerspitzen sanft über ihren Hals, und sie fühlte sofort die Spannung, die sich in ihrem ganzen Körper ausbreitete. Langsam, ganz langsam zog Sean ihr das Nachthemd aus und genoss dann den Anblick ihres nackten Körpers. Sein Blick schweifte von ihren schlanken Beinen über ihren flachen Bauch bis zu den kleinen festen Brüsten. Als seine Hände der gleichen Spur folgten, vergaß Carin alles um sich herum.

„Du bist schön, wunderschön", flüsterte Sean ihr zu, während er ihre Schultern, Brüste, ihren flachen Bauch und die Hüften streichelte. Es war unglaublich, wie schon die zarteste seiner Berührungen heißes Begehren in ihr entfachte.

Sean legte sich neben sie, und als sie seine heiße Haut an ihrer spürte, stöhnte sie vor Verlangen auf. Er küsste sie, und sie küsste ihn wieder und immer wieder. Dann umfasste er ihre Brust und liebkoste mit dem Daumen die rosige Spitze. Carin spürte, wie sich ihr Blut erhitzte. „Sean", keuchte sie und sah ihm ungläubig in die Augen. Er weckte Gefühle in ihr, die noch nie zuvor ein Mann in ihr ausgelöst hatte.

„Meine schöne Carin." Sean strich sanft über ihre bebenden Lippen. „Hab keine Angst, ich werde dir nicht wehtun."

Im nächsten Moment neigte er den Kopf, nahm eine ihrer harten Brustknospen in den Mund und saugte zärtlich daran. Carin zitterte vor Lust und Begehren. Verlangend strich sie durch Seans dichtes schwarzes Haar und drängte sich enger an ihn. Dann presste er die Lippen auf die andere Spitze, küsste sie, biss sanft hinein und entlockte Carin damit ein lustvolles Stöhnen. Sie grub die Finger in seinen Rücken, presste sich sehnsüchtig an ihn und spürte deutlich seine Erregung.

Carin hatte gefürchtet, Sean könnte sie nehmen, auch wenn sie noch nicht bereit für ihn war, aber nun war alles anders. Sie wollte ihn, wollte ihn jetzt, sie konnte nicht länger warten. Zitternd vor Begierde bog sie sich ihm entgegen und zeigte ihm damit, er möge die süße Qual beenden.

221

*Margaret Mayo*

Aber Sean schien keine Eile zu haben. Langsam zog er eine Spur von heißen Küssen von ihren Brüsten bis zu ihrem flachen Bauch und streichelte sie dabei am ganzen Körper. Carin glaubte, auf einer Wolke der Leidenschaft zu schweben, und alles um sie herum schien zu verschwimmen. Als Sean schließlich tief in sie eindrang, schrie sie vor Lust und Entzücken auf.

Was dann kam, übertraf ihre kühnsten Träume. Es war, als hätte sie ihr ganzes Leben lang auf diesen Mann gewartet. Bei Karl hatte sie nicht annähernd das empfunden, was Sean ihr nun schenkte.

Während sie sich langsam bewegten, fühlte Carin, wie sie sich unaufhaltsam dem Höhepunkt näherte. Und als es schließlich so weit war, schrie sie auf und erschauerte vor Lust, wieder und immer wieder.

Sean bebte vor Verlangen und zog Carin noch enger an sich. Er stöhnte laut auf, als ebenfalls Schauer der Lust ihn durchströmten.

Danach lagen sie lange Zeit still. Noch nie hatte Carin so etwas erlebt. Sie fühlte sich müde und angenehm erschöpft und genoss es, in Seans Armen zu liegen. Nun wird alles gut, dachte sie, während sie zufrieden lächelnd einschlief.

Sonnenlicht fiel in das Zimmer, als Carin erwachte. Instinktiv streckte sie die Hand nach der anderen Bettseite aus. Der Platz neben ihr war leer und kalt, und Carin wurde schmerzlich bewusst, dass Sean schon lange fort sein musste. Er hatte sie verlassen, sobald sie eingeschlafen war – nachdem er bekommen hatte, was er wollte.

*Das Cottage im Wald*

## 8. KAPITEL

Betrübt stand Carin auf und zog sich einen Morgenmantel über. Mit Sean zu schlafen war so schön gewesen. Sie wollte einfach nicht glauben, dass dies alles ihm nichts bedeutete.

Carin suchte im ganzen Haus nach ihm, doch er war nirgendwo zu finden. Eine lauwarme Kaffeekanne in der Küche deutete darauf hin, dass er hier gewesen war. Warum hatte er sie, Carin, nicht geweckt? Oder ihr wenigstens eine Nachricht hinterlassen? Es war acht Uhr morgens. Wohin war er so früh schon gegangen?

Grübelnd tappte Carin zurück ins Schlafzimmer. Sie fühlte sich leer und ausgebrannt. Nachdem sie geduscht und sich angezogen hatte, ging sie wieder nach unten in die Küche und brühte sich frischen Kaffee auf.

Sie setzte sich an die Frühstückstheke und nippte an ihrer Tasse. Würde es nun jeden Morgen so sein? Würde Sean mit ihr schlafen, wenn er Lust darauf hatte, und sie dann für den Rest des Tages links liegenlassen? Sie hatte sich geschworen, liebevoll und verständnisvoll zu sein und ihm zu beweisen, dass sie anders war als Josie. Wie aber sollte sie das fertigbringen, wenn er ihr keine Gelegenheit dazu gab?

Plötzlich hörte sie, wie die Haustür geöffnet wurde, und ihr Herz klopfte heftig vor Aufregung. Vielleicht hatte Sean ja einen plausiblen Grund dafür gehabt, so früh aus dem Haus zu gehen. Dann hätte sie sich völlig umsonst Gedanken gemacht.

In der Tür erschien eine rundliche Frau mittleren Alters, mit einem von Sorgen gezeichneten, aber gutmütigen Gesicht. „Mrs. Savage?", rief sie fragend und lächelte Carin freundlich zu.

Carin fiel es schwer, ihre Enttäuschung zu verbergen. Sie zwang sich aber trotzdem zu einem Lächeln. „Und Sie sind bestimmt Mrs. Blake."

„Ganz genau, die bin ich", bestätigte sie vergnügt. „Sean rief mich an und sagte, Sie würden noch im Bett liegen. Ich sollte Sie auf keinen Fall wecken. Aber da Sie ja schon auf sind, mache ich Ihnen gleich ein gutes Frühstück. Bestimmt haben Sie noch nichts gegessen."

*Margaret Mayo*

Bittere Enttäuschung kam in Carin hoch. Sean hatte seiner Haushälterin gesagt, wohin er gegangen war, aber ihr, seiner eigenen Frau, nicht. „Nein, aber eigentlich habe ich noch gar keinen Hunger", antwortete sie. „Wohin ist Sean denn gegangen?"

Mrs. Blake zog verwundert die Brauen hoch. „Ins Büro. Hat er Ihnen das nicht gesagt? Na ja, so kennt man ihn. Kaum zu Hause, stürzt er sich schon wieder in seine Arbeit. So haben Sie sich Ihre Flitterwochen ganz bestimmt nicht vorgestellt, nicht wahr? Sean wird Sie aber sicher später an ein schönes Fleckchen führen, wenn er das Gröbste hier erledigt hat."

Das ist der Witz des Jahres, dachte Carin bitter. In unserer Ehe gibt es keine Flitterwochen oder ähnliche reizvolle Dinge, von denen man als jungvermählte Braut so träumt. Sean behandelt mich wie eine Hure. Das hättest du von Anfang an wissen müssen, schalt sie sich. Du hättest seinen Heiratsantrag niemals annehmen dürfen.

„Ich kann gut verstehen, dass er sich zurückgezogen hat und niemanden mehr sehen wollte", fuhr Mrs. Blake fort. „Der Tod seiner Schwester hat ihn schwer getroffen, und die Scheidung gab ihm dann den Rest. Ich fürchtete schon, er würde nie darüber hinwegkommen. Aber nun wird alles anders, davon bin ich überzeugt. Und Sie müssen natürlich etwas essen. Wie wär's denn mit Rührei auf geröstetem Toast und einem Kännchen Tee? Ich bringe es Ihnen rüber ins Wohnzimmer. Dort können sie gemütlich frühstücken und dabei den Vögeln im Garten zuschauen."

„Danke, das wäre sehr nett", antwortete Carin höflich. „Sie müssen mich aber nicht bedienen, ich kann mir das Frühstück auch selbst machen."

„Ach was, das ist schon in Ordnung. Deswegen bin ich ja schließlich hier. Sean ist wirklich ein sehr großzügiger Arbeitgeber. Sie haben wahrhaftig einen wundervollen Mann geheiratet, wissen Sie das? Ich kann ihn gar nicht genug loben."

Obwohl Carin eigentlich nicht hungrig war, leerte sie den ganzen Teller. Dabei grübelte sie unentwegt über Sean nach. Dass ihm seine Arbeit offensichtlich wichtiger war als seine Frau, nahm sie ihm übel. Er

*Das Cottage im Wald*

hätte wenigstens das Wochenende mit mir verbringen können, dachte sie ärgerlich. Sie hatte Verständnis dafür, dass er in seiner Firma nach dem Rechten sehen wollte, nachdem er so lange nicht dort gewesen war. Aber musste das denn gleich am ersten Tag nach ihrer Hochzeit sein?

Carin hatte keine Ahnung, wann Sean nach Hause kommen würde. Je länger sie über ihre Lage nachdachte, desto wütender wurde sie. Wie konnte er nur so mit ihr umspringen? Hatte ihm die Liebesnacht mit ihr denn nicht gefallen?

Würde es in Zukunft auch so sein, nämlich dass jeder seiner eigenen Wege ging? Sean bot ihr, wie versprochen, ein Dach über dem Kopf, sonst jedoch nichts. Keine Liebe, keine Zuneigung. „Richte das Haus neu ein, wenn du Langeweile hast", hatte er gesagt. Was wäre das für eine Verschwendung. Die Wohnung war doch schon perfekt eingerichtet. Eine Umgestaltung würde ein Vermögen kosten, und Carin hatte gelernt, vernünftig und sparsam mit Geld umzugehen.

Mrs. Blake verabschiedete sich nach dem Lunch. Vorher hatte sie das Abendessen vorbereitet, sodass Carin es später nur noch in den Ofen zu schieben brauchte. „Wir sehen uns erst am Montag wieder, meine Liebe, denn morgen verbringe ich den ganzen Tag mit meiner Tochter", hatte sie noch gesagt. „Wenn es irgendetwas gibt, das Sie besonders gern essen, so lassen Sie es mich ruhig wissen. Sean ist ja pflegeleicht in der Beziehung. Er isst alles, was ich ihm vor die Nase stelle. Aber wenn Sie etwas absolut nicht mögen, sagen Sie es ruhig, ich richte mich dann danach."

Einerseits war Carin erleichtert, wieder allein zu sein, andererseits aber war es nun beklemmend still im Haus. Sie schlenderte in den Garten, setzte sich auf eine Bank und sah gedankenverloren auf den kleinen Teich. Dicke Goldfische schwammen behäbig zwischen den grünen tellergroßen Seerosenblättern umher. Ihr habt es gut, dachte Carin betrübt. Ihr kennt keine Sorgen und Probleme.

Carin hatte das Essen für sechs Uhr vorbereitet und bereits den Tisch gedeckt. Um sieben war Sean immer noch nicht da. Wenn sie seine Telefonnummer gehabt hätte, hätte sie ihn im Geschäft anrufen können. Doch er hatte den Namen seiner Firma nie erwähnt, und

225

so hatte Carin keine Möglichkeit, die Nummer herauszufinden. Ihr war lediglich bekannt, dass das Unternehmen sich irgendwo mitten in der Stadt befand. Einmal mehr wurde ihr klar, wie wenig sie von Sean wusste.

Es war bereits halb neun, als Sean endlich erschien. Kein Wort der Entschuldigung kam über seine Lippen. Stattdessen holte er ein Glas aus dem Schrank, schenkte sich Whiskey ein und setzte sich in einen Sessel. Carin lagen schon bittere Vorwürfe auf der Zunge, da das Abendessen nun nicht mehr genießbar war. Als sie jedoch sah, wie müde und abgespannt Sean wirkte, hielt sie sich zurück.

„Du hattest einen schweren Tag, nicht wahr?", fragte sie sanft. „Ist es nicht so gut gelaufen im Geschäft, während du fort warst? Vielleicht könnte ich dir im Büro ein bisschen helfen? Ich bin eine erfahrene Sekretärin, und es gibt bestimmt genug zu tun."

„Nicht nötig, alles ist in bester Ordnung", wehrte Sean ab. „Ich brauche keine Hilfe. Aber natürlich wird es eine Weile dauern, bis ich mit der Arbeit wieder auf dem Laufenden bin."

„Konntest du denn nicht wenigstens bis Montag warten?", begehrte Carin auf. Die Kälte in Seans Stimme tat ihr weh. „War es denn wirklich nötig, schon heute damit anzufangen?"

„Ja."

„Du hättest mich wenigstens wecken und mir sagen können, wo du hingehst. Bis Mrs. Blake kam, hatte ich keine Ahnung, wo du stecktest."

„Und dann hast du dir Sorgen gemacht, wie?"

Carin ärgerte sich über seinen unverhohlenen Spott. Was um Himmels willen hatte sie getan, dass er so gemein zu ihr war? „Natürlich nicht, warum hätte ich das tun sollen?", gab sie bissig zurück.

Sean kniff die Augen zusammen. „Du klingst aber nicht gerade wie eine frischgebackene Ehefrau."

„Eine frischgebackene Ehefrau? Dass ich nicht lache!" Carin funkelte Sean zornig an. „Dass wir keine gewöhnliche Ehe führen, hast du mir ja deutlich zu verstehen gegeben. Du gehst deinen Weg, und ich meinen. So ist es doch, oder nicht? Wir sehen uns nur im Bett. Anfangs dachte ich, du wolltest, dass ich mich um das Haus küm-

*Das Cottage im Wald*

mere. Ich glaubte, du wünschtest dir eine Partnerin. Aber jetzt muss ich mich fragen, warum du mich überhaupt geheiratet hast."

„Ich dachte, wir hätten beide etwas davon, aber anscheinend habe ich mich getäuscht."

Es hat keinen Sinn, dachte Carin resigniert und zog es vor, den Streit zu beenden, bevor er ausartete und sie einander hässliche Dinge an den Kopf warfen. „Warum gehst du nicht nach oben und nimmst eine heiße Dusche?", schlug sie vor. „Ich habe das Essen warm gehalten. Sicher hast du Hunger."

„Nein, danke. Ich habe im Büro ein Sandwich gegessen."

„Aber Mrs. Blake hat sich so viel Mühe gegeben. Sie wird bestimmt nicht begeistert sein, wenn sie erfährt, dass ihr gutes Essen im Müll gelandet ist."

„Vielleicht esse ich später etwas." Sean stand auf, füllte das Whiskeyglas nach und setzte sich wieder.

Eigenartig, dachte Carin. Er hat noch nie viel getrunken, warum ausgerechnet jetzt? Vielleicht bereut er es, dass er mich geheiratet hat.

„Bist du wegen gestern Abend so wütend auf mich?", fragte sie vorsichtig. „Ich weiß, ich habe nicht so viel Erfahrung …"

„Das hat nichts damit zu tun", unterbrach Sean sie schroff. „Ich …, ach, vergiss es. Ich gehe jetzt duschen." Er kippte seinen Drink hinunter und ging die Treppe hinauf.

Carin war verwirrt. Was hatte er nur sagen wollen? Nachdenklich stellte sie das Essen auf den Tisch.

Sean aß nur wenige Bissen, und obwohl Carin hungrig gewesen war, verspürte sie nun auch keinen Appetit mehr. Mehrmals versuchte sie, Sean in ein Gespräch zu verwickeln, doch er ging nicht darauf ein.

„Es ist ein Jammer, die Wohnung auseinanderzunehmen, wo sie doch schon so perfekt eingerichtet ist", sagte sie schließlich.

Sean machte keinen Hehl daraus, dass er keinerlei Interesse an dem Haus hatte, und Carin fragte sich, ob es nicht ein Fehler gewesen war, hierher zu kommen. Alles in diesem Haus erinnerte an Josie. Vielleicht war Sean deshalb so bedrückt? Anstatt mit ihm zu streiten, hätte ich lieber mehr Verständnis zeigen sollen, ging es ihr durch den Kopf. Ich habe mir doch vorgenommen, ihm zu beweisen, dass eine Frau auch anders sein kann. Und jetzt habe ich genau das Gegenteil davon getan.

„Und was machen wir morgen?", begann sie erneut und bemühte sich, die Atmosphäre ein wenig zu entspannen.

„Du kannst tun, was du willst", erwiderte Sean missmutig. „Ich gehe wieder ins Büro."

Carin spürte einen dicken Kloß im Hals. „Aber Sean, morgen ist Sonntag. Du kannst doch nicht am Sonntag arbeiten."

„Ich arbeite, verdammt noch mal, wann es mir passt!"

Carin kämpfte gegen die aufsteigenden Tränen an. „Wenn du meinst, dass das mir gegenüber fair sei, dann …"

„Ich habe dir gesagt, such dir eine Beschäftigung. Im Haus gibt es genug zu tun."

„Und ich habe dir gesagt, hier gibt es nichts zu tun. Es wäre reine Geldverschwendung, Dinge hinauszuwerfen, die noch jahrelang halten."

„Ich kann es mir leisten."

„Jetzt will ich dir mal was sagen, Mr. Sean Savage. Ich habe noch nie in meinem Leben auch nur einen Penny zum Fenster hinausgeworfen, und ich habe nicht die Absicht, jetzt auf einmal damit anzufangen." Erschrocken stellte Carin fest, dass sie erneut laut geworden war, und biss sich auf die Lippe.

Sean blickte sie so eindringlich an, als würde er sie zum ersten Mal sehen, so, wie sie wirklich war. „Du bist die erste Frau, die nicht wegen meines Geldes hinter mir her war", sagte er unvermittelt.

„Ach, das wundert dich? Hast du das denn nicht gewusst, bevor du mich geheiratet hast? Ich bin nicht scharf auf dein Geld, Sean. Ich würde mich auch mit einem einfachen Leben zufrieden geben."

„Warum bin ich dir nicht schon früher begegnet?" Seans Stimme klang mit einemmal seltsam heiser. Dann stand er auf und verließ den Raum.

Carin blickte ihm nachdenklich nach. Offensichtlich quälte er sich immer noch mit schmerzlichen Erinnerungen an Josie, und sie, Ca-

*Das Cottage im Wald*

rin, würde viel Geduld und Verständnis aufbringen müssen, um diese Gedanken zu vertreiben. Aber wenn sie es schaffte, würde alles gut werden.

Vorsichtig betrat Carin das Schlafzimmer. Sean schien schon eingeschlafen zu sein. Leise streifte sie ihre Kleidung ab und kroch nackt zu ihm ins Bett. Einerseits war sie erleichtert, sich nicht erneut mit ihm auseinandersetzen zu müssen, aber andererseits war es eine Qual, neben Sean zu liegen, ohne in seinen Armen gehalten zu werden. Er empfindet nichts für mich, dachte Carin schmerzerfüllt. Sonst würde er mich nicht so quälen.

Nach langer Zeit schlief Carin endlich ein. Im Traum begegnete ihr Karl Britt und verfolgte sie auf einer unendlich langen Straße. Sie lief verzweifelt vor ihm davon, und er rief immer wieder ihren Namen, schrie ihr nach, dass er sie liebe, und wollte wissen, warum sie die Beziehung zu ihm beendet habe. Gleichzeitig liefen ihm sechs oder sieben Mädchen hinterher, und alle riefen ihm zu, dass sie ihn liebten. Jedes Mal, wenn Carin sich umdrehte, war Karl ein Stück näher herangekommen. Sein Gesicht war verzerrt wie auch seine Stimme. Dann hatten die Mädchen ihn eingeholt und zerrten an seiner Kleidung. Carin versuchte verzweifelt, noch schneller zu laufen, doch sie kam einfach nicht vom Fleck. Unsichtbare Arme hielten sie fest. Sie kämpfte gegen sie an und schrie laut auf.

„Ruhig, Carin, ruhig. Es ist alles in Ordnung." Erst jetzt kam sie zu sich. Sean hatte den Arm um sie gelegt und strich ihr zärtlich das zerzauste Haar aus dem Gesicht.

„Beruhige dich, Carin, du hast nur geträumt. So, wie du um dich geschlagen hast, muss es wohl ein Albtraum gewesen sein. Was hast du denn geträumt?"

„Karl war hinter mir her, und ich versuchte davonzulaufen", antwortete sie verwirrt. „Aber warum ich ausgerechnet jetzt von ihm geträumt habe, weiß ich nicht", fügte sie schnell hinzu, als sie sah, wie Sean sich plötzlich versteifte. „Karl war ein Schuft. Heute kann ich mir gar nicht mehr vorstellen, was mich einmal an ihm gereizt hat."

„Na, das, was jede Frau an einem Mann reizt – sexuelle Anzie-

229

hung. Und trotzdem hat er dich so sehr verletzt, dass du dich danach mit keinem anderen Mann mehr eingelassen hast. Aber eine gewisse Wirkung scheint er doch auf dich gehabt zu haben, sonst würdest du nach so langer Zeit nicht noch von ihm träumen", fügte er bitter hinzu.

„Er war gemein und hat mich schwer enttäuscht, und das vergisst man nicht so leicht."

„Du solltest nicht zulassen, dass ein Kerl wie Britt dein Leben zerstört."

„Ich wusste ja nicht, wie er wirklich war, und als ich es merkte, war es zu spät." Carin fragte sich, warum sie überhaupt von Karl geträumt hatte. Seit sie Sean kannte, hatte sie kaum mehr an ihn gedacht. Sean hatte ihr gezeigt, dass man nicht alle Männer über einen Kamm scheren konnte.

Er selbst hatte allerdings seine Meinung über Frauen nicht geändert. Solange er nicht die gleiche tiefe Liebe für Carin empfand wie sie für ihn, solange würde sie es nicht wagen, ihm ihre Liebe zu gestehen.

Sean ließ die Hand über ihre Schulter gleiten, umfasste ihre Brust und strich mit dem Daumen sanft über die Spitze. Sofort durchströmte Carin heiße Erregung. Verlangend bog sie sich ihm entgegen, und sie liebten sich erneut.

Sean in sich zu spüren war wundervoll, und doch quälte Carin die Gewissheit, dass er nur seine Begierde stillen wollte. Warum nur liebte er sie nicht so wie sie ihn? Tränen der Verzweiflung liefen ihr über die Wangen. Sean hielt sofort inne, als er es bemerkte. „Carin, was ist denn?"

„Nichts", flüsterte sie und schüttelte gequält den Kopf.

Sean wurde plötzlich ärgerlich und ließ sie unvermittelt los. „Du brauchst nicht mit mir zu schlafen, wenn du nicht willst. So ein mieser Kerl bin ich nun auch wieder nicht, dass ich dich dazu zwingen würde, nur weil du meine Frau bist."

Carin vermied es, ihn anzusehen. „Ach, das ist es nicht."

„Warum dann die Tränen? Habe ich dir wehgetan?"

Carin setzte sich auf und zog die Knie an. Sie biss sich auf die

*Das Cottage im Wald*

Lippe. Was sollte sie antworten? Sollte sie zugeben, dass sie geweint hatte, weil sie ihn liebte? Weil es so wundervoll war, mit ihm zu schlafen, er ihre Liebe aber nicht erwiderte? Was sie auch sagen würde, sie würde sich verraten.

„Carin, antworte mir." Sean drehte sie zu sich herum und zwang sie, ihn anzusehen.

„Du hast ... mir nicht weh getan", stammelte sie. „Ich habe geweint, weil ..., weil ... Verdammt noch mal, ich muss mich nicht rechtfertigen!"

Sean fluchte unterdrückt. „Euch Frauen werde ich nie verstehen. Komm, leg dich wieder schlafen. Aber glaub ja nicht, du hättest gewonnen. Das nächste Mal bin ich vielleicht nicht so großzügig."

Nach diesem Vorfall fand Carin stundenlang keinen Schlaf. Es war furchtbar, von Sean ignoriert zu werden. Nichts wünschte sie sich sehnlicher, als in seinen Armen zu liegen und zu wissen, dass sie ihm etwas bedeutete, dass sie etwas Besonderes für ihn war.

Sean lag still und regungslos neben ihr, doch sie wusste, dass er nicht schlief. Ob sie noch einmal mit ihm reden sollte? Dann müsste sie ihm gestehen, wie sehr sie ihn liebte. Wenn er aber von ihrer Liebe nichts wissen wollte und sie zurückwies – sie könnte es nicht ertragen.

Am nächsten Morgen, als Carin erwachte, war Sean bereits fort. Sie hatte nichts anderes erwartet, aber den ganzen Tag allein in der Wohnung zu bleiben, dazu hatte sie auch keine Lust. So beschloss sie, gleich nach dem Frühstück aufzubrechen und Dublin zu erkunden. Wie in allen großen Städten gab es dort sicher viele interessante Sehenswürdigkeiten.

Nachdem sie gefrühstückt hatte, griff Carin nach Mantel und Tasche und ging hinaus. Der Himmel war im Westen noch hell und blau, direkt über ihr jedoch hatte sich bereits eine grauschwarze Wolkendecke gebildet. Es würde sicher bald regnen. Bis jetzt hatte sie mit dem Wetter Glück gehabt. Seit sie in Irland war, hatte es nur sehr selten geregnet. John hatte ihr erzählt, dass es hier oft regnen würde und dass die Landschaft deshalb so schön grün sei.

231

Dublin erinnerte Carin sehr an London. Der Fluss Liffey, der sich durch das Stadtzentrum schlängelt, könnte die Themse sein, dachte sie. Die georgianische Architektur im nobleren Stadtteil Dublins erinnerte sie an Londons West End. Das Hafenviertel sah aus wie die Themse unter der Tower Bridge. Und Doppeldeckerbusse gab es auch, nur waren sie nicht rot, sondern grün.

Dann war da noch die Guinness Brauerei, und Carin staunte über die unzähligen Pubs, die ihren Weg säumten. Also stimmt es doch, dass die Iren den größten Teil ihrer Zeit in solchen Pubs verbringen, dachte sie schmunzelnd.

Sie schlenderte gemächlich durch die Grafton Street und machte dabei einen ausgiebigen Schaufensterbummel. Dann ging es weiter zur Nationalgalerie, in deren Restaurant sie sich mit einem kleinen Imbiss stärkte. Mit schmerzenden Füßen, aber zufrieden, machte sie sich schließlich wieder auf den Heimweg.

Es nieselte leicht, während Carin zurückmarschierte. Da sie viel weiter gegangen war, als sie eigentlich vorgehabt hatte, würde es eine ganze Weile dauern, bis sie zu Hause ankäme. Trotzdem würde sie noch genügend Zeit haben, um vor dem Abendessen ein schönes, heißes Bad zu nehmen.

Carin war überrascht, als sie feststellte, dass Sean bereits zu Hause war. Die Verärgerung, die sich in seinem Gesicht ausdrückte, war nicht zu übersehen.

Wütend riss er die Tür auf und herrschte Carin an: „Wo zum Teufel bist du gewesen?"

Sie zog die Stirn kraus. „Draußen."

„Was heißt draußen?" Sean trat zurück, um Carin einzulassen. Dann schlug er die Tür mit einem lauten Knall zu und baute sich drohend vor ihr auf.

Carin ärgerte sich über sein unmögliches Verhalten. „Ich war spazieren. Ist das vielleicht verboten?", gab sie schnippisch zurück. Doch da kam ihr plötzlich ein Gedanke: Vielleicht verglich Sean sie ja nur mit Josie und glaubte, sie wäre ausgegangen, um sich an einen anderen Mann heranzumachen. „Ich war in der Stadt und habe mir die Sehenswürdigkeiten angeschaut", fügte sie rasch hinzu. „Schade,

*Das Cottage im Wald*

dass du nicht dabei warst."

„Du willst mir doch nicht weismachen, dass du dich jetzt schon langweilst. Wir sind erst zwei Tage hier."

„Ich will eben nicht ständig an Josie erinnert werden. Egal, wo ich hinsehe, alles ist Josies Werk."

„Ich habe dir doch gesagt, du kannst das Haus neu einrichten."

„Und ich habe dir erklärt, warum ich das nicht tun werde."

„Wie auch immer, ich bin extra früher gekommen, um mit dir zusammen zu sein."

Carin zog tief den Atem ein. „Es tut mir leid, Sean, aber das konnte ich ja nicht wissen."

„Natürlich nicht", sagte er verächtlich. „Du bist ja viel zu sehr mit dir selbst beschäftigt, wie alle Frauen. Verdammt noch mal, Carin, du hättest mir wenigstens eine Nachricht hinterlassen können."

„Du bist gestern auch weggegangen, ohne mir Bescheid zu geben."

„Und das musstest du mir gleich heimzahlen, wie?" Seans Augen funkelten vor Zorn.

„Natürlich nicht", protestierte Carin. „Aber ich dachte, du würdest ohnehin den ganzen Tag fortbleiben, und weil ich frische Luft brauchte, bin ich eben rausgegangen. Du bist nicht fair, Sean. Wenn du schon darauf bestehst, dass ich tue, was ich will, dann brauchst du dich auch nicht zu beschweren, wenn ich einmal nicht zu Hause bin."

Plötzlich war sein Ärger wie verflogen, und er lächelte. „Du bist sehr schön, wenn du wütend bist, wie immer, mein Schatz. Ich will mit dir schlafen, Carin", sagte er plötzlich, und seine Stimme klang heiser. „Ich halte es nicht länger aus."

Ja, das ist alles, was du von mir willst, dachte Carin bitter, und Tränen schossen ihr in die Augen. Schnell drehte sie sich um, damit Sean sie nicht sah. „Ich brauche jetzt ein Bad. Ich bin den ganzen Tag herumgelaufen und bin müde und verschwitzt."

„Du bist müde!" Der kalte Spott in Seans Stimme ließ Carin erschaudern. „Was du nicht sagst! Wir sind erst zwei Tage verheiratet, und schon kommst du mir mit Ausreden. Das ist nicht gut, Carin. Du bist meine Frau, und ich will dich – und zwar jetzt."

„Ich habe nicht gesagt, dass ich nicht mit dir schlafen will", erwiderte Carin erregt, und ihr Herz begann bei dem Gedanken wild zu klopfen. „Ich brauche nur eine kleine Erfrischung."

Ein leidenschaftliches Funkeln trat plötzlich in Seans Augen. „Dann baden wir zusammen. Hast du das schon mal gemacht, Carin? Mit einem Mann gebadet? Ist dieser Karl in seiner anfänglichen Begeisterung jemals auf einen solchen Gedanken gekommen?"

Carins Wangen glühten, doch sie versuchte, kühl zu bleiben. „Nein, ganz bestimmt nicht."

Sean lachte über ihre scheinbare Entrüstung. Dann ging er auf sie zu und hob sie auf die Arme. Carin schmiegte sich an seine Brust, während er sie mühelos die Stufen zum Schlafzimmer hinauftrug.

Dort setzte er sie behutsam ab und sah ihr sekundenlang tief in die Augen. „Ich bin gleich wieder da", sagte er leise und verschwand im Badezimmer. Sekunden später hörte Carin Wasser laufen, und der Duft eines exotischen Badeöls drang zu ihr ins Zimmer.

Carin rieb nervös die Hände aneinander. Nein, Sean würde ihr nicht wehtun. Was er gesagt hatte, war keine Drohung, sondern ein Versprechen. Als er aus dem Badezimmer kam, durchströmte sie heißes Verlangen.

„Du bist eine sehr begehrenswerte Frau, Carin", flüsterte Sean ihr zu. Sanft strich er mit dem Finger über ihre Wange, dann über ihren Hals bis zum Ausschnitt ihres roten Wollkleides. Langsam, ganz langsam begann er, Carin zu entkleiden, wobei er jeden Zentimeter ihrer nackten Haut mit zärtlichen Küssen bedeckte. Nur mit Mühe konnte Carin sich beherrschen. Sie wollte Sean helfen, wollte sich das Kleid herunterreißen, um endlich seinen harten, nackten Körper auf ihrer Haut zu spüren.

„Jetzt bist du dran", raunte Sean ihr ins Ohr.

Carin sah ihn erstaunt an, doch dann begriff sie, was er meinte. Sie zögerte einen Moment, wollte der Versuchung widerstehen, Sean auszuziehen, doch sie schaffte es nicht. Sie wollte es tun, ja, sie sehnte sich sogar danach, und trotzdem hatte sie Angst. Angst vor sich selbst und vor dem Vulkan, der in ihr tobte.

*Das Cottage im Wald*

„Was ist los?", spöttelte Sean, als hätte er ihre Gedanken erraten. „Hast du etwa Angst? Hast du noch nie einen Mann ausgezogen?" Er ergriff ihre Hände und legte sie auf die Knöpfe seines Hemdes.

Jetzt konnte Carin sich nicht mehr halten. Ungeduldig streifte sie Sean das Hemd ab, fuhr mit den Händen über seine Brust und seinen muskulösen Rücken, küsste ihn, rieb ihre Brüste an seinem Körper und berührte die Brustspitzen sanft mit den Zähnen. Sie hörte, wie Sean tief den Atem einzog, und fühlte, wie seine Muskeln sich anspannten. Noch nie hatte sie so etwas bei einem Mann getan, und doch schien sie instinktiv zu wissen, womit sie Sean erregen konnte. Es war ein berauschendes Gefühl.

Als Nächstes öffnete Carin den Knopf seiner Hose und zog den Reißverschluss auf. Als Sean die graue Hose auszog, durchströmte Carin ein schier unstillbares Verlangen, ihn zu berühren. Sie wollte ihn, sie musste einfach mit ihm schlafen. Eine Leidenschaft war in ihr erwacht, derer sie sich nie für fähig gehalten hätte.

Zitternd vor Begierde sank Carin Sean in die Arme.

## 9. KAPITEL

Mit Sean zu baden und ihn zu lieben war wundervoll gewesen. Carin hatte sich hemmungslos ihrer Lust hingegeben. Die Liebesspiele in dem warmen Wasser hatten ihre kühnsten Erwartungen übertroffen. Zuerst hatte jeder mit zärtlichen Berührungen den Körper des anderen erkundet. Dann hatte Sean Carin geliebt – im Wasser, auf dem Bett, auf dem Boden und im Stehen. Schließlich waren sie erschöpft eingeschlafen.

Die Sonne tauchte den Himmel in ein violettes Licht, als Carin im Morgengrauen erwachte. Würde Sean heute das Haus wieder ohne ein Wort verlassen, wenn sie sich schlafend stellte? Es war schrecklich, dass sie ihm nur nahe sein konnte, wenn sie mit ihm schlief. Er wollte nur ihren Körper, und das tat unsagbar weh.

Carin hatte geglaubt, eine gut funktionierende sexuelle Beziehung sei genug für den Anfang. Doch sie hatte sich geirrt. Nichts wünschte sie sich sehnlicher, als mit Sean auch seelisch verbunden zu sein. Ehepartner sollten Freunde sein, einander nahe stehen und sich gegenseitig vertrauen. Carin wünschte sich so sehr, dass Sean sie an seiner Arbeit, seinen Problemen und an allen Dingen, die ihn bewegten, teilhaben ließ.

Erneut fiel sie in tiefen Schlaf, und als sie die Augen wieder öffnete, schien die Sonne hell ins Zimmer. Der Platz neben ihr war leer. Carin warf einen Blick auf die Uhr. Es war bereits neun, also konnte sie Sean keinen Vorwurf machen, dass er schon gegangen war. Zumindest aber hätte er sie wecken und zum Abschied küssen können. Nur ein paar liebevolle Worte am Morgen, und sie wäre glücklich gewesen.

In der Küche fand sie einen Zettel auf dem Tisch. Freudestrahlend nahm sie ihn auf und las: „Carin, Mrs. Blake hat Probleme mit dem Rücken und kann ein paar Tage nicht kommen. M."

Unpersönlicher hätte es nicht sein können. Kein liebes Wort, nichts, das darauf hindeutete, wie schön und erotisch die letzte Nacht gewesen war.

Wut und bittere Enttäuschung stiegen in Carin auf, und sie schlug zornig mit der Faust auf den Tisch. Wie konnte Sean es nur wagen, sie

*Das Cottage im Wald*

so zu behandeln? Und dann sollte sie ihm auch noch um den Hals fallen, wenn er spätabends nach Hause kam und Lust auf Sex verspürte! Wie demütigend das war. Oh nein, nicht mit mir, dachte Carin.

Doch dann ließ sie sich resigniert auf den Stuhl sinken. Es hatte keinen Sinn, sich etwas vorzumachen. Sean brauchte sie nur anzusehen, und ihr Widerstand würde dahinschmelzen wie Eis in der Sonne. Sie verstand sich selbst nicht mehr. War sie denn total verrückt geworden?

Nachdenklich brühte sie sich frischen Tee auf und trank ihn langsam aus. Sie würde die Hausarbeit heute selbst erledigen, das Abendessen kochen und sich um die Wäsche kümmern. Vielleicht war Sean heute Abend besser gelaunt, und sie könnte sich vorstellen, dass sie eine ganz normale Ehe führten.

Da klingelte das Telefon, und sie nahm den Hörer ab. „Hi, Carin!", ertönte Stephanies muntere Stimme. „Also, ich weiß nicht, ob ich mit dir schimpfen oder dir gratulieren soll."

„Ach, du weißt es schon?"

„Gerade vor ein paar Minuten habe ich von eurer Hochzeit erfahren. Von einem Bekannten, der zufällig in Seans Firma arbeitet. Dann habe ich natürlich sofort diesen Nichtsnutz von meinem Schwager angerufen und ihm gründlich den Kopf gewaschen. Und Bruce – was glaubst du, wie der toben wird, wenn er erfährt, dass sein eigener Bruder in aller Heimlichkeit wieder geheiratet hat, ohne ihm etwas davon zu sagen. Ich hatte keine Ahnung, dass da was war zwischen euch beiden. Ihr habt euch ja nie etwas anmerken lassen, wenn ich dabei war."

„Zu dem Zeitpunkt wussten wir selbst noch nicht, was wir füreinander empfanden", entschuldigte sich Carin.

„Aber danach ging alles umso schneller, nicht wahr? Wie romantisch", schwärmte Stephanie. „Sag mal, Carin, wie wär's denn, wenn ich auf einen Sprung vorbeikäme? Du musst doch schrecklich einsam sein, jetzt, wo Sean wieder arbeitet. Darüber habe ich ihm übrigens auch meine Meinung gesagt."

„O ja, das wäre schön", stimmte Carin erfreut zu und fragte sich im Stillen, wie Sean wohl auf Stephanies Moralpredigt reagiert haben mochte. Wahrscheinlich hatte er gar nichts dagegen gesagt. Er hatte Stephanie viel zu gern, als dass er ihr etwas übelnehmen würde. „Aber musst du denn nicht arbeiten?", erkundigte Carin sich.

„Jetzt nicht mehr", verriet Stephanie aufgeregt. „Ich bin schwanger, Carin. Zwar erst im vierten Monat, aber ich habe trotzdem beschlossen, meinen Job vorerst aufzugeben. Da kann ich mich so richtig schonen."

„Oh, Stephanie, das ist wundervoll!"

Ein fröhliches Lachen ertönte am anderen Ende der Leitung. „Wir freuen uns auch riesig. Ich bin bei dir, so schnell ich kann, Carin. Übrigens, wie geht es denn deinem Bruder?"

„Er ist schon fast wieder gesund." Carin hatte John am vorigen Abend angerufen, und er hatte einen so glücklichen Eindruck gemacht, dass Carin fast neidisch auf ihn geworden war. Jeder schien glücklich zu sein, nur sie selbst war es nicht.

Carin führte Stephanie ins Wohnzimmer, von wo aus sie einen wunderschönen Blick auf den Garten hatten. Die Couch am Fenster war schnell zu Carins Lieblingsplatz geworden.

„Sean hatte kein Recht, sofort wieder arbeiten zu gehen, ohne mit dir Flitterwochen zu machen", bemerkte Stephanie, während sie es sich auf dem weichen Polstersessel gemütlich machte. „Ehrlich, der Mann hat überhaupt kein Gewissen."

„Hast du ihm das auch gesagt?", fragte Carin lachend.

„Du glaubst gar nicht, was ich ihm alles an den Kopf geworfen habe", gab Stephanie vergnügt zu. „Es hätte mich nicht gewundert, wenn er hier angetanzt wäre und sich reumütig bei dir entschuldigt hätte." Dann wurde sie plötzlich ernst. „Auf der anderen Seite muss man aber auch bedenken, dass seine Arbeit ihm sehr viel bedeutet. Darum kann ich auch nicht verstehen, warum er so lange fortgeblieben ist. Aber eigentlich bin ich froh darüber, denn sonst hätte er dich nicht kennengelernt. Ein bisschen Glück im Leben hat Sean wirklich verdient. Ich hoffe, wir werden gute Freundinnen, Carin."

„Ganz sicher", erwiderte Carin dankbar. „Und Bruce muss ich auch endlich kennenlernen. Warum kommt ihr beide nicht mal zum Abendessen?"

*Das Cottage im Wald*

„Sei doch froh, dass wir euch vom Hals bleiben", scherzte Stephanie. „Ich wette, ihr landet sofort im Bett, wenn Sean abends nach Hause kommt."

Carin spürte, wie sie vor Verlegenheit rot wurde. „Nein, wirklich, ihr müsst unbedingt kommen", versicherte sie schnell.

„Also, wenn das so ist, dann kommen wir gern. Wie gefällt dir denn das Haus?"

Carin zuckte die Schultern. „Ganz gut", antwortete sie ausweichend.

„Erinnert dich nicht alles viel zu sehr an Seans erste Frau?", fragte Stephanie sanft. Carins Unsicherheit war ihr nicht entgangen.

„Ja, du hast recht. Ich glaube, keiner von uns beiden fühlt sich hier besonders wohl. Es ist einfach zu …, ach, ich weiß nicht, wie ich sagen soll. Ein kleines gemütliches Cottage irgendwo wäre viel schöner."

„Wünscht sich Sean das denn auch?"

„Ich glaube schon. Er meint zwar, ich solle die Wohnung neu einrichten, aber ich bin sicher, das würde nichts ändern. Die ganze Atmosphäre in dem Haus stimmt einfach nicht."

„Ich verstehe, was du meinst", sagte Stephanie. „Es ist ein Jammer, dass Sean das Cottage seines Vaters verkaufen musste. Das hätte dir bestimmt gefallen. Es hatte irgendwie Stil, weißt du – eine persönliche Note."

„Ich würde es zu gern einmal sehen", entfuhr es Carin spontan. Vielleicht würde sie durch das Cottage Seans Wesen ein wenig besser kennenlernen.

„Dann fahren wir doch heute noch hin und sehen es uns an", schlug Stephanie begeistert vor.

Kurzentschlossen machten sich die beiden jungen Frauen auf den Weg. Nachdem sie ein gutes Stück aus der Stadt herausgefahren waren, befanden sie sich im Herzen des Landes, das jeden Besucher mit seinen herrlichen Heidelandschaften und Torfmooren, Pinien-, Lärchen- und Tannenwäldern bezauberte. Hier und da tauchten vereinzelt Cottages auf, und einmal sogar ein altes, leerstehendes Mönchskloster. Die überwältigende Schönheit der Landschaft Irlands beeindruckte Carin immer wieder aufs Neue.

*Margaret Mayo*

Etwas außerhalb von Wicklow County stand ein zauberhaftes, aus weißen Steinen erbautes Cottage mit einem Reetdach und einer pinkfarbenen Eingangstür. „Das ist es", sagte Stephanie, während sie den Wagen anhielt. Beim Näherkommen stellten die beiden überrascht fest, dass es zum Verkauf angeboten wurde.

„Komm, Stephanie. Lass uns fragen, ob wir es uns ansehen dürfen", ereiferte sich Carin.

Das ebenfalls pinkfarbene Gartentor hing aus den Angeln, und der Garten selbst war sehr vernachlässigt. Trotzdem erkannte Carin sofort, wie schön er einst gewesen sein mochte. Alle Blumen, die Sean ihr beschrieben hatte, waren da: Malven, wilde Rosen, Margeriten, Fuchsien und Dutzende von anderen Blumen in verschiedenen Stadien Ihrer Blütezeit.

Enttäuscht stellten die beiden Freundinnen jedoch fest, dass keiner da war. Tatsächlich schien das Haus völlig unbewohnt zu sein, und die dafür zuständigen Makler waren natürlich in Dublin. „Dann hole ich eben morgen die Schlüssel und komme danach wieder hierher", meinte Carin optimistisch. „Würdest du mich wieder herfahren?"

„Natürlich, gern", versicherte Stephanie.

Am Abend erzählte Carin Sean lediglich, dass Stephanie angerufen habe. Dass sie zusammen das Cottage besucht hatten, verschwieg sie jedoch.

„Mich hat sie auch angerufen", gab Sean schmunzelnd zu. „Diese Frau weiß wirklich, wie sie einen zur Schnecke machen kann."

Bei ihm kann Stephanie nie etwas falsch machen, dachte Carin. Wenn er mich doch nur auch so gern hätte wie sie. „Ich dachte, wir sollten sie und Bruce mal zum Dinner einladen. Das ist dir doch recht?", schlug sie vorsichtig vor.

Sean nickte zustimmend. „Gute Idee. Wie wär's mit morgen?"

Carin war verdutzt, dass er sofort einverstanden war, freute sich aber riesig.

Zum Abendessen gab es gegrilltes Hähnchen mit Zwiebel- und Salbeifüllung und dazu viel frisches Obst. Sean aß mit großem Appetit, war jedoch die ganze Zeit über sehr schweigsam und in sich ge-

*Das Cottage im Wald*

kehrt. Nachdem sie gegessen hatten, stand er auf und erklärte, er habe sich Arbeit mitgebracht und werde sich nun für den Rest des Abends in sein Arbeitszimmer zurückziehen.

Carin war enttäuscht. Sie hatte gehofft, Sean würde den Abend mit ihr verbringen. „Kann ich dir irgendwie helfen?", erbot sie sich, und als Sean ablehnte, fühlte sie sich in ihrem Verdacht bestärkt, dass sein Interesse an ihr rein sexueller Art war.

„Kann ich wenigstens bei dir im Zimmer sein?", bohrte sie weiter. „Ich bin ganz leise und störe dich bestimmt nicht."

„Nein, Carin. Ich muss mich bei der Arbeit voll konzentrieren", entgegnete Sean sichtlich nervös.

„Ich komme mir schon vor wie ein Vogel im goldenen Käfig." Carin hatte die Worte nur leise vor sich hingesprochen, aber Sean hatte sie dennoch verstanden.

„Meinst du das ernst, Carin?"

„Ja", erklärte sie bestimmt und hob trotzig das Kinn. „Merkst du denn nicht, dass ich hier wie eine Gefangene lebe? Ich soll den ganzen Tag zu Hause bleiben, aber wenn du heimkommst, willst du mich nicht sehen. Was soll das, Sean? Warum hast du mich geheiratet, wenn du im Grunde nichts von mir wissen willst?"

Er schloss die Augen und atmete tief durch. Als er Carin wieder ansah, war seine Miene ausdruckslos. „Ich habe dich geheiratet, weil …, weil ich dich brauche."

„Ja, natürlich, und wie du mich brauchst", spottete Carin. „Um deine sinnlichen Begierden zu befriedigen."

„Und deine, vergiss das nicht", entgegnete Sean scharf.

„Soll das etwa alles sein, worin unsere Ehe besteht? Reicht es dir, dass wir uns im Bett gut verstehen?"

„Es ist zumindest ein Anfang, oder wenigstens dachte ich, es sei einer."

Carin verstand nicht, was Sean damit meinte. Er ließ ihr jedoch keine Zeit zum Nachdenken. „Dass es doch nicht reicht, habe ich erst später gemerkt", gab er zu. „Du bist nicht das Mädchen, für das ich dich hielt, Carin." Seans Züge waren hart, seine Augen dunkel, als er sprach. Dann schob er ohne ein weiteres Wort seinen Stuhl zurück, stand auf und verließ den Raum.

Carin hatte keine Ahnung, was das alles bedeuten sollte. Mit einemmal wurde ihr eiskalt. Zitternd saß sie auf dem Stuhl und rieb sich die Arme. Diese Ehe konnte einfach nicht gutgehen. Das wurde ihr mit jedem Tag klarer. Sean war ein viel schwierigerer und komplizierterer Mensch, als sie gedacht hatte. In hundert Jahren würde sie diesen Mann nicht verstehen.

Am nächsten Morgen holte Carin gemeinsam mit Stephanie den Schlüssel für das Cottage. Auf der Fahrt dorthin nutzte sie die Gelegenheit, um Stephanie und Bruce zum Dinner einzuladen. Stephanie sagte erfreut zu. „Bruce brennt förmlich darauf, dich kennenzulernen."

Innen war das Cottage größer und geräumiger, als es von außen den Anschein hatte. Trotzdem wirkte die Wohnung gemütlich, und fast jedes Zimmer hatte einen offenen Kamin. Das Haus war noch vollständig möbliert, und Carin hatte vom Makler erfahren, dass die Frau, die hier gewohnt hatte, gestorben war und ihre Familie in Amerika lebte. Nun sollte es mit allem, was dazugehörte, verkauft werden.

Carin stellte sich vor, wie Sean hier als Junge gelebt hatte, wie er im Garten und am Fluss gespielt und sich, als er älter gewesen war, liebevoll um seine Schwester gekümmert hatte. Warum nur hatte er sich von Josie überreden lassen, dieses wundervolle Anwesen zu verkaufen? Es musste ihm sehr schwergefallen sein.

In diesem Augenblick wusste Carin, wie sie Sean beweisen konnte, dass sie ihn liebte. Sie würde dieses Cottage für ihn zurückgewinnen. Das war ihre einzige Chance.

Da Stephanie noch einen Termin beim Gynäkologen hatte, setzte sie Carin vor der Hauseinfahrt ab und fuhr dann gleich weiter.

Gutgelaunt und zufrieden mit sich selbst, summte Carin vor sich hin, während sie die Haustür öffnete. Erschrocken hielt sie inne, als sie Sean in der Diele stehen sah. Sein wilder, drohender Blick jagte ihr eiskalte Schauer über den Rücken.

„Wo warst du, verdammt noch mal?", fuhr er sie an. „Wem gehört der Wagen, aus dem du da eben gestiegen bist? Nein, sag nichts. Es war irgendein Kerl, an den du dich herangemacht hast, gib's zu. Wenn

*Das Cottage im Wald*

es das ist, was du willst, dann geh doch zu ihm! Du kannst gleich deine Sachen packen und verschwinden, ich halte dich nicht!"

Carin war so schockiert, dass sie sekundenlang kein Wort herausbrachte. Das meinte Sean doch nicht im Ernst. Er konnte sie unmöglich hinauswerfen, nur weil er vermutete, dass sie sich mit einem anderen Mann getroffen hatte.

„Du irrst dich", widersprach sie heftig. „Ich habe mich mit keinem Mann getroffen. So etwas würde ich nie tun."

„Nein?", höhnte Sean. „Dann verrate mir doch mal, mit wem du die letzten zwei Tage zusammen warst. Da staunst du, was? Ich weiß nämlich, dass du gestern auch unterwegs warst. Ich habe mehrmals versucht, dich anzurufen, aber es hat sich keiner gemeldet. Und gestern Abend hast du es nicht einmal für nötig befunden, mir etwas davon zu sagen. Stattdessen überhäufst du mich mit Vorwürfen, dass meine Arbeit mir wichtiger sei als meine Frau. Wer zum Teufel ist er, Carin?"

Einen Augenblick lang war sie versucht, Sean nicht die Wahrheit zu sagen. Wenn er so wenig Vertrauen zu mir hat, ist er selber schuld, dachte sie zornig. Doch dann besann sie sich. Hatte sie sich nicht geschworen, alles zu tun, um Seans Liebe zu gewinnen? Sie sah ihm fest in die Augen und versuchte ihren Stolz hinunterzuschlucken. „Ob du's glaubst oder nicht, ich war mit Stephanie zusammen."

„Stephanie?", wiederholte Sean verdutzt.

„Ja, ganz recht – Stephanie. Wir sind heute Mittag zusammen essen gegangen. Sie meinte, ich würde ihr leid tun, weil ich den ganzen Tag allein zu Hause sitze. Aber wozu erzähle ich dir das überhaupt? Du denkst ja doch nur an deinen Job. Deine Frau kommt erst an zweiter Stelle. Das hätte ich vorher wissen sollen."

„Meinst du nicht, es wäre richtig gewesen, mir Bescheid zu sagen?"

„Wenn wir eine normale Ehe führen würden, dann ja. Aber da du mir mehr als deutlich zu verstehen gabst, dass du dich nicht im Geringsten um mich scherst, warum sollte ich mir dann um dich Gedanken machen?"

„Ich hätte dich nicht geheiratet, wenn ich mir nichts aus dir machte, Carin."

Aber du liebst mich nicht, dachte sie traurig. Wenn du wüsstest, wie weh das tut. „Dieses Gespräch bringt uns nicht weiter", entgegnete sie dennoch gefasst. „Und jetzt entschuldige mich bitte, ich muss unter die Dusche. Es sei denn, du willst mich immer noch loswerden."

Sie blieb vor Sean stehen und sah ihm herausfordernd in die Augen. Dabei war sie ihm so nahe, dass sie den verführerischen Duft seines Rasierwassers roch.

In diesem Moment zog Sean sie an sich und küsste sie hart auf den Mund. Sein Kuss war fordernd und trotzdem voller Leidenschaft. Carin hatte Mühe, gegen die aufsteigende Erregung anzukämpfen. Doch diesmal schaffte sie es. Seans Verhalten, seine Anschuldigungen, all das war zu demütigend für sie gewesen. Mit einer Willensstärke, die sie selbst überraschte, blieb sie völlig steif und reagierte nicht auf seinen Kuss. Sean schob sie verärgert von sich, und als sie schweigend nach oben ging, liefen Tränen über ihre Wangen.

Lange ließ Carin warmes Wasser über ihren Körper laufen, als könne sie den maßlosen Ärger und die Enttäuschung, die sich in ihr aufgestaut hatten, damit wegspülen. Warum hatte Sean eine so schlechte Meinung von ihr? Glaubte er wirklich, sie würde sich mit anderen Männern treffen, wie Josie oder seine Mutter es getan hatte? Kannte er sie wirklich so schlecht?

Als Carin aus dem Badezimmer kam, saß Sean auf der Bettkante und sah sie fragend an. Carins Herz begann sofort, höher zu schlagen. Rasch zog sie das Handtuch enger um sich. Er sollte sie nicht nackt sehen – nicht jetzt.

„Wessen Idee war es eigentlich, mit Stephanie auszugehen, deine oder ihre?"

„Womit wir wieder beim gleichen Thema wären, nicht?", entgegnete Carin spitz. „Ist es denn so wichtig, wessen Idee es war?"

„Für mich schon. Ich will nämlich nicht, dass du jedem X-Beliebigen private Dinge über uns erzählst."

*Das Cottage im Wald*

„Stephanie ist deine Verwandte und nicht jede X-Beliebige." Sean stand auf, und Carin wich ein Stück zurück. Auf keinen Fall sollte er merken, wie sehr sie sich nach ihm sehnte.

„Es gibt nichts Schlimmeres als Verwandte", sagte er mürrisch. „Die mischen sich überall ein. Stephanie hat mir ja schon die Leviten gelesen."

„Und damit hatte sie vollkommen recht, das weißt du. Aber wenn es dich beruhigt – über unser Verhältnis habe ich ihr nichts erzählt, obwohl wir, weiß Gott, keine normale Ehe führen. So langsam frage ich mich, warum ich dich überhaupt geheiratet habe."

„Dafür hattest du bestimmt einen Grund, oder nicht?" Sean zog die Brauen hoch und wartete auf eine Antwort.

Carin kämpfte mit sich. Was sollte sie sagen? Dass sie Sean liebte, es jedoch nicht ertragen konnte, wie er sie behandelte? Würde er sie dann auslachen und ihr ins Gesicht sagen, dass sie eine Närrin sei und von Anfang an hätte wissen müssen, dass er sie niemals lieben würde? Sie schluckte hart. „Ich dachte, wir könnten Freunde sein", sagte sie schließlich leise. „Ich hoffte, wir würden uns in anderen Dingen genauso gut verstehen wie im Bett. Aber so ist es leider nicht. Du verbringst die ganze Zeit mit deiner Arbeit, und ich bin mir selbst überlassen. Und wenn ich dir helfen will, weist du mich ab."

„Dafür habe ich meine Gründe", erwiderte Sean kühl. „Und jetzt versprich mir, dass du nicht mehr in der Weltgeschichte herumziehst, ohne dass ich weiß, wo du steckst."

„Sag doch gleich, dass du mich am liebsten anketten würdest."

„Aber, Carin, das ist doch Unsinn. Ich mache mir nur Sorgen um dich. Ich sehe ja ein, dass es nicht leicht für dich ist, hier zu leben. Du kennst niemanden, hast keine Freunde. Warum beschäftigst du dich nicht weiter mit dem Haus?"

„Weil ich dieses verdammte Haus hasse", platzte sie heraus.

Das schien Sean zu überraschen, und er sah sie lange prüfend an. „Wenn das wahr ist, dann verkaufen wir es", sagte er schließlich, „und ziehen irgendwo anders hin. Vielleicht in das Cottage, von dem du so schwärmst."

Carins Augen begannen zu leuchten. „Ist das dein Ernst?"

245

„Ja, natürlich. Wenn es dich glücklich macht. Erkundige dich bei den Maklern, ob es zu verkaufen ist. Ich lasse dir freie Hand."

Vor Freude wäre Carin Sean am liebsten um den Hals gefallen und hätte ihn geküsst, aber er war bereits zur Tür gegangen.

Ich werde dich nicht enttäuschen, dachte Carin, glücklich und entschlossen zugleich. Da fiel ihr etwas ein, und sie rief Sean zurück: „Du hast doch nicht vergessen, dass dein Bruder und Stephanie heute Abend kommen?"

Sean drehte sich um und zog die Stirn kraus. „Ach ja, stimmt. Ruf mich, wenn sie da sind. Ich bin in meinem Arbeitszimmer."

Carin machte es riesigen Spaß, für alle zu kochen. Sie war froh, dass Mrs. Blake nicht hier war, denn so konnte sie in der Küche nach Belieben schalten und walten. Im Geiste sah sie schon das komplette Menü vor sich: eine in dünne Scheiben geschnittene, saftige Melone in Himbeersauce als Vorspeise, Kalbsmedaillons in Roquefort-Käsesauce als Hauptgericht und zum Schluss frischen Obstsalat als Dessert. Carin hatte alles sorgfältig vorbereitet, sodass sie sich nun in Ruhe an die Arbeit machen konnte.

Obgleich Sean sie gebeten hatte, ihn zu rufen, sobald die Gäste da wären, hörte Carin ihn schon lange vor der vereinbarten Zeit nach oben gehen. Kurz darauf erschien er frisch geduscht und umgezogen in der Küche. Die graue Hose, das blassblaue Seidenhemd und die blaugraue Krawatte standen ihm hervorragend. Der betörende Duft eines neuen Aftershaves drang Carin in die Nase, und sofort verspürte sie ein erregendes Kribbeln auf der Haut.

„Hier riecht's aber gut", bemerkte Sean anerkennend.

„Endlich habe ich mal Gelegenheit, selbst zu kochen", sagte Carin vergnügt. „Es macht mir wirklich riesigen Spaß."

„Willst du damit andeuten, dass Mrs. Blake überflüssig ist?"

„Nein, natürlich nicht", versicherte Carin schnell, als sie den dunklen Schatten auf Seans Gesicht sah.

„Das will ich auch hoffen. Der Job gehört ihr, solange sie ihn braucht."

Da läutete es an der Tür. Erleichtert über die willkommene Unter-

*Das Cottage im Wald*

brechung, öffnete Carin, um die Gäste zu begrüßen.

Bruce sah Sean nicht im Geringsten ähnlich. Carin hatte sich ihn ganz anders vorgestellt – mit schwarzem welligen Haar und kräftiger Gestalt so wie Sean. Stattdessen war er, obwohl ebenfalls hochgewachsen, gertenschlank und hatte aschblondes Haar, das sich an der Stirn bereits lichtete, obwohl er jünger war als Sean. Er hatte jedoch die gleiche kräftige Kinnpartie wie sein Bruder und ebenso blaue, freundliche Augen.

Die beiden Männer umarmten sich schweigend. Es war das erste Mal seit Emilys Tod, dass sie sich wiedersahen. Dann wandte sich Bruce an Carin und schloss sie ebenfalls in die Arme.

„Endlich lerne ich dich einmal kennen", sagte er herzlich. „Stephanie hat mir schon viel von dir erzählt. Als ich hörte, dass Sean wieder geheiratet hat, wollte ich es zuerst gar nicht glauben. Jetzt weiß ich allerdings, warum."

Er wandte sich erneut an Sean. „Du bist wirklich ein Glückspilz, Bruderherz."

„Das kann man wohl sagen", erwiderte Sean heiter. Dann legte er, zu Carins Erstaunen liebevoll den Arm um sie und sah stolz auf sie herab. „Seit ich diese junge Lady kenne, hat sich mein Leben total verändert."

Den ganzen Abend über war Sean aufmerksamer und liebenswerter denn je. Er küsste Carin, nahm ihre Hand und warf ihr immer wieder liebevolle Blicke zu. Und obwohl sie wusste, dass alles nur Theater war, konnte sie nicht umhin, seine Zärtlichkeiten zu erwidern. Ihre Wangen glühten, und ihre Augen strahlten. Wie schön könnte es sein, wenn Sean immer so wäre, dachte sie sehnsuchtsvoll.

Stephanie konnte sich nicht mehr zurückhalten, als sie Carin beim Hinaustragen der Teller half. „Ich habe Sean noch nie so glücklich gesehen wie heute", sprudelte es aus ihr heraus. „Ihr beide seid wie geschaffen füreinander. Ach, wie ich mich für euch freue."

Carin lächelte sanft. „Ich liebe Sean so sehr." Da wurde ihr bewusst, dass sie zum ersten Mal ihre Gefühle laut ausgesprochen hatte. Beschämt senkte sie den Blick.

Doch Stephanie nickte ihr verständnisvoll zu. „Das brauchst du mir nicht zu sagen, Carin, es steht dir ins Gesicht geschrieben – und Sean auch."

Wenn du wüsstest, dass das alles nur Fassade ist, dachte Carin traurig. Dass Sean in Wahrheit nichts für mich empfindet. Ich kann nur hoffen, dass sich mit dem Kauf von Columbine Cottage alles ändert. Diesen Abend möchte ich aber in vollen Zügen genießen.

Und sie genoss es mehr denn je, in dieser Nacht mit Sean zu schlafen. Er war so zärtlich wie nie zuvor, schien sie förmlich anzubeten, und wenn er ihr unendlich liebevoll in die Augen sah, war Carin fast versucht zu glauben, dass er sie tatsächlich liebte. Oder war es wieder nur Verlangen in seinem Blick?

Während sie in Seans Armen lag und seinem leisen Atem lauschte, hoffte sie, dass morgen alles anders würde, dass diese Nacht der Anfang eines neuen Lebens mit Sean wäre.

Am nächsten Morgen jedoch, als sie aufwachte, hatte sich nichts geändert. Das Bett neben ihr war leer, und sie wusste, dass Sean bereits vor Stunden gegangen war. Wieder einmal hatte er sie nur benutzt, und das tat weh, so schrecklich weh.

Als Carin die Küche betrat, fiel ihr Blick auf einen Zettel, auf dem ein Schlüsselbund lag. Stirnrunzelnd nahm sie das kleine Stück Papier zur Hand und las: „In der Garage steht etwas, das dir bei der Suche nach dem idealen Cottage helfen wird. M."

Das war doch nicht etwa …? Carin ließ den Zettel fallen und stürmte hinaus. Tatsächlich! In der großen Garage stand ein funkelnagelneuer Alfa Romeo. Carin war vor Freude und Überraschung außer sich. Deshalb also war Sean gestern früher nach Hause gekommen. Er wollte ihr das Auto schenken, und sie war nicht da gewesen. Kein Wunder, dass er sich so geärgert hatte.

Warum aber hatte er ihr dann nicht später von dem Wagen erzählt, nachdem die Gäste gegangen waren? Ich werde Sean nie verstehen, seufzte Carin. Vielleicht habe ich ihn doch falsch eingeschätzt.

Wenig später saß sie im Büro des Immobilienmaklers. Nachdem sie ihm erklärt hatte, dass sie das Columbine Cottage kaufen und ihr eigenes Haus verkaufen wolle, meinte er: „Ich habe hier tatsächlich

*Das Cottage im Wald*

einen Kunden, der sich für ein Haus wie das Ihre interessiert. Wenn es ihm zusagt, könnten wir das Geschäft recht schnell abwickeln. Sind Sie mit der Familie Savage, der dieses Cottage früher gehörte, irgendwie verwandt?"

„Ich bin Sean Savages Frau", erklärte Carin. „Er war der letzte Besitzer, bevor es verkauft wurde. Jetzt möchten wir es gern zurückkaufen. Besser gesagt, mein Mann würde gern wieder dort wohnen, aber er weiß nicht, dass es zum Verkauf angeboten ist. Es soll eine Überraschung sein. Gibt es irgendwelche Schwierigkeiten?"

„Wenn Sie eine Vollmacht haben, dass Sie das Haus in Ihrem Namen kaufen können, dann nicht", erklärte Mr. Brown. „Andernfalls brauchten wir auch die Unterschrift Ihres Mannes."

„Ja, eine solche Vollmacht habe ich", versicherte Carin aufgeregt. „Wie lange wird es dauern, bis alle Formalitäten erledigt sind? Ich möchte nämlich mit sämtlichen Renovierungsarbeiten fertig sein, wenn wir unser Haus verkaufen, damit wir dann gleich in Columbine Cottage einziehen können."

Mr. Brown lächelte Carin aufmunternd zu. „Ich glaube, da haben Sie Glück, junge Dame. Der Interessent vor Ihnen ist in letzter Minute abgesprungen. Die notwendigen Unterlagen sind also zum größten Teil schon vorgefasst. In etwa einer Woche könnten Sie das Cottage kaufen – vorausgesetzt natürlich, Sie haben das Geld. Sonst müssten Sie warten, bis Sie Ihr eigenes Haus verkauft haben."

„Das ist kein Problem", erwiderte Carin selbstbewusst, denn sie war davon überzeugt, dass Sean ihr das Geld geben würde.

Zu Hause angekommen, wartete sie sehnsüchtig auf Sean. Sie brannte darauf, ihm von dem Cottage zu erzählen. Um welches es sich dabei handelte, wollte sie natürlich nicht verraten. Umso enttäuschter war sie, als er seinen Buchhalter mit nach Hause brachte. „Ich muss mit Fielding noch ein paar Zahlen durchgehen", erklärte Sean. „Reicht das Essen auch für drei?"

Es war weit nach Mitternacht, als Guy Fielding schließlich nach Hause ging. Carin hatte vor Aufregung kein Auge zugetan. Gespannt saß sie im Bett und wartete auf Sean. Sie trug ein hauchdünnes rosa Nachthemd, das mehr enthüllte, als es verbarg.

249

„Danke für das Auto, Sean", sagte sie aufgeregt, als er endlich ins Schlafzimmer kam. „Es ist wirklich toll."

„Freut mich, dass es dir gefällt."

Carin hatte das Gefühl, dass ihre aufrichtige Freude ihn verlegen machte.

„Um mir das zu sagen, hättest du aber nicht aufbleiben müssen. War aber trotzdem schön von dir", fügte er lächelnd hinzu, während er sich entkleidete.

„Da gibt es noch etwas, worüber ich mit dir reden muss", fuhr Carin vorsichtig fort.

„Hat das nicht Zeit bis morgen? Himmel, Carin, du siehst einfach zu verführerisch aus. Weißt du überhaupt, was du da mit mir anstellst?"

„Nein, ich meine, ja, aber ich muss mit dir reden, Sean. Es ist wirklich wichtig. Ich habe …, ich habe da ein Cottage gefunden, das mir unheimlich gut gefällt, und ich könnte, na ja, ich könnte die Schlüssel in einer Woche kriegen, wenn wir das Geld dafür parat hätten."

„Warum hast du es auf einmal so eilig?"

„Weißt du, es gibt noch viel Arbeit an dem Haus. Ich hätte endlich eine sinnvolle Beschäftigung, und wenn dieses Haus hier verkauft ist, wäre das Cottage schon einzugsbereit."

„Möchtest du das wirklich, Carin?"

Sie nickte.

„Meinst du nicht, du solltest dir vorher auch noch andere Häuser ansehen?"

„Ach Sean, ich bin ganz verliebt in dieses eine."

„Und du wärst glücklich dort, auch wenn ich in der Firma wäre?"

Carin nickte erneut.

„Also gut", stimmte Sean zu. „Aber dir ist doch hoffentlich klar, dass ich keine Zeit habe, mich darum zu kümmern? Ich muss mich ganz auf dich verlassen."

„Es wird dir bestimmt gefallen", versicherte Carin.

„Bei solchen Dingen scheinen wir ja zum Glück den gleichen Geschmack zu haben", bestätigte Sean. „Ich gebe dir einen Scheck und

*Das Cottage im Wald*

eröffne ein Konto für dich. Dann kannst du dir selbst so viel Geld holen, wie du für Möbel und andere Dinge brauchst. Von hier nimm aber um Himmels willen nichts mit – außer meinen Monet", fügte er grinsend hinzu.

Carin war überglücklich, doch sie hütete sich davor, ihre Begeisterung allzu deutlich zu zeigen. Sean durfte keinen Verdacht schöpfen, um welches Haus es sich handelte. Zufrieden sank sie ihm in die Arme und liebte ihn hingebungsvoll.

Am nächsten Morgen berichtete Carin Stephanie begeistert am Telefon, wie Sean reagiert hatte. „Das ist ja unglaublich", sagte Stephanie lachend. „Du bist ganz schön raffiniert. Bist du sicher, dass er nichts ahnt?"

„Ja, ganz sicher. Er hat gar keine Zeit, sich um das Cottage zu kümmern. Aber ich brauchte deine Hilfe, Stephanie. Ich möchte das Haus nämlich möglichst so einrichten, wie es damals war, als Sean noch darin wohnte. Kannst du dich noch ungefähr daran erinnern, wie es innen ausgesehen hat?"

„Und ob. Ich habe ein fotografisches Gedächtnis, meine Liebe", scherzte Stephanie. „In einer Woche, sagst du, bekommst du die Schlüssel? Dann müssen wir uns möglichst schnell nach geeigneten Möbeln und allem, was so dazugehört, umsehen. Mensch, Carin, das wird toll werden!"

„Übernimm dich bitte bloß nicht in deinem Zustand", warnte Carin ihre Freundin.

„Ach was, ich bin topfit", versicherte Stephanie vergnügt.

Dass sie damit nicht übertrieben hatte, stellte Carin fest, als die beiden sich schließlich sahen. Seit Stephanie schwanger war, schien sie förmlich aufgeblüht zu sein. *Vielleicht werde ich auch einmal so glücklich wie sie,* wünschte sich Carin insgeheim.

Während der nächsten Wochen war Carin ausschließlich mit der Arbeit am und im Cottage beschäftigt. Sie hatte es sich in den Kopf gesetzt, alles selbst zu machen – vom Tapezieren und Streichen bis zum Einbringen der Möbel und Dekorieren der Wände. Trotzdem achtete sie sorgsam darauf, dass das Abendessen rechtzeitig auf dem

Tisch stand, wenn Sean nach Hause kam.

„Wie geht es denn mit dem Cottage voran?", erkundigte er sich eines Abends. Carins war überrascht, denn es war das erste Mal, dass er danach gefragt hatte.

„So langsam, aber sicher komme ich vorwärts", antwortete sie wahrheitsgemäß, konnte aber nicht verhindern, dass sie dabei rot wurde.

„Was heißt hier ‚ich'? Sag bloß, du arbeitest selbst daran?"

„Ja", gab sie kleinlaut zu.

„Mein Gott, Carin. Wenn du kein Geld mehr hast, warum sagst du denn nichts? Ich bin bestimmt kein Geizhals."

„Es geht ja nur um die Inneneinrichtung", wandte Carin ein. „Und die Arbeit macht mir riesigen Spaß, wirklich."

Sean runzelte die Stirn. „Vielleicht sollte ich doch mal hingehen und es mir anschauen. Ich will nämlich nicht, dass du dich überarbeitest."

„Ach, das tue ich ganz bestimmt nicht", wehrte Carin eilig ab." Sean durfte ihr auf keinen Fall die Überraschung verderben. „Es macht mir wirklich Freude."

„Trotzdem sollte ich lieber ..."

„Sean, bitte", unterbrach sie ihn ungeduldig. „Ich überarbeite mich ganz sicher nicht, und ich bin davon überzeugt, dass es dir gefallen wird. Bitte warte doch, bis alles fertig ist", bat sie und schenkte Sean dabei ihr unwiderstehlichstes Lächeln. „Es soll doch eine Überraschung sein."

„Bist du sicher?"

„Ganz sicher."

Sean sah Carin lange nachdenklich an. „Es bedeutet dir viel, das Cottage, nicht wahr?"

Carin nickte.

„Komm her."

Glücklich schmiegte sie sich in Seans Arme. Zum ersten Mal hielt er sie zärtlich fest, ohne mit ihr schlafen zu wollen, und zum ersten Mal hatte Carin das Gefühl, dass so etwas wie Zuneigung und Verbundenheit zwischen ihnen bestand. Endlich schien sie Sean wirklich etwas zu bedeuten.

*Das Cottage im Wald*

Obwohl die Umarmung nur Sekunden dauerte, wusste Carin, dass dies der Wendepunkt in ihrer Beziehung war, und als Sean schließlich ins Arbeitszimmer verschwand, fühlte sie sich nicht mehr so ungeliebt und einsam wie bisher.

Carin arbeitete unermüdlich, um bis zu dem Verkauf ihres Hauses mit dem Cottage fertig zu werden. Stephanie kam gelegentlich vorbei, um ihr zu helfen, doch Carin ließ es nicht zu, dass sie irgendwelche Klettertouren unternahm oder sonstige anstrengende Arbeiten verrichtete.

„Du bist genauso schlimm wie Bruce", beschwerte sich Stephanie schmunzelnd. „Er tut geradezu, als wäre ich aus Porzellan. Man könnte meinen, ich sei die erste Frau, die je ein Baby bekommt."

„Wenn dir was passieren würde, würde ich mir das nie verzeihen", rief Carin ihr von oben zu. Sie stand gerade auf einer Klappleiter und strich die Decke eines der drei Schlafzimmer mit einer zartgelben Farbe. Als sie jedoch zu Stephanie heruntersah, wurde ihr plötzlich merkwürdig schwindlig. Alles um sie herum begann sich zu drehen, und ihre Beine gaben unter ihr nach.

„Carin!", schrie Stephanie entsetzt. Im gleichen Moment stürzte Carin von der Leiter.

## 10. KAPITEL

Glücklicherweise hatte sich Carin durch den Sturz nicht ernsthaft verletzt. Sie hatte sich an einigen Stellen stark geprellt, aber es waren keine Knochen gebrochen. „Wie ist denn das passiert?", fragte Stephanie entsetzt, die vor Schreck ebenfalls blass geworden war.

Carin konnte es sich selbst nicht erklären. „Keine Ahnung, mir war auf einmal so schwindlig."

Stephanie sah sie ernst an. „Du hast dich überanstrengt. Komm, setz dich hier hin, ich mache dir einen Tee."

„Ich bin wirklich wieder okay", protestierte Carin, doch Stephanie ließ keine Ausrede gelten.

In den noch verbleibenden Stunden arbeitete Carin langsamer. Stephanie ermahnte sie mehrmals, nach Hause zu gehen und sich hinzulegen, doch Carin beteuerte, dass es ihr gut gehe und Stephanie sich völlig unnötig Sorgen mache.

Als sie jedoch nach Hause kam, fühlte sie sich richtig elend. Sie hatte Schmerzen am ganzen Körper. Anstatt wie üblich nur kurz zu duschen, ließ sie sich ein heißes Bad ein und legte sich erschöpft in die duftenden Schaumflocken.

„Carin, wach auf. Carin!"

Carin öffnete die Augen und blickte Sean verstört an. „Du bist heute aber früh zurück", sagte sie verwirrt.

„Nein, ich bin nicht früh zurück, du bist in der Wanne eingeschlafen", erklärte er verärgert. „Carin, weißt du nicht, was dabei passieren kann?"

Jetzt merkte Carin, dass sie zitterte. Sie musste tatsächlich eine ganze Weile geschlafen haben, denn das Wasser war schon kalt.

„Bist du krank? Du siehst völlig erledigt aus." Sean fasste sie an den Armen und half ihr aus der Wanne. „Was hast du denn mit deinem Rücken gemacht?", fragte er besorgt, als er die blauen Flecken sah.

„Ach, ich bin nur gegen die Stufenleiter gerannt", log Carin. „Ist nicht der Rede wert."

*Das Cottage im Wald*

„Nicht der Rede wert? Hast du dich mal im Spiegel betrachtet? Das kann nicht von einem einfachen Stoß kommen. Carin, was ist passiert?"

„Ich friere", erwiderte sie trotzig. „Kannst du dein Verhör denn nicht auf später verschieben?"

Sofort wickelte Sean sie in ein großes, flauschiges Handtuch und rubbelte sie vorsichtig trocken. Carin fühlte sich entsetzlich elend, und ihr Kopf war schwer wie Blei. „Ich glaube, ich gehe jetzt besser ins Bett", flüsterte sie schwach. Dann wurde ihr erneut schwarz vor Augen.

Wie aus weiter Ferne nahm Carin die sanfte Stimme eines Arztes und Seans blasses Gesicht mit dem sorgenvollen Ausdruck wahr. Sie merkte kaum, wie sie in einem Krankenwagen fortgefahren und ins Krankenhaus gebracht wurde. Mehrere Stunden vergingen, bis sie endlich erwachte und wieder klar denken konnte. Erstaunt sah sie sich im Krankenzimmer um. Sean saß an ihrem Bett und sah missmutig und traurig aus.

Als er schließlich merkte, dass Carin wach war, zwang er sich zu einem Lächeln. „Wie fühlst du dich?"

„Ganz gut. Was ist denn passiert?"

„Du bist ohnmächtig geworden."

„Aber warum bin ich hier?"

Sean wirkte abgespannt, und seine Augen waren rot umrändert, als hätte er die ganze Nacht nicht geschlafen. „Weißt du das wirklich nicht?"

Carin schüttelte den Kopf. „Ich weiß nur noch, dass ich die Leiter heruntergefallen bin, aber sonst kann ich mich an nichts erinnern."

„Stephanie hat mir alles erzählt – dass du gearbeitet hast wie eine Verrückte, nur wegen des verdammten Cottages. Zum Teufel damit. Hast du gehört, Carin? Vergiss es!"

Seine harten Worte versetzten ihr einen Stich. Kraftlos ließ sie sich zurück ins Kissen fallen.

Im gleichen Augenblick eilte eine Krankenschwester herein, die offensichtlich Seans laute Stimme gehört hatte. Energisch forderte sie ihn auf, das Zimmer zu verlassen. „Ihre Frau kann in ihrem Zustand

255

*Margaret Mayo*

keinerlei Aufregung vertragen, das sollten Sie aber wissen."

Wenig später kam der Arzt herein. „Sie haben sehr viel Glück gehabt, junge Lady", meinte er und sah Carin freundlich an. „Sie hätten leicht ihr Baby verlieren können. Keine schwere Arbeit mehr, ist das klar? In den nächsten Wochen werden Sie sich schonen müssen."

Carin traute ihren Ohren kaum und sah ihn verdutzt an. „Ein Baby? Ich bin schwanger?"

„Wussten Sie das nicht?" Der Arzt zog überrascht die Brauen hoch.

„Nein, ich hatte keine Ahnung." Während der letzten zwei Wochen hatte sich Carin zwar nicht besonders wohl gefühlt, hatte dies aber der anstrengenden Arbeit im Cottage und der schwierigen Beziehung zu Sean zugeschrieben. Wie naiv war sie gewesen. Hatte sie tatsächlich geglaubt, sie könnte fast täglich ungeschützt mit Sean schlafen, ohne schwanger zu werden? „Weiß es mein Mann schon?", fragte sie leise.

„Natürlich."

Carin wagte nicht zu fragen, wie Sean die Nachricht aufgenommen hatte. Sie hatte ja selbst gemerkt, wie wütend er gewesen war. Tränen schossen ihr in die Augen. „Bitte entschuldigen Sie, dass ich mich so gehen lasse", schluchzte sie.

„Weinen Sie ruhig", tröstete der Arzt sie. „Deshalb brauchen Sie sich wirklich nicht zu schämen. Und wenn Sie sich an meine Anweisungen halten und sich schonen, wird es Ihnen bald wieder gut gehen", fügte er lächelnd hinzu.

Nachdem er das Zimmer verlassen hatte, kam die Krankenschwester wieder herein. „Sie sollten jetzt versuchen, ein bisschen zu schlafen", bestimmte sie. „Ich werde Ihren Mann nach Hause schicken und ihm sagen, er soll später wiederkommen."

Carin widersprach nicht. Sie wollte Sean jetzt nicht sehen. Sie war viel zu schwach, um sich mit ihm auseinanderzusetzen. Vor allem musste sie erst einmal selbst mit der neuen Situation fertig werden.

Als Carin zum zweiten Mal aufwachte, saß Stephanie an ihrem Bett und blickte sie besorgt an. „Ach, Carin", sagte sie und nahm deren

*Das Cottage im Wald*

Hand. „Du machst vielleicht Sachen. Geht's dir wieder besser?"

Carin nickte und versuchte vergeblich, die aufsteigenden Tränen zu unterdrücken. Sie hatte von ihrem Baby geträumt. Es war ein schrecklicher Traum gewesen. Das Baby schien immer weiter von ihr fortzuschweben. Sean rannte verzweifelt hinterher und versuchte es zu ergreifen, aber er schaffte es nicht.

„Wenn ich gewusst hätte, dass du schwanger bist, hätte ich niemals zugelassen, dass du so hart arbeitest", warf sich Stephanie vor.

„Dann hätte ich es schon von mir aus nicht getan." Ein gequälter Ausdruck trat auf ihr Gesicht. „Sean ist furchtbar wütend auf mich. Er will keine Kinder", schluchzte sie, „er …"

„Was sagst du da?", wandte Stephanie verwundert ein. „Wie kommst du denn darauf? Sean liebt Kinder über alles."

„Er hat einmal so eine Andeutung gemacht".

„Ach, da hatte er sicher nur schlechte Laune. Er meinte es bestimmt nicht ernst."

Carin war sich dessen nicht so sicher. „Er will sogar von dem Cottage nichts mehr wissen", sagte sie resigniert.

„Oh nein!", rief Stephanie entsetzt. „Du hast doch schon so viel Arbeit hineingesteckt. Hast du ihm gesagt, um welches Cottage es sich handelt?"

„Nein, du?"

Stephanie schüttelte den Kopf.

„Ich werde das Cottage nicht aufgeben", erklärte Carin entschlossen. „Ganz egal, was Sean sagt. Ich stelle einfach jemanden ein, der die Arbeit fertig macht. Wenn Sean es dann sieht, wird er hoffentlich seine Meinung ändern."

„Ganz bestimmt", meinte Stephanie zuversichtlich. „Er wird gar nicht anders können."

Sean kam erst wieder am frühen Abend. Carin hatte schon befürchtet, er könnte immer noch verärgert sein, doch zu ihrer Erleichterung lächelte er sie zärtlich an und nahm ihre Hände in seine.

„Wie geht es dir, Liebling?"

Sie lächelte schwach. „Gut. Hat der Arzt dir schon gesagt, wann ich nach Hause darf?"

„Morgen früh nach der Visite, wenn alles in Ordnung ist. Aber du brauchst auch dann noch völlige Ruhe."

Carin nickte schwach. Sie war viel zu müde, um zu widersprechen.

Sean schwieg eine Weile und sah Carin nachdenklich an. „Warum hast du mir nicht gesagt, dass du ein Baby erwartest?", fragte er schließlich sanft.

„Weil ich es selbst nicht wusste. Glaubst du denn, sonst hätte ich so hart gearbeitet? Stephanie hatte ich wegen ihres Zustands ja auch verboten, mir zu helfen."

„Ich dachte, du hättest möglicherweise absichtlich …, ich meine, vielleicht wolltest du das Baby nicht, weil …"

„Weil was, Sean?"

„Wegen der …, na ja, unsere Ehe kann man ja nicht gerade als normal bezeichnen."

Carin sah Sean fest in die Augen. „Ganz gleich, wie unsere Beziehung ist, Sean, so etwas würde ich niemals tun. Das musst du mir glauben." Für den Bruchteil einer Sekunde war sie versucht, ihm ihre Liebe zu gestehen und dass sie sein Baby genauso sehr lieben würde wie ihn. Doch etwas in Seans Blick hielt sie davon ab. Sie war davon überzeugt, dass er das Kind nicht wollte. Der Gedanke, dass er nun durch das Kind an sie gebunden war, war ihm offensichtlich zuwider.

Am nächsten Morgen holte Sean Carin vom Krankenhaus ab. Obwohl er sehr aufmerksam und zuvorkommend war, wusste sie jedoch, dass sein Verhalten nur gespielt war, um das Krankenhauspersonal nicht zu schockieren. Da war immer noch diese Mauer zwischen ihm und ihr. Er wollte sie an seinen Gedanken und Gefühlen nicht teilhaben lassen.

Die Fahrt nach Hause verlief schweigsam, und als Sean Carin schließlich aus dem Wagen half, war sie den Tränen nahe. Sie trug sein Kind unter ihrem Herzen, aber er hatte es nicht nötig, die Barriere zwischen ihnen endlich einzureißen. Wenn er dieses Kind nicht will, hätte er auch nicht mit mir schlafen dürfen, dachte sie schmerzerfüllt.

Mrs. Blake hingegen war sehr erfreut über die Neuigkeit. Sie be-

*Das Cottage im Wald*

mutterte und verwöhnte Carin, wo es nur ging, und bestand darauf, dass sie keinen Finger rührte. „Ein Baby ist genau das, was in diesem Hause fehlt", pflegte sie ständig zu sagen.

Nach dem Mittagessen verkündete Sean, dass er wieder ins Büro gehen müsse. „Mrs. Blake wird sich um dich kümmern", erklärte er Carin kühl.

Sie war tief verletzt. Sean hatte einfach kein Interesse an ihr und dem Kind. Wenn er sich während ihrer gesamten Schwangerschaft so verhalten würde, wusste sie nicht, wie sie diese Zeit durchstehen sollte.

Am Abend erkundigte er sich zwar danach, wie es ihr gehe, doch Carin kam es vor, als habe er nur aus Höflichkeit gefragt. Als sie schließlich zusammen im Bett lagen, machte Sean keine Anstalten, sie in den Arm zu nehmen. Sie hatte ja auch nicht erwartet, dass er mit ihr schlafen würde. Sie musste sich erst noch von dem Sturz erholen. Aber zumindest hätte er den Arm um sie legen und sie streicheln oder ihr auf irgendeine andere Weise zeigen können, dass sie ihm etwas bedeutete.

„Gibst du mir die Schuld, dass wir ein Baby bekommen?", fragte sie verbittert. „Du willst es nicht, oder?"

„Natürlich will ich es", antwortete Sean knapp.

„Du denkst, es sei zu früh für ein Baby. Zuerst wolltest du abwarten, ob unsere Ehe überhaupt funktioniert." Carin musste Klarheit haben. Sonst würde die Kluft zwischen ihr und Sean unüberwindbar werden. „Aber nun ist es einmal passiert", fuhr sie fort, „und wir können es nicht ungeschehen machen. Trotzdem finde ich es nicht richtig, dass du mich dafür strafst."

„Aber Carin, das tue ich doch überhaupt nicht."

„Was ist dann mit dir los? Warum bist du so gemein zu mir?"

„Wieso gemein? Ich wüsste nicht, dass ich irgendwie anders zu dir wäre als bisher. Außer, dass ich im Moment nicht mit dir schlafe. Aber das wäre in deinem augenblicklichen Zustand nicht gerade angebracht, meinst du nicht auch?"

„Wenn du mit mir schläfst, schadet das dem Baby bestimmt nicht."

„Das ist wohl das Einzige, was dich an unserer Ehe interessiert", entgegnete Sean gereizt. „Aber keine Sorge, in ein oder zwei Tagen werden wir uns wieder unseren intimen Vergnügungen widmen."

Carin schloss die Augen und versuchte krampfhaft, die aufsteigenden Tränen zu unterdrücken. Wie konnte Sean nur so schlecht von ihr denken? Aber er hatte recht. Nichts hatte sich geändert. Er war immer noch derselbe Eisblock wie vorher. Carin war bitter enttäuscht. Das Kind sollte sie einander eigentlich näher bringen. Stattdessen aber entfernte sich Sean nur noch mehr von ihr.

Am nächsten Morgen, Carin hatte bis elf Uhr geschlafen, brachte Mrs. Blake ihr das Frühstück ans Bett. Auf dem Tablett standen Toast mit Butter, Rührei und eine Tasse heißer Kamillentee. „Der ist viel besser für Sie als gewöhnlicher Tee", meinte sie fürsorglich.

Nach dem Frühstück nahm Carin das Telefon zur Hand und beauftragte eine Firma mit den letzten Tapezierarbeiten in Columbine Cottage. Um den Garten hatten sich bereits die freundlichen Nachbarn gekümmert, die die Familie Savage noch gut in Erinnerung hatten und sich freuten, dass Sean wieder dort einziehen würde.

Sobald alle Arbeiten erledigt waren, wollte Carin dafür sorgen, dass die Möbel, die sie mit Stephanie sorgfältig ausgesucht hatte, ins Haus kamen. Und dann würde sie es Sean zeigen. Carins Herz begann bei dem Gedanken wild zu klopfen, und sie hoffte, dass er nicht mehr auf das Thema Verkauf zu sprechen kam, bevor alles fertig war.

Die nächsten Tage wurden für Carin zur Qual. Sean sorgte zwar stets dafür, dass es ihr an nichts fehlte, doch sie hatte den Eindruck, als würde er dies nur aus Pflichtgefühl, nicht aber aus Liebe tun. Auch im Bett änderte sich nichts. Carin sehnte sich entsetzlich nach etwas Geborgenheit in seinen Armen. Wie schön wäre es gewesen, könnte er die Freude auf das Baby mit ihr teilen. Carins ganze Hoffnung hing nun an dem Cottage.

Dann war es schließlich so weit. Der große Tag war da. Alles war fertig, und heute würde sie Sean nach Columbine Cottage führen. Sie war sehr früh aufgestanden, um Sean noch darauf ansprechen zu können, bevor er zur Arbeit ging.

„Hör mal, wegen des Cottages …", begann sie aufgeregt.

*Das Cottage im Wald*

Sean wurde sofort wütend. „Ich will nichts mehr davon hören, Carin. Ich will, dass es verkauft wird. Hatte ich mich nicht klar genug ausgedrückt? Wir ziehen nicht dort ein. Dieses Cottage kostete mich fast mein ..." Er hielt abrupt inne und stand vom Tisch auf. „Ruf heute Morgen den Makler an und sag ihm, er soll es wieder zum Verkauf anbieten."

„Nein, Sean", widersprach Carin energisch. Sie war ebenfalls aufgestanden und blickte ihm entschlossen ins Gesicht. „Dieses Cottage bedeutet mir viel, und ich finde es nicht richtig, wie du dich verhältst. Du hast es ja überhaupt noch nicht gesehen."

„Glaubst du denn, das würde meine Meinung ändern?"

„Ja."

„Da kennst du mich aber schlecht, meine Liebe. Aber gut, wenn du unbedingt darauf bestehst, gehe ich hin und sehe es mir an."

„Ich möchte, dass wir es uns gemeinsam ansehen", bat Carin.

Sean sah sie einen Augenblick lang prüfend an, dann zuckte er die Schultern. „Wie du willst. Gehen wir, und bringen wir die Sache hinter uns."

Carin klopfte das Herz vor Aufregung bis zum Hals, als sie das Haus verließen. Gespannt verfolgte sie, wie sich Seans Gesichtsausdruck während der Fahrt nach und nach veränderte. Sie hatten Dublin bereits hinter sich gelassen und steuerten nun auf das kleine Dorf zu, in dem Sean seine Jugend verbracht hatte. Als Carin ihn schließlich bat, vor Columbine Cottage zu halten, schüttelte er fassungslos den Kopf.

Schweigend stieg er aus, ging wie im Traum den schmalen Pfad auf das Cottage zu, betrachtete den liebevoll angelegten Garten, den frischen, hübschen Anstrich des Hauses und die blitzblanken Fensterscheiben. Carin reichte ihm den Schlüssel, und Sean öffnete die Tür. Lange stand er nur wie angewurzelt da und schaute sich um, als könne er sich gar nicht satt sehen.

„Das ist unglaublich", sagte er ergriffen, mehr zu sich selbst als zu Carin. Dann ging er von einem Raum in den nächsten und nach oben in sämtliche Schlafzimmer. Die gesamte Einrichtung sah fast genauso aus wie damals.

261

Carin folgte Sean nicht, da sie sah, wie gerührt er war. Sie wusste, wie viele Erinnerungen nun auf ihn einstürmten. Dabei hoffte sie inbrünstig, dass dies der Wendepunkt in ihrem und Seans Leben sein würde.

Als Sean wiederkam, sah Carin, dass ihm Tränen über die Wangen liefen. Sanft legte er ihr die Hände auf die Schultern. „Das hast du für mich getan, Carin?"

Sie nickte.

„So viel Mühe hast du auf dich genommen, nur für mich? Aber warum?"

„Weil …, weil ich …" Nun konnte sie sich nicht mehr zurückhalten. „Weil das der einzige Weg war, um dir zu zeigen, wie sehr … ich dich liebe", brach es aus ihr heraus.

Sean schien wie erstarrt und sah Carin fassungslos an. Dann fragte er mit vor Rührung erstickter Stimme: „Du liebst mich? Du liebst mich wirklich? Das kann doch nicht wahr sein." Überwältigt wandte er sich ab. „Carin, ich kann es einfach nicht glauben."

Sie berührte ihn sanft am Arm und spürte, wie er am ganzen Körper zitterte. „Doch, Sean, es ist wahr. Ich wollte nur immer deine Liebe gewinnen. Das war das Einzige, was für mich zählte."

„Meine Liebe gewinnen?" Sean drehte sich um und blickte Carin ungläubig an. „Meine Liebe wolltest du gewinnen, Carin? Aber das brauchst du nicht – ich liebe dich doch schon so lange!"

Nun war Carin perplex. Ihr stockte der Atem. War das wirklich wahr?

„Ich habe noch nie einen Menschen so sehr geliebt wie dich", versicherte Sean und strich ihr mit zitternden Händen über die Arme. „Du bist all das, wonach ich mich mein Leben lang gesehnt habe."

„Aber …, aber wie kann das sein? Du hast mich doch …"

„So schlecht behandelt?"

Carin nickte.

„Das war alles nur Tarnung, weil ich Angst hatte."

„Angst?", flüsterte Carin. „Wovor?"

„Vor mir selbst. Ich hatte Angst, meinem Gefühl zu trauen. Wenn ich dir meine Liebe gestand, so fürchtete ich, würde sie vielleicht vor

*Das Cottage im Wald*

meinen Augen zerbröckeln. Ich wusste nicht, was du für mich empfindest. Ich hatte keine Ahnung, dass du mich auch liebst. O Carin, ich dachte, du wolltest nur Sex."

„Aber ich habe dir doch von Anfang an gesagt, dass das nicht stimmt."

„Ich war ein Narr, dass ich dir nicht glaubte. Aber weißt du, die Erfahrung hatte mir gezeigt, dass Frauen nicht immer das sind, wofür sie sich ausgeben. Und wenn ich ehrlich bin, am Anfang wollte ich wirklich nur mit dir schlafen. Ich war entschlossen, dich zu meiner Geliebten zu machen – bis ich plötzlich merkte, dass ich mehr für dich empfinde als rein körperliches Verlangen."

Carin legte Sean die Arme um den Nacken und blickte glücklich zu ihm auf. Der Kuss, der folgte, war so leidenschaftlich wie immer, dieses Mal jedoch wurde er aus tiefer Liebe gegeben. Lange standen beide da und küssten sich innig.

„O Carin, kannst du mir jemals verzeihen, dass ich so gemein zu dir war?", fragte Sean schließlich. „Ich heiratete dich, weil ich dich nicht verlieren wollte. Aber gleich nach der Trauung kamen mir Zweifel. Ich dachte, ich hätte alles falsch gemacht. Ich hatte dich zu dieser Heirat gedrängt, weil ich wusste, dass du mir zumindest körperlich nicht widerstehen konntest. Aber dann wurde mir klar, dass ich zu viel verlangte. Ich war ein furchtbarer Egoist und dachte überhaupt nicht an dich. Du kannst dir gar nicht vorstellen, wie ich mich dafür hasste. Wusstest du denn schon, dass du mich liebst, als du meine Frau wurdest?"

„Natürlich, sonst hätte ich dich doch nicht geheiratet."

„Und das Baby wolltest du auch nicht loswerden?"

„O Sean, nein", beteuerte Carin. „Ich wusste wirklich nicht, dass ich schwanger bin. Ich fühlte mich zwar ein bisschen unwohl, aber das schob ich auf die vielen Aufregungen und Veränderungen in meinem Leben. Als ich dann schließlich wusste, dass ich ein Baby erwarte, freute ich mich riesig." Sie machte eine kurze Pause, fuhr dann zögernd fort: „Ich wünschte, du könntest dich auch so freuen wie ich. Aber ich bin sicher, dass du …"

„Carin, glaubst du wirklich, ich wollte unser Baby nicht?"

263

Carin nickte traurig.

„Meine liebe, süße, wunderschöne Carin, ich freue mich auf unser Kind genauso sehr wie du, das musst du mir glauben."

„Aber du … Du bist doch sofort wieder arbeiten gegangen, nachdem du mich aus dem Krankenhaus abgeholt hattest. Das Baby schien dich überhaupt nicht zu interessieren. Und dann warst du so distanziert, so kühl und …"

Sean zog Carin an sich und hielt sie fest. „Ich wagte nicht, dir meine wahren Gefühle zu zeigen, weil ich nicht wusste, ob du mich liebst. Ich glaubte, ich hätte dir ein Kind gemacht, das du nicht wolltest, und das war schlimm für mich. Dabei merkte ich Esel gar nicht …"

Carin verschloss seinen Mund mit einem langen, zärtlichen Kuss. Als sie sich schließlich atemlos voneinander lösten, sagte sie sanft: „Du kannst dir gar nicht vorstellen, wie oft ich mir wünschte, nur in deiner Nähe zu sein und mit dir reden zu dürfen. Ich wollte fühlen, dass ich geliebt werde, nicht nur körperlich, sondern auch als Partner, als Mensch."

„Mit dir zu schlafen war die einzige Möglichkeit für mich, mich gehenzulassen", gestand Sean und küsste Carin erneut. „Aber wir haben viel Zeit, um alles nachzuholen", sagte er dann und lächelte verheißungsvoll. „Ich liebe dich so sehr, meine schöne, süße Carin. Wie habe ich Trottel dir das Leben schwer gemacht."

„Pst!" Carin legte sanft einen Finger auf seinen Mund. „Vergeben und vergessen. Was gewesen ist, ist aus und vorbei, und jetzt wollen wir in unserem Cottage glücklich werden."

„Dass ich jemals wieder hierher kommen würde", sagte Sean gerührt. „Alles ist so … perfekt. Ganz genau so, wie es früher war. Wie hast du das nur gemacht?"

„Stephanie hat mir gute Tipps gegeben", verriet Carin stolz. „Apropos Stephanie – warum hast du mich eigentlich glauben lassen, sie wäre deine Frau?"

Sean schmunzelte. „Das war so eine verrückte Idee von mir, um dich eifersüchtig zu machen."

„Nun, das ist dir auch gut gelungen." Carin lachte. „An dem Tag, als sie auftauchte, wurde mir klar, dass ich dich liebte. Das Cottage

*Das Cottage im Wald*

sollte uns endlich zusammenbringen."

„Ganz schön schlau von dir."

„Wenn es nicht geklappt hätte, ich glaube, ich wäre gestorben. Aber ich hoffe, dass du ein bisschen weniger arbeitest, wenn wir erst mal dort wohnen."

Sean verdrehte theatralisch die Augen. „Das wiederum liegt ganz bei dir, mein Schatz. Ich muss vollkommen blind gewesen sein, um nicht zu merken, dass du mich liebst. Die ganze Zeit habe ich meine Gefühle vor dir versteckt, und das war bestimmt nicht immer leicht. Aber das ist nun vorbei, Carin. Ich werde meine ganze Freizeit mit dir verbringen, und natürlich mit unserem Kind, besser gesagt, unseren Kindern. Wir werden viele Kinder haben, Carin. Dieses Cottage werden wir zu einer Insel des Glücks machen, denn das sollte es schon immer sein."

„Und was ist mit Mrs. Blake?", fragte Carin lächelnd. „Darf sie mir dann helfen, unsere Kinder aufzuziehen?"

„Carin." Sean streichelte zärtlich ihr Gesicht. „Hat dir schon jemals einer gesagt, was für eine bemerkenswerte Frau du bist?"

*– ENDE –*

*Emma Richmond*

# Irische Liebesträume
Roman

*Irische Liebesträume*

## 1. KAPITEL

„Es ist Harry!"

„Harry?", fragte Ellie verwundert, aber die Frau hörte nicht zu, sondern blickte nur fast böse einem Mann in einem hellbraunen Anzug nach.

„Und wenn er sich einbildet, er würde ungeschoren davonkommen, so kann er sein blaues Wunder erleben. Kümmern Sie sich kurz um den Stand, ja, Liebes?" Ohne eine Antwort abzuwarten, hetzte sie die Straße entlang und Harry hinterher, der rasch davoneilte.

„He", rief Ellie ihr nach, „ich weiß überhaupt nicht, wie man bedient." Warum ausgerechnet ich?, fragte sie sich. Wie um Himmels willen konnte die Frau ihr nur vertrauen? Sie hätte sich mit der ganzen Ware aus dem Staub machen können. Und welcher Teufel hatte sie geritten, dass sie ausgerechnet an einem Straßenmarkt vorbeifahren musste, dem sie um nichts auf der Welt widerstehen konnte? Wirklich, Ellie, du bist schon eine Type, schalt sie sich selbst. Dabei hättest du nur von der Fähre und über die Hauptstraße direkt nach Dublin fahren sollen. Und was hast du gemacht? Angehalten, nur für fünf Minuten, nur um dich kurz umzuschauen. Jetzt stehst du da, bist verantwortlich für den Verkaufsstand einer Frau, die du nicht kennst, die du noch nie vorher in deinem Leben gesehen hast. Und das alles, weil jemand namens Harry nicht ungeschoren davonkommen soll.

Schon wieder beobachtete sie dieser Mann mit den blauen Augen. O nein! Sie wandte sich von seinem leicht drohenden Blick ab, und während sie einige Pullis neu ordnete, versuchte sie so zu tun, als hätte sie ihr Leben lang nichts anderes gemacht.

Zwei Leute standen herum und befummelten die Schals. Sie senkte den Kopf, gab sich ahnungslos, unbeholfen und stellte sich dumm, um zu verhindern, dass sie nach einem Preis gefragt wurde. Offensichtlich funktionierte ihr Trick, denn die beiden murmelten etwas und gingen weiter.

Als sie merkte, dass sie immer noch beobachtet wurde, spähte sie vorsichtig zur Seite. Da waren sie wieder, diese blauen Augen! Oh, bitte, lass ihn kein Dieb sein, flehte sie im Stillen. Bitte lass ihn nicht mit dem ganzen Zeug verschwinden. Während sie ihn verstohlen betrachtete, fand sie, dass er einen entschieden unberechenbaren Eindruck machte. Hochgewachsen, schlaksig, schwarzes Haar, so sahen Helden aus – oder Ganoven. Und so sagenhaft blaue Augen, die den Blick gefangen hielten. Ein Blick, bei dem die Knie weich wurden, und – oh, verdammt – jetzt kam er auf sie zu. Er wirkte arrogant, nachdenklich – gefährlich? Vor ihr blieb er stehen.

„Er ist undicht", sagte er ohne Einleitung, mit einer weichen, verführerischen Stimme, die ihr durch und durch ging.

„Wie bitte?", fragte Ellie.

„Er ist undicht", wiederholte er.

„Wer?"

„Mein Mantel."

„Oh." Du meine Güte, sie hatte es doch hoffentlich nicht mit einem Irren zu tun, oder? Vorsichtig schaute sie sich um, um zu sehen, wie viele Leute in Hörweite waren, falls sie schreien musste. Dann wandte sie sich dem Fremden zaghaft lächelnd zu. „Es tut mir leid."

„Ja."

„Wie?", fragte sie verwirrt.

„Sie haben mir gesagt, er sei garantiert wasserdicht."

„Das habe ich nicht. Ich habe Sie noch nie vorher in meinem Leben gesehen."

„Nein", gab er leise zu.

„Warum sagen Sie dann ..."

„Es war nicht wörtlich gemeint. Ich habe den Mantel vor einigen Monaten hier gekauft, und man hat mir versichert, er sei wasserdicht."

„Und das ist er nicht?"

„Nein."

„Vielleicht hatten Sie einfach Pech und haben einen fehlerhaften erwischt", meinte sie in ihrer Hilflosigkeit.

„Vielleicht."

„Ich kann Ihnen das Geld nicht zurückgeben", platzte sie heraus. „Der Stand gehört nicht mir."

„Das weiß ich."

*Irische Liebesträume*

„Was wollen Sie dann?", fragte sie verzweifelt.

„Von Ihnen? Im Moment? Nichts."

Erstaunt schaute sie ihn an. Gehörte er zu denen, die ihre Scherze machten, ohne dabei eine Miene zu verziehen? Er sah nicht danach aus.

„Und wenn ich mir die Bemerkung erlauben darf", fuhr er mit dieser leisen, sanften Stimme fort, „Sie scheinen vom Verkaufen so viel Ahnung zu haben wie ein Vampir vom Blutspenden."

Ellie lächelte unsicher. „Ja", gab sie zu. „Vom Verkaufen habe ich wirklich keine Ahnung. Aber bevor ich das der Besitzerin des Standes klarmachen konnte, war sie schon einem gewissen Harry auf den Fersen, der nicht ungeschoren davonkommen soll. Es tut mir leid, dass ich Ihnen nicht weiterhelfen kann. Vielleicht kommen Sie später noch einmal vorbei."

„Nicht nötig." Mit einem Blick, von dem sie nicht wusste, was sie davon halten sollte, ging er zu dem Drehständer hinüber, an dem ähnliche Regenmäntel hingen, wie er einen trug, nahm das Etikett mit der Aufschrift „Garantiert wasserdicht" ab und riss es in der Mitte durch. Plötzlich hatte er den Teufel in seinem Blick und in seinem Lächeln. Er verbeugte sich flüchtig, reichte ihr die beiden Papierschnipsel, dann schlenderte er weiter.

Amüsiert und verblüfft zugleich, sah Ellie ihn in der Menge verschwinden.

„Ist alles in Ordnung, Liebes?"

Ellie fuhr herum und schaute die Standbesitzerin groß an. Mit einem Blick auf das zerfetzte Kärtchen sagte sie: „Er hat das Etikett zerrissen."

„Wer?"

„Dieser Mann." Sie drehte sich um und versuchte, ihn in der Menge auszumachen. Als sie ihn nirgendwo entdeckte, seufzte sie. „Nun, jedenfalls ein Mann. Er behauptete, Ihre Regenmäntel seien nicht wasserdicht."

„Das sind sie auch nicht mehr." Sie grinste.

„Oh." Ellie kicherte leise und fragte schnell: „Haben Sie Harry eigentlich eingeholt?"

„Ja", rief sie sichtlich zufrieden aus. „Und wenn er glaubt, er könnte mit unserer Sheila sein Spiel treiben, dann irrt er sich gewaltig. Wie auch immer, er ist ein Dummkopf, und sie ist ohne ihn besser dran."

Eine Stunde später plauderte Ellie immer noch vergnügt mit der Frau. Dabei fand sie heraus, dass der schreckliche Harry ihrer Tochter geradezu das Herz aus dem Leib gerissen hatte und mit einer aus Cork auf und davon gegangen war. Als Ellie schließlich einfiel, dass sie ja in Dublin jemanden treffen sollte, war es schon später Nachmittag.

„Ich muss gehen", sagte sie bedauernd. „Ich werde mich fürchterlich verspäten."

Die Standbesitzerin lachte. „Dann los, fort mit Ihnen. Danke für Ihre Hilfe. Sie waren großartig."

Ein glückliches Lächeln auf dem außergewöhnlich schönen Gesicht, in Gedanken bei dem Mann mit den blauen Augen, machte Ellie sich auf den Weg zu der Stelle, an der sie ihren Wagen geparkt hatte.

Als Ellie vor dem Hotel in Dublin anhielt, seufzte sie erleichtert auf. Nur drei Stunden Verspätung, dachte sie reuevoll. Aber Irland war auch schon ein verwirrendes Land. Sie sah zu dem bleigrauen Himmel hinauf. Seit Wexford hatte es nicht aufgehört zu nieseln. Wo blieb nur der Sommer?

Sie stülpte sich den Hut auf, packte ihre Siebensachen zusammen, stieg aus und schloss den Wagen ab. Als sie sich umdrehte, stieß sie mit jemandem zusammen. Ein Mann mit strahlendblauen Augen sah sie ausdruckslos an. Mit blauen Augen, die es ihr schwermachten, den Blick abzuwenden; und die ihr Herz plötzlich schneller schlagen ließen. Er hatte Regenmantel und Jeans gegen Dinnerjackett und schwarze Hosen getauscht. Darin sah er förmlich und elegant aus – und noch viel attraktiver.

Ellie lächelte den Fremden erfreut an, denn sie hatte wirklich nicht erwartet, ihn wiederzusehen. „Verfolgen Sie mich?", fragte sie im Scherz.

Seine Antwort enttäuschte sie. „Warum sollte ich Sie verfolgen?"

„Ich weiß nicht. Tut mir leid." Eine Ewigkeit lang schien er den

*Irische Liebesträume*

Blick unverwandt auf sie gerichtet zu haben, und sie glaubte, so etwas wie Belustigung in seinen Augen aufblitzen zu sehen. Aber dann senkte er kurz den Kopf, und sie war sich nicht mehr sicher. Geschützt unter seinem großen Regenschirm, ging die Frau in seiner Begleitung mit ihm zum Hoteleingang hinüber. Er war ein Mann, von dem Frauen träumten. Einer, der die Herzen brach. Nun ja! Ellie zog ihren Hut gerade und folgte den beiden zum Hotel.

Was für ein Zufall! Dabei hatte er sie angeschaut, als würde er sich nicht mehr an sie erinnern. Vielleicht war es ja auch so. Einmal gesehen, für immer vergessen, dachte sie ironisch. Jedenfalls brauchte sie sich dann keine falschen Hoffnungen zu machen.

Er hielt ihr höflich die Tür auf. Kaum dass sie eingetreten war, ging er weiter, die Hand immer noch unter dem Ellbogen seiner Begleiterin. Er im Smoking, sie im Abendkleid, wie die meisten Gäste im überfüllten Foyer. Typisch! Natürlich musste sie genau mitten in einen gesellschaftlichen Empfang hineinplatzen. Ellie sah an sich herab, auf ihre zerknitterte Kleidung, und unterdrückte ein Lächeln.

Wo war Donal Sullivan? Hatte er sie abgeschrieben? Und falls nicht, würde sie ihn überhaupt erkennen? Sie hatte ihn nur einmal kurz getroffen. Er war der Bruder ihrer Freundin Maura, lebte in Dublin und wollte, so hatte Maura ihr versichert, ihr gern die Stadt zeigen. Hm. Liehen alle Schwestern ihre Brüder wie Bücher aus? Das wusste sie nicht. Sie hatte keinen Bruder. Ellie dachte an ihre bevorstehende Aufgabe, und während sie Entschuldigungen vor sich hin murmelte, schlängelte sie sich durch die Menge hindurch zur Rezeption.

Sie wurde mit einem sympathischen und ziemlich amüsierten Lächeln begrüßt. Aber das war fast immer so. Es lag an ihr.

„Hallo", sagte sie atemlos und nahm ihren jämmerlichen Hut ab. „Tut mir leid, dass ich so spät komme. Ich hatte mich verfahren. Und falls ich St. Stephen's Green niemals wiedersehen sollte, wird es viel zu bald sein!", rief sie aus und lächelte gewinnend. „Warum hat mir noch kein Mensch gesagt, dass es in Dublin nur Einbahnstraßen gibt? Außerdem stehe ich im absoluten Halteverbot, es regnet – und ich bin Elinor Browne, mit ‚E'", schloss sie etwas hastig.

273

„Hallo, Elinor Browne mit ‚E‘", sagte die Dame am Empfang mit einem Ausdruck von Belustigung in den braunen Augen. „Dass Sie zu spät kommen, ist durchaus kein Problem." Als eine Menge Gäste aus einem Nebenraum auftauchte, alle durcheinanderredend und lachend, verzog sie gespielt verzweifelt das Gesicht. „Wollten Sie wirklich mitten in diesem Durcheinander hier eintreffen? Eine Konferenz in einem Saal, eine Hochzeitsfeier in einem anderen, und keiner will bleiben, wo er hingehört."

Ellie ließ den Blick über die lärmende Menschenmenge schweifen und meinte dann: „Ich denke, jeder findet die andere Gruppe interessanter als seine eigene."

„Ist es nicht auch so? Oh, nun gut! Ich will gar nicht erst versuchen, sie voneinander zu trennen. Haben Sie Gepäck?"

„Ja, draußen. Gibt es einen Parkplatz, auf dem ich meinen Wagen abstellen kann?"

„Das erledigt John für Sie. Sie werden sicher nicht noch einmal in den Regen hinaus wollen." Die Empfangsdame winkte einen jungen Mann herüber, dessen gelangweilter Blick einem interessierten wich, sobald er Ellie sah, dann lächelte sie und sagte: „Wenn Sie ihm Ihre Autoschlüssel geben, wird er Ihren Wagen parken und Ihr Gepäck auf Ihr Zimmer bringen. Und geben Sie ihm nicht mehr als Ihre Autoschlüssel", fügte sie als freundlich gemeinte Warnung hinzu. „Sie kennen ja den Spruch: „Wenn man ihm den kleinen Finger reicht, nimmt er die ganze Hand." Sie schob ihr ein Anmeldeformular zu und einen Kugelschreiber. „Der Speiseraum ist rechts von Ihnen, die Bar links, der Lift hinter den Säulen. Das Dinner wurde wegen der Konferenz heute frühzeitig beendet. Aber in der Bar gibt es Snacks, falls Sie eine Kleinigkeit essen möchten. Nun, was noch? Frühstück ist von sieben bis zehn – und wenn Sie sonst etwas brauchen, fragen Sie danach."

„Ja, vielen Dank." Ellie war beeindruckt von diesem netten, hilfsbereiten Mädchen, das so ganz anders war als die meisten Empfangsdamen, die sie bisher getroffen hatte. Sie schob das ausgefüllte Formular zurück, nahm den Zimmerschlüssel entgegen und lächelte freundlich. Dann beschloss sie, besser Donal ausfindig zu machen,

*Irische Liebesträume*

bevor sie auf ihr Zimmer ging.

Sie drehte sich etwas zu schnell um. Dabei stieß sie gegen den Arm eines elegant gekleideten Mannes, und aus dem Glas, das er in der Hand hielt, schwappte die Flüssigkeit heraus. Ellie sah erschrocken auf und wollte sich schon entschuldigen, da blieben ihr die Worte im Hals stecken. Im künstlichen Licht der Hotelhalle wirkten seine blauen Augen noch strahlender, war sein Blick noch durchdringender. Sie lächelte ihn zögernd an, aber ihr Lächeln wurde nicht erwidert. Daraufhin verzog sie das Gesicht und versuchte sich davonzustehlen, was bei dem Gedränge nicht leicht war.

„War das ein Racheakt?", fragte er leise.

„Was?" Als sie sein Gesicht betrachtete, entdeckte sie kein Anzeichen von Humor oder Spott und war ein wenig verdutzt. „Nein", sagte sie lahm.

„Hatten Sie keinen Strom?", fragte er.

„Strom?", wiederholte sie, immer noch fasziniert von seinen strahlendblauen Augen.

„Hm."

„Nun, doch", antwortete sie verwirrt. „Sie nicht?"

„Sicher. Aber ich sehe ja auch nicht aus, als hätte ich mich im Dunkeln angezogen. Oder?"

„Oh, nein." Erleichtert stellte sie fest, dass er jetzt doch scherzte, und lächelte ihn bezaubernd an. „Die Kleidung wurde mir freundlicherweise vom Wohltätigkeitsverein zur Verfügung gestellt."

„Das erklärt noch nicht, warum nichts zusammenpasst."

„Tut es das denn nicht?"

„Nein."

„Passt Rosa nicht zu Violett?"

„Doch, aber nicht dieser Farbton, und schon gar nicht, wenn er mit Gelb kombiniert wird."

„Sie kennen sich wohl gut mit Damenmode aus, wie?"

„Nein, aber mit Farben."

„Und diese Farben stehen mir nicht?"

Er legte den Kopf etwas schief. „Doch, aus einem seltsamen, unerklärlichen Grund stehen sie Ihnen. Und genau das finde ich so er-

275

staunlich, denn ich kann Sie mir anders gekleidet gar nicht vorstellen. Ich weiß nicht, warum, aber in modischer, vernünftiger oder sogar elegant ausgefallener Kleidung würden Sie, glaube ich, blass und gewöhnlich wirken. Und das sind Sie auf gar keinen Fall." Er ließ den Blick über ihr höchst sonderbares Äußeres gleiten. „Arbeitsstiefel, wie Männer sie tragen, schwarze gerippte Strumpfhosen, ein violettes Baumwollhemd, eine übergroße rosa Strickjacke und ein gelber Schal – das sind Sie."

„Ich habe auch noch einen grünen Samthut", sagte sie ernst und hielt ihn hoch, damit er ihn begutachten konnte.

„Ja. So einen hätte Heinrich VIII. aus Gründen der Eitelkeit wohl ausrangiert. Sagen Sie mir Ihren Namen", befahl er.

„Elinor."

„Passt nicht zu Ihnen."

„Nein, aber woher wollen Sie wissen, dass Ihr liebes kleines Mädchen nicht eines Tages erwachsen werden und groß und elegant sein wird?", witzelte sie und fand riesigen Spaß daran. Es war lange her, seit sie einen auch nur annähernd so interessanten Mann kennengelernt hatte.

„Sind Ihre Eltern groß und elegant?"

„Ja." Ihr Lächeln war geheimnisvoll und verlockend zugleich, als sie sagte: „Die meisten Leute nennen mich Ellie."

„Dann werde ich mich ab jetzt zu ihnen zählen. Ich heiße Feargal."

„Fergie?", fragte sie lachend.

„Nein", tadelte er sie ernst, „Feargal." Er schaute über sie hinweg und seufzte. „Und jetzt muss ich gehen. Ich sehe gerade, meine Begleiterin wartet schon – und nicht sehr geduldig. Bitte entschuldigen Sie mich." Er wandte sich ab und drehte sich wieder um. Ein faszinierendes kleines Grübchen erschien an seinem Mundwinkel. Würde er gleich lächeln? „Aber ich finde Sie wieder, Ellie", sagte er sanft. Es klang wie ein Versprechen.

Ihr Blick war auf seine breiten Schultern geheftet, und ein freches Lächeln lag auf ihren Lippen, während sie beobachtete, wie Feargal sich durch die Menge hindurchschlängelte, auf seine elegante Beglei-

*Irische Liebesträume*

terin zu. Würde er es tun? Sie wiederfinden? Sie hoffte es sehr. Er war interessant und sah aus, als würde er die Welt kennen, die Welt und die Schlafzimmer der Frauen. Nicht dass sie die Absicht hatte, ihn in ihr eigenes zu führen, aber ein kleiner Flirt hätte sicher seinen Reiz. Schließlich hatte sie Urlaub, und offensichtlich dachte Feargal genauso, während er auf seine Freundin wartete. Komisch, dass sie beide dasselbe Ziel hatten.

Als sie merkte, dass die Empfangsdame sie beobachtete, lächelte sie verlegen. „Ein toller Mann, was?"

„Das ist er wirklich. Und ein ganz unverschämter."

Ja, stimmte sie im Stillen zu. Unverschämt. Unverschämt attraktiv. Unverschämt faszinierend. Geh los und finde Donal, Ellie, ermahnte sie sich ernst, anstatt von einem Mann zu träumen, von dem du nichts weißt. Und wenn du etwas von ihm wüsstest, würde es dir wahrscheinlich nicht gefallen. Dabei hätte sie wetten können, dass er ihr gefallen würde. Dann machte sie sich auf die Suche nach ihrem zukünftigen, wenn auch nur vorübergehenden Gefährten.

Die Hochzeitsgesellschaft hatte sich anscheinend glücklich mit den Konferenzteilnehmern vereint, und Ellie wurde, eine andere Wahl hatte sie nicht, in der fröhlichen Menschenmenge aufgenommen. Man drückte ihr einen Drink in die Hand, und innerhalb von fünf Minuten wurde sie wie ein Pokal von einer Gruppe der anderen übergeben. Man stellte ihr so viele Fragen, dass sie nicht wusste, wie und wann sie sie beantworten sollte, erzählte ihr endlose Geschichten von dieser und jener Person, bis sie schließlich in der Bar landete mit irgendjemandem namens Patrick, der sie mit Geschichten über das alte Irland unterhielt. Ihr kam es vor, als würde er sie auf die Schippe nehmen. Und hier an der Bar fand Donal sie endlich.

„Ellie?"

Sie fuhr herum und lächelte erleichtert. „Donal? Gott sei Dank! Ich dachte schon, ich würde Sie überhaupt nicht mehr finden."

„Das dachte ich umgekehrt auch", gestand er mit einem warmen Lächeln. „Aber wo um alles auf der Welt haben Sie gesteckt? Ich habe überall nach Ihnen gesucht. Ich dachte schon, Ihnen sei etwas zugestoßen. Hatte die Fähre Verspätung?"

277

*Emma Richmond*

„Nein", antwortete sie lächelnd. „Die Fähre war überpünktlich. Die verdammten Dubliner Straßen haben mir Probleme gemacht. Man hätte mich vorher darauf hinweisen sollen, dass es nur Einbahnstraßen gibt."

„Sie haben niemals sechs Stunden von Rosslare bis hierher gebraucht!", rief er ungläubig aus.

„Nun, das nicht", gab sie verlegen zu. „Ich wurde in Wexford ein bisschen aufgehalten. Dort gab es einen Markt", fügte sie hinzu, als würde das sofort alles erklären.

Donal lachte und schüttelte den Kopf. „Maura hat mich ja gleich gewarnt, dass es Schwierigkeiten geben würde, sobald Sie hier aufkreuzen." Mit einem Blick auf ihre neu gewonnenen Freunde, die dem Gespräch eifrig zuhörten, fuhr er fort: „Und dass Ihnen spätestens fünf Minuten nach Ihrer Ankunft, egal wo, alle Menschen zu Füßen liegen und Sie deren Lebensgeschichte und Probleme kennen würden."

„Oh, was für eine maßlose Übertreibung."

Donal lachte leise in sich hinein, setzte sich langsam auf den Platz neben ihr und bestellte, nachdem er die Aufmerksamkeit des Barkeepers auf sich gezogen hatte, ihre Drinks.

Ellie sah auf, und ihr Blick fiel auf den Spiegel hinter der Bar. Ein Blick aus blauen Augen begegnete ihrem und ließ ihn nicht mehr los. Da brach sie in Lachen aus.

Feargal tippte Donal leicht auf die Schulter. „Für mich Whiskey."

Donal fuhr herum und rief überrascht aus: „Was um Himmels willen tust du hier? Solltest du nicht in der Galerie sein? Aber ich hätte wissen müssen, dass du genau dann auftauchst, wenn die Drinks bestellt werden. Du hast schon ein unverschämtes Glück, Feargal."

„Ja", stimmte er zu, ohne dass man ihn gefragt hatte.

„Und das hier", fuhr Donal offensichtlich amüsiert fort, nachdem er bemerkt hatte, dass Feargal den Blick kein einziges Mal von seiner Begleiterin abgewendet hatte, „ist Ellie."

„Ja", sagte er, „das ist Ellie."

„Du kennst sie schon?"

„Ja."

*Irische Liebesträume*

Donal sah Feargal an, dann Ellie, und sein Lächeln vertiefte sich. „Du bist doch nicht extra nach Rosslare gefahren, um sie dort zu treffen. Das sollte wohl ein Witz sein."

„Ich weiß", gab er zu, ohne Ellie aus den Augen zu lassen. „Aber ich habe mich gelangweilt."

„Gelangweilt?", wiederholte sie. Sie sah von einem zum andern und fragte langsam: „Sie sind mir von der Fähre gefolgt?"

„Ja."

„Sie wussten, wer ich bin?"

„Ja."

„Aber am Empfang haben Sie nach meinem Namen gefragt."

„Ja."

„Warum?"

„Wie ich Ihnen schon sagte, ich habe mich gelangweilt, und Sie haben mich amüsiert."

Sollte sie sich darüber freuen, dass sie einen Mann amüsierte oder ihm über seine Langeweile hinweghalf? Sie wusste es nicht. „Mit Ihrer blonden Begleiterin haben Sie sich dann wohl auch gelangweilt, wie?", fragte sie.

„Oh, mit Dolores langweile ich mich schon immer."

Nun, dazu gab es nicht viel zu sagen.

„Warum", fragte Donal, „hast du sie dann mit hierher geschleppt?"

Feargal sah Donal an und lächelte. In diesem Lächeln lag eine Bedeutung, die Ellie nicht ganz verstand.

Donal schüttelte amüsiert den Kopf, wandte sich dem Barkeeper zu, und Ellie fühlte sich mit ihrem Drink allein gelassen, oder vielmehr mit Feargal, der sie wieder anschaute.

„Man hätte Ihnen den Namen Helen geben sollen", bemerkte er ruhig.

„Wirklich? Warum?"

„Diese dunkelbraunen Augen", sagte er leise. „Und ein Gesicht, auf das jede Fee stolz wäre. Nein, nicht Fee – Elfe. Sie sehen aus wie eine Elfe. Haben Sie das Haar jemals lang getragen?", fragte er.

Sie hätte nicht sagen können, wie viele Leute ihr diese Frage schon gestellt und wie viele Antworten sie schon darauf gegeben hatte.

Während sie sich durch das dichte dunkle Haar fuhr, antwortete sie lächelnd: „Ich muss es schneiden lassen."

Er hob langsam die Hand, ließ die Finger über ihre dunklen Strähnen gleiten, und sie spürte ein Prickeln vom Kopf bis in die Zehen. „Wunderschön", sagte er, bevor seine Aufmerksamkeit plötzlich auf die Tür gelenkt wurde. Enttäuscht zog er die Hand zurück, nahm sein Glas und ging auf Dolores zu, die ihm zuwinkte.

Lachend stieß Donal mit Ellie an. „Sláinte."

„Sláinte", wiederholte sie.

„Wann werden Sie morgen aufbrechen? Maura sagte, sie wollten weiter in den Norden hinauf."

„Ja, nach Slane."

„Richtig. Nach Slane." Wieder lachte Donal.

„Was ist daran so komisch?", fragte sie etwas verwundert.

„Oh, gar nichts. Wo werden Sie wohnen?"

„Ich habe eine Liste mit Adressen für Zimmer mit Frühstück. Im Touristenbüro meinte man, ich dürfte keine Schwierigkeiten haben, etwas zu finden."

„Nein, sicher nicht", stimmte er zu. „Trotzdem sollten Sie morgen gleich nach dem Mittagessen losfahren, damit Ihnen Zeit genug bleibt für den Fall, dass Sie erneut auf Abwege geraten", fügte er witzelnd hinzu.

„Ha, ha." Ellie blickte wieder zu dem Mann mit dem dunklen Haar und den breiten Schultern und fragte: „Was meinten Sie damit, es sollte wohl ein Witz sein, dass Feargal mich in Rosslare getroffen habe? Ich dachte, es sei Zufall, als ich ihn zunächst in Wexford traf und dann feststellte, dass er in demselben Hotel wie ich wohnt. Aber das war es offensichtlich nicht."

„Nein. Und er wohnt auch nicht in demselben Hotel."

„Nein?"

„Nein."

„Also?", beharrte sie auf ihrer Frage.

Donal lächelte breit und erklärte: „Nun, ich habe neulich mit ihm geredet und dabei zufällig erwähnt, dass eine alte Freundin meiner Schwester nach Irland kommt und dass ich ihr Dublin zeigen

*Irische Liebesträume*

werde, dass wir uns für hier verabredet hätten und wie schusselig Sie seien …"

„Ich bin nicht schusselig", verteidigte sie sich.

„O doch, das sind Sie – und ich erwähnte weiter, wie außergewöhnlich schön Sie sind …, ja, das sind Sie! Sie wissen, dass Sie es sind, also streiten Sie es gar nicht erst ab. Und ich sagte, dass Sie mit der Fähre in Rosslare ankommen würden und …"

„Und dass ich hoffentlich genug Verstand hätte, um Dublin tatsächlich zu finden", beendete sie für ihn den Satz. „Vielen Dank!"

Donal nickte. „Feargal sagte, er würde an diesem Tag dann am Hafen sein, und ich sagte: Wenn du zufällig einen dunkelgrünen Morris Minor siehst und am Steuer dieses erstaunlich hübsche Mädchen mit kurz geschnittenem dunklem Haar, würdest du dann dafür sorgen, dass sie auf den richtigen Weg kommt? Offensichtlich hat er das getan. Und – nun, hier sind Sie!"

Ellie sah ihn an, ließ dann den Blick zu Feargal schweifen und meinte trocken: „Ja, hier sind wir." Wie schwer war es, ein bestimmtes Auto ausfindig zu machen? Zugegeben, es gab sehr wenige Morris Minors in der Gegend, und wenn man einen sah, würde man sich wahrscheinlich daran erinnern. Aber ihm bis nach Wexford zu folgen? Sie auf dem Straßenmarkt zu suchen? So schön war sie nun auch wieder nicht. Und er hatte sich gelangweilt … Ein spöttisches Lächeln auf den Lippen, den Blick noch auf Feargal gerichtet, fragte sie geistesabwesend: „Wer ist er also, dieser Mann, der unbekannte Frauen verfolgt? Und was macht er hier?"

„Er trinkt seinen Whiskey."

„Donal!"

Er lachte und gab nach. „Ich denke, er ist hierher gekommen, um seine kleine Freundin Ellie wiederzusehen. Einen anderen Grund kann ich mir nicht vorstellen. Und wer er ist … Oh, Farmer, Rennpferdbesitzer, Playboy. Ihm gehören viel Land, ein großes Haus – dessen Garten er zur allgemeinen Belustigung der Öffentlichkeit zugänglich macht."

„Wieso zur allgemeinen Belustigung?"

„Weil das Haus zwar hübsch ist und die Gärten groß sind, aber

281

auf gar keinen Fall mit jenen zu vergleichen, die zu dem Schloss oben an der Straße gehören."

„Das ist auch der Öffentlichkeit zugänglich?"

„Ja. Feargal sagte sich: Wenn Touristen dafür bezahlen, um das Schloss zu besichtigen, können sie genauso dafür bezahlen, meine Gärten zu sehen."

„Und? Machen sie es?"

„O ja!" Donal lachte. „Und um den Schlossbesitzern in nichts zurückzustehen, eröffnete er auch noch ein Restaurant."

„Und davon kann er leben?", fragte sie neugierig. Er hatte ausgesehen, als hätte er einen teuren Geschmack. Außerdem wirkte er gebildet und wortgewandt – und für jemanden wie Ellie Browne um eine Nummer zu groß. Offensichtlich war er hier in Dublin gut bekannt. Sie hatte gesehen, wie Leute ihm zugenickt und ihm die Hand geschüttelt hatten. Gehörte er zu den Vornehmen, zu den Reichen?

„Nein", beantwortete Donal ihre Frage. „So viele Touristen kommen da nicht hin. Die Leute zieht es meist an die Westküste. Ich denke, seine Haupteinnahmen hat er als Farmer. Obwohl auch seine Pferde oft Rennen gewinnen. Interessiert er Sie, Ellie?", neckte er.

Sie lächelte nur. „Ist er berühmt?"

„Nun, jedenfalls bekannt."

„Und Dolores?"

„Oh, Dolores ist eine Künstlerin. Feargal ist ihr Sponsor oder Mäzen oder wie immer man es nennen will. Er muss jede Ausstellung oder jedes Dinner besuchen wie das heute Abend, zu dem aufstrebende Künstler eingeladen sind. Zumindest sollte er es tun. Übrigens ist sie eine hervorragende Malerin, wahrscheinlich eine unserer besten."

„Aha!" Also nicht seine Freundin. Wenn er jedoch reich und berühmt war, sollte er wohl kaum einen zweiten Blick auf sie, Ellie, verschwenden. Also, warum hat er es getan?, fragte sie sich lächelnd. Weil er tatsächlich gelangweilt war? Übersättigt? Und ein nettes englisches Mädchen ihm eine kleine Abwechslung verschaffen könnte? Es war unwahrscheinlich, dass sie ihn nach diesem Tag noch einmal wiedersehen würde. Wie schade! Mit ihm hätte es Spaß gemacht.

*Irische Liebesträume*

„Und weshalb dieses geheimnisvolle Lächeln, meine Freundin?", fragte Donal leise.

„Aus keinem bestimmten Grund", schwindelte sie. „Also, was sind die Pläne für morgen?"

Er ging auf ihren Themenwechsel ein. „Soll ich Sie morgen nach dem Frühstück in der Hotelhalle treffen? Sagen wir, halb zehn? Dann können wir uns am Vormittag Geschäfte anschauen, in einem netten Restaurant zu Mittag essen, und anschließend zeige ich Ihnen, in welcher Richtung Sie nach Slane fahren müssen. Einverstanden?"

„Sehr sogar. Vielen Dank. Macht es Ihnen wirklich nichts aus, mich herumzuführen? Oder hat Maura Sie unter Druck gesetzt?"

„Das war nicht nötig, Ellie. Es wird mir ein Vergnügen sein."

„Dann nochmals vielen Dank."

„Keine Ursache. Maura erzählte, dass Sie oben in Slane alte Freunde Ihrer Familie treffen wollen. Ist das richtig?"

„Ja", gab sie zu, ohne näher darauf einzugehen, denn es stimmte zwar, war aber nicht die ganze Wahrheit. Und sie hoffte, Donal würde so viel Anstand haben, nicht weiter nachzufragen. Er fragte nicht, und erleichtert wandte sie sich ihren neuen Freunden zu.

Wie Donal amüsiert feststellte, hatte sie innerhalb einer halben Stunde eine ganze Clique um sich versammelt, und jeder wetteiferte mit dem anderen, ihr seine Geschichten zu erzählen.

Als Ellie schließlich auf ihr Zimmer ging, war sie, wie sie ehrlich zugeben musste, ein bisschen betrunken. Sie zog sich aus, ließ sich nackt auf das breite Bett fallen und war Sekunden später eingeschlafen.

Ellie wachte am Morgen bei strahlendblauem Himmel auf, und sofort fiel ihr wieder der Mann mit den blauen Augen ein. Feargal, der sich gelangweilt hatte. Und wenn er das Musterbild eines Iren war …

Sie warf kurz einen Blick auf ihre Uhr, stieg rasch aus dem Bett und ging in das luxuriös eingerichtete Badezimmer, duschte und packte, nur in ein Badetuch gehüllt, ihren Koffer. Vorher vergewisserte sie sich noch, dass das kostbare Paket, dessentwegen sie diese ganze Reise machte, noch sicher auf dem Kofferboden lag. Sie zog eine bequeme Jeans an und eine altmodische, langärmelige rote Herrenweste. Den Koffer ließ sie zurück, da er später abgeholt wurde, fuhr mit dem Lift ins Erdgeschoss, betrat den Speiseraum und blieb an der Tür unschlüssig stehen. Sie wirkte hilflos und völlig fehl am Platz, und keins von beidem stimmte. Nicht dass sie absichtlich die hilflose Frau spielte. Sie sah einfach immer nur so aus. Und im Lauf der Jahre hatte sie herausgefunden, dass es viel einfacher war, den Leuten ihre Meinung zu lassen. Denn jedes Mal, wenn sie versuchte, bestimmt aufzutreten oder zu erklären, dass sie ganz gut allein zurechtkomme, glaubte ihr kein Mensch.

Breit lächelnd kam eine der Bedienungen auf sie zu und führte sie an einen kleinen Tisch am Fenster.

„Nun, was möchten Sie? Etwas Leichtes?"

Ellie schüttelte den Kopf. „Ich möchte gern ein richtiges Frühstück, bitte."

Die Kellnerin sah sie zweifelnd an und erklärte: „Das wäre Müsli, Ei und Schinken, Toast und Kaffee."

„Ja, wunderbar. Aber keinen Schinken. Könnte ich stattdessen Tomaten haben?"

„O ja, natürlich."

Nachdem Ellie alles bis auf den letzten Rest aufgegessen und zwei Tassen Kaffee getrunken hatte, kam die Bedienung zurück und sah sie bewundernd und erstaunt an. „Wie man sich täuschen kann", meinte sie lachend. „Ich hätte Ihnen kaum mehr als eine halbe Scheibe Toast zugetraut."

Amüsiert beglich Ellie die Rechnung, bedankte sich freundlich bei der Bedienung, gab ihr ein kleines Trinkgeld und ging hinaus, um auf Donal zu warten.

Dublin war eine schöne Stadt, obgleich Ellie Grafton Street, die vornehmste Geschäftsstraße Dublins, enttäuschend fand. Die Geschäfte hier unterschieden sich nicht sehr von denen zu Hause. Am Merrion Square bewunderte sie gemeinsam mit Donal die schönen Backsteinhäuser aus dem achtzehnten Jahrhundert, betrachtete fast ehrfurchtsvoll das Trinity College und ließ den Blick über den Liffey River schweifen. Und ein Vormittag war nicht annähernd lang ge-

*Irische Liebesträume*

nug, um die freundliche und faszinierende Stadt zu erkunden. Ellie nahm sich vor, auf dem Rückweg wieder hierher zu kommen.

Nachdem sie mittags im berühmten Bewley's Coffee House die ebenso berühmte Kartoffelsuppe gegessen hatten, dankte sie Donal für seine Gefälligkeit, umarmte ihn freundschaftlich und fuhr gehorsam in die von ihm angegebene Richtung. Dann beschloss Ellie, doch einen kleinen Umweg zu machen. Es wäre ganz nett, dachte sie, einen kurzen Blick auf die Wicklow Mountains zu werfen.

Sie wendete ihren Morris Minor, fuhr zurück durch die belebten und verwirrenden Straßen Dublins, überquerte noch einmal den Fluss und fuhr über eine Seitenstraße auf die in der Ferne liegende Bergkette zu. Deshalb erreichte sie Slane erst kurz vor Einbruch der Dunkelheit.

Als sie in der Stadt ankam, war es schon finster, und es goss in Strömen. Sie machte sich auf Zimmersuche. Törichterweise hatte sie angenommen, das sei ganz einfach, nämlich so wie in englischen Städten. Aber so war es nicht. Zumindest nicht hier. Zum einen war Slane sehr klein, zum anderen unglaublich leer. Der einzige Pub trug den Namen „Live and Let Live" – „Leben und Leben lassen". Ein Name, der ihr wie ein gutes Omen erschien, als sie zum ersten Mal an dem Lokal vorbeikam. Beim dritten Mal war es schon anders. Wo waren die Leute? Warum gab es hier keinen Menschen, den sie hätte fragen können? Während sie zum zweiten Mal über die breiten Kreuzungen fuhr, ohne einem anderen Wagen zu begegnen, sah sie sich im Geiste schon die ganze Nacht ziellos herumkutschieren.

Sie fuhr wieder an dem im peitschenden Regen unheimlich wirkenden Schloss vorbei, und da entdeckte sie es endlich – versteckt hinter einer Hecke, das kleine Schild mit der Aufschrift „Frühstückspension". Sie schickte ein Dankgebet zum Himmel, bog in die Straße ein, die im Sonnenlicht oder zumindest bei Tag wahrscheinlich sehr hübsch war, im Scheinwerferlicht des Autos jedoch wie vom Regenwasser überflutet wirkte. Ellie parkte ihren Wagen, streckte die verkrampften Muskeln, setzte ihren Hut auf und stieg aus.

Kaum hatte sie den Türklopfer angehoben, wurde auch schon die Tür aufgerissen, und eine junge Frau kam rückwärts heraus, noch im

285

Gespräch mit jemandem drinnen. Oder in einem Streit.

„Läuft nicht immer alles schief, wenn man es am wenigsten erwartet? Ich weiß nicht mehr, was ich tun soll. Und vergiss nicht, das Licht auszuschalten."

In plötzliche Dunkelheit gehüllt, blinzelte Ellie, öffnete den Mund und schloss ihn wieder.

„Und warum zum Teufel müssen wir sofort loshetzen? Ich weiß nicht ..."

„O doch, Michael Ryan, du weißt. Habe ich dir nicht eben gesagt, dass es Sadie war?"

„Nein ..."

„Und hat sie nicht vor einer halben Stunde am Telefon verlangt, dass wir dorthin kommen?"

„Ich weiß nicht", bestritt er verzweifelt. „Hat sie das wirklich?"

„Und war sie nicht so außer sich, dass ich es nicht übers Herz brachte, Nein zu sagen?" Sie drehte sich um, erblickte plötzlich Ellie und schrie auf. „Du meine Güte! Sie haben mich halb zu Tode erschreckt!"

„Es tut mir leid", entschuldigte Ellie sich. „Haben Sie ...?"

„Sie haben sich verfahren, oder?", fragte die Frau freundlich.

„Nun, nein ..."

„Da rede ich herum, und Sie wissen nicht, wer ich bin, und ich weiß nicht, wer Sie sind ..."

„Und wirst es wahrscheinlich auch nicht herausfinden", sagte der junge Mann, der plötzlich auftauchte und einen Koffer mit sich schleppte, „wenn du dem armen Mädchen keine Chance gibst, einen Satz zu Ende zu bringen."

„Tut mir leid." Sie lachte. „Wie kann ich Ihnen helfen?"

„Ich war auf der Suche nach einem Quartier, aber wenn Sie ..."

„Sie wollen übernachten? Ist das denn die Möglichkeit!", rief sie empört aus. „Monatelang hatten wir die Pension geöffnet, und es kam kein einziger Gast. Jetzt, wo jemand kommt, können wir niemanden aufnehmen. Was machen wir nun?" Als würde sie gar nicht merken, dass es regnete, stand sie eine Weile nachdenklich da. „Meg kann uns nicht helfen. Sie ist weg. Und so spät in der Nacht wollen

*Irische Liebesträume*

Sie bestimmt nicht mehr weit fahren."

Als die Haustür hinter ihnen ins Schloss fiel und der junge Mann zu ihnen auf die Treppe kam, fragte sie: „Wie wär's mit ‚The Hall'?"

„‚The Hall'?", rief er. „Aber ..."

„Haben sie nicht genug Zimmer, um eine ganze Armee unterzubringen?", fragte sie in einem Ton, als wollte er es abstreiten. „Und nehmen sie nicht auch manchmal zahlende Gäste auf?"

„Nun, ja ..."

„Ja", bestätigte sie entschlossen. Sie wandte sich wieder Ellie zu und fragte: „Wollen Sie lange bleiben?"

„Einige Tage. Eine Woche ..."

„Dann wird das am besten sein", bestimmte sie. „Kommen Sie." Sie ließ den jungen Mann den Koffer schleppen und führte Ellie den Pfad hinunter. „Wenn Sie den Weg zurückfahren, dann rechts, dann noch mal nach rechts, stoßen Sie auf ‚The Hall'. Klopfen Sie dort. Man wird Sie unterbringen. Sagen Sie, Annie hat sie geschickt. Es tut mir wirklich leid, dass wir Ihnen nicht helfen konnten. Aber wenn Sie in ein paar Tagen noch hier sind und immer noch eine Unterkunft suchen, bis dahin werden wir zurück sein. Das hoffe ich wenigstens", murmelte sie vor sich hin.

„O ja, vielen Dank." Ellie verabschiedete sich, stieg wieder in ihren Wagen, wendete auf dem schlammigen Pfad und fuhr den Weg zurück, den sie gekommen war.

„The Hall" hörte sich nicht gerade übermäßig billig an. Von ihrem Großvater hatte sie zwar genug Geld, wollte jedoch mit wenig auskommen, sodass sie mindestens einen Monat in Irland verbringen und so viel wie möglich vom Land sehen konnte. Andererseits reizte sie es auch nicht, nachts bei strömendem Regen durch die Gegend zu fahren. Vielleicht konnte sie eine Nacht bleiben und sich dann am nächsten Morgen nach etwas Billigerem umschauen.

## 2. KAPITEL

Ellie fand „The Hall" mühelos, parkte ordentlich auf der mit Kies bestreuten Auffahrt. Dann saß sie eine Weile nur da und betrachtete das Gebäude. Das Wort „eindrucksvoll" fiel ihr als Erstes dazu ein. Fürstlich. Ein stattliches Herrenhaus aus grauem Naturstein, umsäumt von Rhododendronbüschen. Kein Ort für Ellie Browne. Kein Schild wies auf eine Fremdenpension oder ein Hotel hin. Wenn es das also nicht war und man nur private Gäste aufnahm oder Freunde, konnte sie wohl kaum auf eine bloße Empfehlung einer gewissen Annie hin hineinplatzen, oder? Andererseits konnte sie die Nacht auch nicht im Wagen oder im Garten vor dem Haus verbringen. Aber nun, wer nicht wagt, der nicht gewinnt. Ellie rückte ihren Hut gerade, nahm ihre Tasche und stieg aus.

Sie ging über den Kiesweg bis zu der riesigen Eingangstür und klopfte fest. Ein Hund bellte, und jemand rief etwas. Eine Ewigkeit schien zu vergehen, bis das Portal geöffnet wurde. Überrascht und ungläubig blickte Ellie auf den hochgewachsenen dunkelhaarigen Mann mit den sagenhaft blauen Augen.

„Na, na, na, wenn das nicht Ellie Browne ist", sagte er leise. „Warum bin ich jetzt nicht überrascht?"

„Ich weiß es nicht", antwortete sie verwirrt. „Sie sollten es sein – ich bin es." Sie deutete seinen Gesichtsausdruck richtig und fügte eindringlich hinzu: „Und wenn dieser Blick auf mich bedeutet, was ich glaube, dass er es bedeutet – so ist es nicht."

„Nein?", fragte er.

„Nein. Ich habe in meinem ganzen Leben noch keinen Menschen verfolgt und habe bestimmt nicht die Absicht, jetzt damit anzufangen. Ich wusste nicht …, ich meine …" Aber Donal wusste Bescheid. Das war mehr als offensichtlich. Deshalb hatte er gelacht. Dieser Schlingel. Vermutlich hatte er Feargal auch deshalb nach Wexford geschickt. Aus Jux. Denn er wusste verdammt gut, dass sein Freund in Slane wohnte und Ellie ihn wahrscheinlich wiedersehen würde.

Ellie sah Feargal immer noch an. Gingen ihm dieselben Gedanken wie ihr durch den Kopf? Sein Gesichtsausdruck verriet absolut

*Irische Liebesträume*

nichts. Als er die Tür geöffnet hatte, war es ihr so vorgekommen, als wäre er enttäuscht gewesen. Vielleicht weil er jemand anderen erwartet hatte?

„Sie sind nicht zu Besuch hier, oder?", fragte Ellie. „Dieses Haus gehört Ihnen, nicht wahr?"

„Richtig", stimmte er zu.

„Und das alles wegen dieser verflixten Sadie", erwiderte sie scharf.

„Sadie?"

„Ja. Sie war verzweifelt."

Um seine Mundwinkel zuckte es verräterisch. Ellie entspannte sich innerlich und erklärte: „Annie hat mir geraten, hierher zu kommen. Sie sagte, dass Sie manchmal zahlende Gäste aufnehmen würden. Eine andere Pension habe ich nicht gefunden. Es war dunkel und hat geregnet, aber offensichtlich war es keine gute Idee. Wenn Sie mir also sagen würden, wo ich es sonst noch versuchen könnte, werde ich gehen."

„Warum sollten Sie das tun?", fragte er leicht amüsiert.

„Weil Sie glauben, ich sei Ihnen bis hierher gefolgt, und es nicht so ist. Weil es unschicklich wäre, denn Sie führen kein Hotel, oder? Und weil ich mich nicht einfach völlig fremden Menschen aufdrängen kann ..."

„Aber wir sind keine völlig Fremden, nicht wahr? Und was das ‚unschicklich‘ betrifft, nun, daran hat sich bis jetzt noch niemand gestört."

„Nein?", fragte sie verwirrt.

„Nein. Sie kommen jetzt wohl besser herein. Wo ist Ihr Gepäck?"

„Im Wagen."

Er ging mit großen Schritten davon und kam kurz darauf mit dem Koffer wieder. „Kommen Sie."

„Sind Sie sicher? Ich möchte Ihnen nicht lästig sein."

„Nein?"

„Nein", sagte sie, während sie ihm zögernd durch den Seiteneingang folgte. Was hatte das zu bedeuten? Wollte er, dass sie ihm lästig wurde? Sie wünschte, die Leute würden nicht immer in Rätseln sprechen. Dass sie ihn zufällig und zu ihrer Freude wiedergetroffen hatte, war eine Sache. Aber dazustehen wie ein alberner Teenager, der seinem Idol nachgelaufen war ... Nun, das war eine ganz andere. Und mit welcher Wahrscheinlichkeit konnte sie ihn davon überzeugen, dass es wirklich nur Zufall gewesen war? Sie wusste es nicht. Bei diesem Mann war das schwer zu sagen.

Ellie folgte Feargal durch die Halle und eine Holztreppe mit reich ornamentiertem Geländer hinauf. Am Ende des oberen Flurs öffnete er eine Tür, trat zurück und ließ Ellie eintreten.

Es war ein Raum, wie Queen Anne ihn hätte benutzen haben können. Ein Raum, durch den man Touristen hätte führen können. Und die Vorstellung, wie ein Besucherstrom hereinkam, während sie noch im Bett lag, ließ sie lächeln.

„Gefällt es Ihnen nicht?", fragte Feargal.

„Oh doch. Der Raum ist wunderschön. Nur ..."

„Überwältigend? Prunkvoll? Alt?", fragte er mit seiner weichen klangvollen Stimme, bei der ihr kleine Schauer über den Rücken liefen.

„Ja", stimmte sie zu, während sie etwas hilflos auf das riesige Himmelbett blickte, das den Raum beherrschte. Die Möbel sahen antik aus. Der Teppich war bestimmt überaus wertvoll. Ellie überprüfte rasch die Sohlen ihrer Stiefel, bevor sie es wagte, darauf zu treten.

„Arme Ellie", sagte Feargal mitfühlend. Und mit einer alles umfassenden Geste fügte er hinzu: „Tun Sie, was Ihnen gefällt. Gehen Sie, wohin Sie wollen. Zurzeit haben wir keine anderen Gäste, nur Familienmitglieder im Haus. Sie müssen uns so nehmen, wie wir sind. Mit uns essen, mit uns trinken, mit uns schlafen." Schmunzelnd stellte er ihren Koffer auf die Polstertruhe am Bettende, drehte sich um und ging hinaus.

Schlafen? Mit Feargal? Um Himmels willen. Allein der Gedanke daran machte sie nervös. Warum hatte er es gesagt? Weil er sie attraktiv fand? Oder weil er sich immer noch langweilte? Und weil er glaubte, sie sei ihm allein aus diesem Grund gefolgt? Aber es war Zufall gewesen. Alles. Ganz bestimmt nicht von ihr eingefädelt. Seinem Verhalten nach zu schließen, glaubte er das jedoch nicht. Woraus man ihm kaum einen Vorwurf machen konnte. Wäre Donal jetzt dage-

*Irische Liebesträume*

wesen, sie hätte ihn verprügeln können. Und warum hatte Feargal „Arme Ellie" gesagt? Was glaubte er zu wissen, das sie nicht wusste? Ellie schüttelte den Kopf, ging auf Zehenspitzen zum Fenster hinüber und sah hinaus. Nirgendwo in der Ferne funkelten Lichter, die auf andere Häuser hingewiesen hätten. Vielleicht waren die Anlagen, die das Haus umgaben, sehr ausgedehnt. Waldungen? Grünland? Vielleicht hielt Feargal Rinder oder Kühe. Donal hatte gesagt, dass er Viehzucht betreibe. War dies seine Farm?

Die hohle Hand zwischen Stirn und Glasscheibe, versuchte sie angestrengt, in der Dunkelheit etwas zu erkennen. Zwei armselige, triefnasse Pferde standen neben einer riesigen Eiche und ließen die Köpfe hängen.

Ellie ging zurück zu ihrem Koffer und wuchtete ihn auf das Bett. Willkommen in Irland, dachte sie. Hielt man diesen Raum immer für Gäste frei? Feargal hatte sie, ohne jemanden zu fragen, einfach hier heraufgebracht. Vielleicht war es sein Zimmer ... Oh, sei nicht so blöd, Ellie!

Feargal hatte Familienmitglieder erwähnt. Welche gab es? Brüder? Schwestern? Mutter? Ehefrau? Kinder? Ja, und warum war sie nicht schon früher darauf gekommen – dass er verheiratet sein und Kinder haben könnte? Weil er mit ihr geflirtet hatte? Weil sie naiv genug war zu glauben, dass verheiratete Männer nicht mit anderen Frauen flirteten? Nein, so naiv war sie nicht. Sie hoffte nur, dass es nicht stimmte.

Ellie beschloss, nur das auszupacken, was sie für die Nacht brauchte. Sie holte ihren Bären Gwendoline heraus, der sie überallhin begleitete, und setzte ihn mitten auf das Bett, damit ihm auch ja nichts entging. Dann überlegte sie kurz, nahm auch das Paket aus dem Koffer und verstaute es sorgfältig in der Nachttischschublade. Auf gar keinen Fall durfte es ihr abhanden kommen. Nicht, nachdem sie diese ganze Reise gemacht hatte, um es abzuliefern. Und morgen würde sie mit ihren Nachforschungen beginnen, egal, ob sie hier blieb oder nicht.

Ellie fühlte sich schmuddelig, war hungrig, und der Gedanke, sich mit knurrendem Magen in ihrem Zimmer zu verstecken, gefiel ihr gar nicht. Sie machte sich frisch und zog saubere Kleidung an. Vielleicht durfte sie sich ein Sandwich machen ... Ihr Blick fiel auf ihren Bären Gwen. Sollte sie ihn zu ihrer Gesellschaft mit hinunternehmen? Sie kicherte. Man würde sie für verrückt halten. Was sie wahrscheinlich auch war. Immer noch lächelnd, wagte sie sich die Treppe hinunter.

Unschlüssig, wohin sie gehen sollte, folgte sie dem Geräusch von Stimmen, die aus einem Raum auf der Rückseite des Hauses kamen. Verlegen blieb sie an der Tür stehen, die offensichtlich in den Wohnraum führte. Und da die drei Personen, die sich darin aufhielten, sie nicht gleich bemerkten, schaute sie sich um. Ein Sammelsurium von Möbeln, Sofas und Teppichen wirkte anheimelnd. Auf einem Teppich vor dem großen offenen Kamin lag ein zotteliger Wolfshund, die Nase auf den Pfoten. Er öffnete ein Auge, sah Ellie an. Dann, offensichtlich zufrieden, dass sie keine Gefahr darstellte, schlief er weiter.

Natürlich hatten inzwischen alle sie bemerkt, und das Gespräch verstummte. Unter halbgesenkten Lidern sah sie zu Feargal hinüber und lächelte. „Eigentlich wollte ich meinen Bären Gwendoline mitbringen, um Gesellschaft zu haben. Aber sie mag keine Fremden. Deshalb bin ich allein gekommen."

„Warum haben Sie Gwendoline nicht gesagt, dass wir keine Fremden sind?", fragte er.

„Nun ja, sie glaubt mir nicht immer."

„Ah, sie ist wohl total verunsichert, wie? Ich glaube, Bären sind oft so."

Immer noch sah sie ihn an. Obwohl er legere Jeans und T-Shirt trug, umgab ihn ein Flair von Eleganz.

„Darf ich Ihnen meine Familie vorstellen?", sagte Feargal und deutete mit einer müden Geste auf eine grauhaarige Frau, die in einem Sessel neben dem Hund saß und so aussah, als würde sie zahlreiche Wohltätigkeitsvereine unterstützen, indem sie dort abgelegte Kleidung erstand, wie Ellie. „Meine Mutter", stellte Feargal vor.

Sie sah Ellie verständnislos an, trotzdem nickte Ellie ihr kurz zu.

„Meine Schwester Therese", fuhr Feargal fort und zeigte auf eine junge dunkelhaarige Frau, die geschäftig eine Art Liste zusammenzustellen schien.

*Irische Liebesträume*

„Hallo, Ellie", sagte sie lächelnd. „Nennen Sie mich Terry. Ich wünschte, Sie hätten Ihren Bären Gwen mitgebracht, denn das ist das interessanteste Gespräch, das wir seit Wochen geführt haben."

Ellie erwiderte Terrys Lächeln und fühlte sich schon etwas wohler. Dann wandte sie ihre Aufmerksamkeit rasch wieder Feargal zu.

„Und dieses Fell da drüben am wärmsten Plätzchen ist Blue. Er ist ganz ... liebenswürdig", sagte er.

„Oh, gut."

„Dann gibt es noch zwei Mädchen, die beide zu nichts nütze sind. Schwestern. Mary und Rose. Anstatt das Durcheinander aufzuräumen, machen sie es nur noch schlimmer. Ich habe einen jüngeren Bruder, Huw, der sich mit seiner Freundin im Schlepptau noch sehen lassen wird – oder auch nicht. Dann habe ich noch eine Schwester, Phena, die sich hoffentlich nicht blicken lässt. Aber da bin ich mir noch nicht ganz sicher."

„Feargal!", tadelte seine Mutter.

Feargal sah nicht so aus, als würde er seine Bemerkung bedauern.

„Falls Sie auf Tourist machen möchten, auf dem Tisch in der Halle finden Sie jede Menge Informationsmaterial über Sehenswürdigkeiten in dieser Gegend. Bedienen Sie sich. Die Essenszeiten sind ein bisschen unregelmäßig. Abendessen ist gewöhnlich gegen sieben, obwohl es auch schon mal neun Uhr wird. Bei Frühstück und Mittagessen kommt es darauf an, ob Sie selbst in der Küche mithelfen. Möchten Sie sonst noch etwas wissen?"

„Ich glaube nicht. Vielen Dank. Und natürlich werde ich nur diese eine Nacht hier bleiben", sagte sie entschlossen.

„Wirklich?"

„Ja", wiederholte sie bestimmt und bemerkte den ungläubigen Ausdruck in seinem Gesicht. „Es ist sehr nett von Ihnen, dass Sie mich so kurzfristig bei sich aufnehmen, aber es würde mir nicht im Traum einfallen, Ihnen lästig zu werden. Außerdem habe ich noch gar nicht gefragt, was es kostet und auf welche Art ich bezahlen soll ..."

Feargal sah sie mit seinen blauen Augen ausdruckslos an, und es fiel ihr schwer, den Blick nicht abzuwenden.

„Die Miete für das Zimmer", meinte ich.

„Oh, darüber können wir später reden. Sonst noch etwas?"

„Nein." Außer dass ich vor Hunger sterbe und mir nichts sehnlicher wünsche als ein Sandwich, fügte sie in Gedanken hinzu.

„Mäntel", sagte seine Mutter rätselhaft. Rätselhaft zumindest für Ellie.

„Ach ja", sagte Feargal. „Auf der Rückseite ist ein Raum, wo Sie alles finden, falls Sie Gummistiefel, Regenmantel, Schirm und so weiter brauchen. Nehmen Sie, was Ihnen passt."

„Vielen Dank."

Terry prustete los und schlug auf die Armlehne ihres Stuhls. „Sie werden sich an uns gewöhnen", versprach sie. „Es ist schön, mal ein anderes Gesicht zu sehen – ein sehr hübsches Gesicht darüber hinaus. Aber lassen Sie die Finger von Declan. Er ist mein zukünftiger Ehemann und wird später noch kommen."

„Ja, in Ordnung."

Terry lehnte sich in ihrem Stuhl zurück und sah Ellie amüsiert an. „Vermutlich haben Sie auf Ihrer Fahrt hierher nicht sehr viel gesehen."

„Nein. Das heißt, ich habe einen kleinen Umweg durch die Wicklow Mountains gemacht. Aber die Hecken waren zu hoch, als dass ich viel hätte erkennen können. Und ich habe einen kurzen Blick auf das Schlachtfeld von Boyne geworfen. An dem Kampf haben wohl nicht viele Leute teilgenommen, wie?", fragte sie unschuldig.

„Nicht viele Leute?", wiederholte Terry stirnrunzelnd. „Ich glaube, es war eine ziemlich große Schlacht, oder?", fragte sie ihren Bruder.

„Das würde ich auch sagen", stimmte er zu. „Warum?"

„Weil das abgesteckte Feld so klein war. Zwei Krieger hätten es ausfüllen können", sagte Ellie.

Terry brach in Lachen aus, und Feargal sah sie lange nachdenklich an, bevor das Grübchen an seinem Mundwinkel erschien. Wirklich, sie fing an, sich in dieses Grübchen zu verlieben.

„Sie meinen wohl die markierte Stelle, die als Aussichtsplattform gedacht ist. Von da aus haben Sie einen Blick auf das Tal King William's Glen, wo die letzte bedeutende militärische Schlacht in Irland ausgefochten wurde", belehrte er sie. „Informieren Sie sich über

*Irische Liebesträume*

Geschichte, Miss Browne – mit einem ‚E'."

Ellie sah ihn unschuldig lächelnd an, denn natürlich hatte sie gewusst, dass es sich um eine Aussichtsplattform handelte. Und er hatte gewusst, dass sie es gewusst hatte. Also hatte er sie aufgezogen. „Das werde ich tun", versprach sie, „obwohl ich vermute, dass die Schlacht gegen die Engländer gerichtet war", sagte sie und seufzte traurig.

„Waren das nicht alle Schlachten?"

„Und wer hat den Streit angezettelt?", fragte sie.

„William III."

„William III. Das war William von Oranien, nicht wahr? Aber er war Holländer", rief sie triumphierend aus.

„Richtig. Weshalb wir euch von jeder Schuld freisprechen müssen. Und wenn Sie wirklich an der Geschichte unseres Landes interessiert sind – auf dem Tisch in der Halle liegt ein Buch, in dem Sie alles nachlesen können. Zum Beispiel auch über unsere Dichter …"

„Und Jonathan Swift", warf seine Schwester ein.

„Und Jonathan Swift", bestätigte er.

„Wussten Sie, dass die mächtigsten Könige im vornormannischen Irland auf dem Königshügel Hill of Tara gekrönt wurden?"

„Nein …"

„Außerdem gibt es die Königsgräber Newgrange, Knowth and Dowth, die Sie unbedingt sehen müssen."

Feargal setzte sich in den Sessel seiner Mutter gegenüber.

Ellie wandte sich seiner Schwester zu und fragte: „Wann werden Sie heiraten?"

„Nächste Woche."

„Nächste Woche bereits? Oh, wenn ich dann noch in der Gegend sein sollte, kann ich vielleicht bei der Trauung dabei sein."

„Wenn Sie dann noch in der Gegend sind, können Sie bei der ganzen Feier dabei sein", sagte Terry. „Sie, Ellie Browne, sind hiermit herzlichst zu meiner Hochzeit eingeladen."

„Das ist sehr nett von Ihnen", sagte Ellie, überwältigt von diesem großzügigen Angebot. „Aber ich will mich Ihnen nicht aufdrängen."

„Und warum nicht, um Himmels willen?"

„Weil, nun, weil Sie mich ja überhaupt nicht kennen."

„Aber sicher tu ich das. Sie sind Ellie Browne – mit ‚E‘."

Ausgerechnet in diesem Moment knurrte ihr Magen, und Ellie stöhnte auf. „Entschuldigung", sagte sie verlegen.

„Haben Sie Hunger?", fragte Terry mitfühlend.

„Ja, ein bisschen. Dürfte ich mir vielleicht ein Sandwich machen?"

„Ich denke, wir können Ihnen etwas Kräftigeres anbieten", sagte Feargal. Er stand auf, ging hinaus und kam nach einigen Minuten wieder. „Im Esszimmer ist ein kleiner Imbiss für Sie vorbereitet", verkündete er. „Hier entlang, bitte."

Ellie stand auf und folgte ihm durch die Halle in ein dunkles, bedrückendes, förmlich eingerichtetes Zimmer. Ein langer geschnitzter Holztisch beherrschte den Raum. Um ihn herum standen dazu passende schwere Stühle. Sie drehte sich um, und ihr leicht entsetzter Blick fiel auf eine Reihe düsterer Ölgemälde an den Wänden.

„Unsere glorreichen Vorfahren", sagte Feargal leise, der dicht hinter ihr stand.

„Sie sehen aus, als würden sie mich beobachten", flüsterte sie zurück.

„Das tun sie tatsächlich. Sie sitzen über uns alle zu Gericht."

„Sie sehen nicht sehr glücklich aus, oder?"

„Nein. Und nun lassen Sie es sich schmecken." Er lächelte flüchtig, dann ging er zurück in den Wohnraum und ließ die Tür offen.

Dankbar begann Ellie, von der kräftigen Gemüsesuppe zu essen, die hervorragend schmeckte. Während sie aß, konnte sie die Stimmen von nebenan deutlich hören. Man sprach von einer gewissen Sylvia, die wahrhaftig gesegnet sei. Gesegnet weshalb? Und von wem?

Nachdem sie das frische, knusprige Brot ganz aufgegessen hatte, machte sie sich über den Apfelkuchen mit Sahne her. Glaubte Feargal immer noch, sie sei ihm gefolgt? Ja, natürlich tat er das. Wahrscheinlich dachte er, sie und Donal hätten die Sache ausgeheckt.

Feargal war zweifellos ein sehr attraktiver Mann, allerdings bezweifelte sie, dass sie ihn näher kennenlernen würde. Wie sollte sie auch, da sie nur diese eine Nacht hierblieb? Wie schade! Denn noch nie zuvor hatte sie diese überwältigende Anziehung gespürt. Sie hatte davon gehört, darüber gelesen, sie aber noch nie erfahren. Sie war

*Irische Liebesträume*

noch nie richtig verliebt gewesen und hatte schon geglaubt, sie wäre zu diesem Gefühl nicht fähig. Oder ihre Erwartungen wären zu hoch. Sie hatte sich verliebt, natürlich hatte sie das. Aber aus dem einen oder anderen Grund hatten sich ihre Gefühle niemals vertieft. Ein kleiner Flirt mit Feargal hätte ihr Spaß gemacht.

Ellie trank ihren Kaffee aus und nahm sich einige Prospekte von dem großen Tisch in der Halle, in der Absicht, sie auf ihrem Zimmer zu lesen. Als sie in den Wohnraum zurückging, um gute Nacht zu sagen, machte Feargals Mutter ihr einen Strich durch die Rechnung. Ihre Zerstreutheit schien auf einmal verschwunden zu sein, und sie klopfte einladend auf den freien Platz neben ihr.

Sobald Ellie saß, begann sie, sie über ihr Leben in England auszufragen, erzählte ihr vom Leben der Leute in Slane und von den Vorbereitungen, die für die Hochzeit auf „The Hall" getroffen wurden.

„Das klingt wunderbar", sagte Ellie. Dann siegte ihre Neugier, und sie fragte lächelnd: „Warum war Sylvia wahrhaftig gesegnet?"

„Sie kennen Sie?", rief Feargals Mutter überrascht aus.

„Nein", gestand Ellie lachend. „Leider habe ich zufällig das Gespräch mit angehört."

„Oh!" Ein amüsierter Blick trat in ihre braunen Augen, und sie antwortete: „Weil sie Zwillinge bekommen hat."

„Dann ist sie wahrhaftig gesegnet", stimmte Ellie zu.

„Man wird noch wochenlang darüber reden", meinte Feargals Mutter. „In einem kleinen Dorf wird über das geringste Ereignis endlos diskutiert, weil kaum je etwas passiert und jeder alles über den anderen weiß." Einen Moment lang lag ein Schatten in ihren Augen, so als erinnerte sie sich an etwas. Dann schüttelte sie kurz den Kopf und fuhr fort: „Das kann sehr lästig sein, obwohl es auch sein Gutes hat. Steckt man in Schwierigkeiten oder hat ein Problem, so kommt von allen Seiten Hilfe. Und ich denke, dass die Leute bald über das kleine englische Mädchen reden werden, das auf ‚The Hall' wohnt."

„Ich bin nicht klein", protestierte Ellie wie schon so viele Male zuvor.

„Nein", gab Feargals Mutter ihr recht. „Aber Sie wirken klein. Ich weiß nicht, warum. Als Sie zum ersten Mal hier hereinkamen, hätte

297

ich gesagt, Sie seien klein. Doch als Sie neben Terry standen, schienen Sie genau dieselbe Größe zu haben. Und sie ist eins siebenundsechzig. Überhaupt nicht klein. Seltsam, nicht wahr?"

„Ja", sagte Ellie. „Wahrscheinlich habe ich kurze Beine." Sie sah zu Feargal hinüber, der eine Zeitung las oder so tat als ob, und lächelte. Vor vierundzwanzig Stunden war ihr das Leben noch einfach und unkompliziert vorgekommen. Und nun wohnte sie bei einer Familie, die sie nicht kannte, war zu einer Hochzeit eingeladen, auf der sie keinen der Gäste kennen würde – und fühlte sich außerordentlich zu einem Mann mit blauen Augen hingezogen. Warum, fragte sie sich, müssen mir immer die seltsamsten Dinge passieren?

Ellie begann, den Prospekt über die Schlacht bei Boyne durchzublättern. Es musste schrecklich chaotisch zugegangen sein. Keine einfache Schlacht zwischen Engländern und Iren, sondern ein Kampf, bei dem viele andere Faktoren und Menschen eine Rolle gespielt hatten. Sie war nicht in der Stimmung, sich auf die vielen Warums und Weshalbs zu konzentrieren, und griff nach einer Broschüre mit dem Titel „Programmvorschau".

„Oh, sie veranstalten eine Suche nach Kobolden", rief sie plötzlich erfreut aus. „Wo liegt Carlingford?"

„Im Norden", antwortete Feargal sofort. Also war er doch nicht ganz in seine Zeitungslektüre vertieft gewesen. „Kann ich aus Ihrer offensichtlichen Begeisterung schließen, dass Sie dorthin möchten?"

„Ja, natürlich."

„Wann findet es statt?", fragte seine Mutter.

„Am dreißigsten – oh, das ist morgen! Wie lange würde ich für die Fahrt dort hinauf brauchen?"

„Sie brauchen nicht zu fahren", sagte Feargal ruhig. „Ich bringe Sie hin."

„Wirklich?", fragte sie erstaunt.

„Ja. Ich muss manchmal wegen des Austern-Festivals hinauffahren."

„Oh. Nun, das ist sehr nett von Ihnen, aber ich werde es auch mit dem Wagen finden. Ich möchte Ihnen nicht …"

„Lästig fallen. Ja, ich weiß." Den Blick seiner blauen Augen im-

*Irische Liebesträume*

mer noch auf ihr Gesicht gerichtet, fügte er hinzu: „Man sollte niemals allein nach Kobolden suchen. Und falls Sie zufällig einen der kleinen Wichte finden", sagte er mit ernster Miene, „und ihm seinen Goldschatz abnehmen möchten, dürfen Sie ihn niemals aus dem Auge lassen. Wenn Sie auch nur einen Moment wegsehen, wird er verschwinden."

„Das werde ich nicht tun", meinte sie. Sie war nicht ganz sicher, ob Feargal sie aufzog oder nicht. Denn soweit sie wusste, nahmen die Iren Kobolde wirklich sehr ernst. Sie lächelte. „Haben Sie schon jemals einen gesehen?"

Er schüttelte den Kopf. „Nein. Nicht ich selbst. Aber an einem Ostersonntag vor nicht allzu langer Zeit fand man auf dem Felsen bei Carlingford eine Garnitur Kleidung. Daneben lagen auf einem Fleck verbrannter Erde einige Knochen. In der Hosentasche steckten vier Goldschillinge."

„War es die Kleidung eines Kobolds?"

„Ja."

„Ich glaube Ihnen nicht."

„Nein? In der Gaststube von O'Hares Pub können Sie den Anzug sehen. Und vor etwa sechzig Jahren hat Jimmy Marley selbst einen Kobold in Ballyoonan gefangen. Er hielt ihn fest, wie seine Eltern es ihm immer gesagt hatten, und nach einem kurzen Zweikampf, bei dem Jimmy ihn nicht aus den Augen ließ, verließen den Kobold die Kräfte. Jimmy fühlte sich schon als Sieger, da rief der Zwerg plötzlich aus: ‚Warrenpoint brennt!'. Jimmy, der dort zwei Schwestern hatte, drehte sich um. Natürlich war es eine verhängnisvolle Bewegung, denn als er sich wieder umwandte, war der Kobold verschwunden."

Ellie blickte zu Feargals Mutter, dann wieder zu Feargal und brach in Lachen aus. „Sie wollen mich wohl verschaukeln?"

„O nein, das tut er nicht", sagte Feargals Mutter. „Das werden Sie in Carlingford feststellen. Mit dem Auffinden der Kleidung vor einigen Jahren begann die Jagd auf Kobolde, die nun jährlich veranstaltet wird", erklärte sie, als wäre es das selbstverständlichste auf der Welt. „Auf dem Berg halten sich viele Steinkobolde versteckt", fuhr

299

sie fort, „und wer einen findet, erhält eine Belohnung. Natürlich hofft man, dass man dabei auch noch andere geheimnisvolle Wesen entdeckt."

„Ist das schon einmal vorgekommen?", fragte Ellie fasziniert.

„Nein", antwortete Feargals Mutter traurig. „Zumindest nicht in letzter Zeit."

„Aber man hat die Suche nicht aufgegeben?"

„O nein. Selbst wenn Sie nicht auf Koboldsuche gehen, lohnt es sich, die Gegend dort kennenzulernen. Zwischen den Mourne Mountains und Cooley ist die Landschaft äußerst reizvoll. Märchen und Sagen sind dort heute noch lebendig. Nun", wechselte sie zu Ellies Überraschung das Thema, „dass wir hocherfreut sind, Sie als Gast bei uns zu haben, darf Ihnen nicht unangenehm sein. Es ist schön, mal ein anderes Gesicht zu sehen, noch dazu ein so hübsches", fügte sie warm lächelnd hinzu. „Außerdem mag ich Ihren Sinn für Humor. Und meinen Sie nicht, dass Sie die ganze Zeit bei der Familie bleiben müssen. Kommen und gehen Sie, wie es Ihnen gefällt, Ellie. Bestimmt werden Sie sich so viel wie möglich hier anschauen wollen. Also fühlen Sie sich bei uns wie zu Hause. Und jetzt, denke ich, werde ich zu Bett gehen." Sie lächelte Ellie an und sagte: „*Oiche Mhaith Dhuit.*"

„*E ha y gitch*?", fragte Ellie und versuchte die seltsam klingenden Laute nachzuahmen, die sie eben von Feargals Mutter gehört hatte.

„Es heißt ‚gute Nacht'", erklärte Feargal, während er aufstand, um seiner Mutter einen Gutenachtkuss zu geben.

„Oh, ich sage es wohl lieber in meiner Sprache. Gute Nacht. Und vielen Dank."

„Wofür, mein Kind?"

„Dafür, dass ich hierbleiben kann."

Nachdem sie gegangen war, sah Ellie Feargal an und hätte ihm am liebsten für sein spöttisches, wissendes Lächeln eine heruntergehauen.

„Zwei Nächte?", fragte er leise.

„Zwei", stimmte sie zu. Sie packte ihre Broschüren zusammen und ging hinauf in ihr Zimmer.

*Irische Liebesträume*

Die Hände hinter dem Kopf verschränkt, lag Ellie eine Weile im Bett und dachte über die außergewöhnlichen Ereignisse des Tages nach. Zwei Tage, überlegte sie schläfrig. In zwei Tagen konnte viel geschehen. Die Vorstellung, einen ganzen Tag in Feargals Gesellschaft zu verbringen, ließ sie zufrieden lächeln, und sie kuschelte sich unter die Decke. Aber warum hatte er sie eingeladen? Es war ihr ein Rätsel. Sie durfte auf gar keinen Fall vergessen, ihn nach den Übernachtungskosten zu fragen.

Am nächsten Morgen machte sie sich ein Frühstück, ohne jemanden von der Familie zu treffen. Rose oder Mary – sie wusste nicht, welche von beiden – sah ihr dabei amüsiert zu. Und noch bevor sie sich den Kopf darüber zerbrechen konnte, ob Feargal sein Angebot, sie nach Carlingford zu bringen, ernst gemeint hatte, kam er auch schon durch die Hintertür herein.

„Sind Sie so weit?", fragte er lächelnd.

„Ja. Macht es Ihnen auch wirklich nichts aus?"

„Wenn es so wäre, hätte ich es Ihnen nicht angeboten. Sie werden noch herausfinden, Ellie, dass ich niemals etwas tue, was ich nicht will."

Wirklich?, fragte sie sich. Wurde das Leben dadurch einfacher? Wenn ja, vielleicht sollte sie selbst es einmal versuchen. Er sieht sauber, frisch und ausgeschlafen aus, dachte sie. Sie beobachtete, wie er sich eine Tasse Tee einschenkte, sich mit den Hüften an den Tisch lehnte und den Tee trank.

„Kommt Ihr Bär Gwendoline mit?", fragte Feargal völlig ernst.

Ellie schüttelte den Kopf. „Sie hat Bauchschmerzen", erklärte sie. „Gestern hat sie zuviel Schokolade gegessen."

„Oh, arme Gwen! Kann es losgehen?"

„Ja, natürlich." Sie lächelte Mary – oder Rose? – kurz zu, stand schnell auf und folgte Feargal hinaus.

## 3. KAPITEL

*I*n Carlingford nieselte es, als Ellie und Feargal dort ankamen, gerade rechtzeitig zum Beginn der Suche nach den Kobolden, den Leprechauns, wie sie in Irland genannt wurden. Feargal kaufte ihr ein Ticket, vergewisserte sich, dass sie anhand der Karte herausfand, auf welchem Teil des Berges sie zu suchen hatte, und zeigte ihr die Richtung an.

„Für jeden Leprechaun ist eine Belohnung ausgesetzt", erklärte er. „Einhundert Pfund. Ist alles klar? Ja, natürlich", beantwortete er sich seine Frage selbst. Etwas erstaunt ließ er den Blick über die übergroße Latzhose gleiten, die sie trug. Die Beine waren zu weit und so kurz, dass sie mindestens zehn Zentimeter über ihren Stiefelrändern endeten. „Sie sehen aus wie eine Farmarbeiterin auf dem Weg zum Heumachen. Eine sehr hübsche Farmarbeiterin", fügte er leise hinzu. „Ziehen Sie ihre Regenjacke über, sonst werden Sie klitschnass. Und jetzt ab mit Ihnen. Ich treffe Sie später hier im Dorf-Gasthaus."

Ellie lächelte, drehte sich um und folgte der lärmenden, lachenden und wild durcheinander redenden Gruppe den Berg hinauf, und in null Komma nichts hatte sie sich mit einigen angefreundet. Der eine oder andere nahm sie unter seine Fittiche, erklärte ihr die Regeln, wies sie auf mögliche Gefahren hin und ermutigte sie schließlich, während der nächsten Stunden in und unter nasse Stechginstersträucher zu kriechen.

Sie kicherte wie ein Schulmädchen, klatschte Beifall, wenn jemand einen Freudenschrei ausstieß, stöhnte zusammen mit den anderen enttäuscht auf, wenn es sich als falscher Alarm erwies, zeigte Mitgefühl mit einem Mädchen, das sich in ihren Bezirk verirrt hatte, und fing an, sich für die ganze Sache zu begeistern.

Ellie konnte sich vor Lachen kaum halten, als ein junger Mann in ihrer Nähe der Länge nach in eine flache Felsspalte fiel, vergaß dabei, darauf zu achten, wo sie selbst hintrat, und stieß mit dem Fuß gegen einen der Kobolde, die man am Berghang versteckt hatte. Sie bückte sich, nahm die winzige Porzellanfigur in die Hand, und während sie

*Irische Liebesträume*

sich aufrichtete, fiel ihr Blick auf ein kleines Mädchen, das sehr enttäuscht aussah.

Ellie tat, als würde sie stolpern und das Gleichgewicht verlieren, und warf dabei den Leprechaun auf ein Grasbüschel, wo die Kleine ihn mühelos finden würde.

Das Mädchen sah Ellie verblüfft an, schaute auf das Grasbüschel, zögerte kurz, dann stürzte es sich darauf. Sie hielt Ellie den Kobold hin, obwohl sie offensichtlich mit dem Wunsch kämpfte, ihn zu behalten, und Ellie nahm ihr die Entscheidung ab. „Sie hat einen gefunden!", rief sie, riss das Mädchen an sich, hielt es hoch, damit alle es sahen, und schon brandete lauter Beifall auf.

„Er gehört Ihnen …"

„Unsinn! Du weißt doch, man muss ihn festhalten und darf ihn keine Sekunde aus den Augen lassen. Ich habe ihn verloren, du hast ihn gefunden, also gehört er dir." Sie setzte das Mädchen auf dem Boden ab und nahm es bei der Hand. „Halt ihn jetzt ganz fest. Wir gehen nun zum Gasthaus zurück, sodass du dort deinen Preis abholen kannst."

„Wollen Sie denn nicht weitersuchen?"

„Nein", sagte Ellie, „so viel Glück hat man nicht zweimal. Die Kobolde wissen jetzt, dass ich hier bin, und werden sich bei mir nicht mehr blicken lassen."

„Die wirklichen?", flüsterte die Kleine.

„Ja."

Ellie war ganz froh, die Suche nach den Leprechauns abbrechen zu können, denn der Regen wurde immer stärker. Sie ging mit dem Mädchen zum Gasthof zurück und zu Feargal.

Dort empfing man sie begeistert, klopfte ihr auf die Schultern. Der Vater des Mädchens bedankte sich bei ihr und bot ihr das halbe Preisgeld an, was sie ablehnte. Dann sah Ellie sich nach Feargal um.

Er stand in einer Ecke, unterhielt sich mit einigen Männern, und sie konnte ihn eine Zeitlang unbemerkt beobachten. Wirklich, einen so umwerfend gutaussehenden Mann hatte sie noch nie getroffen. Groß, selbstbewusst, mit einer faszinierenden Ausstrahlung. Jeder schien sich seiner Meinung sofort anzuschließen, zumindest gewann sie diesen Eindruck. Er besaß natürliche Autorität, war beliebt, ge-

303

achtet. Als hätte er ihren Blick gespürt, drehte er sich langsam um. Er lächelte amüsiert, sagte etwas zu den Männern, dann ging er hinüber an die Theke, holte eine Tasse mit dampfendem Inhalt und brachte sie Ellie. „Amüsieren Sie sich gut?"

„Ja, das tue ich eigentlich immer." Sie schloss die Handflächen um die heiße Kaffeetasse und nippte daran. Regenwasser lief ihr in kleinen Rinnsalen über den Hals, und sie erschauerte, als Feargal sanft darüber fuhr, um sie aufzuhalten.

„Kennen wir Sie nicht alle als liebes Mädchen?", flüsterte er ihr ins Ohr, wobei er mit den Fingern eine glühende Spur auf ihrem Nacken hinterließ.

„Und kennen wir Sie nicht alle als Schmeichler?", flüsterte sie zurück. Sie sah kurz zu ihm auf und schnell wieder weg, nachdem sie seinen spöttischen Blick bemerkt hatte.

„Ich frage mich, was Sie wirklich sind", sagte er leise. „Heilige oder Sünderin? Unschuldig oder schuldig?"

„Sie denken immer noch, dass ich Ihnen gefolgt sei", stellte Ellie lächelnd fest. „Sie werden es nicht glauben, aber das habe ich wirklich nicht getan." Ellie sah ihn an, und sein Anblick beunruhigte sie. Das vom Regen feuchte Haar lockte sich über seiner Stirn, die Augenbrauen verliefen in einer fast geraden Linie, die Nase war gerade, der Mund schön und der Blick seiner blauen Augen amüsiert und spöttisch. Es war ungerecht, dass ein Mann so attraktiv sein konnte. So anziehend. Als sie merkte, dass sie ihn ziemlich lange angeschaut hatte, blinzelte sie und fragte rasch: „Haben Sie Ihren Auftrag erledigt?"

„Ja. Wir könnten jetzt zu Mittag essen und uns dann das Dorf ansehen. Was halten Sie davon?" Es klang, als würde es nichts Schöneres auf der Welt geben.

„Oh ja, gern", sagte sie heiser. Verlier bloß nicht den Kopf, Ellie, warnte sie sich. Er spielt mit dir. Das weiß er und glaubt, du würdest umgekehrt mit ihm spielen. Sie hakte sich bei ihm unter, und beide gingen los.

Als Ellie und Feargal den Pub verließen, peitschte der Regen über die in der Ferne liegende Bergkette und ließ ihre Umrisse nur ver-

*Irische Liebesträume*

schwommen erkennen. Feargal nahm Ellies Hand in seine und schob sie in seine Tasche, dann sagte er leise: „Erzählen Sie mir etwas über sich, Elinor Browne."

„Da gibt es nicht viel zu erzählen", antwortete sie genauso leise, denn sie fürchtete, sonst den Zauber zu lösen, der sie gefangen hielt.

„Wie lange ist es her, seit Sie die Schule verlassen haben?", fragte Feargal mit einem faszinierenden Lächeln.

Ellie sah ihn an und fragte amüsiert zurück: „Meinen Sie die Schule oder die Universität?"

Feargal blieb stehen und rief erstaunt aus: „Universität? Sie waren doch niemals auf der Universität. Sie sehen so jung aus, als hätten Sie die Oberstufe noch nicht abgeschlossen."

„Ich weiß", stimmte Ellie zu.

„Also, wie alt sind Sie, Ellie?"

„Fünfundzwanzig."

„Fünfundzwanzig", wiederholte er leise. „Und was haben Sie studiert?"

„Englisch."

„Mit Abschluss?"

„Ja."

„Und was möchten Sie einmal machen?"

„Die Natur vor dem Aussterben bewahren", sagte sie einfach. „Die Wale, Delphine, Wälder ..."

„Ja, es ist Zeit, dass jemand das tut. Und hier haben wir die Ruine des King John's Castle."

„Sprechen Sie von unserem King John?", fragte Ellie überrascht und sah auf die Burgruine, von der aus man den Blick über die Bucht hatte.

„Ja. Offensichtlich besuchte er Carlingford oder, genauer gesagt, Cathair Linn, wie es einmal genannt wurde. Angeblich ließ er ein Schloss bauen, um die wilden Uig Meith, die in dieser Gegend lebten, zu beeindrucken und einzuschüchtern."

„Du meine Güte! Wir Engländer müssen unsere Nase aber auch immer in anderer Leute Angelegenheiten stecken."

„Nicht nur die Engländer." Feargal lachte. „Wir hatten auch die

305

Normannen und die Dänen hier zu Besuch."

Er nahm die Hand aus der Tasche, ließ ihre darin, legte Ellie den Arm um die Schultern und zog sie fest an sich. Sie empfand seine körperliche Nähe und Wärme als angenehm und fragte sich, was er wohl sagen würde, wenn er es wüsste. Sie amüsiert ansehen, vermutete sie.

Sie gingen die abbröckelnden Steinstufen hinauf, versuchten, durch die Gitterstäbe eines Geländers hindurch etwas zu erkennen, und kehrten zurück zu dem schmalen Kai.

„Bei schönem Wetter hat man von hier eine großartige Aussicht", sagte Feargal, während sie den Blick über die graue Wasserfläche schweifen ließen. „Wenn die Sonne über der Bucht steht und die Berge klar und scharf zu erkennen sind, hat man von oben eine wunderbare Aussicht."

„Ja", stimmte Ellie zu, denn selbst an einem tristen Tag wie heute, an dem Regenschleier Berge und Bucht verdeckten, war es schön.

Den Arm immer noch um ihre Schultern gelegt, führte Feargal Ellie zu Taffe's Castle, einem alten Bergfried aus dem sechzehnten Jahrhundert. Als sie die Mint, einen befestigten Bau aus dem fünfzehnten Jahrhundert, erreichten und die Überreste von Carlingford Abbey, einer ehemaligen Abtei, fing es erst richtig heftig an zu regnen. Feargal drängte Ellie, schneller zu gehen, und eilte mit ihr über einen Hof und in einen kleinen Kunstgewerbeladen.

„Warten Sie hier im Trockenen. Ich werde den Wagen holen."

„In Ordnung."

Feargal hing das Haar, das länger als ihr eigenes war, triefnass ins Gesicht und in den Nacken, und Ellie lächelte. „Sie sind ja völlig durchnässt."

„Sie vielleicht nicht?" Er ließ die Finger zärtlich über ihre nasse Wange gleiten, fing die Regentropfen wie Tränen auf und blickte ihr dabei tief in die Augen. Dann seufzte er, schüttelte leicht den Kopf, drehte sich um und ging hinaus. Er lief über die Pfützen im Hof, geschmeidig und athletisch. Er war ein umwerfender Mann. Aber weshalb hatte er den Kopf geschüttelt?

Ellie berührte ihre Wange, wie er es zuvor getan hatte. Ein kleiner

*Irische Liebesträume*

Flirt? Sie fing an, etwas für Feargal zu empfinden. Und etwas Dümmeres hätte ihr nicht passieren können. Doch was sollte sie dagegen tun? Vielleicht spielte sie mit dem Feuer, dennoch: Es interessierte sie, wie alles weitergehen würde.

Ellie drehte sich um und lächelte die junge Frau am Verkaufstresen an. „Ein schöner Tag heute, wie?", fragte sie scherzhaft.

„Nein." Die Frau lachte. „Ein ganz abscheulicher Tag. Sind Sie nicht die nette Dame, die der kleinen Afgie den Leprechaun gegeben hat?", fragte sie lächelnd.

„Ach, du meine Güte!", rief Ellie aus, um ihre Verlegenheit zu überspielen. „Die Neuigkeiten sprechen sich aber schnell herum."

„Ja. Die guten wie die schlechten. Das war doch eben Feargal, mit dem Sie gekommen sind, oder? Sind Sie gute Freunde?"

„Neue Freunde", verbesserte Ellie sie rasch. „Sie kennen ihn?"

„Aber sicher. Welche Frau kennt nicht den bestaussehenden Mann in ganz Irland?" Wieder lachte sie.

So scheint es wohl zu sein, dachte Ellie. Und da sie nicht wusste, was sie darauf antworten sollte, blickte sie rasch auf die Steppdecke, die die junge Frau gerade zusammenfaltete. „Die ist aber schön. Haben Sie sie selbst gemacht?"

„Ja."

„Und die anderen?"

„Nicht alle. Ich leite eine Gruppe, in der man Quilts herstellt. Und dies sind einige davon."

„Sie sind wunderschön. Ich nehme an, sie sind auch sehr teuer", sagte Ellie wehmütig.

„Leider ja. Es steckt viel Arbeit drin. Die Kissen sind billiger."

Ellie betrachtete die Kissen und entdeckte eines, auf dem ein Pärchen aus der Regencyzeit dargestellt war. Es war herrlich gearbeitet und würde ein hübsches Geschenk abgeben. Für Terry musste sie etwas kaufen, selbst wenn sie nicht zur Hochzeit ging. Diskret sah sie auf den Preis, überlegte, wie viel Geld sie bei sich hatte, und kaufte es. Als Feargal draußen hupte, verabschiedete sie sich und ging hinaus zu ihm.

„Haben Sie Ihr Geld ausgegeben?", fragte er mit dem ihr schon so vertrauten spöttischen Lächeln. Er nahm ihr das Paket ab und legte es auf den Rücksitz.

„Es ist ein Quiltkissen", erklärte sie ihm. „Ich dachte, es wäre ein hübsches Hochzeitsgeschenk für Terry."

„Dann haben Sie also die Absicht, so lange hierzubleiben?"

„Nicht unbedingt. Aber Terry war außerordentlich nett zu mir. Deshalb möchte ich ihr gerne etwas zu ihrer Hochzeit schenken. Außerdem haben Sie mich freundlicherweise bei sich aufgenommen, obwohl Sie das gar nicht wollten."

„Wer sagt, dass ich das nicht wollte?"

„Das musste nicht gesagt werden. Es ist ganz offensichtlich, dass Sie normalerweise keine zahlenden Gäste aufnehmen."

Er sah sie unschuldig an und fragte: „Werden Sie denn zahlen?"

„O ja. Ich zahle immer meine Schulden."

„Mit Zulage. Und jetzt erzählen Sie mir die Wahrheit."

„Das habe ich schon getan. Wenn Sie einmal vernünftig darüber nachdenken, müssen Sie einsehen, dass ich Ihnen gar nicht gefolgt sein kann. Ich habe Dublin verlassen, lange nachdem Sie …"

„Woher wissen Sie das?"

„Ich weiß es nicht. Ich vermute nur, dass Sie am Morgen aufgebrochen sind. Und wenn es nicht so wäre, wüsste ich es auch nicht. Woher sollte ich also wissen, wo Sie leben, da ich Ihrem Wagen nicht gefolgt bin?"

„Donal?", half er ihr auf die Sprünge.

„Donal? Warum hätte Donal mir sagen sollen, wo Sie wohnen?"

„Vielleicht haben Sie ihn danach gefragt."

„Nein."

„Sie haben nicht nach mir gefragt?"

„Nein. Das heißt, doch", gab sie schmunzelnd zu. „Aber das war wohl ganz normal, oder? Wenn man überhaupt jemanden beschuldigen kann, dem anderen gefolgt zu sein, dann sind Sie das. Sie haben mich von der Fähre aus verfolgt."

„Ja, obwohl das …"

„Aus Langeweile geschah. Ja, ich weiß", gab sie amüsiert zu. „Aber ich bin nicht aus Langeweile nach Slane gekommen."

*Irische Liebesträume*

„Sie haben sich nicht gelangweilt?", fragte er.

Ellie lachte und boxte ihn leicht auf den Arm. „Nein. Und wiederholen Sie sich nicht ständig."

„Nun gut. Wenn Sie also nicht meinetwegen nach Slane gekommen sind, weshalb dann? Es ist nicht das irische Mekka, sondern ein kleines gewöhnliches Dorf, das nur für sein Schloss und die Grabhügel berühmt ist. Und die Schlacht natürlich. Studieren Sie Geschichte, Ellie?"

„Nein." Sollte er doch denken, was er wollte. Sie konnte ihm nicht erklären, warum sie hier war. Nicht den eigentlichen Grund. Die Frau, die sie finden und im Auftrag ihres Großvaters aufsuchen musste und bei der sie das Paket abzugeben hatte, würde sonst sehr verärgert sein. Und das zu Recht, falls sie, Ellie, mit anderen Leuten über ihr Geschäft redete. „Aber das heißt noch lange nicht, dass ich Ihretwegen hier bin. Weil ich nämlich gar nicht wusste, dass Sie hier wohnen." Feargal glaubte ihr nicht. Das merkte sie ihm an. „Es passiert wohl oft, wie?", fragte sie lächelnd. „Dass Frauen Ihnen bis nach Hause folgen?"

„Ja." Belustigung blitzte in seinen schönen Augen auf, und er fügte hinzu: „Obwohl jemand, der einen Leprechaun verschenkt, kein schlechter Mensch sein kann. Oder?" Er streckte die Hand aus und legte einen Finger sanft auf ihre Lippen. „Das war nett von Ihnen."

Ellie zuckte verlegen die Schultern, lehnte sich in ihrem Stuhl zurück und beobachtete Feargal eine Weile. Dann fragte sie neugierig: „Warum haben Sie mich heute eingeladen?"

„Aus Neugierde."

„Aus Neugierde worauf?"

„Auf Ihre Methode."

„Methode?" Sie sah ihn fragend an.

„Ich war ein kleines bisschen, und ich betone: ein kleines bisschen, interessiert daran, herauszufinden, wie Sie bei Ihrer Verführung weiter vorgehen würden."

„Sie glauben, ich will Sie verführen?"

„Ja."

Ihr Lächeln vertiefte sich, und sie fragte: „Sie denken allen Ernstes, deswegen sei ich Ihnen gefolgt?"

„Natürlich."

„Sie sind wohl gar nicht eingebildet, wie?"

In seinen Augen blitzte es auf, er schüttelte den Kopf und sagte: „Die Frauen finden mich nun einmal – unwiderstehlich."

„Und Sie können gar nicht begreifen, warum?"

„Oh doch, das begreife ich schon. Ich bin ein sehr reicher Mann."

Ellie lachte und nickte zustimmend. „Dieses Problem haben wohl alle reichen Männer. Selbst wenn sie wie Kröten aussehen."

„Nun, Kröten verwandeln sich manchmal in Prinzen, nicht wahr?"

„Das sind Frösche, obwohl ich den Vergleich verstehe. Sie meinen, Reichtum macht aus einem hässlichen Menschen automatisch einen schönen."

„Ist es nicht so?", bemerkte er zynisch.

„Sie könnten Ihr ganzes Geld weggeben, und keine Frau würde Ihnen nachlaufen, wie? Und was meine Methode betrifft, nun, mein Freund, so ungern ich es auch zugebe, ich fürchte, ich habe keine."

„Sie verlassen sich auf Ihren natürlichen Charme und Ihre Schönheit. Nun ja, vermutlich genügt das, denn trotz allem, was ich von Ihnen weiß ..."

„Was Sie zu wissen glauben", verbesserte sie ihn.

„Trotz allem, was ich weiß", beharrte er, „muss ich zugeben, dass ich Sie für eine ungewöhnliche und reizende Freundin halte. Für eine erstaunlich schöne junge Frau. Während ich Sie auf dem Markt in Wexford beobachtete, fühlte ich mich zu Ihnen hingezogen. Und je besser ich Sie kennenlerne, umso stärker fühle ich mich zu Ihnen hingezogen. Sie sehen hilflos und verloren aus, sind komisch und lieb. Und immer wieder überkommt mich das überwältigende Gefühl, dass ich mich um Sie kümmern möchte. Aber machen Sie sich keine falschen Vorstellungen von mir, Ellie, was ich tun könnte oder nicht. Denn ich bin einfach ..."

„Liebenswert?", warf sie ein.

„Weil es unglaublich dumm wäre. Mit mir ist nicht leicht umzuge-

*Irische Liebesträume*

hen, und niemals tue ich etwas aus einem reinen Impuls heraus."

„Es sei denn, Sie langweilen sich, natürlich."

Sein Lächeln vertiefte sich. „Es sei denn, ich langweile mich, natürlich. Und wenn ich sehe, wie die Dinge sich entwickeln, muss ich zugeben, dass es ausgesprochen töricht von mir war. Wie auch immer, es hat niemandem geschadet. Sie verstehen, was ich damit sagen will, oder?"

„O ja, Feargal, ich verstehe sehr gut. Aber zum allerletzten Mal, ich bin Ihnen nicht nach Slane gefolgt. Fragen Sie Donal, wenn Sie mir nicht glauben." Auch wenn es sie ärgerte, dass er ihr immer noch nicht glaubte, war sie fasziniert von seinen blauen Augen, die ihren Blick fesselten. Ein Gefühl der Wärme durchströmte sie, als er auf ihren Mund schaute. Sie sehnte sich danach, ihn zu berühren und von ihm berührt zu werden.

Jetzt, da der Motor abgestellt war, beschlugen die Fenster im Wageninnern, und die Tropfen an den Scheiben sahen aus wie Regentropfen. Sein Atem streifte warm ihren Mund, als Feargal leise sagte: „Nicht dass ich abgeneigt wäre, Sie verstehen. Im Gegenteil. Eine kleine Romanze könnte sehr reizvoll sein."

„Romanze?"

„Ja, aber vergessen Sie nicht, ich bin nicht leicht zu ködern."

„Wenn überhaupt."

„Ja."

„Und es ist absolut zwecklos, wenn ich Ihnen meine Unschuld beteuere?"

„Ja."

„Dann werde ich es auch nicht tun. Nicht, weil ich es nicht wäre, sondern weil ich es hasse, meine Zeit zu verschwenden. Vor allem für eine hoffnungslose Sache."

„Sie enttäuschen mich, Ellie", sagte er leise, den Blick immer noch auf ihren Mund gerichtet. „Es hätte Spaß machen können."

„Das kann es immer noch", meinte sie.

Er lachte und kam ihr so nahe, bis er sie fast berührte. Sein Kuss war zärtlich, sanft, behutsam, und sie seufzte kurz zufrieden auf. Der attraktivste Mann in Irland, hatte das Mädchen im Laden ge-

311

sagt. Und vielleicht war er das wirklich. Sie jedenfalls hielt ihn dafür, trotz allem, was er von ihr halten mochte. Als sein Kuss sich vertiefte, fühlte sie sich schläfrig, geborgen und nachgiebig – etwas Schöneres hatte sie noch nie erlebt –, und dann, als er seine zärtliche Erkundung abbrach, allein gelassen. Bei wie vielen anderen Frauen mochte er dieses Gefühl ausgelöst haben? Bei ziemlich vielen, wie sie vermutete.

„Wie schade, dass du mir nicht die Führung überlässt", bemerkte er leise. „Denn ich hatte die Absicht ... Aber wer weiß, wohin es geführt hätte."

„Ganz recht, wer wohl?", fragte sie, denn sie glaubte ihm keine Sekunde. „Du denkst, ich sei bereit, mich in dich zu verlieben. Das ist ziemlich arrogant von dir."

Ein Ausdruck von Belustigung trat in seine Augen. „Meinst du, ich wüsste nicht, wann eine Frau interessiert ist, Ellie? Oh, das weiß ich, glaub mir, das weiß ich."

Ja, ich möchte wetten, dass du das weißt, dachte sie. Erklärte das seinen Zynismus und seine Langeweile – dieses ständige Interesse von Frauen? „Mein Interesse habe ich nicht abgestritten, nur meine Bereitschaft, es weiterzuverfolgen." Und hätte nicht ein seltsames Schicksal sie nach Slane geführt, nach Slane, wo er lebte, dann hätte jetzt alles ganz anders ausgesehen.

„Das ist richtig. Und daher könnte ich dich, wenn du ein liebes, braves Mädchen bist, immer noch lieben."

„Oh, wow! Vielen Dank!", gab sie spöttisch zurück. „Aber ist es dir noch gar nicht in den Sinn gekommen, dass ich dich vielleicht gar nicht lieben möchte?"

„Nein", antwortete er lächelnd.

„Dann verbirgt sich also hinter der Maske der Liebenswürdigkeit ein stahlharter Mann?", überlegte sie laut. „Aber vielleicht läufst du Gefahr zu vergessen, dass immer zwei dazu gehören."

„Du meinst, du müsstest mich daran erinnern?", fragte er schmunzelnd. „Nein, Ellie, das ist nicht nötig."

Das glaubte sie ihm sogar.

Als wüsste er, was sie dachte, fing er plötzlich an zu lachen. Und

*Irische Liebesträume*

selbst sein Lachen war attraktiv. Ansteckend. „Wenn wir noch länger hier im Auto herumsitzen, wird man sich bald im ganzen Dorf herumerzählen, wir seien verheiratet und hätten obendrein noch ein paar Kinder. Das Schlimme daran ist, dass dieser Gedanke mich durchaus nicht erschreckt." Wieder lag ein Ausdruck von Belustigung auf seinem Gesicht. Er startete den Motor und schaltete das Gebläse ein. „Fahren wir lieber, Ellie, bevor ich hoffnungslos in die Falle gerate."

Sie schaute lächelnd aus dem Fenster. Es war wirklich nicht ihr Stil, mit jemandem einfach ins Bett zu gehen. Aber ein kleines Geplänkel? Ein kleiner Flirt, bei dem keiner verletzt wurde? Warum nicht. Im Grunde jedoch war ihr klar, dass sie etwas Unverfängliches, Harmloses gar nicht wollte. Keinen Flirt. Und wenn er weiterhin glaubte, sie sei ihm gefolgt, nun, was machte es schon aus? Was ihr nicht gefiel, war die Vorstellung, er könnte sich mit ihr nur amüsieren. Aber welcher Frau hätte das schon gefallen. Das Problem war, dass man diesen Mann einfach mögen musste.

„Übrigens habe ich keinen einzigen richtigen Leprechaun gesehen", sagte sie.

„Nein, aber vielleicht haben sie dich gesehen. Wer weiß? Vielleicht kommen wir noch einmal hierher."

„Vielleicht." Jetzt kannte sie Feargal kaum zwei Tage, und schon hatte er mehr Gefühle in ihr aufgewühlt, als sie es je für möglich gehalten hätte. Und zu ihrer großen Überraschung bestand er darauf, ihr während der folgenden zwei Tage die Gegend zu zeigen. Warum? Um sich noch mehr zu amüsieren? Aus Langeweile? Egal, warum auch immer, sie begleitete ihn und war glücklich dabei. Eigentlich war sie ja auch gefühlsmäßig nicht engagiert. Wie hätte sie das auch nach einer so kurzen Zeit sein sollen? Er war ein angenehmer Gesellschafter. Warum also sollte sie seine Gegenwart nicht genießen? Sie verdrängte den Gedanken an ihr Vorhaben, die Freundin ihres Großvaters zu suchen, und nahm unbewusst die Einstellung der Iren an, wonach man immer Zeit im Überfluss hatte. Bereitwillig ließ sie zu, dass Feargal sie mit Beschlag belegte. Sie fragte sich, wann er sich wohl um seine Farm kümmerte. Als sie ihn darauf ansprach, lächelte er nur.

313

Er führte sie zum nahe gelegenen Schloss, machte lange Fahrten mit ihr. Und am letzten Tag seines Kurzurlaubs, wie er es nannte, fuhr er sie, sichtlich entspannt und zufrieden, einmal vom Alltag abschalten zu können, nach Bettystown. Er parkte den kleinen Wagen gegenüber vom Marktplatz, der jetzt verlassen dalag, und Hand in Hand gingen sie hinunter zum Strand. Er erstreckte sich meilenweit in jede Richtung, und kein Mensch war zu sehen. Goldbrauner Sand und das blaue Meer unter blauem Himmel. Ellie seufzte zufrieden auf und sagte: „Es ist herrlich!"

„Ja. Man kann sich jetzt kaum vorstellen, dass an den Wochenenden bei schönem Wetter hier einer neben dem andern liegt. Möchtest du ein bisschen spazieren gehen?"

„Okay."

Schweigend gingen sie nebeneinander her, jeder in seine Gedanken vertieft. Die einzige Person, der sie begegneten, war ein Golfspieler in einem roten Pullover auf dem Golfplatz neben dem Strand. Er winkte ihnen zu, und Ellie lächelte. „Das würde zu Hause nie passieren. Hier sind die Leute so freundlich. Jeder grüßt jeden."

„Ja, vor allem Ellie Browne, bei deren Anblick die düsterste Miene verschwindet." Er blieb stehen, ließ ihre Hand los und umfasste mit beiden Händen ihr Gesicht. In seinen schönen Augen lag ein Ausdruck von Wärme, von Belustigung und vielleicht von einer Spur Zynismus. „Hast du dich entschlossen, mir jetzt die Wahrheit zu sagen?"

Etwas verärgert, wandte sie sich leicht ab. „Die habe ich dir schon gesagt."

„Na, ich weiß nicht", meinte er nachdenklich. „Ganz bestimmt hast du bis jetzt noch keinen Versuch gemacht, deine Stellung zu festigen."

„Welche Stellung?"

„Diese Stellung." Ohne Vorwarnung zog er sie in die Arme. „Diese so reizvolle und intime Stellung." Er sah sie an. „Oder wartest du noch auf den rechten Augenblick?"

„Genau das, nehme ich an", erwiderte sie, etwas atemlos, wie sie zugeben musste. Obwohl das ganz natürlich war, oder? Er hatte einen wunderschönen Körper, der vollkommen zu ihrem zu passen schien.

*Irische Liebesträume*

Er neigte den Kopf und küsste sie. Mit einer Erfahrenheit, wie sie es noch nie erlebt hatte, mit einem Geschick, wie man es aus keinem Buch lernte. Und zu ihrer großen Überraschung spürte sie plötzlich eine Eifersucht auf all jene Frauen, die, wie sie jetzt einmal in seinen Armen gehalten und so atemberaubend geküsst worden waren. Er löste sich von ihr und sah sie amüsiert an.

Ellie fühlte sich ganz benommen. Sie lächelte, um ihre innere Unruhe und ihr Bedauern zu überspielen. „Ist der Urlaub nun um?", fragte sie.

„Ich denke, ja. Der Urlaub und die Zweisamkeit. Es war wunderbar. Und du bist entweder eine sehr gute Schauspielerin oder wirklich unschuldig. Was ist es, Ellie?"

Unschuldig hatte den bitteren Beigeschmack von unreif und nicht begehrenswert. Aber lieber wollte sie das sein als eine Schauspielerin. „Das Letztere", gestand sie lächelnd.

„Keine Schauspielerin?"

„Nein."

„Also bist du aus einem reinen Impuls heraus hier heraufgefahren?"

„Nein, Feargal." Sie seufzte. „Es war Zufall. Ich habe den Schock meines Lebens bekommen, als du die Haustür aufmachtest. Hast du das nicht gemerkt?" Sie wartete, und als er nicht antwortete, fuhr sie fort: „Junge, Junge, du musst wirklich schlechte Erfahrungen mit Frauen gemacht haben, wenn du so misstrauisch bist."

„Schlechte?", fragte er. „Nein, nicht gerade schlechte. Aber langweilige. Vorhersehbare." Er nahm Ellie bei der Hand und zog sie mit sich Richtung Wagen. „Hast du Hunger?"

„Ein bisschen. Warum? Willst du mich zum Essen einladen?"

„Warum nicht? Als Belohnung dafür, dass du ein so braves Mädchen bist."

„Genau das liebe ich so an dir, Feargal", sagte sie voller Bewunderung. „Du kannst so gönnerhaft sein."

Aber wenn sie gehofft hatte, ihn aus der Ruhe zu bringen, so sah sie sich getäuscht. Er lachte nur. „Weißt du, wenn du ehrlich gewesen wärst, hätte ich dich noch mehr mögen können. Denn ein kleines, naives Mädchen hat etwas ganz Reizvolles."

„Wirklich?"

„Ja." Er half ihr höflich beim Einsteigen, ging um den Wagen herum, und nachdem er sich hinter das Steuer gesetzt hatte, fragte er unerwartet: „Hast du schon eins unserer Pubs besucht?"

„Nein."

„Dann solltest du das tun. Wer durch Irland reist, ohne ein Pub zu besuchen, der versäumt es, ein Stück irisches Leben kennenzulernen. Ein Pub ist weit mehr als nur ein Ort, an dem man sich zum Trinken trifft. Es ist das Herz eines jeden irischen Dorfes und dient der Geselligkeit und der Unterhaltung. Wenn man etwas essen will, einen Rat braucht, Gesellschaft sucht oder den neuesten Klatsch erfahren will, dann ist das Pub der richtige Ort dafür. Das Gespräch spielt eine wichtige Rolle – bist du beleidigt?"

„Nein." Das war sie nicht. Enttäuscht vielleicht. Von ihm und von sich selbst. Aber nicht beleidigt.

„Musst du erst nach Hause, um dich umzuziehen?"

„Ich würde mich gern ein bisschen zurechtmachen, wenn ich darf."

„Natürlich darfst du", ahmte er sie nach und machte sich über ihre höfliche Antwort lustig. „Aber ich habe dich gewarnt, Ellie", sagte er.

„Das hast du." Sie seufzte tief und versuchte, ihre düstere Stimmung abzuschütteln. „Erzähl mir etwas über diese dreistöckigen Häuser, die an den Ecken jeder Straßenkreuzung stehen. Warum sehen sie praktisch alle gleich aus?"

„Weil, wie man sagt, vier Schwestern sie haben bauen lassen."

„Und ist das so?"

„Nein." Er lachte. „Aber es gibt eine hübsche Geschichte ab." Er hielt vor „The Hall". „Fünf Minuten, Ellie. Ich treffe dich hier wieder."

Sie nickte, eilte hinein und hinauf in ihr Zimmer. Jetzt wollte sie nicht daran denken, dass sie Feargal nach diesem Tag wahrscheinlich nie wiedersehen würde. Sie wollte sich nicht enttäuscht fühlen. Fünf Minuten später lief sie leichtfüßig die Stufen hinunter und ging zur Haustür hinaus.

Feargal wartete bereits, und Ellie blieb einen Moment stehen, um ihn zu beobachten. Er lehnte am Wagen und blickte ziemlich nach-

*Irische Liebesträume*

denklich auf die Rhododendronbüsche. Irgendwie wirkte er abwesend und müde. Gab es Ärger mit der Farm? Mit den Pferden? Bevor sie diese Gedanken weiterverfolgen konnte, hob er den Kopf und sah sie lächelnd an.

„Du hast vergessen, dir das Haar zu bürsten", stellte er fest.

„Nein, ich ..., oh", rief sie aus und lachte. „Jetzt hätte ich dir fast geglaubt. Dabei habe ich es gebürstet."

„Wirklich? Woher soll man das wissen?" Er nahm ihre Hand, legte sie auf seinen Arm, und gemeinsam gingen sie zum Dorf hinunter. Das wird das letzte Mal sein, dass ich ihn berühre, dachte sie. Das letzte Mal in seiner Gesellschaft. Typisch, dass man gerade den Menschen mögen muss, der einem unerreichbar ist.

Vor dem Pub blieben sie stehen, und Ellie las, was mit Kreide auf einer Tafel geschrieben stand. Oder versuchte, es zu lesen. Sie fand es sehr schwierig, die ihr unvertrauten Wörter auszusprechen. „Was heißt das?", fragte sie Feargal.

„*Ceol tradistiunata*? Traditionelle Musik."

„Oh!", rief sie erfreut aus. „Mit Fiedeln und so weiter?"

„Ja, Ellie, mit Fiedeln und so weiter."

Feargal war offensichtlich gut bekannt, denn die Leute nickten ihm zu, lächelten, sahen neugierig auf Ellie, während er sich mit ihr an den kleinen Tisch im hinteren Teil des Raumes setzte.

„Können wir uns nicht nach vorn setzen? Spielt man nicht dort?"

„Nein, das können wir nicht. Und ja, die Musiker spielen vorn." Er lächelte. „Die freien Plätze sind für Leute reserviert, die mitmusizieren oder -singen möchten. Möchtest du das tun?"

„Du meine Güte, nein. Wenn ich singe, ist das Lokal in wenigen Sekunden leer."

„Was möchtest du trinken?"

„Wodka mit Lemon?"

„Gut. Und essen?"

„Oh, egal, Hauptsache, etwas Vegetarisches. Einen Salat vielleicht?" Eigentlich hatte sie gar keinen Hunger mehr.

„Fein."

Während er an die Theke ging, um die Bestellung aufzugeben, lehnte Ellie sich in ihrem Stuhl zurück und beobachtete Feargal mit einem traurigen Ausdruck in den Augen. Falls sie im Dorf blieb, war es durchaus denkbar, dass sie Feargal hin und wieder traf, und wenn sie Glück hatte, würde er sogar mit ihr reden.

„*Dia duit.*"

*Jeea ditch*? Was mochte das bedeuten? Überrascht fuhr sie herum und sah den älteren Mann vor sich stehen, der sie gerade angesprochen hatte. Er lächelte, und in seinen braunen Augen blitzte es belustigt auf.

Zögernd erwiderte Ellie sein Lächeln und sagte entschuldigend: „Tut mir leid, aber das verstehe ich nicht."

„Es heißt hallo."

„Oh, *jeea ditch*", wiederholte sie, wobei sie nicht sicher war, ob sie die Worte richtig aussprach.

„Nein, nein." Er schmunzelte. „Sie müssen sagen: *diás muire duit.*"

„Gehorsam wiederholte sie die Worte und versuchte, die Aussprache des Iren nachzuahmen: *„Heea smoora ditch.*"

„Das war sehr gut", lobte er. „Sind Sie im Urlaub hier? Aus England?"

„Ja."

„Und wie gefällt es Ihnen bei uns?"

„Großartig. Hier ist es ganz anders als in England."

„Ja", stimmte er zu. „Und Sie wollen sich heute ‚sean nós' anhören?"

„Ich weiß nicht. Ja?"

„Aber sicher."

Lachend gestand sie: „Auch das kenne ich nicht."

„Ein Gesangsstil", sagte Feargal, der plötzlich neben ihr stand. Er nickte dem älteren Mann kurz zu, der lächelte und sich dann wieder seinem Begleiter zuwandte, gab Ellie ihren Drink und setzte sich mit seinem Bierglas neben sie.

„Der Sänger darf keine zwei Strophen auf dieselbe Art singen", erklärte er. „Tatsächlich haben einige Lieder nur zwei Textzeilen."

Sie sah ihn zweifelnd an und tadelte leise: „Ich weiß niemals, ob du mich aufziehst oder nicht."

*Irische Liebesträume*

„In diesem Fall nicht. Dein Salat wird gleich gebracht.“

„Danke.“ Da sie nicht wusste, was sie sagen sollte, blickte sie zur Bühne und sah in diesem Moment einen Mann mit einer Fiedel aus einem Nebenraum auftauchen. Plötzlich hörte man alle Gäste nur noch gedämpft sprechen.

„Ist eine Fiedel dasselbe wie eine Violine?“, flüsterte sie.

„Ja, nur wird sie anders gespielt.“

Ellie nippte an ihrem Drink und versuchte angestrengt, sich Feargals körperlicher Nähe nicht allzu bewusst zu werden. Bedauerte auch er das Ende ihrer Freundschaft? Nein, das war albern. Warum sollte er? Für ihn war das Zusammensein mit ihr nur ein amüsanter Zeitvertreib gewesen. So wie anfangs umgekehrt auch. Nur hatte sie das schreckliche Gefühl, dass sie irgendwann angefangen hatte, ihn wirklich zu mögen. Noch bei keinem Mann hatte sie sich so gefühlt – so verwirrt, so voller Sehnsucht, so glücklich. Wenn sie jetzt die Hand nur ein bisschen ausstreckte, würde sie seine berühren, die auf seinem Knie lag. Eine kräftige Hand mit langen Fingern und sonnengebräunt. Und wenn sie sich ein wenig nach rechts bewegte, würde sie seine Schulter berühren. In diesem Moment wünschte sie sich, er würde sie in den Armen halten.

Als die traurige, wehmütige Musik begann, spürte sie plötzlich eine unerklärliche Sehnsucht in sich aufsteigen. Fühlte man so, wenn man verliebt war? Sie hatte keine Ahnung. Diese Erfahrung fehlte ihr. Lächelnd erinnerte sie sich an ein ähnliches Gefühl. Damals war sie vierzehn gewesen und hatte für den Zeitungsjungen geschwärmt. Aber seitdem? Nichts. Keine Funken waren gesprüht, mit niemandem hatte sie sich so köstlich unterhalten, mit niemandem so viel Spaß gehabt.

Dabei kannte sie Feargal eigentlich gar nicht. Er ließ sie nur das sehen, was er sie sehen lassen wollte, gab nicht den geringsten Hinweis darauf, wie er wirklich war in seinem Wesen. Wie stellte er sich sein Leben vor?

Als die Musik aufhörte, gefolgt von donnerndem Applaus, und bevor man zu singen anfing, wurde der Salat gebracht. „Isst du nichts?“, flüsterte Ellie Feargal zu.

„Nein. Ich bin nicht hungrig." Lächelnd bedeutete er ihr, mit dem Essen anzufangen.

So, wie ich aussehe, so bin ich auch, hatte er damals in Carlingford gesagt. Wie lange schien ihr das jetzt schon her zu sein. Und wie sicher war sie damals gewesen, dass er ihre Gefühle nicht durcheinanderbringen konnte! Und sie hätte auch nie damit gerechnet, bis vor wenigen Stunden am Strand, als Feargal vom Abschied sprach. Ellie war froh, dass man ihr in der schummerigen Gaststube ihre Verwirrung nicht anmerkte. Sie lenkte ihre ganze Aufmerksamkeit auf das Essen, und es fiel ihr sehr, sehr schwer zu schlucken.

Auch die Lieder, die man sang, waren traurig, und je weiter der Abend voranschritt, umso trauriger fühlte sie sich. Sie, die sonst so glücklich und vergnügt war, spürte eine vage Unruhe, als ginge eine Veränderung in ihr vor, ohne dass sie es wollte. Sie war wirklich sehr erleichtert, als der Abend zu Ende ging.

Es war dunkel, als sie herauskamen, und während Ellie schweigend neben Feargal herging, blickte sie hinauf zu den Sternen und seufzte unbewusst auf.

„Bist du traurig, Ellie?"

„Ja."

„Erzähl mir von deinem Zuhause. Was machst du dort?"

„Nicht viel", gestand sie. „So, wie es aussieht, finde ich keinen Job. Keiner, der mit mir zusammen die Universität verließ, hat bis jetzt eine Stelle gefunden", sagte sie bedrückt.

„Das ist nicht nur in England so."

„Nein. Es ist die reinste Zwickmühle: Die Arbeitgeber wollen Leute mit Erfahrung. Aber wie soll man Erfahrung sammeln, wenn man keinen Job bekommt?"

„Wohnst du zu Hause bei deinen Eltern?"

„Nein", sagte sie lächelnd. „Ich habe eine kleine Wohnung. Das heißt, ein Zimmer mit Bad und Küche."

„Und wie kannst du dir das leisten?"

„Ich bekomme Wohngeld. Nicht viel, aber genug, um damit zurechtzukommen, wenn ich sparsam bin."

„Helfen deine Eltern dir denn nicht?"

*Irische Liebesträume*

„Nein. Sie meinen, ich sollte auf eigenen Füßen stehen. Was auch völlig in Ordnung ist", fügte sie rasch hinzu, damit Feargal nicht glaubte, sie würde jammern. „Und es ist immer noch besser, als zu Hause zu leben."

„Weil du nicht gut mit deinen Eltern auskommst?"

„O doch. Zumindest einigermaßen. Dad und ich sind gute Freunde. Aber ich fürchte, für meine Mutter bin ich eine große Enttäuschung. Anscheinend kann ich ihr nichts recht machen. Vor allem bin ich nicht so, wie sie mich gern hätte."

„Und wie hätte sie dich gern?"

„Verheiratet. Gebildet. Manchmal schaut sie mich an, seufzt traurig auf, lächelt verwundert, als könnte sie nicht glauben, dass ich wirklich ihre Tochter bin. Aber ich mag nun einmal nicht auf vornehme Veranstaltungen gehen und Smalltalk mit albernen Leuten machen, die nichts zu sagen haben. Ich gefalle mir so, wie ich bin", sagte sie traurig.

„Dann hast du wohl eine Zigeunerseele in dir schlummern, wie?"

„Vermutlich."

„Und du möchtest nicht heiraten?", fragte er. „Nur befreundet sein und keine Chance ungenutzt lassen?"

„Das war keine sehr nette Bemerkung", tadelte sie ihn. „Doch, ich würde gern heiraten", gestand sie, obwohl sie besser gelogen hätte, denn das hätte ihn davon überzeugt, dass sie keine Absichten auf ihn hatte. Aber sie war nicht besonders gut im Lügen. Und warum hätte sie es auch tun sollen? „Ich hätte auch gern Kinder, aber nicht von …"

„Einem Schnösel aus der Oberschicht?", fragte Feargal, wenn auch ziemlich gleichgültig.

„So ist es", stimmte sie zu. Plötzlich hatte sie einen Kloß im Hals, und ihr Blick war von Tränen verschleiert. Ich will nicht nach Hause, dachte sie. Ich will hierbleiben, wo die Leute so nett zueinander sind und Feargal mir vielleicht eines Tages doch glauben wird.

„Woran denkst du?"

„Oh, an nichts Besonderes." Sie konnte ihm wohl kaum sagen, wie geborgen sie sich bei ihm fühlte. Wie beschützt.

„Und jetzt sind wir zu Hause", stellte er, wie sie fand, fast spöttisch fest.

321

„Ja."

„Du reist morgen ab?", fragte er.

„Ja." Was sollte sie mehr dazu sagen?

„Dann verabschiede ich mich jetzt von dir." Er drehte sie zu sich herum und umschloss ihr hübsches Gesicht mit beiden Händen. „Es hätte anders kommen können, nicht wahr?"

„Ja."

Mit einem schwachen Lächeln, das nicht das geringste Bedauern verriet, küsste er sie zärtlich. „Gib gut auf dich Acht, Ellie. Folg nicht wieder Männern bis nach Hause. Sie könnten anders sein als ich. Nicht so …"

„Liebenswürdig?", fragte sie.

„Ja." Er führte sie hinein, ging in sein Arbeitszimmer, und als er gerade dabei war, die Tür hinter sich zu schließen, fiel Ellie ein, dass sie noch nicht mit ihm abgerechnet hatte.

„Feargal, du hast mir noch nicht gesagt, was ich dir schulde."

Er drehte sich um und sah sie eine Weile an, bevor er höflich antwortete: „Nichts." Er nickte ihr kurz zu, als wäre sie nur eine zufällige Bekannte, und schloss die Tür hinter sich.

Seine Welt ist in Ordnung, dachte Ellie. Und meine sollte es auch sein. Sie begriff nicht, warum sie es nicht mehr war. Sie seufzte und ging in den Salon.


Feargals Mutter saß in einem Sessel neben dem Feuer am offenen Kamin und strickte. „Hallo, meine Liebe." Sie lächelte. „Ich habe Sie in den letzten Tagen kaum gesehen. Das war meine Schuld, ich weiß. Mir sind einige Dinge durch den Kopf gegangen. Wie war die Koboldsuche?"

Die Koboldsuche? Du meine Güte, das schien schon Lichtjahre zurückzuliegen. Lächelnd antwortete sie: „Sie war herrlich. Ich habe sogar einen gefunden. Keinen richtigen, natürlich."

„Nein, natürlich nicht. Sie hatten nicht gerade das beste Wetter dazu."

„Nein. Die Berge waren in Nebel gehüllt, und die Bucht sah grau und nicht gerade einladend aus. Ich bin sehr nass geworden. Was stricken Sie da?"

*Irische Liebesträume*

Sie sah Ellie von der Seite an, ein Funkeln in den dunklen Augen. „Keine Ahnung. Ich dachte mir, ich könnte mal meine alten Wollreste aufbrauchen. Für einen Schal, vielleicht. Aber wer würde ein so seltsames Ding schon tragen?" Sie hielt ihn hoch, und beide betrachteten die unregelmäßigen vielfarbigen Streifen.

„Ich, zum Beispiel", meinte Ellie.

„Dann gehört er Ihnen."

„Oh nein, das war nur ein Scherz. Eigentlich bin ich nur gekommen, um Ihnen zu sagen, dass ich morgen abreisen werde, und um mich bei Ihnen zu bedanken. Sie waren sehr nett zu mir. Dabei weiß ich noch nicht einmal Ihren Namen", gestand sie. „Ich bin seit fast einer Woche hier und habe nie daran gedacht, Sie einmal danach zu fragen."

„Nein. Mein Sohn hat Sie ziemlich mit Beschlag belegt", scherzte sie. „Mein Name ist McMahon."

„McMahon? Aber so heißt …"

Nein, so einfach konnte es nicht sein. Hielt sie sich im Haus von Leuten auf, die denselben Namen trugen wie jene, auf deren Suche sie war? Nein, natürlich war das nicht möglich. Es musste Hunderte von Leuten mit dem Namen McMahon geben. Trotzdem wäre es seltsam, wenn sie sich die ganze Zeit im Haus der Frau aufhielt, die sie suchte. „Gibt es hier in der Gegend viele mit diesem Namen?", fragte sie.

„Einige. Warum?"

„Nun …" Ellie wusste nicht recht, wie sie das Thema anschneiden sollte. Sie wollte nicht indiskret sein und meinte verlegen: „Ich weiß nicht recht, wie ich es sagen soll, aber ein Grund für meinen Besuch hier in Slane ist der, jemanden ausfindig zu machen, der vor langer Zeit hier lebte. Ich möchte nicht gern herumfragen, weil die Person, die ich suche, darüber verärgert sein könnte, wenn jeder von der Sache erfährt."

„Ich lebe hier schon, seit ich verheiratet bin. Und wenn ich Ihnen verspreche, sehr diskret zu sein und nichts weiterzuerzählen …"

Beschämt rief Ellie aus: „Oh, das habe ich nicht gemeint …"

„Ich weiß, mein Kind. Es war nur ein Scherz. Nun, raus damit, wen suchen Sie? Jemanden namens McMahon?"

323

„Ja. Die Dame, die ich suche, heiratete einen Mann namens McMahon. Sie selbst hieß Marie O'Donn..." Und da wusste sie es. Die Art, wie Feargals Mutter sie anschaute, machte ihr alles klar. „Dann sind Sie es?", rief sie erstaunt und ungläubig aus.

„Ja. Mein Mädchenname war O'Donnell. Aber wie um alles auf der Welt ..."

„Es ist nichts Schlimmes, glauben Sie mir", versicherte Ellie ihr rasch. „Wirklich. Wenn Sie Marie O'Donnell sind, dann habe ich etwas für Sie." Ellie stand auf, eilte in ihr Zimmer, nahm das Paket und lief in den Salon zurück. Sie zog einen Hocker heran, setzte sich vor Feargals Mutter und legte ihr das Paket auf den Schoß. „Ich kann nicht glauben, dass es ein solcher Zufall ist. Dass ich mich tatsächlich in dem Haus der Frau aufhalte, die ich ausfindig machen sollte. He, schauen Sie nicht so erschrocken drein." Ellie lächelte. „Es sind nur einige Briefe und ein kleines Schmuckstück, von dem Großvater dachte, dass es Ihnen gefallen könnte. Er sagte, Sie hätten es immer bewundert."

„Großvater?" Sie runzelte die Stirn.

„Ja. Mein Großvater. Er kannte Sie vor vielen Jahren, als Sie in England lebten. David Harland. Sie haben für ihn gearbeitet", fuhr sie fort, als Mrs. McMahon nun besorgt auf das Paket blickte.

„David?", rief sie leise aus. Sie lehnte sich in ihrem Sessel zurück und sah Ellie schockiert an. „Sie sind seine Enkelin?"

„Ja."

Sie musterte Ellies Gesicht, vielleicht, um eine gewisse Ähnlichkeit festzustellen, und seufzte auf. „David Harland. Nach all den Jahren. Sagt man nicht, dass die Sorgen immer wieder auf ihren Urheber zurückfallen?" Sie blickte auf das Paket, als könnte es sie beißen, holte tief Luft und begann, den Tesafilm zu lösen, der es zusammenhielt. Dann nahm sie das Schmuckstück heraus, eine wunderschöne kleine Figur, die eine tanzende Ballerina darstellte, sah sie eine Weile an und lächelte traurig.

„Sie ist schön, nicht wahr?", fragte Ellie leise.

„Ja. Sie stand immer auf diesem Schreibtisch ... Mein Gott, Ellie, aber es ist lange her. Was war ich damals für ein unerfahrenes Mäd-

*Irische Liebesträume*

chen! Ich war gerade von Irland gekommen und glaubte, es wäre ganz einfach, einen kleinen Bürojob zu finden." Während sie sich an die Vergangenheit erinnerte, fuhr sie leise fort: „Es war nach dem Krieg, wissen Sie. Die Frauen hatten sich daran gewöhnt, zu arbeiten und unabhängig zu sein. Und die Stellen, die sie einmal hatten, während ihre Männer im Krieg waren, wollten sie nicht so leicht aufgeben. Ich hatte kurz zuvor wieder eine Ablehnung bekommen, kaum einen Pfennig Geld mehr und war verzweifelt. Da kam Ihr Großvater und fragte, was mit mir los sei."

„Und hat Ihnen eine Stelle angeboten?"

„Ja. Nicht als Sekretärin. Er meinte, die brauche er nicht. Aber was er brauche, das sei jemand, der ihm sein Büro sauber halte. Frische Blumen, Staub wischen … Ich würde nicht viel verdienen, aber ich könnte damit auskommen, bis ich etwas Besseres gefunden hätte. Er war ein guter Mensch."

„Ja."

Während sie Ellie betrachtete, fuhr Mrs. McMahon plötzlich leicht zusammen, und zu Ellies Erstaunen wirkte sie mit einemmal misstrauisch. „Was hat er Ihnen über mich erzählt?"

„Über Sie?", fragte Ellie verwundert.

„Ja. Was hat er Ihnen erzählt?"

„Nicht viel." Ellie schüttelte den Kopf. „Nur, dass er Sie gekannt hat und Sie diese Briefe und diese Figur vielleicht gern haben würden."

„Sind Sie sicher?"

„Ja, natürlich."

„Und er hat Sie gebeten, mir diese Sachen zu bringen?"

„Ja. Warum? Freuen Sie sich denn nicht darüber?"

„Oh doch, Ellie. Aber es wäre wohl besser, mit niemandem darüber zu sprechen, vor allem nicht mit Feargal." Sie hob den Blick und sah entsetzt auf die geöffnete Tür. „Feargal!", rief sie.

„Und worüber sollte sie besser nicht mit mir sprechen?", fragte er.

„Nichts." Das Paket war viel zu groß, um es seitlich in den Sessel zu stopfen. Trotzdem versuchte Mrs. McMahon es, gab auf und lehnte sich mit einem hilflosen Blick auf ihren Sohn zurück. „Nichts", wie-

325

*Emma Richmond*

derholte sie. „Es geht nur um eine kleine Aufmerksamkeit, die Ellie mir gebracht hat."

„Die Figur?", fragte er und kam auf sie zu. Er nahm sie seiner Mutter ab und stellte sie sich auf die Handfläche. „Nett. Du hattest wohl viel zu tun, Ellie, all diese kleinen Dankgeschenke zu kaufen." Aus irgendeinem Grund sah er nicht sehr erfreut aus.

„Es war kein …", begann sie.

„Doch", fiel Mrs. McMahon ihr ins Wort.

Feargal sah von einem zum andern, nicht gerade argwöhnisch, aber doch offensichtlich verwirrt, dann fiel sein Blick auf das Paket. „Und das hier?"

„Nichts. Es ist überhaupt nichts. Du meine Güte, so spät schon. Ich muss morgen früh aufstehen. Wenn Sie mich jetzt also entschuldigen wollen. Ich gehe wohl besser ins Bett." Sie nahm die Schachtel fest an sich, stand auf und versuchte, sich an ihrem Sohn vorbeizudrängen.

Erstaunt und verwundert, warum Mrs. McMahon sich so seltsam benahm, beobachtete Ellie Feargal. Der nahm seiner Mutter schmunzelnd das Paket aus den Händen. „Geheimnisse, Mutter?"

„Nein. Und gib mir das sofort zurück, Feargal McMahon."

Als er es lächelnd tat, griff sie etwas zu schnell danach, und der Stapel Briefe glitt auf den Boden. Feargal war schneller als seine Mutter, bückte sich, um die Briefe aufzuheben, da verschwand sein Lächeln schlagartig. Als er den Namen auf einem der Umschläge las, fragte er eisig: „David Harland? Was zum Teufel haben diese Briefe hier zu suchen?"

Mrs. McMahon ließ die Schultern hängen, sah zu Ellie, dann wieder zu ihrem Sohn. „Ellie hat sie gebracht. Sie ist seine Enkelin."

„Seine was?"

„Enkelin", wiederholte sie unnötigerweise.

Feargal richtete sich langsam auf, die Briefe in der Hand, und schaute Ellie an. „Du hast sie gebracht?"

„Ja, aber …, nein", widersprach sie sich selbst, als sie ihm anmerkte, woran er jetzt dachte. „Ich wusste nicht, dass sie hier lebt."

„Wirklich nicht?" Mit einem vernichtenden Blick wandte er seine

*Irische Liebesträume*

Aufmerksamkeit wieder den Briefen zu und begann, sie durchzusehen.

„Nein, wirklich nicht. Und diese Briefe sind für deine Mutter bestimmt und nicht für dich", erklärte Ellie, wütend darüber, dass er so wenig Rücksicht zeigte.

„Ich weiß sehr gut, für wen sie sind", stieß er hervor, und jetzt erst merkte Ellie, wie gefährlich er sein konnte. Von dieser Seite hatte sie ihn noch nicht kennengelernt. Es war, als wäre ein Licht in ihm erloschen. Rasch wandte sie den Blick ab und sah seine Mutter an. Sie wirkte erschrocken und resigniert. Warum? Was war so Schreckliches an diesen Briefen? Soweit sie wusste, waren sie das Ergebnis einer harmlosen Freundschaft. Weshalb also war Feargal so verärgert? Und seine Mutter so verängstigt? Offensichtlich kannte er David Harland. Aber warum machte ihn das so wütend? Gut, er wusste jetzt, warum sie gekommen war – nicht, um ihm zu folgen, wie er gedacht hatte, sondern um die Briefe abzugeben. Aber das erklärte noch lange nicht seine maßlose Wut.

„Ich verstehe überhaupt nicht, was los ist", sagte Ellie ruhig. „Es sind nur Briefe."

„Nur?", fragte er eisig.

„Ja. Möchtet ihr euch unter vier Augen darüber unterhalten? Soll ich gehen?"

Er sah sie so hasserfüllt an, dass sie unwillkürlich einen Schritt rückwärts machte. „Was ist los?", flüsterte sie.

„Was glaubst du wohl?", fragte er zornig.

„Ich weiß es nicht."

„Du weißt es nicht? Wie seltsam. Schon wieder so ein Zufall, nicht wahr, Ellie?"

„Ja, ich habe es doch schon gesagt. Ich kannte nur den Namen. Ich wusste nicht, dass sie hier lebt. Auf den Briefen steht keine Adresse. Sieh selbst nach, wenn du mir nicht glaubst", fuhr sie ihn verärgert an. „Nur Slane ist angegeben. Und ich verstehe überhaupt nicht, warum du so ungehalten bist. Es sind doch nur ein paar Briefe, von denen ich dachte, dass deine Mutter sie gern haben würde."

„Oh, da bin ich mir ganz sicher", bemerkte er mit beißendem Spott.

327

Ellie schaute seine Mutter an und flüsterte beunruhigt: „Was habe ich getan?"

„Wie bist du an die Briefe gekommen?", fragte Feargal.

„Großvater hat sie mir gegeben."

„Und wie viel willst du?"

„Wollen?"

„Ja. Wollen", erwiderte er bissig. „Geld, Miss Browne."

„Wofür? Ich verstehe nicht, wovon du redest."

„So ein liebes kleines Gesicht", spöttelte er mit eisigem Blick. „Wie geschaffen für Erpressung."

„Erpressung?", wiederholte sie erschrocken. „Was für eine Erpressung?"

Er blickte sie angewidert an, beugte sich nach vorn und warf das ganze Paket ins Feuer.

„Nein, um Himmels willen, Feargal! Damit machst du nichts besser." Mrs. McMahon ging an den Kamin und versuchte verzweifelt, die Briefe zu retten.

„Du willst sie tatsächlich behalten?", fragte er ungläubig. „Nach dem ganzen Ärger ...?"

„Ja. Natürlich will ich das. Oh Feargal, bitte!", flehte sie aufgewühlt.

Er nahm den Schürhaken und schob die Briefe schnell zur Seite. Dann trat er mit dem Stiefel die winzigen Flammen aus, bevor sie weiter auflodern konnten. Zu Ellie gewandt, sagte er gefährlich ruhig: „Diese ganze Woche über hast du dich verstellt mit deinem lieben, freundlichen Getue. Und heute, wo ich dachte, du würdest schweren Herzens von hier abreisen, hast du dir diese kleine Überraschung ausgedacht. Warum hast du die Briefe nicht mir gegeben? Du hattest oft genug Gelegenheit dazu. Warum meiner Mutter? Was um Himmels willen hat sie dir getan?"

„Nichts ..."

„Nein, nichts. Warum willst du ihr wehtun?"

„Ihr wehtun? Weshalb sollte ich ihr wehtun wollen?"

Ellie, die überhaupt nichts mehr verstand, blickte von einem zum andern. „Ich begreife nicht, warum du so wütend bist", wiederholte sie hilflos. „Ich dachte, deine Mutter hätte diese Briefe gern. Ich dachte ..."

*Irische Liebesträume*

„Du dachtest, es sei eine gute Gelegenheit, an Geld zu kommen und dich zu rächen", widersprach er. „Hat er sie dir nicht deswegen gegeben?"

„Großvater? Nein. So etwas hätte er niemals getan. Er gab sie mir kurz vor seinem Tod und bat mich ..."

„Er ist tot?", fiel Mrs. McMahon ihr sichtlich betroffen ins Wort.

„Ja, leider. Er starb vor einigen Monaten."

„Vermutlich hatten deine Großmutter, deine Eltern und weiß Gott wer sonst noch alles diese Briefe in den Händen", tobte Feargal los.

„Nein, natürlich nicht. Ich habe sie bekommen, und ich habe sie keinem anderen Menschen gezeigt. Großvater bat mich, sie zusammen mit der kleinen Figur zurückzugeben, weil er glaubte, deine Mutter würde sie gern haben. Und das habe ich getan. Was also habe ich falsch gemacht? Weshalb diese Aufregung? Oh Mrs. McMahon, es tut mir so leid. Ich habe niemals gewollt, dass so etwas passiert. Ich ..."

Plötzlich merkte Ellie, dass man ihr gar nicht mehr zuhörte, sondern auf die Stimme einer Frau lauschte, die draußen etwas rief.

„Oh nein", stieß Feargal aus. „Ich hätte mir denken können, dass sie gerade zum ungünstigsten Zeitpunkt hereinplatzt." Er wandte sich seiner Mutter zu und erklärte: „Deshalb bin ich eigentlich gekommen, um dir zu sagen, dass Phena unterwegs ist und bald eintreffen wird." Er fuhr herum und warnte Ellie: „Wenn du ihr gegenüber auch nur ein Wort von dieser Geschichte erwähnst, kannst du etwas erleben."

Er bückte sich, griff nach den Briefen und stopfte sie hinter das Kissen auf dem Sessel, als auch schon die Tür geöffnet wurde und seine Schwester hereinkam.

Sie sah klein und zierlich aus und sehr reizend. Gar nicht wie eine Frau, die man lieber nicht sieht, wie Feargal einmal angedeutet hatte. Sie war blond, hübsch frisiert und dezent geschminkt. Und von dieser Frau hatte Feargal gesagt, er würde hoffen, dass sie nicht kommt?

Phena sah sie amüsiert an. „Nun, ich muss sagen, ich habe zwar nicht den roten Teppich erwartet, aber auch nicht, dass ihr mich anschaut, als wäre ich der Leibhaftige. Was ist los?"

„Nichts", antworteten Feargal und seine Mutter gleichzeitig. Feargal erholte sich als Erster wieder. „Tut mir leid", entschuldigte er sich, aber es klang nicht im Mindesten so, als würde es ihm leid tun. „Wir streiten gerade."

„Schon wieder?"

„Ja, Phena, schon wieder."

„Bleibst du über Nacht?"

„Ja, mein lieber Bruder", sagte sie mit einem seltsam süßen Lächeln. „Das werde ich, wenn es erlaubt ist."

„Lass diese Spielchen, Phena. Ich bin nicht in der Stimmung. Ich werde jetzt gehen und Rose Bescheid sagen, dass sie dein Zimmer herrichtet." Ohne noch jemanden eines Blickes zu würdigen, ging er hinaus.

„Was ist los mit Seiner Lordschaft?", fragte Phena, während sie zu ihrer Mutter ging, um ihr einen Kuss auf die Wange zu geben.

„Oh, nichts", antwortete Mrs. McMahon. „Er hat nur mal wieder einen schlechten Tag heute."

„So muss es wohl sein." Phena lachte. „Wenn er die Botengänge selbst erledigt."

„Phena", sagte ihre Mutter müde, jetzt reicht es. Ich nehme an, du kennst Ellie noch nicht", fügte sie mit einem freundlichen Blick auf Ellie hinzu. „Sie ist seit einigen Tagen bei uns."

Phena wandte sich ihr zu, lächelte und sagte: „Hallo, Ellie."

„Hallo", antwortete Ellie. Und bevor sie in noch ein weiteres Familiendrama mit hineingezogen werden konnte, entschuldigte sie sich. „Sie haben sicher einiges zu besprechen, nehme ich an. Deshalb verabschiede ich mich jetzt." Sie entschuldigte sich noch einmal und eilte hinaus.

*Irische Liebesträume*

## 4. KAPITEL

Jetzt war offensichtlich nicht der Zeitpunkt, Feargal gegenüberzutreten und ihn zu fragen, wovon er geredet hatte. Sie musste ihn am nächsten Morgen sprechen. Aber das werde ich, schwor sie sich im Stillen. Erpressung? Rache? Nachdenklich ging sie in ihr Zimmer und setzte sich auf das Bett. Sie war völlig durcheinander und konnte kaum glauben, dass sie so viel Ärger verursacht hatte. Dabei wusste sie noch nicht einmal, warum.

Ellie nahm ihren flauschigen Bären Gwen und drückte ihn fest an sich. Allmählich hatte sie genug von guten Vorsätzen. Kein Wunder, dass die Straße zur Hölle damit gepflastert war.

Aber warum hatten diese Briefe so viel Ärger ausgelöst? Sie hatte sie tatsächlich nur kurz angesehen, sie jedoch nicht gründlich gelesen, denn dabei wäre sie sich wie eine Schnüfflerin vorgekommen. Auch wenn sie ihr harmlos erschienen waren, eben wie Briefe eines jungen Mädchens. Was ihren Großvater betraf, so war er damals alt genug gewesen, um der Vater dieses Mädchens sein zu können. Also gab es keinen Grund, sich so aufzuregen. Gut, er war verheiratet gewesen, und damals mochte man es vielleicht auch missbilligt haben, wenn ein verheirateter Mann zu einem jungen Mädchen nett war. Aber mehr war es auch nicht gewesen – als Freundschaft. Und alles lag schon so lange zurück.

Über vierzig Jahre. Und noch dazu, bevor Marie O'Donnell geheiratet hatte. Warum also die Aufregung? Weshalb hatten die Briefe Feargal so wütend gemacht? Und weshalb durfte Phena nichts davon erfahren? Vielleicht sollte ich Terry fragen. Wenn ich sie jemals wiedersehe, dachte Ellie besorgt. Terry schien immer irgendwo unterwegs zu sein.

Plötzlich klopfte jemand an die Tür, und Ellie sprang auf.

„Ellie?"

Seine Stimme klang unglaublich fremd und kalt, und sie war versucht, sie zu ignorieren. Aber wenn sie das tat, würde er dennoch hereinkommen. Das wusste sie, und schließlich wollte sie mit ihm reden. Ja, allerdings nicht, solange er in dieser Verfassung war. Langsam und unsicher ging sie zur Tür und öffnete sie.

In Feargals Blick lag keine Wärme, kein Lächeln, nur eine erschreckende Härte. Er sah furchterregend aus. „Du kommst besser herein", sagte Ellie zögernd.

„Das hatte ich vor." Er schob sie beiseite, ging in das Zimmer und schloss die Tür hinter sich.

Ellie ging zurück zum Bett und lehnte sich gegen einen der Pfosten. „Warum bist du so wütend?", fragte sie ruhig. „Und wie kommst du auf den Gedanken, ich könnte hierher gekommen sein in der Absicht, euch zu erpressen?"

„Warum? Was glaubst du wohl?"

„Feargal!", schrie sie verzweifelt. „Hör endlich auf, Fragen mit Gegenfragen zu beantworten, und sag mir, was los ist. Was ist so Schreckliches daran, ein paar Briefe abzugeben? Und warum darf Phena nichts davon wissen?"

„Lassen wir meine Schwester aus dem Spiel, bitte. Und schrei nicht so."

„Aber warum? Was darf Phena denn nicht wissen?", fragte sie eindringlich.

„Lass die Spielchen. Du weißt, warum."

„Das weiß ich eben nicht." Den Blick besorgt auf Feargal gerichtet, ließ Ellie sich langsam auf den Bettrand sinken. „Du glaubst allen Ernstes, dass ich hierher gekommen sei, um Unruhe zu stiften, oder?"

Feargal lehnte sich gegen die Tür, verschränkte die Arme vor der Brust und sah Ellie nur an.

„Aber warum hätte ich das tun sollen? Es ergibt doch keinen Sinn."

„Was genau hat dein Großvater dir über meine Mutter erzählt?"

„Nichts Besonderes", antwortete sie, während sie sich zu erinnern versuchte. „Er hat nur ganz allgemein von ihr gesprochen. Wie hübsch sie gewesen sei, wie lieb."

„Oh, das kann ich mir vorstellen", entgegnete er verächtlich. „Und deine Großmutter?"

„Großmutter?", fragte Ellie verblüfft. „Warum hätte Großmut-

*Irische Liebesträume*

ter etwas über sie sagen sollen? Ich glaube nicht, dass sie sie kannte. Und wenn es so gewesen wäre, hätte sie es mir wahrscheinlich kaum erzählt. Klatsch und Gerede waren nicht ihre Sache. Sie kam mir immer sehr kühl vor." Ein Zug, den ihre eigene Mutter von ihr geerbt zu haben schien. Oder war sie nur deswegen kühl gewesen, weil sie von der Freundschaft ihres Mannes zu einem jungen, hübschen irischen Mädchen gewusst hatte? Nein, das war albern. Oder hatte er eine Schwäche für junge Mädchen gehabt? Das würde sie niemals herausfinden.

„Sie ist auch tot?", fragte Feargal mit derselben eisigen Stimme.

„Hm? Ja. Sie ist vor einigen Jahren gestorben. Das Herz, glaube ich."

„Und dein Großvater?"

Ein trauriges Lächeln auf den Lippen, sagte sie leise: „Er ist ganz ruhig eingeschlafen."

„Und bevor er so sanft einschlief", spöttelte Feargal, „hat er dich gebeten, die Briefe und diese Figur zurückzubringen, und ...?"

„Und ...?", wiederholte sie verwirrt. „Und was?"

„Und was hat er sonst noch gesagt?"

„Nichts. Nur, dass er sie vermisste, nachdem sie nach Irland zurückgekehrt war. Feargal, ich habe nicht die leiseste Ahnung, was du herauszufinden versuchst."

Ohne auf ihren Einwand einzugehen, beharrte er weiter: „Und natürlich hat er dir auch gesagt, warum."

„Du meinst, warum sie nach Irland zurückgekehrt ist?"

„Ja."

Ellie überlegte und schüttelte schließlich den Kopf. „Nein. Nur, dass sie zurückging und dass sie sich eine Zeitlang geschrieben haben."

„Dass sie sich eine Zeitlang geschrieben haben", wiederholte er, einen spöttischen Zug um den Mund. „Sie war achtzehn, völlig unerfahren. Und bevor sie nach England ging, hatte jeder ihr gesagt, wie gefährlich das sei, wie Männer sie ausnutzen könnten."

„Ausnutzen?"

„Ja. Nur war es das natürlich nicht allein, oder?"

333

„Nicht?", fragte Ellie. Er hatte spöttisch oder ironisch geklungen, und sie hatte auch diesmal keine Ahnung, was er meinte. „Warum war es das nicht?"

„Und dann besaß er die unglaubliche Frechheit, zu schreiben und sich zu erkundigen, ob sie gut zurechtkomme", fuhr er in schneidendem Ton fort.

„Wie sie zurechtkomme? War es schwierig?" Verzweifelt und genervt, weil sie sich immer wieder im Kreis drehten, fragte Ellie: „Feargal, sag mir nur eines: Was willst du wissen? Wovon reden wir eigentlich?"

„Phena", antwortete er leise.

„Phena? Was hat Phena damit zu tun? Eben sagtest du doch, wir sollten sie aus dem Spiel lassen."

Als er wütend auf sie zugestürmt kam, kletterte sie erschrocken auf das Bett. „Lass das, Ellie", stieß er aufgebracht hervor. „Spiel nicht die Unschuldige. Weshalb hättest du die Briefe bringen sollen, wenn du das von Phena nicht gewusst hättest?"

„Wenn ich was nicht gewusst hätte?" Worüber reden wir jetzt schon wieder?, dachte sie entmutigt.

„Wer ihre Eltern sind. Die Tatsache, dass sie das Kind deines Großvaters ist."

„Sein was?", fragte Ellie verblüfft. „Sein ... Sei nicht albern." Feargals Miene verdüsterte sich, und als er immer näher kam, sprang sie schnell vom Bett und lehnte sich gegen die Wand. Erschrocken streckte sie den Arm aus in dem vergeblichen Versuch, Feargal abzuwehren. „Willst du mir allen Ernstes erzählen, dass Großvater ..., dass deine Mutter von ihm schwanger geworden ist ...?"

Er stieß ihren Arm beiseite und blieb, nur Zentimeter von ihr entfernt, stehen. „Schwanger geworden ist und das Kind von ihm bekommen hat", keuchte er. „Wie du sehr gut weißt. Und wenn du jetzt nicht endlich leise sprichst, werde ich noch die Beherrschung verlieren."

„Wirst?", fragte sie erstaunt. „Die hast du schon verloren. Und woher zum Teufel hätte ich wissen sollen, dass deine Mutter ..., dass sie ... von meinem Großvater? Wenn es nicht so ernst wäre, könnte man darüber lachen. Und was fällt dir ein, mich zu beschuldigen ..."

*Irische Liebesträume*

„Beschuldigen?", fragte er leise, und der Abstand zwischen ihnen wurde gefährlich eng.

„Ja, beschuldigen", stieß sie nervös hervor. „Großvater hätte niemals – außerdem wäre er dazu gar nicht imstande gewesen."

„Nicht imstande gewesen? Willst du damit sagen, dass meine Mutter eine Lügnerin sei?", fragte er bedrohlich ruhig.

„Nein. Ich will damit nur sagen, dass Großvater niemals der Vater des Kindes gewesen sein kann." Das wusste sie nur zu gut. Ihr Großvater hatte keine Kinder zeugen können. Sowohl sein Sohn als auch seine Tochter waren adoptiert.

„Dann bist du …? Aber warum …" Er sprach nicht weiter, sah sie verblüfft an und trat einen Schritt zurück.

„Nun, was jetzt?", fragte sie. Jetzt, da er ihr nicht mehr so nah war, fühlte sie sich etwas mutiger und fügte hinzu: „Nun? Welche verrückten Gedanken spuken sonst noch in deinem Kopf herum?"

Ohne den Blick von ihr abzuwenden, sagte er: „Du behauptest also, dass dein Großvater nicht verantwortlich gewesen sei. Warum dann aber die Briefe? Offensichtlich nicht, um als Verwandte Ansprüche stellen zu können."

„Als Verwandte? Warum sollte ich als Verwandte Ansprüche stellen?", fragte sie fassungslos.

„Um Phena wissen zu lassen, dass du ihre Nichte bist."

„Ihre Nichte?!", rief Ellie ungläubig aus. „Wie könnte ich ihre Nichte sein?" Als er darauf etwas erwidern wollte, vermutlich, um sie noch mehr aus der Fassung zu bringen, wehrte sie ab. „Lass mich das klarstellen. Du dachtest, mein Großvater hätte deine Mutter benutzt, und dann, nachdem er herausgefunden hatte, dass sie schwanger war, sie herzlos verstoßen … Und du dachtest weiter, nachdem ich das herausgefunden hätte – was nicht der Fall ist –, sei ich hierher gekommen, um dich zu erpressen, wegen Geld oder verwandtschaftlicher Anerkennung. Ist das so? Ist es das, was du mir klarzumachen versuchst? Hat deine Mutter gesagt, Großvater sei Phenas Vater? Nun, hat sie das?", beharrte Ellie. „Was ist los, Feargal?" Und spöttisch fügte sie hinzu: „Fürchtest du, jetzt könnte ein kleiner Raffke an deine Tür klopfen und sich als Verwandter ausgeben?

335

Oder fürchtest du, dass deine Mutter gelogen haben könnte?"

Er sah sie immer noch an. Seine Züge waren wie versteinert, dann sagte er ruhig: „Nein."

„Was nein? Nein, sie hat nicht gelogen? Oder nein, sie hat nicht gesagt, dass er der Vater sei?" Hatte Mrs. McMahon gewusst, dass ihr, Ellies, Großvater nicht zeugungsfähig gewesen war? Offensichtlich nicht, da sie dieses Gerücht ja in Umlauf gebracht hatte. Aber warum hatte sie sich in den Kopf gesetzt, ihn als den Vater ihres Kindes auszugeben? Weil es ihr äußerst gelegen kam? Zweckdienlich war? Hatte Großvater jemals erfahren, dass sie diese Geschichte über ihn erzählte? Falls sie das überhaupt wirklich getan hatte und es nicht nur Feargals eigene Vermutungen waren.

Ellie sah Feargal an und fragte neugierig: „Wusste dein Vater davon? Von Phena?"

„Wie? Ja, natürlich. Er hat sie großgezogen", sagte er verächtlich. „Sie war zwei Jahre alt, als er meine Mutter heiratete."

„Ich verstehe. Es kann nicht leicht für sie gewesen sein, für eine junge unverheiratete Mutter, nach Irland zurückzukommen. Vor vierzig Jahren waren die Menschen noch ein bisschen …"

„Strenger in ihren Werturteilen? Ja, das waren sie. Aber Mutter hatte niemandem davon erzählt. Sie kaufte sich einen Ring und gab vor, Witwe zu sein."

„Glaubten die Leute ihr?"

„Woher soll ich das wissen? Jedenfalls wurde sie auf diese Weise geachtet, und soweit ich weiß, kannte nur mein Vater die Wahrheit, weil sie sie ihm gesagt hatte."

„Und Phena? Weiß sie Bescheid?", fragte Ellie.

„Oh ja." Ein bitteres Lächeln umspielte Feargals Lippen. „Sie weiß es. Sie hat alles Mögliche unternommen, um es herauszufinden. Das ist für uns ein weiteres Problem."

„Und du willst nicht, dass sie von den Briefen erfährt, weil damit die Vergangenheit aufgewühlt werden würde?"

„Ja."

Ellie bekam ein schlechtes Gewissen, weil sie, ohne es zu wollen, die ganze Geschichte wieder aufgewärmt hatte, wo doch jeder sie am

*Irische Liebesträume*

liebsten für immer vergessen hätte. Sie schob die Überlegungen beiseite, welche Rolle ihr Großvater dabei gespielt haben mochte, und entschuldigte sich. „Es tut mir leid. Und natürlich werde ich nicht darüber sprechen. Mit niemandem."

„Du tust gut daran." Er sah sie an, als würde er sich zu einem Entschluss durchringen, und fragte: „Keine Erpressung?"

„Nein, natürlich keine Erpressung."

„Keine Familienrache?"

„Nein. Warum sollte meine Familie sich an deiner rächen wollen? Sie hat mit der ganzen Sache nichts zu tun. So wenig wie ich. Ich habe die Briefe nur gebracht, weil Großvater mich darum gebeten hatte ..."

„Ist es dir kein einziges Mal in den Sinn gekommen, dass du damit Schaden anrichten könntest?"

„Nein", rechtfertigte sie sich. „Ich wusste nichts von dem Kind. Ich wusste nicht, dass du dachtest ..., ich meine, ich habe es für eine harmlose Freundschaft gehalten."

„Freundschaft?", fragte Feargal höhnisch. „Freundschaft? Nicht einmal du kannst so naiv sein. Er war alt genug, um ihr Vater sein zu können. Ein verheirateter Mann mit zwei Kindern! Und du hältst das für gut? Dass ein verheirateter Mann ‚freundlich' ist zu einem siebzehnjährigen, unschuldigen, vertrauensvollen Mädchen, das gerade aus Irland herübergekommen ist? Dass er sie verführt? Oder war sie deshalb Freiwild für ihn?"

„Nein. Und das hat er auch nicht getan", bestritt sie heftig.

„Dann haben sie das Kind wohl unter einem Stachelbeerstrauch gefunden."

„Red keinen Unsinn. Bis jetzt hast du mir immer noch nicht geantwortet. Hat deine Mutter behauptet, dass Großvater Phenas Vater sei?"

„Ja."

Ja? Oh Gott! Was jetzt? Sollte sie seine Mutter als Lügnerin überführen? Ihm sagen, dass es unmöglich so gewesen sein konnte? Noch mehr Ärger verursachen? Was hätte Großvater jetzt getan? Sie ließ sich erschöpft gegen die Wand sinken und sagte müde: „Von all dem weiß ich nichts. Wie sollte ich auch, da Großvater nie mit mir darüber gesprochen hat?"

„Dann will ich es dir sagen. Er hat sie benutzt, verstoßen, sie ausbezahlt und nach Irland zurückgeschickt. Das ist die Wahrheit, Ellie. Keine romantische Episode. Keine überwältigende Liebesbeziehung. Verführung, schlicht und einfach."

„Nein", wehrte sie ab. „Oh Feargal, nein. So war Großvater nicht."

„Du glaubst, er hätte sie geliebt?", stieß er angeekelt hervor. „Und sei dann zu dem Schluss gekommen, dass er nicht gut genug für sie wäre? Meinst du, er hätte den stolzen Helden gespielt und sie mit genug Geld in der Tasche nach Hause geschickt, damit sie einen neuen Anfang machen konnte?"

„Ich weiß es nicht."

„Oh doch, Ellie, du weißt es", sagte er ruhig. „Und ich kann auch nicht glauben, dass die Briefe irgendeinem anderen Zweck gedient haben sollen. Solltest du wirklich so ein berechnendes kleines Biest sein, das nur darauf aus ist, den anderen Leid zuzufügen?"

„Um Himmels willen, warum sollte ich jemandem Leid zufügen wollen? Noch dazu Menschen, die ich gar nicht kenne."

„Weil es eine Möglichkeit wäre, an Geld heranzukommen. Und Geld brauchst du doch, oder, Ellie?"

„Nein, ich ..."

„Nein?"

„Nein."

„Wo du keinen Job hast, von Sozialhilfe lebst, dir Kleidung in Secondhandläden besorgst?"

„Das mache ich, weil ich es so will."

„Weil du es so willst?" Er ließ den Blick abschätzig über sie gleiten und verzog den Mund. „Hältst du mich für dumm?"

„Ja", antwortete sie. „Allmählich schon. Erst kommst du mit dieser blödsinnigen Vermutung, ich hätte dich verfolgt. Und jetzt behauptest du, ich wolle deine Mutter erpressen ..."

„Aber es ist ein und dieselbe Sache, Ellie. Also, wann hast du beschlossen, dir das Geld zurückzuholen?", fragte er, so als wollte er eine längere Diskussion darüber führen.

*Irische Liebesträume*

„Welches Geld?"

„Das Geld, das er ihr gegeben hat, um sein Gewissen zu beruhigen."

„Ich wusste nicht, dass er ihr Geld gegeben hatte. Und wenn ich es gewusst hätte und jetzt dahinter her wäre, würde ich wohl kaum behaupten, dass er nicht der Vater des Kindes gewesen sein kann, oder?", rief sie aus. Und das war er auch nicht. Aber da er es nicht war, wer war es dann? Stirnrunzelnd fragte sie: „Woher weißt du, dass er ihr Geld gegeben hat?"

„Was glaubst du wohl?"

„Hat deine Mutter es dir gesagt?"

„Nein. Als ich nach dem Tod meines Vaters dessen Papiere durchsah, fand ich zufällig den Brief, in dem das Geld geschickt worden war. Das ist wohl Beweis genug. Hat er gezahlt, weil er sich schuldig fühlte? Oder für erwiesene Dienste?"

„Hör auf", flehte Ellie ihn an. „Bitte, hör auf. Das hört sich an, als wäre deine Mutter eine ..."

„Hure?"

„Ja. Und das glaubst du doch selbst nicht, oder?"

„Nein, das glaube ich nicht."

Nein, denn er hielt ihren Großvater für einen Verführer. Nicht dass sie seine Mutter für eine Hure hielt. Aber was auch immer damals geschehen sein mochte, offensichtlich war ihr Großvater in die Sache verwickelt. Warum hatte er ihr Geld gegeben, wenn das Kind offensichtlich nicht von ihm stammte? Vielleicht hatte er sie kennengelernt, als sie schwanger war, und sich in sie verliebt. Und da er sie nicht heiraten konnte, sie aber finanziell versorgt wissen wollte, hatte er ihr Geld gegeben. „Vielleicht haben sie sich geliebt", meinte Ellie leise.

„Geliebt? Jetzt komm schon, Ellie. Das gibt es nur im Märchen."

„Nein", widersprach sie. „Und vielleicht glaubte sie, ohne ihn besser leben zu können." So war es wohl auch, oder? Schließlich war er verheiratet. Aber solange sie die Wahrheit nicht von Mrs. McMahon selbst erfahren hatte, musste sie vorsichtig sein. „Hast du noch niemals eine Frau so geliebt? Mehr als dein Leben? So, dass du alle

339

*Emma Richmond*

Sorgen mit ihr teilen wolltest?" Und in dem verzweifelten Wunsch, ihren Großvater zu verteidigen, fügte sie hinzu: „Da er wusste, dass er zu alt für sie war und das Kind einen jüngeren Vater brauchte ..."

„Hat er sich so anständig verhalten?"

„Ja. Wenn er sie genug geliebt hat. Also, hast du noch niemals so sehr geliebt?", fragte sie noch einmal.

„Nein", gestand er.

„Nun ja, so hätte es jedenfalls gewesen sein können, nicht wahr? Und Menschen verhalten sich nun einmal so."

„Wirklich? Würdest du dich so verhalten?", fragte er gehässig.

„Ich weiß es nicht", wich sie aus. „Aber das heißt noch lange nicht, dass andere sich nicht so verhalten."

„Also hat er ihr geraten, mit ihrem Kind zu ihrer Familie nach Irland zurückzukehren? Ihn zu vergessen?"

„So etwas Ähnliches, nehme ich an. Ich kenne nur die Briefe, die deine Mutter ihm geschrieben hat, aber nicht die von ihm an sie."

„Also hast du sie gelesen!"

„Nein, ich habe nur einen Blick hineingeworfen, um mich zu vergewissern, dass nichts darin stand – nun, was jemanden hätte kränken oder ihm hätte Ärger bringen können."

„Ärger?", bemerkte er verächtlich. „Wie nennst du das dann wohl, was wir jetzt haben?"

Ellie sah ihn wütend an und sagte, wie sie glaubte, jetzt schon zum hundertsten Mal: „Ich hatte keine Ahnung von dem Kind."

„Und damit ist die Sache für dich erledigt?", fragte er.

„Nein, natürlich nicht. Allerdings konnte ich nicht ahnen, wohin das Ganze führt. Ich habe es nicht mit böser Absicht getan."

„Nein? Aber du wirkst nicht gerade enttäuscht über die Reaktion. Oder darüber, dass der ganze Zirkus jetzt wieder von vorn beginnt."

„Oh Feargal", rief sie aus. „Ich möchte wirklich wissen, warum du mir immer Absichten unterstellst, die ich nicht habe. Und wenn Donal sich nicht diesen dummen Scherz erlaubt hätte ..."

„Donal? Er weiß davon?", fragte Feargal wütend.

„Nein. Aber er wusste, dass ich nach Slane wollte. Und ich nehme an, da er dich kannte und wusste, dass du in Slane wohnst, hielt er

*Irische Liebesträume*

es wohl für ganz amüsant, eine Begegnung zwischen uns herbeizuführen."

„Für amüsant?", fragte er erstaunt.

„Nun ja, es mag ein bisschen seltsam klingen, doch welchen anderen Grund sollte er gehabt haben?" Ellie überlegte. Oh nein! Sie begegnete Feargals Blick und begann zögernd: „Ich wusste wirklich nicht, wo deine Mutter lebt, außer dass es in Slane war. Ich kannte dich nicht, wusste nichts von dir. Und ich finde nur eine Erklärung, nämlich dass Maura, Donais Schwester, ihm den Namen der Familie genannt hat, die ich suchte. Er kannte dich und deinen Namen."

„Und da dachte er sich, es sei ganz amüsant, wenn wir uns treffen würden, bevor du hier heraufkommst. Amüsant?", fragte er scharf.

„Oder hilfreich ... Wirklich, Feargal, nichts war geplant. Ich wünschte, du würdest mir glauben."

„Ja, ich möchte wetten, dass du das tust."

„Aber es ist die Wahrheit", beharrte sie. „Warum bist du nur so engstirnig? Und Phena braucht es nie zu erfahren. Dann ist doch eigentlich keinem geschadet, oder? Oder?", wiederholte sie leise. „Und wenn deine Mutter ihr nicht erzählt, dass ..."

„Bleibt immer noch die Frage, warum er die Briefe hat bringen lassen", sagte Feargal genauso leise.

Oh, du meine Güte. Ellie wünschte sich verzweifelt, dass sie ihren Großvater verteidigen könnte. Aber sie wusste, dass sie mit jeder Erklärung nur noch mehr Ärger verursachte, solange sie nicht mit Feargals Mutter gesprochen hatte, und sagte müde: „Ich weiß nicht, warum. Ich werde es auch niemals mehr erfahren. Er war alt, Feargal, vielleicht verwirrt. Möglicherweise erinnerte er sich gar nicht mehr daran, was in den Briefen stand. Ich weiß es nicht. Aber ist das der Grund, weshalb du Phena nicht magst?", fragte sie. „Wegen dieser Geschehnisse? Weil sie nur deine Halbschwester ist?"

„Nein. Und es ist nicht so, dass ich sie nicht mag. Ich kann nur nicht leiden, dass sie sich ständig angegriffen fühlt."

„Aber warum ist sie so verbittert? Dein Vater hat sie doch akzeptiert, oder?"

„Natürlich hat er das. Er liebte sie. Er liebte meine Mutter."

341

„Aber warum dann?"

„Weil sie herausfand, dass meine Mutter sie angelogen hatte, dass sie unehrlich ihr gegenüber gewesen ist. Weil Phena endlos viel Zeit und viel Geld für die Suche nach ihrem Vater ausgegeben hat, nach dem Mann, dessen Name in ihrer Geburtsurkunde steht und der gar nicht mehr lebte."

„Dann hat deine Mutter also nicht den Namen meines Großvaters in die Geburtsurkunde eintragen lassen?"

„Nein."

„Oh!"

„Ja, oh! Und weil sie sich nicht damit abfinden kann, dass sie nach all dem keine Gutsherrin ist."

„Oh!", machte Ellie noch einmal.

Feargal zuckte mit den Schultern, ging hinüber ans Fenster und sah hinaus. „Sie ist die älteste von den Mädchen", begann er. „Aber die Farm und das Haus wurden mir überlassen, weil ich der älteste Sohn bin. Mein Vater wusste so gut wie ich – und wer hätte es besser wissen können –, dass sie das Gut verkauft und das Geld für sich selbst ausgegeben hätte. Sie erhielt eine angemessene Abfindung, nur war es ihr nicht genug. Und weil sie darüber verärgert war und vielleicht auch gekränkt, ging sie nach England und machte sich auf die Suche nach ihrer eigentlichen Familie – Kent", fugte er angewidert hinzu.

„Kent?", fragte Ellie überrascht.

„Kent hat meine Mutter als den Namen des Kindsvaters in die Geburtsurkunde eintragen lassen", erklärte Feargal ungeduldig, während er sich zu ihr umdrehte und sie ansah. „David Anthony Kent. Es war offensichtlich der Name, den sie benutzen wollten, sobald er seine Frau verlassen hätte."

„Sobald er seine Frau verlassen hätte? Wer sagt, dass er das hatte tun wollen?", fragte Ellie.

„Er selbst."

Oh, ich glaube nichts von all dem, dachte Ellie müde. Mit jedem Wort, das sie sagte, zog sie sich tiefer in den Schlamassel hinein. Und natürlich hatte Großvater seine Frau niemals verlassen. Weil er

*Irische Liebesträume*

niemals die Absicht gehabt hatte. Weil er nicht der Vater des Kindes gewesen war. Aber das war offensichtlich das Gerücht, das Marie O'Donnell in Umlauf gebracht hatte und das ihre Familie für die volle Wahrheit hielt. Da kam ihr plötzlich ein Gedanke.

David Anthony war nicht nur der Name ihres Großvaters gewesen, so hatte er auch seinen Adoptivsohn genannt. O Gott! War das die Lösung? Sie sah Feargal verblüfft an, blinzelte und lenkte ihre Aufmerksamkeit wieder auf das, was er sagte.

„Nur hat er seine Frau nicht verlassen. Also kehrte Marie O'Donnell nach Irland zurück. Da sie wusste, wie es wäre, wenn sich einmal herumgesprochen hätte, dass sie ein uneheliches Kind hatte, erzählte sie jedem, sie sei Witwe. Dass ihr junger Ehemann im Ausland gestorben sei, um damit das Fehlen der Sterbeurkunde zu erklären. Außerdem behauptete sie, nicht zu wissen, wo er begraben sei. Damit war Phena einerseits geholfen, andererseits betrübte es sie."

Ellie, die wusste, was jetzt als Nächstes kommen würde, und die Mitleid mit Phena empfand, sagte leise: „Also konnte Phena keine Unterlagen über einen gewissen David Anthony Kent finden. Nichts, was bewiesen hätte, dass er je geboren wurde und existiert hatte. Daher wusste sie, dass ihre Mutter sie belogen hatte."

„Ja. Und entschlossen, die Wahrheit herauszufinden, denn Phena ist alles andere als unentschlossen, suchte sie den Ort auf, an dem meine Mutter früher gelebt hatte."

„Woher kannte sie den?", fragte Ellie. „Sicher hatte deine Mutter es ihr nicht gesagt."

„Nein. Ihre Eltern haben es getan, die natürlich nicht wussten, warum Phena danach gefragt hatte. Sie besaßen noch die Briefe, die Marie als junges Mädchen aus England geschrieben hatte."

„Und?"

„Unglücklicherweise traf sie auf jemanden, der meine Mutter gekannt hatte."

„Und der gemeinerweise die Wahrheit erzählte?"

„Ja. Dass sie keinen Ehemann gehabt habe, dass der einzige Mann, mit dem man sie je gesehen habe, David Harland gewesen sei. Der Mann, für den meine Mutter gearbeitet hatte."

343

„Arme Phena!"

„Ja", stimmte Feargal zu. „Arme Phena."

„Hat sie meinen Großvater besucht?"

„Ich weiß es nicht. Das hat sie niemals gesagt, erstaunlicherweise. Über alles andere hatte sie sehr viel zu erzählen."

„Und jetzt ist sie verbittert?"

„O ja. Jetzt ist sie sehr, sehr verbittert. Sie hat ein Haus in Dublin", fügte er hinzu, obwohl diese Bemerkung an dieser Stelle keinen Sinn machte.

Ein Haus, für das du bezahlst?, fragte Ellie sich. „Es tut mir leid", sagte sie noch einmal. Dabei hatte die Frau, die sie vor Kurzem getroffen hatte, durchaus nicht verbittert ausgesehen, sondern ganz reizend.

„Mutter hat es natürlich abgestritten und immer wieder beteuert, dass er nicht der Vater sei."

„Aber später hat sie es zugegeben?", fragte Ellie.

„Ja."

„Ich verstehe. Solange also niemand mit Phena darüber spricht, sind die Dinge im Lot. Ist das richtig?", fragte sie.

„Das ist richtig. Und halte dich daran", warnte er sie.

„Phena wird es von mir nicht erfahren. Außerdem werde ich bald nicht mehr hier sein. Morgen reise ich ab, oder hast du das vergessen?"

„Und das wurmt dich wohl, oder? Darum geht es dir doch im Grunde. Hierzubleiben und ein bisschen an dem Reichtum teilzuhaben."

„Nein. Das ist es nicht. Dein verdammtes Vermögen – ich brauche es nicht, ich will es nicht."

„Wirklich nicht? Rein aus Neugierde, wer hat dir dein Hotel in Dublin bezahlt, Ellie? Es ist eines der teuersten in der ganzen Stadt. Hast du noch einen anderen armen Trottel am Gängelband?"

„Noch einen anderen?", fragte sie sarkastisch. „Also hältst du dich selbst für einen armen Trottel. Und das, Feargal McMahon, wirst du mir niemals weismachen. Auch wenn es dich nichts angeht, zu deiner Information, mein Vater hat die Hotelkosten bezahlt."

*Irische Liebesträume*

„Dein Vater? Ich dachte, er möchte, dass du auf deinen eigenen Füßen stehst. Das hast du mir doch gesagt, oder?"

„Ja. Aber vielleicht hatte er gehofft, ich könnte irgendeinen reichen Mann kennenlernen, der sich auf der Stelle in mich verlieben und ihn so von seinen Pflichten befreien würde", entgegnete sie, viel zu verärgert, um sich über ihre Worte klar zu sein. Als sie merkte, dass er versucht war, ihr zu glauben, lächelte sie spöttisch. „Oh Mann, ich würde nur zu gerne wissen, warum du so misstrauisch bist."

„Das glaube ich gern. Und wenn ich auch nur den geringsten Hinweis darauf bekomme, dass du unsere Privatangelegenheiten herumerzählt hast …"

„Was dann? Willst du mich dann verprügeln?"

„Oh nein. Ich gebrauche niemals brutale Gewalt, wo ich mit Zärtlichkeit viel mehr erreichen kann."

„Du würdest mir wirklich zutrauen, Klatsch zu verbreiten?", fragte sie.

„Ja." Er warf ihr noch einen vernichtenden Blick zu, dann drehte er sich um, ging zur Tür und riss sie weit auf. Phena stand draußen.

„Fang jetzt nicht wieder an zu streiten", sagte Phena lieb. „Oder habe ich ein kleines romantisches Intermezzo unterbrochen?"

„Nein", versetzte er eisig, und nach einem letzten verachtenden Blick auf Ellie ging er hinaus.

„Keine Romanze?", fragte Phena gespielt enttäuscht.

„Leider nicht", antwortete Ellie abweisend. Wenn Phena sich einbildete, sie könnte sich jetzt auch mit ihr unterhalten, so irrte sie gewaltig. Ein Mitglied der Familie hatte ihr genügt. Und sie konnte nur hoffen, dass Phena nicht mit angehört hatte, was nicht für ihre Ohren bestimmt gewesen war. So sah sie allerdings nicht aus. Das musste auch Feargal gefunden haben, sonst wäre er sicher nicht so plötzlich verschwunden.

Viel zu müde, um jetzt noch darüber nachzudenken, sagte Ellie entschlossen: „Gute Nacht, Phena. Ich sehe Sie morgen, bevor ich abreise."

„Sie reisen ab?", fragte Phena überrascht.

„Ja."

„Oh." Sie sah Ellie nachdenklich an, dann hob sie die Hand, bewegte die Finger mit den scharlachrot lackierten Nägeln und ging. Um ihren Bruder zu verhören?

Erleichtert schloss Ellie die Tür und ging zurück ans Bett. Feargal hatte ja eine schöne Meinung von ihr. Wenn sie nicht gekommen wäre, dann hätte sie sich viel Kummer erspart.

Ellie setzte sich auf den Bettrand und nahm ihren Bären Gwen in den Arm. „Ich habe alles falsch gemacht, obwohl ich nur das Beste wollte", flüsterte sie traurig. „Ist es Großvater vielleicht genauso gegangen, nachdem sein Adoptivsohn der Vater von Marie O'Donnells Kind wurde? Und er sie nicht heiraten konnte oder wollte?"

Es war eine reine Vermutung ihrerseits. Allerdings hatte es vor Jahren, bevor ihre Mutter geheiratet hatte, einen Familienskandal gegeben. Sie konnte sich noch vage daran erinnern, dass ihre Mutter darüber gesprochen hatte. Und es war um ihren Bruder, Ellies Onkel, gegangen. Vielleicht konnte sie ihre Mutter fragen, wenn sie wieder zu Hause war. Auch wenn ihre Mutter zu den Leuten gehörte, die nur dann etwas sagten, wenn sie es unbedingt für nötig hielten.

Ellie seufzte tief, aufgewühlt von so vielen sorgenvollen Gedanken, und machte sich fertig fürs Bett. Am nächsten Morgen würde sie sich ausführlich mit Feargals Mutter unterhalten. Und dann abreisen.


Am nächsten Morgen schreckte Ellie verwirrt aus dem Schlaf hoch. Als sie Terrys Stimme draußen auf dem Flur hörte, runzelte sie die Stirn und stieg langsam aus dem Bett. Sie öffnete die Schlafzimmertür einen Spaltbreit und spähte hinaus. Terry stand am Flurfenster, und Rose ging gerade die Treppe hinunter. Ellie war sich nicht sicher, wie Terry sich verhalten würde, wenn sie sie ansprach. Sie wusste nicht, was ihre Mutter oder Feargal ihr erzählt hatten, und wollte gerade wieder in ihr Zimmer zurück, als Terry sich umdrehte.

„Sehen Sie sich das an!", rief sie, wandte sich um und zeigte hinunter auf die Anlagen.

Ellie ging durch den Flur zum Fenster, blickte hinaus, und zu ihrem Erstaunen sah sie eine japanische Touristengruppe, die Kameras

*Irische Liebesträume*

schussbereit, den Pfad entlangschlendern.

„Woher zum Teufel kommen die um diese Zeit? Es ist erst acht Uhr früh, um Himmels willen."

„Ich weiß es nicht", antwortete Ellie, und Terry lachte.

„Nein, vermutlich nicht. Es sei denn, Sie wollten durch diesen Touristenaufmarsch ganz allein die Familienkasse auffüllen. Ist alles in Ordnung?", fragte sie leise. „Ich habe von dem Krach gehört."

„Ja, aber leider werde ich nach allem bei der Hochzeit nicht dabei sein können."

„Nein?!", rief Terry aus. „Aber warum denn nicht?"

„Weil man mir den Laufpass gegeben hat", antwortete Ellie, etwas unfreundlicher, als sie es beabsichtigt hatte. „Weil Feargal nicht glauben will, dass ich keine Betrügerin und Lügnerin bin."

„Oh, seinen Irrtum wird er schon noch einsehen", sagte Terry mit dem Vertrauen einer Schwester, die ihren Bruder nicht so gut kannte, wie sie ihn zu kennen glaubte. „Er mag Sie, das weiß ich." Dann fügte sie mit zweifelnder Miene hinzu: „Nun, ich glaube es zu wissen. Das Problem ist nur, dass er ein bisschen zynisch ist. Allerdings hat er vermutlich eine Entschuldigung dafür. Selbst ich muss zugeben, dass auf dieser Seite des Boyne kein Mann umwerfender aussieht als er. Und Frauen versuchen gewöhnlich, sein Interesse zu wecken."

„Aber ich habe das nicht getan", bestritt Ellie entsetzt.

„Nein?", neckte Terry. Als Ellie rot wurde, weil entschieden mehr als ein Körnchen Wahrheit in dieser Feststellung lag, lachte sie. „Schon gut, Ellie. Aber Sie müssen verstehen, dass wir einfach gern voreilige Schlussfolgerungen ziehen. Und nicht immer die naheliegendsten."

Wirklich? Warum? Weil es nun einmal so war? Oder hatte man bestimmte Gründe dafür?

„Ich sage allerdings auch immer, dass man zuerst die Tatsachen herausfinden muss, und ich sollte mit gutem Beispiel vorangehen", meine Terry.

„Das ändert nichts an der Tatsache, dass ich abreisen muss", stellte Ellie ruhig fest.

„Nein, das müssen Sie nicht. Ich weiß, dass Feargal Sie zur Schnecke gemacht hat. Aber wenn er wütend ist, meint er nicht halb so viel von dem, was er sagt. Oh, Ellie, kürzlich hatten wir ein solches Theater. Phena führte sich auf, als wäre sie die einzige Person auf der Welt, die je angelogen wurde. Ich weiß, es war nicht leicht für sie. Feargal hätte ihr, ohne mit der Wimper zu zucken, alles gegeben, aber sie wollte die Märtyrerin spielen und lässt ihn jetzt immer wieder dafür büßen."

„Aber warum gibt man Feargal die Schuld?"

„Weil er geerbt hat, und weil sie weiß, dass er sich schuldig fühlt, und das geschickt ausnutzt. Um ehrlich zu sein, Ellie, Phena ist keine sehr nette Person. Ich weiß, es ist gemein, so etwas von seiner Halbschwester zu sagen, aber so ist es nun mal. Phena ist ein furchtbarer Snob. Und jetzt ist sie auch noch verbittert. Der arme Feargal!" Terry seufzte leise auf. „Wir alle laden unsere Probleme auf ihm ab und erwarten, dass er sie löst. Selbst Mutter scheint nicht zu merken, dass er nicht die Zeit hat, immer für sie dazusein wie Vater früher. Sie liebte das angenehme Leben."

„Stammt sie aus einer wohlhabenden Familie?"

„Oh nein. Sie litten keine Not, aber kein Vergleich zu Vater. Und er musste sich nur um die Farm kümmern. Feargal hat auch noch viele andere Interessen, aber in erster Linie ist er Geschäftsmann. Er muss es sein, um uns durchzubringen. Aber Mutter war es gewohnt, dass man alles für sie machte, wissen Sie. Vater hat sie fürchterlich verwöhnt. Und das Traurige an der Sache ist, dass man mit dieser Gewohnheit sehr schwer brechen kann, weil Feargal sich immer um alles kümmert und jeder seine Unterstützung erwartet. Sei es, dass er für alles Mögliche bezahlt oder unsere kleinen Probleme löst."

Terry hielt inne und lachte kurz auf. „Man muss ihn bewundern. Er besitzt das Land, so weit man blicken kann, ist ruhig und hat sich stets unter Kontrolle. Jeder andere würde sich die Haare raufen, wenn er sich einer Horde plappernder Ausländer gegenübergestellt sehen würde. Aber Feargal? Nein. Er betrachtet sie in aller Ruhe, bringt sie mit einer Handbewegung zum Schweigen, und ich weiß mit Sicherheit, dass er kein einziges Wort Japanisch spricht."

Über Terrys Schulter hinweg blickte Ellie hinunter auf Feargal. Gefolgt von seinem Hund, ging er auf eine Menschengruppe zu, die

*Irische Liebesträume*

alle mit den Armen wild herumfuchtelten. Und Terry hatte recht. Feargal wirkte nicht im Mindesten, als wäre er aus der Fassung gebracht. Stolz und unerschrocken. Sie wollte keinen Streit mit ihm, wollte nicht, dass er sie für eine Betrügerin hielt. Aber wie standen die Chancen, dass er jemals etwas anderes glauben würde? Nicht sehr gut. Und dann ärgerte Ellie sich, dass sie sich darüber Gedanken machte. Er war am Abend zuvor unverschämt zu ihr gewesen, um nicht zu sagen beleidigend.

„Ich gehe besser hinunter und schaue, ob ich mich nützlich machen kann", sagte Terry.

„Sprechen Sie Japanisch?", fragte Ellie.

„Nein." Terry lachte. „Sie?" Als Ellie den Kopf schüttelte, sagte sie: „Ich sehe Sie später. Und reisen Sie nicht ab", warnte sie. „Wenn Sie es schon unbedingt tun müssen, dann nicht, bevor ich zurückgekommen bin." Sie drehte sich um, winkte Ellie noch einmal kurz zu und eilte die Treppe hinunter.

Ellie ging langsam in ihr Zimmer zurück, machte sich frisch, zog sich an und begann entmutigt zu packen. Als sie auf dem Fußboden kniete und versuchte, ihren vollen Koffer gewaltsam zu schließen, hörte sie Terry nach ihr rufen und das Geräusch von Schritten, als jemand die Treppe heraufkam.

„Ellie?", rief Terry und kam in den Raum gestürmt. „Ellie, können Sie kochen?", fragte sie eindringlich.

„Ein bisschen. Warum?"

„Weil die Japaner ein Frühstück haben möchten und wir das Restaurant gewöhnlich nicht vor halb elf öffnen. Rose und Mary kommen erst gegen Mittag, und Feargal sucht verzweifelt jemanden, der jetzt aushilft."

„Was ist mit Phena?"

„Phena?", fragte Terry erstaunt. „Phena kann keinen Topf von einer Pfanne unterscheiden. Und selbst wenn sie das könnte, würde sie sich die Hände niemals in der Küche schmutzig machen."

„Oh, ich verstehe", sagte Ellie.

„Und ich muss jetzt zur Arbeit."

349

„Oh."

„Also, dann. Knien Sie nicht länger hier herum, Ellie Browne mit ‚E'." Terry schmunzelte.

„In Ordnung." Ellie stand auf, folgte Terry die Treppe hinunter, durch die Hintertür hinaus, über die Anlage und betrat das Restaurant. Weshalb sie es so eilig hatte, Feargal zu helfen, wusste sie selbst nicht. Verdient hatte er es jedenfalls nicht.

Feargal schaute auf und sah seine Schwester lächelnd an. Ellie beachtete er nicht. „Sie sprechen kein Englisch", erklärte er. „Und obwohl ich versuchte, sie abzuhalten, strömten sie herein und setzten sich. Der Wasserkessel steht schon auf dem Herd. Wir müssen Instantkaffee machen. Für Filterkaffee haben wir die Zeit nicht." Er beachtete Ellie immer noch nicht und fuhr fort: „Ich gehe jetzt los und besorge Eier und Brot." Schon war er verschwunden.

„Du meine Güte, Ellie, ich werde heute viel zu spät in die Schule kommen!", rief Terry aus. Sie öffnete rasch Schränke und zeigte Ellie, wo alles war.

„Schule?", fragte sie.

„Ja. Ich bin Lehrerin." Terry sah kurz auf ihre Uhr, stöhnte: „Ich muss los" und ging.

Ellie ließ den Blick durch die gut ausgestattete Küche schweifen. Da entdeckte sie eine Durchreiche in der Wand, ging hinüber und öffnete sie vorsichtig einen Spalt. Ach, du meine Güte! Sie waren nicht zu zählen! Alle saßen bereits und redeten wild durcheinander. Ellie atmete tief durch, um sich zu beruhigen, schloss die Durchreiche, stellte Zuckerdosen auf ein Tablett und betrat entschlossen das Restaurant.

Die plötzliche Stille war geradezu erschreckend. Ellie setzte ein freundliches Lächeln auf, stellte auf jeden Tisch eine Zuckerdose, hastete zurück an die Theke und griff nach dem Stapel Speisekarten. Plötzlich stand Feargal neben ihr und riss ihn ihr aus der Hand.

„Die sind für das Mittagessen." Er reichte unter die Theke und gab ihr einen Stapel bedruckter Blätter. „Verteil diese hier, und bete im Stillen, dass sie wenigstens die lesen können."

„Ja, gern", erwiderte sie.

*Irische Liebesträume*

Lächelnd verteilte sie die Karten für das Frühstück, ging zurück in die Küche und nahm Stift und Block, die Feargal ihr in die Hand drückte. „Wo ist Terry?", fragte er und gab fachmännisch Instantkaffee in zahlreiche Tassen.

„Sie ist in die Schule gegangen. Sie hatte sich schon verspätet."

Ellie verstand nicht ganz, was er vor sich hin murmelte, und wollte ihn lieber nicht darum bitten, es zu wiederholen. Stattdessen ging sie in das Restaurant zurück. Alle strahlten sie an. Ach, du meine Güte! In langsamem, deutlichem Englisch fragte sie die Herren am ersten Tisch: „Möchten Sie Ihre Bestellung aufgeben?"

Ein Schwall japanischer Worte flutete über sie herein, und der Wunsch überkam sie, laut loszukichern. Sie nahm dem Gast, der ihr am nächsten saß, die Karte aus der Hand, legte sie flach auf den Tisch und deutete mit dem Bleistift auf die erste Eintragung. Dann tat sie, als würde sie etwas trinken. Neben die Zeile, in der Kaffee angeboten wurde, zeichnete sie eine kleine Tasse mit Untertasse. Ihr brillanter Einfall wurde mit Beifallklatschen belohnt. Der Japaner redete kurz mit seinen Freunden und erklärte ihnen, wie Ellie vermutete, dass Nummer eins ein Getränk sei. Daraufhin zeichnete sie von oben bis unten Bildchen auf den Rand der Karte und ging in die Küche zurück.

„Sechzehn Kaffee", verkündete sie. „Und dann", sie warf einen Blick auf ihre Liste, „sechsmal Toast, fünfmal gekochte Eier …, zwei Eier auf Toast …"

„Pochiert oder gebraten?", fragte Feargal.

„Gebraten", antwortete sie freundlich. „Anscheinend habe ich pochierte Eier nicht deutlich genug gezeichnet. Und drei Schalen Knusperreis."

„Den haben wir nicht."

„Feargal!", rief sie empört aus. „Wir haben Knusperreis. Er sieht aus wie Cornflakes", fügte sie hinzu, nachdem sie das Paket im Regal entdeckt hatte. „Aber glaub mir, es ist Knusperreis."

„Gott bewahre!", murmelte Feargal. „Na gut. Kümmer dich bitte um den Toast, während ich den Kaffee hinaustrage, und setz die große Bratpfanne auf." Er sah sie kurz an und fragte sarkastisch: „Wie lange

351

sollen die Eier kochen?"

„Vier Minuten", antwortete sie und begegnete seinem Blick.

Feargal brachte den Kaffee raus.

Eine halbe Stunde später saßen sie vor ihrem eigenen Kaffee in der chaotischen Küche, in der es nicht annähernd warm genug war, um das Eis zwischen ihnen auftauen zu lassen.

„Ich finde immer noch, dass du ihnen das Frühstück nicht hättest berechnen sollen", wiederholte Ellie mindestens zum dritten Mal.

„Natürlich musste ich es ihnen berechnen. Schließlich habe ich keinen Wohltätigkeitsverein."

„Ich weiß, aber, nun ..., das Ganze war nicht sehr professionell gemacht. Die Eier haben ein bisschen ..."

„Wie pochierte Eier ausgesehen", warf er entschlossen ein. „Aber was erwartest du? Kein Mensch hat sich beklagt."

„Woher willst du das wissen? Du kannst kein Japanisch."

„Sie haben zufrieden ausgesehen", erklärte Feargal, und seine Miene verriet, dass er das Thema damit als beendet betrachtete. Als er auf die Speisekarte in seiner Hand blickte und die Bildchen am Rand sah, hätte Ellie schwören können, dass er sich ein Lächeln verkniff.

„Du könntest sie so drucken lassen", schlug sie vor.

„Ja."

„Nun, es hat seinen Zweck erfüllt, oder?"

„Ja, Ellie", stimmte er zu, „das hat es." Mit einem Blick auf das heillose Durcheinander in der Küche fügte er hinzu: „Wir räumen besser auf, bevor Mary kommt. Sie trifft sonst der Schlag."

Zu Ellies Überraschung half Feargal ihr. Irgendwie hatte sie erwartet, dass er die ganze Arbeit ihr überlassen würde. Anscheinend scheute er sich nicht, sich die Hände schmutzig zu machen, selbst wenn er dabei seiner Erzfeindin behilflich war.

Nachdem die Küche wieder tipptopp aufgeräumt war, nickte er Ellie kurz zu und ging hinaus. Wenigstens hätte er sagen können: Vielen Dank, Ellie, es war nett von dir, dass du ausgeholfen hast. Oh, es war schon in Ordnung. Sie verzog das Gesicht, faltete das Geschirrtuch zusammen, das sie benutzt hatte, und legte es auf den Arbeitstisch. Wenn sie diese dummen Briefe nicht gebracht und wenn sie

*Irische Liebesträume*

keinen Streit gehabt hätten, hätte es sogar Spaß gemacht, mit Feargal zusammenzuarbeiten. Hätte, Ellie, hätte. Die Geschichte ist zu Ende. Vergiss sie, sagte sie sich. Und jetzt such seine Mutter auf. Lass dir von ihr alles erklären, und dann reise ab.

Unglücklicherweise war Mrs. McMahon nirgendwo zu finden. Ging sie ihr aus dem Weg? Wie auch immer, sie würde nicht abreisen, bevor sie die Sache geklärt hatte. Da sie hungrig war, machte Ellie sich noch einen Toast in der Küche, nahm einige Broschüren vom Tisch im Flur, dann ging sie spazieren. Wenn sie zurückkam, würde sie Mrs. McMahon treffen, mochte Feargal davon halten, was er wollte.

## 5. KAPITEL

Als Ellie am späten Nachmittag ins Haus zurückkam, um Mrs. McMahon einige wichtige Fragen zu stellen und anschließend abzureisen, machte Feargal ihr einen Strich durch die Rechnung. Und das ganz absichtlich, wie sie vermutete.

Feargal saß mit seiner Mutter im Salon. „Du bist noch hier, Ellie?", fragte er spöttisch.

Sie erwiderte süß: „Ja. Ich wollte mit deiner Mutter sprechen."

„Hallo, Ellie", begrüßte Mrs. McMahon sie und winkte sie lächelnd herein, doch ihr Lächeln schien nicht echt zu sein. Hatte Feargal ihr Fragen gestellt, die sie nicht beantworten mochte? Fragen, wie Ellie sie selbst stellen wollte?

„Feargal hat mir gerade erzählt, wie sehr Sie ihm heute Morgen geholfen haben. Und von Ihrer großartigen Idee, Bilder auf die Karte zu zeichnen. Das war nett von Ihnen – und sehr klug."

Überrascht, dass er überhaupt jemandem davon erzählt, geschweige denn, sie in ihrer Abwesenheit gelobt hatte, sah Ellie Feargal an. Doch das war reine Zeitverschwendung, denn er hatte etwas viel Interessanteres im Kamin entdeckt, das seinen Blick fesselte.

„Hatten Sie einen schönen Tag?", fragte Mrs. McMahon freundlich.

„Ich habe mir den Grabhügel in Newgrange angeschaut."

„Und wie hat er Ihnen gefallen?"

Es fiel ihr schwer, kühl gegenüber jemandem zu bleiben, der sich verzweifelt bemühte, freundlich zu ihr zu sein. „Es war schrecklich sauber dort", sagte sie, „so als hätte jemand kurz vorher alles ausgescheuert. Ich habe nirgendwo ein Staubfleckchen entdeckt. Die Anlage sah nicht aus, als würde sie aus der Bronzezeit stammen. Und oben auf dem Grabhügel hat ein Kalb gestanden und Gras gefressen. Als ob, nun … als ob es gar nichts Besonderes wäre."

„Glaubst du, Newgrange sei nur für Touristen da?", fragte Feargal.

Ellie beachtete ihn nicht weiter und lächelte seine Mutter an.

„Und wo waren Sie sonst noch?", fragte Mrs. McMahon schnell.

*Irische Liebesträume*

„Oh, in Navan, und dann in Trim. Anschließend bin ich zurück-gefahren. Unterwegs habe ich ein hübsches Cottage entdeckt, das ir-gendjemand in einen Kunstgewerbeladen umgestaltet hat. Die Frau darin meinte, es sei schon seit einer Ewigkeit kein Mensch mehr da-gewesen. Sie können sich vorstellen, wie sie sich gefreut hat."

„Wollten Sie sich denn etwas kaufen?"

„Ja. Ich habe mir einen Wollhut besorgt. Der hält schön warm im Winter." Ellie zog die Hand hervor, die sie bis jetzt hinter dem Rü-cken verborgen hatte, und hielt den Hut hoch. „Die Verkäuferin hatte keine Tüte, um ihn einzupacken."

„Haben Sie sich auch Mellifont Abbey angesehen?"

„Nein. Vielleicht schaue ich auf der Rückfahrt mal dort vorbei."

„Sie bleiben nicht bis zur Hochzeit? Nein", beantwortete Mrs. McMahon die Frage selbst und warf ihrem Sohn einen kurzen Blick zu. „Vielleicht ist es besser so." Es hatte sich angehört, als wäre sie wirklich enttäuscht darüber. Obwohl sie doch eigentlich froh sein sollte, sie loszuwerden.

„Ja", sagte Ellie. „Aber ich würde gern mit Ihnen sprechen, bevor ich gehe. Allein."

Mrs. McMahon wirkte mit einem Mal nervös, und Feargal drehte sich um und sah Ellie an.

„Und sagen Sie mir bitte, was ich Ihnen für Kost und Logis schulde", fügte sie hinzu.

„Ich glaube nicht", bemerkte Feargal gefährlich ruhig, „dass du deine Schuld jemals bezahlen kannst."

Sekundenlang hielt sie seinem Blick stand, dann seufzte sie. „Viel-leicht nicht, aber was geschehen ist, war unbeabsichtigt, Feargal. Ich wünschte, du würdest das glauben."

„Ja, das kann ich mir denken." Er nickte kurz, richtete sich auf und ging hinaus. Er schloss die Tür äußerst behutsam. Würde er jetzt draußen stehen und zuhören? Wahrscheinlich. Oder hatte er eine Ab-höranlage in dem Zimmer eingebaut?

Ellie wandte sich Feargals Mutter zu und sagte: „Wir müssen mit-einander reden."

„Nein, ich …"

355

„Doch", beharrte Ellie leise, aber entschlossen. „Es geht mich zwar nichts an, doch ich muss wissen, warum Sie jedem erzählt haben, dass Großvater Phenas Vater sei. Nein ..." Sie schüttelte kurz den Kopf und verbesserte sich: „Ich muss wissen, ob Großvater wusste, was Sie über ihn erzählt haben."

„Wieso sind Sie so sicher, dass er nicht der Vater war?", fragte Mrs. McMahon.

„Weil er nicht Vater werden konnte", stellte Ellie fest. „Sein Sohn und seine Tochter wurden adoptiert."

Mrs. McMahon sah Ellie erstaunt an, dann begann sie, leise zu lachen. „Oh, du meine Güte. Das ist wieder typisch, dass ich mir genau den Mann ausgesucht hatte, bei dem es nicht möglich war. Und typisch, dass er nie ein Wort darüber verloren hat."

„Also wusste er es?"

„Ja, natürlich wusste er es. Auch ich habe meine Grundsätze", tadelte sie.

„Oh nein, es tut mir leid. Ich wollte Ihnen nicht unterstellen ..."

„Ich weiß." Mrs. McMahon lehnte sich im Sessel zurück und seufzte tief auf. „Ich habe schon immer geahnt, dass es eines Tages herauskommen würde. Irgendwann kommt jeder dunkle Punkt einer Familiengeschichte ans Licht. Und für gewöhnlich im ungünstigsten Augenblick. Setzen Sie sich, mein Kind."

Ellie setzte sich und fragte zögernd: „War es sein Sohn, der ..."

„Sein Sohn? Du meine Güte, nein. Wie kommen Sie nur auf diesen Gedanken?"

„Durch den Namen in der Geburtsurkunde. Feargal sagte, er laute David Anthony Kent. Großvater und sein Adoptivsohn hatten den gleichen Namen – David Anthony. Und wenn Großvater es nicht gewesen war ..."

„Ich verstehe. Feargal hat anscheinend viel geredet. Aber warum auch nicht, wenn er annimmt, Sie wüssten schon alles. Es tut mir leid, Ellie. Ich habe Ihnen ganz schön viel Ärger gemacht, wie?"

Ellie lächelte und gestand: „So schlimm wäre es gar nicht gewesen, wenn ich gewusst hätte, wovon Feargal redet."

„Ja." Sie seufzte. Dann begegnete sie kurz Ellies Blick und fragte:

*Irische Liebesträume*

„Kann ich Ihnen vertrauen, Ellie?"

„Ja, natürlich."

„Wenn jemand eine Erklärung verdient hat, dann sind Sie es."
Leise begann Mrs. McMahon: „Ich werde Ihnen seinen Namen nicht
nennen. Niemandem werde ich seinen Namen verraten. Den werde
ich als Geheimnis mit ins Grab nehmen. Nur so viel: Er war kein
Engländer, Ellie. Ich war schwanger, bevor ich Irland verließ."

„Bevor Sie Irland verließen?"

„Ja. Nicht dass ich das damals gewusst hätte. Natürlich nicht.
Sonst wäre ich niemals nach England gegangen." Den Blick wie in
weite Ferne gerichtet, so als schaue sie zurück in die Vergangenheit,
fuhr sie fort: „Es wäre nicht leicht gewesen, wenn ich hier geblieben wäre. Aber ich könnte mir denken, dass wir es geschafft hätten.
Meine Familie war nicht wohlhabend und hätte es sich nicht leisten
können, mich wegzuschicken. Deshalb war es vielleicht am besten so.
Ich habe Ihnen davon erzählt, dass Ihr Großvater mir eine Stelle verschafft hat, nicht wahr? Und alles wäre gut gewesen, wenn die Natur nicht ihren Lauf genommen hätte. Irgendwann konnte ich meine
Schwangerschaft nicht mehr verbergen. Eines Tages fand er mich, als
ich gerade herzzerreißend schluchzte, und weil er ein so freundlicher
und liebenswerter Mensch war, erzählte ich ihm von meinen Sorgen.
Er war es, der sich um eine ärztliche Betreuung kümmerte, ein Krankenhaus aussuchte und sogar eine Adoption in die Wege leitete. Aber
nachdem ich das Kind hatte – es war so niedlich und so lieb –, brachte
ich es nicht über mich, es wegzugeben. Und da er Rechtsanwalt war,
haben wir zusammen einen Plan ausgetüftelt, sodass ich nach Irland
zurückkehren konnte, ohne meinen Stolz zu verlieren."

„Und alle dachten, Großvater sei der Vater des Kindes?"

„Damals noch nicht, weil wir beschlossen hatten, meinen ,Ehe-
mann' als einen Soldaten auszugeben, der im Ausland gefallen sei.
Und diese Geschichte hätte man auch weiterhin geglaubt, wenn
nicht Phena nach England gereist wäre, um Angehörige ihres Vaters zu finden. Und wie könnte ich ihr daraus einen Vorwurf machen? Da stieß sie bei ihren Nachforschungen auf Ihren Großvater
und zog die falschen Schlüsse. Zu meiner Schande muss ich gestehen,

357

dass ich damals dachte, es sei einfacher, alle in dem Glauben zu lassen. Ich schrieb ihm, fragte ihn, was ich tun solle, und er riet mir, es dabei zu belassen. Und ich glaube wirklich nicht, dass er im Grunde etwas dagegen hatte."

„Nein", stimmte Ellie zu. „Wahrscheinlich hätte er gelächelt und gesagt: ‚Tu, was du für das Beste hältst'. Hat Phena ihn kennengelernt?"

„Ich weiß es nicht. Sie hat nichts davon erwähnt. Ebenso wenig wie David."

„Und der richtige Vater. Hätte er Sie nicht heiraten können?"

„Nein, er war schon verheiratet, wissen Sie. Und aus dieser Ehe gab es kein Entkommen. Auch wenn er sich das gewünscht hätte. Er hat niemals erfahren, dass das Kind von ihm war. Es wäre nicht fair gewesen, es ihm zu sagen."

„Sie haben ihn geliebt?"

„Ja", sagte sie. „Ich habe ihn immer geliebt. Doch damit muss ich allein fertig werden. Ich habe auch Tom McMahon geliebt. Sie dürfen nicht denken, dass ich ihn betrogen hätte. Aber es war eine andere Art von Liebe."

„Ich verstehe." Und wenn ihr Großvater mit all dem einverstanden gewesen war, wie sollte sie es dann nicht sein? Schlafende Hunde weckte man besser nicht. „War das der Grund für Ihre Briefe? Haben Sie geschrieben, um ihn nach seinem Rat zu fragen?"

„Ja."

„Dann sollte man diese Briefe endlich verbrennen. Ich frage mich, warum Großvater es nicht getan hat. Oder mich gebeten hat, es zu tun."

„Ich weiß es nicht. Aber sie sind verbrannt. Gestern Abend habe ich sie vernichtet. Ich habe nur die kurze Notiz aufgehoben, die dabei lag, und die Figur natürlich."

„Also kann Phena nichts mehr herausfinden. Und ich werde ihr bestimmt nichts davon erzählen."

„Ich auch nicht." Mrs. McMahon lächelte traurig und fragte: „Belastet es Sie, dass jeder glaubt, Ihr Großvater sei ein – Verführer gewesen?"

„Belasten? Nein. Nicht gerade belasten. Es macht mich traurig,

*Irische Liebesträume*

ein bisschen wütend, dass Feargal ihn für einen schlechteren Menschen als sich selbst hält. Er war gut und freundlich, und ich habe ihn sehr geliebt. Mit ihm habe ich mich besser verstanden als mit meinen Eltern", sagte sie wehmütig.

„Und Sie vermissen ihn immer noch?"

„Ja."

„Es tut mir leid, Ellie. Könnten Sie bitte den Mund halten, wenn Feargal sich über ihn auslässt? Das ist viel verlangt, ich weiß. Mein Sohn kann manchmal sehr energisch sein."

„Energisch?", fragte Ellie lächelnd. „Er war ausgesprochen wütend, wie ich mich erinnere."

„Ja", stimmte sie zu. „Leider haben wir alle ein etwas zu heftiges Temperament. Und jetzt, da Sie die Wahrheit kennen, oder zumindest das, was ich bereit bin, Ihnen davon preiszugeben, wollen Sie nicht doch bis zur Hochzeit bleiben? Nur noch ein paar Tage? Bitte. Es war mir eine Freude, Sie hier zu haben, und ein kleines bisschen kann ich mich damit bei David bedanken. Er hat so viel für mich getan, Ellie. Darf ich nicht auch etwas für Sie tun? Sie haben nicht viel Geld, oder?"

„Nein", gestand sie.

„Dann bleiben Sie. Bitte. Das mit Feargal werde ich in Ordnung bringen."

Wirklich? Wie?, dachte Ellie. „Ich halte das für keine gute Idee. Er bestand auf meiner Abreise. Aber was ich zu gern wüsste: Was hat ihn so misstrauisch gegen mich gemacht? Der Gedanke, ich könnte unschuldig sein, ist ihm kein einziges Mal gekommen. Ist so etwas Ähnliches vorher schon einmal passiert?"

„Nicht dass ich wüsste. Aber Sie müssen verstehen … Ach, ich weiß nicht, wie ich das erklären soll, ohne jetzt eingebildet zu wirken, nun, er ist manchmal ziemlich ungewöhnlich, mein Sohn. Nicht nur klug, sondern auch außergewöhnlich attraktiv – und reich, natürlich. Und so traurig es auch ist, auf dieser Welt gibt es immer Menschen, die nur das Geld sehen, nur ihren Vorteil. Sie glauben ja nicht, wie viele Bittbriefe er bekommt. Von Wohltätigkeitsvereinen, von Frauen, von denen einige sehr schön sind, aber so oberflächlich,

Ellie. So furchtbar oberflächlich. Und ich denke, meinem Sohn sind schon sehr früh im Leben die Illusionen geraubt worden. Manchmal tut er mir leid. Und wenn ich weiß, dass er glücklich ist, dann bin ich es auch. Er spricht nie darüber, ob er jemals heiraten oder eine eigene Familie haben will. Er ist sehr verschlossen. Und das ist nicht immer gut." Mrs. McMahon lächelte Ellie an und fragte noch einmal: „Also, werden Sie bleiben? Nur ein paar Tage länger?"

„Das würde ich gern tun, sollte es aber besser nicht. Es würde bestimmt Reibereien geben, und das noch vor Terrys Hochzeit. Nein, ich halte es wirklich für das Beste abzureisen."

„Das stimmt wohl", gab Mrs. McMahon widerwillig zu. „Werden Sie sich denn vorher noch das Kleid anschauen, das ich mir für die Hochzeit ausgesucht habe, und mir sagen, was Sie davon halten?"

„Warum?", fragte Ellie. „Sind Sie sich nicht sicher, ob es das Richtige ist?"

„Nein", antwortete Mrs. McMahon. „Ich habe das schreckliche Gefühl, dass ich darin aussehe wie eine Osterglocke."

Ellie lachte und war einverstanden. „In Ordnung. Ich sehe es mir kurz an, und dann werde ich gehen."

„Vielen Dank." Mrs. McMahon stand auf und umarmte Ellie gerade, als Feargal hereinkam. „Ich werde es herausholen. Kommen Sie hinauf, wenn Sie so weit sind." Sie lächelte ihren Sohn an, dann ging sie hinaus.

„Worüber habt ihr euch unterhalten?", fragte Feargal kühl.

„Deine Mutter bat mich, vor meiner Abreise das Kleid anzusehen, das sie sich für die Hochzeit besorgt hat. Hat Phena dir irgendetwas gesagt?", fragte Ellie. „Davon, dass sie zufällig etwas mit angehört hat, meine ich."

„Nein. Und ich bezweifle sehr, dass es so war. In diesem alten Haus sind die Wände und Türen sehr dick."

„Also konntest du nicht hören, worüber deine Mutter und ich uns unterhalten haben?", fragte sie.

Den Blick seiner blauen Augen fest und unverwandt auf sie ge-

*Irische Liebesträume*

richtet, antwortete er nach kurzem Schweigen leise: „Du legst es wohl gern darauf an, wie?"

„Ja. Das macht das Leben ... interessanter, findest du nicht auch? Und jetzt entschuldige mich bitte."

„Sicher, aber bevor du gehst, würde ich gern noch erfahren, ob es Mutter gelungen ist, dich von der Schuld deines Großvaters zu überzeugen. Falls du überhaupt überzeugt werden musstest."

Sie senkte den Blick, denn es fiel ihr sehr schwer zu lügen, und nickte. „Ja", sagte sie ruhig. „Deine Mutter hat alles erklärt."

„Gut. Arme Ellie", bemerkte er spöttisch. „Wie sehr musst du dir jetzt wünschen, dass du anders vorgegangen wärst."

„Nun, mit Sicherheit wünsche ich mir eines, nämlich dass ich niemals von diesen verdammten Briefen gehört hätte", rief sie aus, nachdem sie sich wieder gefasst hatte, „und nicht diesen ganzen Ärger ausgelöst hätte."

„Und ist nicht das gerade das Schlimmste", fragte er bitter lächelnd, „Ärger zu verursachen, ohne es zu wollen?"

„Ja." Was konnte sie sonst dazu sagen?

Zu ihrer völligen Verblüffung nahm er ihren Arm und zog sie an sich. Während er auf sie hinabsah, fuhr er ruhig fort: „Obwohl ich glaube, Elinor Browne, dass du durch dein bloßes Dasein Schwierigkeiten machst."

„Im Augenblick scheint es so zu sein, oder?", fragte sie, unfähig, den Blick von seinem abzuwenden. Seine Augen waren so blau, so strahlend, dass sie sich plötzlich wie hypnotisiert und unsicher fühlte. Sie verachtete sich selbst dafür, wie ein Opferlamm dazustehen, während sie beleidigt wurde, und ihre Züge verhärteten sich. Das Beschämende war, dass sie sich danach sehnte, von ihm in den Armen gehalten und geküsst zu werden wie schon einmal. Dass sie sich verzweifelt danach sehnte. Und war es nicht schon eine Ironie des Schicksals? Tatsächlich einem Mann zu begegnen, den sie nicht langweilig fand, der Gefühle in ihr weckte, und zu wissen, dass niemals etwas dabei herauskommen würde?

Sie wagte kaum zu atmen, ja kaum zu denken, und schloss hilflos und ergeben die Augen. Ein letzter Kuss, das war alles, was sie sich wünschte. Das Gefühl zu haben, endlich am Ziel zu sein. Ein tiefer und inniger Kuss, bei dem sie ihr Herz verlor. Eine Ewigkeit schienen sie so dazustehen. Ihr Zorn wich Verlangen und Begierde, die beide bewusst in Schach hielten.

„Du fühlst dich so warm und zart an und viel zu verlockend, Ellie Browne", flüsterte er dicht an ihren Lippen. Er schob sie ein wenig von sich, und als sie die Augen öffnete, hielt sein Blick ihren gefesselt. „Ist es da nicht ein Glück", fügte er hinzu, „dass ich dich als die Betrügerin kenne, die du bist?"

Als hätte sie eine kalte Dusche bekommen, versteifte sie sich und wich zurück. „Und ist es nicht ein Glück, dass ich dich als blinden Narren kenne?"

Er lächelte spöttisch. „Der bin ich mehr, als du glaubst", gestand er. „Nun geh, lauf schon, Ellie. Geh, und schau dir das Kleid an – und dann verlass dieses Haus. Ich werde dich nicht wiedersehen, denn ich fahre jetzt gleich hinunter nach Kildare. Eins meiner Pferde ist morgen beim irischen Derby im Rennen. Ich werde Phena mitnehmen."

„Wie schön für dich. Und wird es gewinnen? Dein Pferd?"

„Das hoffe ich."

Ellie drehte sich um, und ohne Feargal noch einmal anzusehen, ging sie hinaus. Erschüttert und verletzt ging sie langsam die Stufen hinauf. Auf dem Treppenabsatz blieb sie kurz stehen, um sich wieder in die Gewalt zu bekommen. Dann ging sie die letzten Schritte bis zu Mrs. McMahons Zimmer.

Die Tür stand offen. Ellie blieb an der Schwelle stehen und blickte erstaunt auf die Sammlung von Erinnerungsstücken, die überall verstreut herumstanden oder -lagen, und die merkwürdige Einrichtung: Fotografien, Ziergegenstände, Möbel, Sessel und hohe Schlafzimmerkommoden, für die kaum Platz genug war. Ellie schüttelte verwirrt den Kopf, dann ließ sie den Blick zu dem gelben Kleid schweifen, das ausgebreitet auf dem Bett lag.

Mrs. McMahon stand daneben und sah Ellie an. „Ist es etwas für mich?", fragte sie.

„Nun, es ist sehr hübsch ..."

„Steht es mir?", fragte sie zweifelnd, während sie es an sich hielt.

*Irische Liebesträume*

„Es macht Sie blass", begann Ellie zögernd. „Ich weiß, ich sehe kaum aus, als wüsste ich, welche Farben zusammenpassen oder was wem steht ..."

„Dann ziehen Sie sich also absichtlich so an und nicht, weil Sie es nicht besser wüssten?"

„Ja." Verlegen bot Ellie an: „Ich könnte Sie morgen nach Dublin fahren, und Sie könnten das Kleid vielleicht gegen ein anderes umtauschen. Feargal wird nicht hier sein und somit nicht wissen, dass ich noch nicht abgereist bin."

„Wirklich?", fragte Mrs. McMahon, offensichtlich überrascht. „Das würden Sie tun, nach all den ..."

„Missverständnissen?", ergänzte Ellie. „Ja, natürlich."

„Weil wir die Brautmutter nicht wie eine Osterglocke aussehen lassen können?" Mit einem Blick auf das Kleid fügte Feargals Mutter hinzu: „Ich weiß, es war ein Fehlgriff. Oh Ellie, andere Leute haben anscheinend nicht die Schwierigkeiten wie ich, die passende Kleidung auszuwählen. Warum kann ich niemals das Richtige finden?"

„Weil Sie keine Lust dazu haben, lange zu suchen", vermutete Ellie lächelnd. „Weil es Ihnen gar keinen Spaß macht."

„Ja." Mrs. McMahon warf das Kleid auf das Bett. „Ich hasse es, einkaufen zu gehen. Daher kaufe ich mir gewöhnlich das Erstbeste, das einigermaßen passt. Deshalb habe ich es mir auch nicht nähen lassen", fügte sie hinzu. „Wenn ich schon nicht imstande bin, mir etwas Fertiges auszusuchen, das ich anprobieren kann, wie kann ich mir dann etwas nach Zeichnungen oder Schnittmustern aussuchen?"

Ellie lachte. „Das weiß ich nicht."

„Ich wünschte, Sie würden bis zur Hochzeit bleiben", rief Mrs. McMahon traurig aus. „Das könnten Sie doch tun. Hätten Sie etwas zum Anziehen?"

„Ich weiß es nicht." Ellie wusste es wirklich nicht. Mit Sicherheit hatte sie nichts Feines oder Elegantes, vielleicht bis auf das rote Samtkleid. „Ich habe ein rotes Samtkleid", sagte sie lächelnd. „Nur könnte es nicht ganz das sein, was Sie für angebracht halten."

„Wenn Sie es für angebracht halten und sich darin wohlfühlen, warum nicht?"

*Emma Richmond*

„Nun ja, ich möchte nicht ...“

„Sie möchten uns nicht enttäuschen, indem Sie aussehen wie die arme Verwandte?“, neckte Mrs. McMahon. „Wir werden einfach sagen, dass Sie eine Exzentrikerin seien.“

„Das halte ich für keine gute Idee“, widersprach Ellie sanft.

Seufzend fügte Mrs. McMahon sich. „In Ordnung, Ellie. Ich nehme an, Sie wissen es am besten. Wollen Sie mich morgen wirklich nach Dublin fahren?“

„Ja, natürlich.“

„Sie sind ein gutes Mädchen. Ich wünschte, es wäre alles nicht so gekommen.“ Sie sah auf das gelbe Kleid, das sie achtlos auf das Bett geworfen hatte, und lachte. „Vielleicht sollte ich das verflixte Ding doch anziehen, damit die Leute etwas zu reden haben. Nun ja, was soll's? Gehen wir hinunter, und schauen wir nach, was es zum Abendessen gibt. Ich weiß nicht, wie es mit Ihnen ist, aber ich sterbe vor Hunger.“

*Irische Liebesträume*

## 6. KAPITEL

Gleich nach dem Frühstück am nächsten Morgen machte Ellie sich auf die Suche nach Mrs. McMahon. Sich Feargal zu widersetzen verursachte ihr Schuldgefühle. Er würde es zwar nicht erfahren, aber trotzdem. Das Leben war schon schwierig und manchmal sehr enttäuschend.

„Sind Sie fertig?", fragte Ellie, als sie Mrs. McMahon im Salon traf.

„Ja, natürlich. Macht es Ihnen auch wirklich nichts aus? Ich kann auch Feargal fragen, ob er mich morgen hinbringt."

„Oh, ich bin sicher, Feargal wäre ganz begeistert davon, Sie morgen nach Dublin zu fahren", neckte Ellie.

„Nun, das würde er schon tun, wenn ich darauf bestehe." Mrs. McMahon schmunzelte. „Nur bin ich nicht so dumm, es zu tun. Kommen Sie, dann wollen wir dieses verflixte Kleid umtauschen."

Ellie hatte gewusst, dass Mrs. McMahon nicht gerade energisch und entschlussfreudig war, aber ihr war nicht klar gewesen, wie leicht sie sich beeinflussen ließ. Zwar konnten sie das gelbe Kleid problemlos umtauschen, aber Mrs. McMahon hätte sich auch diesmal wieder für ein katastrophales Gebilde entschieden, wäre Ellie nicht bei ihr gewesen. Eine der Verkäuferinnen brauchte ihr nur zu sagen, dass sie ganz bezaubernd darin aussehe, und schon war Mrs. McMahon überzeugt. Ellie musste sehr entschlossen auftreten. Und vielleicht, diese kleine Hoffnung bestand, würde Feargal sie nicht ganz so schlimm sehen, wenn sie etwas tat, was nicht falsch ausgelegt werden konnte.

Schließlich fanden sie etwas, das Ellie für passend hielt. Ein klassisch geschnittenes dunkelrosa Kleid und einen farblich dazu passenden Hut und Handschuhe. „Das", schwärmte Ellie, „ist wirklich schön."

„Ja, nicht wahr?", rief Mrs. McMahon überrascht aus. „Ich wusste gar nicht, dass ich so aussehen kann. Elegant und irgendwie – jung. Vielen Dank, Ellie. Sie sind ein nettes Mädchen."

Zufrieden fuhren sie nach Slane zurück. Ellie war froh, dass sie Mrs. McMahon hatte helfen können. Mrs. McMahon freute sich,

*Emma Richmond*

dass sie auf der Hochzeit letztendlich doch nicht wie eine Vogelscheuche aussehen würde.

„Wären Sie so freundlich, mich im Dorf abzusetzen? Ich habe dort noch einiges zu erledigen und werde dann zu Fuß nach Hause gehen."

„In Ordnung", stimmte Ellie zu. „Dann verabschiede ich mich wohl besser gleich von Ihnen."

„Oh", rief Mrs. McMahon beunruhigt aus. „Oh Ellie, ich hatte ganz vergessen, dass Sie abreisen."

„Schon gut. Es war nett, Sie kennengelernt zu haben. Und falls Sie jemals nach England kommen …"

„Ja", sagte Mrs. McMahon überaus traurig, aber sie sah nicht so aus, als würde sie eine Reise nach England für wahrscheinlich halten. „Oh, dieser verflixte Feargal mit seinem Argwohn. Doch falls Phena, auf welche Art auch immer, jemals herausfinden sollte, dass Sie Davids Enkelin sind, würde sie uns ewig damit in den Ohren liegen."

Ellie beugte sich vor und gab Mrs. McMahon einen flüchtigen Kuss auf die Wange. „Ich hoffe, bei der Hochzeit läuft alles glatt. Auf Wiedersehen", flüsterte sie.

Mrs. McMahon seufzte unglücklich auf, stieg an der Kreuzung aus, und Ellie fuhr nach „The Hall" zurück, um das Kleid abzugeben und ihr Gepäck zu holen.

Niedergeschlagen ging sie die Treppe hinauf und zu Mrs. McMahons Schlafzimmer, um das Kleid hineinzulegen. Da blieb sie erschrocken stehen. Phena war im Raum und durchwühlte den Schmuckkasten ihrer Mutter.

„Sie brauchen nicht so erschrocken zu schauen", sagte Phena. „Ich wollte Mutter keine Juwelen stehlen."

„Nein, das hatte ich auch nicht vermutet. Ich hatte nur nicht damit gerechnet, Sie hier anzutreffen. Ich dachte, Sie seien noch mit Feargal unterwegs." Ellie hielt die Tasche mit dem Kleid hoch und erklärte: „Ich bin nur gekommen, um das hier hereinzulegen."

„Wir sind früh zurückgekommen", sagte Phena schulterzuckend, bevor sie weiter in dem Schmuckkasten herumwühlte. Sie nahm ein Papier heraus, faltete es auseinander, dann stieß sie einen Schrei aus.

*Irische Liebesträume*

Zu Ellie umgewandt, die über Phenas Verhalten ziemlich entsetzt war – so etwas hätte sie sich niemals bei ihrer eigenen Mutter getraut –, sagte sie vorwurfsvoll: „Sie sind seine Enkelin."

„Wie?", fragte Ellie.

„David Harland! Sie sind seine Enkelin! Und hier ist von Briefen die Rede." Sie hielt Ellie das Blatt vor die Nase und fragte: „Was für Briefe?"

„Keine Ahnung", log Ellie, als sie die Notiz erkannte, die ihr Großvater in das Päckchen für Mrs. McMahon gelegt hatte.

„Lügen Sie nicht. ‚Ellie hat freundlicherweise angeboten, Ihnen die Briefe zurückzubringen' heißt es hier. Was für Briefe also?"

„Ich weiß es nicht", wiederholte Ellie hartnäckig. „Und Sie sollten nicht die Privatpost anderer Leute lesen."

„Sollte nicht? Sollte nicht?", schrie sie. „Sie meinen, ich hätte nicht das Recht zu erfahren, was hinter meinem Rücken gesprochen wird."

„Hinter Ihrem Rücken wurde gar nichts gesprochen." Dann presste Ellie die Lippen fest zusammen, denn wenn sie jetzt noch etwas sagen würde, wäre es bestimmt das Falsche, und sah Phena wieder entsetzt und besorgt an.

Spöttisch erwiderte Phena: „Nichte."

„Nein."

„Nein?"

„Sie sind nicht seine Enkelin?"

„Doch. Aber …"

„Aber was?", fragte jemand eisig hinter ihr.

Ellie fuhr herum, sah Feargal an und gab sich geschlagen. „Ich habe nicht, ich war nicht … Oh, verdammt!"

„O ja, verdammt", sagte er ausdruckslos.

„Na, so was", bemerkte Phena gehässig. „Noch ein am Komplott Beteiligter. Hallo, mein lieber Bruder, du kommst genau richtig. Ellie war gerade dabei, mir die Sache mit den Briefen zu erklären."

„Nein, das stimmt nicht", widersprach Ellie heftig.

Ohne sie zu beachten, ging Feargal zu seiner Schwester und riss ihr das Blatt aus der Hand. Er blickte darauf, las die Notiz, dann zerknüllte er das Papier. „Es war ausgesprochen dumm von Mutter, es herumliegen zu lassen."

„Ja, aber Mutter ist nicht dumm, oder?", bemerkte Phena spöttisch. „Werden wir jetzt Ellie in unserer Familie willkommen heißen, sie einkleiden, ihr zu essen geben, sie finanziell unterstützen? Oder soll ich meine Abfindung mit ihr teilen?"

„Nein", rief Ellie aus.

„Nein", sagte auch Feargal, als hätte Ellie nicht gesprochen.

„Warum also ist sie hier? Und erzählt mir bitte nicht, es sei aus reiner Nächstenliebe geschehen", spöttelte sie, „denn das werde ich nicht glauben."

„Ich weiß nicht, warum sie gekommen ist", beteuerte Feargal. „Und ich weiß auch nicht, warum sie überhaupt noch hier ist", fügte er spitz hinzu.

„Weil ich deine Mutter nach Dublin gefahren habe, um mit ihr ein neues Kleid für die Hochzeit zu besorgen. Ich wollte es nur hier in ihr Zimmer legen und …"

„Und dabei hat sie mich entdeckt, als ich gerade Mutters Schmuckkasten durchwühlte", schloss Phena.

„Warum hast du das getan?", fragte Feargal.

„Wegen der Ohrringe, mein Lieber", versetzte sie sarkastisch, „wegen meiner Ohrringe, die ich Mutter bei meinem letzten Besuch ausgeliehen hatte."

„Und dabei hast du die Notiz gefunden?"

„Ja. War es nicht gut, dass Ellie gerade hier war, um die Dinge zu klären?"

„Es gibt nichts zu klären. In den Briefen stand nichts, was du nicht schon wusstest", sagte Feargal.

„Warum hat sie sie dann gebracht?"

„Das weiß ich nicht. Warum fragst du sie nicht selbst?"

Phena drehte sich zu Ellie um: „Nun?"

Ellie seufzte und antwortete steif: „Weil Großvater mich darum gebeten hatte."

„Hatte er vielleicht auch eine kleine Nachricht für mich, seine verloren geglaubte Tochter?"

*Irische Liebesträume*

„Nein."

„Nein", wiederholte sie. „Warum sollte ich auch etwas anderes erwarten? Alle wussten von den Briefen, nur ich nicht. Und hätte nicht gerade ich als Erste davon erfahren sollen? Aber nein. Lasst Phena von den Briefen nichts wissen! Tun wir so, als würde es sie nicht geben. Keiner, kein Einziger von euch hatte den Mut, es mir zu sagen."

Feargal ging zu seiner Schwester hinüber und legte ihr sanft die Hand auf die Schulter. „Es gab nichts zu sagen", erwiderte er ruhig.

„Nichts zu sagen?!", rief sie erstaunt aus und schüttelte heftig seine Hand ab. „Wo eindeutig feststeht, dass er mein Vater ist!" Sie ergriff Ellies Handgelenk. „Haben Sie eine Ahnung, wie man sich dabei fühlt, ein Niemand zu sein?"

„Aber Sie sind wer", widersprach Ellie.

„Nein. Ich fühle mich nirgendwo zu Hause. Doch Sie, Ellie, nicht wahr? Die kleine Ellie Browne hat ein Zuhause. Und jetzt hofft sie, ein neues zu finden. Nämlich hier."

„Nein."

„Nein? Sie sind nicht hinter meinem hübschen, reichen Bruder her?", spöttelte sie. „Oder haben Sie es nur auf sein Geld abgesehen? Beeilen Sie sich, Ellie. Er ist sehr gefragt. Er hat viel Land, bei profitablen Geschäften immer die Hand im Spiel, besitzt Rennpferde, und natürlich wirkt er ungeheuer anziehend auf Frauen. Und obwohl ich nicht so gehässig bin zu unterstellen, dass Frauen aus eigennützigen Gründen hinter ihm her sind, ist es in neun von zehn Fällen wahrscheinlich der Fall."

Abscheu und Entsetzen spiegelten sich auf Ellies Gesicht wider, als sie Phena ansah. Dann drehte Ellie sich zu Feargal um, um festzustellen, wie er diese beleidigenden Äußerungen aufgenommen haben mochte. Zu ihrem Erstaunen sah er nicht wütend aus, sondern fast traurig. Hatte die Gehässigkeit seiner Schwester ihn mehr verletzt, als ihre Beschuldigungen es getan hatten?

„Ich bin hinter gar nichts her", sagte Ellie. „Und ich finde es ziemlich traurig, dass ihr beide mir so schlechte Absichten unterstellt. So argwöhnisch zu sein, muss das Leben sehr kompliziert machen."

„Kompliziert? Oh, kompliziert, wie wahr! Das ist es schon immer gewesen. Und ungerecht."

„Nur, weil Sie es zugelassen haben. Und Sie können nicht wirklich glauben, dass Frauen Ihren Bruder nur wegen seines Geldes …"

„Sei still!", befahl Feargal eisig. „Du brauchst mich nicht zu verteidigen."

„Und du dich vermutlich auch nicht. Aber du kannst nicht erwarten, dass ich einfach hier stehe und …"

„Ich erwarte nur, dass du schweigst. Weiter, Phena."

Das Gesicht vor Wut und Bitterkeit verzogen, fuhr sie ihren Bruder an: „Hat es sich jetzt schon überall im Dorf herumgesprochen, dass – oh, wie schön! – die McMahons eine nette kleine Verwandte haben, kicher, kicher?"

„Nein. Niemand weiß es. Niemand außer mir", rief Ellie. „Und ich bin keine Verwandte." An Feargal gewandt, sagte sie verzweifelt: „Erklär es ihr."

„Was soll ich ihr erklären? Dass du keine kleine Betrügerin bist, die es aufs Geld abgesehen hat? Dass du nicht hier bist, um jemanden zu erpressen, nicht gelogen hast? Oder dass du keine Verwandte bist?"

Als sie ihn ansah, spiegelten sich in ihrem Blick ihre ganze Traurigkeit und ihr Schmerz wider. Hegte denn jeder in der Familie Misstrauen? Oder nur Feargal und seine Halbschwester? Sie war ganz blass, als sie flüsterte: „Nichts von all dem ist wahr. Du weißt, dass es so ist."

„Hat Ihre Großmutter ihren Segen dazu gegeben?", fragte Phena giftig und lenkte die Aufmerksamkeit wieder auf sich.

„Großmutter? Was hat sie denn damit zu tun?"

„Oh, eine ganze Menge, denke ich. Sie hat mir verweigert, meinen Vater zu sehen."

„Was?"

„Oh ja. Tun Sie nicht so, als wüssten Sie nichts davon."

„Sie wollten ihn besuchen, als Sie in England waren?"

„Ja."

„Haben Sie ihr gesagt, wer Sie sind?"

„Natürlich."

*Irische Liebesträume*

„Und was sagte sie?"

„Sie kennen sie. Was glauben Sie wohl, was sie gesagt hat?"

„Verschwinden Sie?"

„So etwas Ähnliches", gab Phena zu.

Natürlich hatte Großmutter Phena weggeschickt, weil sie sehr wohl wusste, dass ihr Ehemann keine Kinder zeugen konnte. Sie konnte sich gut vorstellen, wie schonungslos sie gewesen sein mochte. Mitfühlend sagte Ellie: „Und weil man Sie verletzt hat, sind Sie wütend, halten mich irgendwie für bevorzugt und wollen umgekehrt mich verletzen ..." Plötzlich wurde die Haustür laut zugeschlagen, und Stimmen waren zu hören.

„Verdammt, was jetzt?", stieß Feargal hervor. Er gab ihnen ein Zeichen, still zu sein, ging zur Tür und sah hinaus. Als er sich umdrehte, lag ein ernster, strenger Ausdruck auf seinem Gesicht, der ihn älter wirken ließ. „Mutter wird kein Sterbenswörtchen davon erfahren. Und jetzt raus mit euch beiden!" Nachdem sie an ihm vorbeigegangen waren, schloss er leise die Schlafzimmertür.

Als Feargal, Phena und Ellie auf dem Treppenabsatz standen, hörten sie die Stimme von Terry, die unter Tränen sprach. Sie hatte ihr Hochzeitskleid abgeholt und war enttäuscht. Es passte nicht genau, und die Frau in Drogheda, die es genäht hatte, war in Urlaub gefahren. Was also sollte sie jetzt tun? Denn um nichts auf der Welt würde sie so vor den Altar treten.

Rose, die in diesem ungelegenen Moment aus dem Salon herauskam, begann die Hände zu ringen. Mrs. McMahon wollte Terry trösten und machte alles nur noch schlimmer, indem sie ihr sagte, sie würde bestimmt ganz bezaubernd darin aussehen, und sie solle doch keinen Unsinn reden. Terry warf ihrer Mutter daraufhin vor, verrückt zu sein, und sie müsse blind sein, wenn sie nicht sehen könne, dass das Kleid ausschaue wie eine gerüschte Tagesdecke. Und Mrs. McMahon, die das Kleid natürlich noch nicht gesehen hatte, weil sie eben erst aus dem Dorf zurückgekommen war, blickte hinauf zum Treppenabsatz, wo die drei standen. Sie sah in ihnen ihre Rettung, murmelte etwas von Kopfschmerzen vor sich hin und überließ es

*Emma Richmond*

den anderen, sich um Terry zu kümmern.

„Oh Feargal, was soll ich nur tun?", klagte Terry, als ihr Bruder die Stufen herunterkam.

„Eine andere Schneiderin suchen", sagte er ruhig, als wäre es das Selbstverständlichste auf der Welt, am Tag vor der Hochzeit ein Hochzeitskleid zu haben, das nicht passte.

„Red keinen Unsinn. Keine Schneiderin wird die Arbeit einer anderen übernehmen."

Er hob erstaunt die Augenbrauen. „Natürlich werden sie das tun."

„Nein", brauste sie auf. „Außerdem ist dafür gar keine Zeit mehr."

„So viel Zeit ist immer. Ich werde jemanden herkommen lassen."

„Natürlich wird er das", warf Phena spöttisch ein. „Was wäre dem großen Feargal McMahon schon unmöglich?"

„Phena", warnte Feargal leise, „sei still."

„Oh ja. Wenn einer den Mund halten soll, dann bin ich es. Was könnte ich auch schon anderes erwarten? Schließlich gehöre ich nicht zur Familie." Sie ging die letzten Stufen herunter, drehte sich auf dem Absatz um und ging Richtung Küche.

„Nun sieh dir an, was du angerichtet hast", jammerte Mrs. McMahon.

Ellie, die immer noch gekränkt war von den Vorwürfen, die man ihr im Schlafzimmer entgegengeschleudert hatte, hatte alles schweigend beobachtet. Nach einem Blick auf Terrys tränenüberströmtes Gesicht sagte sie ruhig: „Darf ich mir das Kleid einmal ansehen?" Der Blick, den Feargal ihr zuwarf, hätte sie zurückhalten sollen, aber Terry war immer nett zu ihr gewesen, und sie wollte ihr gern helfen. Ohne ihn zu beachten, drängte sie sich an ihm vorbei, nahm Terry am Arm und zog sie mit sich Richtung Treppe.

„Rose, würden Sie bitte Tee machen und ihn dann auf Terrys Zimmer bringen."

„Aber ich muss für die Gäste, die bald eintreffen, die ganzen Zimmer herrichten …"

„Rose", warf Feargal eisig ein, „machen Sie den Tee." An seine Schwester gewandt, sagte er: „Sag mir Bescheid, wenn ich für dich eine Schneiderin kommen lassen soll."

*Irische Liebesträume*

„In Ordnung. Danke, Feargal. Kommen Sie, Ellie."

Während sie zu Terrys Zimmer hinaufgingen, wünschte sich Ellie, sie hätte dieses Irrenhaus verlassen, als sie die Gelegenheit dazu gehabt hatte. Vor der Tür blieb sie stehen und ließ Terry als Erste eintreten.

Terry ging an den Kleiderschrank, an dem das weiße duftige Kleid hing, und sah es deprimiert an. „Ich sehe schrecklich darin aus", sagte sie.

„Nun, ziehen Sie es an, und lassen Sie mich sehen."

Terry zog sich aus bis auf BH und Slip, dann schlüpfte sie teilnahmslos in das Kleid. „Hier, sehen Sie, es ist eine Katastrophe."

Ellie lehnte sich an die Wand, verschränkte die Arme vor der Brust und betrachtete Terry kritisch. „Das Kleid ist gar keine solche Katastrophe", stellte sie schließlich fest. „Nur steht es Ihnen nicht. Wenn wir die ganzen Rüschen abnehmen, den Kragen ändern, die Taille etwas enger fassen …" Sie ging zu Terry hinüber, drehte sie zum wandhohen Spiegel um, drückte die entsetzlichen Rüschen flach und fragte: „Sehen Sie?" Dann raffte sie das Zuviel an Stoff im Rücken, sodass die Taille schmaler wirkte und das Kleid viel eleganter, und fragte: „Was halten Sie davon?"

Terry sah sie an, als würde sie befürchten, sie könnte ohne die Rüschen an ihrem Hochzeitstag noch schlimmer aussehen, und seufzte verzweifelt auf.

„Wenn ich sie sorgfältig abnehme und es Ihnen ohne nicht gefällt, können wir sie hinterher immer noch wieder anbringen", ermutigte Ellie sie. „Aber ohne die Rüschen wird das Kleid viel hübscher aussehen, das verspreche ich Ihnen. Und wenn wir diese schrecklichen Schulterpolster herausnehmen …"

Terry gab sich geschlagen. „Oh, dann tun Sie es. Mir ist es egal."

„Ja, natürlich ist es Ihnen egal", sagte Ellie. „Und jetzt kommen Sie. Man muss immer positiv denken. Das ist das Entscheidende im Leben."

Sie half ihr aus dem Kleid und warf es über das Bett. „Wo finde ich Schere, Faden und Nadel?"

„In Mutters Nähkasten", antwortete Terry, immer noch teilnahmslos mit einem Blick auf das duftige Gebilde auf dem Bett. „Bei der Anprobe schien es gar nicht so schrecklich auszusehen."

„Nein", stimmte Ellie tröstend zu. Offensichtlich hatte die Schneiderin gefunden, dass es zu schlicht aussah, und deswegen einige Rüschen angebracht. Und das war entschieden ein Fehler gewesen. Wenn sie auch selbst höchst abenteuerlich herumlief – was sie trug, das stand ihr. Terry, die größer war und viel schlanker, würde in klassischer Kleidung viel besser aussehen. In Rüschen und ähnlichem Firlefanz wirkte sie albern.

Eingeschlossen in Terrys Zimmer, sorgfältig die Nähte auftrennend, kamen sie mittags mit Sandwiches und Tee aus. Terry saß da und sah besorgt drein, während Ellie abänderte, all die winzigen Knöpfe abschnitt, die am Rücken angebracht waren, und Abnäher anbrachte, damit das Kleid wie angegossen passte. Sie ließ Terry es anprobieren, wieder ausziehen, änderte etwas. Und schließlich, es war schon weit nach Mitternacht, hatte sie alles getan, was sie tun konnte. Und erst jetzt erlaubte sie Terry, sich in dem Kleid im Spiegel zu betrachten.

„Nun, wie finden Sie es?"

Terry war sichtlich verblüfft. „Oh Ellie, es ist wunderschön", flüsterte sie, während sie sich hin und her drehte, um sich besser zu sehen. „Man sollte nicht meinen, dass es dasselbe Kleid ist."

„Nein." Ellie lächelte. Es sah jetzt bedeutend besser aus. „Wo sind die Schuhe, die Sie zur Hochzeit tragen werden?"

„Im Kleiderschrank."

„Dann holen Sie sie, und ziehen Sie sie an."

„Oh, richtig", sagte sie verlegen. Terry holte sie, und während sie hineinschlüpfte, warf sie noch einmal einen Blick auf ihr Spiegelbild.

„Wo ist der Schleier?"

Sie zeigte auf die Schachtel auf dem Bett, ohne den Blick von ihrem Spiegelbild abzuwenden, als könnte sie nicht glauben, dass sie es wirklich war.

Ellie betrachtete das Gebilde mit den winzigen Perlen. Dann griff sie entschlossen nach der Schere und schnitt den ganzen Tüll ab.

„Was tun Sie da?", rief Terry entsetzt aus.

„Das werden Sie gleich sehen." Ellie nahm ein Stück von der

*Irische Liebesträume*

Rüsche, die sie vom Kleid abgenommen hatte, schnitt es in die gewünschte Form, befestigte es mit Stecknadeln an der hinteren Seite des Stirnbands und legte es hin. Dann nahm sie eine Bürste und toupierte Terrys Haar. Nachdem sie ihr den Reif sorgfältig aufgesetzt hatte, ließ sie sie sich wieder im Spiegel betrachten. „Großartig!", sagte sie überzeugt.

„Oh, o Ellie, ich sehe so hübsch aus!"

„Ja, das tun Sie. Und jetzt gehen Sie, und zeigen Sie sich Ihrer Mutter. Oh nein, besser nicht", sagte sie nach einem kurzen Blick auf die Uhr.

„Doch, natürlich. Sie muss es sehen. Und schlafen wird sie noch nicht. Oh Ellie, wenn Sie nicht hier gewesen wären, hätte ich bei der Hochzeit verboten ausgesehen." Sie durchquerte den Raum und umarmte Ellie. „War es nicht eine Fügung des Schicksals, dass Sie zu uns gekommen sind?" Sie hob die Röcke und eilte hinaus in das Zimmer ihrer Mutter.

Ellie folgte ihr, blieb auf dem Treppenabsatz stehen und lauschte. Eine Fügung des Schicksals? Es war wohl eher mit dem Teufel zugegangen. Sie hörte, wie man sie überschwänglich lobte, lächelte traurig und ging in Terrys Zimmer zurück, um aufzuräumen.

„Na, also", sagte Feargal, der an der Tür stand. „Das haben wir aber gut hingekriegt."

Seufzend drehte Ellie sich um und sah ihn an. „Nicht jetzt, Feargal. Ich bin zu müde, um mich dir zu streiten."

„So?"

„Ja." Den Nähkasten an sich gedrückt, fügte sie hinzu: „Wolltest du denn nicht, dass Terry an ihrem Hochzeitstag so gut wie möglich aussieht?"

„Natürlich."

„Aber du wolltest nicht, dass ich ihr dazu verhalf. Nun, das ist mir jetzt auch egal."

„Dann war es das vorher also nicht?", fragte er.

Oh, was spielte das jetzt noch für eine Rolle? „Nein", gestand sie. „Ich mochte dich. Sehr sogar. Bist du nun zufrieden, nachdem du recht behalten hast?"

„Ich bin außer mir vor Freude."

„Gut. Dann wäre nichts mehr zu sagen. Gute Nacht, Feargal."

Er drehte sich um und ging in sein Zimmer.

Allmählich reichte es ihr, hatte sie genug von allem. Bevor Terry zurückkam, ging Ellie in ihr Zimmer und schloss erleichtert die Tür. Sie nahm Gwen vom Bett, und während sie sie im Arm hielt, stand sie am Fenster und blickte hinaus auf den bewölkten Nachthimmel. Es hatte keinen Zweck, länger über die ganze verfahrene Situation nachzudenken. Großvater war tot, und man konnte ihn nicht mehr verletzen. Ihre Eltern würden es wahrscheinlich nicht herausfinden ... Nur Mrs. McMahon konnte noch geschadet werden. Und sie hatte sie gebeten, es geheim zu halten. Sie musste Phenas Vater sehr geliebt haben, wenn sie bereit war, sich mit allem abzufinden. Mit Feargals Kritik, Phenas Verbitterung – einer lebenslangen Belastung. Und eine Belastung musste es wohl sein, von der eigenen Familie für eine Betrügerin gehalten zu werden, zu wissen, dass man sie verletzt hatte. Ellie glaubte nicht, dass sie diesen Mut gehabt hätte. Am nächsten Morgen würde sie packen und in aller Stille abreisen. Die Familie McMahon würde sie nie wiedersehen.

Ihre Enttäuschung darüber, dass Feargal nicht der Mann war, für den sie ihn gehalten hatte, war einer Traurigkeit gewichen. Man konnte einem Menschen begegnen und ihn mögen, fasziniert von ihm sein und voller Hoffnung, und eh man sich's versah, war alles vorbei. Sie setzte Gwen auf das Bett und machte sich zum Schlafen fertig.

Als Ellie am nächsten Morgen aufwachte, hoffte sie, niemanden von der Familie zu treffen, um in keine weiteren Familiendramen mit hineingezogen zu werden. Sie freute sich schon darauf, nach Hause zurückzukommen und ihr ruhiges Alltagsleben wieder aufzunehmen. Keiner würde ihr Beschuldigungen an den Kopf werfen, keiner würde sie falsch verstehen.

Nachdem sie ihren Koffer noch einmal gepackt hatte und diesmal, wie sie hoffte, zum letzten Mal, machte sie sich frisch. Und weil es draußen sonnig und warm aussah, zog sie ein Top an und eine offene

*Irische Liebesträume*

Bluse darüber, dazu einen Rock. Sie beschloss, zu frühstücken und dann loszufahren.

Als Ellie die Treppe hinunterging, hörte sie aus dem Arbeitszimmer laute Stimmen. Phena und Feargal. Zu allem Unglück stand die Tür auch noch offen, und während sie sich daran vorbeizustehlen versuchte, stürmte Phena heraus.

„Sie sind immer noch hier?", fragte Phena gehässig.

„Nur noch ein paar Minuten. Ich reise ab, sobald ich etwas gegessen habe. Und bei Ihrem Bruder für Kost und Logis gezahlt habe", fügte sie rasch hinzu.

„Ha!" Sie schob sich an Ellie vorbei und ging die Treppe hinauf.

Ellie beschloss, es gleich hinter sich zu bringen und mit Feargal abzurechnen, atmete tief durch und stieß die Tür zum Arbeitszimmer weit auf.

„Was willst du?", fragte er in demselben unhöflichen Ton wie seine Schwester.

„Mit dir abrechnen." Sie nahm ihr Scheckheft aus der Tasche und blieb abwartend stehen.

Feargal lächelte spöttisch und lehnte sich in seinem Stuhl zurück. „Du kannst es so gut, nicht wahr?", fragte er bewundernd.

„Was kann ich so gut?"

„Nun komm schon, Ellie. Du brauchst deine Talente wirklich nicht länger zu verbergen. Sie sind ganz erstaunlich."

„Ja, das sind sie, nicht wahr? Leider bist du anscheinend nicht gut dabei weggekommen. Aber da du deine Meinung nicht ändern willst, soll es mich nicht kümmern. Und ich hoffe", fügte sie hinzu, „dass ich keinen von euch jemals wiedersehen werde."

„Glaubst du, das hoffe ich umgekehrt nicht auch?" Er beugte sich wieder über den Schreibtisch und nahm einen Stift in die Hand. „Während du zum letzten Mal hier frühstückst, werde ich die Rechnung ausstellen", sagte er wegwerfend.

„Vielen Dank. Geld ist immer besser als Erfahrung, nicht wahr?" Sie konnte sich diese spöttische Bemerkung nicht verkneifen.

„Für gewöhnlich, ja. Aber meiner Meinung nach hat Erfahrung einen hohen Preis. Und ganz bestimmt in diesem Fall. Auf die eine

377

oder andere Weise hast du mich viel gekostet. Phena glaubt, sie habe nun Anspruch auf ein neues größeres Haus, und sie erwartet, dass ich dafür bezahle, mit Vergnügen, und das, obwohl die Hochzeit schon ein Vermögen kostet. Aber Terry ist glücklich. Sie hat jetzt ein Hochzeitskleid, das mich eine Unsumme gekostet hat und nicht mehr wiederzuerkennen ist, weil all die teuren Perlen auf den Schlafzimmerboden verstreut wurden. Und der Hund, der sie gefressen hat, musste zum Tierarzt gebracht werden, was mich noch mehr Geld kosten wird. Vielleicht verstehen Sie jetzt, Miss Ellie Browne mit ‚E‘, weshalb mir Geld lieber ist als Erfahrung."

Bevor sie dazu hätte etwas sagen können, falls sie überhaupt gewusst hätte, was, kam Phena zurück.

„Sind Sie immer noch nicht gegangen?", fragte sie und wandte sich ihrem Bruder zu. „Ich habe vergessen, die neuen Möbel zu erwähnen. Du wirst sie doch mit auf die Rechnung setzen, oder?", fragte sie süß.

„Nein. Und jetzt geh. Ich habe zu tun."

„Haben wir das nicht alle, mein Lieber?" Mit einem falschen Lächeln drehte sie sich zu Ellie um. „Wem das Glück zufällt, dem fällt auch die Verantwortung zu. Das ist doch nur gerecht, oder?"

„Glück?", fragte Ellie. „Es sieht nicht so aus, als ob er Glück hätte."

„Er hat das Gut, oder? Und das Haus."

Und seine Mutter und dich und Terry und eure Probleme und jetzt mich noch dazu, dachte Ellie.

„Aber die kleine Ellie Browne wird keine Chance haben, sich etwas zu holen."

„Nein, aber Ellie Browne will sich auch gar nichts holen. Außerdem bin ich nicht klein."

„Nein? Aber arm, wie, Ellie?" Phena ließ den Blick geringschätzig über Ellies Kleidung wandern und lächelte. „Arm auf jeden Fall. Wie schade! Da Mutter doch von Ihnen so angetan war."

„Ihre Mutter ist sehr nett zu mir gewesen", sagte Ellie steif.

„Das kann ich mir denken. Schließlich sind Sie die Enkelin ihres – Liebhabers. Sicher habt ihr euch gut unterhalten", schnurrte sie

*Irische Liebesträume*

und zog die feinen Augenbrauen hoch. „Und Vertraulichkeiten ausgetauscht." Sie richtete ihre Aufmerksamkeit wieder auf ihren Bruder, der ihr Gespräch schweigend mit angehört hatte, und fragte: „Hast du etwas von Huw gehört?"

„Ja", antwortete Feargal kurz. „Er wird morgen hier sein."

„Oh, wie schade, dass Ellie dann nicht mehr da ist, um noch ein weiteres Mitglied unserer reizenden Familie kennenzulernen. Ein legitimes noch dazu. Huw hätte ihr sicher gefallen. Er ist sehr empfänglich für hübsche Frauen, unser Huw."

„Phena!", warf Feargal warnend ein. „Lass das."

„Warum sollte ich? Nur weil dein, Huws oder Terrys Name nicht mit Schande befleckt ist ..."

„Die Schande existiert nur in deiner Vorstellung. Ellie, geh jetzt", fügte er eisig hinzu. Es war keine Bitte.

Ellie war nur zu froh, seiner Aufforderung folgen zu können. Sie ging hinaus und in die Küche, um zu frühstücken. Sie bezweifelte, dass sie jemals wieder Gefahr laufen würde, einem Menschen blindlings zu vertrauen, nicht nach der Begegnung mit Feargal und seiner Schwester.

Nach dem Frühstück – nicht dass sie viel Hunger gehabt hätte – machte Ellie sich auf die Suche nach Mrs. McMahon, um sich noch einmal von ihr zu verabschieden. Sie war nirgendwo im Haus. Rose sagte, sie habe sie Richtung Stallungen gehen sehen, und Ellie ging hinaus.

Es war ein schöner Tag. Die Sonne schien, die Vögel zwitscherten ... Bei Regen abzureisen wäre passender gewesen. Als Ellie bei den beiden Pferden vorbeikam, die am Abend ihrer Ankunft so traurig und triefnass ausgesehen hatten, blieb sie stehen und beobachtete sie. Sie lehnte sich gegen den Zaun, stützte das Kinn auf die Arme und seufzte. Sie war mit zu hohen Erwartungen in Slane angekommen, hatte gehofft, jemandem Freude machen zu können, dann hatte sie letztlich nur Ärger verursacht.

„Warten Sie auf ein Wunder?"

Ellie fuhr herum und sah Phena vor sich. Und Phena sah aus, als

379

hätte sie geweint. „Nein. Ich suche nur Ihre Mutter, um mich von ihr zu verabschieden." Aus einem Impuls heraus legte Ellie Phena mitfühlend die Hand auf den Arm. „Phena, es tut mir leid wegen der Briefe. Ich wusste wirklich nicht, was darin stand, als ich sie brachte. Ich wusste nichts von Ihnen, von Ihrer Mutter, gar nichts. Ich habe niemals gewollt, dass so etwas passiert."

„Wirklich nicht?" Sie entzog Ellie den Arm und machte einen Schritt zurück.

„Nein. Und es tut mir sehr leid, dass Sie über all das so verbittert sind. Aber ich habe wirklich nichts damit zu tun." Sie suchte in Phenas Gesicht nach einer Reaktion, und als die ausblieb, seufzte sie.

Ellie drehte sich um, um weiter nach Mrs. McMahon zu suchen, da fragte Phena: „Wie viel hat er Ihnen hinterlassen?"

„Wer?", fragte sie verwundert. „Großvater?"

„Natürlich Großvater", äffte Phena sie nach.

„Nicht sehr viel. Gerade genug, um mir den Aufenthalt in Irland zu ermöglichen."

„Oh, dann hat er wohl alles Ihren Eltern vermacht, wie? Aber letztlich wird es Ihnen zukommen, nicht wahr?"

„Viel gab es nicht. Das Haus vermutlich. Und das ist schon fast alles. Man hat Sie nicht um ein Erbe gebracht, Phena, wirklich nicht. Und Geld ist nicht alles. Sie haben eine Familie, die Sie liebt. Und das ist mehr, als viele Menschen bekommen."

„Wirklich? Und woher wissen Sie das?" Die Verbitterung in ihren Zügen ließ sie hässlich aussehen. Sie drehte sich um und ging Richtung Haus.

Wie würde ich mich in ihrer Lage wohl fühlen?, fragte Ellie sich. Sie wusste es nicht. Sie schüttelte traurig den Kopf und ging auf die Stallungen zu.

Nachdem sie einen kurzen Blick in den Stall geworfen hatte, wich sie gleich wieder zurück, denn sie hatte Feargal entdeckt. Mit offenem Hemd machte er sich an einer Maschine zu schaffen. Er musste kurz nach ihr das Arbeitszimmer verlassen haben und regelrecht hierher gespurtet sein.

„Suchst du mich?"

*Irische Liebesträume*

Sie seufzte und ging in den Stall. „Nein, deine Mutter." Er ist ein unglaublich attraktiver Mann, dachte sie, als er langsam auf sie zukam. Er wischte sich die Hände an seinem Hemd ab. „Mach das nicht", tadelte sie ihn, ohne zu überlegen. „Benutz einen Lappen."

Er zog die Augenbrauen hoch, und sie errötete. „Hast du dich gut mit Phena unterhalten?"

„Nein. Ich habe mich nur entschuldigt bei ihr, dafür, dass ich ihr so viel Ärger gemacht habe."

„Ärger?" Er lächelte spöttisch und lehnte sich mit der Schulter gegen die Wand. „Was du nicht sagst, Ellie."

Sie sah ihn an, sah in seine blauen Augen, die sie einmal so fasziniert hatten, und fragte: „Hast du ausgerechnet, wie viel ich dir schulde?"

Ein spöttischer Zug erschien auf seinem Gesicht, doch er lächelte immer noch. Es war kein freundliches Lächeln, eher ein gefährliches. „Weißt du, wenn ich nicht eine solche Abneigung gegen dich hätte, würde ich dich unheimlich bewundern."

„Feargal, sag mir jetzt endlich, wie viel ich dir schulde."

„Diese vielen Lügen. Ohne mit der Wimper zu zucken …"

„Ich habe nicht gelogen."

„Und was hast du Phena eben gesagt?"

„Das habe ich dir erzählt. Sie sah aus, als hätte sie geweint, und ich bekam Mitleid mit ihr …"

„Du meine Güte", fiel er ihr ins Wort. „Kein Wunder, dass du dir alles erlauben kannst. Bei diesem unschuldigen Blick, diesem arglosen Gesicht und dem freundlichsten Lächeln, das ich je gesehen habe. Du hattest also Mitleid mit ihr, wie?"

„Ja. Ich kann ihre Verbitterung verstehen …"

„Oh, wirklich?"

„Ja. Und unterbrich mich nicht ständig", sagte sie wütend. „Mir die Schuld an ihrer Verbitterung zu geben, ist der Gipfel der Dummheit. Sie war schon verbittert, bevor ich überhaupt hier aufgetaucht bin."

„Aber nicht ganz so geldgierig. Und ich finde es äußerst arrogant von dir, anzunehmen, du könntest meine Schwester viel besser verste-

381

hen, als ich es jemals konnte. Ich brauche deine Einmischung nicht. Und ich brauche auch nicht dein Verständnis oder deine verdammte Besorgnis. Das Einzige, was ich von dir will, Ellie Browne, ist, dass du endlich aus meinem Leben verschwindest."

„Genau das werde ich tun, sobald du mir gesagt hast, wie viel ich dir schulde."

Er sah sie an und fragte ruhig: „Du willst wirklich bezahlen?"

Zu ihrer großen Verblüffung packte er sie am Arm und zog sie mit sich zur nahe gelegenen Scheune. „Hier wird man uns nicht sehen", sagte er.

Während sie versuchte, ihren Arm aus seinem Griff zu befreien, stieß sie wütend hervor: „Und warum sollen wir nicht gesehen werden?"

„Weil, wie ich schätze, die Bezahlung etwas persönlich ausfallen könnte."

„Die Bezahlung etwas persönlich ... Bist du verrückt geworden? Lass mich sofort gehen!"

„Nein."

Ellie sah Feargal entsetzt an. Sie verlor die Beherrschung vielleicht einmal in fünf Jahren. Aber wenn sie sie verlor, dann verlor sie sie gründlich. Und die Ereignisse während der letzten Tage hatten sie gefährlich nah an den Siedepunkt gebracht.

Sie kniff die Augen zusammen, denn der Lichtunterschied von der Tageshelle zu dem Halbdunkel in der Scheune machte es ihr schwer, zu sehen, wohin sie trat. Bemüht, nicht zu stolpern und hinzufallen, tastete sie nach dem Türrahmen und trat blitzschnell mit dem Fuß nach Feargal, um ihn zu Fall zu bringen.

Er erholte sich schneller, als sie es für möglich gehalten hätte. Dann zog er sie so fest am Arm, dass er ihn fast auskugelte. Ellie biss sich auf die Lippe, um nicht laut aufzuschreien, und sah Feargal hasserfüllt an. Den Ausdruck auf seinem Gesicht konnte sie nicht erkennen, aber sein Lächeln. Und es war auch diesmal kein freundliches.

Langsam kam er ihr näher, ergriff ihre Hand, mit der sie sich am Türrahmen festhielt, zog sie weg und stieß Ellie in einen Strohhaufen. Die Hände in die Hüften gestützt, stand er vor ihr und sah auf sie he-

*Irische Liebesträume*

rab. Sein breites Grinsen sagte alles. „Willst du mit mir kämpfen?"

„Nein", sagte sie mit steinerner Miene. „Ich will nur weg von hier."

„Das wirst du auch, sobald ich die Wahrheit erfahren habe."

Mühsam setzte Ellie sich auf. Ohne auf Feargal zu achten, begann sie, die Strohhalme von ihrer Kleidung abzumachen, und erst nachdem sie den letzten entfernt und alles in ihrer Umgebung registriert hatte, was es zu registrieren gab, sah sie zu Feargal auf. „Welche Wahrheit willst du hören?", fragte sie.

„Ich will wissen, warum du wirklich gekommen bist. Und ich warne dich, Ellie, keine Spielchen, denn ich gewinne immer. Immer", betonte er.

„Wirklich? Kennst du nicht den Spruch ‚Hochmut kommt vor dem Fall'?"

„Oh doch", sagte er leise. „Mein Hochmut, dein Fall."

Ellie schnaubte verächtlich und stand langsam auf. „Und wenn du mich noch einmal umstößt", warnte sie ihn, „kannst du was erleben. Ich mag ‚klein' sein, aber wir Engländer sind bekannt dafür, dass wir bis zum Letzten kämpfen."

„Denkst du, wir Iren nicht?"

„Doch. Unbeherrschtheit führt allerdings oft zum Untergang."

„Schließ nicht von anderen auf mich, Ellie, sonst könntest du ernsthaft in Schwierigkeiten kommen."

„Glaubst du?" Während sie gesprochen hatte, war sie langsam auf die Wand zugegangen. Und als sie genau dort war, wo sie hatte hinkommen wollen, griff sie nach der Heugabel, die in der Ecke stand, hob sie hoch und richtete sie mit den Zinken auf Feargal.

So schnell sie war, Feargal war schneller und wich blitzschnell zur Seite. Die Gabel verfehlte ihn nur um Zentimeter. Doch der Wutanfall und die Vergeltung, die sie erwartet hatte, blieben aus. Stattdessen lachte Feargal laut auf. „Meinst du, ich sollte mir auch so ein Werkzeug holen, damit wir uns duellieren können?" Grinsend nahm er den Deckel vom Kleiekübel und ging damit in Verteidigungsstellung.

„Du hältst dich wohl für sehr klug, wie?", fragte sie. Angestachelt und gereizt, holte sie mit der Heugabel aus und stieß damit so heftig

383

auf seinen Schild, dass sie sich fast die Arme dabei auskugelte. Während sie die schlimmsten Verwünschungen vor sich hin murmelte, fand sie wieder das Gleichgewicht und schwang die unhandliche Heugabel herum.

Je mehr Feargal lachte, umso wütender wurde Ellie. Sie stürmte vorwärts, ohne zu überlegen, was sie tun würde, wenn sie ihn wirklich traf, und merkte dabei gar nicht, wohin er zurückwich, bis es zu spät war. Das Gesicht grimmig verzogen und zu allem entschlossen, machte sie einen Satz nach vorn. Feargal warf seinen Schild weg, griff nach der Heugabel und zog daran. Aus dem Gleichgewicht gebracht, musste Ellie loslassen. Ehe sie merkte, was er vorhatte, hatte er die Gabel in den angrenzenden Stall geworfen und Ellie umgestoßen.

Er folgte ihr auf den Boden, kniete sich rittlings über ihre Schenkel, packte sie mit seinen kräftigen Händen bei den Handgelenken und drückte sie auf den Boden. „Was jetzt?", fragte er spöttisch. „Schwarze Magie? Ein kurzer Zauberspruch?"

Atemlos und viel zu wütend, um zu merken, dass er nicht einmal keuchte, wehrte sie sich mit aller Kraft, dann sah sie zu Feargal auf. „Steh auf", zischte sie ihn an.

„Nein. Und jetzt will ich die Wahrheit hören. Ich will alles wissen. Woher wusstest du von uns, bevor du England verlassen hast? Wie hast du Donal dazu gebracht, uns miteinander bekannt zu machen?"

„Donal?", stieß sie verächtlich hervor. „Ich kannte Donal gar nicht. Ich hatte ihn nur einmal kurz getroffen."

„Einmal ist genug, um ihn für Dienste einzuspannen. Und dann, nachdem wir uns erst einmal kennengelernt hatten, musstest du nur noch nach ‚The Hall' fahren, die Überraschte spielen und dein kleines Druckmittel benutzen, um Aufnahme in unserer Familie zu finden."

„Denkst du wirklich, ich sei so dumm zu glauben, ich könnte mit – was war es noch –, Erpressung das erreichen, wonach ich mich deiner Meinung nach sehne? Aufnahme in deiner Familie? Wie überheblich du bist, Feargal. Und darf ich dich daran erinnern, dass du mich ausfindig gemacht hast und nicht umgekehrt?"

„Richtig, aber nur, weil Donal Vorarbeit geleistet hatte. Das war wirklich klug eingefädelt."

*Irische Liebesträume*

„Sicher. Es wäre klug eingefädelt, wenn es so wäre. Und wenn man dich jemals für einen Mann gehalten hätte, mit dem man sein Spiel treiben kann. Aber zu dieser Sorte Mann gehörst du nicht. Und wenn ich die Frau wäre, für die du mich offensichtlich hältst, hätte ich wohl von deiner Vorliebe für hübsche Frauen gewusst. Und von deiner Neigung zur Langeweile", fügte sie schneidend hinzu. „Aber was ich am wenigsten begreife, ist, wie du annehmen kannst, dass ein Mensch, der bei Verstand ist, in eurer verrückten Familie aufgenommen werden möchte."

„Vielleicht weil diese verrückte Familie sehr wohlhabend ist. Und weil du, wie du selbst sagtest, pleite bist und, auch das hast du gesagt, deine Mutter sich einen gebildeten und reichen Mann für dich wünscht ... Richtig?"

„Richtig. Du glaubst also, meine Eltern seien auch an dem Komplott beteiligt?"

„Vielleicht. Dein Vater hat dir deinen Aufenthalt in Dublin bezahlt, was, wie du selbst sagtest, ungewöhnlich für ihn sei."

„Wenn das alles so wäre, meinst du wirklich, ich hätte es zugegeben? Wenn ich clever genug bin, einen so verrückten Plan auszuhecken, denkst du nicht, ich wäre dann auch clever genug, ihn auszuführen? Nein, Feargal, das kauft dir keiner ab. Ich habe dir die Wahrheit gesagt."

„Soll ich allen Ernstes glauben, dass Donal mich auf eigene Faust nach Wexford geschickt hat, damit ich dich dort treffe? Und das, weil er wusste, dass du meine Familie suchtest, und nur freundlich sein wollte? Und dass zufällig keine Pension geöffnet hatte und du gezwungen warst, ‚The Hall' aufzusuchen? Genau das Haus, in dem die Frau lebte, die die suchtest? Überleg doch mal, Ellie."

„Nein", rief sie aufgebracht. „Keine Überlegungen mehr. Keine weiteren Erklärungen. Ich habe dir die Wahrheit gesagt."

„Und jetzt bist du in die Scheune gekommen, um mich davon zu überzeugen? Davon, dass du tatsächlich das nette, einfache, kleine Mädchen bist, für das dich jeder hält?"

„Das wäre ziemlich eingebildet von mir, findest du nicht? Ich bin mir meines Charmes nicht so sicher. Wie ich dir schon sagte, ich war auf der Suche nach deiner Mutter, um mich von ihr zu verabschieden. Ich hatte angenommen, du seist noch in deinem Arbeitszimmer."

„Aber ich habe dich eben mit Phena reden sehen, die dir bestimmt gesagt hat, dass ich nicht im Arbeitszimmer bin."

Ellie stöhnte genervt auf. „Für einen intelligenten Mann bist du unglaublich dumm – und eingebildet", fügte sie hinzu, „wenn du annimmst, jede Frau, die dir über den Weg läuft, wolle dich in die Falle locken oder Aufnahme in deiner Familie finden", spöttelte sie.

„Ist das die wahre Ellie Browne? Das Mädchen mit der scharfen Zunge? Und einem Gesicht mit plötzlich harten Zügen?"

„Nicht mehr als der wahre Feargal McMahon, der Flegel ist, der rittlings auf mir sitzt und sich bei einem Streit in die Enge treiben lässt."

„Flegel?"

„Ja."

„Du hast einmal anders darüber gedacht."

„Ja. Aber damals kannte ich dich nicht, oder?"

„Das tust du immer noch nicht, Ellie Browne", sagte er leise. Und zu ihrem Schrecken, beugte er sich plötzlich über sie.

*Irische Liebesträume*

## 7. KAPITEL

$\mathcal{E}$llie ignorierte entschlossen die Veränderung, die an Feargals Körper zu bemerken war, ignorierte die Wärme, die sie plötzlich durchströmte, während er immer noch rittlings auf ihren Schenkeln saß.

„Und welche Gründe und Absichten du auch immer gehabt haben magst", sagte Feargal, „es ändert nichts an der Tatsache, dass du meiner Familie viel Ärger gemacht hast. Trotz ihrer Marotten verdient Phena nicht, weiter verletzt zu werden, dadurch dass man alte Geschichten noch einmal ausgräbt."

„Glaubst du, ich wüsste das nicht? Wie oft soll ich dir denn noch sagen, dass ich keinerlei Absichten hatte?", erwiderte Ellie scharf.

„Und meine Mutter", fuhr er fort, als hätte sie nichts gesagt, „hätte man nicht an Dinge erinnern müssen, die am besten vergessen bleiben."

„Und ich sage dir zum hundertsten Mal, ich wusste nichts davon. Warum bist du nur immer so verdammt misstrauisch?"

„Weil du nicht die Erste bist. Ich gebe zu, dass die anderen nicht annähernd so verführerisch und einfallsreich waren wie du. Und weißt du, was das Schlimmste ist?", fragte er. „Die Tatsache, dass, obwohl ich dich kenne und weiß, was du getan hast, ich mich immer noch zu dir hingezogen fühle."

„Na, ist das nicht schade?! Ich bin froh, sagen zu können, dass ich umgekehrt nicht das Gleiche fühle."

„Lügnerin. Aber wäre es nicht genauso schade, all diese weiblichen Talente zu vergeuden? Diese Fähigkeit, Pläne und Komplotte zu schmieden?"

„Nein. Das wäre überhaupt nicht schade. Es wäre vielmehr eine enorme Erleichterung. Und falls du darauf wartest, dass ich mich weiterhin verteidige, dann kannst du lange warten, Feargal McMahon. Weil ich dir nämlich dieses befriedigende Gefühl nicht gebe."

„Nein? Aber es gibt noch andere befriedigende Gefühle, nicht wahr?"

„Für jemanden wie dich vielleicht, nicht für mich", entgegnete sie

387

*Emma Richmond*

heftig. Trotz ihres Wutanfalls war sie sich der Wärme, die von Feargals Körper auf sie überströmte, nur zu sehr bewusst. Und während sie den Aufruhr ihrer Gefühle verwünschte, war sie unfähig, den Blick von seinem zu wenden.

„Meine schöne Ellie. Meine schöne Lügnerin. Auseinandersetzungen wie diese sind sexuell sehr anregend, nicht wahr?"

„Nein", widersprach sie mit steinerner Miene.

„Nein?" Seine Stimme klang weich und samtig, was ihr eine Warnung hätte sein sollen. Aber sie hatte nicht damit gerechnet, dass er im nächsten Moment ihr Top hochschieben würde.

„Nicht!", rief sie und versuchte, es wieder zurechtzurücken. Aber damit erreichte sie nur, dass sie sich hilflos gegen ihn wehren musste.

„Nicht?", wiederholte er spöttisch. „Wo du das doch schon seit Langem willst. Warum sonst trägst du keinen BH?"

„Nicht, damit du deinen Nutzen daraus ziehst. Ich gehe oft ohne. Und lass das", rief sie, als er mit dem Daumen über ihre entblößte Brust streifte. „O Feargal, ich hasse dich!"

„Lügnerin."

Die Lippen zusammengepresst und heftig atmend, entwand sie sich ihm und zog das Top wieder über ihre Brust.

Mit einem gefährlichen Lächeln packte er sie erneut bei den Handgelenken und riss ihr die Arme über den Kopf. Dann beugte er sich langsam über sie, und sein Mund kam ihrem immer näher. „Sag nicht noch einmal, dass du das nicht willst", flüsterte er dicht an ihren Lippen.

Das habe ich nie gesagt, wollte sie antworten, brachte aber plötzlich kein Wort mehr heraus. Es war nicht fair, was er tat. Es war wirklich nicht fair. Wenn er ihr wehgetan hätte, hätte sie sich wehren können. Aber das tat er nicht. Stattdessen drängte er mit der Zunge ihre Lippen sanft auseinander. Sie hätte Widerstand leisten können, doch es hätte ihr nichts gebracht. Er war zu stark. Das sagte sie sich zumindest. Aber sie reagierte auch nicht – wenigstens das machte sie nicht – oder nur ein klein wenig, ein ganz klein wenig, weil es so schön war, so erregend, so, wie sie sich einen Kuss immer erträumt hatte. Und wenn Feargal glaubte, genau das habe sie gewollt, warum

*Irische Liebesträume*

sollte sie ihn nicht in diesem Glauben lassen? Schließlich profitierte sie selbst von diesem köstlichen Erlebnis, oder? Sie würde sich immer daran erinnern, dass sie einmal auf einen Kuss hatte reagieren können. Und Verlangen in sich spürte. Nicht einmal der Griff seiner kräftigen Hände tat ihr weh. Im Gegenteil. Selbst diese Fessel war erregend, weil er mit den Daumen langsam über die Innenseite ihrer Armgelenke strich und ihr damit prickelnde Schauer durch den Körper jagte, der weicher und nachgiebiger wurde, als wollte er ihn dazu verlocken, tiefer auf sie zu sinken, in sie ...

Nein! Als sie plötzlich wieder zur Vernunft kam, riss sie den Kopf zur Seite. „Nein", stieß sie heiser hervor.

Feargal lachte kehlig und öffnete die Augen. „Nein?"

„Nein. Und dass du deine Sexualität als Waffe benutzt, ist verabscheuungswürdig. Erniedrigend. Du weißt genau, wie du auf Frauen wirkst, und nutzt es schamlos aus."

„Ja. Aber willst du mir ernsthaft erzählen, dass Frauen nicht dieselben Waffen benutzen? Schamlos?", versetzte er spöttisch.

„Ich will dir überhaupt nichts erzählen. Und jetzt steh auf. Ich lasse mich nicht gern benutzen."

„Du hast es genossen, benutzt zu werden", verbesserte er sie. „Deine Haut ist erhitzt und gerötet, dein Herz schlägt schnell, und du willst mich."

„Vielleicht hätte ich dich gewollt. Unter anderen Umständen."

Er lächelte ungläubig, ließ sie los und stand langsam auf. „Unter welchen Umständen auch immer", verbesserte er sie. „Betrachte deine Schulden als gestrichen. Wenn ich ins Haus zurückkomme, erwarte ich, dass du verschwunden bist."

„Aber gern."

„Und sollten mir irgendwelche Geschichten über Phena zu Ohren kommen oder über sonst jemanden aus meiner Familie ..."

„Was wirst du dann tun?", fragte sie mutig.

„Dich bezahlen lassen", antwortete er leise. Er hob sein Hemd auf und ging hinaus.

Mistkerl. Widerlicher, zynischer Mistkerl, dachte Ellie. Sie stand auf und richtete ihre Kleidung, bevor sie ins Haus zurückging. Dort

389

eilte sie in ihr Zimmer, nahm ihr Gepäck und stürmte hinunter auf den Platz, auf dem ihr Auto geparkt stand. Sie öffnete den Kofferraum, warf alles hinein, knallte den Deckel zu und setzte sich hinter das Steuer.

Wenn Feargal glaubte, sie würde auch nur eine Minute länger in diesem Haus bleiben, um sich beleidigen und erniedrigen zu lassen ... Sie drehte den Schlüssel im Zündschloss und wünschte sich, wenn auch zu spät, sie hätte sich in der Scheune stärker gewehrt und wäre schonungsloser vorgegangen ... Jetzt, wo sie nicht mehr in Feargals Nähe war, fielen ihr tausend Dinge ein, die sie ihm hätte an den Kopf schleudern oder hätte tun können, und – was zum Teufel war mit diesem verdammten Auto los? Sie zog den Schlüssel heraus, sah ihn an, als hätte er sich ohne ihr Wissen von selbst verändert, dann steckte sie ihn wieder in das Schloss und drehte ihn heftig herum. Nichts. Kein Geräusch.

Die Beifahrertür wurde geöffnet, und Ellie fuhr erschrocken zusammen.

„Hast du Ärger?", fragte Feargal. „Nein, so was! Heute ist anscheinend nicht dein Tag."

„Oh, halt den Mund! Mach dich lieber nützlich, und versuch herauszufinden, warum der Motor nicht anspringt."

„Bitte", sagte er spöttisch.

„Bitte", stieß sie zwischen zusammengebissenen Zähnen hervor.

Er stützte die Arme auf das Autodach und sah durch das Fenster auf sie herab. „Aber du weißt doch, warum er nicht anspringt, Ellie."

„Das weiß ich nicht."

Feargal zuckte die Schultern, ging um den Wagen herum, öffnete die Kühlerhaube und sah sich den Motor an. „Na, so was! Hier hat jemand mutwillig Schaden angerichtet. Ich hoffe, du kannst ihn reparieren, Ellie, sonst musst du trampen."

„Was?", fragte sie verblüfft. Sie stieg rasch aus dem Wagen und schlug die Tür heftig zu.

„Aber, aber, wer wird denn gleich so zornig werden!", machte er sich über sie lustig.

*Irische Liebesträume*

„Oh, tu etwas. Richte den Wagen." Als Ellie neben ihm stand, sah sie auch in den Motorraum. „Was macht der lose Draht hier?", fragte sie.

„Vielleicht winkt er uns zu."

„Feargal!", warnte sie ihn und sah, wie er sich langsam zu ihr umdrehte. Sie schaute ihn an und beobachtete, wie er die Stirn runzelte. „Nun?"

„Feargal?"

Ellie spähte um die hochgestellte Kühlerhaube herum und erblickte Terry, die an der offenen Haustür stand und ihrem Bruder aufgeregt zuwinkte. „Feargal! Ich muss mit dir reden. Es ist ganz dringend."

Er warf Ellie noch einen kurzen Blick zu, dann ging er hinüber zu seiner Schwester.

Ellie konnte nicht hören, was die beiden miteinander redeten, nur sehen, dass sie offensichtlich miteinander stritten. Sehr hitzig. Dann schob sich Feargal entrüstet an Terry vorbei und ging ins Haus. Verlegen kam Terry die Stufen herunter und zu Ellie herüber.

„Ich habe es getan", gestand sie.

„Was?", fragte Ellie.

„Die Kabel am Motor herausgerissen. Ich möchte, dass Sie bis zu meiner Hochzeit bleiben", sagte sie. „Nachdem Sie mein Kleid gerichtet haben und so nett waren, wäre es nicht fair, Sie nicht bei der Feier dabeizuhaben. Und ich will, dass Sie bleiben. Schließlich ist es mein großer Tag. Und ich kann dazu einladen, wen ich will", schloss sie bestimmt.

„Oh Terry", rief Ellie hilflos aus. „Ich kann nicht bleiben, wirklich nicht."

„Oh doch, Sie können. Mutter möchte auch, dass Sie bleiben. Außerdem ist Feargal damit einverstanden."

Ja, darauf möchte ich wetten.

„Bitte", flehte Terry. „Es ist nur ein Tag länger. Und Feargal wird auf dem Gut sein, sodass Sie ihn nicht sehen."

„Nein." Ellie blieb hartnäckig. „Nun kommen Sie schon, Terry. Befestigen Sie die Kabel wieder. Und lassen Sie mich von hier weg."

„Das kann ich nicht", sagte sie und lächelte triumphierend. „Declan hat mir gesagt, wie man sie herausreißt, aber nicht, wie man sie
wieder zusammensteckt. Feargal kann es später richten."

Sie zuckte die Schultern. „Kommen Sie mit."

Ellie seufzte. „Dann werde ich ins Dorf hinuntergehen und einen
Mechaniker holen müssen."

„Wollen Sie wirklich nicht bleiben?", fragte Terry traurig.

„Es ist keine Frage des Wollens. Oh Terry! Tun Sie mir das nicht
an."

„Aber ich mag Sie. Nun kommen Sie schon, seien Sie nicht kin-
disch." Ohne auf eine Antwort zu warten, ging sie zum Kofferraum
und begann, Ellies Gepäck herauszunehmen.

„Terry ..."

„Seien Sie nicht böse", bat Terry. „Wollten Sie wirklich nicht bei
meiner Hochzeit dabei sein?"

„Doch, natürlich. Aber Terry ..."

„Feargal wird nichts dagegen haben. Bestimmt nicht."

Würde er jetzt glauben, sie hätte die Kabel selbst herausgerissen?
Natürlich würde er das.

„Möchten Sie mit mir nach Drogheda kommen?", fragte Terry.

„Wie?"

„Mit dem Bus natürlich. Kommen Sie. Es wird Spaß machen. Dort
können Sie in der St. Peter's Church den abgetrennten Kopf des Hei-
ligen Oliver sehen."

„Oh, vielen Dank! Das hört sich ja ganz reizend an. Genau das hat
mir jetzt noch gefehlt."

Terry kicherte und half Ellie dabei, das Gepäck zurück in ihr
Zimmer zu tragen. Dann zog sie sie mit sich die Treppe hinunter und
durch das Dorf, wo sie auf den Bus warteten. Nun, jedenfalls würde
sie jetzt Feargal nicht in die Quere kommen. Ein Jammer, dass es
nicht sein Kopf war, den sie sich in St. Peter's Church anschauen
konnten.

Ellie genoss den Tag tatsächlich, sah die Dinge mit Terrys Augen,
aus einer anderen Perspektive, und war immer wieder erstaunt, wie
warmherzig und freundlich die Menschen hier waren. Sie besuchte

*Irische Liebesträume*

mit Terry zusammen verschiedene Geschäfte, und zwischendurch sahen sie sich tatsächlich die Reliquien in St. Peter's Church an. Terry schien sie mit Ehrfurcht und Staunen zu betrachten. Ellie kamen sie schrecklich und makaber vor und wie aus einem Albtraum. Wäre es nach Feargal gegangen, hätte sicherlich auch ihr Kopf hier gestanden.

Wieder zu Hause, versuchte Terry, Ellie dazu zu überreden, sie zu einer Freundin zu begleiten, zu einer Art Damenkränzchen, wie sie vermutete. Aber Ellie gab vor, müde zu sein, und ging in ihr Zimmer. Dort blieb sie auch, nur dass sie sich zwischendurch in der Küche etwas zu essen machte. Sie hörte die Gäste eintreffen, lärmend und lachend, und seltsamerweise fühlte sie sich plötzlich ausgeschlossen und einsam. Sie konnte sich nicht erinnern, dass sie sich je zuvor einsam und ausgeschlossen gefühlt hatte. Ihr war klar, dass es hauptsächlich an Feargals Verhalten lag und an ihrem eigenen beschämenden Vergnügen, das sie daran gefunden hatte. Während sie auf dem Bett lag und versuchte, ein Buch zu lesen, schaute sie immer wieder auf die Uhr, bis es Zeit war, sich auszuziehen und schlafen zu legen. Noch ein Tag, und dieses Mal würde sie endgültig abreisen.

Der nächste Morgen begann mit dem hektischen Durcheinander, das Hochzeiten gewöhnlich mit sich bringen, ob sie nun gut organisiert sind oder nicht. Dadurch blieb Ellie keine Zeit zum Nachdenken. Was vielleicht auch gut war. Eine wahre Armee von Helfern schien nötig zu sein, um die geräumigen Zimmer im Erdgeschoss herzurichten, und wohin Ellie auch ging, ständig traf sie auf jemanden, der ihr eine Frage stellte, die sie nicht beantworten konnte. Die Lieferanten für Speisen und Getränke trafen zu früh ein und standen der Frau, die die Blumenarrangements herrichtete, ständig im Weg.

Terry war einem Nervenzusammenbruch nah. Ihre Mutter versuchte törichterweise, sich um alles und jeden zu kümmern, und machte dadurch das Durcheinander nur noch schlimmer. Phena dagegen schien jeden zu meiden. Und wer es wagte, sie anzusprechen, wurde von ihr angefaucht.

Huw, das braunäugige Gegenstück zu Feargal, der in Begleitung eines hübschen blonden Mädchens erschienen war, machte den Eindruck, als würde er, rein aus Spaß, gern ein Durcheinander anrichten. Feargal war nirgendwo zu sehen.

Der völlig überreizte Hund störte sich an einem der Köche und musste in die Scheune gesperrt werden, wo er so laut und jämmerlich jaulte, dass er Tote hätte aufwecken können. Und eine der Brautjungfern erschien nicht.

Mrs. McMahon fühlte sich außerstande, Terry beim Ankleiden zu helfen, weil ihr erst jetzt bewusst geworden war, dass es ja ihre Tochter war, die heiratete und nun auf Nimmerwiedersehen aus ihrem Leben verschwinden würde. Rose und Mary waren sich ausnahmsweise einmal einig und weigerten sich, die Küche zu verlassen. Sie mochten es nicht besonders, wie die jungen, hochnäsigen Frauen aus der Stadt, die man als Kellnerinnen eingestellt hatte, neugierig in ihren Schränken herumschnüffelten.

Die vermisste Brautjungfer tauchte schließlich doch auf und erzählte eine endlos lange Geschichte, die sich kein Mensch anhörte. Die Verwandten hatten keine Zeit, der Braut zu helfen, weil sie sich selbst zurechtmachen mussten. Und als Ellie an Terrys Tür klopfte, um ihre Hilfe anzubieten, fand sie die Braut, das Gesicht tränenüberströmt, bäuchlings auf dem Bett liegen.

„Denkst du, auch nur einer wäre bereit, mir zu helfen", jammerte sie, als Ellie fragte, was, um Himmels willen, denn los sei. „Es wird alles schief gehen. Ich weiß es. Und ich kann Feargal nirgendwo finden."

„Nein. Er scheint der einzig Vernünftige zu sein", bemerkte Ellie.

Schluchzend rollte Terry sich herum und setzte sich auf. „Oh, sagen Sie das nicht. Es ist doch ein ganz besonderer Tag für mich heute."

„Ja", beruhigte Ellie sie. Sie setzte sich auf den Bettrand und lächelte Terry an. „Und jetzt stehen Sie auf, und gehen Sie duschen."

Als Terry fertig war und jeder sie mit einem Blick, einem Ausruf oder – wie Terrys Mutter – mit einem Schrei gewürdigt hatte, führte Ellie sie alle vor das Haus, damit sie dort auf die Autos warteten. Sie

*Irische Liebesträume*

fühlte sich erschöpft. Als sie in Terrys Zimmer zurückkam, lächelte sie. „Ist alles in Ordnung?"

„Ja. Jetzt fühle ich mich prächtig. Wie sehe ich aus?"

„Bezaubernd", versicherte Ellie. „Strahlend und schön. Flattern die Nerven jetzt nicht mehr?"

„Nein", sagte Terry leise, während sie sich in dem wandhohen Spiegel betrachtete. „Ich fühle mich ganz ruhig und – glücklich." Sie drehte sich um, sah Ellie an, lächelte und sagte: „Ich kann Ihnen gar nicht genug danken für all das, was Sie für mich getan haben ..." Und erst jetzt schien sie zu merken, dass Ellie selbst noch nicht für die Feier angezogen war. „Oh Ellie, Sie werden die Trauung verpassen", rief sie verzweifelt aus. „Gehen Sie schnell, und machen Sie sich fertig."

„Nein. Ich werde hier warten, bis ihr alle zurück seid."

„Aber Ellie ..."

„Wirklich, lieber nicht. Ich habe nichts Passendes zum Anziehen. Ich warte hier und sorge dafür, dass alles bereit ist, wenn ihr zurückkommt."

„Aber wollten Sie denn nicht dabei sein?", fragte Terry enttäuscht.

„Doch, natürlich wollte ich das. Ich kann ja nachher schnell zur Kirche hinuntergehen. Dann sehe ich Sie, wenn Sie herauskommen." Ihr Vorschlag schien Terry zufriedenzustellen.

„Gut. Ist Feargal fertig?"

„Ich weiß es nicht. Soll ich ..." Sie hielt inne, als es an der Tür leise klopfte. „Das wird er wahrscheinlich sein." Ellie sah zur Tür und konnte den Blick nicht mehr abwenden, als sie sich langsam öffnete und Feargal hereinkam. Er wirkte kühl und gefasst und sah umwerfend gut aus. Er sah aus, als wäre er den Seiten eines Geschichtsbuchs entstiegen. Wie der verwegene Held. Sein dunkles Haar war frisch geschnitten. In dem grauen Cutaway wirkte er elegant und seriös. Die in dunklerem Grau gehaltene Krawatte betonte das Blau seiner Augen und seine sonnengebräunte Haut. In den eng geschnittenen Hosen wirkten seine Beine länger, kräftiger und muskulöser. Die Schuhe waren auf Hochglanz poliert.

„Oh Feargal", flüsterte seine Schwester. „Du siehst so – umwerfend aus. Du wirst allen Mädchen die Herzen brechen, falls du das nicht schon getan hast."

„Und du siehst fantastisch aus." Er tat so, als hätte er Ellie nicht bemerkt, als würde sie überhaupt nicht existieren. Sie hatte plötzlich einen Kloß im Hals, fühlte sich verletzt und herabgesetzt.

Feargal reichte seiner Schwester die Hand und sagte: „Der Wagen steht bereit. Bist du fertig?"

Terry holte tief Luft, nickte, und als hätte auch sie Ellie vergessen, ging sie langsam auf ihren Bruder zu und mit ihm zur Tür hinaus.

Aber was macht es schon?, sagte sich Ellie. Bald würde sie nicht mehr hier sein, und alles wäre vergessen. Rasch räumte sie Terrys Zimmer auf. Dann ging sie hinaus und schloss leise die Tür hinter sich. Werde ich jemals heiraten?, fragte sie sich. Werden meine Augen vor Liebe und Glück strahlen? Vielleicht. Eines Tages. Aber ihr Mann würde nicht Feargal sein. Warum musste gerade er es sein, der ihr Herz dieses kleine Bisschen schneller klopfen ließ? Warum musste unter all den Männern, die sie sehr gemocht und begehrt hatten, es gerade jemand sein, der sie für die verabscheuungswürdigste Lügnerin hielt? Sie atmete tief durch, ermahnte sich entschlossen, sich zusammenzureißen, sagte sich, dass der Anblick einer Braut sie immer rührselig mache und das Ganze nichts mit Feargal zu tun habe.

Ellie ging durch den Flur bis ans Ende und blickte vom Fenster aus hinunter. Sie sah die anderen herauskommen, sah Feargal breit lächeln, bevor er Terry in ein glänzendes weißes Auto half, sah, wie er sich neben sie setzte, und wünschte sich, bei seiner Rückkehr nicht mehr dazusein. Am liebsten wäre sie verschwunden und hätte ihn nie wiedergesehen.

„Ellie? Oh, hier sind Sie", rief Rose aus. „Wir fahren jetzt los. Wir nehmen die Abkürzung, damit wir vor den anderen in der Kirche sind. Kommen Sie mit uns?"

„Nein. Ich warte hier und sorge dafür, dass alles fertig ist, wenn die anderen zurückkommen."

„Sind Sie sicher?", fragte Rose etwas zweifelnd.

„Ja. Und jetzt los. Sie werden sich sonst noch verspäten."

*Irische Liebesträume*

Rose nickte ihr kurz zu, dann eilte sie die Treppe hinunter zu ihrer Schwester, und kurz darauf hörte Ellie, wie die Hintertür ins Schloss fiel.

Sie ging in ihr Zimmer und schloss leise die Tür hinter sich. Dann stand sie am Fenster, von dem aus sie den Blick über die Parkanlagen hatte, dachte über ihren kurzen Aufenthalt in diesem Haus nach, überlegte, wie er anders hätte verlaufen können, dann lächelte sie traurig. Nun komm schon, Ellie, sagte sie sich, mach dich jetzt selbst fertig. Du musst nur noch ein paar Stunden hinter dich bringen. Und dann kannst du abreisen. Nach Hause zurück. Doch was erwartet dich dort? Ein Leben ohne Arbeit und in Einsamkeit. Aber besser das als diese Leere. Dieses Es-hätte-sein-können.

Ellie duschte und zog ihr rotes Samtkleid an. Zum Teufel mit Feargal, sagte sie sich. Heute war Hochzeitstag, und diesen Tag wollte sie genießen.

Wenn Ellies Lächeln nicht ganz so bezaubernd wie sonst war, ihre Heiterkeit ein wenig gezwungen, so blieb es völlig unbemerkt von der ausgelassenen, lachenden Gruppe, die nach der Trauung zurückkam. Und wenn Feargal so tun wollte, als würde sie nicht existieren, nun, wen kümmerte es schon? Sie setzte sich an die Hochzeitstafel, auf der Kristall funkelte, den rote Rosen schmückten, und aß tapfer Gang für Gang eines Essens, das Spitzenköche zubereitet hatten, hörte sich Reden an, Glückwünsche, klatschte Beifall, lächelte und plauderte scheinbar gutgelaunt. Es war fast so, als würde sie neben sich selbst stehen und alles mit fremden Augen betrachten. Sie beobachtete die gut gekleideten Damen mit ihren extravaganten Hüten, die eleganten Männer, trank den Champagner, den man ihr eingoss, wehrte persönliche Fragen ab, die man ihr stellte. Und sie lachte über die Scherze, die man über ihr ungewöhnliches Kleid machte. Ungewöhnlich war noch milde ausgedrückt. Es sah aus, als wäre es aus abgeschnittenen Vorhängen genäht, was vermutlich auch der Fall war. Aber wenn es Gesprächsstoff lieferte, warum nicht?

Ellie hielt den Blick gesenkt, als Feargal sprach, denn wenn er sie anschaute und sie die Verachtung in seinen Augen las, würde sie wahrscheinlich die Beherrschung verlieren, und das wäre nicht gut, nicht an Terrys Hochzeitstag. Er sprach so ungezwungen, als gehörte es zu seinem Alltag, Reden zu halten. Vielleicht war es auch so. Schließlich wusste sie nur sehr wenig von ihm und hatte keine Ahnung, was er machte, wenn er nach Dublin oder Kildare fuhr.

Nachdem alle Trinksprüche ausgebracht waren, der prächtige vierstöckige Hochzeitskuchen angeschnitten war, die Bilder geknipst waren, verteilten sich die Gäste in den übrigen Räumen des Hauses, während man die Tische abräumte. Da sie dringend frische Luft brauchte, ging Ellie hinaus in den Park. Blue jaulte noch kläglich, und Ellie ging in die Scheune, um ihn zu trösten. „Schon gut, Blue. Bald ist alles vorüber, und dann darfst du es dir wieder gemütlich machen." Doch weil er nun einmal getröstet worden war, wurde sein jämmerliches Gejaule nur noch schlimmer, als Ellie ins Haus zurückging.

„Hört sich das nicht schrecklich an?", rief Rose aus, als Ellie in die Küche kam.

„Sie meinen Blue? Ja. Das war leider mein Fehler. Ich bin kurz zu ihm hineingegangen, um nachzusehen, ob alles in Ordnung ist. Brauchen Sie Hilfe?", fragte sie.

„Nein. Sie sind ein Gast. Gehen Sie zu den anderen, und amüsieren Sie sich. Na, los schon." Rose scheuchte sie aus der Küche, als Ellie lachend protestierte.

Im Flur blieb sie plötzlich stehen, da sie Donal und ein schlankes dunkelhaariges Mädchen sah, die gerade hereingelassen wurden. War er auch eingeladen? Entschlossen ging Ellie auf ihn zu.

„Ja, Donal, du hast allen Grund, mich misstrauisch anzusehen. Ich möchte ein Wörtchen mit dir reden."

„Warum?", fragte er und lachte gezwungen. „Offensichtlich bist du doch gut hier angekommen."

„Oh ja, das bin ich."

„Nun, warum bist du dann so verärgert? Du solltest mir dankbar sein."

„So, sollte ich das? Dir dafür danken, dass du mich wie eine Närrin dastehen lässt? Wie eine Verrückte, die fremde Männer verfolgt?"

„Was?"

Sie erklärte ihm rasch, dass sie keine Pension gefunden hatte, nach

*Irische Liebesträume*

„The Hall" geschickt worden war, und als er daraufhin zu lachen anfing, presste sie die Lippen zusammen. „Oh Ellie, das tut mir leid", entschuldigte er sich, immer noch sichtlich amüsiert. Ich habe dir wirklich nur helfen wollen."

Sie sah ihn empört an, dann ging sie. Helfen? Als sie einige Minuten später bei Mrs. McMahon stand und sich mit ihr unterhielt, bemerkte sie, wie Donal Feargal abfing. Will er sich auch bei ihm entschuldigen?, dachte sie spöttisch. Und würde Feargal ihn jetzt zu einem Geständnis zwingen? Sie hoffte es. Sie hoffte, er würde mit ihm genauso schonungslos umgehen, wie er es mit ihr getan hatte. Vielleicht wäre das Donal dann eine Lehre, sich in Zukunft nicht mehr einzumischen.

In der nächsten halben Stunde, während einer nach dem anderen in den großen Saal zurückging, während die Musiker zu spielen und die Gäste zu tanzen anfingen, schaute Ellie immer wieder auf die Uhr, bis Braut und Bräutigam planmäßig abgeholt wurden und schließlich sie selbst auch gehen konnte. Ihr Koffer war gepackt, ihr Auto anscheinend von Feargal repariert. Jetzt musste sie sich nur noch umziehen, dann konnte sie losfahren.

Als Ellie am Fenster im kleinen vorderen Salon stand, wo man für später oder noch hungrige Gäste ein Büfett aufgebaut hatte, sah sie Feargal mit Phena und deren Begleiter den Pfad entlanggehen. Feargal schüttelte dem Mann die Hand, umarmte Phena kurz, stellte ihren Koffer in den Kofferraum eines silberfarbenen Wagens, dann winkten sie ihm noch einmal kurz zu, bevor sie losfuhren. Plötzlich merkte Ellie, dass sie nicht mehr allein im Raum war, und drehte sich um. Donal stand vor ihr und lächelte verlegen.

„Hallo. Hat man dir bei dem Verhör also doch nicht den Kopf abgerissen?", sagte sie.

„Woher weißt du, dass es ein Verhör war?"

„Vielleicht habe ich ja so etwas wie übersinnliche Wahrnehmungskräfte?"

Donal verzog das Gesicht und sagte: „Er war nicht gerade begeistert von meiner Erklärung."

„Das kann ich mir denken."

*Emma Richmond*

„Nun, ich weiß nicht, warum", sagte Donal beleidigt. „Es war doch nichts von Bedeutung, oder? Du hast hierher gefunden und bist da, wo du hin wolltest."

„Das stimmt. Ich nehme an, deine Schwester hat dir den Namen der Familie genannt, nach der ich suchte."

„Ja, natürlich."

„Du kanntest Feargal, kanntest seinen Namen, wusstest, dass er aus Slane stammte, und hast angenommen, dass es sich um dieselbe Familie handle."

„Ich wusste, dass es dieselbe Familie ist", gab Donal zu. „Ich hatte mich erkundigt und erfahren, dass es die einzigen McMahons in Slane waren. Ich habe es nicht getan, um dir Ärger zu machen, Ellie", verteidigte er sich. „Ich wollte dir wirklich nur helfen, ob du mir glaubst oder nicht."

„Ja, das hast du gesagt. Und du wolltest dich bei der ganzen Sache auch selbst ein bisschen amüsieren."

„Nun, das auch. Ich dachte mir einfach, es wäre nett für dich, ein Mitglied der Familie zu kennen, auch wenn du nicht wusstest, wer er war. Und dann, als du nach Slane kamst … Nun, ich konnte nicht wissen, dass es keine freie Pension gab. Und eigentlich hatte ich auch nicht erwartet, dass Feargal nach Rosslare fahren würde. Und ich wusste auch nicht, dass er dich in dem Hotel treffen würde. Wie hätte ich das wissen sollen?" Donal fasste Ellie beim Ellbogen und zog sie beiseite, da eine kleine Brautjungfer völlig aufgedreht mit einem Jungen herumtollte und auf sie zugerannt kam. „Was ich nicht verstehe, ist, warum er sich so darüber aufregt."

Ellie lächelte und wiederholte: „Nicht?"

„Also, warum?", fragte Donal.

„Es ist eine lange Geschichte, und eigentlich ist sie nicht von Bedeutung. Nicht mehr."

„Nein?", fragte er enttäuscht.

„Nein."

„Du hattest eine Schwäche für ihn, nicht wahr?", neckte er sie.

„Vielleicht."

„Ellie."

*Irische Liebesträume*

„Was?"

„Sei nicht so verärgert."

„Dann hör auf, Fragen zu stellen." Sie tätschelte ihm freundschaftlich den Arm, ging in Richtung Tanzfläche und lief Feargal direkt in die Arme. „Entschuldige mich", sagte sie eisig.

„Nein. Ich will mit dir reden."

„Aber ich nicht mit dir."

Er nahm ihren Arm und sagte ruhig: „Ich habe eben mit Donal gesprochen."

„Ich weiß." Sie entwand sich seinem Griff und ging weiter. Sie lächelte einen jungen Mann zu dessen Verwirrung bezaubernd an und zog ihn mit sich auf die Tanzfläche. Jedes Mal, wenn sie Feargal erblickte, tanzten sie in die andere Richtung. Obwohl sie nicht so dumm war zu glauben, dass er sie nicht doch noch irgendwann abfangen könnte, hoffte sie dennoch, ihm zu entkommen. Sie merkte, dass er sie beobachtete, und ihr entging auch nicht das Funkeln in seinen Augen, das nichts Gutes ahnen ließ. Doch sie kümmerte sich nicht darum. Die Tage, an denen sie gewünscht hatte, er würde sie verstehen, waren längst vorbei. Jetzt war es zu spät.

Als Terry die Treppe hinaufging, um sich umzuziehen, folgte Ellie ihr. Und als sie einige Zeit später wieder herunterkamen und Terry und Declan sich zum Aufbruch fertig machten, war Ellie bei ihnen. Declans bester Freund sollte das Brautpaar zum Flughafen bringen, von wo aus es nach Griechenland flog. Ellie war mitten unter den Leuten, die das Paar den Pfad entlang begleiteten, um ihm eine gute Reise zu wünschen. Sie umarmte Terry, gab Declan einen flüchtigen Kuss auf die Wange. Dann bewegte sie sich langsam auf den Rand der lachenden und fröhlichen Gruppe zu, um Feargal aus dem Weg zu gehen.

„Jetzt ist es bald vorbei", flüsterte sie, nachdem sich alle ins Haus zurückgezogen hatten, die Musik langsamer geworden war und einige Gäste zu singen begonnen hatten. Sie trat durch die Verandatür hinaus ins Freie, schlenderte bis an den Rand der Terrasse und blieb dort im Halbdunkel stehen. Irgendjemand, ein Mann, fing an, eine alte irische Ballade zu singen. Und die wehmütigen Klänge des ihr

vertrauten Liedes stimmten sie traurig, rührten Gefühle in ihr an und
bestärkten sie in ihrem Entschluss, schnell von hier wegzukommen.
Die Iren waren gute Sänger. Sie fragte sich, ob Feargal auch singen
konnte. Wahrscheinlich. Er schien alles zu können. Nur eines nicht,
nämlich Menschen zu beurteilen.

Ellie schlenderte weiter, um durch die Hintertür hinauf in ihr
Zimmer zu gehen und ihre Sachen zu holen. Da spürte sie, wie jemand ihr leicht die Hand auf den Arm legte, und sie hielt den Atem
an.

*Irische Liebesträume*

## 8. KAPITEL

**W**illst du irgendwohin, Ellie?", fragte Feargal leise. Sie drehte sich langsam zu ihm um und blickte auf in sein Gesicht. „Ja, nach Hause", sagte sie ruhig. „Hättest du vielleicht fünf Minuten für mich Zeit, bevor du abreist?" „Eine Bitte, Feargal?", fragte sie spitz. „Kein Befehl?"

„Kein Befehl." Er zog sie sanft mit sich und setzte sich mit ihr auf die niedrige Steinmauer. „Ich verlasse mich immer auf meine Gefühle", begann er. „Immer. Und das einzige Mal, als ich es nicht tat, täuschte ich mich. Und genau dieses eine Mal war von größerer Bedeutung als alles andere."

Ellie ließ den Blick über den vom Mondlicht durchfluteten Garten schweifen und schwieg. Sie hörte das Klirren von Gläsern, die auf die Mauer gestellt wurden, hörte das Rascheln von Stoff, als Feargal sein Jackett auszog und es ihr um die Schultern legte. Er hielt ihr ein Glas Champagner hin, und nach einem kurzen Achselzucken nahm sie es. Er saß neben ihr, so nah, dass sie die Wärme seines Körpers spüren konnte.

„Sprich mit mir, Ellie", drängte er ruhig.

„Nein, ich will nicht mehr sprechen." Sie sah in ihr Glas und beobachtete, wie sich perlende Bläschen auf der Oberfläche bildeten.

Feargal seufzte. „Dann werde ich es tun. Zunächst hatte ich keinen Verdacht. Ich war nur neugierig darauf, diese junge Frau kennenzulernen, von der Donal so begeistert schwärmte. Obwohl ich mich fragte, warum er mir ständig von ihr erzählte. Als ich dann an jenem Tag in Rosslare war, hat es mich einfach amüsiert, nach dem Auto Ausschau zu halten, das er beschrieben hatte. Ich hatte eigentlich nicht erwartet, es zu sehen. Aber als ich es dann doch entdeckte, machte ich mir einen Spaß daraus, ihm zu folgen. Und als du in Wexford anhieltest, folgte ich dir aus reiner Neugierde und aus keinem anderen Grund."

„Ausgenommen Langeweile", konnte sie sich nicht verkneifen hinzuzufügen.

„Ja, und Langeweile", gab er zu. „Ich beobachtete dich also eine

403

Zeitlang. Und als du merktest, dass ich dich beobachtete, und nervös wurdest, so als würdest du mich für einen Gauner halten, der die ganze Ware hätte stehlen können, bekam ich Lust, dich aufzuziehen. Ich wollte herausfinden, was Donal so Besonderes an dir fand. Und ich muss zugeben, dass ich dich ganz reizend fand, so anders. Ich wusste, dass du nach Dublin unterwegs warst, wusste, in welchem Hotel du absteigen würdest, denn Donal hatte mir alles ausführlich erzählt. Und als das Dinner, zu dem ich eingeladen war, so langweilig verlief, wie ich es schon befürchtet hatte, ging ich. Dolores bestand darauf, mich zu begleiten, und da man umgekehrt von mir erwartete, sie zu begleiten, hatte ich keine Einwände.

Ich muss zugeben, dass ich dich genauso reizend wie in Wexford fand und dann beschloss herauszufinden, wohin du fahren würdest, um die Bekanntschaft mit dir zu vertiefen. Nur bist du dann plötzlich vor meiner Tür aufgetaucht, erzähltest etwas von einer gewissen Sadie, und ich war enttäuscht, weil ich nicht wollte, dass du so bist wie alle anderen auch. Du hast deine Unschuld beteuert …"

„Und dann wolltest du sehen, wie weit ich gehen würde?"

„Ja. Und dann entdeckte ich in dir eine herzliche und amüsante Freundin und war neugierig darauf, herauszufinden, warum jemand wie du einen Mann verfolgte. Von dem wenigen, was ich von dir wusste, war es nicht deine Art, so etwas zu tun. Man hatte mich jedoch schon früher einmal hereingelegt …"

„Daher dein Zynismus?"

„Ja."

„Deshalb hast du dich dann am romantischen Strand von Bettystown, wenn auch ungern, aber doch von deiner Begleiterin getrennt. Und was hat das geldgierige kleine Biest als Nächstes getan? Nun, es hat seinen Trumpf herausgezogen, die Briefe. Und wie schön war es, wieder einmal recht behalten zu haben."

„Ja", gab er zu.

„Sie erreichte ihr gestecktes Ziel, lebte im Haus des gefragtesten Mannes von ganz Irland, noch dazu in dem Haus der Frau, die von ihrem Großvater verführt worden war. Und dann lernte sie auch noch ihre neue Tante kennen." Ellie trank ihren Champagner aus, gab

*Irische Liebesträume*

Feargal das Glas zurück, stand auf und ging. Aber sie kam nicht sehr weit.

Offensichtlich hatte auch er sein Glas abgestellt, denn er fasste sie mit beiden Händen bei den Schultern und hielt sie zurück. Er blieb hinter ihr stehen und fuhr ruhig fort: „Dein Zynismus bringt dich noch um den Verstand. Wusstest du das? Es schien durchaus glaubhaft, dass deine Familie herausgefunden hatte, dass dein Großvater sich mit einem jungen irischen Mädchen abgegeben hatte, darüber verärgert war und dich daraufhin nach England schickte, um sich zu rächen."

„Ja, hat nicht die Geschichte deutlich bewiesen, dass die Engländer immer versuchen, die Iren herunterzumachen?"

„Nein, so ist es nicht. Sei nicht albern. Es hatte nichts damit zu tun, dass ihr Engländer seid. Aber dann hast du nicht einmal zugegeben, dass dein Großvater verantwortlich sei, und das wunderte mich. So kam ich zu dem Schluss, dass du mit den Briefen nur eines erreichen wolltest, nämlich in unsere Familie aufgenommen zu werden."

„Oh Mann, leidest du unter Verfolgungswahn?"

„Du hast mir vorgeworfen, engstirnig zu sein", fuhr er fort, „aber du bist nicht besser. Du machst nicht einmal den Versuch, es von meinem Standpunkt aus zu sehen."

Ellie drehte sich um, sah Feargal an und fragte wütend: „Hast du denn jemals versucht, die Sache von meinem Standpunkt aus zu sehen?"

„Nein", gab er zu. „Aber schließlich hast du auch keine Schwester wie Phena, oder? Du musstest nicht ständig in der Angst leben, dass sie die Wahrheit herausfinden könnte und das ganze Theater von vorn beginnen würde."

„Angst?", bemerkte sie verächtlich. „Du hattest doch in deinem ganzen Leben noch niemals Angst."

„Woher willst du das wissen? Selbst jetzt habe ich Angst, nämlich davor, dass du weggehen könntest, ohne dass wir uns versöhnt haben."

„Ja, und das soll ich glauben?"

„Du glaubst immer noch nicht, dass dein Großvater der Schuldige ist, obwohl alles dafür spricht."

Ellie senkte den Blick, wand sich aus Feargals Griff und ging auf die Tür zu. Feargal folgte ihr.

„Ist es nicht so?"

Ellie antwortete nicht, denn was hätte sie sagen können? Es war nicht ihr Geheimnis, sondern das seiner Mutter, und sie hatte ihr versprochen, es nicht preiszugeben. Sie stieg die Treppe hinauf, gefolgt von Feargal, und ging zu ihrem Zimmer.

„Willst du mir nicht antworten, Ellie?"

„Nein." Sie öffnete die Tür, betrat den Raum und wollte die Tür hinter sich schließen. Feargals Fuß hinderte sie daran. Sie zuckte mit den Schultern, ging hinein, legte sein Jackett ab, das sie noch um die Schultern getragen hatte, nahm Jeans und T-Shirt, die sie zum Wechseln bereitgelegt hatte, und ging ins Badezimmer. Rasch zog sie sich um, legte das rote Kleid ordentlich zusammen, und als sie in den Raum zurückkam, saß Feargal auf dem Bett. Ohne ihn zu beachten, legte sie das Kleid in den Koffer, zog den Reißverschluss zu, und erst jetzt merkte sie, dass Feargal Gwen hatte. Sie streckte die Hand aus und wartete.

„Gwen möchte nicht abreisen", sagte Feargal.

„Oh doch." Sie riss ihm den Bären aus der Hand, klemmte ihn sich unter den Arm, dann nahm sie ihre Handtasche und den Koffer und ging zur Tür.

„Willst du nicht wissen, was mit Phena ist?", fragte Feargal leise. „Ich habe gesehen, dass du uns vom Fenster aus beobachtet hast."

„Nein", sagte sie kalt.

„Sie hat sich entschlossen, Peter Noonan zu heiraten. Den Mann, der bei ihr war. Er ist Kanadier. Jahrelang hat sie ihn links liegenlassen. Und warum will sie ihn jetzt heiraten? Nun, was glaubst du? Weil sie die legitime Enkelin ihres Vaters nicht anerkennen konnte."

Ellie ließ den Koffer fallen, wirbelte herum und sah Feargal an. „Du Schuft! Wie kannst du es wagen, mir so etwas anzulasten?"

„Wie? Du bist ihre Nichte, oder?"

*Irische Liebesträume*

„Nein!"

„Nein?"

„Ja! Oh!" Sie nahm ihren Koffer wieder auf, dann setzte sie ihn erneut wieder ab, um die Tür öffnen zu können, und schleppte ihn hinaus.

„Willst du denn, dass ich dir nach England folge?", fragte Feargal leise.

„Was?" Sie drehte sich um und sah, wie Feargal es sich auf dem Bett bequem machte.

„Nun, es wird ein bisschen schwierig werden, dich zu umwerben, wenn ich in Irland bin und du in England bist."

„Umwerben?"

Feargal stand auf und ging auf sie zu.

Rasch schlug sie die Tür zu, nahm ihren schweren Koffer und ging die Treppe damit hinunter. Die kleine Gruppe von Gästen, die unten versammelt war, sah sie an, sichtlich verwundert über ihr ungewöhnliches Verhalten, und sie lächelte verlegen. Dann hörte sie Feargal die Treppe herunterkommen und ging schnurstracks weiter Richtung Haustür.

„Darf ich?", fragte Feargal leise, als er sie erreicht hatte, streckte den Arm über ihre Schulter und öffnete die Haustür.

„Danke", stieß sie wütend hervor.

„Feargal", rief Mrs. McMahon erstaunt, als sie aus dem Salon kam. „Was um Himmels willen geht hier vor? Und warum trägt Ellie ihren Koffer hinaus? Reist sie ab?", fragte sie besorgt.

„Nein", antwortete Feargal. Er nahm Ellie den Koffer aus der Hand und ging mit ihr die Stufen hinunter und Richtung Auto.

„O doch", widersprach Ellie.

„Natürlich reist du ab", sagte er.

Sie blieb stehen und sah ihn an. „Warum hast du dann deiner Mutter etwas anderes gesagt?"

„Vielleicht weil ich ein Lügner bin?"

„Das klappt nicht, Feargal. Ich werde nicht bleiben."

„Versuche ich etwa, dich dazu zu überreden?", fragte er.

Sie ging weiter. „Ich kann nur hoffen, dass der Motor anspringt."

„Das wird er."

„Gut." Sie öffnete den Kofferraum, wartete darauf, dass Feargal ihren Koffer hineinlegte, dann, Gwen immer noch unter dem Arm, ging sie um den Wagen herum auf die Fahrerseite und stieg ein. Sie steckte den Schlüssel in das Zündschloss, drehte ihn um, und zu ihrer großen Überraschung – oder vielleicht auch Enttäuschung? – sprang der Motor beim ersten Mal an.

Sie legte den ersten Gang ein, wollte schon die Handbremse lösen, da wurde die Beifahrertür geöffnet, und Feargal stieg ein.

„Was hast du vor?", fragte sie eisig.

„Ich fahre natürlich mit dir."

„Das wirst du nicht tun."

„Oh doch", sagte er leise.

„Aber warum?"

„Du weißt, warum. Ich will alles wissen über dieses erstaunlich schöne Mädchen namens Ellie. Ich will wissen, warum sie geblieben ist, obwohl ich mich so unmöglich verhalten habe. Warum sie Terry geholfen hat, ihren Hochzeitstag zu retten. Und warum sie meine Mutter nach Dublin gefahren hat, die Frau, die über ihren Großvater nur schlecht gesprochen hat."

„Was?", flüsterte sie.

„Er war doch nicht Phenas Vater, oder? Nein", beantwortete er die Frage selbst, als Ellie ihn überrascht ansah. „Du brauchst nicht zu antworten, wenn du versprochen hast, es nicht zu tun. Wir haben dich nicht gerade gut behandelt, Ellie, wie? Keiner von uns." Er umschloss ihr Gesicht mit beiden Händen und küsste sie auf die Nase. „Wir haben es einfach nicht verdient, dass du uns noch eine Chance gibst. Auch ich nicht. Aber ich hoffe und bitte dich darum, dass du es tust."

„Warum?"

„Weil es so lange gedauert hat, bis ich dich gefunden habe."

„Gefunden?", wiederholte sie.

„Ja. Und wenn du darauf bestehst abzureisen ..."

„Mit dir zusammen?", fragte sie.

„Ja. Ich habe dich einmal verloren, und es soll nicht wieder ge-

*Irische Liebesträume*

schehen. Nur wäre es mir lieber, wir beide würden hierbleiben."

„Da bin ich mir sicher."

„Ich habe in den letzten Jahren schon sehr viele Male von hier weggehen und die Verantwortung den anderen überlassen wollen. Aber vielleicht bin ich doch besser, als ich dachte, denn ich habe es nicht über mich gebracht. Nachdem Terry nun weg ist und ich allein mit Mutter fertig werden muss und ein einsames Leben vor mir liegen würde ohne meine kleine Ellie ..."

Er kam näher zu ihr heran und fuhr fort: „Was hältst du denn davon, wenn wir jetzt nicht zur Fähre fahren, sondern zu meinem kleinen gemütlichen Haus in den Wicklow Mountains?"

„Warum würdest du das wollen?", fragte sie leise.

„Weil du dann deinen Koffer nicht umsonst gepackt hättest."

„Das stimmt."

„Am Ende der Straße musst du links abbiegen", wies er sie an.

Ohne noch länger nachzudenken, löste Ellie die Handbremse und folgte seiner Anweisung.

„Soll ich fahren?"

„Nein."


Nach knapp einer Stunde hatten sie das Cottage erreicht. Feargal stieg aus, ging um den Wagen herum und öffnete Ellie die Fahrertür. Nachdem sie ausgestiegen war, hob er sie rasch auf die Arme und trug sie zur Tür, entriegelte sie, knipste das Licht an, stieß die Tür von innen mit dem Fuß zu und trug Ellie ins Schlafzimmer. Das Licht aus dem Flur fiel auf die bunte Tagesdecke, und Feargal legte Ellie mitten auf das Bett. Er zog ihr die Stiefel aus, stellte sie auf den Boden. Dann schlüpfte er aus seinen Schuhen, löste die Krawatte, öffnete den obersten Knopf seines Hemdes und legte sich zu Ellie aufs Bett.

Feargal stützte sich auf einen Arm, ohne Ellie zu berühren, sah sie an und begann ruhig: „Bis zu meinem dreißigsten Lebensjahr glaubte ich, in meinem Leben alles zu haben. Ich war frei und ungebunden. Freunde, die verheiratet waren, Kinder hatten und gebunden waren, taten mir leid. Dann aber fing ich an, meine Meinung zu ändern.

Plötzlich sehnte ich mich auch nach einem Menschen, der zu Hause auf mich wartet. Nach einer Frau, die mich liebt und die ich liebe. Die lächelt, wenn ich den Raum betrete, und die sich darüber freut, dass ich nach Hause gekommen bin. Und ich konnte sie nicht finden, Ellie. Dann, eines Tages, beobachtete ich eine junge Frau auf dem Markt in Wexford, sah ihr glückliches Lächeln und begehrte sie. Also ging ich auf sie zu und sah ihr in die Augen. Auch aus der Nähe war sie so schön, wie sie mir aus der Ferne erschienen war. Damit kamen die Ereignisse ins Rollen. Es kam zu Missverständnissen, Verärgerung, Beschuldigungen. Und wenn ich zurückdenke, kann ich nicht glauben, dass ich so dumm gewesen bin." Er seufzte und legte ihr sanft einen Finger auf die Wange.

Ellie sah ihn an und fragte heiser: „Ist Phena wirklich meinetwegen abgereist?"

„In gewisser Weise, ja. Du warst der Auslöser, den sie all die Jahre über gebraucht hätte. Ich glaube, sie hatte immer Angst davor, ihr eigenes Leben zu führen. Peter Noonan hat geduldig sechs Jahre lang auf sie gewartet, und plötzlich hat sie sich doch für ihn entschieden. Vielleicht, weil sie Terry so glücklich sah, feststellte, dass sie selbst nicht jünger wurde, oder weil ich ihr sagte, dass ich daran denke zu heiraten."

„Was?"

„Ja, heiraten", wiederholte er. „Und schließlich nahm Phena Peters Heiratsangebot an."

„Wird sie glücklich mit ihm werden?"

Feargal nickte. „Das hoffe ich. Ich hoffe, dass sie bei ihm ihre Verbitterung verliert, an der ich teilweise mit schuld bin. Vielleicht habe ich alles falsch gemacht. Sie war älter als ich, meine große Schwester, und nach dem Tod meines Vaters wurde dieser Altersunterschied zum Problem. Plötzlich war ich derjenige, der die Entscheidungen traf, und das nahm sie mir übel. Bist du jemals verliebt gewesen, Ellie?", fragte er.

„Nein", flüsterte sie.

„Nein? Und heißt das …"

Ellie wusste genau, wonach er fragte, und nickte. „Ich konnte

*Irische Liebesträume*

mich mit Halbheiten nie zufrieden geben. Ich konnte keinen Mann lieben, ohne tiefe Gefühle für ihn zu haben, und das war bisher niemals der Fall."

„Und jetzt?", fragte Feargal leise.

Ellie sah zu ihm auf und nickte.

„Oh Ellie, ich habe nie vergessen, wie es war, dich in den Armen zu halten. So", flüsterte er, während er die Arme um sie legte, „und wie es war, dich zu küssen ..."

Ellie schloss die Augen, genoss das Gefühl, in seinen Armen zu liegen, und öffnete leicht die Lippen. Bis jetzt hatte sie nicht gewusst, auf wie vielfältige Art man sich küssen konnte. Alles war wie im Traum und unglaublich schön. Erotisch und erregend. Ellie spürte Verlangen in sich aufsteigen, legte Feargal die Hände in den Nacken, schob die Finger in sein Haar und hörte, wie er leise aufstöhnte, während er sie immer noch küsste. Zärtlich ließ er die Lippen über ihre Wangen, ihre Lider, ihre Nase gleiten, doch immer wieder fand er ihre Lippen. Dann, eine Ewigkeit schien vergangen zu sein, hob er den Kopf.

Ellie sah zu ihm auf. „Ich habe nicht gewusst", sagte sie, „dass allein ein Kuss diese Gefühle auslösen kann."

„Nein", stimmte er zu, während er ihr zärtlich über das kurze Haar strich. „Du bist so schön, Ellie. Ich will, dass du mich liebst. Ich will, dass wir Kinder haben und ein Leben lang glücklich sind."

Unfähig, sich zu bewegen oder zu sprechen, sah Ellie nur immer auf seinen Mund.

„*Grá má chroí*", flüsterte er heiser.

„Was heißt das?", fragte sie unsicher.

„Liebe meines Herzens."

Atemlos flüsterte sie: „Oh Feargal. Du bist dir so sicher."

„Das bin ich. Du dir nicht? Wie solltest du, wo ich dir nichts außer Verachtung gezeigt habe? Wenn man sich so lange nach etwas sehnt und endlich glaubt, es gefunden zu haben, und es dann wieder verliert, dann reagiert man übertrieben. Aber du hast die Macht, mich zu verletzen, Ellie. Und da ich offensichtlich masochistisch veranlagt bin, habe ich das oft herausgefordert. Doch das ist nichts

Neues, oder?" Er lächelte. „Denn Liebende haben sich schon immer so verhalten."

„Liebende?", fragte sie.

„Ja, Liebende. Das werden wir sein. Sehr bald."

„Ja", flüsterte sie, während sie seinen Kopf zu sich heranzog. „Sehr bald."

*– ENDE –*

*Devine / Lamb / Fraser*
Liebesreise nach Cornwall
Band-Nr. 15007
**3 Romane nur 8,95 €** (D)
ISBN: 978-3-89941-367-0
448 Seiten

*Howard / Green / Kemp*
Liebesreise nach Schottland
Band-Nr. 15024
**3 Romane nur 8,95 €** (D)
ISBN: 978-3-89941-512-4
432 Seiten

*Lindsay / Hadley / Ashton*
Liebesreise nach Frankreich
Band-Nr. 15033
**3 Romane nur 8,95 €** (D)
ISBN: 978-3-89941-596-4
432 Seiten

*Mather / Rome / Hampson*
Liebesreise nach Portugal
Band-Nr. 15032
**3 Romane nur 8,95 €** (D)
ISBN: 978-3-89941-595-7
384 Seiten

*Armstrong / Bianchin / Badger*
Liebesreise nach Australien (2)
Band-Nr. 15027
**3 Romane nur 8,95 €** (D)
ISBN: 978-3-89941-515-5
400 Seiten

*Mather / Reid / Graham*
Liebesreise nach Griechenland
Band-Nr. 15012
**3 Romane nur 8,95 €** (D)
ISBN: 978-3-89941-376-2
416 Seiten

*Hart / Hampson / Brooks*
Liebesreise in die Ägäis
Band-Nr. 15034
**3 Romane nur 8,95 €** (D)
ISBN: 978-3-89941-597-1
400 Seiten

*Langan / Weale / Darcy*
Liebesreise nach Hawaii
Band-Nr. 15030
**3 Romane nur 8,95 €** (D)
ISBN: 978-3-89941-571-1
400 Seiten

*Goodman / Stephens / McCallum*
Liebesreise auf die Balearen
Band-Nr. 15025
**3 Romane nur 8,95 €** (D))
ISBN: 978-3-89941-513-1
416 Seiten

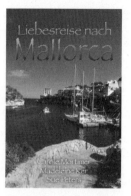

*Mortimer / Ker / Peters*
Liebesreise nach Mallorca
Band-Nr. 15008
**3 Romane nur 8,95 €** (D)
ISBN: 978-3-89941-368-7
400 Seiten

*Wentworth / Field / Mayo*
Liebesreise auf die
Kanarischen Inseln
Band-Nr. 15019
**3 Romane nur 8,95 €** (D))
ISBN: 978-3-89941-509-4
416 Seiten

*Spencer / McMahon / Darcy*
Liebesreise in die Karibik
Band-Nr. 15010
**3 Romane nur 8,95 €** (D)
ISBN: 978-3-89941-374-8
448 Seiten